장 크리스토프 Ⅰ

로망 롤랑

일신서적출판사

장 크리스토프 I

차례

장 크리스토프에 붙이는 글········· 7
제 1 장 여   명(黎明)·············· 16
제 2 장 아   침··················· 121
제 3 장 청   춘··················· 224
제 4 장 반   항··················· 368

장 크리스토프에 부치는 글

장 크리스토프가 세상에 나온 지도 벌써 삼십 년이 되려 한다. 크리스토프의 친구이며 크리스토프에게 애정을 갖고 있고, 그리고 일반적으로 크리스토프보다 훨씬 많은 지식을 가지고 있는 한 작가가 크리스토프의 소박한 요람에 허리를 굽히고 그에게, 너는 한 다스 정도의 친한 사람들 범위 밖으로는 결코 걸어나가지 못할 것이라고 예언한 이래 크리스토프는 꽤 많은 걸음을 걸었다. 그는 지구 위를 종횡 무진으로 걸어다녔다. 그리고 지금은 이 지상의 거의 모든 말로 이야기되고 있다.

아주 신기한 옷을 입고 장 크리스토프가 그 오랜 여행에서 돌아오자 그의 아버지는 그를 잘 알아보지 못했으나, 그의 아버지 역시 그 삼십여 년간 세계 각지의 산길을 돌아다니느라고 발바닥이 꽤 많이 닳아 있었다. 내가 아직 어리디어린 크리스토프를 품에 안았을 무렵과, 그리고 어떤 조건에서 나의 어린 아들이 이 세상에 나오게 되었는지, 그것을 오늘 나는 이 자리를 빌어 회상하고 싶다.

장 크리스토프는 내 마음속에 거의 이십여 년간이나 깃들어 있었다. 최초의 발상은 1890년 봄, 로마에 있을 때였고 그것을 1912년 6월에 탈고했다. 그러나 전체적인 구상과 작업은 이 기간을 훨씬 넘는다. 1888년에 이미 초고를 썼는데 그때 나는 아직 파리 에콜 노르말(고등사범학교)의 재학생이었다.

처음 십 년간(1890~1900)은 작품이 마음속에 서서히 부화된 시기였다. 나는 마음 깊이 자라는 하나의 꿈에 모든 것을 집중하면서도 눈을 돌려 전혀 다른 여러 가지 작품들을 썼다. 예를 들면 〈혁명극〉 중 초기의 네 편의 희곡인 《7월 14일》, 《당통》, 《이리떼》, 《이성의 승리》와 《신앙의 비극》, 《성왕 루이》, 《아에르》, 《민중극론(民衆劇論)》 등이다. 크리스토프는 밖에서는 보이지 않는 나의 제2의 인생이었고, 이것에 의해 나는 나의 가장 깊은 자아와의 접촉을 새로이

하고 있었다. 1900년 말엽까지 나는 몇 개의 사회적인 관련에 의해 파리의 〈광장의 시장〉에 관계하고 있었다. 그러나 곧 나는 크리스토프와 마찬가지로, 내가 거기에서 정신적으로 대단히 소원(疎遠)하다는 것을 깨달았다. 여자가 아이를 태내에 잉태하듯 내가 마음속에 잉태하고 있던 장 크리스토프는 내게는 뺏을 수 없는 보루였고, 나의 『고요의 섬』이었으며 적의 가득한 대양 한복판을 혼자 헤엄쳐 상륙해야 하는 섬이기도 했다. 나는 묵묵히 전력을 다해 이것에 집중했다 ——장차 다가올 수많은 격투를 예상하면서.

1900년 이래 완전히 자유스러워진 나는 나의 영혼의 군졸들인 이 꿈들을 이끌고 용감하게 그 바다 속에 뛰어들었다.

최초의 부름의 소리는 1901년 8월 어느 날 밤, 스위스의 슈피츠 현 알프스 고지에서 던져졌다. 이 부름의 소리를 나는 아직까지 세상에 발표하지 않고 있다. 그러나 알지 못하는 무수한 독자들이 내 작품의 벽에 부딪쳐 메아리치는 이 소리의 반향을 알아들었다. 그러나 사상 속에 있는 가장 깊은 것은 결코 소리 높여 외쳐지는 바로 그것이 아니다. 내게는 보이지 않는 세계 곳곳에 산재해 있는 많은 친구들에게 이 작품 밑바닥에 있었던 비극적인 우애와, 또 그 도도한 에네르기의 강이 흘러내리게 한 원천인 비통감을 깨닫게 하기에는 장 크리스토프의 눈초리만으로 충분했다.

폭풍우가 몰아치는 캄캄한 산 속, 번갯불에 가끔 모습이 드러나곤 하는 둥근 지붕 아래에서 뇌성과 바람의 거친 울림에 싸여 나는 생각했다——이미 죽은 사람들을, 그리고 마침내 죽어가야 할 사람들을. 공허에 휩싸여 있고, 사멸 속을 회전하고 있고, 그리고 얼마 안 가 결국 죽어 없어져 버릴 이 지구 전체를. 언젠가는 반드시 죽어갈 운명을 지닌 살아 있는 모든 것에 나는 역시 죽을 운명을 지닌 이 한 권의 책을 바치나, 이 책은 이렇게 소리내어 말한다.

「형제들이여, 우리들 서로 가까이 다가앉자. 그리고 우리를 떼어 놓는 모든 것을 잊어버리자. 우리들 모두가 가지고 있는 공통의 불행만을 생각하자! 적은 존재하지 않는다. 악인들도 존재하지 않는다. 이 세상에는 다만 불행하고 불쌍한 사람들만이 존재하고 있다. 우리들이 영속적으로 가질 수 있는 유일한 행복이 있다면 그것은 우리들 서로가 이해함으로써 우리들 서로가 사랑하는 것뿐이다. 지(知)와 사랑, 오직 이것만이 인생의 과거와 미래에 도사리고 있는 두 개의 심연과 암흑 속에서 비쳐 주는 광명의 빛이다.」

반드시 죽어갈 운명을 지닌 모든 것에게——평등과 평화를 주는 죽음에게——생의 무수한 작은 강이 흘러드는 미지의 바다에 나는 나의 작품과 나의 모든 것을 바친다.

모르샤하 · 1901년 8월

＊

작품의 결정적인 매듭을 짓기 전에 주요한 내용과 인물들에 대한 초안이 상당히 많이 만들어졌다. 크리스토프의 모습은 1890년부터, 그라치아는 1897년부터 씌어졌다.

〈불타는 가시덤불〉의 안나는 1902년 안에 그 초상 전체가 떠올랐고, 올리비에와 앙트와네트는 1901년과 1902년 사이에, 그리고 크리스토프의 죽음은 1903년에 씌어졌다(그것은 〈여명〉의 첫 부분을 본격적으로 쓰기 시작하기 한 달 전 일이었다).

『1903년 3월 20일——오늘 나는 장 크리스토프를 결정적인 형태로 쓰기 시작했다』고 쓴 그때의 나는 다만 보리 이삭을 적당히 골라 다발로 묶기만 하면 되었다.

사람들은 내가 장 크리스토프를 쓰는 데 아무 계획도 없이 일을 한 것처럼 상상하고 있다. 그러나 그것은 관찰력이 부족한 비평가들의 단언이 얼마나 헛된 망언이라는 것을 말해 주는 것뿐이다.

나는 어릴 때 받은 파리 고등사범학교의 고전적인 교육에 의해 확실한 구성에 대한 요구와 애정을 가지고 있었고, 또 그것은 나의 혈통 속에도 있는 것이었다. 나는 집을 짓고 고치기를 좋아하는 부르고뉴 종족의 자손이다. 그래서 지금까지 주춧돌을 튼튼히 놓고 전체의 큰 윤곽을 세우기 전에는 작품에 임해 본 일이 한번도 없다. 최초의 말이 종이 위에 결정적으로 씌어지기 전에 생각 속에서 작품의 모든 골격이 형성된 점에서 《장 크리스토프》는 다른 어느 작품에도 뒤지지 않는다. 1903년 3월 20일, 같은 날에 나는 나의 초안 속에서 이 시작(詩作)의 부분을 결정했다. 나는 분명히 열 개 부분, 즉 열 권을 미리부터 생각하고 있었다. 그리고 마지막 순간에 결정을 내린 행수와 양(量)과 전체적인 균형은 내가 이미 기록해 둔 것과 별로 차이가 없었다.

이들 열 권을 형성하는 데 약 십 년이 걸렸다. 1903년 7월 7일에, 스위스의 쥐라 산중 프로부르그 주르 올덴에서 쓰기 시작했는데, 이곳은 후에 〈불타는 가시덤불〉에서 상처입은 장 크리스토프가 숨기 위해 찾아간 곳이고, 전나무와 너도밤나무의 비극적인 결투에서 별로 멀지 않은 지점이다.——완성한 것은 1912년 6월 2일, 마죄르 호반 바베노에서였다. 작품의 대부분은 파리의 카타콤〔무덤〕

이 내려다 보이는 낡은 집인 몽파르나스 거리 162번지에서 썼다. 이 집은 한쪽은 무거운 차의 울림과 『도시』의 끊임없는 소음으로 시끄러웠으나, 그 반대편은 햇볕이 쨍쨍 내리쬐는 조용한 수도원의 정원으로, 정원에는 이백 년이나 묵은 나무가 몇 그루나 있어 재재거리는 참새와, 구우구우 우는 산비둘기와, 목소리 좋은 검은 티티새가 끊임없이 와서 깃을 쳤다. 나의 생활은 모든 것이 뜻대로 되지 않는 고독한 생활이었고 친구도 없었으며 오직 기쁨이라면 스스로의 일을 통해 만들어 내는 즐거움밖에 없었고, 그 생활은 늘 교수로서의 임무, 써야 할 논문, 역사 연구 등 밀린 갖가지 일에 정신없이 쫓기고 있었다. 나는 생활비를 벌기 위한 일들 때문에 크리스토프를 위해서는 하루에 겨우 한 시간, 어떤 날은 그만큼도 내지 못했다. 그러나 그것을 쓰는 십 년 동안 크리스토프가 내 생활 속에 없었던 날은 단 하루도 없었다. 그는 스스로 말할 필요도 없었다. 그는 사실(事實)로서 그곳에 존재하기만 하면 되었다. 작가는 다만 자기의 그림자에게만 얘기했다. 그러면 성(聖) 크리스토프의 얼굴이 묵묵히 작가를 굽어 보았다. 작가는 그 얼굴에서 결코 얼굴을 돌리지 않았다……

*

물질상의 어떠한 장애도 고려하지 않고, 또 프랑스 문학계에서 시인되고 있는 갖가지 인습과도 깨끗이 손을 끊은 채, 파리의 그 냉담하고 비뚤어진 환경 속에서 내가 이 장편 서사시를 쓰게 된 동기에 대해 나는 여기 몇 마디 쓰고 싶다. 그 무렵 내게는 이 작품이 성공하느냐 않느냐는 그렇게 중요한 문제가 아니었다. 성공은 사실 본질적인 문제가 아니었다. 오직 마음의 명령에 따르는 것만이 내게는 본질적인 문제였다.

긴 경로의 도중에서 《장 크리스토프》를 위해 내가 썼다고 생각되는 기록 중 1908년 12월의 글에서 이런 것을 찾아볼 수 있다.

『나는 하나의 작품을 쓰고 있는 것이 아니다. 나는 신앙의 작품을 쓰고 있는 것이다.』

인간은 신념을 가지고 있을 때는 결과가 어떻게 될까는 생각하지 않고 행동한다. 『하지 않으면 안 될 일을 하자!』

내가 《장 크리스토프》에서 맡은 임무는 프랑스의 정신적인, 사회적인 모든 것이 무너진 한 시대에, 잿더미 속에서 잠자고 있던 영혼의 불을 다시 일깨우는 것이었다. 그리고 그것을 위해 내게 주어진 최초의 작업은 그 영혼 위에 쌓인 재와 티끌을 깨끗이 소제해 내는 일이었다. 나는 프랑스의 공기와 모든 햇빛을 독점하고 있는 〈광장의 시장〉에 대결할 수 있는 지극히 헌신적이고 어떠한 타협에서도 몸을 깨끗이 보존하는 소수의 불굴의 영혼을 가진 사람을 만들고 싶었다. 그리하여 선두에 설 수 있는 한 주인공의 외침에 응해 그 주인공 주위에 그들을 모이게 하고 싶었다. 그러므로 이러한 선구자를 있게 하기 위해서는 나는 그 작품을 만들어 내지 않으면 안 되었다.

나는 이 선구자에게 두 가지 근본적인 조건을 요구했다.

첫째, 볼테르나 백과 전서파들이 『그들 작품의 주인공을 통해』 그 시대의 웃음거리와 범죄 등을 그 순박한 눈으로 풍자하기 위해 파리로 데려온 극히 자연적인 본성을 지닌 사람들, 그 《버릇없는 사람들》에 나오는 사람들 같은 자유롭고 밝고 진지한 시선. 현대의 유럽을 보고 판단하기 위해 나는 그러한 전망대가, 다시 말해 두 개의 정직한 눈이 필요했다.

둘째, 보고 판단하는 것은 출발점에 불과하다. 그 다음에는 행동이 따라야 한다. 네가 생각하고 있는 것을 실제로 있는 그대로 너는 감행하지 않으면 안 된다——그것을 용감하게 말하라! 그것을 용감하게 실행하라! 18세기의 『솔직한 인간』이라면 풍자하는 것만으로 충분할는지 모른다. 그러나 현대와 같은 무서운 격투의 시대에는 그것은 사치에 불과하다. 하나의 영웅이 되지 않으면 안 된다. 그것만이 오직 유일한 길이다.

《장 크리스토프》를 쓰기 시작할 무렵, 같이 쓴 《베토벤의 생애》 서문 중에서 나는 『영웅』에 대한 정의를 내렸다. 『힘 혹은 사상으로 이긴 사람들에게』 나는 『영웅』이라는 호칭을 주기를 거부한다. 『심정(心情)에 있어 위대했던 사람들만을 나는 영웅이라고 부른다.』 심정이라고 하는 이 말의 뜻을 해석해 보자. 심정이란 단순히 상시빌리테〔다감성〕의 영역만을 의미하는 것이 아니다. 나는 심정을, 내면 생활의 광대한 영역이라고 해석한다. 이 영역을 자유롭게 써서 그 영역 요소요소에 깃들어 있는 모든 힘을 바탕으로 사는 영웅은 능히 적들이 뭉친 하나의 세계에 대항할 만한 힘을 가한다.

영웅에 대한 정의를 내릴 무렵, 내게는 물론 베토벤이라는 모델이 있었다. 왜냐하면 베토벤은 근대 세계에서, 그리고 서구 모든 국민 중에서 오직 하나의 광대한 내면국(內面國)의 주인공이며, 창조적인 천재력에다 심정의 천재력을 합친 이례적인 예술가 중의 한 사람이기 때문이다.

그러나 그렇다고 해서 장 크리스토프에게서 베토벤의 한 초상화를 보려 해서는 안 된다. 크리스토프는 베토벤은 아니다. 그는 새로운 다른 베토벤이고, 베토벤 타입의 영웅이긴 하나 그가 살아 온 것과는 전혀 다른 세계, 즉 우리들 세계에 던져진 하나의 자립적인 존재인 것이다. 본의 음악가와 전기(傳記)에 있어 같은 점이 있다면 오직 제1권 〈여명〉 속에 크리스토프의 가정이 갖는 몇 개의 특징뿐이다. 작품 첫 부분에서 내가 이러한 유사점을 시도한 것은 나의 주인공에게 베토벤적인 혈통을 확립하고 그의 뿌리를 라인 지방 유럽의 과거 속에 뿌리박기 위해서였다. 나는 그의 유년 시절 최초의 몇 가지 일을 옛 독일의——옛 유럽의 분위기로 감쌌다. 그러나 나무가 대지에서 자라면 그것을 싸는 것은『현대』라는 것이다. 그리하여 그 자신은 전작품을 통해 손색 없는 우리들 현대인 중의 한 사람이다. 또 1870년부터 1914년에 이르는, 다시 말해 서구의 한 전쟁에서 다음 전쟁에 걸친 그 세대에 가장 위대한 대표자이기도 하다.

그가 성장한 세계는 그후에 전개된 몇몇의 커다란 사건으로 부서지긴 했으나 크리스토프라는 거대한 떡갈나무는 지금도 여전히 의연하게 버티고 서 있다고 나는 믿는다. 폭풍이 불어와 이 나무의 가지를 몇 개 꺾어 놓았을지는 모르나 줄기는 조금도 그것 때문에 흔들리거나 하지 않았다. 나는 매일같이 그 증거를 새들에게서 얻고 있다, 세계 각국에서 이 나무로 잠자리를 찾아 오는 새들에게. 내가 가장 감동을 받은 사실, 그리고 내가 이 작품을 만들고 있을 때 예상했던 것을 초월한 사실은 《장 크리스토프》는 이미 어느 나라에서나 결코 이방인이 아니라는 것이다. 아득히 떨어진 곳, 다른 민족들, 중국, 일본, 인도, 남북 아메리카, 유럽의 모든 나라 사람들에게서『장 크리스토프는 우리들의 동족입니다. 그는 우리와 같은 민족입니다. 그는 우리의 형제입니다. 그는 곧 나입니다……』라고 말해 오는 사람들을 나는 보고 있다.

그리고 이것은 또 나에게 나의 믿음이 진실했고, 내가 노력한 목적이 달성됐다는 것을 증명해 주었다. 왜냐하면 창작을 시작할 무렵, 이런 내용의 글을 몇 줄 써 놓은 일이 있었기 때문이다(1893년 10월).

『인간적인 유니티〔결합〕가 어떤 다양한 형태로 나타나 있든 항상 그 인간적인 유니티를 나타낼 것. 이것이 과학이 갖는 첫번째의 목적인 것과 같이 예술에서도 첫번째 목적이 되지 않으면 안 된다. 이것이 《장 크리스토프》의 목적이다.』

《장 크리스토프》를 쓰기 위해 선택한 예술적 형식과 양식에 대해 내가 행한 몇 개의 고려를 여기에 적어 두어야 할 의무를 느낀다. 왜냐하면 그 몇 개의 고려는 내가 이 작품과 이 작품의 목적에 대해 가졌던 생각과 밀접한 관계를 가지고 있기 때문이다. 그러나 나는 나와 동시대의 프랑스 작가의 대부분이 품고 있는 심미상의 생각과는 전혀 다른 생각을 서술할 예정인 〈개론〉 속에서 거기에 대해 좀더 자세히 설명할 예정이다.

여기서는 다만 다음 한 마디만을 말해 두기로 한다——《장 크리스토프》의 양식은(사람들은 또 부당하게도 흔히 이 양식에 의해서만 나의 모든 다른 작품까지도 판단하려고 하지만) 카이에 드라 켕제느에서 보낸 최초의 시기에, 나의 모든 노력과 그리고 나의 《코멀리토〔전우〕》의 주인공, 페기의 노력에 영감을 주던 중요한 생각에서 유래된 것이다. 우리들이 가장 신뢰하고 있던 그 엄격하고 남성적인, 그러면서도 청교도적인 생각은 해파리같이 변화 많은 시대와 한 환경에 대한 반동에서 생긴 것인데 그 내용은 다음과 같은 것이었다.

『솔직하게 말하라 ! 허식없이, 과장없이 말하라 ! 남이 이해할 수 있게 말하라 ! 문학상의 취미에 있어 시끄러운 몇몇 사람들에게 이해되기 위해서가 아니라 수많은 사람들, 가장 소박하고 겸허한 사람들에게 이해되기 위해 쓰라 ! 지나치게 이해되는 것이 아닌가 하는 걱정은 절대로 갖지 말라 ! 그림자나 장막으로 가린 것같이 말하지 말고, 분명하고 확실하게 말하라 ! 그리고 할 수 없는 경우엔 둔하고 서투른 표현이라도 상관없다 ! 그것으로 해서 너의 다리가 한층 든든히 땅을 딛고 설 수만 있게 된다면 그래도 좋다 ! 그리고 너의 생각을 사람들의 마음속에 더 잘 심어 놓기 위해 같은 말을 반복하는 것이 효과적이라고 생각한다면 얼마든지 반복하라. 그것으로 사람의 마음에 너의 생각을 침투시킬 수 있다면 구태여 다른 말을 찾을 필요는 없다. 그러나 다만 한 마디라도 놓치지는 말라 ! 너의 말이 행동으로서 살아 있는 것이 좋다 !』

이것은 또한 오늘날에 와서도 현대 탐미주의에 반대하여 내가 곧잘 주장하는 원리이기도 하다. 그리고 행동을 원하는, 행동적인 작품에 대해서는 나는 지금도 역시 이들 원리를 적용한다. 그러나 모든 작품에서 그런다는 것은 아니다. 이해할 줄 아는 사람이라면 《장 크리스토프》와 《매혹된 혼》 사이에 있는 기법상의, 예술상의, 산문적 조화에 있어 중요한 여러 가지 상위점을 발견할 것이다. 《리뤼리》 혹은 《콜라 브뢰뇽》 같은 작품에 있어 실제적인 면, 즉 리듬이랄지 음색, 교향(交響) 등 전혀 다른 움직임과 통합을 규정하는 작품에 있어서는 말할 필요도 없다.

《장 크리스토프》 안에서도 전체가 작품의 첫 부분 때 규정한 요구에 엄격히 따르고 있는 것은 아니다. 초기의 투쟁적인 청교도 정신은 전에 〈여행이 끝날 무렵〉이라고 제목을 붙여 두었던 〈여자 친구들〉, 〈불타는 가시덤불〉, 〈새로운 날〉의 세 권 속에선 많이 부드러워져 있다. 그리고 작품 그 자체의 음악은 나의 주인공이 나이를 먹음에 따라, 그리고 정신이 원숙해짐에 따라 점점 복잡해지고 한층 뉘앙스를 띠게 된다. 그러나 세상의 관례적인 비평은 그런 것에는 조금도 주의를 기울이지 않고 하나의 작품 전체로써, 혹은 한 생애의 전체로써 —— 흑이니 백이니 —— 오직 같은 판단만을 내리는 것으로 만족해 하고 있다.

*

사람들은 언젠가는 내 생각들을 적어 놓은 한 상자 속에서 《장 크리스토프》의 내면을 설명한 많은 기록을 발견해 낼 것이다. 특히 〈집 안에서〉와 〈광장의 시장〉에서 묘사된 당시 사회에 관한 기록을. 하지만 거기에 대한 얘기는 아직 너무 이르다.

그러나 첫 초안에는 있었으나 끝내 써지지 않고 만 일부분에 대한 얘기만은 퍽 재미있을 것이다. 그것은 〈여자 친구들〉과 〈불타는 가시덤불〉 사이에 끼여 한 권이 될 예정이었던, 주제가 『혁명』이라는 것이다.

그것은 오늘날 소련에서 승리를 거둔 그런 혁명은 아니다. 그 당시 (1900년에서 1914년까지)의 혁명은 패배만을 거듭하고 있었다. 그러나 오늘날의 승리자를 만든 것은 어제의 패배자들인 것이다.

결국 쓰지 못하고 끝나고 만 그 부분이 상당히 진척된 채로 내 기록 중에 남아 있다. 그 초고에서 크리스토프는 프랑스와 독일에서 추방되어 런던으로 망명해 가 각국의 다른 망명자들, 추방된 자들의 각종 모임에 낀다. 그는 그들 우두머리의 한 사람과 친교를 맺는데, 마치니 혹은 레닌 같은 인물이었다. 이 선동자는 지성과 강력한 신념과 성격으로 유럽의 모든 혁명주의 운동의 지도적 두뇌가 된다. 크리스토프는 독일과 폴란드에서 일어난 이들 운동에 적극 가담한다. 이들 사건과 이들의 반란, 그리고 혁명가들 사이에 일어나는 여러 가지 갈등이며 에피소드가 이 부분의 전체를 차지하고 있고, 마지막에 혁명은 무너지고 크리스토프는 도망하여 많은 모험을 겪은 후에 스위스로 가게 된다. 그리고 〈불타는 가시덤불〉이 그 뒤를 잇는다.

한 세대의 이 긴 비극의 종말로서 나는 또 일종의 〈자연의 교향곡〉을 —— 〈바다의 정적, Meeresstille 〉이 아니라 생의 위대한 전투자들이 유쾌하게 돌아오는 〈대지의 정적, Erdstille 〉을 쓸 계획이었다.

『나는 결국——하고 나는 썼다——이 인간적인 서사시의 대단원을 나의 〈혁명극〉의 대단원으로 구상하려던 것과 같은 것으로 마무리하고 싶었다——갖가지 정열과 증오가 자연의 평화 속에 용해되고 만다. 무한한 공간의 정적이 인간의 격동을 싸고, 그 격동은 마치 하나의 돌이 물 속에 가라앉듯 정적 속에 가라앉아 버리고 만다.』

처음부터 끝까지, 『유니티』의 사상. 사람과 사람 사이, 또 사람과 『우주 질서』와의 유니티…….

포옹하라, 무수한 사람들이여 ! 이 키스를 전세계에 보내노라 !
(베토벤 작 〈제9교향곡〉속에 있는 실러의 시 〈환희의 찬가〉중)
Seid umschlungen, Millionen ! Diesen Kuss der ganzen Welt !

나는 《장 크리스토프》의 결말에서 『사랑과 증오의 엄숙한 결합인 조화』를 전진하는 행동에, 즉 그 힘찬 균형에 두려고 했다. 왜냐하면 《장 크리스토프》의 결말은 사실은 결말이 아니라 잠시 머무른 하나의 정거장에 불과하기 때문이다. 《장 크리스토프》는 결코 끝나지 않는다. 그의 죽음 자체가 하나의 『율동』에 불과하고 커다란 영원의 한 호흡에 불과하다…….

『언젠가 나는 다시 태어날 것이다——많은 새로운 투쟁을 위해…….』
(장 크리스토프의 최후의 말)

그렇기 때문에 《장 크리스토프》는 지금도 역시 새로운 세대의 길동무이다. 그는 몇백 번이나 죽었다가는 다시 부활해 싸움을 계속할 것이다. 그는 『싸우고, 고민하고——그리고 끝내는 승리를 거둘 모든 나라의 자유를 찾는 남녀들』의 형제이며, 또 영원히 그 자리를 포기하지 않을 것이다.

로망 롤랑
레만 호반의 빌르뇌에브에서
1931년 부활절

제 1 장 여 명(黎明)

조금 전 아직 해가 돋기 전의 새벽에,
저 아래 골짜기를 꾸미는 꽃 위에서
너의 혼은 육체 속에서 잠이 들었는데……
(단테 《신곡》 연옥편 · 제9곡)

Dianzi, nell' alba precede al giorno,
Quando l'anima tua dentro dormia……
(PURG.IX.)

1

습기찬 짙은 안개가 가시기 시작해도
태양 광선은 그 속에는 아주 희미하게밖에
비치지 않는 법이다……
(연옥편 · 제17곡)

Come, quando i vapori umidi e spessi
A diradar cominciansi, la spera
Del sol debilemente entra per essi……
(PURG.XVII.)

집채 뒤쪽에서 강물 소리는 한결 요란스럽게 높아져 있었다. 비는 아침부터 유리창을 두드리고 있다. 귀퉁이가 금간 유리창에 방울방울 맺힌 김이 흘러내린다. 노르무레한 한낮의 빛은 스러져 가고, 방안은 포근하고 어둠침침했다.

갓난아기가 요람 속에서 꿈틀거린다. 노인은 들어올 때 문간에 신발을 벗어

놓았으나, 걸음을 옮겨 놓을 때마다 마루가 삐걱거렸다. 아기가 칭얼거리자 어머니는 아기를 달래려고 침대에서 몸을 내밀었다. 할아버지도 아기가 어둠에 겁을 집어먹지 않도록 손더듬으로 램프에 불을 댕긴다. 그 불빛으로 장 미셸 노인의 불그레한 얼굴이 드러났다. 뻣뻣해 보이는 흰 수염, 무뚝뚝한 표정, 그리고 날카로운 눈. 노인은 요람 곁으로 파란색의 큼직한 슬리퍼를 질질 끌며 다가선다. 그의 외투에선 축축히 젖은 냄새가 난다.

루이자는 그에게 다가오지 말라는 몸짓을 하고 있었다. 머리는 거의 흰 금발에 얼굴은 여위어 있었다. 양처럼 유순해 보이는 얼굴에는 주근깨가 박혀 있다. 푸르무레하고 두툼한 두 입술은 딱 맞추어지질 않고, 적이 내성적인 미소를 머금고 있다. 그 눈이 갓난애를 유심히 지켜본다——새파란 멍청스런 눈초리로. 그 눈동자는 퍽 작지만 한없이 부드러워 보인다.

아기가 눈을 뜨고 울음을 터뜨린다. 몽롱한 눈초리가 움직인다. 이 무슨 무서움일까! 깊디깊은 어둠, 램프의 황황한 거친 불빛, 혼돈 속에서 막 벗어나자 떠오른 환각, 주위를 둘러싸고 있는 숨막힐 것 같은 밤, 날카로운 감각과 고뇌와 환영이 눈부신 빛처럼 떠오르는 한없이 깊은 그림자, 아기 위에 몸을 숙이고 있는 이들의 큼직큼직한 얼굴, 자신을 꿰뚫고 자기 몸 속으로 들어오는 뜻 모를 이들의 눈길…….

아기에겐 울며 발버둥칠 힘도 없었다. 공포 때문에 꼼짝도 못한다, 눈과 입을 벌리고, 목구멍 속에서 벗어나지 못하는 숨소리로 움직일 수가 없다. 부어오른 커다란 얼굴에 주름이 잡히고 참담하고 우스꽝스럽게 찌푸린 낯이 된다. 얼굴과 손은 자주빛이 어린 갈색이며 노르께한 반점이 있었다…….

「칫! 밉게도 생긴 놈이로군!」하고 노인은 그렇게 확신한 투로 지껄였다. 그리고는 램프를 테이블 위에 놓으러 갔다.

루이자는 마치 꾸지람 들은 소녀처럼 뾰로통해졌다. 장 미셸은 그러는 루이자를 곁눈질해 보고는 싱긋 웃는다.

「예쁘장한 애라는 말을 들을 셈은 아니겠지? 설사 그렇게 말한들, 너도 진담으로 듣진 않을 거고. 아무튼 좋다, 네 탓은 아니지. 갓난애란 다 이런 거지.」

아기는 램프 불빛과 노인의 눈길 때문에 꼼짝 않고 있었으나, 곧 그러한 마비 상태에서 벗어나 소리를 내어 울기 시작했다. 어쩌면 어머니의 눈빛 속에서 울음을 권하는 듯한 애무의 손길을 느꼈던 것인지도 모른다. 어머니는 아기쪽으로 팔을 뻗치며 말을 건넨다.

「이리 주세요.」

노인은 언제나처럼 이치를 내세우려 들었다.

「운다고 해서 애가 하자는 대로 좇아서는 안 되지, 제멋대로 울게 두어야 해.」

그렇게 말은 하면서도 노인은 다가가서 갓난아기를 팔에 안아 올렸다. 그리고는 중얼중얼하는 것이었다.

「이렇게 미운 놈은 아직까지 본 적이 없는 걸.」

루이자는 떨리는 손으로 아기를 받아들고는 마치 숨기려는 듯이 가슴에 품어 안는다. 그리고는 당황하면서도 기뻐 못 견디겠다는 듯한 미소를 띄우며 아기를 들여다보았다.

「어머, 가엾은 우리 아기.」하고 그녀는 정말 부끄러운 듯이 말했다.「넌 참 못생기기도 했구나! 하지만 난 네가 좋은 걸!」

장 미셸은 난롯가로 돌아갔다. 언짢은 기색이 되어 불을 휘젓기 시작한다. 그러나 그의 무뚝뚝하고 의젓한 체하는 표정은 미소 때문에 뒤엎어져 있었다.

「애, 며늘아.」하고 그는 말문을 연다.「아무 걱정할 것 없다. 차차 변하는 거니까. 그리고 못생겼으면 어떠냐! 이 아이에게 바라는 것은 단 한 가지야. 훌륭한 사람이 되어 달라는 거지.」

아기는 어머니의 체온으로 어느새 차분해져 있었다. 숨을 할딱거리며 힘차게 젖을 빠는 소리가 들린다. 장 미셸은 의자 위에서 가볍게 몸을 뒤로 젖히며 되풀이하는 것이었다.

「정직한 사람 이상으로 훌륭한 것은 없단다.」

그는 한 순간 입을 다물고는 이런 생각을 늘어놓을 것인가 말 것인가를 생각하고 있었다. 그러나 그 이상 말할 것은 없었다. 잠깐 틈을 두었다가 조바심이 나는 듯한 투로 말을 꺼냈다.

「애 아비가 방에 없다니, 어찌된 일이냐?」

루이자는 조심스럽게 대답했다.

「아마 극장에 가 있을 거예요. 연습이 있으니까요.」

「극장은 문이 닫혀 있더라. 방금 내가 그 앞을 지나왔는데, 그 녀석이 또 거짓 말을 했구나.」

「아니예요, 그이만을 탓하지 마세요! 제가 잘못 들었는지도 모르니까요. 어쩜, 출장 연습으로 시간이 걸리고 있을지도 모르죠.」

「지금쯤은 돌아와 있어야 할 텐데 말이다.」

노인은 계속 불만스러운 듯이 말했다. 그는 한 순간 망설이고 있다가 조금은 창피스러운 듯 음성을 낮추어 말했다.

「그 녀석은……또?」

「아아뇨, 아버님. 아니예요, 아버님.」

루이자는 부리나케 대꾸했다. 노인은 그녀를 뚫어지게 바라보았다. 며느리는 그 시선을 피했다.

「아니지, 그렇지 않을 거다. 너는 거짓말을 하는구나.」

그녀는 소리없이 울었다.

「고얀 놈 같으니!」 하고 소리치며 노인은 난로를 걸어 찼다. 그 바람에 부젓가락이 크게 소리를 내며 떨어졌다. 아기 엄마와 갓난애는 그 소리에 몸을 떨었다.

「아버님, 제발 부탁이에요. 아기가 울어요.」

아기는 울어야 할지 계속 젖을 빨 것인지 잠시 망설였다. 그러나 두 가지를 동시에 할 수는 없으므로 다시 또 젖을 빨기 시작했다.

장 미셸은 격한 노여움을 가라앉히지 못한 채 나직한 음성으로 말을 이었다.

「무슨 놈의 팔자로 저런 주정뱅이 자식놈이 태어났단 말인가? 그놈을 위해 이런 구차한 생활을 했고, 만사에 부자유를 참고 살아 온 결과가 이거라니……하지만 너는, 너는 그 녀석을 잡아둘 수가 없단 말이냐? 결국엔 그것이 네 할일이 아니냔 말이다. 네가 그 녀석을 집에 잡아매어 둘 수가 있으면 좋으련만!」

루이자는 더한층 격하게 울고 있었다.

「더 이상 노여워 마세요. 그렇잖아도 전 여간 불행하지 않은 걸요! 전 제가 할 수 있는 데까진 했어요. 혼자 있을 때 제가 얼마나 두려워하고 있는지 알아주시겠지요! 언제나 그이 발걸음 소리가 층계에서 들려 오는 것 같답니다. 그러다가 문이 열리기를 기다리고는, 아아! 어떤 모습으로 돌아오시려나 하고 생각하죠……그것을 생각하면 전 병이 들어 버릴 것 같아요.」

그녀가 흐느껴 울며 몸을 떨자 노인은 불안해졌다. 며느리의 곁으로 다가가서 떨고 있는 어깨에 흐트러진 이불을 덮어주고 큼직한 손으로 그녀의 머리를 쓰다듬어 주었다.

「자, 자, 걱정할 것 없다. 내가 있잖니.」

그녀는 아기 생각을 하고 마음을 진정했다. 그리고는 애써 미소지으려 했다.

「이런 말씀을 드려서 죄송해요.」

노인은 고개를 저으며 그녀를 응시했다.

「미안하구나. 내가 너에게 준 것은 훌륭한 선물이 아니었구나.」

「제가 잘못한 거예요. 그이는 저 같은 여자하고 결혼하실 게 아니었어요. 그

이는 그것을 후회하시는 거예요.」

「무엇을 후회한단 말이냐?」

「아버님도 잘 아실 거예요. 아버님 자신도 제가 그이의 아내가 된 것을 노여워하셨어요.」

「이제 그런 이야기는 그만두자. 하긴 그렇기야 하지. 나도 얼마간은 서글펐느니라. 이렇게 말하더라도 네가 언짢게 생각하지야 않겠지만, 내가 소중하게 키워낸 우수한 음악가요, 참다운 예술가인 그런 청년은 너와 같이 무일푼이고 지체도 다르고 아무런 재주도 없는 여자가 아니라도, 얼마든지 배우자를 찾을 수 있었지. 크라프트 집안 사람이 음악가 아닌 여자와 결혼한다는 것은 지난 백 년 동안 없었던 일이지! 하지만 너도 잘 아다시피 나는 너를 원망한 일은 없고, 너를 잘 알게 되고부터는 네가 좋아졌단다. 더구나 일단 결정된 이상은 이미 돌이킬 수도 없잖느냐. 이제는 오직 정직하게 의무를 다할 뿐이지.」

노인은 먼저 난롯가로 돌아가 앉아서 잠시 사이를 두었다가 자신의 좌우명을 입에 올릴 때의 버릇처럼 제법 엄숙한 태도로 말하는 것이었다.

「인생에 있어서 가장 소중한 것은 자신의 의무를 다하는 일이니라.」

그는 항의하는 말을 기다리며 불 속에 침을 뱉았다. 그리고는 아기 어미도 갓난아기도 아무 소리가 없으므로 더 말을 이으려 했다──그러나 입을 다물어 버렸다.

두 사람은 더 말을 나누지 않았다. 장 미셸은 불 곁에, 루이자는 침대 위에 앉아서 둘 다 슬픈 몽상에 젖어 있었다. 노인은 그렇게 말하긴 했으나 아들의 결혼 문제를 생각하고는 씁쓰레한 심정이 되어 있었다. 그녀도 그것을 생각하고 있었다. 자신에게 아무런 탓할 데가 없긴 하지만, 그래도 미안하고 안 된 생각이 들었다.

장 미셸의 아들인 멜키오르 크라프트와 결혼했을 때 그녀는 하녀였다. 그 결혼에는 누구나 다 놀랐으나 그중에서도 특히 당사자인 그녀 자신이 가장 놀랐다. 크라프트 집안은 비록 재산은 없지만 노인이 약 반 세기 전에 자리를 잡은 이 라인 강변의 조그만 도시에서는 뭇 사람들의 존경을 받고 있었다. 집안 대대의 음악가로, 퀼른으로부터 만하임에 이르는 모든 지방의 음악가들에게 그 이름이 알려져 있었다. 멜키오르는 궁정 극장의 바이올리니스트였다. 그리고 장 미셸은 최근까지만 해도 대공 댁의 연주회를 지휘하는 몸이었던 것이다.

이 노인은 멜키오르의 결혼에 대해서 깊은 굴욕감을 느꼈다. 그는 아들에게 크나큰 희망을 걸고 있었던 것이다. 그 자신은 끝내 이룰 수 없었던, 유명 인사로 만들고 싶었던 것이다. 그런데 분별 없는 결혼 때문에 그 희망은 무참히 깨져버리고 말았다. 그는 처음에는 너무 분노한 나머지 고래고래 악을 쓰고 멜키오르와 루이자를 마구 꾸짖으며 욕을 퍼부었다. 그러나 원래가 착한 사람인지라, 며느리의 인품을 알게 되고는 그녀를 용서했다. 그리고는 아버지다운 애정을 품게까지 되었으나, 그 애정은 거의 대부분 언제나 무뚝뚝한 태도로 표현되고 있었다.

멜키오르가 어찌하여 이런 결혼을 했는지; 어느 누구에게도 그것은 쉽게 납득이 가지 않는 일이었다——누구보다도 장본인인 멜키오르 자신이 이해할 수 없는 일이었다. 분명 루이자가 아름답기 때문은 아니었다. 그녀에게는 남을 매혹시킬 만한 곳이라곤 전혀 없었다. 몸이 자그마하고 얼굴은 창백하고 허약한 체질이었다. 그에 반하여 멜키오르와 장 미셸은 모두 키가 크고 떡 벌어진 몸에 불그레한 얼굴의 덩치 큰 사나이들이었다. 억센 주먹을 가졌고, 대식가고, 독한 술을 마시고, 웃기를 좋아하며, 크게 법석을 떨며 떠들어 대기를 좋아하는 사람들이어서 그녀는 이들과는 기묘한 대조를 이루었다.

마치 그녀는 그들 부자에게 짓눌려 있는 것 같았다. 어느 누구도 그녀에게 주의를 기울이는 이는 없었다. 그런데도 그녀는 남의 눈을 피하려 애쓰곤 했다. 만약에 멜키오르가 마음씨 고운 사람이었던들, 그는 온갖 좋은 조건을 버리고 오로지 루이자의 소박한 선량함 때문에 배우자로 택했다고 사람들은 생각했을지도 모른다. 그런데 그는 말할 수 없이 경박한 사나이였다. 제법 잘생긴 데다가 자신도 그것을 모르는 바 아니었다. 매우 자만심이 강하고, 또 얼마간 재능도 있었다. 부유한 집 딸을 배필로 바랄 수도 있었고 스스로 자랑삼고 있었던 것처럼 여자 제자 중 시민 계급의 한 여자를 매혹시킬 수도 있었을 것이라——그것은 의문이지만——여겨졌다. 그런 청년이 별안간 재산도 없고, 배운 바도 없고, 아름답지도 않고, 또 저쪽에서 마음이 내켜서 온 것도 아닌 하층 계급의 처녀를 골랐다는 것은, 마치 투기라도 하고 있는 것으로밖에는 생각되지 않았던 것이다.

그러나 멜키오르는 남이 기대하거나 자신이 기대하는 것과는 언제나 반대되는 짓을 하는 사나이였다. 이런 사람들이 앞을 내다볼 줄 모른다는 것은 아니다. 하지만 앞을 볼 줄 아는 사람이라면 남달리 더 조심을 한다든가 했어야 했다.

그들은 공언해 마지 않았다. 자신들은 아무것에도 기만을 당하는 일은 없다,

일정한 목적을 향하여 자신의 배〔舟〕를 확실히 저어 갈 수 있다고. 하지만 그들은 자기 자신을 잘 알지 못하기 때문에 스스로를 고려하지 않고 있는 것이다. 자칫 그들에게 있기 쉬운 그러한 공허한 순간에는, 그들은 배를 정박시켜 놓고 있다. 그런데 일이란 방치해 두면, 그들의 지배자에게 거역하는 데 심술궂은 기쁨을 느끼게 마련인 것이다. 자유로이 내던져진 배는 곧바로 암초를 향해 가게 마련이어서, 이런 틈에 멜키오르는 끝내 부엌데기와 결혼해 버렸던 것이다.

그렇다고 그녀와 평생의 약속을 맺은 그 날, 그는 술에 취해 있었던 것도 아니요, 머리가 마비되어 있었던 것도 아니다. 또한 정열적인 유혹을 받은 것도 아니었다. 전혀 그러한 일이라곤 없었던 것이다. 그렇긴 해도 아마도 우리네 몸 속에는 정신이나 마음 이외의 어떤 다른 힘이 있는 모양이다. 감각과는 달리 그것이 꾸벅꾸벅 졸고 있는 허무의 순간에 주권을 장악해 버리는 신비로운 힘이 있는 것이다. 황혼 무렵 라인 강변에서 멜키오르가 소녀에게 다가가고 곧 둘이는 갈대밭 속에 나란히 앉아 자기 자신도 왜 그러는지 모르게 결혼의 약속을 했을 때, 멜키오르를 조심조심 겁먹은 눈초리로 바라보는 그녀의 깊고 파란 눈동자에서, 아마도 그는 이러한 신비로운 힘을 만나게 된 것이리라.

그러나 결혼하자마자 그는 자신이 한 짓에 낙담 천만이라는 태도를 보였다. 그것을 가련한 루이자에게도 결코 숨기려 하지 않았다. 루이자는 스스로 자신의 탓이라며 용서를 빌었다. 그는 지독한 사내는 아니었기 때문에 곧 그녀를 용서해 주었다. 그러나 친구들과 어울리거나 부유한 여자 제자의 집에 가거나 하면, 다시금 후회가 되솟아나기 일쑤였다.

그의 여제자들은 이미 그를 경멸해 버리고, 그가 피아노 건반 위에 손가락을 얹는 법을 고쳐 주려고 손을 대도 몸을 떨거나 하는 일이 전혀 없게끔 되어 버렸다. 그래서 그는 우울한 표정으로 돌아오곤 했다. 그럴 때면 루이자는 첫 눈에 예의 그 비난을 읽어 내고는 가슴이 죄어드는 듯한 아픔을 느끼곤 했다.

혹은 또 선술집에 들러서 늦게 귀가하는 수도 있었다. 술집에서는 자기 만족과 남에 대한 관용을 터득하는 수도 있었다. 그런 밤에는 그는 크게 웃어젖히며 신이 나서 돌아왔다. 그러나 이 웃음이 루이자에게는 여느 날의 넌지시 던져진 질시나 가슴에 간직된 원망보다도 훨씬 쓰라리게 느껴지곤 했다. 그의 이러한 발작적인 난폭함에는 그녀 자신도 얼마간 책임이 있는 것같이 느끼고 있었다. 그럴 때마다 집안의 돈도 자꾸 없어지고, 얼마 남지 않은 남편의 사려도 사라져 가곤 했다. 멜키오르는 진창의 늪에 빠져 갔다. 평범한 재능을 키워나가기 위해서 끊임없이 공부해야 할 나이에, 언덕길을 죽죽 미끄러져 내려가 버린 것이다.

그리하여 남에게 지위를 빼앗겨 버리고 말았다.

그러나 이와 같은 일은 그를 갈색 머리빛의 하녀와 맺어 준 그 미지의 힘에게는 아마 아무래도 좋은 일이었을 것이었다. 멜키오르는 이미 자기의 할 바를 다하고 만 것이다. 그리하여 이제 어린 장 크리스토프가 자신의 운명의 손에 떠밀려서 이 땅 위에 발을 내디딘 것이었다.

이미 밤이 이슥해져 있었다. 난로 앞에서 지금과 지나간 옛적의 가지가지 서글픈 일들을 회상하며 멍청해 있던 장 미셸 노인은 루이자의 애정 어린 말소리에 후딱 정신을 차렸다.

「아버님, 밤도 꽤 깊었나 봅니다. 그만 돌아가시는 게 어떠실까요. 가실 길도 먼데요.」

「멜키오르가 돌아올 때까지 기다리겠다.」

「아니예요, 부탁이에요. 아버님이 안 계시는 편이 좋겠어요.」

「왜 그러지?」

노인은 얼굴을 들고 며느리를 빤히 바라보았다.

그녀가 대답하지 않자 노인은 말을 이었다.

「너는 무서워하는구나. 나를 만나게 하고 싶지 않아서지?」

「그렇죠. 도리어 모든 일이 잘못될 뿐이니까요. 아버님은 틀림없이 화를 내실 거예요. 그것이 제겐 곤란해요. 제발 부탁이에요!」

노인은 깊은 한숨을 내쉬더니 일어서자마자 말문을 연다.

「그럼, 갈까…….」

그는 며느리 곁으로 다가가서 꺼칠꺼칠한 수염을 이마에 살그머니 갖다 대었다. 필요한 것은 없느냐고 묻고는 램프 불을 가늘게 한 다음, 어둑한 방안을 의자에 부딪히며 나갔다. 그러나 계단을 다 내려가기도 전에, 아들녀석이 취해서 돌아온 후 벌어질 일을 생각했다. 그러면서 한 칸을 내려설 때마다 멈춰서곤 했다. 자신이 없는 자리에 아들이 돌아왔을 때의 위험성을 이모저모 상상하는 것이었다.

침대 속에서는 어머니 곁에서 갓난애가 다시 꼼지락거리기 시작했다. 미지의 고통이 아기의 존재 밑바닥에서 솟아오른다. 아기는 몸을 뻣뻣이 하며 그에 반항했다. 몸을 비틀고 주먹을 쥐고 이맛살을 찌푸렸다. 고통은 자신감에 차 여유만만하게 점차 커져 왔다. 아기는 그것이 어떤 것인지, 또 어느 만큼이나 커지는 것인지도 알지 못한다. 다만 대단히 크고 끝없는 것같이 생각되었다. 그래서 애처롭게 울기 시작했다.

어머니는 부드러운 손길로 그를 달랬다. 이미 고통은 훨씬 가라앉아 있었다. 그래도 아기는 계속 울고만 있었다. 그것은 고통이 여전히 자기 곁에, 자기 속에 있다는 것을 느끼고 있었기 때문이었다.

어른은 괴로움이 어디서 오는 것인지를 알고 그것을 감소시킬 수가 있다. 사고력으로써 그것을 자기 몸의 어느 한 부분으로 가두어 넣고 만다. 그 한 부분은 치유할 수도 있고, 필요하다면 제거할 수도 있다. 그 부분의 윤곽을 똑똑히 정하고 그것을 자신으로부터 떼어 놓는다. 그런데 아기는 그렇게 얼버무리는 속임수를 모른다. 고통과의 첫 만남은 어른의 경우보다도 훨씬 비극적이며 순수하다. 고통은 자기의 존재와 마찬가지로 끝없는 것같이 생각된다. 그것이 자신의 가슴을 꼭 붙잡고 육체를 지배하고 있는 것같이 느껴지고 실제로 그랬다. 고통은 그의 육체를 갉아먹기 전엔 거기서 나가지 않을 것이다.

어머니는 아기를 꼭 끌어안으며 부드러운 말을 건넨다.

「자아, 이젠 됐다, 됐단다. 이젠 그만 울자, 응. 착한 애지……」

아기는 그래도 호소하듯이 띄엄띄엄 울기를 계속한다. 이 의식 없는 꼴 사나운 가련한 고깃덩이는, 자기에게 정해진 고생스러운 일생을 예감하고나 있는 것 같다. 그 무엇도 그를 달래 줄 수는 없는 것이다.

생 마르텡 사원의 종소리가 어둠 속에 울려 퍼지기 시작했다. 그 소리는 장중하며 완만했다. 비에 축축해진 대기 속을, 마치 이끼 위를 걷는 발걸음 소리처럼 전해져 갔다. 흐느껴 울던 아기가 울음을 뚝 그쳤다. 영묘한 음악은 마치 잘 나오는 젖줄기처럼 천천히 그의 속으로 흘러들어 갔다. 밤은 밝아 왔고, 공기는 온화하고 따사로웠다. 아기의 고통은 가시고, 어느새 웃기 시작했다. 그리고는 폭 한숨을 한번 쉬고 아기는 꿈길로 떨어져 갔다.

종소리가 세 번 조용히 계속 울려 내일의 축제를 알리고 있었다. 루이자도 그 소리에 귀 기울이며 지나간 날의 쓰라렸던 일이며, 곁에 잠들어 있는 귀여운 아기의 앞날 등을 멍청히 생각하고 있었다. 그녀는 이미 서너 시간 전부터 서글픔에 젖어들며 피로해진 몸을 침대에 뉘고 있는 것이었다.

몸이 화끈거린다. 무거운 깃털 이불이 몸을 짓눌러 주고 있었다. 어둠에 시달리고 압박되고 있는 듯한 느낌이 들었다. 그러나 애써 몸을 움직여 빠져 나오려고도 하지 않았다. 그녀는 어린 아기를 뚫어지게 바라보고 있다. 방은 어두웠으나, 아기의 늙은이 같은 야릇한 생김새를 분간할 수는 있었다.

졸음에 휩쓸려, 마치 열병에 걸린 것 같은 여러 가지 환상이 머릿속을 지나갔다. 멜키오르가 문을 여는 소리가 들려 온 것 같아서 심장이 흠칫했다. 때때로 강물 소리가 야수의 포효처럼 정적 속에서 한층 높이 울려 왔다. 유리창이 비를 맞고 또 한두 번 소리를 냈다. 종소리는 더욱더 완만해지더니, 이윽고 스러져 갔다. 마침내 루이자는 아기 곁에서 잠에 빠져들어 갔다.

그러는 동안 장 미셸 노인의 몸은 비에 젖고 수염을 안개로 적시면서 집 앞에 서서 비참한 아들의 귀가를 기다리고 있었다. 머리가 끊임없이 활동하여, 곤드레로 취한 데서 일어나는 갖가지 어지러운 일들이 꼬리를 물고 상상되었기 때문이었다. 그런 일이 일어나리라고는 믿지 않았다손 치더라도 아들녀석의 귀가를 눈으로 확인하지 않고 돌아가 버리면, 오늘 밤은 한 잠도 잘 수가 없을 것 같았던 것이다.

종소리를 듣고 노인은 완전히 서글픈 심정이 되어 있었다. 배반당한 희망의 그림자가 되살아났기 때문이다. 이런 시각에 이런 길바닥에서, 나는 지금 뭘 하고 있는 걸까 하고 생각했다. 그러자 부끄러워지며 눈물이 나왔다.

나날의 광막한 파도는 서서히 퍼져 간다. 끝없는 바다의 조수 간만처럼, 낮과 밤은 영원히 변함없이 오고 또 사라지곤 한다. 한 주와 한 달은 흘러가 버렸다간 또 새로 시작된다. 그리하여 나날의 연속은 항상 같은 것이다.

묵묵히 한없이 이어지는 날들. 그에 자국을 새기는 것은, 빛과 그림자의 균형 잡힌 리듬과, 요람의 밑바닥에서 꿈을 꾸고 있는 어리석은 존재의 생명의 소리. 그리고 이 생명의 어쩌면 괴롭고 어쩌면 즐거운, 억누를 수 없는 욕망. 이 욕망은 규칙적으로 왔다가 사라지고 사라졌다가는 다시 오고 하기 때문에, 그것들을 가져다 주는 낮과 밤이 도리어 그들에게서 가져와진 듯이 보인다.

생명의 추는 무겁게 움직이고 있다. 존재는 그 완만한 고동 속으로 빨려든다. 그밖의 것은 꿈에 지나지 않는다. 형체로 형성되지 않는다. 형체로 형성되지 않고 꿈틀거리는 꿈의 단편, 목적도 없이 떠올라 춤추는 원자 먼지〔原子塵〕, 사람을 웃기기도 하고 두렵게 하기도 하며 불어가는, 눈이 부실 듯한 무리의 선풍에 지나지 않는다. 시끄러움, 너울거리는 그림자, 이지러진 형체, 고뇌, 공포, 웃음, 꿈, 꿈…… 온갖 것은 한낱 꿈에 지나지 않는 것이다. ── 그리하여 이러한 혼돈 속에서 그에게 미소지어 주는 정다운 눈빛, 어머니의 젖으로 부푼 앞가슴에서 그의 육체 속으로 전해져 오는 기쁨의 파도, 그의 몸 속에 있으면서 무의식중에 크게 쌓여져 오는 힘, 이 조그만 육체 속에 답답하게 갇혀서 으르렁거리는 거품이는 대양.

이러한 어린이의 내부 세계를 간파할 수 있는 사람은 그림자 속에 묻힌 온갖 세계를, 조직되어 가는 숱한 성운(星雲)을, 형성되어 가는 하나의 우주를 볼 수 있을 것이다. 그의 존재에는 한계가 없다. 그는 존재하는 일체의 것이다.

달이 지나간다. 기억의 섬이 점점이 생명의 강 위에 나타나기 시작한다. 처음에는 띄엄띄엄 떨어진 좁다란 조그만 섬이며, 수면에 뾰족이 솟아나온 바위다. 그들의 둘레에서는 밝아 오는 여명 속에서 고요하고 크나큰 수면이 펼쳐져 간다. 이어서 태양 광선을 받고 금빛으로 물든 새로운 숱한 작은 섬들이 나타나기에 이른다.

영혼의 심연에서 이상하리만큼 또렷이 몇몇 형상이 떠올라 온다. 단조로운 힘찬 진동을 되풀이하면서, 영원히 같은 모습을 유지하며 새로이 시작되는 끝없는 날 속에, 손을 마주 잡은 나날의 윤무가 나타나기 시작한다. 그러한 나날들의 옆모습은, 혹은 즐거워 보이고 혹은 슬퍼 보인다. 그러나 그 사슬을 이루고 있는 굴레는 부단히 끊어지곤 한다. 그리하여 가지가지 추억은 세월의 머리 위에서 하나가 된다.

강……종……예측할 수 있는 한 최대한의 먼 곳에서——아득히 먼 저쪽에서, 그것이 그의 생애의 어떠한 때이건간에——그러한 것들의 깊디깊은 그리운 음성이 늘 노래부르고 있다.

밤, 그가 잠에 젖어 있을 때……푸르스름한 유리창을 허옇게 비쳐 주고 있는……강물 소리가 들려 오고 있다. 그 음성은 고요 속에서 힘차게 높아진다. 그것은 온갖 존재를 지배하고 있다. 때로는 그들의 잠을 애무하고, 스스로도 자신의 속삭임에 꾸벅꾸벅 잠이 들 것같이 여겨진다. 그러다가 마치 물어뜯으려고 덤벼드는 거친 맹수처럼 흥분하고 짖어 댄다.

그 노호(怒號)가 가라앉는다. 그러자 이번엔 한없이 감미로운 속삭임, 은빛 같은 음색, 맑은 방울 소리, 어린이의 웃음 소리, 부드러운 노래 소리, 춤추는 음악, 결코 잠드는 일 없는 크나큰 모성의 목소리! 그것은 아기를 흔들어 준다. 그가 태어나기 전에 살았던 몇 대 전의 사람들을 탄생부터 죽음에 이르기까지 몇 세기 동안이나 흔들어 주던 것처럼 그것은 어린이의 사고 속에 들어오고, 그의 꿈 속에 스며들고, 그를 감싼다. 어느 날엔가, 라인의 물로 씻겨진 강변에 잠자는 조그만 묘지에 누워 잠들 때도, 이 옷깃은 그를 감싸 줄 것이었다.

종이 울린다……자, 새벽이다! 종소리는 마치 호소하듯이 구슬프고, 정답게 서로 화답한다. 그 은은한 종소리에 따라 꿈의 한 무리가, 지난날의 가지가지 꿈이, 죽어 버린 사람들의 욕망과 희망과 회한이 솟구쳐 올라온다. 어린 아기는 그러한 사람들을 전연 몰랐으나, 그도 사람들의 하나였던 것이다. 그것은 그도 그들 속에 존재하고 있기 때문이며, 그들은 그의 속에 재생해 와 있기 때문이다.

숱한 추억으로 가득 찬 몇 세기가 이 음악 속에서 떨리고 있다. 수많은 슬픔과 수많은 기쁨! 그리하여 방안 구석에서라도 이 종소리를 들으면, 가뿐한 대기 속을 흐르는 아름다운 음파나, 자유로이 날아다니는 새들, 따사로운 바람의 숨결 등이 눈 앞에 보이는 듯하다. 파란 창공의 한 귀퉁이가 창을 향해 미소짓고 있다. 한 줄기 햇빛이 커튼을 통해서 침대 위로 미끄러져 온다. 아기의 눈에 익은 조그만 세계, 날마다 아침에 눈떴을 때 잠자리에서 바라보는 일체의 것, 그것을 제 것으로 하려고 아기가 숱한 노력을 기울여 알기 시작했고, 또 이름 붙이기 시작한 일체의 것——그의 왕국이 빛나기 시작한다.

그곳에는 식구들 모두가 식사를 하는 테이블이 있고, 그가 숨바꼭질을 하며 노는 벽장이 있고, 그 위를 기어다니며 노는 마름모꼴 무양의 마루청 돌이 있는가 하면, 찌푸린 낯으로 우스꽝스러운 이야기나 무서운 이야기를 해 주는 벽지, 그리고 아기 자신만이 알 수 있는 서투른 말을 지껄여 주는 기둥 시계가 있다. 참말이지, 방안에는 얼마나 많은 물건이 있는지 모른다!

그는 아직 그것들을 전부 알지는 못하고 있다. 날마다 그는 그의 것인 이 우주에 탐험하러 나간다. ——모든 것은 그의 것인 것이다. 그 어느 것도 그와 관계없는 것은 없다. 사람에서부터 한 마리의 파리까지도, 모두가 같은 가치를 가지고 있다. 고양이도, 불도, 테이블도, 한 가닥 광선 속에 춤추고 있는 먼지도, 모두가 하나같이 살아 있다.

방은 하나의 나라다. 이러한 넓은 공간의 한복판에 놓여 가지고야 어떻게 자기를 알 수가 있으랴? 세계는 얼마나 넓은가! 정말이지 엄청나다. 그리고 이러한 얼굴과 몸짓, 움직임과 소리가 그의 주위에서 부단히 소용돌이치는 것이다!

……그는 피로해진다. 눈을 감고 꾸벅꾸벅 잠이 든다. 흔쾌한 깊은 잠이 언제 어디서나, 어머니의 무릎 위이건, 그가 숨기 좋아하는 테이블 밑이건, 그가 있는 곳에선 순식간에 그를 사로잡아 버린다! 뭐라고 말할 수 없는 쾌감이다. 참으로 흐뭇한 기분이다.

이러한 최초의 나날은 그의 머릿속에서 마치 보리밭처럼 설렁거린다. 바람에 설레이고, 그 위를 구름의 큼직한 그림자가 몇 번이고 지나는 보리밭처럼…….

　그림자가 달아나고, 해가 솟는다. 크리스토프는 하루의 미로 속에서 자신의 길을 발견하기 시작한다.

　아침, 아버지는 아직도 잠들어 있다. 그는 자신의 조그만 잠자리에 누워 있다. 천장에서 춤추는 여러 가닥의 햇살을 빤히 쳐다본다. 그것은 그칠 줄 모르는 즐거움이다. 갑자기 그는 큰소리를 지르며 웃는다. 듣는 이가 쾌활해지는, 저 유쾌한 어린이의 웃음이다. 엄마는 그를 들여다 보며 말한다. 『어머, 왜 그러니, 요 녀석아.』 아기는 더욱더 웃는다. 어쩌면 봐 주는 이가 있기 때문에 애써 웃고 있는지도 모른다. 엄마는 아버지가 잠을 깰까봐 엄한 표정을 짓는 시늉을 하며 입에 손을 대어 보인다. 그러나 피로한 그녀의 눈은 저도 모르게 웃고만 있다. 두 사람은 서로 소곤거린다…….

　그때 느닷없이 아버지가 꽥 소리를 지른다. 둘은 덜컥 겁에 질린다. 어머니는 몹쓸 짓을 한 소녀처럼 부리나케 몸을 뒤척여 잠든 척한다. 크리스토프는 조그만 잠자리 속으로 파고들어가서 숨을 죽인다……죽음과도 같은 침묵.

　얼마 후, 담요 밑에 기어들어 있던 조그만 얼굴이 살그머니 내다본다. 지붕 위에서는 풍향계가 소리내며 돌고 있다. 물받이에서는 물방울 소리가 난다. 때를 알리는 종이 울린다. 동풍이 불 때는, 해안의 마을과 마을의 종이 저 멀리서 이에 화답한다. 송악나무〔常春藤〕가 뻗은 벽에 떼지어 있는 참새들이 시끄럽게 짹짹 거린다. 어린이들의 한 떼가 놀고 있을 때처럼, 다른 소리보다 훨씬 높고 언제나 똑같은 서너 마리의 울음 소리가 한결 높이 들려 온다. 비둘기 한 마리가 굴뚝 꼭대기에서 우짖고 있다.

　아기는 이러한 소리에 흔들리고 있다. 그는 나직한 음성으로 노래를 부르기 시작한다. 좀더 높이, 조금더 높이, 드디어는 한껏 큰소리로 노래한다. 끝내는 다시금 아버지의 성난 음성이 버럭 소리를 지른다.

　「이 나귀 같은 놈, 입 다물지 못해！ 가만 있거라, 귓바퀴를 빼어 버릴 테다！」

　아기는 다시 담요 속으로 파고든다. 웃어야 할지 울어야 좋을지 모른다. 공포와 굴욕을 느낀다. 동시에 자신이 나귀로 비유된 것을 생각하고는 저도 모르게 피식하고 웃음을 터뜨린다. 잠자리 속 깊이에서, 그는 나귀의 울음 소리를 흉내낸다. 그러자 이번에는 주먹 세례를 받았다. 아기는 온 몸의 눈물을 짜내며 울어젖힌다. 도대체 내가 무엇을 잘못했단 말인가？ 나는 이렇게도 웃고 싶은데, 움직이고 싶은데！ 그렇건만 꼼지락거리지도 못하게 금지당하고 있는 것이다. 저들은 어째서 저다지도 오래 잠잘 수가 있는 것일까？ 언제가 되면 일어날 수 있을까 ?

　어느 날, 그는 끝내 더이상 참을 수가 없게 되었다. 한길에서 고양이인지 강아지인지 아무튼 어떤 진기한 소리가 들려 왔다. 아기는 잠자리에서 기어나온다. 조그만 맨발로 서투르게 마루청 돌을 두드리듯 아장거리며 계단을 내려와서 보러 가려고 한다. 그러나 문이 닫혀 있다. 그것을 열려고 의자 위에 오른다. 순간 모든 것이 뒤집혀 버리고, 몸에 호된 충격을 받고는 으앙하고 울음보를 터뜨린다. 게다가 또 다시 매를 맞는다. 언제나 얻어터지는 것이다 !

　그는 할아버지와 같이 교회에 와 있다. 따분했다. 그다지 마음이 편치 못하다. 몸을 조금 움칠하는 것조차 금지되어 있다. 사람들은 그가 모르는 말을 똑같이 중얼거리고는 같이 입을 다물어 버린다. 모두들 점잖은 척 음울한 표정이다. 평소의 표정과는 다르다. 아기는 조심조심 그러한 사람들을 바라본다.

　이웃집 리나 할머니는 그의 곁에 앉아서 심술궂은 듯한 표정이다. 때로는 할아버지마저 달리 보여지곤 한다. 어쩐지 좀 두려워진다. 그러나 곧 익숙해진다, 될 수 있는 한 무슨 짓이라도 해서 따분함을 잊으려 한다. 몸을 흔들거나, 목을 돌려 천장을 보기도 하고, 낯을 찡그리기도 한다. 할아버지의 옷을 끌어당기고, 의자에 채워진 짚을 살펴보거나 손가락으로 거기에 구멍을 뚫으려 하고, 새들의 울음 소리에 귀를 기울이기도 하고, 턱이 빠질 만큼 큰 하품을 하기도 한다.

　갑자기, 소리의 폭포가 떨어져 온다. 파이프 오르간이다. 오싹하고 등줄기에 전율을 느낀다. 뒤를 돌아보고 의자 등에 턱을 괴고는 의젓하게 가만 있다. 그에게는 이 소리가 무엇인지, 무엇을 뜻하는지 전혀 알 수가 없다. 다만 그것은 빛을 내고 소용돌이치고 있을 뿐, 전혀 분간할 수가 없다.

　그러나 참으로 흐뭇한 기분이다. 따분하고 낡은 건물 속에서 이미 한 시간도 전부터 몸이 뻣뻣해지는 의자 위에 앉아 있었다는 느낌이 사라졌다. 마치 새처럼 공중에 떠 있는 듯한 느낌이다. 그리고 소리의 휘두름이 수많은 둥근 천장을 가득 채우고 벽에서 메아리져 교회의 구석구석에까지 흘러들어, 그것에 실려서 회를 치며 이리저리 날아다니게 되자, 이미 자신의 몸을 그에 맡기는 수밖엔 없게 된다. 자유다, 행복이다, 해가 빛나고 있다……그는 꾸벅꾸벅 졸음에 잠긴다.

　할아버지는 그에 대해 불만이시다. 미사 시간에 버릇이 없다는 것 때문에.

　그는 제 집에 있다. 두 다리를 두 팔로 끌어안고 바닥에 앉아 있다. 지금 막 신터는 거적을 돛배로 삼고, 타일을 깐 바닥을 냇물이라고 정한 참이다. 거적에서 나가면 물에 빠진다고 생각하고 있다. 다른 사람들이 방안을 지나갈 때 거기에 전혀 주의해 주지 않는 데 대해서 그는 놀라기도 하고 또 섭섭하게 여기고 있다.

어머니의 치마 자락을 잡아 쥐고 흔든다.

「이것 봐, 이건 냇물이야! 다리를 건너가야지!」

다리라는 것은 마름모꼴의 붉은 마루청 돌 사이에 나 있는 가느다란 홈이다. 어머니는 그런 말엔 귀도 기울이지 않고 그냥 지나간다. 마치 희곡 작가가 자기 작품을 상연하고 있을 때, 재잘거리는 관객이 눈에 띄었을 때처럼 그는 애태운다.

그러나 다음 순간 타일 바닥은 이미 바다가 아니다. 그는 그 위에 길게 두 다리를 뻗고 누워서, 턱을 돌 위에 얹고 자작의 음악을 읊조린다. 침을 질질 흘리며, 제법 진지한 표정으로 엄지손가락을 입으로 빨고 있다.

그는 타일 사이의 틈새에 시선을 모으고 있다. 나란히 선 마름모꼴의 마루청 돌이 이룬 금이, 흡사 찌푸린 얼굴같이 보인다. 눈에 보이지 않을 만큼 조그만 구멍이 차츰 크게 번져서 골짜기가 된다. 그 둘레에는 여러 개의 산들이 있다. 쥐며느리 한 마리가 기어다니고 있다. 그게 마치 코끼리만큼이나 크다. 벼락이 떨어지더라도, 아기의 귀에는 아마 들리지도 않을 것이다.

아무도 그에게 상관하려 하지 않고 그도 또한 누구에게도 특별한 관심이 없다. 신 터는 거적의 돛배나, 기괴한 야수가 있는 타일의 동굴조차 이젠 없어도 좋다. 제 몸만으로 충분하다. 이 얼마나 신나는 즐거움의 원천이란 말인가!

제 손톱을 바라보면서, 웃음에 겨워 대굴거리며 몇 시간이나 지낸다. 손톱은 모두가 서로 다른 생김새로, 그가 아는 어느 누군가의 얼굴을 닮았다. 아기는 그 손톱들을 서로 지껄이게 하고, 춤추게 하고, 주먹 싸움을 하게 한다. 이번엔 몸의 나머지 부분이다. 그는 자신에 속해 있는 것을 남김없이 샅샅이 조사한다. 뜻밖의 것이 얼마나 많은지 모른다! 참으로 불가사의한 것들이 있다. 그는 진기해하며 빨려들 듯한 눈초리로 보고 있다.

때때로 그는 그런 현장을 들켜서 호되게 꾸지람을 듣곤 했다.

어떤 때는 어머니가 등을 돌리고 있는 틈을 타서 집을 뛰쳐나간다. 처음엔 뒤쫓겨서 붙들려 가곤 했다. 그러나 얼마 뒤엔, 너무 멀리만 가지 않으면 제멋대로 혼자 걸어다녀도 좋다고 허락됐다.

그의 집은 시가의 변두리에 있다. 집 앞의 가까운 곳에 들이 펼쳐져 있다. 집의 창이 바라보이는 곳에서 잰 걸음이긴 하지만 확고한 걸음걸이로 가끔씩 한 발로 깡충깡충 뛰면서 멈추어서지도 않고 걸어가곤 한다. 그러나 길이 꼬부라진 모퉁이를 지나 있는 야트막한 숲 때문에 식구들의 눈에 띄지 않게 되자, 그의 태도는 갑자기 변한다. 우선 걸음을 멈추고 서서 손가락을 입에 물고, 오늘은 어떤 이야기를 자신에게 할 것인가를 생각한다. 그의 머릿속에는 이야깃거리가 가득 차 있기 때문이다.

하기야 어느 이야기나 비슷비슷해 고작 서너 줄로 끝나 버리는 것이었다. 그것 중에서 선택을 한다. 대개 같은 이야기를 골라서 전날에 끝난 데서부터 시작하든가 혹은 약간의 변화를 주어서 처음부터 새로 시작하든가 한다. 하지만 새로운 줄거리를 생각해 내는 데엔 약간의 노력만으로도 충분하다. 우연히 귀에 담은 한 마디로 충분한 것이다.

우연은 무한한 착상을 준다. 울타리 밑에 떨어져 있는 —— 떨어져 있지 않으면 가지를 꺾어—— 보잘 것 없는 나무조각이나 꺾어진 잔가지로 해낼 수 있는 것은 어른에게는 상상도 할 수 없는 일이지만 그에겐 요정 지팡이였다. 길고 곧은 것은 창이 되기도 하고 칼이 되기도 했다. 휘두르기만 하면 군대가 솟아나오곤 했는데 크리스토프는 그들의 장군이었다. 그들을 앞장 서 달려 모범을 보였고, 언덕을 향해 돌격했다. 나뭇가지가 나긋한 것일 때 그것은 채찍이 되었다. 크리스토프는 말을 타고 낭떠러지를 건너뛰었다. 때로는 말이 미끄러지는 수가 있는데, 그럴 때면 기사는 도랑 밑으로 떨어져서 더러워진 손이나 벗겨진 무릎을 창피스러운 듯이 바라보는 것이었다.

지팡이가 조그마한 것일 때는, 크리스토프는 오케스트라의 지휘자가 되었다. 그가 지휘자겸 오케스트라가 되어 지휘하고 또 노래도 했다. 그것이 끝나면 조그만 초록빛의 머리가 바람에 흔들거리는 관목의 숲을 향해서 꾸벅 절을 하는 것이었다.

그는 또 마법사이기도 했다. 큰 걸음으로 들판을 걸으면서 하늘을 쳐다보고 두 손을 휘둘렀다. 그는 구름을 향해 명령한다.『오른쪽으로 가.』그러나 구름은 왼쪽으로 흘러간다. 그는 구름을 꾸짖고 명령을 되풀이했다. 애오라지 조그만 조각 구름이라도 내 명령에 따르지 않으려나 하고, 가슴 술렁거리면서 곁눈질로 엿본다. 하지만 구름은 변함없이 왼쪽으로만 유유히 달려간다. 그는 발을 동동 구르고 지팡이를 휘둘러 대며 구름을 위협했다. 그리고는 성이 나서 왼쪽으로 가라고 명령했다. 그러자 이번에는 완전히 그의 말대로 되었다. 그는 자신의 힘에 행복과 자랑스러움을 느꼈다.

그는 또 동화 속에서 들은 것처럼 꽃을 만지며 금빛 마차가 되라고 명령했다. 그렇게는 되어 지지 않았지만, 조금만 더 참고 있으면 기필코 그렇게 되려니 믿었다. 또 귀뚜라미 한 마리를 찾아내어 이것을 말로 둔갑시키려 했다. 등에 지팡이를 살며시 대고 중얼중얼 주문을 외웠다. 귀뚜라미가 달아나자 그는 그 앞을 가로막았다. 한참 뒤엔 귀뚜라미 곁에 엎드려서 유심히 살펴보고 있다. 마법사의 구실은 이미 잊어버리고, 이 가엾은 벌레를 발랑 뒤엎어 그것이 몸부림치며 괴로워하는 꼴을 보고 깔깔 웃으며 재미있어 하고 있었다.

그는 마법의 지팡이에 낡은 실을 맬 것을 생각해 내기도 했다. 고지식하게 그것을 강물에 던져 넣고는, 물고기가 낚이기를 기다렸다. 바늘도 미끼도 없는 낚싯줄에 물고기가 낚일 리 없다는 것은 그도 잘 알고 있었다. 그러나 한번쯤은 자신을 위해서 물고기가 예외가 되어 줄지도 모른다는 생각이 든 것이었다. 그런 자신이 쌓이고 쌓여 끝내는 지궁창 덮개의 틈으로 줄을 늘어뜨리고 한길에서 낚시질을 하기에 이르렀다. 가끔씩 그는 가슴을 두근거리며 지팡이를 끌어 올린다. 이번에야말로 실이 묵직한 것 같다고 생각하기도 했고, 할아버지가 들려준 얘기처럼, 어떤 보물이 낚여 오른다고 상상하기도 한 것이었다.

이런 놀이를 하는 한창 때는 마치 꿈 속처럼 야릇한 심경이 되어 완전한 망각 상태에 빠져 버리는 순간이 있었다. 주위의 온갖 것이 사라져 버려 자신이 무엇을 하고 있는지도 이미 알 수 없고, 자기 자신조차도 이미 생각나지 않았다. 갑자기 그렇게 되는 것이었다. 걷고 있을 때나 계단을 올라가고 있을 때, 홀연히 공허의 심연이 입을 여는 것이다. 그는 이미 아무것도 생각하질 않는 것 같았다. 그러다가 제 정신을 차리자, 아까처럼 어두운 계단에 있는 자신을 발견하고는 흠칫 놀라는 것이었다. 마치 전생애를 다 살아 버린 듯한 심정이었다, 계단의 두세 칸 사이에서말이다.

할아버지는 저녁 산책에 곧잘 그를 데리고 갔다. 어린애는 할아버지 손에 이끌려 나란히 아장아장 걷고 있었다. 두 사람은 훈훈한 냄새가 물씬 나는 밭길을 걷고 있었다. 귀뚜라미가 운다. 까마귀 몇 마리가 길을 가로막듯이 내려앉아서 이들이 다가오는 것을 멀찍이 바라보고 있더니, 두 사람이 다가가자 푸드득 날개치며 날아갔다.

할아버지는 곧잘 헛기침을 했다. 크리스토프는 그 까닭을 잘 알고 있었다. 노인은 무슨 이야기를 하고 싶어 못 견딜 지경이어서, 그것을 애가 졸라 줄 때를 기다리는 것이었다. 그래서 크리스토프는 막 졸라 댔다. 두 사람의 마음은 서로 잘 통하고 있었다. 노인은 이 손자에 대해서 크나큰 애정을 품고 있었다.　열심히 들어 주는 청중을 발견하는 것이 그에게는 여간 기쁘지 않았던　것이다.

그는 자기 상대에게 경험담이나 동서의 위인들 이야기를 들려 주었다. 그럴 때 그의 음성은 신명이 나서 기세가 높아져 열을 띠곤 했다. 그것은 어린이다운 억누를 수 없는 기쁨으로 떨리고 있었다. 그는 자신의 이야기를 듣는 데 마냥 홀려 버린 듯했다. 불행히도 종종 이야기를 하려 할 때 말이 떠오르지 않는 수가 있었다. 그러나 이런 실망에는 그도 익숙해 있었다. 웅변의 충동에 사로잡힐 때마다 그는 이런 실망을 되풀이하였기 때문이다. 하지만 말을 마치고 나면 그런 일은 또 잊어버리기 때문에, 언제까지고 이 실망과는 인연이 끊이지 않는 것이었다.

그가 즐기는 이야기는, 레규루우스(고대 로마의 애국적인 집정관)니, 아르미니우스(고대 게르만의 국민적인 영웅)니, 또는 류초프(독일의 장군, 1782~1843)의 군대와 케르너(독일의 애국 시인. 류초프의 의용군에 가담. 1791~1813), 혹은 황제 나폴레옹을 살해하려던 프레드릭 스타브스 등 황제에 관한 설화였다. 전대 미문의 영웅적 행위를 이야기할 때면 그의 얼굴은 빛났다. 역사적인 사건을 실제처럼 그럴 듯하게 지껄일 때는 도대체 무슨 소리를 하는지 알아들을 수 없는 경우도 있었다.

그는 감동적인 순간에 듣는 이로 하여금 안달이 나게 하는 것이 이야기의 비결이라고 믿고 있었다. 말을 일단 끊고는 숨이 찬 체하며 크게 코를 풀어 보였다. 그리고는 어린애가 기다리기에 지쳐 좀이 쑤신 나머지 가슴이 죄어드는 듯한 목소리로『할아버지, 그래서 ?』하고 물으면 그의 마음은 기쁨으로 설레이곤 하는 것이었다.

훗날, 점점 자라면서 크리스토프는 할아버지의 이 수법을 꿰뚫어보았다. 그리고는 심술이 나서 이야기의 계속에 대해서 무관심해 보이려고 애썼다. 이것은 가엾은 노인을 슬프게 했다. 그러나 아직까지는 그는 완전히 지껄이는 이의 손에 들어 있었다. 극적인 장면에 이르면 그의 피는 더한층 강하게 울렁거렸다. 도무지 누구의 이야기인지 또 그런 공훈은 언제 어디서 세워진 것인지, 할아버지가 과연 아르미니우스와 아는 사이였는지, 레규루우스는 요전 일요일에 교회에서 본 사람이나 아닌지 모를 일이었다. 왜 그런 생각을 하게 되었는지, 그것은 하느님만이 아실 일이었다. 그러나 그와 노인의 마음은 용감한 공훈에 관한 이야기에 이르자, 마치 자기네가 그것을 한 것처럼 자랑스러움으로 부풀어 오르는 것이었다. 왜냐하면 노인이나 애나 모두 똑같이 어린이였기 때문이다.

비장한 이야기 중간에 할아버지가 마음속에 소중히 간직하고 있는 이론을 더 할 때면, 크리스토프는 그다지 기쁘지 않았다. 그것은 모두가 도덕적인 고찰로서 대개의 경우엔 옳긴 하지만 진부한 하나의 사고, 이를테면 〈친절은 폭력에 우월하다〉느니 〈명예는 생명보다 귀하다〉느니 〈사악(邪惡)해짐은 선량함보다 못하다〉 따위의 것들이기 때문이었다. 그것은 얘기를 더 복잡하게 할 뿐이었다.

할아버지도 이야기를 듣는 어린이의 비평쯤은 두려워하지 않았다. 그리고 신이 나서 예의 과장된 투로 지껄여 대고 있었다. 아무 거리낌없이 같은 말을 되풀이하거나, 말끝을 맺지 않고 넘어가거나, 도중에 말이 막혔을 때는 생각의 구멍을 매우느라고 아무거나 엉터리로 지껄여 대는 적도 있었다. 그리고 자신의 말에 보다 더 힘주기 위해서 원래 뜻과는 반대되는 몸짓을 덧붙여서 그것을 강조하거나 했다. 어린이는 마음속 깊이 감탄하며 할아버지의 말씀에 귀를 기울이곤 했다. 그러면서 생각하는 것이었다. 할아버지는 제법 잘 지껄이시긴 하지만 어째 좀 따분하단 말이야, 하고.

그러다가 둘이 다 유럽을 점령한 그 코르시카 태생의 정복자(나폴레옹을 가리킴)에 관한 전설적인 이야기로 자주 돌아가곤 했다. 할아버지는 그를 알고 있었다. 하마터면 그를 상대로 싸우게 될 뻔도 했던 것이다. 그러나 할아버지는 적의 위대함을 인정할 수가 있었다. 그는 그것을 몇 번이고 입에 올렸다. 그만한 인물이 라인 강 이쪽에 태어났더라면 기꺼이 자신의 한 팔쯤은 내주었을 거라고 말하곤 했다.

그러나 운명은 그렇게 되어 주질 않았다. 할아버지는 지금 그에게 감복하고 있지만, 옛날에는 그와 맞싸웠던 것이다. 아니, 싸우게끔 되었었던 것이다. 하지만 나폴레옹이 이미 십 리 정도의 거리까지 육박하여 이를 요격하려고 진군하고 있을 때, 소부대인 아군은 갑자기 낭패하여 뿔뿔이 흩어져서 숲속으로 달아난 것이다. 그들은 『우린 배반당했다!』라고 저마다 소리치며 도망쳤다. 이때, 할아버지는 달아나는 사람들을 멈추어 세우려고 했으나 허탕이었다고 한다. 할아버지는 그들 앞에 몸을 내던져서 위협하거나 울며 호소하기도 했으나 결국 할아버지도 그들 속에 휩쓸려 버렸고 다음날 정신을 차려보니 싸움터에서 까마득히 먼 데로 와 있었다――아군이 뺑소니친 곳을 할아버지는 싸움터라고 부르고 있었다.

그러나 크리스토프는 애가 타서 이 영웅의 공훈담으로 할아버지를 되돌렸다. 전세계를 말발굽 아래 짓밟은 신나는 이야기에 황홀해져 귀를 기울이는 것이었다. 눈앞에 떠올라 있는 영웅은, 무수히 많은 백성을 거느리고 있었다. 그 백성들은 사랑의 함성을 지르며 그의 몸짓 하나로 적에게 덮쳤고, 적은 언제나 패주하게 마련이었다. 그야말로 그것은 동화였던 것이다. 할아버지는 이야기를 아름답게 하느라고 몇몇 군더더기를 붙였다. 할아버지의 말씀에 의하면 이 영웅은 스페인을 정복하기도 했다. 또한 할아버지가 용서할 수 없다고 여기는 영국마저 거의 정복해 버린 것으로 되어 있었던 것이다.

때로 크리스토프의 조부는 열광적인 설화에서 자신의 영웅에게 분개의 폭언을 퍼붓는 수가 있었다. 애국심이 그의 머릿속에서 눈뜨는 것이었다. 그것은 이예나의 전투(1806년, 나폴레옹군이 독일군을 격파했다)에 관한 이야기보다도, 황제의 패배를 이야기할 때 더한층 그랬다. 이야기를 도중에서 뚝 끊고, 라인 강쪽으로 주먹질을 하며 모멸하듯이 침을 탁 뱉고는 상스럽지 않은 욕설을 입에 담았다——상말로 욕을 할 만큼 그는 자신을 천하게 하지는 않았던 것이다.

그는 나폴레옹을 죄인이나 맹수, 부덕한으로 일컬었다. 그런데 만약에 이 말이 어린애의 마음속에 정의감을 심어 주려는 데 목적이 있었다면, 그것이야말로 과녁을 빗나간 것이라고 할 수밖에 없을 것이었다. 왜냐하면 어린애의 논리는 도리어 이렇게 결론을 지을 것이기 때문이다. 『만약에 그런 위인이 덕을 지니지 않았다면 덕이란 건 부질없는 것일 게다. 가장 중요한 것은 위인이라는 점이지.』하고. 그렇지만 노인은 자신 곁에서 아장거리며 혼자 힘으로 걷고 있는 어린 생각이 있다는 것을 전연 깨닫지 못하고 있었던 것이다.

둘 다 묵묵히 저마다 자기 나름대로 이 훌륭한 이야기를 반추하고 있었다. 다만 산책중에 평소 할아버지가 보살핌을 받고 있는 상류 계층 사람들과 마주치게 되면 그렇게는 되지 않았다. 할아버지는 언제까지고 멈춰서서 허리를 굽혀 절을 하며 쓸데없이 격식대로의 아양을 떨곤 했다. 어린이는 그런 광경을 보고는 웬지 모르게 낯이 붉어졌다. 사실 할아버지는 기성의 권력과 벼락 출세자에 대해서 마음속으로는 존경심을 품고 있었던 것이다. 그가 설화의 주인공인 영웅들을 그토록 사랑한 것은, 그들 속에서 남보다도 높은 지위에 올라갈 수 있었던 성공자를 발견했기 때문인지도 모를 일이었던 것이다.

더위가 한창 극성일 때는, 크라프트 노인은 나무 그늘에 앉아 곧 꾸벅꾸벅 졸곤 했다. 그러면 크리스토프는 할아버지 곁에 쌓아 올려진 돌더미의 흔들거리는 경사나, 표석 위나, 혹은 누구나 앉기 거북한 높은 곳에 앉아 조그만 발을 흔들거리며 나직이 노래를 흥얼거리기도 하고 몽상에 잠기기도 했다. 또 벌렁 누워서 구름의 움직임을 쳐다보았다.

구름은 소나 거인, 모자나 노파, 혹은 널따란 경치 따위로 보였다. 어린이는 나직한 음성으로 그러한 구름과 이야기를 주고 받았다. 커다란 구름에게 삼켜지려는 조그만 구름에게 마음이 이끌렸다. 푸르스름한 시꺼먼 구름이나 무섭게 빨리 치달려가는 구름은 무서웠다. 이러한 구름은 인생에 있어서 커다란 자리를 차지하고 있는 것같이 생각되었다. 할아버지나 어머니가 일체 그런 데 개의치 않는 것이 뜻밖으로 생각되어 견딜 수가 없었다. 만약에 저것들이 어떤 나쁜 짓을 하려고 하면 무서운 일이 벌어질 것이 틀림없었다. 그러나 다행히도 구름은 됨됨이가 선량하여 약간 괴상한 형태로 지나쳐 가지, 결코 멈추지는 않았다.

너무 오래 보고 있었더니 눈이 어찔어찔해진다. 어쩐지 하늘로 떨어져 가는 것같이 착각되어 손발이 떨린다. 눈꺼풀이 깜박거린다. 사르르 졸음이 온다.

침묵. 나뭇잎이 햇빛에 반짝거리고 한들한들 떨리고 있다. 가벼운 안개가 대기 속을 지나간다. 모습조차 어렴풋한 파리떼가 오르간 같은 윙 소리를 내며 공중에서 춤추고 있다. 여름에 취한 메뚜기놈들이 격렬한 기쁨으로 날개를 푸드덕거리고 있다. 주위는 쥐죽은 듯한 고요……숲속의 둥근 천장 아래서 딱다구리 울음 소리가 괴이하게 울려 온다. 멀리 들판에서는 농부가 소를 부르고 있다. 한 마리 말의 발굽 소리가 하얗게 마른 한길 위에서 요란히 들려 온다.

크리스토프의 눈은 감겨진다. 그의 곁에서 개미 한 마리가 밭이랑에 다리처럼 걸려 있는 마른 가지 위를 건너고 있다. 그는 황홀경에서 정신을 잃어 간다…… 몇 세기가 지났다. 그는 눈을 뜬다. 개미는 아직껏 잔 가지를 다 건너지 못한 채였다.

할아버지는 때로 너무 오래 잠자는 수가 있었다. 얼굴이 굳어지고, 긴 코가 더욱 길어지고, 입은 세로로 길게 벌려져 있었다.

크리스토프는 불안스럽게 그 모습을 바라보며, 할아버지의 머리가 이상한 꼴로 변하지나 않나 하고 근심하고 있었다. 그는 할아버지를 잠에서 깨어나게 하려고 더한층 큰소리로 노래를 부르기도 하고, 또 돌멩이 투성이의 비탈을 크게 소리내며 뛰어 보곤 했다.

어느 날 그는 할아버지의 얼굴에 솔잎을 조금 던져 놓고는 그것이 나무에서 절로 떨어졌다고 거짓말을 했다. 노인은 그것을 곧이 들었다. 크리스토프는 그것이 우스워서 배꼽이 빠질 지경이었다. 그러나 그것을 또 한번 하려고 시도한 것은 실수였다. 마침 손을 쳐든 순간, 할아버지의 눈이 이쪽을 뚫어지게 바라보고 있잖은가. 참으로 경솔한 짓을 저지른 꼴이었다. 노인은 엄격하여 자신에게 기울여져야 하는 존경이 희극화되는 것을 결코 허용치 않았다. 두 사람은 그로부터 한 주일 이상이나 냉랭한 태도로 지내야 했다.

길이 나쁘면 나쁠수록 크리스토프는 신이 났다. 돌 하나하나가 어떤 자리에 있는가 하는 것조차도 그에게 있어서는 의미가 있었다. 그는 그것들이 놓인 곳을 모조리 알고 있었다. 수레바퀴로 인해 생긴 울퉁불퉁한 자국도 그에게 있어서는 지리적인 기복으로서, 북부 독일의 타우누스 산맥과 거의 같은 성질의 것이었다.

그는 자기 집 주위 이킬로미터쯤 되는 지역에 있는 움푹 패이고 높직한, 온갖 곳의 도면을 머릿속에 간직하고 있었다. 그러고 보니 밭이랑에 약간 변혁을 가하는 것도 마치 한 사람의 기사가 훌륭한 연구를 한 뒤 행하는 변경에 못지않은 일이라고 생각하게 되었다. 한 덩이의 마른 흙 꼭대기를 발뒤꿈치로 짓밟아서 그 아래 우묵한 골짜기를 메웠을 때엔, 하루를 헛되이 하지 않았다고 흐뭇해했다.

때로는 작은 두 바퀴 마차를 탄 농부를 한길에서 만나는 수가 있었다. 그는 할아버지와 잘 아는 사이여서 두 사람은 그의 옆자리에 탔다. 그야말로 지상의 낙원이었다. 말은 질주했다. 크리스토프는 신이 나서 웃었다. 다만 산책하고 있는 사람들을 스쳐 지날 때만은 전부터 마차를 많이 탄 체하며, 태평스러운 시늉을 했다. 그러나 마음속은 자랑스러움으로 가득 차 있었다.

할아버지와 농부는 그를 본 체 만 체하며 마냥 지껄여 대고 있었다. 두 사람의 무릎 사이에 움츠리고 앉아서, 그들의 넓적다리에 짓눌려 가까스로 앉았거나 전혀 엉덩이를 붙이지 못하는 때도 자주 있었지만 그래도 그는 행복하기만했다. 대답을 해 주건 말건 아랑곳없이 그는 큰소리로 말을 건네었다.

말의 귀가 움직이는 꼴이 눈에 띄었다. 저놈의 귀, 참으로 희한한 것이구나! 오른쪽으로도, 왼쪽으로도, 어느 곳으로든 자유로 향할 수 있고, 앞으로 뻗기도 하고 옆으로 눕거나 뒤로 돌아보기도 한다. 그 꼴에 그는 웃음보를 터뜨렸다. 할아버지를 꼬집어서 관심을 갖게 하려 했다. 그러나 할아버지는 그런 데엔 숫제 흥미가 없었다. 할아버지는 크리스토프를 옆으로 밀어 젖히고는 어른들의 대화를 훼방말라고 이르신다. 크리스토프는 생각에 잠겼다. 어른이 되면 이미 어떤 일에도 놀라지 않게 되는구나, 굳건해져서 무엇이든지 아는구나. 그래, 나도 어른처럼 굴자, 호기심을 감추고 무심한 체하자, 하고 그는 애쓰는 것이었다.

그는 묵묵히 앉아 있었다. 마차 위의 덜컹거림은 그를 꾸벅거리게 했다. 말방울이 춤추고 있다. 짤랑, 짤랑, 짤랑, 짤랑. 허공에 음악이 인다. 그것은 마치 꿀벌떼처럼 조그만 은방울 둘레를 날아 들고 있었다. 마차의 리듬을 타고 명랑하게 흔들거리고 있었다. 그것은 마를 줄 모르는 상송의 샘이었다.

노래가 꼬리를 물고 떠올랐다. 크리스토프는 그것을 참으로 멋지다고 생각했다. 그중에서도 특히 아름답다고 여겨지는 것이 있기에 할아버지의 주의를 끌려고 생각했다. 그는 그것을 더욱 큰소리로 노래했다. 그러나 아무도 주의를 돌리지 않았다. 이번에는 더욱 목소리를 높여 크게 불렀다, 그리고 또 한번 한껏 크게 불렀다. 그러자 마침내 장 미셀 노인은 성을 내며 말했다. 「작작해라! 나팔 같은 소리를 내다니, 귀찮아 죽겠구나!」——그는 그만 숨을 삼켰다. 코끝까지 새빨개지고, 분해서 그만 입을 다물었다. 천국의 문이라도 여는 듯한 이 노래의 훌륭함을 모르는, 우둔한 두 사람을 완전히 경멸해 버렸다! 그는 두 사람을 몹시 밉다고 생각했다. 둘 다 한 주일 동안이나 수염을 기른 채였고 게다가 고약한 냄새까지 풍기고 있었다.

크리스토프는 말의 그림자를 바라보는 것으로 마음을 달랬다. 이 또한 놀라운 구경거리였다. 시커먼 그 짐승은 옆으로 누운 채 길을 달리고 있었다. 이 황혼의 귀로에서, 그것은 목장의 한 부분을 덮어씌운다. 짚더미를 만나면 머리가 그 위로 기어올라가고 지나치면 또 원래의 위치로 돌아왔다. 코끝은 찢어진 풍선처럼 축 늘어지고, 귀는 큼직한 것이 양초처럼 뾰족했다. 정말이지 이게 그림자일까? 아니면 생물일까? 크리스토프는 혼자서라면 아마 이런 그림자는 만나고 싶지 않았을 것이다. 할아버지의 그림자라면 그 뒤를 쫓아가며 머리 위를 걷기도 하고 밟아 주기도 했겠으나, 이 그림자에게는 그런 짓은 할 수 없었다.

해질녘의 나무들의 어슴한 그림자도 또한 명상거리가 되었다. 그것은 길을 가로질러 가서 울타리를 이루고 있었다. 그 앞으로는 가지 말라고 말하는 음산하고 기괴한 도깨비 같았다. 그러면 삐걱거리는 차바퀴의 굴대와 말의 발굽도 『이 앞으론 가지 마!』 하고 되풀이하는 것이었다.

할아버지와 마차 주인은 쉬지도 않고 지껄이며 음성도 높아졌다. 특히 이 고장에서 일어난 일이나 피해에 관한 이야기가 되다 보면 특히 그랬다. 그럴 때, 아이는 몽상을 집어치우고 불안스러운 표정으로 그들을 바라보았다. 서로들 성이 난 것 같고, 저러다가 끝내는 주먹 다짐이라도 벌어질 것 같아서 걱정이 되었다. 그런데 그것은 두 사람이 공통되는 증오의 감정 속에서 가장 잘 통하고 있는 경우였던 것이다.

대개의 경우 그들은 도무지 미움도 품지 않았고, 눈꼽만큼의 정열도 지니고 있지 않았다. 그들은 아무래도 좋은 것을 화제로 삼고 그저 목청껏 터져나오는 큰소리로 지껄이고 있었다.

오직 그것은 큰소리를 지르며 지껄여 대는 재미를 위해서였다. 그것이 민중의

기쁨이었던 것이다. 그러나 그들의 대화의 의미를 알지 못하는 크리스토프에게
는 한갓 격렬한 음성만 들릴 뿐이었다. 그는 그들의 찌푸려진 얼굴을 바라보며
근심스러운 듯이 생각하고 있었다.

『참 어쩌면 저렇게 심술궂게 생겼을까! 틀림없이 두 사람은 서로 미워들 하
고 있을 거야. 저놈, 저렇게 눈알을 부라리고! 저렇게 큰 입을 벌리고 있잖
나! 홧김에 내 코에까지 침을 튀겼어. 아아! 저놈은 할아버지를 죽일지도 모
르지…….』

마차가 섰다. 농부가 도착했다고 말했다. 불구 대천의 원수끼리 악수를 나
눈다. 할아버지가 먼저 내렸다. 농부는 조그만 애를 안아서 그에게 건네 준다.
그리고는 말에 채찍질을 한번 가한다. 마차는 멀어져 간다.

두 사람은 라인 강에 가까운 구부러진 좁다란 길 입구로 돌아와 있었다. 해는
평원 속으로 기울고 있었다. 강변과 거의 닿을 듯하게 뻗은 오솔길은 물결치듯
구불거리고 있다. 우거진 부드러운 풀이 미미한 소리를 내며 발 밑에서 휘어
진다 오리나무 숲이 강 위로 덮치듯이 우거져, 반은 물에 몸을 담그고 있다. 날
개 달린 조그만 벌레들이 떼지어 춤춘다.

조그만 배 한 척이, 천천히 흐르는 고요한 흐름을 따라 소리도 없이 지나
갔다. 강의 물결이 찰싹찰싹 조그만 소리를 내며 버드나무 가지를 핥고 있었다.
빛은 엷고 몽롱하며, 대기는 청명하고, 그리고 강은 은회색을 띠고 있었다. 두
사람은 집으로 돌아온다. 귀뚜라미가 노래를 부르고 있다. 그리고 문간에는 어
머니의 정다운 얼굴이 빙그레 미소짓고 있었다.

오오, 즐거운 추억, 자애 깊은 모습이여. 그것은 조화를 이룬 날개짓 소리와
도 같이 평생토록 나직한 음성으로 계속 노래하리라! 어른이 된 후의 여러 가
지 여행과 대도시, 용솟음치는 바다, 꿈 속 같은 경치, 정다운 얼굴들은 이러한
어린 시절의 산책이나 혹은 할일없이 심심해서 조그만 입술을 유리창에 눌러 대
고 거기에 입김으로 엉기는 김 너머로 날마다 보아 온 하찮은 마당의 한 구석만
큼 그렇게 또렷이 마음속에 새겨지는 것은 아니리라…….

문도 꼭 닫힌 집 안에 밤이 와 있다. 집……무서운 온갖 것, 그림자와 어둠과
공포의 낯선 것 등등으로부터 보호된 은신처.

어떠한 적도 이 문지방만은 넘어오지 못하리라. 불이 활활 타고 있다. 황금빛
으로 구워진 거위 고기가 꼬챙이에 꽂혀 천천히 돌며 익고 있다. 비계살과 적당
히 질긴 살코기의 맛좋은 냄새가 방안에 감돌고 있다. 먹는다는 기쁨의 비길 데

없는 행복감, 경건한 감격, 춤이라도 덩실덩실 추고 싶어지는 기쁨! 정다운 말소리가 울리는 가운데 흐뭇한 따사로움 앞에서 낮 동안의 피로로 몸이 황홀해진다. 소화 작용으로 나른해지면 거기서는 물체의 형상이나 그림자도, 램프의 갓이나 검은 난로 속에서 불꽃을 튀기며 춤추는 불길의 혓바닥도 모두가 하나같이 즐겁고 불가사의한 모습으로 보인다. 크리스토프는 이러한 행복의 쾌감을 더욱더 오래 맛보려고 접시에 볼을 얹는다.

그는 따뜻한 잠자리 속으로 들어간다. 어떻게 여기 온 걸까? 감미로운 피로감으로 이미 몸은 축 늘어져 있다. 방안에서 들리는 온갖 음성과 낮에 본 여러 모습이 머릿속에서 엉키고 있다. 아버지가 바이올린을 집어든다. 날카롭지만 부드러운 선율이 밤 속에서 탄식하며 하소연한다. 그러나 더없는 행복은, 엄마가 와서 사르르 잠에 빠져드는 자신의 손을 잡고 자기 위에 몸을 굽혀 의미 없는 옛 노래 구절을 나직이 불러 줄 때다. 아빠는 이 노래가 바보스럽다고 핀잔이지만 크리스토프는 그것이 듣기에 좋았다. 숨죽여 듣고 있으면 웃고 싶어지기도 하고 울고 싶어지기도 한다. 그의 마음은 취해 있다. 자신이 어디에 있는지 알 수가 없다. 애정으로 가슴이 가득 찬다. 그는 조그만 팔로 엄마의 목을 휘감는다. 그리고는 힘껏 끌어안는다. 엄마는 방그레 웃으며 말하는 것이었다.

「어머나, 나를 목 졸라 죽일 셈이니?」

그는 더한층 세게 조른다. 얼마나 엄마를 사랑하는지! 그 얼마나 온갖 것을 사랑하는지! 모든 사람을, 모든 것을! 온갖 것이 다 좋고 다 아름답다……그는 잠에 빠져든다. 귀뚜라미가 부엌 한 모퉁이에서 울고 있다. 할아버지가 들려주신 이야기 속의 영웅들의 모습이 즐거운 잠 속에 감돌고 있다. 그들과 같은 영웅이 된다는 것! 그렇다, 영웅이 되자……아니, 벌써 영웅이 되어 있잖은가. 아아! 산다는 것은 이 얼마나 좋은 일인가!

이 조그만 존재 속에는, 얼마나 많은 힘과 기쁨과 자랑스러움이 있는 것일까? 그 무슨 정력이 이토록 넘쳐흐르는 것일까! 그의 육체와 정신은 숨이 찰 만큼 빨리 움직이는 원무에 실려 끊임없이 움직이고 있다. 그는 조그마한 불의 영혼처럼 밤낮으로 쉴새없이 불길 속에서 춤추고 있다. 그 무엇으로도 피곤해짐이 없고, 모든 것에 다 키워지고 있는 열광. 미칠 듯한 꿈, 분출되는 샘. 무진장한 희망을 지닌 보배, 웃음, 노래, 영원의 도취. 생활은 아직 그를 괴롭히지 않고 있다. 부단히 그는 생활로부터 도피하고 있다. 그는 무한 속을 헤엄치고 있다. 얼마나 그는 행복한지! 얼마나 그는 행복해지도록 만들어져 있는 것인지 ! 그의 몸에서 행복을 믿지 않는 것이라곤 없다. 그 나이 어린 정열의 힘을 다하여 행복을 추구하지 않는 것이라곤 없다 !

이제 인생은 그를 이성(理性)으로 이끌어가는 자신의 의무를 다하리라.

2

새벽은 아침빛에 쫓기어 달아났다. 그리하여 이 바다의 물
결이 보였다…….

(연옥편 · 제1곡)

L'alba vinceva l'ora mattutina
Che fuggia innanzi, si che di lontano
Conobbi il tremolar della marina……

(PURC. I.)

크라프트 집안은 원래 앙베르 출신이었다. 그런데 장 미셸 노인이 젊은이에게 흔히 있기 쉬운 분별 없는 짓을 하여 큰 싸움 끝에 그 고장을 떠난 것이다. 평소 싸움을 몹시 잘하여 그때까지도 툭하면 싸우곤 했지만, 이 마지막 싸움은 난처한 결과를 가져오고 말았으므로, 그는 반 세기 전에, 대공의 영지였던 이 조그마한 도시에 거주지를 정했다. 이 도시에 있는 끝이 뾰족한 빨간 지붕과 그늘 짙은 정원은 밋밋한 언덕의 경사에 층을 이루고, 〈아버지 라인〉의 엷은 초록색 눈에 그 모습을 비추고 있었다. 그는 누구나 다 음악가인 이 나라에서도 탁월한 음악가로 순식간에 인정받을 수 있었다. 나이 마흔이 지나 클라라 사르토리우스와 결혼하여 이 고장에 뿌리를 박았다. 그녀는 대공을 섬기고 있는 악장의 딸이며, 그도 그 악장의 자리에 오를 수 있었다.

클라라는 조용한 인품의 독일 여자로 요리와 음악이라는 두 가지 정열을 지니고 있었다. 그녀는 남편에게 아버지에게만 가졌던 존경심을 품고 있었다. 장 미셸도 아내를 사랑하고 있었다. 둘은 십오 년간을 사이좋게 살며 네 자녀를 두었다. 그리곤 클라라가 죽자 장 미셸은 크게 탄식하며 슬퍼했으나 다섯 달이 지난 뒤에 오틸리 슈츠와 재혼했다. 빨간 볼에 튼튼하고 쾌활한 스무 살의 오틸리는 클라라만큼이나 아름다움을 지닌 여인이었다. 장 미셸은 클라라를 사랑한 만

큼 그녀도 사랑했는데 여덟 해만에 그녀가 또 저 세상으로 갔다. 그러나 그 동안에 애를 일곱이나 낳아서 모두 열 하나의 자식이었는데 살아 남은 아이는 단 하나뿐이었다. 그는 자식에게 지나친 애착을 가진 편이었으나 이러한 연이은 타격도 그의 낙천적인 기질을 바꾸어 주지는 못했다. 그에게 있어 가장 가혹한 시련은 오틸리의 죽음이었다. 지금부터 세 해 전의 일로서, 그는 이제 즐거움을 되찾아 새로운 가정을 갖기는 어려운 나이에 이르러 있었다. 그러나 마음의 혼란은 일시적인 것이었고 노인은 정신의 평온을 되찾았다. 어떠한 불행도 정신의 평형을 빼앗을 수는 없었던 것이다.

그는 애정이 깊은 사나이였다. 그러나 그에게 있어서 가장 큰 힘을 발휘하는 건 건강이었다. 그는 슬픔에 대해서는 육체적인 혐오감을 품었기 때문에 거칠 정도로 쾌활함을 찾아, 언제나 어린애들처럼 크게 입을 벌리고 웃었다. 아무리 슬픈 일이 있더라도 술 한 잔 사양하는 법이 없었고 맛좋은 음식 한 입을 마다할 위인도 아니었다. 그리고 결코 음악을 쉬는 일이 없었다. 그가 지휘하는 궁정의 오케스트라는 라인 지방에서는 상당한 평가를 받고 있었다. 그리고 장 미셸은 그 당당한 체구와 화 잘 내는 성품으로 유명해져 있었다.

아무리 노력해도 그는 자신을 제어할 수가 없었다. 이 거친 사나이도 원래는 겁이 많고 자기 자신을 위태롭게 하는 일을 두려워하고 있었다. 예의를 존중하고 소문에 신경을 쓰고 있었다. 그러나 격정적인 그의 성격은 이성을 잃는 일이 종종 있었다. 그리고는 느닷없이 미친 듯한 초조감에 사로잡히게 되는 것이었다. 그것은 비단 오케스트라의 연습 때뿐만이 아니라 연주회 도중에도 그러했다. 성이 난 끝에 대공의 면전에서 지휘봉을 내던지고는 격분한 빠른 말투로 단원의 누군가를 꾸짖으며 미친 듯이 발을 구르고 고함치는 일도 있었다. 대공은 그것을 재미있어 했으나 단원들은 그런 무례에 대해 반감을 품고 있었다. 장 미셸은 곧 자신의 무례한 행위를 부끄럽게 여기고, 과장된 아첨의 말을 늘어놓으며 그것을 잊게 하려고 애썼으나 헛일이었다. 다음 번에는 다시금 더욱 격정적인 폭발이 있곤 했던 것이다.

그의 이러한 극단적인 성격은 해가 갈수록 심해져서 끝내는 그 지위를 유지하기가 어렵게까지 되었다. 그 자신이 그것을 느끼고 있었다. 그러던 어느 날, 또다시 울화통을 터뜨린 끝에 오케스트라 전원이 파업으로 돌입할 기세에 이르자 그는 사표를 제출했다. 오랜 세월에 걸쳐 근속했으므로 사표가 수리되지 않고 그대로 유임되리라는 기대를 하고 있었다. 그러나 그렇게 되지는 않았으므로, 그는 배은 망덕한 자들이라고 분개하며 비통한 심정으로 그 자리를 떠났던 것이다.

　그 일이 있은 후 그는 어떻게 하루하루를 보내야 할 지 막막했으나 이미 일흔이 넘은 나이였지만 아직 기력은 정정했으므로 전과 다름없이 계속 일을 하여 출장 교습을 하고, 토론을 하고, 연설을 하는 등 온갖 일에 관계하여 하루종일 시내를 돌아다니고 있었다. 원래 손재주가 있어 여러 가지 일거리를 찾아냈다. 악기의 수선을 시작했고 그러다보니 때로는 개량에 성공하기도 했다. 또한 그는 작곡에도 심혈을 기울였다. 전엔 〈장엄미사곡〉을 작곡한 적도 있는데 그는 곧잘 그것을 입에 올렸고, 그것은 또 이 집안의 명예로 되어 있었다. 그 곡을 만드는 데 몹시 고생하여, 한창 몰두하던 때는 뇌일혈을 일으킬 뻔할 정도였다. 그는 이것을 천재의 작품이라고 스스로에게 믿게 하려고 애썼다. 그러나 얼마나 내용 없는 악상으로 작곡했는가는 그 자신이 더 잘 알고 있었다. 그는 이미 그 초고를 다시 읽어 볼 용기가 없었는데, 자기 것이라고 믿고 있던 악구 중에 다른 작곡가의 것이 억지로 연결되어 있다는 사실을, 훑어 볼 때마다 발견하곤 했기 때문이다. 그로서는 크나큰 슬픔이 아닐 수 없었다.

　이따금 참으로 훌륭하다고 생각되는 악상이 머리에 떠오르면 그는 전율을 느끼며 책상으로 달려간다. 이번에야말로 영감을 포착했으려나? 그러나 펜을 들자마자 주위의 침묵 속에 홀로 멍청해져 있는 자신을 발견하는 게 고작이었다. 스러져 버린 그 소리를 다시 부르려고 아무리 안간힘을 써도, 귀에 들려 오는 것은 멘델스존이나 브람스의 널리 알려진 선율뿐이었다.

　조르즈 상드가 이렇게 말한 적이 있다. 『세상에는 표현하는 힘이 결여된 불행한 천재가 있다. 그의 명상은 남에게 알려지지 못한 채, 그는 무덤 속으로 그것을 가지고 간다. 저 뛰어난, 벙어리와 말더듬이의 대가족의 일원인 조프르와 상틸레르가 그와 같은 부류다.』—— 장 미셸도 그런 부류에 속해 있었다.

　그는 음악이나 언어에 있어서 자기 자신을 완전히 표현할 수가 없었다. 더구나 무엇이든 환상을 품고 있었다. 이야기하는 것, 쓰는 것, 위대한 음악가가 되는 것, 위대한 웅변가가 되는 이 모든 것을 그는 얼마나 희구하고 있었던가! 그것이 그가 남몰래 가진 상처였다. 그것을 누구에게도 말하지 않았다. 자기 자신에게도 고백하려 하지 않았으며, 애써 그것을 생각하려 하지도 않았다. 그러나 자신도 모르게 거기에 매달리고 있었다. 그리하여 그것은 그의 마음에 죽음의 씨를 뿌렸다.

　가엾은 노인! 무슨 일에 있어서나 그는 완전히 자기 자신이 될 수가 없었다. 그에게는 아름답고 힘찬, 수많은 싹이 있었다. 그러나 그것은 하나같이 성장을 이룰 수가 없었다. 예술의 존엄성과 생의 정신적 가치에 대해서, 그는 남을 감동시킬 수 있는 깊은 신념을 지니고 있었다. 그러나 대개의 경우, 그것은 과장된 우스꽝스러운 방법으로 표현되었다. 그는 또 대단한 자존심을 가지고 있었다. 그러나 실제 생활에 있어서는 손윗 사람에 대해 거의 노예적인 찬탄의 마음을 품고 있었다. 독립과 자유 분방에 대한 참으로 숭고한 동경심을 지니고 있었으나 실제로는 절대적인 복종이었다. 자유 사상가다운 정신을 지니고 있다는 자부심이 있었다. 그러나 그는 온갖 미신을 지키고 있었다. 영웅적인 정신에 대한 정열과 실제적인 용기를 지니고 있었다. 그러면서도 참으로 겁이 많았던 것이다! 반드시 도중에서 멈춰 버리는 성격이었던 것이다.

장 미셸은 아들에게 큰 기대를 걸고 있었다. 멜키오르도 처음에는 그것을 실현할 것같이 보였다. 어려서부터 음악에 대한 뛰어난 재능을 지니고 있었다. 수월하게 음악을 익혔고, 일찍부터 바이올리니스트로서의 기량을 터득했다. 그리하여 오랫 동안 궁정 음악회의 총아가 되어 거의 우상처럼 존경받았다. 피아노나 그밖의 악기도 능란하게 다룰 줄 알았다. 화술에도 능했고, 약간 둔해 보이긴 했으나 제법 풍채도 좋아 독일의 고전적 호남자의 전형이었다. 표정 없는 시원한 이마, 선이 굵직한 생김새, 그리고 곱슬곱슬한 수염. 그야말로 라인 강변의 주피터였다.

장 미셸 노인은 아들의 성공을 즐겁게 자랑하고 있었다. 자신은 어떤 악기도 다루지 못했기 때문에, 능숙한 아들의 기술에 황홀해져 있었다. 실제로 멜키오르는 자신의 생각을 표현하는 데 곤란을 느끼는 일은 없었을 것이다. 그러나 불행히도 그는 아무것도 깊이 생각하지 않았다. 뿐만 아니라 마음을 깊이 쓰지도 않고 있었다. 그의 영혼은 그야말로 평범한 배우의 그것이었다. 평범한 배우는 대사의 뜻따위엔 무관심하며 그저 대사의 전달에만 마음을 쓰고 그것이 관객에게 미치는 효과를 불안스러운 허영심으로 유심히 지켜볼 뿐이다.

참으로 우습게도 그는 장 미셸과 마찬가지로 무대 위의 자기 태도에 무척 주의하고, 사회의 인습에 대해서는 소심하리만큼 존경을 하면서도 어딘지 모르게 엉뚱하고 발작적이며 경솔한 데가 있었다. 그러고 보면 크라프트 집안 사람들은 모두 약간의 광기가 있나 보다고 세상 사람들은 쑤군거리고 있었다. 그런 소문도 처음 한동안은 그에게 아무런 손해를 끼치지는 않았다. 그런 색다른 특색이야말로 도리어 사람들이 그에게 인정하고 있는 천재의 증거처럼 생각되고 있었다. 왜냐하면 예술가란 상식적일 수는 없다는 것이, 일반인들 사이에서는 보편적으로 인정되고 있었기 때문이다. 그러나 사람들은 이윽고 그의 괴짜 행동에 주의를 기울이기 시작했다. 그 원인은 대개 술이었다. 바커스〔酒神〕는 음악의 신이라고 니체가 말했듯이 멜키오르도 똑같은 의견이었다. 그러나 그의 경우엔 이 신이 그렇게 유익한 신은 아니었다. 그에게 결여된 사상을 주기는커녕, 그가 가진 극히 적은 사상조차도 빼앗아 버린 것이다. 어리석은 결혼(세상 사람들이 볼 때나, 그가 생각해도 어리석은) 후론, 그는 더욱더 술에 빠져 들어가 예술을 소홀히 했다. 그가 자신의 예술이 뛰어나다고 자부하고 있는 것을 순식간에 잃어버리고 말았다. 재주꾼이 속속 나타나서 그의 뒤를 이어 세상 사람들의 인기를 모았다. 그에게는 여간 쓰라린 일이 아닐 수 없었다. 그러나 이런 실패는 그의 열정을 눈 뜨게 하기는커녕 그를 완전 낙담케 하고 말았다.

그는 고작 술집에서 술친구들과 더불어 경쟁자들에게 욕설을 퍼부음으로써 분풀이를 하고 있었다. 어리석은 자만심에 사로잡혀 아버지의 뒤를 이어 악장이 될 수 있으려니 기대하고 있었다. 그런데 다른 사람이 임명되고 만 것이다. 그는 자신이 박해를 받고 있는 것으로 생각하고 불우한 천재라고 자처하고 있었다. 크라프트 노인이 받고 있던 신망 덕분에 오케스트라의 바이올린 주자로서의 지위는 유지해 갈 수 있었다.

그러나 날이 갈수록 시내의 개인 교수 자리는 점점 적어져 이제는 거의 없다시피 했다. 이 타격은 그의 자존심에 더할 수 없이 뼈저린 것이었으나, 그의 호주머니 사정으로는 더욱더 쓰라린 일이 아닐 수 없었다. 수년 동안의 계속된 불운으로, 가정의 생활은 형편없이 궁색해져 있었다. 호사를 실컷 누린 뒤에 곤궁이 와서, 그것은 날이 갈수록 심해져 갔다. 멜키오르는 그래도 아랑곳하지 않았다. 복장이나 쾌락 만을 위한 지출에는 단 한 푼도 줄이지 않았다.

그는 결코 악인은 아니었다. —— 어쩌면 이것이 더욱 나쁠지도 모르지만 ——그는 어중간한 선인이었다. 연약하고 무기력하고 정신력이 없었다. 게다가 자신은 선량한 아버지요, 선량한 아들이요, 선량한 남편, 선량한 사람이라고 믿고 있었다.

만약 그런 사람이 되기 위해서는 사소한 일에도 쉽게 감동하는 값싼 친절이나 자신의 한 부분으로서 가족들을 사랑하는 그 동물적인 애정만으로 충분하다고 한다면, 그도 그러한 사람이었을지도 모른다. 그는 또 심한 이기주의자라고 할 수도 없었다. 그러기에는 뛰어난 개성이 없었다. 그는 아무것도 아닌 사람이었다. 이런 하찮은 사람이 인생에 있어서는 무서운 존재인 것이다 ! 마치 공중에 방치된 물체처럼 그들은 떨어지려 한다. 절대로 떨어지지 않을 수 없는 것이다. 그리고 떨어지면서 자기와 같이 있는 온갖 것을 더불어 끌고 가 버리는 것이다.

　나이 어린 크리스토프가 주위의 상황을 이해하기 시작한 것은 가정의 궁핍이 극에 달한 무렵이었다.
　그는 이미 외아들은 아니었다. 멜키오르는 장래 생각은 아랑곳없이 해마다 아내로 하여금 애를 낳게 했다. 그중 둘은 어려서 죽었다. 다른 두 애는 세 살박이와 네 살박이였다. 멜키오르는 결코 자식을 돌보는 일이 없었다. 루이자는 부득이 외출해야 할 때면 그 두 아이를 채 여섯 살밖에 안 된 크리스토프에게 맡기고 가곤 했다.
　크리스토프에게 이것은 쓰라린 일이었다. 이 의무 때문에 오후에 들을 산책하는 즐거움을 단념해야 했기 때문이다. 그러나 어엿한 한 사람 몫을 하여 대우받는 데에 자랑스러움을 느끼고, 이 의무를 훌륭히 해내었다. 온갖 재미나는 짓을 해 보여 될 수 있는 대로 동생들을 즐겁게 해 주었다. 어머니가 아기에게 하는 말을 귀담아 외웠다가 그대로 해 보려고 애쓰기도 했다. 또 어머니 흉내를 내어 애들을 번갈아 팔에 안아 주곤 했다. 무게 때문에 몸이 휘어서 아이를 떨어뜨리지 않으려고 이를 악물고 힘껏 가슴에 품어 안는다. 아이들은 언제나 품에 안기려 하며, 결코 싫증을 내지 않았다.
　크리스토프가 더 안아 줄 수가 없게 되면 언제까지고 우는 것이었다. 때문에 곧잘 어쩔 줄 모르고 당황하는 수가 있었다. 아이들은 쉽게 더럽히기 때문에 어머니가 하듯 시중도 들어 주어야 했다. 그러나 크리스토프는 어떻게 해야 할지 알 수가 없었고 애들은 그의 친절을 미끼로 그를 혹사시켰다. 때로는 뺨을 때려 주고 싶을 때도 있었다. 그러나 생각을 고쳐 먹었다. 『이놈들은 꼬마란 말이다. 아무것도 모르는 놈들이지.』
　그래서 꼬집히고 매맞고 괴롭힘을 당해도 너그럽게 그들이 하는 대로 내버려 두었다.
　에른스트는 아무것도 아닌 일에 악을 썼다. 두 발을 동동 구르기도 했고, 성이 나서 데굴데굴 구르는 일도 있었다. 신경질적인 애였다. 루이자는 평소 아이의 변덕기에 거슬리지 않도록 하라고 크리스토프에게 주의를 주고 있었다. 로돌프는 원숭이처럼 심술궂었다. 크리스토프가 에른스트를 안아주고 있으면 반드시 그 틈에 등 뒤로 가서 온갖 장난을 다 했다. 장난감을 망가뜨리고, 물을 뒤집어 엎고, 옷을 더럽혀 놓고, 또 찬장을 뒤지다가 접시를 떨어뜨리곤 했다.

이런 형편이었으므로 루이자는 돌아와서도 크리스토프를 칭찬하는 일없이, 난잡하게 어지럽혀진 것에 꾸짖지는 않지만 불쾌한 듯 말하는 것이었다.
「참 딱하기도 하지. 애도 볼 줄 모르다니, 원.」
크리스토프는 어머니의 그 말이 분했고 서글퍼지는 것이었다.

루이자는 조금이라도 돈을 벌 수 있는 기회라면 놓치지 않고 결혼식의 피로연이나 세례식의 연회 같은 특별한 경우에 요리사로서 고용되어 가곤 했다. 멜키오르는 전혀 모르는 체했다. 자존심을 상하게 하는 일이었기 때문이다. 그러므로 아내가 자기에게 알리지 않고 일을 하려는 데에 성을 내지는 않았다. 어린 크리스토프로서는, 아직 생활의 어려움 같은 것은 조금도 알 수가 없었다. 자신의 의지를 방해하는 것이라고 느껴지는 것은 양친의 의지뿐이었으나, 이 양친의 의지는 큰 방해가 되는 것은 아니었다. 그는 거의 되는 대로 내버려둔 채였기 때문이다. 그는 어른이 되는 것밖엔 바라지 않고 있었다. 어른어 되면 무엇이든지 자기 하고 싶은 것을 할 수 있다고 생각하고 있었다. 걸음마다 발에 걸리는 장애가 있으리라고는 상상조차 하지 않았다. 더구나 자기의 부모가 모든 일에 있어서 뜻대로 하지 못하고 있다고는 한 번도 생각해 보지 못했다. 인간 중에는 명령하는 사람과 명령을 받는 사람이 있는데, 자신의 집 식구나 자신은 전자에 속하지 않는다는 것을 처음으로 깨닫게 된 날, 그는 온통 노여움으로 들끓었다. 그것이야말로 그의 생애에서의 첫 위기가 아닐 수 없었다.
그날 어머니는 가장 고운 옷을 입혀 주었다. 얻어 온 낡은 옷이지만, 루이자가 끈기있게 노력해서 고쳐 만든 것이었다.
크리스토프는 시키는 대로 어머니가 일하고 있는 집으로 어머니를 만나러 갔다. 혼자 들어가야 할 것을 생각하자 더럭 겁이 났다. 하인 하나가 현관 아래를 왔다갔다하고 있었다. 그는 어린애를 불러 세우더니, 왜 왔느냐고 마치 주인인 듯한 투로 물었다. 크리스토프는 새빨개져서 〈크라프트 부인〉을 만나러 왔다고 더듬거리며 말했다.
「크라프트 부인이라고? 무슨 일이지, 크라프트 부인에게?」
그 하인은 부인이라는 말에 핀잔섞인 말을 잇는다.
「그 사람이 네 엄마냐? 그리 올라가렴. 루이자는 복도 구석의 부엌에 있단다.」
그는 더욱더 낯을 붉히며 걸어갔다. 엄마가 아무렇게나 루이자라고 헐값으로 불리는 것을 듣고 그는 부끄러웠다. 굴욕을 당한 듯한 느낌이었다. 저 정다운 라인 강가의 숲 밑에서 늘 자기 자신과 이야기를 나누던 그곳으로 달아나 버리고 싶었다.

부엌으로 가자 많은 하인들에게 둘러싸였다. 모두들 왁자지껄 말을 건네며 그를 맞이했다. 구석의 불 옆에서 어머니가 부드럽게, 그러나 다소 당황한 듯한 표정으로 그에게 미소짓고 있었다. 그는 뛰어가 엄마의 무릎에 매달렸다. 엄마는 흰 앞치마를 걸치고 나무 주걱을 손에 들고 있었다. 그리고는 얼굴을 들어 여러분들에게 보이도록 하라느니, 거기 있는 한 사람 한 사람에게 악수하며 안녕이라고 인사하라느니 하며 더욱더 그를 어쩔 줄 모르게 했다. 그는 말을 듣지 않았다. 벽쪽을 향해서 팔 속에 얼굴을 감추었다. 그러나 차차 대담해졌다. 마음을 다지자 웃음 담긴 반짝반짝 빛나는 조그만 눈을 팔 속에서 내놓았다. 그러나 남들 눈에 띄자 다시 눈을 숨겼다. 이렇게 해서 그는 몰래 그 사람들을 관찰하고 있었다. 엄마는 지금까지 본 일이 없을 만큼 바쁜 듯했고, 또 익숙한 사람 같았다. 이 남비에서 저 남비로 가서 맛을 보거나 뭐라고 주의를 주거나 했고, 자신 있는 듯이 요리법을 설명하곤 했다. 그 말을 다른 여러 여자 요리사들이 공손히 경청하고 있었다. 자기 엄마가 얼마나 존경을 받고 있는가, 또 번쩍번쩍 빛나는 금이나 동의 훌륭한 도구로 장식되어 있는 이 아름다운 방안에서 엄마가 어떠한 역할을 하고 있는가를 보고, 어린이의 마음은 자랑스러움으로 가득 차는 것이었다.

그런데 갑자기 이야깃소리가 딱 그쳤다. 문이 열렸다. 한 귀부인이 빳빳한 옷 스치는 소리를 내며 들어왔다. 그녀는 의심많은 듯한 눈초리로 둘레를 빙 둘러보았다. 이미 젊지는 않은 여인이었다. 그래도 소매가 넓고 밝은 빛깔의 로브(긴 옷)를 입고 있었다. 그리고 옷이 끌리지 않도록 한 손으로 치맛자락을 들어올리고 있었다. 그러면서도 부뚜막 옆에까지 와서 접시 속을 들여다보기도 하고 맛을 보기도 했다. 손을 조금 쳐들자 소매가 흘러 내려왔는데, 팔은 팔꿈치 위까지가 맨살이었다. 크리스토프에게는 그것이 매우 보기 흉한, 그리고 버릇없는 것으로 생각되었다. 그 여인은 그 얼마나 차갑고 거만한 태도로 루이자에게 말을 건네는 것이었던지! 루이자는 또 얼마나 자신을 낮추어 그녀에게 대답하는 것이었던지!

크리스토프는 깜짝 놀랐다. 다른 사람의 눈에 띄지 않도록 구석으로 숨었다. 그러나 헛일이었다. 귀부인은 이 꼬마는 누구냐고 물었다. 루이자는 곁으로 다가와 그를 붙들고 귀부인에게 소개했다. 엄마는 얼굴을 숨기지 못하게 하느라고 그의 두 손을 잡고 있었다. 그는 몸을 뒤틀고 달아나고 싶었으나 이런 경우는 거역해서는 안 된다는 것을 본능적으로 느꼈다. 귀부인은 어린애의 부끄러워하는 표정을 뚫어지게 쳐다보았다. 그러더니 모성애가 일어난 듯 부드럽게 미소지으려 했다. 그러나 곧 주인다운 태도로 돌아가서는, 품행이나 신심 등을 꼬치꼬치 물었다. 그러나 그는 단 한 마디도 대답하지 않았다. 귀부인은 또 그의 옷이 어울리는지를 유심히 살펴 보았다. 루이자는 그 옷이 훌륭한 옷이 되었다는 것을 알리려고 부랴부랴 서둘렀다. 주름을 펴려고 계속 윗도리를 끌어당겼다. 크리스토프는 몸이 죄어드는 바람에 소리를 치고 싶어졌다. 엄마가 왜 이렇게 감사치레를 하는 것인지 까닭을 알 수 없었다.

귀부인은 그의 손을 잡더니 자기 아이들이 있는 곳으로 데리고 가고 싶다고 말했다. 크리스토프는 애원하는 듯한 눈초리로 엄마의 얼굴을 보았다. 그러나 엄마는 은근하게 주인에게 미소를 짓고 있었으므로, 어쩔 도리가 없다고 생각했다. 별수없이, 흡사 도살장으로 끌려가는 양처럼 귀부인의 뒤를 따라갔다.

마당으로 나가자 그곳에는 매우 기분이 언짢아 보이는 얼굴의 두 어린애가 있었다. 크리스토프와 거의 같은 또래의 사내아이와 계집아이인데, 아마 싸움이라도 하고 서로 노려보고 있는 것 같았다. 크리스토프가 마침 거기 나타난 것은 그들에겐 기분 전환의 계기가 되었다. 그들은 옆으로 다가와서 새로 온 애를 힐끔힐끔 훑어보았다. 크리스토프는 귀부인이 그냥 떼어놓고 갔기 때문에 홀로 오솔길에 선 채, 눈도 들지 못하고 있었다. 두 애는 서너 걸음 떨어진 곳에 꼼짝 않고 서서 발끝부터 머리끝까지 그를 훑어보고는, 팔꿈치로 쿡쿡 찔러 보기도 하고 서로 냉소하기도 했다. 그러다가 드디어 그들은 결심한 모양이었다. 대체 넌 누구냐, 어디서 왔느냐, 아버지는 무엇을 하느냐, 하고 물었다. 크리스토프는 긴장해서 굳어진 채 아무런 대답도 하지 않았다. 겁에 질려 눈물이 나올 것 같았다. 특히 금발을 땋아 늘이고 짧은 스커트를 입은 맨발의 소녀 때문이었다.

그들은 놀기 시작했다. 크리스토프가 어느 정도 침착해졌을 때, 그 집 소년이 별안간 그의 앞에 버티고 서더니 그의 옷을 만지며 말했다.

「야아, 이건 내 옷이야!」

크리스토프는 영문을 알 수가 없었다. 자기 옷이 남의 옷이라는 말을 듣고는, 분에 못 이겨 고개를 강하게 흔들며 부인했다. 하지만 소년은 우겼다.

「틀림없이 내 거야! 내가 입고 있던 곤색 옷이야. 자, 봐. 여기 얼룩이 져 있잖아.」

그는 이렇게 말하고는 그곳을 손가락으로 짚었다. 그리고 검사를 계속하여 크리스토프의 발을 살펴보고 기운 신발 끝을 보고는, 대체 이건 무엇으로 기웠느냐고 물었다. 크리스토프의 얼굴은 홍당무가 되었다. 여자애는 앵돌아진 투로, 가난뱅이 애야, 하고 오빠에게 속삭였다. 크리스토프의 귀에도 그 말이 들렸다. 지금까지 입을 다물고 있던 크리스토프도 비로소 말문이 열렸다. 마치 짓눌린 듯한 목소리의 재빠른 말투로 그는 자기 소개를 했다. 나는 멜키오르 크라프트의 아들이다, 우리 엄마는 요리사인 루이자라고. 이로써 남을 업신여긴 상대방의 생각을 당당히 무찌른 듯한 심정이 되었다. 이런 신분은 다른 어떠한 신분에 못지않게 훌륭한 것이라고 생각했던 것이다. 또한 그것은 정당한 일이기도 했다.

그렇지만 상대방의 두 아이는 이러한 보고에 흥미는 가졌을지라도 그를 전보다 존중해 주는 것처럼 보이지는 않았다. 도리어 주인 행세를 하는 투로 말을 건네는 것이었다. 커서 무엇이 될래, 역시 요리사나 마부가 되겠니 하고 물었다. 크리스토프는 다시 입을 다물어 버렸다. 마치 얼음으로 가슴을 꿰뚫린 듯한 심정이었다.

그가 잠자코 있는 데에서 기세를 얻은 두 아이는, 이 가난한 집 아이를 곯려 줄 어떤 재미나는 방법은 없을까 하고 생각했다. 어린이들에게 흔히 있는, 그 까닭없이 잔인한 반감을 품은 것이다. 특히 여자애가 더 열심이었다. 그녀는 크리스토프가 꼭 끼는 답답한 옷을 입고 있으므로 잘 뛸 수 없다는 점을 생각했다. 그래서 장애물 뛰어넘기를 하자는, 제법 약은 생각을 한 것이다. 조그만 의자로 목책을 만들고 크리스토프에게 그것을 건너뛰라고 강요했다. 가엾은 이 아이는 왜 건너뛰지 못하는지를 말하지 못했다. 그리고는 전력을 다하여 돌진했다. 당연히 땅바닥에 나동그라졌다. 주위에서 까르르 웃음 소리가 터졌다. 다시 해야 했다.

그는 눈에 눈물을 가득 머금고, 될 대로 되라는 듯이 해보았다. 이번엔 용케 건너뛸 수가 있었다. 그래도 심술꾸러기들은 만족하지 않았다. 목책이 충분한 높이가 아니었다는 결론을 내렸다. 그리고는 다른 것을 가져다 그 위에 쌓아올려 위험스러운 장애물을 만들어 버렸다. 크리스토프는 이에 항의해 뛰지 않겠다고 선언했다. 그러자 소녀는 그를 비겁한 놈이라고 부르며 무서워서 그런다고 했다. 이 말에는 크리스토프도 참을 수가 없었다. 뒹굴 줄 뻔히 알면서도 뛰었다. 역시 그는 나동그라졌다. 두 발이 장애물에 걸렸다. 모든 것이 그와 더불어 무너져 내려 두 손에 찰과상을 입었다. 하마터면 머리가 깨질 뻔했다. 더구나 불행하게도 옷의 두 무릎과 몇 군데가 찢어졌다. 부끄러워 죽을 지경이었다. 주위에서 두 아이가 기뻐서 자지러지게 웃으며 깡충거리는 소리가 들렸다. 그는

격렬한 고통에 사로잡혔다. 그들이 자신을 업신여기고 있다는 것을, 자신을 미
워하고 있다는 것을 그는 느꼈다. 대체 왜 그러는 걸까? 왜 그러는 걸까? 차라
리 그는 죽고 싶었다! 남의 악의를 처음 안 아이의 괴로움처럼 비참한 것은
없다. 아이는 온 세계의 모든 사람으로부터 박해를 당하는 것인 줄로 믿어 버
린다. 그리고 자신을 받침해 주는 것은 무엇 하나 없다, 이미 아무것도 없다, 그
야말로 이미 아무것도 없는 것이다!……크리스토프는 일어나려 했다. 그러자
사내아이가 다시 그를 넘어뜨렸다. 계집아이는 발로 걷어 찼다. 그는 다시 한번
일어나려 했다. 이번에는 둘이 한꺼번에 그에게 덤벼들어 등 위에 올라 타고 그
의 얼굴을 땅바닥에 눌러 댔다. 이때 노여움이 불끈 솟구쳤다. 너무 심하다!
두 손은 아픔으로 확확거리고, 더구나 나들이옷은 갈기갈기 찢어졌다. 그에게
는 여간 큰 재앙이 아닐 수 없었다! 부끄러움, 슬픔, 부정에 대한 반항심 등 한
꺼번에 밀어닥쳐온 그런 참담한 심정이 하나로 용해되어 미칠 듯한 분노가 되
었다. 그는 두 무릎과 두 손으로 몸을 지탱하자, 마치 개처럼 몸을 흔들어서 박
해자들을 떨어뜨렸다. 그들이 다시 덤벼들자 머리를 수그린 채 그들과 부딪쳐,
계집애는 따귀를 갈겨주고 사내애에게는 주먹으로 한 대 쥐어박아 꽃밭 속으로
때려눕혀 버렸다.

　넘어진 애의 입에서 요란한 비명이 일어났다. 두 아이는 큰소리로 울며 집 안
으로 달아났다. 문이 여닫히는 소리, 그리고 성난 외침 소리가 들려왔다. 귀부
인이 기다란 의상의 옷자락이 허용하는 최대한의 빠른 속도로 달려왔다. 크리스
토프는 그녀가 달려오는 것을 보면서 달아나려고는 하지 않았다. 그는 자신이
한 일에 대해서 오싹하는 공포를 느끼고 있었다. 그것은 엄청난 일이었다. 범죄
였다. 그러나 그는 결코 후회하고 있진 않았다. 그는 기다리고 있었다. 이미 돌
이킬 수는 없는 일이었다. 그것도 좋겠지! 그는 절망해 버리고 말았다.

　부인은 그에게 덤벼들었다. 그는 얻어맞았다고 느꼈다. 미친 듯 성난 목소리
로 뭐라고 마냥 악을 쓰는 소리가 귀에 들려 왔다. 그러나 무어라고 하는지 전연
알 수가 없었다. 그가 창피 당하는 현장을 보려고, 두 적은 다시 돌아와 있었다.
그리고 날카로운 소리를 쥐어 짜면서 고래고래 욕을 퍼붓고 있었다. 하인들도
와서 왁자지껄하고 있다. 크리스토프를 철저히 혼내주기 위해 루이자가 불려
왔다. 엄마는 그를 감싸주기는커녕, 사정도 알기 전부터 그를 때리기 시작하여
그들에게 사과를 시키려 했다. 그는 성이 나서 듣질 않았다. 그녀는 더욱 세차
게 그의 몸을 흔들어 대고, 손을 잡고 부인과 애들 있는 쪽으로 끌고 가 그 앞에
꿇어앉히려 했다. 그러나 그는 발을 동동 구르고 악을 쓰며 엄마 손을 물어뜯

었다. 끝내는 웃고 있는 하녀들 틈 속으로 도망쳐 버렸다.

그는 가슴이 터질 것 같고, 노여움과 따귀를 맞은 낯이 화끈거려서 그 자리를 떠났다. 아무 생각도 하지 않으려 했다. 큰길에서 울긴 싫었기 때문에 걸음을 빨리했다. 실컷 울어 기분을 가라앉히고 싶어서, 얼마나 빨리 집으로 돌아가려 했는지 모른다. 목이 죄어들고, 머리로 피가 솟구쳐 올랐다. 당장에 몸이 터질 것만 같았다. 가까스로 집에 닿았다. 거무충충한 낡은 계단을 뛰어올라 언제나 은신처로 삼던 강을 굽어보는 창가로 갔다. 숨을 몰아쉬며 그는 그곳에 몸을 내 던졌다. 눈물이 터진 봇물처럼 펑펑 쏟아져나왔다. 왜 우는지 똑똑히 알 수는 없었다. 그러나 울지 않을 수는 없었다. 첫번 울음의 눈물이 거의 다 흘러 말랐 는데도 그는 또 울었다. 분노에 못 이겨 자신을 괴롭히려고 울고 싶어한 것이 었다. 그렇게 함으로써 자신과 함께 동시에 다른 사람들도 벌주려 하는 듯. 그 리고는 생각했다. 이제 아버지가 돌아오시겠지, 엄마는 자초 지종을 일러바치 실 거야, 그렇다면 나의 불행은 이것으로 끝나지는 않은 셈이구나. 이렇게 생각 하다 보니, 어디든 좋으니 도망가서 두 번 다시는 이곳으로 돌아오지 않으리라 는 결심이 섰다.

막 계단을 내려서고 있을 때, 귀가한 아버지와 마주쳤다.

「장난꾸러기놈, 뭘 하느냐? 어디 가는 거야?」

멜키오르가 물었으나 그는 대답하지 않았다.

「무슨 못된 짓을 했구나. 무슨 잘못을 했느냐?」

크리스토프는 완강히 침묵을 지켰다.

「무얼 했느냐 말이다! 대답해!」

아이는 울음을 떠뜨렸다. 멜키오르는 고래고래 악을 썼다. 두 부자의 목소리 가 뒤섞여 격화되었을 때, 계단을 올라오는 루이자의 황급한 발걸음 소리가 들 려 왔다. 그녀는 집에 돌아와서도 여전히 정신이 흐트러져 있었다. 우선 심하게 꾸짖고, 또다시 뺨을 때렸다. 멜키오르도 사정을 알게 되자——아니, 알기 전 부터도 마치 소라도 패듯 덩달아 때렸다.

두 사람 다 큰소리로 고함을 질렀고 아이는 계속 울고 있었다. 마침내는 두 사 람이 똑같이 성을 내며 싸움을 하기 시작했다. 멜키오르는 아들을 때리면서도 아들이 옳다고 하고, 돈으로 무슨 일이든지 할 수 있다고 믿는 놈들의 집으로 일 하러 가니까 이런 변을 당한다고 투덜거렸다. 루이자도 아들을 때리면서 남편에 게 악을 썼다.

「당신은 손버릇 사나운 망나니예요, 애에게 손가락 하나도 대지 마세요, 용서치 않겠어요, 이렇게 상처가 났지 뭐예요.」

 아닌게아니라 크리스토프는 코피가 좀 나오고 있었다. 그러나 그는 자신에게 거의 관심도 두지 않았다. 엄마가 젖은 헝겊을 콧구멍에 막 쑤셔 넣어 주었지만 조금도 기쁘지 않았다. 엄마는 여전히 꾸짖고만 있었기 때문이다. 끝내 크리스토프는 어두운 방구석으로 밀어넣어져 갇힌 채, 저녁밥도 주어지지 않았다.

 양친이 서로 고함을 지르는 소리가 들려 왔다. 두 사람 중 어느 쪽이 더 미운지 그는 알 수가 없었다. 어머니가 더 미운 것 같기도 했다. 그토록 사납게 나오리라고는 전혀 예기치 못했기 때문이다. 그날 하루의 불행 전부가 일시에 확 밀어닥쳤다. 그가 참고 견뎌 온 모든 것, 그 아이들과 귀부인과 양친의 부정, 그리고 똑똑히는 알 수 없으나 새 상처처럼 느낀 일, 말하자면 그토록 자랑스럽게 여기고 있던 양친이 사납고 경멸하기에 충분한 사람 앞에서 그다지도 비굴했다는 사실. 그가 처음으로 어렴풋이나마 의식한 이 비겁함은 천한 것으로 생각되었다. 그의 내부 세계 일체가 흔들렸다. 양친에 대한 찬탄과, 그들에게 품고 있던 존경도, 인생에 대한 신뢰나, 남을 사랑하고 또 남에게 사랑을 받고 싶다는 소박한 욕구도, 맹목적이지만 절대적인 도덕적 신앙도, 모두가 무너져 버렸다. 뭇매를 방위하는 수단도 없이, 그는 흉포한 힘에 짓눌렸다. 숨이 막혀 죽을 것 같았다. 절망적인 반항 속에서 그는 온 몸을 긴장시켰다. 주먹과 발과 머리를 벽에 들이박고 고함치며 경련을 일으켰다. 마침내 가구에 부딪혀 상처를 입은 채, 푹 고꾸라져 방바닥에 쓰러졌다.

 양친이 달려와서 그를 팔에 안아 올렸다. 이번엔 저마다 앞을 다투어 조심스레 대했다. 엄마는 그의 옷을 벗기고 침대로 데려가더니, 그 베개맡에 앉아서 그가 안정을 되찾을 때까지 거기 있었다. 그러나 그는 결코 마음의 무장을 풀지 않았다. 아무것도 허용치 않았다. 엄마에게 키스해 주지 않으려고 잠이 든 체했다. 생활하기 위해서, 그를 키우느라고 엄마가 얼마나 고생을 하고 있는지, 또 그의 반대편에 서게 되어 얼마나 고민했는지를 그는 깨닫지 못하고 있었다.

 눈에 간직되어 있는 놀라울 만큼 많은 눈물을 마지막 한 방울까지 흘려 버리자, 그는 얼마간 기분이 가라앉았다. 피로해 있었으나 신경이 너무 긴장되어 있어 잠들 수가 없었다. 꾸벅꾸벅하고 있자니, 좀전의 여러 가지 모습이 또 떠올랐다. 특히 그 계집애의 모습이 또렷이 보였다. 눈이 반짝반짝 빛나고, 조그만 코는 정말이지 남을 깔보듯 위를 향해 들렸고, 머리카락은 어깨에 늘어져 있었고, 맨발의 어린애이면서도 점잔을 빼는 말투를 쓰고 있었다. 그 목소리가 들리는 것 같아서 그는 몸을 부르르 떨었다. 그녀에 대한 그 자신의 태도가 얼마나 어리석었던가를 상기했다. 그리고 그녀에 대해 흉포한 증오감을 느꼈다. 그 자신에게 치욕을 준 것을 용서할 수 없었다. 이번엔 그녀에게 창피를 주고 싶다, 그녀를 울려 주고 싶다는 충동을 느꼈다.

그는 그 방법을 이모저모로 생각해 보았으나 도무지 떠오르지 않았다. 그녀가 그에 대해 생각이 미치게 될 가망성은 전혀 없었다. 그러나 자위하며 모든 것은 자신의 소원대로 된다고 가정했다. 그래서 자신이 매우 세도 있고 훌륭한 사람이 된 것으로 하고, 동시에 그녀가 자기를 연모하고 있는 것으로 정했다. 그리고는 예의 그 바보스러운 이야기를 자신에게 들려 주기 시작했다. 나중에는 그것이 현실보다 더 선명한 실제처럼 생각되었다.

그녀는 그에 대한 그리움으로 애가 타서 죽을 것만 같다. 그러나 그는 그녀를 경멸하고 있다. 그가 그녀의 집 앞을 지나자, 그녀는 커튼 뒤에 몸을 숨기고 그가 지나가는 것을 지켜본다. 그는 그녀가 자기를 엿보고 있다는 것을 알고 있다. 그러나 관심 없는 체하며 쾌활하게 이야기를 하고 있다. 더구나 그녀를 더욱 괴롭히기 위해 고국을 떠나 머나먼 여로에 오른다. 그는 여러 가지 공훈을 세운다. 여기서, 할아버지의 영웅 이야기 중 몇몇 토막을 골라서 자신의 애기 속에 엮어 넣는다. 그러는 동안, 그녀는 슬픔에 겨워 앓아 누웠다. 그녀의 어머니인 그 교만하기 짝없는 귀부인이 와서 애원한다. 『불쌍한 우리 딸 애가 죽어 갑니다. 제발 부탁이오니, 찾아와 주세요 !』 그는 가주었다. 창백한 얼굴이 여위어 그녀는 자리에 누워 있었다. 그녀는 그를 향해 팔을 뻗쳤다. 그녀는 입을 놀리지 못했다. 그러나 그의 손을 잡고 울면서 키스했다.

그는 더없는 친절과 부드러움을 깃들여 그녀를 응시한다. 병은 꼭 나을 거야, 하고 말을 건네주고 사랑을 받아들이겠다고 승낙한다. 이야기가 여기까지 미치자 그는 기분이 으쓱해져, 대사나 태도를 몇 번이고 되풀이하며 즐거움을 길게 끌었다. 그러는 동안 꾸벅꾸벅 졸음이 왔다. 기분도 한결 나아지고 스스로 잠에 빠져들어 갔다.

그가 다시 눈을 떴을 때, 이미 날은 밝아 있었다. 그러나 아침 해는 이미 전날처럼 태평스럽게 빛나고 있진 않았다. 세상의 무엇인가가 변한 것이다. 크리스토프는 부정(不正)이라는 것을 알게 된 것이었다.

집의 생활비가 몹시 궁색할 때가 가끔 있었는데 그것이 점점 빈번해졌다. 그런 날의 식사는 참으로 형편없었다. 그런 데에 가장 민감한 것은 크리스토프였다. 아버지는 아무것도 몰랐다. 그는 맨 먼저 요리를 집어 먹었고 또 언제나 충분히 먹었다. 그는 시끄럽게 지껄여 대고 자신의 이야기를 재미있어 하며, 큰 소리를 지르고 웃어 대곤 했다. 그가 요리를 먹고 있는 동안 그를 지켜보고 억지 웃음을 짓고 있는 아내의 눈초리도 눈치채질 못했다. 그가 접시를 다음으로 넘겨 줄 때엔 이미 반은 비어 있었다. 루이자는 작은 애들에게 음식물을 나누어 담아 준다. 한 애에게 감자가 두 알씩이었다. 크리스토프 차례가 되면 접시 위엔 셋밖에 남아 있지 않기가 일쑤였다. 더구나 엄마는 아직 몫을 차지하지 않고 있는 것이다. 크리스토프는 미리 그것을 알고 있었다. 자기 앞에까지 오기 전에 분명히 세어 놓은 것이었다. 그는 용기를 내어 시치미를 떼며 말한다.

「하나면 돼, 엄마.」

어머니는 적이 걱정이 된다.

「딴 애들같이 두 개 먹어라.」

「괜찮아요, 하나면.」

「배고프지 않니?」

「응, 별로 고프지 않아요.」

그러나 어머니도 하나밖에 먹지 않는다. 두 사람은 정성들여 껍질을 벗기고 잘게 잘라서 되도록 천천히 먹으려 한다. 어머니는 그런 아들을 뚫어지게 바라본다. 그리고는 그가 다 먹고 나면 말을 건네는 것이다.

「자, 이것도 먹어라.」

「괜찮아요, 엄마.」

「너 어디 아픈 게 아니냐?」

「그렇진 않아요. 하지만 많이 먹은 걸 뭐.」

아버지는 그가 쓸데없이 군소리를 늘어놓는다고 꾸짖고는, 그 나머지 감자를 자기가 먹어치우곤 했다. 그러나 크리스토프도 이제는 조심하고 있었다. 아우인 에른스트를 위해서 그것을 자기 접시에 남겨 두곤 했다. 이 아우는 언제나 먹는 데 욕심이 많아, 식사가 시작될 때부터 그것을 곁눈질하며 노려보고 있었다. 그러다가 드디어는 졸라 대는 것이었다.

「안 먹어? 내게 줘, 응, 크리스토프.」

아아! 그 얼마나 크리스토프는 아버지를 얄밉게 여겼던 것인가? 식구들 생각은 도무지 할 줄 모르고 그들 몫마저 먹고 있다는 데 생각이 미치지 못하는 것을 그 얼마나 원망스럽게 생각했던가! 그는 너무도 배가 고파 아버지를 미워하는 마음을 밖으로 드러내고 싶을 정도였다. 그러나 자존심이 강한 그는, 자신이 생활비를 벌지 못하는 한은 그런 말을 할 권리는 없다고 생각하고 있었다. 아버지가 내게서 빼앗아간 빵도 원래는 아버지가 번 것이다. 그 자신은 아무런 도움이 되어 주지 못하고 있다. 그는 식구들에게 무거운 짐인 것이다. 그에게 항의할 권리는 없다. 언젠가는 그렇게 할 수도 있게 되리라, 만일 훨씬 훗날까지 살아 있을 수가 있다면. 아아 ! 그러나 그 전에 굶어 죽을지도 모르는 것이다.

이토록 잔혹한 절식으로, 그는 보통 애들 이상으로 괴로워하고 있었다. 그의 튼튼한 위는 마치 고문을 당하고 있는 것 같았다. 때로는 몸이 떨리고 머리가 아팠다. 가슴에는 구멍이 나고 그 구멍이 빙글빙글 돌아, 마치 송곳을 들이댄듯 크게 번져 갔다. 그래도 그는 불평을 늘어 놓지 않았다. 어머니가 살펴보고 있다는 것을 느끼고 있었다. 그래서 애써 태연한 체했다. 루이자는 이 조그만 애가 음식을 줄여 먹는 것은 그만큼 다른 사람들에게 많이 먹게 하기 위해서라고 어렴풋이 짐작하고는 가슴이 죄어지는 듯한 심정이었다. 그런 생각을 믿으려 하지는 않았지만 언제나 그 생각으로 되돌아오곤 했다. 그녀는 그것을 또렷이 확인하지 못했다. 사실인지 아닌지를 크리스토프에게 물어 볼 용기가 나지 않았다. 만일 그것이 사실이라해도 어찌해야 할지를 몰랐기 때문이었다. 그녀 자신도 어려서부터 음식물 궁핍에는 익숙해 있었다. 달리 어쩔 도리가 없을 때에 투덜거린들 무슨 소용이 있겠는가? 그렇긴 하지만 그녀는 몸이 연약하고 식욕도 그다지 왕성하지 못했으므로, 크리스토프가 자기 이상으로 괴로워하고 있으리라고는 꿈에도 깨닫지 못하고 있었다. 그녀는 그에게 아무 말도 하지 않았다. 그러나 한두 번, 아이들이 길거리에 나가고 멜키오르도 일이 있어 외출중일 때 그녀는 장남에게 집에 남아 잔일을 도와 달라고 말한 적이 있었다. 크리스토프는 실타래를 들고 어머니는 그것을 실패에 감았다.

그러다가 별안간 그녀는 모든 것을 다 팽개치고는 정신없이 아들을 끌어당겼다. 그는 이미 꽤 몸무게가 나갔으나, 무릎 위에 끌어올려 꽉 껴안았다. 그는 앞뒤 생각없이 엄마의 목을 끌어안았다. 두 사람은 절망을 위로하는 사람처럼 서로 입맞춤을 하며 울었다.

「가엾은 아가…….」

「엄마, 엄마 !」

그 이상 그들은 아무 말도 하지 않았다. 그러나 마음은 서로 통하고 있었던 것이다.

크리스토프는 오래도록 아버지가 주정뱅이라는 것을 깨닫지 못하고 있었다. 멜키오르의 술버릇은 적어도 처음 한동안은 어떤 한도를 넘진 않았다. 그것은 결코 도무지 말릴 수 없을 정도는 아니었다. 오히려 기쁨의 폭발이 되어 나타나고 있었다. 몇 시간이고 테이블을 두드리며 당치도 않은 소리를 지껄이고, 큰소리로 노래를 부르곤 했다. 때로는 루이자나 애들에게 춤 상대가 되어 달라고 졸라 대는 일도 있었다. 어머니는 고개를 숙인 채 일을 하며 주정뱅이를 보지 않으려 했다. 그러다가 낯이 화끈거리는 상스러운 말을 들으면 남편의 입을 다물게 하느라고 조용조용히 타일렀다. 그러나 크리스토프는 무슨 말인지 잘 알아들을 수가 없었다. 그는 명랑한 분위기를 원하고 있었으므로, 아버지가 돌아와 집 안을 떠들썩하게 만드는 것을 거의 즐겁게 기다리곤 했다.

언제나 집 안은 음침했다. 그래서 아버지가 이렇게 턱 없는 소란을 피우는 것이 그에게는 하나의 기분풀이가 되어 주었다. 멜키오르의 익살스러운 몸짓이나 어리석기 그지 없는 농담에 마음속으로 웃곤 했다. 같이 노래하고 춤도 추었다. 어머니가 성난 음성으로 그만두라고 명령하는 것은 옳지 않은 일이라고 여기고 있었다. 아버지가 하는 짓을 왜 내가 하면 안 된다는 것일까? 그의 어린 관찰력은 항상 눈뜨고 있어 무엇 하나 잊어버리는 일이 없었으므로, 정의에 대한 그의 어린애답고 고지식한 본능이 허락하지 않는 숱한 것을 아버지의 행위 속에 발견하고는 있었으나, 그러면서도 역시 아버지를 찬미하고 있었다. 그것은 어린이 속에 있는 하나의 강렬한 욕구이다. 그렇다 ! 아마도 이것은 영원한 자기애의 한 유형일 것이다. 사람들은 자신의 욕망과 자존심을 지키는 데 너무 자신이 약하다고 인정했을 경우, 그가 어린이라면 그러한 욕망이나 자존심을 양친에게 옮기고, 그가 인생에 패배한 어른이라면 그러한 것을 어린이들에게 옮긴다. 어떤 모습이든 다른 이에게 희망의 대상이 된 사람은, 희망을 건 사람이 그렇게 되기를 꿈꾸는 바로 그대로의 것으로 될 것이었다. 자기 자신을 위한 이런 자랑스러운 기득권 속에는 사랑과 이기심이 흡사 마음을 도취케 하는 힘으로써 혼합되어 있다. 크리스토프도 아버지에 대한 온갖 불만을 잊어버리고 아버지를 찬미할 만한 근거를 찾아 보려고 애쓰고 있었다.

그는 아버지의 체격이나 튼튼한 팔, 목소리, 웃음, 쾌활 등을 찬미했다. 아버지의 예술가다운 재능을 찬양하는 말을 들었을 때나, 아버지 자신이 자기가 받은 찬사를 과장하며 떠벌릴 때면, 그는 자랑스러움으로 얼굴을 빛냈다. 그는 아버지의 자기 자랑에 관한 이야기를 믿고 있었다. 아버지를 하나의 천재로, 할아버지가 말씀하시던 하나의 영웅으로 간주하고 있었던 것이다.

어느 날 저녁 무렵 일곱 시쯤, 그는 혼자 집에 있었다. 동생들은 할아버지를 따라 산책을 나가고 없었다. 루이자도 강에서 빨래를 하고 있었다. 문이 열리더니 멜키오르가 들어왔다. 모자도 쓰지 않고 단정치 못한 차림새였다. 팔짝팔짝 뛰어오르는 듯한 걸음걸이로 들어오더니, 테이블 앞에 털썩 앉았다. 언제나처럼 또 웃기려는 거겠지 하고 크리스토프는 웃음을 띠우고는 옆으로 다가갔다. 그러나 가까이 다가가자 더 웃을 수가 없었다. 멜키오르는 앉은 채 팔을 축 늘어뜨리고, 끔벅끔벅하는 초점 없는 눈초리로 방향도 없이 허공을 뚫어지게 바라보고 있었다. 얼굴빛이 검붉었다. 크게 벌린 입에서는 때때로 암탉 울음 소리 같은 얼빠진 목소리가 새어나왔다. 크리스토프는 흠칫 놀랐다. 처음엔 아버지가 익살을 떠는 줄 알고 있었다. 그러나 아버지가 꼼짝도 하지 않는 것을 보자 갑자기 겁이 덜컥 났다.

「아빠! 아빠!」

멜키오르는 여전히 암탉 같은 이상한 목소리를 내고 있었다. 크리스토프는 필사적으로 아버지의 팔을 잡고 힘껏 흔들어 댔다.

「아빠! 아빠! 대답해요! 네, 네?」

멜키오르의 몸은 말랑한 물체처럼 흐늘흐늘하여 곧 쓰러질 것 같았다. 그의 머리가 크리스토프의 머리쪽으로 기울었다.

그때 아버지는 그를 향해 뭐라고 뜻 모를 성난 듯한 말을 목구멍 속에서 중얼거렸다. 크리스토프의 시선이 아버지의 탁한 눈과 마주쳤을 때, 크리스토프는 미쳐 버릴 것만 같은 공포에 휩싸였다. 구석쪽으로 달아나서 침대 앞에 무릎을 꿇고는 이불 속에 얼굴을 묻었다. 두 사람은 오래도록 그렇게 하고 있었다. 멜키오르는 비웃음을 띠고 의자 위에서 괴로운 듯이 무겁게 몸을 좌우로 흔들고 있었다. 크리스토프는 그 말소리를 듣지 않으려고 두 귀를 틀어막고 부들부들 떨고 있었다. 이때 그의 가슴속에 떠오른 감정은 뭐라 형용하기 어려운 것이었다. 그것은 누가 죽었을 때와 같은, 누군가 존경하던 소중한 사람이 죽었을 때와 같은 무서운 혼란과 공포와 고뇌였다.

아무도 돌아와 주지 않았다. 언제까지나 두 사람뿐이었다. 밤이 되었다. 크리스토프의 공포는 이제 극에 달해 있었다. 그는 귀를 기울이지 않을 수 없었다. 그러나 아버지의 목소리라고 생각할 수 없는 그 목소리를 듣고 있자니, 온 몸의 피가 얼어 붙는 듯한 느낌이 들었다. 절룩대는 괘종 시계 소리가 미쳐 버린 듯한 중얼거림에 박자를 맞추고 있었다. 더 견딜 수가 없다. 달아나고 싶었다. 그러나 방에서 나가려면 아버지의 앞을 지나가야 했다. 그 눈초리를 또 한번 봐야 한다고 생각하자, 몸에 오싹 소름이 끼쳤다. 보았다간 죽을 것만 같았다. 손과 무릎을 짚고 방문까지 기어서 가려 했다. 숨을 죽이고, 한눈도 팔지 않고, 멜키오르가 조금만 몸을 움직여도 멈칫하곤 했다. 아버지의 두 발이 테이블 밑에 보인다. 주정꾼의 한 발은 떨리고 있었다. 크리스토프는 간신히 방문까지 이르렀다. 한 손으로 서투르게 손잡이를 잡았다. 그러나 허둥거렸기 때문에 그것을 놓쳤다. 손잡이가 찰깍 소리를 내며 다시 닫혔다. 멜키오르는 그쪽을 돌아보려고 했다. 그의 몸을 흔들거리고 있던 의자는 균형을 잃었다. 그는 큰소리를 내며 쓰러졌다. 크리스토프는 겁에 질려 달아날 힘도 없이 벽에 붙어 선 채, 발 밑에 쓰러져 있는 아버지를 눈이 휘둥그래져서 바라보았다. 그리고는 밖을 향해 큰소리로 도움을 청했다.

뒹구는 바람에 멜키오르는 조금 취기가 가셨다. 그는 자기를 이렇게 혼내 준 의자를 향해 욕설을 퍼부으며 주먹질을 했다. 그리고 나서 일어서려고 몇 번이나 헛수고를 거듭한 끝에 간신히 테이블에 등을 의지하며 가까스로 상체만을 일으킬 수가 있었다. 그러자 비로소 주위의 상황이 눈에 들어왔다. 울고 있는 크리스토프의 모습이 보였다. 그는 큰 아들의 이름을 불렀다. 크리스토프는 달아나고 싶었다. 그러나 움직일 수가 없었다. 멜키오르는 다시 또 불렀다. 그래도 아이가 오지 않자 성이 나서 악을 썼다. 크리스토프는 손발을 바들바들 떨며 다가갔다. 멜키오르는 애를 와락 끌어당겨 무릎 위에 앉혔다. 애의 귀를 잡아당기더니 혀가 잘 돌지 않는 빠른 말투로, 아이들은 아버지를 존경해야 한다느니 하는 설교를 하기 시작했다. 그러다가 갑자기 마음이 변하여 애를 안아 들고는 뜻 모를 말을 지껄여 대고 몸을 뒤틀며 웃어 댔다.

그러다가 그는 또 갑자기 침울해졌다. 자식들과 자신을 불쌍히 여긴 것이다. 아들을 꽉 껴안더니, 마구 키스와 눈물 세례를 퍼부었다. 나중에는 애를 흔들며 〈심연에서〉(죄를 참회하는 성가)를 부르기 시작하는 것이었다. 크리스토프는 그의 품을 벗어나려는 몸짓 한번 하지 않았다. 너무나도 무서워서 몸은 얼어붙은 것 같았다. 아버지의 가슴에 숨이 막히도록 껴안겨져서 역겨운 술냄새와 주정꾼의 트림을 얼굴에 느끼며, 메슥메슥한 키스와 눈물로 얼굴이 적셔져 혐오감과 공포감으로 죽을 것 같은 심정이었다. 그는 소리치고 싶었다. 그러나 어떠한 외침도 입에서는 나오지 않았다. 그는 이런 무서운 상태로 꼼짝도 않고 있었다. 백 년이나 되는 것 같은 긴 시간으로 여겨졌다. ── 그러다가 어느 순간 드디어 문이 열리고, 루이자가 빨래감을 넣은 바구니를 들고 들어섰다. 그녀는 외마디 소리를 지르고 엉겁결에 바구니를 떨어뜨리며 크리스토프를 향해 달려왔다. 그리고는 상상도 할 수 없이 격정적으로 멜키오르의 팔에서 낚아챘다. 그리고는 외쳤다.

「이 딱한 주정뱅이 같으니라구 ! 」

그녀의 눈은 노여움으로 이글거렸다.

크리스토프는 아버지가 엄마를 죽이지나 않을까 싶었다. 그러나 멜키오르는 아내가 갑자기 나타나서 위협하는 데 놀란 나머지 한 마디 말도 없이 훌쩍훌쩍 울기 시작했다. 그리곤·방바닥 위로 뒹굴었다. 가구에 머리를 부딪치며 중얼거리는 것이었다. 그녀의 말은 지당하다, 나는 주정꾼이야, 가족들을 불행하게 했고, 가엾은 애들을 망쳐 놓았다, 차라리 죽어 버리고 싶다고.

루이자는 그런 그를 경멸하며 그에게 등을 돌려 대고 있었다. 그녀는 크리스토프를 옆방으로 데리고 가서, 조심스럽게 보살펴 주며 마음을 진정시키려 했다. 애는 아직도 떨고 있었다. 엄마가 뭐라고 물어도 대답조차 하지 않았다. 그러다가 갑자기 흐느껴 울기 시작했다. 루이자는 물로 얼굴을 씻어 주고 품에 안고 부드러운 말로 얼러 주며 아이와 같이 울었다. 두 사람은 가까스로 마음이 가라앉았다. 그녀는 무릎을 꿇고 앉아서 아이도 자기 옆에 무릎을 꿇게 했다. 그리고는 기도하는 것이었다. 하느님, 아버지의 나쁜 버릇을 고쳐 주소서, 옛날처럼 좋은 아버지가 되도록 하여 주소서, 하고. 루이자는 애를 잠자리에 뉘였다. 그는 엄마에게 침대 옆에서 손을 잡아 달라고 했다. 루이자는 그날 밤 열이 오른 크리스토프의 머리맡에 몇 시간을 앉아서 지냈다. 엉망으로 취한 아버지는 방바닥에서 잠이 든 채 코를 골고 있었다.

그런 일이 있은 얼마 뒤의 일이었다. 크리스토프는 학교에서 수업중에 한눈을 팔아 천장의 파리를 말똥말똥 쳐다보거나, 옆자리의 학생에게 주먹질을 하여 의자에서 떨어뜨리거나 하며 시간을 보냈다. 또 잠시도 가만 있지 않고 몸을 움직이고, 웃음 소리를 내며, 무엇 하나 제대로 외우려 하는 일이 없어서 선생은 그에게 반감을 품고 있었다. 그런 어느 날, 크리스토프가 의자에서 떨어지자 선생은 심하게 빈정거리며, 어쩌면 저애는 어느 유명한 사람의 뒤를 훌륭히 이으려나 보다고 비웃었다. 학생들은 한꺼번에 까르르 웃어젖혔다. 그리고 이 빈정거림을 더욱 또렷이 하는 역할을 물려받은 두서너 놈들은 노골적이고도 대담한 주석을 붙이려 들었다.

그러나 수치감으로 얼굴이 새빨개진 크리스토프는 벌떡 일어나자마자 잉크병을 집어들고, 웃는 얼굴이 맨 먼저 눈에 띤 학생의 머리를 향해 힘껏 던졌다. 선생은 그에게 덤벼들어 주먹질을 퍼부었다. 그리고도 크리스토프는 채찍질을 당하고 무릎을 꿇는 무거운 벌을 받았다.

그날 저녁 크리스토프는 무뚝뚝하고 창백한 얼굴로 돌아왔다. 다신 학교에 안

갈 테야, 그는 퉁명스레 말했다. 그러나 그 말에 주의하는 사람은 없었다. 다음 날 아침 학교에 갈 시간이라고 엄마가 주의를 주자, 그는 침착하게 이젠 안 간다고 했잖느냐고 대답했다. 루이자가 아무리 사정을 하고 고함치며 위협해도 헛일이었다. 어떻게 손을 쓸 수가 없었다. 몹시도 고집스러운 표정으로 방 한 구석에 앉아 있었다. 멜키오르는 그를 때렸다. 소년은 비명을 질렀다. 그러나 때릴 때마다 아무리 가라고 다그쳐도, 그는 악을 쓰며『싫어 』하고 대답할 뿐이었다. 그럼 그 까닭이나 말하라고 해도 그는 이를 악물고 한 마디도 말하려 하지 않았다. 멜키오르는 그를 학교로 끌고가서 담임 선생에게 넘겨 주었다. 자리에 앉자 그는 손에 닿는 대로 아무것이나 닥치는 대로 부수기 시작했다. 잉크병을 깨뜨리고, 펜을 꺾어 버리고, 공책이나 책을 갈기갈기 찢어 놓았다——흡사 도전하는 듯한 태도로 교사를 응시하며, 모든 일을 공공연히 해치운 것이다. 마침내 그는 캄캄한 방안에 갇혔다. 한참 뒤 교사가 가 보니, 그는 손수건을 목에 감고 그 양끝을 힘껏 당기고 있었다. 스스로 목을 조르려 하고 있었던 것이다.
　집으로 돌려보내는 수밖에 달리 도리가 없었다.

　크리스토프는 질병에 대해서는 강했다. 아버지나 할아버지에게서 튼튼한 체질을 물려받았다. 집안에 허약한 사람이 없었다. 앓거나 건강하거나, 결코 불편을 입밖에 내는 법은 없었다. 어떠한 일이 있어도, 크라프트 부자의 습관은 조금도 변함이 없었다. 여름이건 겨울이건, 날씨가 어떻든, 그들은 밖으로 나가서 몇 시간씩 비를 맞거나 혹은 햇빛을 쬐거나 하며 지냈다. 차림새가 단정하지 못한 탓인지 또는 허세를 부리는 것인지 때로 모자도 쓰지 않고 가슴도 드러내놓고 몇 마일이나 걷기를 계속하며 조금도 지칠 줄을 몰랐다. 그래서 루이자가 굳이 입밖에 내지는 않으나 가엾게도 안색이 창백해지고 발이 붓고 심장이 찢어질 것같이 울렁거려서 걸음을 멈추지 않으면 안 되곤 하는 모습을, 적이 경멸에 찬 연민의 눈초리로 바라보는 것이었다. 크리스토프도 그들처럼 조금쯤은 어머니를 경멸하고 있었다. 그도 또한 사람이 앓는 다는것을 도무지 이해할 수 없었다. 넘어져도, 부딪쳐도, 살을 베거나 불에 데여도 그는 울지 않았다. 오직 자기에게 항거하는 자에게만 성을 냈다. 아버지의 난동이나, 그가 언제나 주먹다짐을 하는 거칠고 사나운 거리의 악동들이 그를 억세게 단련시켰다. 그는 매맞기를 무서워하지 않았다. 코피를 흘리거나 이마에 혹을 붙이고 돌아오는 일도 자주 있었다. 어떤 때는 그런 심한 싸움판 속에서 까무러쳐서 는 그를 끌어내야 했다. 싸움 상대자에게 깔려, 끔찍하게 머리가 돌덩이에 짓이겨지고 있었다. 그것을 그는 당연한 일로 여기고 있었다. 자기가 당하는 그대로 남에게도 해 줄 셈이었기 때문이다.

그러면서도 그는 참으로 많은 것을 두려워하고 있었다. 아무도 그것을 눈치채진 못했으나 그는 지극히 오만했기 때문에 소년 시절의 어느 시기에는, 그러한 것들에 대한 끊임없는 공포 이상으로 그를 괴롭힌 것은 없었다. 더구나 이삼 년 동안은, 그것이 마치 하나의 질병처럼 그의 마음속에서 무서운 힘을 떨치고 있었던 것이다.

그는 두려워하고 있었다. 그림자 속에 모습을 숨기고 있는 신비를, 생명을 노리고 있는 것만 같은 사악한 힘을, 괴물들의 광란을. 어린이의 두뇌는 무서워 떨면서 그러한 괴물들의 모습을 자기 머릿속에서 그려 내고 눈에 뵈는 온갖 것과 혼동한다. 아마도 그러한 것들은 이미 아득한 옛시대에 멸종된 야수나, 허무에 가까운 탄생 초기의 나날의 환각이나, 어머니의 태내에서의 무서운 잠이나, 물질의 깊은 밑바닥 속에 있어서의 애벌레의 눈뜸 등등의 마지막 잔영이리라. 그는 다락방의 방문을 무서워했다. 그것은 계단 위에 있고 언제나 반쯤은 열려 있었다. 그 앞을 지나야 할 때는 가슴이 두근거리는 것이 똑똑히 느껴졌다. 그는 온 힘을 다해서 굳이 아무도 보지 않으려 하며 후닥닥 바람처럼 그 앞을 지나곤 했다. 문 뒤에 누군가가 혹은 무엇인가가 있는 것만 같았다. 문이 닫혀 있을 때에는 그 뒤에서 무엇인가가 움직이고 있는 것이 반쯤 열린 통풍 구멍을 통해서 똑똑히 들려왔다. 그것은 별로 이상스러울 것도 없는 일이었다. 그곳에는 큼직한 쥐가 몇 마리씩이나 있었기 때문이다. 그러나 그는 상상하고 있었던 것이다. 무시무시한 괴물, 산산이 흐트러진 뼈, 넝마처럼 엉망이 된 살덩이, 말대가리, 노려보기만 해도 사람을 죽일 것 같은 눈알, 무엇인가를 알아볼 수 없는 괴상한 물체의 형상들을. 그따위 것을 아무리 생각지 않으려 해도 도무지 그럴 수가 없었다. 벌벌 떨리는 손으로 고리가 잘 잠겨 있나를 확인해야 했다. 그리고 계단을 내려올 때는 그는 몇 번이고 뒤돌아보지 않을 수가 없었다.

그는 바깥의 어둠이 무서웠다. 할아버지 집에 오래 머무르든가 혹은 무슨 일로 밤늦게 그곳으로 심부름을 가는 일이 있었다. 크라프트 노인은 시내를 조금 벗어난 변두리, 쾰른 가도의 마지막 집에 살고 있었다. 거리에 들어서서 첫째 집의 환히 불을 밝힌 창과 그 집과의 사이는 이삼백 걸음밖에 안 되는 거리였으나 크리스토프에게는 그 세 곱은 되는 것 같았다. 길이 구부러져서 한동안 아무것도 보이지 않는 곳이 있었다.

해질 무렵의 시골은 언제나 쓸쓸하다. 대지는 검게 변하고 하늘은 무시무시하게 푸르스름한 빛깔이 되어 있다. 길 양쪽의 우거진 관목 숲을 빠져서 언덕 위로 나가면 지평선 저 멀리에서 아직 노릇한 빛이 보이고 있었다. 그러나 그 희미한 빛은 아무것도 비추어 주진 않았다. 오히려 그 빛은 밤의 어둠보다도 사람의 마음을 죄어 주고, 주위의 어둠을 더욱 음침하게 해 주었다. 그것은 죽어 가는 빛이었다. 구름은 거의 땅에 닿을 만큼 아슬아슬하도록 얕게 드리우고 있었다. 관목 숲은 엄청나게 커져서, 소란스러운 소리를 내고 있었다. 앙상하고 메마른 나무들은 괴이한 노인의 모습으로 보였다. 길가의 이정표는 칙칙한 헝겊처럼 빛나고 있었다. 그림자가 움직인다. 도랑 속엔 난쟁이 꼬마가 꼼짝 않고 앉아 있고, 풀 속에는 빛이, 공중에서는 푸드득 날개짓하는 소리가 들리고, 벌레의 날카로운 울음 소리가 어디에선가 들려 온다. 어쩐지 불길한 것이 당장 나타날 것만 같아서, 크리스토프는 계속해서 오들오들 떨며 겁을 집어먹은 채 뛰었다. 심장이 몹시 두근거리고 있었다.

할아버지의 방에 켜져 있는 불빛이 보이자, 그는 안도의 숨을 내쉬었다. 그러나 따하게도 크라프트 노인은 아직 돌아오지 않은 경우가 가끔 있었다. 그런 때는 더욱 무서웠다. 들 가운데 외로이 서 있는 이 낡은 집은 대낮에도 애들이 겁을 먹을 만큼 오솔하다. 할아버지가 거기 계시면 그는 그런 무서움은 잊었다. 그러나 때로 할아버지는 그를 홀로 남겨 둔 채 아무 말없이 훌쩍 나가 버리곤 했다. 크리스토프는 그런 줄도 모르고 있었다. 방안은 평온했다. 이것저것 모두가 하나같이 눈에 익은 친숙한 것이었다. 아무 칠도 하지 않은 나무로 만든 큼지막한 침대가 있었다. 침대 머리맡의 선반 위에는 커다란 성경이 있고, 난로 위에는 조화가 있었다. 조화와 함께 노인이 사진 각 장마다 생년월일과 죽은 날짜를 적어둔, 두 아내와 열한 명의 자식들의 사진이 놓여 있었다. 벽에는 액자에 넣어진 성경의 문구 그리고 모차르트와 베토벤의 조잡한 색채 석판화가 걸려 있었다. 한 구석에는 조그만 피아노가 있고, 다른 한쪽에는 첼로가 있었다. 책이 너저분하게 꽂혀 있는 책꽂이, 못에 걸려 있는 파이프 몇 개, 그리고 창 위에는 제라늄을 심은 화분이 있었다. 마치 친구들에게 둘러싸여 있는 듯한 느낌이었다. 옆방에서는 노인이 방안을 왔다갔다하고 대패질을 하거나 못질을 하는지 소리가 들렸다. 노인은 혼잣말로 중얼거렸다. 자기 자신을 바보 멍청이라고 해 보기도 하고 성가의 한 토막이나 감상적인 가요나 군대 행진곡이나 술집에서의 유행가 등을 뒤죽박죽 섞어서 굵은 음성으로 노래하고 있었다. 편안한 피난처에라도 와 있는 듯한 기분이었다. 크리스토프는 창가의 커다란 팔걸이의자에 앉아서 책을 무릎 위에 펼쳐 들었다. 삽화를 들여다보며 황홀해져 있었다. 해는 지고 있었다. 눈이 아스라해져 왔다. 어느새 그는 이미 그림을 보고 있지 않고 멍하니 몽상에 잠겨 있었다. 짐수레 소리가 멀리 한길쪽에서 울려 왔다. 암소가 들에서 음매 하고 울었다. 거리의 종은 마치 피곤해서 졸린 듯이 저녁 기도 시간을 알리고 있었다. 어렴풋한 소원, 막연한 예감이 몽상에 젖어 있는 소년의 가슴에 움터 왔다.

홀연히 크리스토프는 막연한 불안감에 사로잡혀서 번쩍 정신을 차렸다. 눈을 들어 보니 이미 밤이 되어 있었다. 가만히 귀를 기울였지만 아무 소리도 들리지 않았다. 할아버지도 지금 막 나간 참이었다. 그는 몸을 오싹 떨었다. 창으로 상체를 내밀어, 할아버지의 모습을 보려고 했다. 한길에는 사람 그림자 하나 눈에 띄지 않았다. 주위의 모든 것들이 마치 협박하는 것 같은 얼굴이 되어 가고 있었다. 아아! 만약에 그놈이 온다면 어쩐다? 그놈이라니 누구 말일까? 그 대답을 할 수는 없었을 것이다. 아무튼 그것은 무서운 놈이었다……모든 문들은 잘 닫혀 있지 않았다. 나무 계단이 발로 밟힌 듯이 삐걱거렸다. 그는 흠칫 소스라쳤다. 팔걸이의자와 의자 두 개와 테이블을 방안의 맨 구석으로 끌고 가서 그것으로 방벽을 만들었다. 팔걸이의자를 벽에 갖다 대고 좌우에 의자를 하나씩 놓은 다음 테이블을 앞에 놓고, 복판에는 이중 사다리를 놓았다. 그리고 그 꼭대기에 자리를 잡자, 전투를 하게 되었을 경우를 대비해 지금까지 보고 있던 책과 그밖의 몇 권의 책을 갖다 놓고서야 안도의 숨을 내쉬었다. 어린애다운 상상으로, 적은 어떠한 일이 있더라도 이 방벽을 넘을 수는 없다, 그것은 허용될 수 없는 일이라고 간주하는 것이다.

그러나 적은 때로는 책 속에서 나타나는 수도 있었다. 할아버지가 어쩌다가 사다 둔 낡은 책 중엔, 소년에게 깊은 인상을 주는 삽화가 들어 있는 책도 있었다. 그 삽화는 소년의 마음을 끌긴 했지만 무섭게 하기도 했다. 그것은 성(聖) 앙트와느의 유혹을 다룬, 기묘한 환상을 그린 것이었다. 새의 해골이 물그릇 속에 똥을 누고, 개구리의 찢어진 뱃속에서 무수히 많은 알이 구더기처럼 꿈틀거리고, 머리에 발이 달린 놈이 걸어다니고, 궁둥이로 나팔을 불고, 또 살림살이 도구와 짐승의 시체가 널따란 담요에 둘둘 말려서 나이 든 귀부인처럼 까딱까딱 고개짓을 하면서 엄숙한 척 걸음을 옮기기도 하는 그러한 그림이었다. 크리스토프는 등줄기가 오싹할 만큼 역겨웠다. 그러나 혐오감에 끌려서 언제나 다시 보고 싶어지는 것이었다. 오랫 동안 그는 삽화를 뚫어지게 들여다보았다. 때로는 커튼의 주름 속에 움직이는 것을 보려고 몰래 주위를 둘러보았다. 해부학 책 속에 있는 동물 표본은 그에게는 더한층 역겨운 것이었다. 그 그림의 어느 부분에 가까워지면, 그는 몸을 으스스 떨면서 페이지를 넘겼다. 잡색을 칠한 꼴사나운 것이 이상하리만큼 그에게 강력한 작용을 했다. 어린이의 두뇌가 가진 특유한 창조력은, 그 구성 요소의 빈약한 면을 보충한다. 이러한 조잡한 그림과 현실과의 사이에 있는 차이를 그는 보지 않았다. 밤이 되면 이러한 그림은 낮에 본 살아 있는 모습보다도 더욱 강하게 그의 꿈에서 되살아나고 있었다.

그는 잠자기가 무서웠다. 이미 몇 해째나 악몽이 그의 잠을 방해하고 있었다. ——지하실 속을 헤맬 때 환기창으로 들어오는 찡그린 모습의 껍질 벗긴 동물 표본이 눈에 띈다. 또는, 그는 방안에 홀로 있었다. 그러자 복도를 걸어오는 희미한 발걸음 소리가 귀에 들려 온다. 문으로 달려가 그것을 닫으려 한다. 손잡이를 잡을 만큼의 여유는 있었다. 그러나 손잡이는 밖으로부터 잡아당겨지고 있다. 자물쇠를 잠글 수가 없었다. 힘에 부쳐, 도움을 청한다. 문 바깥에서 누가 들어오려 하는지를 그는 똑똑히 알고 있었다. 또 어떤 때 그는 식구들 틈에 있었다. 별안간 그들의 얼굴이 변한다. 그들은 괴상한 짓을 하기 시작한다. 혹은 또, 그는 조용히 책을 읽고 있었다. 문득, 눈에 보이지 않는 누군가가 자신의 주위에 있는 것 같은 느낌이 든다. 그는 달아나려 한다. 그러나 묶여 있음을 깨닫는다. 그는 소리치려 했다. 그러나 자갈이 물려 있다. 오싹 전율을 느끼는 무엇인가가 목을 죄고 있었다. 숨이 막힐 것같아 이를 덜덜 떨면서 눈을 떴다. 눈을 뜬 뒤에도 한참을 오한이 그치지 않았다. 그는 이런 괴로움을 도저히 떨쳐 버릴 수가 없었다.

그의 침실은 창도 없고 문도 없는 조그만 방이었다. 문 위의 쇠막대기에 걸려 있는 낡은 커튼만이 양친의 방과 칸막이를 이루고 있었다. 탁해진 공기는 고리탑탑했다. 같은 침대에서 자는 동생들에게 자꾸 걷어채였다. 머리가 열로 화끈거렸다. 환각에 사로잡혀서 낮 동안의 자질구레한 온갖 근심거리가 한없이 커져 되살아났다. 극도로 신경이 긴장되고 거의 악몽에 가까운 상태에 있어서는, 하찮은 자극도 고통이 되었다. 마루가 삐걱거리기만 해도 흠칫했다. 아버지의 잠든 숨소리는 비정상적으로 높아져 이미 사람의 것같이는 생각되지 않았다. 그 기괴하게 울리는 소리는 그에게 공포를 느끼게 했다. 거기 누워 잠자는 것이 짐승처럼 생각되었다. 밤의 어두움이 그를 무겁게 짓누른다. 밤은 언제까지고 이렇게 계속될 것 같았다. 몇 달 전부터 이런 밤의 어둠 속에 있는 것 같은 느낌이 들었다. 그는 숨을 헐떡였다. 침대 위에 상체를 일으키고 앉은 채 옷소매로 땀투성이의 얼굴을 닦았다. 때로는 동생 로돌프를 쿡쿡 찔러서 깨우려 했다. 그러나 아우는 뭐라고 중얼중얼하면서, 이불을 모조리 끌어당겨 덮고는 다시 깊이 잠들어 버렸다.

창백한 한 줄기 햇살이 커튼 자락 밑으로 마룻바닥 위에 비쳐들 때까지, 그는 이렇게 열에 들뜬 괴로움 속에 묻혀 있었다. 아스라하게 새벽이 멈칫멈칫 다가오는 듯한 희뿌연 밝음은, 홀연히 그의 마음에 안식을 가져다 주었다. 어느 누구도 아직 밝음과 어둠을 분간할 수 없을 때 그는 그 빛이 방안에 스며들어온 것을 느꼈다. 그러자 순식간에 마치 범람하던 강물이 본래의 강바닥으로 밀려가듯이 그의 열은 식고 피는 잔잔해졌다. 격정 없는 잔잔한 열이 온 몸을 돌고, 잠 못 이루며 뜨겁게 타던 눈은 스스로 잠겨졌다.

밤이 되면 또다시 잠자는 시간이 왔구나 하며 그는 으스스 떨었다. 악몽의 무서움에 못 이겨 그는 결코 잠들지 않고 밤새도록 깨어 있으리라고 결심했다. 그러나 결국 피로가 그를 이겨냈다. 그리하여 전혀 뜻하지 않았을 때에 언제나 그 괴물이 나타나곤 하는 것이었다.

무서운 밤! 대개의 아이들에게는 그토록 즐겁기 마련인 밤이 어떤 아이에게는 이토록 무서운 것이다! 그는 잠자는 것이 무서웠다. 자지 않고 있기도 무서웠다. 잠들건, 깨어 있건, 그의 정신이 빚어내는 허깨비나 요괴의 괴상망측한 모습에 둘러싸여 있었다. 이들 요괴는 앓아 누웠을 때처럼 어슴푸레한 어둠 속에 감돌아 어린 시절의 새벽 어둠 속에서도 감돌고 있는 것이다.

그러나 이런 상상적인 무서움은 크나큰 공포 앞에서는 스러져 버려야만 했다. 인간의 지혜로 이겨내려 해도 모든 사람을 좀먹고, 아무리 부정하려 해도 이겨낼 수 없는 공포, 다시 말해서 죽음 앞에서는.

어느 날, 그는 장롱 속을 뒤적거리다가 지금까지 알지 못했던 몇 가지 물건을 발견했다. 어린이 옷과 테가 없는 줄무늬 모자였다. 그는 으쓱거리며 그것을 어머니에게 가지고 갔다. 어머니는 웃어 주지도 않고 도리어 성난 표정으로 그것을 제 자리에 갖다놓으라고 명령했다. 그가 까닭을 물으며 꾸물거리고 있으려니까 어머니는 아무 대답도 하지 않고 그것을 빼앗아 그의 손이 닿지 못하는 선반 위로 밀어 넣었다. 그는 몹시도 신경이 쓰여서 질문을 되풀이했다. 끝내는 어머니도 사실을 털어놓았다. 그것은 그가 태어나기 전에 죽은 조그만 형의 것이었다. 크리스토프는 깜짝 놀랐다. 지금까지 그런 말은 들은 일이 없었다. 그는 잠시 입을 다물고 있었으나 좀더 상세한 것을 알아 보려 했다. 어머니는 무슨 딴 일 때문에 정신이 팔려 있는 모양이다. 그러나 그 애도 크리스토프라는 이름이었다는 것, 하지만 그 자신보다도 훨씬 얌전했다는 것을 가르쳐 주었다. 크리스토프는 질문을 더 계속했으나, 어머니는 대답하기 싫어했다. 그애는 하늘나라에 가 있으며 우리 모두를 위해서 기도해 준다고만 말했다. 그 이상은 아무것도 끄집어 낼 수가 없었다.

어머니는 그에게 제발 잠자코 있으라고 했고 일하는 데 방해하지 말라고 주의를 주었다. 실제로 그녀는 바느질에 열중하고 있는 것 같았다. 일이 염려된다는 듯이 눈조차 쳐들려 하지 않았다. 그러나 잠시 후에 그가 한 구석으로 물러가서 뾰로통한 얼굴이 되어 있는 모습을 보고는 빙그레 웃으며 밖에 나가 놀다 오라고 자애롭게 말했다.

이같은 단편적인 대화는, 크리스토프의 마음을 흔들어 놓았다. 그렇다면 한 애가 있었던 것이구나. 나와 똑같이 내 어머니의 자식이며, 나와 똑같은 이름을 가졌고 나와 거의 똑같은 생김새였고, 그리고도 이미 죽어버린 애가! 죽음, 그것이 어떤 것인지 뚜렷이는 알 수 없었다. 그러나 어쩐지 무서운 것임엔 틀림이 없었다. 그리고 어느 누구도 또하나의 크리스토프에 대해서는 결코 말하지 않는다. 고스란히 잊혀져 있었다. 그럼, 내가 다음에 죽으면 역시 이처럼 되는 것일까? 이런 생각은 밤에 식구들과 같이 식탁에 둘러앉아서 모두가 웃으며 부질없는 이야기를 지껄이는 광경을 볼 때도 변함없이 그를 괴롭히고 있었다. 그렇다면 내가 죽은 뒤에도 가족들은 모두 저렇게 즐거워할 수 있는 것일까? 오오! 어머니가 자신의 조그만 아기가 죽은 뒤에도 웃을 수 있을 만큼 이기주의자였으리라고는 생각해 본 일도 없지 않았던가! 그는 가족들이 미워졌다. 자기 자신을 위해서, 자기 자신의 죽음을 위해서 지금부터 울고만 싶었다. 동시에 여러 이야기를 묻고 싶었다. 그러나 그것을 입에 올릴 만한 용기가 없었다. 잠자코 있으라고 하시던 어머니의 말투가 생각났다. 그러나 끝내는 참을 수가 없었다. 잠자리에 들었을 때 키스하려고 온 어머니에게 물어 보았다.

「엄마, 내 침대에서 잤어요?」

불쌍한 어머니는 몸을 부르르 떨었다. 그리고 애써 무심한 체하며 되물었다.

「누구 말이니?」

「그 조그만 애……죽은…….」

크리스토프는 목소리를 낮추어 말했다.

어머니의 두 손이 느닷없이 그를 끌어안았다.

「말하지 마, 말, 말라니까.」

그 음성은 떨렸다. 어머니의 가슴에 머리를 기대고 있던 크리스토프에겐 어머니의 심장의 고동이 들려 왔다. 순간의 침묵이 흐른 뒤 그녀는 말문을 열었다.

「우리 착한 애야, 이 말은 두 번 다시 입밖에 내지 않는거다……자, 잘 자거라
……아니야, 이건 그애의 침대가 아니란다.」

어머니는 그에게 키스했다. 그는 어머니의 뺨이 젖어 있다고 생각했다. 정녕
그렇다고 믿고 싶었다. 그러자 마음이 좀 편히 가라앉았다. 역시 어머니는 슬퍼
하고 있었던 거야! 그러나 곧 뒤이어 옆방에서 어머니가 여느 때와 마찬가지로
침착하게 이야기하는 말소리가 들려 오자 그는 다시 의심이 났다. 지금과 아까
와, 과연 어느 쪽이 진실일까? 그 답이 찾아지질 않아서 그는 오래도록 침대에
서 몸을 뒤척거리고 있었다. 어머니가 슬퍼해 주길 바라고 있었던 것이다. 물론
어머니가 슬퍼하고 있다고 생각하는 것은 자신에게도 슬픈 일인지도 모른다. 그
러나 아무튼 그러는 편이 마음이 편한 것이다! 나는 외토리라는 고독감이 적을
것이 아닌가. 그는 이내 꿈길을 더듬어 갔다. 그리고 다음날이 되자 그는 이미
그런 것은 생각지 않고 있었다.

그로부터 서너 주일 후, 언제나 한길에서 같이 놀던 장난꾸러기 아이 하나가
여느 날 같으면 올 시간이 되었는데도 오지 않았다. 몸이 아프다고 다른 아이가
말했다. 그뿐이었고, 애들은 노는 자리에 그의 모습이 다시는 나타나지 않는 것
에 대해 어느덧 익숙해졌다. 까닭을 알고 있었다. 그것은 지극히 간단했다. 어
느 날 밤 크리스토프는 일찌감치 잠자리에 들어 있었다. 그리고 침대가 있는 그
의 조그만 방에서 양친 방의 불빛을 바라보고 있었다. 그때 누군가가 문을 두드
렸다. 이웃집 아낙네였는데, 크리스토프는 언제나처럼 저 혼자만의 이야기를
자신에게 들려 주면서 멍청히 귀를 기울이고 있었다. 이야기하는 소리가 모두
들리지는 않았다. 그러나 별안간 『그애는 죽었답니다.』 하는 아낙네의 한 마디
가 들려 왔다. 온 몸의 피가 멎었다. 그것이 누구를 가리키는 말인지 알았기 때
문이다. 그는 숨을 죽이고 귀를 기울였다. 양친이 놀라 소리를 질렀다. 멜키오
르가 떠들썩하게 외치고 있었다.

「크리스토프, 들었느냐? 가엾게도 프리츠는 죽었다는구나.」

크리스토프는 꾹 참고 침착하게 대답했다.

「응, 아빠.」

그는 가슴이 죄어드는 듯한 느낌이었다.

멜키오르는 트집을 잡았다.

「응, 아빠라니, 네 말은 고작 그것뿐이냐? 넌 슬프지도 않니?」

아들의 심정을 잘 아는 루이자가 나섰다.

「쉿! 자게 내버려 두세요!」

음성은 낮아졌다. 그러나 크리스토프는 귀를 기울여 어떠한 사소한 것도 놓치지 않으려고 애썼다. 장티푸스, 냉수욕, 정신 착란, 양친의 탄식. 그는 이미 숨을 쉴 수가 없었다. 응어리 하나가 가슴을 막고 목구멍까지 솟구쳐 올라왔다. 그는 부르르 몸을 떨었다. 그가 앓은 병이 전염병이었다는 것, 따라서 자신도 똑같이 그렇게 죽을지도 모른다는 생각이 머릿속에 새겨졌다. 두려운 나머지 온몸이 얼어붙는 듯한 느낌이었다. 마지막으로 프리츠를 만났을 때 악수를 했고, 오늘도 그의 집 앞을 지나왔다는 생각이 났기 때문이다. 그러나 말을 해야 할 처지에 빠지면 난처하므로 그는 바스락 소리도 내지 않았다. 이웃집 아주머니가 돌아간 뒤 아버지가 잠들었냐고 물어도 대답하지 않았다. 멜키오르가 루이자에게 말하는 소리가 들렸다.

「저애는 인정이 없구먼.」

루이자는 아무 대답도 하지 않았다. 그러나 잠시 후에 그녀는 커튼을 살그머니 쳐들어서 조그만 침대를 살펴보았다. 크리스토프는 순간적으로 눈을 감고, 동생들이 잠들어 있을 때 들어 외운 규칙적인 숨소리를 흉내냈다. 루이자는 발끝으로 사뿐사뿐 걸어나갔다. 얼마나 어머니를 붙들어 세우고 싶었는지 ! 얼마나 무서움에 떨고 있는지를 말하고 제발 도와달라고, 적어도 마음을 놓게 해 달라고 부탁하고 싶었는지 ! 그러나 그는 조소받을 것을, 비겁한 놈으로 취급될 것을 두려워하고 있었다. 게다가 어떠한 말을 듣건간에 이미 아무 소용이 없다는 것을 그는 너무나 뻔히 알고 있었다. 이럭저럭 서너 시간 동안이나 그는 고뇌에 찬 채 꼼짝도 하지 않고 누워 있었다. 병균이 자기의 몸 속으로 스며들어와서 머리가 아프고 가슴이 답답해진 것 같아 그는 으스스 겁을 먹으면서 생각했다.

『이젠 끝장이다. 난 앓는 몸이다. 이젠, 이젠 죽는다………이젠 죽는 거다 ! 』

한번은 침대 위에 일어나 앉아서 나직이 어머니를 불렀다. 그러나 양친은 모두 잠들어 있었다. 깨울 용기가 없었다.

이때 이후로 그의 소년 시절은 죽음의 관념으로 상처를 입었다. 신경과민으로 가슴이 답답하고, 등이 쑤시고, 갑자기 숨이 차고, 원인도 없는 온갖 종류의 가벼운 병을 앓게 되었다. 그의 상상력은 이러한 괴로움에 부딪히면 광란했고 그때마다 그는 자신의 생명을 빼앗으려는 맹수를 거기에서 보는 것만 같았다. 어머니로부터 서너 걸음 떨어져 있어도 어머니가 바로 곁에 앉아 있어도, 그는 얼마나 많은 죽음의 괴로움을 맛보곤 했던 것인가 ! 더구나 어머니는 전혀 그런 눈치를 채지 못하고 있었던 것이다 ! 그것은 그가 겁은 나면서도, 공포를 자기 가슴속에 간직해 둘 만한 용기를 지니고 있었기 때문이었다. 그곳에는 여러 가지 감정이 기묘하게 혼합되어 있었다. 남에게 의지하지 않으려는 자존심, 두려워하기를 부끄러워하는 마음, 남에게 근심을 끼치지 않으려는 애정의 섬세한 배려 등등이. 하지만 그는 끊임없이 생각하고 있었다. 『이번에야말로 병에 걸렸다. 중병이다. 디프테리아의 시초다.』라고. 그는 디프테리아라는 말을 우연히 들어 외우고 있었던 것이다. 『하느님! 부디 이번만은 못 보신 체 넘겨 주소서!』

그는 종교적인 사고의 소유자였다. 어머니가 들려 준 이야기를 믿고 있었다. 이를테면 사람이 죽으면 넋은 주님 앞으로 올라가되, 만약에 믿음이 깊은 영혼이라면 천국의 낙원으로 들어갈 수 있다는, 그런 이야기를 믿고 있었다. 그러나 그는 위안을 받기보다는 도리어 크게 위협을 받고 있었다. 어머니의 말씀에 의하면 착한 애는 그 상으로서 잠든 동안에 하느님이 데려가서, 아무런 고통없이 하느님 곁으로 인도된다는 것이지만, 그는 그러한 애들을 조금도 부럽게 여기지는 않았다. 잠이 들락말락할 때면 으레 하느님은 자기 몸에도 그런 변덕스러운 짓을 하시지나 않을까 하고 오싹 몸을 떨곤 했다. 사실 따뜻한 잠자리에서 느닷없이 끌려나와 공간을 치솟아올라서 하느님 앞으로 연행되어 가는 것은 무서운 일임에 틀림없었다. 그는 하느님을 천둥 같은 큰소리로 말하는 크나큰 태양 같은 존재로 상상하고 있었다. 얼마나 혼이 날까 ! 눈이며 귀며 넋이 몽땅 불로 태워질 거다 ! 게다가 하느님은 벌도 내리실 수 있잖은가 ! 어떤 신세가 될지 알 수 없는 일이었다. 더구나 다른 갖가지 무서운 일도 그 때문에 사라지는 것도 아니었다. 다른 무서운 일이 어떤 것인지 똑똑히는 알 수 없었으나, 사람들의 이야기로 대략은 짐작하고 있었다. 몸이 궤짝 속에 넣어져 구덩이 속 밑바닥에 홀로 뉘어지고, 그가 언제나 배례하러 따라 다녀야 했던 그 으시시하고 역겨운 수많은 무덤 한 가운데에 버림받아야 한다니, 아아 ! 아아 ! 그 얼마나 슬픈 일일까……

그렇다고 해서 주정꾼 아버지를 보거나 학대를 받아 쓰라림을 겪어야 하거나, 애들에게 심술궂게 대해지고, 어른들한테는 모멸적인 동정을 받고, 그리고 누구한테서도, 심지어 어머니한테서도 이해되지 못하고 살아 간다는 것도 결코 즐거운 일일 수는 없었다. 모든 사람에게서 수모를 당하고, 누구에게서도 사랑받지 못하며, 단지 혼자서, 그야말로 외톨박이 신세로 의지할 만한 곳도 거의 없다 ! 그렇다, 정녕코 그렇다. 그러면서도 그러한 것이 또 한편으로는 삶의 욕망을 부여하고 있었던 것이다. 그는 자신의 내부에 노여움으로 용솟음치는 힘을 느끼고 있었다. 이 힘이야말로 불가사의한 것이었다 ! 그 힘은 아직 아무것도 이루지는 못했다. 이를테면, 입에 재갈이 물렸고, 손발이 묶였고, 마비되어 있는 꼴이었다. 이 힘이 무엇을 바라고 있는지, 이제 무엇이 될지는 전혀 알 수 없었다. 그러나 그것이 그의 생명 속에 있음을 믿고 있었다. 그것은 기세 좋게 돌아다녔고 으르렁거리고 있었다. 내일만 되면 이 힘으로 보기 좋게 설욕하고 말리라! 일체의 악, 온갖 부정에 복수하기 위해서, 악인을 벌주기 위해서 그는 살고 싶다는 강렬한 욕망을 지니고 있었다. 그렇다! 살기만 하면……. 그러다가 그는 잠시 생각한 다음, 『……다만 열여덟 살까지 살 수만 있다면!』하고 되풀이했다.

또 어떤 때는 스물한 살로 정하기도 했다. 그것이 극한이었다. 세계를 지배하는 데는 그것으로 충분하다고 믿고 있었다. 그는 평소부터 그리워하던 영웅들을 생각하고 있었다. 나폴레옹을, 훨씬 옛날이지만 그가 가장 좋아하는 저 알렉산더 대왕을. 앞으로 십이 년……아니, 십 년만 산다면, 나는 틀림없이 그들같이 될 것이다. 나이 서른에 죽는 사람을 불쌍하다고는 생각지 않았다. 그러나 그들은 늙은이였고 이미 인생을 향락해 버린 것이다. 미처 향락에 빠지지 못했다면, 그것은 그들이 나쁜 것이다. 그렇긴 하지만 지금 내가 죽는다는 것은 정말이지 참을 수 없는 일이 아닌가! 조그만 어린애인 채로 죽어 사라져 간다는 것, 누구나 함부로 꾸짖어도 좋은 아이로서 사람들 머릿속에 영원히 남는다는 것은 너무나 비참한 일이다! 이런 생각이 들자 마치 자신이 이미 죽어 버리기라도 한 것처럼 눈물이 흘렀다.

이러한 죽음의 고뇌는 소년 시절의 수년간을 괴롭혀 주었다. 그것은 오로지 생에 대한 혐오감으로써만 치유되고 있었던 것이다.

이러한 짓눌리는 듯 답답한 어둠의 한복판에, 시시각각 어두워져 가는 것만 같아 숨막힐 듯한 밤중에, 마치 어두운 하늘에 단 하나 남겨진 별처럼 하나가 빛나기 시작했다. 그것은 그의 일생을 비추어 주게 되는 빛——즉 성스러운 음악이었다.

할아버지가 아이들에게 낡은 피아노 한 대를 마련해 주셨다. 원래 이 피아노는 할아버지가 고객의 한 사람에게 처분을 부탁받은 물건인데 할아버지는 끈기 있게 매만진 끝에 간신히 고쳐 놓은 것이었다. 그러나 이 선물은 그다지 환영받지 못했다. 루이자는 그렇지 않아도 방이 좁다고 생각하던 참이었다. 멜키오르는 한술 더 떴다. 아버님 장 미셸께서는 별로 돈을 내신 것도 아닐거야, 까짓것, 장작으로 써 버리지, 하고 말하는 판이었다. 나이 어린 크리스토프만은 왜 그런지 새로 굴러 들어온 이 물건이 기뻤다. 마치 할아버지가 가끔 몇 페이지씩 읽어 주며 둘이 같이 즐거워하던 《아라비안나이트》처럼, 불가사의한 이야기가 가득 들어 있는 마법의 상자라고 생각되었다.

아버지가 음조를 시험하기 위해 쳐보는 보슬비와 같은 아르페지오의 음을 그는 듣고 있었다. 그것은 소낙비 뒤에 한바탕 부는 미지근한 바람이, 비에 젖은 나뭇가지에서 흔들어 떨어뜨리는 물방울 소리와도 같았다. 그는 손뼉을 치며 더 쳐달라고 소리쳤다. 그러나 멜키오르는 이건 낡아 빠진 피아노라고 말하면서, 업신여기는 듯한 몸짓으로 뚜껑을 닫아 버렸다. 크리스토프는 더이상 조르지는 않았다. 그러나 끊임없이 악기 주위를 어슬렁거렸다. 그러다가 남들이 저쪽으로 가 버리자마자 뚜껑을 열고 건반을 눌러 보았다. 마치 어떤 큼직한 곤충의 초록빛 등껍질을 손가락으로 움직이듯이. 그는 거기 갇혀 있는 동물을 뛰어나오게 하고 싶었다. 가끔 급히 덤비다가 너무 세게 두드리는 수가 있었다. 그럴 때면 어머니가 꾸짖었다. 「조용히 못하니? 만지면 안 된다니까!」때로는 뚜껑을 닫다가 손이 끼인 일도 있었다. 그럴 때면 아픈 손가락을 입으로 빨며 애처롭게 얼굴을 찌푸리곤 하는 것이었다.

이제 그의 가장 큰 기쁨은 어머니가 날품팔이를 하러 가서 하루 종일 집을 비우거나, 시내에 볼일이 있어 나가거나 할 때였다. 그는 어머니가 계단을 내려가는 발걸음 소리에 귀를 기울인다! 드디어 길로 나서고 발걸음 소리는 멀어져 간다. 그는 혼자다. 피아노의 뚜껑을 열고 의자를 끌어당겨 그 위에 올라앉는다. 어깨가 건반 높이까지 닿는데 그것으로 충분하다. 왜 홀로 되기를 기다려야만 하는 것일까? 너무 큰소리만 내지 않으면 아무도 치지 못하게 말리지는 않는데. 그러나 그는 남들 앞에서 하기가 부끄러워 마음껏 칠 수가 없었다. 더구나 사람들은 지껄이고 돌아다니며 법석들이다. 그래서는 흥이 깨진다. 혼자라면 한결 좋잖은가! 크리스토프는 숨을 죽인다. 주위가 더욱 고요해졌기 때문이기도 하고, 또 대포라도 쏘려는 것처럼 조금 흥분한 탓이기도 하다. 건반 위에 손가락을 얹자 심장이 두근거린다. 때로는 반쯤만 건반을 누르고는 다른 건반 위로 손가락을 옮긴다. 먼저 것보다 이번 건반에서는 이 얼마나 멋들어진 소리가 나는 것일까! 별안간 소리가 높아진다. 깊은 소리, 날카로운 소리가 있다. 잘 울리는 소리, 으르렁거리는 소리가 있다. 그것이 하나하나 차차 약해져서 사라져가는 데에, 소년은 조용히 귀를 기울인다. 그 소리들은 마치 종소리처럼 흔들렸다. 들에 있을 때 바람이 실어다 주었다간 또 실어 가는 종소리나 벌레의 날개짓 소리처럼, 서로 뒤섞여 소용돌이치는 좀더 다른 갖가지 소리가 멀리서 아득하게 들린다. 그것은 사람들을 부르는 소리 같다. ……멀리……더욱 멀리, 신비로운 은신처로. 그러다가 그 소리는 차차 그 속으로 들어간다……아, 사라져 버렸다! 아니, 아직도 속삭인다……희미한 날개짓 소리……참으로 이상스럽기도 하지! 마치 영혼의 소리 같다. 영혼이란 게 이렇게도 의젓하지만 낡아 빠진 상자 속에 갇혀 있다니, 정말이지 아무래도 이해할 수가 없구나!

그러나 가장 훌륭한 것은 두 손가락을 동시에 두 개의 건반 위에 놓았을 때다. 과연 어떤 일이 일어날지, 미리 알 수는 없다. 때로는 두 영혼이 서로 적이 된다. 서로 흥분하고 주먹다짐하고, 서로 미워하고 성내며 으르렁거리며 목소리가 높아진다. 어떤 때는 성난 외침 소리를 지르거나 부드럽게 외친다. 크리스토프는 이 장난을 여간 좋아하지 않았다. 묶여 있는 괴물이 쇠사슬을 끊고, 감옥의 벽에 부딪치고 있는 격이었다. 그러한 괴물들은 감방이라도 쇠사슬을 끊고 밖으로 뛰어나갈 것만 같다. 그것은 동화책에 나오는 요정, 혹은 솔로몬이 닫은 아라비아의 요술 상자 속에 갇혀 있는 정령 같다. 또, 어떤 정령은 아양을 떨어 알랑거리며 속이려 든다. 그러나 결국은 물어뜯는 것밖엔 바라지 않는다. 그들은 열에 들떠 있는 것이다. 크리스토프는 그들이 대체 무엇을 바라고 있는지 알 수가 없었다. 그들은 그를 매혹시키고, 당혹케 해서 그는 흥분으로 얼굴이 발그레해진다. 또 어떤 때는 서로 사랑하는 음조가 있다. 사람이 서로 입맞춤을 할 때 팔을 엇걸듯이 그 소리들은 서로 엉켜든다. 그들은 우아하고 온화하며 선량한 정령들이다. 얼굴엔 미소를 머금었고 주름살이라곤 없다. 그들은 나이 어린 크리스토프를 사랑해 준다. 어린 크리스토프도 그들을 사랑한다. 그는 눈물을 글썽거리며 그들의 음성을 듣는다. 그리고 몇 번 불러내도 싫증을 모른다. 그들은 그의 벗이다. 친한 벗들, 마음 고운 벗들이다…….

이렇게 하여 어린이는 음향의 숲속을 산책한다. 자신의 둘레에 한없는 미지의 힘을 느낀다. 그들 힘은 그를 기다리고 있고 그를 부른다. 애무하려고 하고 삼키려고도 하며.

어느 날, 한창 몰두해 있을 때 불쑥 멜키오르가 들어섰다. 평소의 그 굵은 목소리로 말을 건네자 크리스토프는 흠칫 놀랐다. 나쁜 짓을 하고 있었던 듯한 생각이 들어 그는 두 손으로 귀를 틀어막고 무서운 고함 소리를 맞으려 했다. 그런데 뜻밖에도 멜키오르는 꾸짖질 않았다. 도리어 유쾌하게 웃고 있었다. 그리곤 그의 이마를 톡톡 두드리며 묻는다.

「그래 재미있니, 아가? 치는 법을 가르쳐 줄까?」

배우고 싶으냐고? 그는 기쁨에 넘쳐서 고개를 끄덕였다. 둘은 나란히 피아노 앞에 앉았다. 크리스토프는 이번에는 두터운 책을 쌓아올린 위에 오똑 앉았다. 주의력을 집중하여 최초의 지도를 받았다. 우선 이들 신음하는 정령들이 기묘한 이름을 가지고 있다는 것을 배웠다. 그것은 한 음절이든가 혹은 한 글자로 된 중국풍의 이름이었다. 그는 깜짝 놀랐다. 실은 그는 아주 다른 이름을 상상하고 있었던 것이다. 동화에 나오는 공주처럼 부드럽고 아름다운 이름을 상상하고 있었던 것이다. 그는 아버지가 그들에 관해서 매우 친숙한 체하며 말하는 것이 싫었다. 더구나 멜키오르가 불러 내면 그것은 이미 이전의 정령은 아니었다. 그의 손가락 밑에서 계속 나오긴 하지만 그것은 냉랭한 표정들이었다. 그렇더라도 크리스토프는 그들 사이의 관계와 그들의 계급이나, 한 군대를 지휘하는 국왕이나 한 줄로 묶인 검둥이의 떼를 닮기도 한 음계를 외울 수 있어 기뻤다. 그 하나하나의 병사 혹은 검둥이가 저마다 국왕이 될 수도 있고 같은 대열의 선두에 설 수도 있다는 것, 또 건반의 끄트머리에서 끄트머리까지 전 부대를 정렬시킬 수도 있다는 것을 알게 되고는 놀라지 않을 수 없었다. 그들을 행진시키는 줄을 조종해 보며 그는 재미있어 했다. 그러나 얼마 안 가 그런 것은 처음에 경험한 것보다는 훨씬 시시하다고 생각하기에 이르렀다.

마법의 숲은 이미 찾아 볼 수 없었다. 그래도 그는 따분하지 않았기 때문에 열심이었다. 더구나 아버지의 끈기에도 놀랐다. 멜키오르는 결코 싫증을 내지 않았다. 같은 행동을 열 번이나 되풀이하게 했다. 아버지가 어째서 이렇게 힘써 주는지, 크리스토프로서는 알 수 없는 일이었다. 그렇다면 아버지는 나를 사랑해 주시는 걸까? 얼마나 좋은 아버지냐! 아들은 감사의 정에 가득 차서 공부를 계속해 갔다.

스승인 아버지가 어떤 생각을 하고 있었는지 그것을 알았던들, 그는 이토록 기뻐하지는 않았을 것이지만.

이날 이후 멜키오르는 아들을 어느 이웃 집으로 데리고 갔다. 그 집에서는 한 주일에 세 번씩 실내 음악회가 베풀어지고 있었다. 멜키오르가 제1번 바이올린을 켜고, 장 미셸이 첼로를 켠다. 다른 두 사람은, 은행원과 실러 가의 시계포 노인이었다. 가끔 약제사가 이들 사이에 끼어들어 플루트를 분다. 다섯 시에 모여 아홉 시까지 했다. 한 곡을 마칠 때마다 맥주를 들이켰다. 이웃 사람들이 들락날락하며 선 채로 벽에 기대어 말없이 귀를 기울이고 박자에 맞추어 고개를 흔들거나 발을 움직이거나 하며, 방안을 담배 연기로 뽀얗게 채웠다. 악보의 이 페이지에서 저 페이지로, 이 곡으로부터 저 곡으로 진행되어도 연주자들의 끈기는 조금도 피로를 몰랐다. 모두들 입을 꼭 다물고 무뚝뚝한 표정으로 주의를 집중하고 얼굴에 주름살을 지으며 가끔씩 기쁜 듯한 신음 소리를 냈으나, 원래 그들은 곡의 아름다움을 전연 표현할 줄 모를 뿐더러 그것을 전혀 느낄 줄도 모르는 사람들이었다.

그들의 연주는 아주 정확하지도 못했고 정연하다고도 할 수 없었다. 그러나 결코 탈선하는 법없이 그저 지시된 뉘앙스를 충실히 좇고 있었다. 그들은 웬만한 것으로 만족하는 음악적인 솜씨와, 세계에서 가장 음악성이 뛰어나다는 민족에서 흔히 보이는 범용한 완벽성을 지니고 있었다. 그들은 또한 음악에 대한 탐욕스러운 미각을 지니고 있어, 음악성은 그다지 까다롭게 따지지 않았다. 이러한 왕성한 식욕에는 어떠한 음악이든 내용이 푸짐하기만 하면 상품이었다. 그 식욕은 브람스와 베토벤과의 사이에 구별도 짓지 않고, 혹은 또 같은 거장의 작품이면 같은 반죽으로 이루어졌다고 하여 공허한 협주곡과 감동적인 소나타도 구별하려 들지 않는 것이었다.

크리스토프는 그들과 떨어져서 피아노 뒤의 자기만의 자리인 한 구석에 자리잡고 있었다. 거기 있으면 어느 누구도 그를 훼방할 수는 없었다. 그곳으로 들어가려면 엎드려 기어야 하기 때문이었다. 그곳은 어두컴컴했다. 또 소년 크리스토프가 몸을 움츠리고 바닥에 누워 있을 만한 넓이였다. 담배 연기가 그의 눈과 목으로 들어온다. 그리고 먼지도 들어왔다. 양털처럼 큰 먼지도 있었다. 그러나 그는 그런 데 개의치 않았다.

그는 터키 사람들처럼 무릎을 가지런히 하고 앉아서, 더러워진 조그만 손가락으로 피아노 덮개의 구멍을 크게 하면서, 진지한 표정으로 듣는 것이었다. 연주되는 곡을 모두 좋아하는 것은 아니었다. 그러나 어느 곡이나 지루한 것도 아니었다. 또한 그는 결코 자신의 의견을 분명히 해 보려고도 하지 않았다. 자신은 너무 어리고, 음악에 대해서는 아직 아무것도 아는 바 없다고 생각했기 때문이었다. 음악은 때로 그를 꾸벅꾸벅 졸게 했고 때로는 깨워 주기도 했다. 어느 경우에도 불쾌하진 않았다. 뚜렷이 깨닫지는 못했으나 그를 흥분케 하는 것은 거의 언제나 좋은 음악이었다. 남의 눈에 띄지 않는다는 것이 확실했으므로 그는 얼굴 가득히 주름살을 짓거나, 코를 쫑긋거리거나, 이를 바드득 갈거나 했다. 혹은 혀를 날름거리기도 했고 성난 눈초리나 슬픈 눈초리가 되기도 했다. 때론 걷고 싶어지거나 때리고 싶어졌고, 온 세계를 산산이 때려부수고 싶어졌다. 어찌나 설쳤던지 끝내는 피아노 위로 머리 하나가 불쑥 들여다보더니 그에게 소리쳤다.

「야, 이녀석, 미쳤느냐? 피아노에 손대지 마! 손을 치워! 귓바퀴를 잡아 빼주겠다!」

그런 말을 듣고는 창피하기도 했지만 약이 오르기도 했다. 왜 나의 이 즐거움을 훼방하는 것일까? 나는 무슨 나쁜 짓을 한 게 아니다. 나는 언제고 학대만 받아야 한단 말인가! 아버지도 덩달아 잔소리다. 시끄럽다, 넌 음악을 좋아하지 않는 놈이구나, 하고 꾸짖는 것이다. 그러다 보면 끝내는 자신도 그런 생각이 들고 마는 것이었다. 만일, 여기 있는 사람들 중에서 진실로 음악을 이해하는 사람은 이 소년 하나뿐이라는 말을 듣게 된다면, 협주곡을 기계적으로 연주하고 있는 이들, 성실 정직한 벼슬아치풍의 사나이들은 아마도 크게 놀라 나뒹굴었을 것이다.

만약에 그를 조용히 놓아 두고 싶다면, 왜 걸어다니고 싶어지는 음악을 연주해 들려 주는가? 그들 음악에는 광란하는 말〔馬〕, 칼, 전투의 함성, 승리의 자랑스러움 등이 들어 있었다. 그런데 그들은 소년에게도 자기네처럼 머리를 흔들고 발로 박자를 맞추는 것만으로 그치라는 것이다. 그렇다면 조용한 환상곡이나 아무런 뜻도 없는 요설적인 악곡을 들려 주기만 하면 되지 않겠는가. 음악에는 그러한 곡도 적지 않다. 이를테면 조금 전에 시계포 영감님이 벙글벙글 기쁜 듯이 웃으며, 『이것 참 좋군. 귀에 거슬리는 데가 없단 말씀이야. 어느 귀퉁이고 모두 둥글게 되어 있지……』라고 말한 골드마르크의 곡이 그렇다. 그때 소년은 한없이 고요하기만 해서 꾸벅꾸벅 졸고 있었다. 끝내는 들리지도 않는 경지에 이르러 있었다. 그러나 흐뭇한 기분이었다. 손발이 노곤해지고 멍하니 꿈꾸고 있었다.

그의 몽상은 일관된 줄거리가 있는 것은 아니었다. 어쩌다 가끔 또렷한 영상이 떠오를 뿐이었다. 과자를 만들면서 손가락 사이에 붙어 남은 반죽가루를 식칼로 떼어내고 있는 어머니, 강에서 본 헤엄치는 들쥐 한 마리, 버드나무 잔 가지로 만들고 싶어하던 채찍……어찌하여 이런 회상이 지금 떠올랐는지, 그것은 오직 하느님만이 아실 일이다! 그러나 대개의 경우, 그에게는 아무것도 보이지 않았다. 그래도 숱한 것을 느끼면서, 대단히 중요한 것들이 많이 있는 것만 같았다. 그러한 것들을 입으로 말할 수는 없었다. 또 말해 봤자 헛일이었다. 그것들은 또렷이 알고 있었고, 또 언제나 똑같은 것이었기 때문에. 그중에는 몹시 슬픈 것도 있었다. 그러나 그것들은 현실 생활에서 당하는 슬픔의 고통은 수반하지 않고 있었다. 아버지에게서 뺨을 언어맞을 때나 부끄러움으로 가슴에 상처를 입으며 어떤 굴욕을 당할 때와 같은 추악함이나 비천함은 없었다. 그것들은 우울한 고요로써 정신을 채워 주고 있었다. 이리하여 크리스토프는 생각했다. 『그렇다, 이와 같이……나도 이젠 이와 같이 하리라』고. 그러나 이와 같이란 어떤 것인지, 또 왜 이런 말을 하는지, 자신도 도무지 알 수 없었다. 그렇지만 그렇게 말해야 한다. 그것은 대낮처럼 명료한 것이라고 그는 느끼고 있었다. 귀에서 해조음이 들린다. 바다는 바로 곁에 오직 모래 언덕의 벽으로 격해 있을 뿐이었다. 그 바다가 어떤 것인지, 바다가 무엇을 바라고 있는지 크리스토프는 전혀 알 수 없었다. 그러나 그는 파도가 장벽을 넘으며 고조되어 온다는 것을 의식하고 있었다. 그때가 되면……그때야말로 멋지리라, 나는 완전히 행복해지리라. 바다 소리를 듣는 것만으로도, 그 크나큰 소리의 울림으로 마음이 흔들리는 것만으로도 온갖 시시한 슬픔이나 굴욕감은 진정되었다. 하기야 그것들은 여전히 구슬픈 것이긴 했다. 그러나 이미 치욕스럽거나 상심을 안겨 주는 것은 아니었다. 모두가 당연한 것으로 여겨지고 따사로운 것같이 생각되었다.

그에게는 범용한 음악이 그러한 도취를 가져다 주는 일이 자주 있곤 했다. 그런 음악을 만든 이는 가련하고 비천한 사람들이었다. 그들이 생각하고 있는 것이란 한낱 돈벌이라든가, 알려져 있는 공식에 따른 것이나, 독창성을 발휘하여 공식을 벗어난 것이든간에 음부를 긁어모아 자기의 공허한 생활에 환상을 품는다는 것뿐이었다. 그러나 음향 속에는 비록 그것이 어리석은 사람의 손으로 다뤄진 경우에도 강력한 생명력이 있기 때문에 그것은 소박한 영혼 속에 폭풍을 불러일으킬 수 있다. 아마 어리석은 사람이 암시하는 몽상일지라도 억지로 사람을 끌고가는 명령적인 사상을 고취하는 몽상보다는 훨씬 신비하며 자유롭다. 왜냐하면 부질없는 행동이나 공허한 지절거림은 자신에 관해 명상하는 정신을 방해할 수는 없기 때문이다.

이렇게 해서 소년은 사람들에게 잊혀지고, 자신도 모든 것을 잊고 피아노 한구석에 꼼짝도 하지 않고 앉아 있었다. 그때 별안간, 두 다리를 기어오르는 개미를 느꼈다. 비로소 그는 자기가 손톱이 시꺼멓고 더러운 애라는 점에 생각이 미치고, 두 손으로 두 다리를 부둥켜안고는 벽에 코를 비벼 대고 있다는 걸 깨달았다.

멜키오르가 발끝으로 조용히 걸어들어와서, 너무나 높은 건반 앞에 앉은 크리스토프를 불의에 습격한 그날, 그는 아들을 관찰한 것이다. 그 결과 하나의 기막힌 생각이 그의 머릿속을 스쳐갔다.

『이놈은 신동이다！……왜 깨닫질 못했을까……우리 집안을 위해서는 더 바랄 것 없는 행운이다 ! 분명히, 나는 이녀석도 에미처럼 농사꾼의 자식에 지나지 않는다고 믿고 있었지만 한번 시험해 봐서 손해될 것도 없다. 잘 될지도 모르지 ! 온 독일 국내를 데리고 다녀보자. 어쩌면 외국에도 가게 될지 모른다. 이건 즐겁고도 고상한 생활이다.』

멜키오르는 언제나 자신의 모든 행위 뒤에 고상함을 찾지 않고는 배기지 못했고 대개의 경우 그것은 찾아지는 것이다. 강한 확신을 품은 그는 저녁 식사를 마치자마자 곧 또 아이를 피아노 앞으로 밀어 붙였다. 낮에 가르쳐 준 것을 복습시키고, 애의 눈이 피곤해서 닫혀질 때까지 계속했다. 다음 날은 그렇게 세 번이나 연습을 시켰다. 또 다음 날도 같았다. 이어서 날마다 그렇게 했다. 크리스토프는 처음에는 싫증이 났고 마침내는 죽도록 싫어져 견디지 못하고 반항하려 했다. 그에게 강요되고 있는 것은 전적으로 무의미한 것이었다. 엄지손가락을 솜씨 있게 쓰며 될 수 있는 대로 빨리 건반 위로 달리게 하거나, 두 손가락 사이에 거북살스럽게 붙어 있는 약손가락을 부드럽게 하는 일이었다. 도무지 신경질이 나며 조금도 재미가 없었다. 마술적인 화음도, 매혹적인 괴물도, 순간적으로 예감되는 꿈의 세계도 모두 다 없어져 버렸다……무미 건조하고, 단조롭고 아무 흥미도 없는 음계와 연습이 계속되었다. 그것은 언제나 요리, 더구나 언제고 같은 요리 이야기를 화제로 하는 식탁의 대화보다도 흥미가 없는 것이었다.

차차 소년은 우선 아버지의 가르침을 방심 상태로 듣게 되었다. 따끔하게 꾸지람을 당하자, 별수없이 싫증이 나더라도 계속하긴 했다. 곧 주먹이 날아왔다. 그는 이에 대해 더없이 능청스러운 불쾌한 표정으로 대항했다. 가장 나빴던 것은 어느 날 밤, 멜키오르가 옆방에서 장래의 계획에 대해 이야기하는 소리를 엿듣게 된 것이다. 그렇다면 내가 이토록 따분함 속에서 온종일 억지로 상아의 건반을 두드려야 하는 것도, 나를 현명한 동물로 구경거리를 만들기 위함이란 말인가 ! 이제는 그 정다운 라인 강을 보러 갈 시간도 없었다. 왜 이렇게도 심하게 학대받아야 하는 것일까 ? 그는 자존심과 자유에 상처를 입고 분개했다. 다신 음악을 안할 테다, 하더라도 될 수 있는 대로 서투르게 하리라, 아버지에게 실망을 안겨 주어야지, 그는 이렇게 결심했다. 어쩌면 좀 심한 짓인지도 몰랐다. 그러나 자신의 독립을 유지하기 위해서는 하는 수 없었다.

다음 연습부터 그는 자신의 계획을 실행에 옮겼다. 일부러 틀린 건반을 두드리고, 곡조를 완전히 틀리게 하려고 힘썼다. 멜키오르는 소리치고 다음에는 악을 썼다. 그리고 주먹이 내리 퍼붓는다. 멜키오르는 튼튼한 잣대를 가지고 있었는데, 음부가 틀릴 때마다 그것으로 아들의 손가락을 때렸고, 동시에 귀가 멍해

질 만큼 크게 고함을 질렀다. 크리스토프는 고통으로 얼굴을 이지러뜨리고 있
었다. 울지 않으려고 입술을 깨물었고, 매를 맞을 것 같으면 머리를 양어깨 속
으로 움츠리며 여전히 틀린 음부를 계속 쳤다. 그러나 방법이 서툴렀다. 자신
도 곧 그것을 깨달았다. 멜키오르는 그에 못지않게 끈덕진 고집쟁이였다. 비록
둘이서 이틀 밤낮을 계속하더라도 정확하게 치게 되기까지는 단 하나의 음부의
잘못도 용서치 않겠다고 맹세했다. 크리스토프는 일부러 잘못 치는 데 너무 공
을 들였다. 복잡한 부분에 이르면 뚜렷한 악의를 가지고 어설프게 빗나가는 걸
보자 그 술책을 눈치챈 멜키오르가 더 세게 내리쳤다. 크리스토프는 이미 자신
의 손가락의 감각을 잃게 되었다. 코를 훌쩍거리고 오열과 눈물을 삼키며, 소리
를 죽여 슬피 울고 있었다. 언제까지고 이러고만 있을 수는 없다. 어쨌든 결심
을 해야 한다고 그는 깨달았다. 손을 멈추자, 앞으로 일어날 폭풍우를 생각하고
는 지레 몸을 부들부들 떨며, 그는 용감하게 말했다.
　「아빠, 나 더 치고 싶지 않아.」
　멜키오르는 숨이 막혔다.
　「뭐라구 ! ……뭐라구 ! 」
　아들의 팔을 부러질 만큼 세게 흔들었다. 크리스토프는 더욱 몸을 떨며 매를
피하려고 팔꿈치를 쳐들고 계속 말을 이었다.
　「더 치고 싶지 않아. 매맞기 싫은 걸 뭐. 게다가…….」
　끝까지 말을 맺지 못했다. 무서운 따귀를 얻어맞고 숨이 막혔던 것이다. 멜키
오르는 고래고래 악을 썼다.
　「그래 ! 매맞고 싶지 않다고 ? 얻어터지기 싫다고 ? 」
　주먹의 폭우가 쏟아졌다. 크리스토프는 울며 소리쳤다.
　「게다가……음악은 싫단 말이야 ! 음악은 싫어.」
　그는 의자에서 미끄러져 내렸다. 멜키오르는 다시 그를 거칠게 앉혀 놓자, 손
목을 잡더니 건반에 냅다 올려 놓았다. 그리고는 소리쳤다.
　「자, 쳐봐 ! 」
　그러나 크리스토프는 외쳐 댔다.
　「싫어 ! 싫어 ! 누가 칠 줄 알구 ! 」
　멜키오르는 단념하는 수밖에 없었다. 크리스토프를 문으로 쫓아 보내더니,
하나도 틀리지 않게 연습할 수 있게 되기 전에는 하루든 한 달이든 밥을 먹여 주
지 않겠다고 호통을 쳤다. 그리고는 아들의 엉덩이를 걷어차 밖으로 내쫓고는
문을 쾅 닫아 버렸다.

크리스토프는 계단의 중간에 멈춰섰다. 더러워지고 어두컴컴한 계단으로, 밟는 데는 벌레에 먹혀 있었다. 지붕창의 깨어진 유리 사이로 바람이 불어 들어왔다. 벽은 습기가 차 있었다. 크리스토프는 기름기가 묻어 있는 계단에 앉았다. 노여움과 흥분으로 심장이 가슴속에서 격렬히 고동치고 있었다. 그는 음성을 낮추어 아버지에게 욕을 퍼부었다.

「짐승 같은 놈! 그렇지, 넌 짐승이다! 짐승이야……비열한 놈!……비인간! 그렇다, 비인간이야! 너 같은 놈은 싫어, 싫단 말이야. 그래, 너 같은 건 죽어 버려라, 죽는 게 좋단 말이야!」

그는 가슴이 뻐근했다. 끈적끈적한 계단, 깨어진 유리창 위에서 바람에 흔들리는 거미줄을 그는 절망에 찬 눈으로 바라보고 있었다. 불행 속에 홀로 남겨진 듯한 심정이었다. 난간의 살 틈새를 뚫어지게 바라보았다. 저리 뛰어내린다면?……아니면, 창으로라도? 그렇다, 저들을 벌주기 위해서라도 자살해 버릴까? 그렇게 하면, 저들은 얼마나 후회할까?…… 자신이 계단에서 떨어져 내린 소리가 들렸다. 저 위쪽의 방문이 후딱 열린다. 가슴을 쥐어짜는 듯한 외침 소리.『애가 떨어졌어! 애가 떨어졌어요!』발걸음 소리가 계단을 구르듯 떨어져 내려왔다. 아버지가, 어머니가, 그의 몸 위에 덤벼들어 통곡한다. 어머니는 흐느껴 울고 있었다.『당신 탓이에요! 당신이 죽였어요!』아버지는 두 팔을 흔들어 대며 무릎을 꿇은 채 머리를 난간에 부딪치며 소리친다.『난 몹쓸 놈이다! 난 몹쓸 놈이야!』──이러한 광경은 그의 고통을 진정시켜 주었다. 그는 하마터면 자기 때문에 울어 주는 사람들을 가엾이 여길 뻔했다. 그러나 곧 생각했다. 그들에겐 당연한 응보라고. 그러면서 복수의 쾌감을 맛보고 있었다.

이런 꾸며낸 이야기를 끝내고 정신차려 보니, 그는 여전히 계단 위의 어둠 속에 있는 채였다. 다시 한번 아래를 기웃거려 보았다. 뛰어내리고 싶다는 그런 생각은 이미 온데 간데 없었다. 으스스 전율조차 느꼈다. 떨어질지도 모른다는 생각이 들자, 계단가를 멀찍이 떠나기조차 했다. 비로소 이때 그는 자신이 가련한 새장 속의 새처럼 꼭 갇힌 몸이라는 것을 느꼈다. 영원히 사로잡힌 몸, 스스로 머리를 깨어 큰 상처라도 입기 전엔 달리 구제될 길이 없는 신세인 것이다. 그는 울고 또 울었다. 더러워진 조그만 손으로 눈을 비볐으므로 순식간에 온 얼굴이 더러워졌다. 그렇게 울면서도 주위의 여러 가지 것들을 계속 눈여겨보고 있었다. 약간 마음이 풀렸다. 한 순간 울음을 그치고 움직이기 시작한 거미를 관찰했다. 그러다가 다시 계속 울었으나 전처럼 진심으로 운 것은 아니었다. 자신의 울음 소리에 귀를 기울였다. 왜 우는지도 잘 모르면서 그저 기계적으로 울음 소리를 낼 뿐이었다. 한참만에 그는 일어섰다. 창으로 다가갔다. 창가에 앉아서 조심스럽게 안으로 몸을 끌어당긴 채, 호기심도 있었지만 한편 싫기도 한 거미를 곁눈질로 유심히 살펴보았다.

밑에는 라인 강이 집 바로 옆을 흐르고 있었다. 계단의 창으로 내려다보니, 몸이 공중에 매달려 있는 것 같은 느낌이 들었다. 계단을 한 단 한 단 내려갈 때면, 그는 반드시 이 강을 바라보곤 했었다. 그러나 오늘처럼 바라본 적은 없었다. 슬픔은 감각을 예민하게 한다. 퇴색한 추억의 상흔이 눈물로 씻겨져 버린 뒤엔, 모든 것이 눈 속에 한결더 또렷이 새겨지는 모양이다. 소년에게 강은 하나의 살아 있는 생물같이 생각되었다. 불가해한, 그러나 그가 알고 있는 어떠한 것보다도 훨씬더 힘찬 생물! 크리스토프는 좀더 잘 보려고 몸을 내밀었다. 유리창에 입을 대고 코를 눌러 댄다. 그는 어디로 가는 것일까? 그는 무엇을 바라고 있는 것일까? 그는 자기가 가는 길에 참으로 자신이 있는 것 같다. 어느 누구도 그의 흐름을 멈출 수는 없다. 낮이건 밤이건, 또 비가 오건 해가 내리쬐건, 집안에 기쁨이 있건 슬픔이 있건, 그는 변함없이 계속 흘러만 간다. 무슨 일이나 그에게는 아무래도 좋은 일인가 보았다. 그는 일찍이 괴로워한 일도 없이 자신의 힘을 향락하고 있는 것 같았다. 목장이나 버드나무 가지, 반짝이는 잔돌멩이, 바삭바삭한 모래 사이를 흘러 어떤 거침이나 번거로움도 겪지 않고 그야말로 완전한 자유라는 것은 그 얼마나 즐거운 일일까!

소년은 탐욕스럽게 바라보며 또 귀를 기울인다. 자기 몸이 강물에 실려가는 듯한 느낌이다. 눈을 감으면 파랑, 초록, 노랑, 빨강이 차례로 나타나 보이고, 치달려 사라지는 크나큰 그림자, 가득히 햇빛을 받은 널따란 벌판이 보인다. 모습들이 차차 뚜렷해진다. 널찍한 평야, 갈대 숲, 신선한 풀과 박하 내음 풍기는 산들바람으로 파도치듯 넘실거리는 보리 이삭. 여기저기 할 것 없이 꽃 피어 있다. 도깨비 부채, 양귀비꽃, 제비꽃. 얼마나 아름다운 경치인가! 공기는 또 얼마나 달콤한가! 푹신하고 부드러운 풀 속에 뒹굴면 얼마나 흐뭇할까! 크리스토프는 쾌활해지며 약간 아찔해진다, 축제일에 아버지가 커다란 술잔에 라인산의 포도주를 조금 먹여 주었을 때처럼. 강은 흘러간다……경치가 변했다…… 이번에는 물 위에 몸을 수그린 나무 숲. 톱니모양의 잎들이 조그만 손처럼 물에 잠겨, 흐르는 물 밑에서 움직이거나 뒤집히기도 한다. 나무 숲 사이로 마을 하나가 강물에 모습을 비추고 있다. 기슭이 물에 씻겨지고 있는 흰 절벽 위에는 묘지의 사이프러스(杉木의 일종)와 십자가가 보인다. 그 다음에는 여러 개의 바위와 산들, 언덕 비탈에 있는 포도밭, 조그만 전나무의 숲, 황폐된 옛성. 그리고는 다시 평야, 보리밭, 새, 태양…….

　초록빛 물을 담은 대하는, 오직 하나의 사상처럼 한 덩어리가 되어 흘러간다. 파도도 없이 거의 주름살도 없는 반들반들하게 빛나는 파문을 그리면서. 크리스토프는 이미 그것을 보고 있지 않았다. 더 잘 들으려고 눈을 꼭 감았다. 끊임없는 물소리가 그의 마음을 채워 주고 그에게 현기증을 일으킨다. 그는 이 지배적 영원의 꿈 속으로 빨려들어간다. 강물의 소란스러운 기조 위에, 부산한 리듬이 열광적인 기쁨을 가지고 덤벼든다. 그 리듬을 따라 포도밭의 가지로 기어오르는 포도덩굴처럼 여러 가지 음악이 솟아오른다. 건반에서 나오는 은빛 아르페지오, 오뇌에 찬 듯한 바이올린의 음색, 둥글고 부드러운 플루트 소리……풍경은 사라졌다. 강의 자취도 사라졌다. 주위에는 부드럽고 어스름한 대기가 감돌고 있다. 크리스토프의 마음은 감동으로 떨린다. 지금 그에게는 무엇이 보이는 것일까? 오오 ! 매혹적인 몇몇 얼굴이여 ! —— 밤색의 고수머리 소녀가 우수에 차서 마치 놀려 주듯이 그를 부르고 있다. 눈이 파르스름한 소년의 얼굴이 우울한 듯 그를 응시한다. 그밖에도 몇몇의 미소와 눈동자, 응시당하면 이쪽의 낯이 붉어질 것 같은 호기심 많고 도전적인 눈초리 —— 개의 눈처럼 유순하면서도 애정 깊고 고민스러운 눈, 또는 엄숙한 눈과 괴로운 듯한 눈. 그리고 또 입을 꼭 다문, 검은 머리의 창백한 여자의 얼굴, 그 눈은 얼굴의 반을 차지한 것같이 커 보이고, 괴로움을 느낄 만큼 따가운 시선으로 이쪽을 응시하고 있다. 그중에서도 가장 그리운 얼굴, 그것은 조금 입을 벌리고 예쁘게 반짝거리는 자잘한 치아를 드러내 보이고, 잿빛의 밝은 눈으로 미소를 머금고 있다. 아아 ! 관대하고 애정 깃든 그 아름다운 미소여 ! 그것은 부드러운 사랑으로 마음을 녹여 주지 않는가 ! 그것은 얼마나 사람들의 사랑을 받을 것인가 ! 더, 더 미소해 다오 ! 제발, 가지 말아 다오……아아 ! 그것이 스러졌다 ! ! 그러나 그것은 마음속에 말할 수 없는 부드러움을 남겨 주었다. 이미 무엇 하나 쓰라린 일이나 슬픈 일이란 없다. 아무것도 없는 것이다……있는 것이라곤, 가뿐한 꿈과, 해맑은 음악뿐. 그 음악은 여름철 아름다운 날의 공중에 쳐진 거미줄처럼 태양 광선 속에 감돌고 있다. 대체, 방금 사라져 간 것은 그 무엇이었을까? 소년의 마음을 정열적으로 흔들어 놓은 그 영상은 과연 무엇일까? 그는 지금까지 그러한 것들을 본 적이 없었다. 그러면서도 똑똑히 알고 있음은 본 기억이 있다는 것이다. 대체, 그것은 어디서 오는 것일까? 존재의 어떠한 심연에서 오는 것일까? 이미 있었던 것에서 오는 것일까……그렇잖으면 앞으로 있을 것으로부터 오는 것일까?

이제는 모두가 스러지고 온갖 형체는 용해되어 버렸다. 마지막으로 또 한번, 안개의 베일을 통해서 강이 나타난다. 흡사 그 위를 높이 훨훨 날고 있는 듯한 느낌이다. 넘칠 듯 가득 물을 담은 그 강은, 들을 적셔 주며 당당하게 부동의 자세로 흘러간다. 아득히 저 멀리 지평선엔 마치 강철이 번쩍거리는듯 한 물의 평야가 보인다. 그것은 출렁거리는 물의 선, 바다다. 강은 그쪽으로 달리고 있다. 바다도 또한 강쪽으로 달려오는 것 같다. 바다는 강을 삼킨다. 강은 바다를 사모한다. 강은 바야흐로 자취를 감추려 한다……음악이 소용돌이친다. 댄스의 아름다운 리듬이 광적으로 요동한다. 승리의 자랑스러움에 차서 일체의 것이 휘말려들고 만다. 자유스러운 영혼은 하늘을 난다. 대기에 취하고, 날카로운 울음소리를 내며 하늘을 가로지르는 제비떼처럼……환희! 환희! 이미 아무것도 없다……오오, 끝없는 행복감이여!

서너 시간이 지나 저녁이 되어 있었다. 계단은 어둑해졌다. 빗방울이 수면에 둥그런 파문을 그리면, 물줄기가 춤추며 그것을 날라가 버린다. 때로는 나뭇가지며 과일나무의 검은 껍질이 소리도 없이 흘러와서 사라진다. 독거미는 배가 불러서, 제일 어두운 구석으로 물러가 버렸다. ──그리고 나이 어린 크리스토프는 지저분해진 창백한 얼굴을 행복스러운 듯 빛내면서, 여전히 환기창의 한 구석에 엎드리고 있었다. 잠이 든 것이었다.

3

이리하여
태양은 그림자에 가리우며 나타나도다

(연옥편 · 제30곡)

E la faccıa del sol nascere ombrata

(PURG. XXX.)

결국은 굴복할 수밖에 없었다. 용감하게도 집요하게 저항하긴 했으나, 매질이 그의 외고집을 이긴 것이다. 날마다 아침 저녁으로 세 시간씩 크리스토프는 그 고문 도구 앞으로 끌려가 앉혀지곤 했다. 주의력을 집중해야 하는 것과 또 싫어 못 견디겠다는 생각으로 조바심이 나서 그는 주먹만한 눈물을 뺨과 코 양옆으로 줄줄 흘리며, 흑백의 건반 위에서 발그스름한 그 조그만 손을 놀리고 있었다. 잘못 칠 때마다 내리쳐지는 잣대와 그보다도 더 저주스러운, 아버지의 고함 소리에 위협을 받으며 그 손은 추위로 곱아 있을 때가 많았다.

나는 음악이 싫습니다, 그는 이렇게 생각하고 있었다. 그러면서도 열심히 공부하고 있었다. 멜키오르가 무섭기 때문이었다고만으로는 설명될 수 없었다. 할아버지의 어떤 말이 그에게 깊은 감명을 주었던 것이다. 노인은 울고 있는 손자를 보고 엄숙하게 타일렀다. 인간의 위안과 영광을 위해서 주어진 가장 아름답고도 고상한 예술을 위해서라면, 다소의 고통은 받을 만한 값어치가 있는 것이라고. 크리스토프는 할아버지가 마치 다 큰 사람을 대하듯 말씀해 주신 데 감사하며, 그 소박한 말에 남몰래 감동되었다. 이 말은 그의 아이다운 극기심과 태어나기 시작하는 자존심에 꼭 들어맞는 것이었다.

그러나 어떠한 이론보다도 몇몇 음악적 감동의 깊은 기억이, 그가 함부로 반항해 온 이 지겨운 예술에 거역할 수 없이 일생토록 그를 연결시켜 주고 굴복케 해놓았다.

독일에서는 어디나 다 그렇듯 이 도시에도 극장 하나가 있어, 오페라(가극), 코믹 오페라(희가극), 오페레타(輕가극), 드라마(正劇), 코미디(희극), 보드빌(통속 희극), 그밖의 상연이 가능한 것은 모두 공연되고 있었다. 개연(開演)은 한 주일에 세 번, 시간은 밤 여섯 시부터 아홉 시까지였다. 장 미셸 노인은 하나도 빼놓지 않고 관람하러 가서, 어떠한 레퍼터리에 대해서나 똑같은 흥미를 보이곤 했다. 한번은 손자를 데리고 간 일이 있었다. 노인은 수일 전부터 그 극의 줄거리를 길게 설명해 주었다. 크리스토프로서는 무슨 뜻인지 전혀 알아들을 수 없었으나 무서운 이야기가 상연된다는 것만은 알 수 있었다. 보고 싶긴 했으나 무서워서 겁을 내고 있었다. 폭풍우가 일어난다는 것을 알고 있었으므로 벼락을 맞지나 않을까 걱정한 것이었다. 그 전날 밤은 잠자리 속에서 근심이 되어 견딜 수가 없었다. 드디어 상연 당일이 되자 할아버지가 어떤 이유로 오지 못하게나 되었으면 하고 바라기까지 했다. 그러면서도 시간이 다가오는데 할아버지가 오시질 않자, 자꾸 밖을 내다보곤 했다. 드디어 할아버지가 오셨고 두 사람은 같이 나갔다. 심장이 두근거리고 혀가 바짝 말라서 한 마디 말도 할 수가 없었다.

집에서 자주 화제가 되곤 하던 그 신비의 전당에 이르렀다. 입구에서 장 미셸은 아는 사람들을 만났다. 소년은 떨어질세라 걱정이 되어 할아버지의 손을 꼭 붙들고 있었다. 이런 때 어른들은 어떻게 이다지도 태연히 지껄이거나 웃을 수 있는지 도무지 모를 일이었다.

할아버지는 단골석에 가서 앉았다. 오케스트라 뒤의 맨 첫 줄이었다. 그는 상체를 앞으로 기울여 난간에 기대고 콘트라베이스 주자와 지껄이기 시작하여 그칠 줄을 몰랐다. 그야말로 자기의 세계에 와 있는 듯이 행동하고 있다. 음악의 권위자여서 그의 말에 모두들 귀를 기울이는 것이었다. 할아버지는 또 그것을 남용하고 있었다고도 할 수 있을 것이다. 크리스토프는 무슨 말도 귀에 들어오지 않았다. 극을 기다리는 긴장과, 호화스럽게 보이는 장내의 광경과, 겁이 날 만큼 어마어마하게 만원을 이룬 관람객 때문에 그는 압도되어 있었다. 모든 사람들이 자신을 지켜보는 것만 같아 뒤를 돌아볼 엄두도 나지 않았다. 조그만 모자를 무릎 사이에서 경련적으로 쥐어짜고 있을 뿐이었다. 그러면서 눈이 휘둥그래져서 마법의 막을 뚫어지게 바라보고 있었다.

드디어 개막의 신호가 세 번 울렸다. 할아버지는 코를 풀더니 호주머니에서 대본을 꺼내들었다. 너무도 그것을 꼼꼼히 더듬어 가느라고, 때로는 무대 위에서 상연되는 것을 놓칠 지경이었다. 마침내 오케스트라의 연주가 시작되었다. 최초의 화음을 듣자, 크리스토프의 마음은 가라앉았다. 음의 세계에서는 마치 자기 집에 있는 듯한 느낌이었다. 그 순간부터는 극이 아무리 엉뚱한 것일지라도 그에게는 모든 것이 자연스럽게만 생각되는 것이었다.

막이 오르자, 두터운 종이로 만든 나무들이 나타나고 그와 마찬가지로 정말 같지 않은 인물들이 나타났다. 소년은 감탄하며 입을 벌리고 바라보고 있었다. 그렇다고 놀란 것은 아니었다. 그러나 극의 무대는 그가 전혀 모르는 몽환적인 동양이었다. 극시는 황당 무계한 사건의 연속으로, 뭐가 뭔지 도무지 알 수 없는 것이었다. 크리스토프는 전혀 이해할 수가 없어서 이것저것 뒤죽박죽으로 인물을 혼동했다. 할아버지의 옷소매를 잡아 끌며, 아무것도 모른다는 것을 증명이나 하듯 기묘한 질문을 계속했다. 그러면서도 그는 따분하기는커녕 열중한 채 재미있어 하고 있었다. 시시한 대본을 기초로 한 자작 소설을 꾸미고 있었으나 그것은 상연되는 것과는 다른 얼토당토 않은 것이었다. 무대 위의 사건은 그의 소설과는 늘 모순되어, 그래서 고쳐 지어야만 했다.

그러나 그것은 소년을 당혹시키는 것은 아니었다. 무대 위에서 갖가지 음성을 내며 움직이고 있는 인물 중에서, 그는 마음에 든 사람을 골라냈다. 그리고는 동정을 기울인 인물들의 운명을 가슴을 두근거리며 지켜보았다. 그중에서도 아름다운 한 여인에게 이끌려 마음이 산란해져 있었다. 긴 금발이 불타는 듯한 중년의 여인으로 눈이 엄청나게 커서 부자연스러운데도 그에겐 조금도 마음에 거슬리는 게 아니었다. 멋없이 크고 뚱뚱하고 우스꽝스럽고 망측한 배우들, 어느 모로 보나 모양새없이 두 줄로 늘어선 합창 단원들, 어리석은 동작, 고함치는 충혈된 얼굴, 더부룩한 가발, 테너 가수가 신고 있는 굽 높은 뒤축, 그가 마음 끌린 아름다운 여인의, 갖가지 화장품으로 꾸민 얼굴 등등을 소년의 날카로운 눈은 보지 못하고 있었다. 그는 정열에 불탄 나머지 사랑하는 이의 참모습을 보지 못하게 된 여인과도 같았다. 소년 특유의 불가사의한 상상력이 불쾌한 감각을 중도에서 정지시키고, 그것을 적당히 변형시키고 있었던 것이다.

음악이 그러한 기적을 이루고 있었다. 음악은 여러 가지 대상을 어렴풋한 분위기로 적셔 주고, 모든 것이 거기에서는 아름답고 고귀하고 바람직한 것으로 되어 있었다. 음악은 영혼으로 하여금, 사랑하고 싶다는 탐욕스런 욕망을 전해 주고 있었다. 그와 동시에 숱한 사랑의 환상을 주어, 음악 자신이 파놓은 그 공허를 채우고 있었다. 나이 어린 크리스토프는 감동으로 거의 넋을 잃고 있었다. 그를 울적케 하는 대사와 동작과 악구가 있었지만 그는 이미 고개를 들 수가 없었다. 낯이 빨개지기도 하고 파래지기도 했고 선과 악을 구별할 수도 없었다. 이마에는 구슬 같은 땀방울이 솟아났다. 주위 사람들이 자신의 마음속의 동요를 눈치채지나 않았을까 하여 조마조마했다. 오페라의 넷째 막에서 테너 가수와 프리마 돈나로 하여금 더욱 날카로운 음성의 아름다움을 관객에게 들려주기 위하여 드디어 피할 수 없는 비극적 파탄이 애인들에게 닥치는 장면에 이르자, 그는 숨이 막힐 지경이 되었다. 감기가 들었을 때처럼 목구멍이 아팠다. 두 손으로 목을 졸랐지만 침을 삼킬 수도 없었다. 눈물이 솟아났다. 그는 어린애다운 솔직성으로 연극에 끌려들고 있었다. 다행히도 할아버지 역시 그에 못지않게 감동하고 있었다. 극적인 장면이 되자, 마음의 동요를 감추기 위해 무심한 체 시치미를 떼며 가벼운 기침을 했다. 그것을 크리스토프는 빤히 알아차렸고 그것이 기뻤다.

실내는 무척 덥고 졸음이 와서 나른해졌다. 그는 좌석이 몹시 불편했는데도 줄곧 생각하고 있었다. 더 계속될까? 끝나지 않으면 좋으련만……. 홀연히 모두가 끝났다. 왜 그런지 그는 알 수 없었지만 막이 내리고, 관객이 모두 일어섰다. 마법은 풀려 버렸다.

두 어린이인 노인과 소년은 밤길의 귀로에 올랐다. 얼마나 아름다운 밤인가! 얼마나 고요한 달빛인가! 두 사람 모두 묵묵히 저마다의 감흥에 젖어 있었다. 가까스로 노인이 말문을 열었다.

「재미있었느냐?」

크리스토프는 대답할 수가 없었다. 아직도 격렬한 감동으로 질려 있었고, 매력이 깨뜨려질까 두려워 입을 열기가 싫었다. 극히 낮은 음성으로 중얼거리는 데도 애를 써야 했다. 크게 한숨을 내쉰 다음에 간신히 입을 열었다.

「네! 그래요!」

노인은 미소짓다가 한참만에 다시 입을 열었다.

「어떠냐, 음악가라는 직업이 얼마나 훌륭한지 알았느냐? 저런 훌륭한 연극을 만드는 것 이상으로 명예로운 일이 또 있을 것 같으냐? 그건 이 세상의 하느님이 되는 일이지.」

소년은 깜짝 놀랐다. 어렵쇼! 사람이 그것을 만들었다니! 그는 꿈에도 그렇게는 생각 못한 것이었다. 저것은 저절로 된 것이며 자연의 손에 의해 이룩된 것이라고 그는 믿고 있었다. 그런데 그것을 한 인간이, 훗날 자신이 그렇게 될, 음악가가 지었다니! 오오! 하루라도 좋으니, 단 하루만이라도 좋으니 그렇게 되고 싶다! 그렇게만 된다면 그뒤로는……그뒤로는 어찌되든 상관 없다! 죽어야 한다면 죽어도 좋다! 그는 물었다.

「할아버지, 누가 그걸 지었어요?」

할아버지는 그에게 프랑스와 마리 하쓸러 이야기를 해 주었다. 베를린에 사는 젊은 독일 예술가이며, 할아버지는 전에 그와 사귀었다고 했다. 크리스토프는 열심히 귀를 기울여 듣고 있다가 불쑥 물었다.

「그럼, 할아버지는?」

노인은 흠칫하고 몸을 떨었다.

「무슨 소리냐?」

「할아버지도 그런 거 지은 적 있어?」

「물론이지.」

노인은 성난 음성으로 대답했다. 노인은 침묵에 잠겼다. 대여섯 걸음을 걸은 뒤, 그는 깊은 한숨을 내쉬었다. 그거야말로 그의 평생에 걸친 슬픔의 하나가 아니었던가. 그는 항상 극을 위해서 작곡하고 싶다고 염원해 왔었다. 그러나 영감은 언제나 그를 배신했다. 그의 마분지 상자 속에는 자기류로 지은 일막짜리나 이막짜리가 끼여 있었다. 그러나 그 가치에 대해서는 거의 자신이 없어 지금까지 남에게 보아 달랄 용기는 없었던 것이다.

집에 닿을 때까지 두 사람은 그 이상 아무 말도 하지 않았다. 둘 다 잠을 이루지 못했다. 노인은 괴로웠다. 마음을 달래려고 성경을 꺼냈다. 크리스토프는 잠자리 속에서 그날 밤의 일들을 회상해 보았다. 극히 사소한 것까지도 생각났다. 맨발의 여자가 다시 나타났다. 꾸벅꾸벅 졸기 시작할 무렵, 한 악구가 귀에 울려 왔다. 오케스트라가 거기서 연주하는 것같이 똑똑히 들려 왔다. 그는 몸을 부르르 떨었다. 취기에 빠진 듯한 머리를 베개에서 쳐들었다. 그리고는 생각하는 것이었다. 언젠가는 나도 지을 테다, 오오! 언젠가는 정말 지을 수 있을까?

이날 이후, 그에게는 이미 한 가지 희망밖엔 없었다. 극장에 다시 한번 가고 싶다는 것이었다. 공부를 하면 그 상으로 극장에 보내 준다는 말을 듣고는 더욱 열심히 공부하기 시작했다. 그는 그것만 생각했다. 한 주일의 절반은 지난번에 본 극을 생각하고, 나머지 반은 다음 극 생각이었다. 개막하는 날에 앓지나 않을까 하여 겁이 나기도 했다. 너무 걱정한 나머지 진짜 서너 가지 질병의 징후를 느끼기조차 했다. 드디어 그날이 오자, 음식도 제대로 목구멍을 넘어가 주지 않았다. 걱정거리가 있는 사람처럼 조마조마해서 몇십 번씩이나 시계를 보러 갔고, 저녁이 오지 않는 것이 아닐까 하고 염려하기도 했다. 끝내 참을 수가 없어 혹시 좌석이 없어져 버리면 어쩌나 하고 걱정되어 개장 한 시간 전에 일찌감치 집을 나섰다. 아무도 없는 널따란 홀에 맨 먼저 들어가 보니 역시 또 불안해졌다. 관객이 너무 적어 배우들이 출연하길 싫어한 끝에 관람료를 도로 물려 준 일도 두세 번 있었다는 말을 할아버지에게서 들은 일이 있었기 때문이다. 그는 손님이 들어오기를 기다려서, 그 숫자를 세며 생각했다. 그러다가 이층의 정면 특별석이나 아래층의 특별석에 들어오는 어떤 유명 인사가 눈에 띄면 한결 마음이 가벼워지곤 했다. 그리고는 자신에게 타일러 주었다. 『저 사람 같으면 그냥 돌려보낼 수 없겠지. 틀림없이 저 사람을 위해서 극을 상연할 거야.』그러나 이것으로도 확신은 가질 수 없었다. 악단의 연주자들이 자리에 앉고서야 비로소 마음이 놓였다. 그리고도 막이 오른 뒤 언젠가의 밤처럼 레퍼터리가 바뀌었다고 통고되지나 않을까 하고 마지막 순간까지 걱정하고 있었다. 그는 조그만 날카로운 눈초리로 콘트라베이스 주자의 악보대를 뚫어지게 바라보며 악보대에 씌어 있는 표제가 지금 기다리고 있는 극의 제목인가를 확인하려 했다. 틀림없다는 것을 확인하느라고 또 한번 보았다. 오케스트라의 지휘자는 아직 오지 않았다. 틀림없이 몸이 아픈 거야. 막 저쪽에서 사람이 돌아다니며 왁자지껄하고 부산스러운 발걸음 소리가 들려 왔다. 무슨 뜻밖의 사고라도 났나……다시 조용해졌다. 오케스트라의 지휘자가 자기 위치에 섰다. 겨우 준비가 된 모양이지만 아직 시작하지 않는다! 대체 어찌된 일일까? 못 견딜 만큼 초조하다. ── 가까스로 신호가 울렸다. 심장이 두근거렸다. 오케스트라가 서곡을 연주하기 시작했다. 그제서야 비로소 크리스토프는 서너 시간 동안의 크나큰 행복감에 젖는 것이었다. 그것을 방해하는 것이라곤 오직 이 행복감도 이윽고 끝장이 난다는 생각뿐이었다.

그런 얼마 뒤, 음악계의 한 사건이 크리스토프를 호되게 자극했다. 그를 경탄시킨 첫 오페라의 작자인 프랑스와 마리 하쓸러가 얼마 있으면 온다는 것이었다. 자기 작품의 연주회를 지휘하기로 되어 있다고 했다. 시내는 발칵 뒤집혔다. 이 젊은 악장은, 독일 국내에서 선풍적인 화제의 대상이 되어 있었다. 그래서 한동안 시내는 온통 그의 소문으로 들끓었다. 그러다가 드디어 그가 오자, 이번엔 양상이 싹 바뀌었다. 멜키오르나 장 미셀 노인의 친구들이 끊임없이 그에 관한 소문을 가져왔다. 그들은 이 음악가의 습관이나 기행에 관해서 엄청난 소문을 가져온 것이다. 소년은 이러한 이야기를 열심히 주의 깊게 듣고 있었다. 그런 위인이 이곳에, 우리 고장에 와 있다, 그와 똑같은 공기를 마시고 같은 길을 밟고 다닌다는 생각이 들자, 그는 말할 수 없는 감격에 젖어 있었다. 이제는 오로지 그분을 보고 싶다는 소원만으로 살고 있었다.

하쓸러는 궁정에 묵고 있었다. 대공이 귀빈객으로 대우한 것이다. 연습을 지휘하느라고 극장에 가는 일 외엔, 거의 외출도 하지 않았다. 크리스토프는 그 극장에 들어갈 수 있도록 허용되어 있진 않았다. 하쓸러는 몹시 게을러서 언제나 대공의 마차를 타고 왕복했다. 때문에 크리스토프는 그를 유심히 바라볼 기회라곤 거의 없었다. 꼭 한 번, 마차가 지날 때 마차 안쪽의 그의 털가죽 외투를 흘긋 볼 수 있었을 뿐이었다. 그런데도 거리에서 몇 시간씩이나 기다린 끝에 구경꾼들의 맨 앞줄에 자리를 잡고 그곳을 지키느라고 좌우로 주먹을 휘두르며 악을 써야 했던 것이다. 크리스토프는 악장의 방이라고 일러준 궁정의 창문을 살펴보는 데에 몇 번이나 하루의 반나절을 허비하고는 간신히 자신을 달래기도 했다, 대개 덧문만이 보일 뿐이었는데도 하쓸러는 늦잠을 자는 버릇이어서 창은 오전중엔 거의 꽉 닫혀 있었던 것이다. 그 때문에 소식통이라는 사람들은 그가 밝은 햇빛을 견디지 못해 언제나 어둠 속에서 지내고 있다고 그럴 듯하게 소문을 늘어놓았다.

드디어 크리스토프는 그의 영웅에 접근할 수 있도록 허용되었다. 그것은 연주 당일이었다. 온 시내 사람들이 거기 모여 있었고 대공과 정신들은 큼직한 귀빈석을 차지했다. 그 자리 위에는, 볼이 도톰하고 뺨이 동그스름한 두 천사가 허공에 화관 하나를 받쳐 들고 있었다. 극장은 그야말로 축제 분위기였다. 무대는 떡갈나무 가지와 꽃이 핀 월계수 가지로 장식되었다. 조금이라도 알려진 음악가들은 누구나 이 오케스트라에 참여하는 것을 명예로 여기고 있었다. 멜키오르는 자기 자리에 있었다. 장 미셸은 합창단을 지휘하고 있었다.

하쓸러가 나타나자 사방에서 갈채가 일어났다. 부인네들은 그의 모습을 더 잘 보려고 일어섰다. 크리스토프는 탐욕스럽게 그를 응시하고 있었다. 하쓸러의 얼굴은 젊고 고상했으나 이미 얼마간 부어 있었고, 피로가 나타나 있었다. 머리 꼭대기에는 굽슬굽슬한 금발 사이로 조로(早老)의 대머리가 엿보였다. 파란 눈은 초점이 없었다. 짤막한 금빛 코밑 수염 아래에서, 빈정거리는 듯한 입이 눈에 띄지 않을 만큼 계속해서 세게 경련하고 있었다. 키가 크고 자세가 바르지 못했는데 그것은 마음이 거북한 탓이 아니라 피로나 권태 탓이었으리라. 그는 지휘했다. 그의 음악처럼 흔들거리는 크고 어색한 전신을 애무하듯 무뚝뚝한 몸짓의 변덕스러운 유연성으로 지휘하고 있었다. 사람들은 그가 몹시 신경질적임을 알 수 있었다. 그의 음악은 그러한 그의 사람됨을 반영하고 있었다. 급격히 진동하는 그의 생명이, 평소에는 해이해져 있던 오케스트라에 스며들어 있었다. 크리스토프는 숨을 헐떡거렸다. 남의 시선을 끌까봐 겁은 났지만 자기 자리에 꼼짝 않고 앉아 있을 수가 없었다. 몸을 꼬거나, 일어서거나 했다. 음악이 그에게 뜻하지 않은 격렬한 충동을 주어, 머리나 팔다리를 움직이지 않고는 배길 수가 없었다. 주위의 관객들은 몹시 놀랐으나 될 수 있는 대로 그러한 데엔 신경을 쓰지 않으려고 그를 피하고 있었다.

모든 청중은 열광적이었으나 그것은 작품보다도 이 연주회의 성공에 매혹된 탓이었다. 드디어 박수 갈채의 폭풍이 일고, 오케스트라의 트럼펫이 독일의 관습대로 승리자에게 경의를 표하며 당당하게 울려 퍼졌다. 크리스토프는 그러한 명예가 마치 자신에게 주어지기나 한 듯, 자랑스러움으로 온 몸에 짜릿한 전율을 느꼈다. 하쓸러의 얼굴이 어린애 같은 만족스러움으로 빛나는 것을 보고 그는 기쁨을 억누르지 못했다. 부인네들은 꽃을 던지고, 남자들은 모자를 흔들었다. 모두들 연주대쪽으로 몰려갔다. 저마다 이 거장과 악수하고 싶어했다. 열광한 부인 하나가 하쓸러의 손을 자기 입술로 가져갔고, 또 다른 부인 하나가 악보대 구석에 놓여 있던 하쓸러의 손수건을 몰래 훔쳐가는 것을, 크리스토프는 보고 있었다. 왠지는 전혀 알 수 없었으나 그도 또한 연주대까지 가고 싶어졌다. 만약에 그때 하쓸러 곁에 있었더라면 그는 감동에 못 이겨 그만 달아나 버렸을 것이다. 그러나 자신과 하쓸러의 사이를 떼어 놓은 의상과 사람들의 다리를 향해서 그는 마치 염소처럼 머리를 들이대며 부딪쳐 가고 있었다——그는 너무나 작아서 곁에까지 갈 수는 없었다.

다행히도 음악회가 끝나자 할아버지가 그를 찾으러 와서, 하쓸러를 위한 야유회에 데리고 가 주었다. 이미 밤이 되어 횃불이 밝혀져 있었다. 오케스트라의 단원들이 모두 거기 와 있었다. 그들이 주고 받는 것은 좀전에 들은 그 훌륭한 작품에 관한 화제뿐이었다. 이윽고 일행은 궁정 앞에 닿았다. 그리고 거장의 창 밑에 조용히 나란하게 섰다. 이제부터 어떤 일이 벌어질 것인가는 누구나, 심지어 하쓸러 자신도 뻔히 알고 있었으나, 그들은 어딘지 환상적인 표정에 잠겨 있었다. 밤의 아름다운 침묵 속에 하쓸러의 유명한 곡이 연주되었다. 하쓸러가 대공과 함께 창가에 모습을 나타냈다. 사람들은 두 사람의 명예를 위해 일제히 환호성을 올렸다. 그에 대한 두 사람의 답례가 있었다. 한 시종이 대공의 뜻을 전하며 음악가들을 궁정으로 초대해 들였다. 일행은 몇 개의 홀을 거쳐 들어갔다. 홀엔 투구를 쓴 벌거숭이 사나이들을 그린 벽화가 있었다. 인물은 모두 불그레한 색으로 그려지고 도전적인 자세였다. 하늘은 해면을 닮은 큼직한 구름으로 뒤덮여 있었다. 철판의 두렁이를 두른 남녀의 대리석상도 있었다. 발걸음 소리도 들리지 않는 보드라운 양단 위로 걸음을 옮겼다. 한 홀에 들어서니 대낮처럼 밝게 불이 켜져 있고, 그곳엔 음료와 진수 성찬이 가득 차려 있는 식탁이 늘어서 있었다.

대공은 거기 있었다. 그러나 크리스토프에겐 대공도 눈에 띄지 않았다. 그는 하쓸러쪽만 보고 있었다. 하쓸러가 음악가들에게 다가와서 감사하다고 인사했다. 그는 말을 찾다가 어떤 문구에서 막히자, 익살스러운 기지로 위기를 모면하여 일동을 웃겨 주었다. 식사가 시작되었다. 하쓸러는 너댓 명의 음악가를 자기 옆으로 불렀다.

그러다가 그는 할아버지를 발견하자 매우 상냥하게 말을 건넸다. 장 미셸이 그의 작품을 연주한 최초의 한 사람임을 그는 기억하고 있었다. 할아버지의 제자였던 어느 친구를 통해 할아버지의 기량은 자주 들어 왔노라고도 했다. 할아버지는 황송해 하며 감사의 말을 늘어놓았다. 너무나 과장된 찬사를 늘어놓으며 대답하자 크리스토프는 비록 하쓸러를 존경하긴 했지만, 그래도 창피스러움을 느끼지 않을 수가 없었다. 그러나 하쓸러는 매우 흡족한 듯이 그런 찬사를 받는 것을 당연한 것으로 여기고 있는 것 같았다. 끝내는 자신도 무슨 소리를 하고 있는지 모르게 된 할아버지는, 크리스토프의 손을 끌고가서 하쓸러에게 소개했다. 하쓸러는 소년에게 미소지어 보이며 아무렇게나 머리를 쓰다듬어 주었다. 그리고 소년이 그의 음악을 좋아하며, 그를 만날 날을 애타게 기다리느라고 몇 날 밤이나 잠을 이루지 못했다는 말을 듣고는, 소년을 팔에 안아 올리고 부드럽게 여러 가지 이야기를 물었다. 크리스토프는 기쁜 나머지 얼굴이 홍당무가 되어서 감동에 겨워 말도 못하고 그의 얼굴조차 쳐다보지 못하고 있었다.

하쓸러는 소년의 턱을 잡더니 억지로 얼굴을 쳐들게 했다. 크리스토프는 마음을 다져 용기를 냈다. 하쓸러의 눈은 친절한 듯이 웃고 있었다. 소년도 따라 웃었다. 그리고는 자신이 그토록 좋아하는 위인 품에 안겼다는 사실에 뭐라고 말할 수 없이 기쁘기만 하여 그만 눈물을 흘렸다. 하쓸러도 이러한 소박한 애정에 감동했다. 그는 더욱 다정해지며 소년에게 입을 맞추어 주었고 어머니처럼 자애롭게 말을 건넸다. 또한 익살을 떨어도 보고, 웃기려고 간지럽혀 주기도 했다. 크리스토프는 눈물을 흘리면서도 웃지 않을 수가 없었다. 이윽고 완전히 익숙해져 서슴찮고 그에게 대답할 수 있게 되었다. 이쪽에서 마치 옛동무나 되는 사이인 것처럼 자신의 조그마한 계획의 이모저모를 그의 귀에 소곤거리기 시작했다. 얼마나 하쓸러 같은 음악가가 되고 싶어하는지, 하쓸러 같은 아름다운 작품을 짓고 싶어하는지, 위인이 되고 싶어하는지를. 평소엔 수줍기만 하던 그가 이제는 완전히 마음을 놓고 이야기하고 있었다. 그는 자신이 무슨 소리를 하고 있는지 알지 못했다. 그저 황홀하기만 했다. 하쓸러는 그의 재잘거림을 웃으며 듣고 있었다. 그러다가 말을 건네는 것이었다.

「커서 훌륭한 음악가가 되거든, 베를린으로 나를 찾아오너라. 어떻게 도움이 되어 줄지도 모르지.」

크리스토프는 기쁨에 겨워 대답도 할 수 없었다. 하쓸러는 그를 놀려 주었다.

「싫으냐?」

크리스토프는 싫은 게 아니라는 뜻을 분명히 하느라고 대여섯 차례 고개를 살래살래 흔들었다.

「그럼, 약속했나?」

크리스토프는 거듭 말없이 고개를 끄덕였다.

「그럼, 키스라도 해 주려무나!」

크리스토프는 하쓸러의 목에 두 팔을 두르자, 힘껏 죄었다.

「저런 저런, 내가 젖지 않니! 자, 그만 놓아라! 코를 풀어야지!」

하쓸러는 웃으며 자기 손으로 코를 풀어 주었다. 소년은 부끄러웠으나, 한편 기쁘기도 했다. 하쓸러는 소년을 내려 놓고는 손을 잡아 식탁으로 데려갔다. 그리고 주머니에 과자를 가득 채워 주더니, 그를 거기 남겨 두고 사라지며 말했다.

「그럼, 안녕! 내게 약속한 것을 잊으면 안 된다, 응?」

크리스토프는 행복감에 잠겨 있었다. 이미 다른 일은 존재하지 않았다. 그는 하쓸러의 표정이 있는 온갖 움직임과 몸짓을 다정스럽게 지켜보고 있을 뿐이었다. 하쓸러의 한 마디가 그를 흠칫 놀라게 했다. 하쓸러는 술잔을 들고 뭐라 지껄이고 있었다. 그의 얼굴은 갑자기 긴장되어 있었다. 그는 이런 말을 하는 것이었다.

「이런 날의 기쁨도, 우리에게 적을 잊게 해서는 안 됩니다. 사람들은 자신의 적을 잊어서는 안 되는 것입니다. 비록 우리가 압도되지 않았다 하더라도 그것은 조금도 그들 탓은 아닙니다. 또 그들이 압도되지 않았다 하더라도, 그것은 우리 탓은 아닐 것입니다. 그러므로 나는 건배를 하며 우리가 그의 건강을 축하하여 술잔을 들지 않는 사람들도 있다는 것을 말씀드리고자 하는 것입니다 !」

모두들 이 색다른 건배의 대사에 갈채를 보내며 웃어젖혔다. 하쓸러도 일동과 더불어 웃었고, 유쾌한 표정을 되찾았다. 그러나 크리스토프는 당황하고 있었다. 자신에게 영웅인 그의 행동을 함부로 비판하는 것엔 마음이 내키지 않았으나, 하필 오늘 밤같이 빛나는 얼굴들과 빛나는 생각밖엔 있을 수 없는 때에 그가 아름답지 못한 것을 생각하다니 불쾌한 일이 아닐 수 없었다. 그렇다고 크리스토프의 불쾌한 인상은 뚜렷한 것이 아니었다. 극도의 기쁨과 할아버지의 술잔에서 조금 얻어 마신 샴페인 때문에 그것은 사라져 버렸다.

돌아오는 길에, 할아버지는 끊임없이 홀로 지껄였다. 하쓸러에게서 받은 찬사로 들떠 제정신이 아니었다. 하쓸러야말로 백 년에 하나밖에 나오지 않는 천재야, 그는 이렇게 외치고 있었다. 크리스토프는 그 사랑의 도취를 마음속에 간직한 채 잠자코 있었다. 그분은 내게 키스해 주셨다 ! 그분은 나를 팔에 안아 주셨어 ! 그분은 얼마나 친절하신 분인가 ! 그분은 얼마나 위대한 분인가 !

그는 조그만 잠자리 속에서 베개를 꽉 껴안으며 생각하는 것이었다. 아아 ! 그분을 위해서는 죽어도 좋다, 죽어도 좋아 !

그 하루에 그가 살고 있는 조그만 도시의 하늘을 지나간 휘황한 유성은, 그의 마음에 결정적인 영향을 끼쳤다. 그의 유년 시절을 통해서 그것은 살아 있는 모범이었다. 그는 그에게 시선을 못박고 있었다. 여섯 살난 소년은 그 모범을 좇아 자신도 작곡을 하리라고 결심한 것이다. 실제로 이미 훨씬 전부터 그는 스스로 깨닫지 못하는 가운데 작곡을 하고 있었다.

음악가의 마음에는 모든 것이 음악적이다. 흔들리고 와글거리며 고동하는 모든 것, 쩽쩽 내리비치는 여름날의 햇빛과 산들바람, 살랑거리는 밤, 흐르는 빛, 총총한 별의 반짝임, 폭풍, 참새들의 지저귐, 벌레의 날개짓 소리, 나무의 흔들리는 소리, 그리운 혹은 지겨운 소리, 귀에 익은 가정에서의 소리, 문짝이 삐걱거리는 소리, 밤의 침묵 속에서 혈관을 뿌듯이 부풀려 주는 혈액의 울렁거림 소리——모두, 존재하는 일체의 것 모두 음악이다. 문제는 오로지 그것을 귀에 듣는다는 데 있다. 가지가지 모양의 음악은 크리스토프에게서 메아리치고 있었다. 그의 눈에 띄는 모든 것, 그가 느끼는 모든 것은 음악으로 변했다. 그는 마치 날개짓 소리로 윙윙거리는 꿀벌의 둥지와도 같았다. 그러나 어느 누구도 그걸 알아채지 못했다. 게다가 자기 자신조차도 깨닫지 못하고 있었던 것이다.

모든 소년들처럼 그는 줄곧 조그만 소리로 노래하고 있었다. 어느 때나—— 한 발로 깡충깡충 뛰며 한길에서 놀고 있을 때, 할아버지 집의 마룻바닥에 뒹굴면서 두 손으로 머리를 쥐어싸고 책의 그림을 들여다보고 있을 때, 부엌의 제일 어둑한 한 구석에서 조그만 자기 의자에 앉은 채 어둠 속에서 하염없이 몽상에 잠겨 있을 때조차도 그의 조그만 트럼펫의 단조로운 중얼거림은 들리고 있었다. 입을 다물고, 볼을 부풀려 입술을 떨리게 하는데 싫증도 모른 채 몇 시간씩이나 계속되었다. 어머니는 처음에는 그것에 주의를 기울이지 않았다. 그러다가 참지 못하고 별안간 꽥 소리를 지르곤 하는 것이었다.

이렇게 꿈인지 생시인지 분간하기 어려운 꿈결 같은 상태에 싫증이 나면, 이번엔 몸을 움직여서 소리를 내고 싶은 욕구에 사로잡힌다. 그리고는 음악을 지어내어 한껏 소리 높이 노래불렀다. 그는 자기 생활에서 일어나는 모든 것에 음악을 짓고 있었다. 아침 나절, 조그만 집오리처럼 함지 속의 물을 휘저을 때의 음악도 있었다. 그 지겨운 피아노 걸상에 오르내릴 때의 음악도 있었다. 특히 거기서 내릴 때의 음악이 대단히 훌륭했다. 또 어머니가 식탁으로 식사를 날라올 때의 음악도 있었다. 그때엔 군악을 연주하며 어머니 앞에 서는 것이었다. 식당에서 침실로 향할 때에는 자신을 위해 엄숙한 개선 행진곡을 연주하고 때때로 두 아우와 행렬을 짜는 수도 있었다. 셋은 차례로 나란히 서서 장중하게 행진했다. 게다가 각자가 저마다의 행진곡을 가지고 있었다. 그러나 크리스토프는 자신을 위해서 가장 아름다운 곡을 마련하고 있었다. 이러한 음악은 특별한 경우에 쓰여지게 되어 있었다. 크리스토프는 그것을 결코 혼동하려 하진 않았다. 여느 사람 같으면 혼동했을는지도 모른다. 그러나 그는 명백히 그 뉘앙스를 구별하고 있었던 것이다.

어느 날, 그는 할아버지 집에 가 있었다. 머리를 뒤로 젖히고 배를 앞으로 불쑥 내밀어, 발뒤꿈치로 보조를 맞추며 방안을 빙글빙글 돌아다니고 있었다. 자작곡 하나를 노래하며 기분이 이상해질 때까지 빙글빙글 돈 것이다. 그때 면도를 하던 할아버지가 손을 멈추더니 비누투성이의 얼굴로 그를 보며 말했다.

「애, 무슨 노래를 부르고 있느냐?」

크리스토프는 모른다고 했다.

「다시 한번 해 보아라!」

크리스토프는 해 보았지만 좀전의 가락은 아무리 해도 나와 주지 않았다. 할아버지의 주의를 끈 데 으쓱해져서 그는 오페라 중의 당당한 곡을 자기류로 노래하여 아름다운 음성을 칭찬받고 싶어했다. 그러나 노인이 바라는 것은 그런 것은 아니었다. 장 미셸은 입을 다물고 이미 그는 본 체 만 체하는 것 같았다. 그러나 소년이 옆방에서 혼자 놀고 있는 동안 그는 방문을 반쯤 열어 놓고 있었다.

그로부터 며칠 후, 크리스토프는 자기 둘레에 의자를 둥그렇게 갖다 놓고, 극장에서 본 기억의 단편으로 지은 음악극을 연주해 보고 있었다. 매우 진지한 표정으로 그는 극장에서 본 대로 미뉴에트(3박자로 된 프랑스의 옛 무도곡)의 가락에 맞추어, 테이블 위에 걸린 베토벤의 초상을 향해 보조를 맞추어 경건히 경례를 했다. 발뒤꿈치로 뱅그르르 돌자, 반쯤 열린 방문에서 이쪽을 뚫어지게 응시하는 할아버지의 얼굴이 눈에 띄었다. 소년은 할아버지가 웃는 줄 알고 창피해서 딱 그쳤다. 그리고는 창가로 달려가서 유리창에 얼굴을 묻었다, 마치 어떤 중대한 것을 열심히 들여다보듯이. 그러나 노인은 아무 말없이 그의 곁으로 다가와서 키스를 했다. 크리스토프는 할아버지가 만족해 하고 있다는 것을 잘 알 수 있었다. 그의 조그만 자존심은, 이러한 호의를 받자 동요되지 않을 수 없었다. 자부심을 지니고 있었으므로 자신이 칭찬받고 있다는 판단은 섰다. 그러나 할아버지가 자기의 무엇에 가장 감탄하는지는 또렷이 알 수 없었다. 극작가로서의 재능에 대해서일까, 음악가로서의 재능에 대해서일까, 성악가로서의 재능일까, 혹은 무용가로서의 재능에 대해서일까? 그는 이 마지막 것이라는 생각으로 기울어졌다. 왜냐하면 그는 그것을 크게 존중하고 있었기 때문이다.

그로부터 일 주일 뒤 그 일을 고스란히 잊어버린 무렵에, 할아버지는 매우 의미심장한 듯이, 네게 보일 것이 있다고 말씀하셨다. 할아버지는 책상을 열더니 안에서 악보집을 한 권 꺼내어 피아노의 보면대에 놓았다. 그리고는 소년에게 쳐보라고 이르는 것이었다. 크리스토프는 완전히 당혹했으나 그래도 어찌어찌 판독했다. 그 악보집은 노인의 굵은 필치로 특별히 공들여 기록된 것이었다. 서두의 글자는 굴레와 꽃 모양으로 장식되어 있었다. 크리스토프의 곁에 앉아서 페이지를 넘겨주던 할아버지는, 이윽고 그에게 이게 대체 무슨 음악이냐고 물었다. 크리스토프는 연주에만 정신이 팔려서 무슨 곡을 치고 있는지조차 전혀 알 수 없었으므로, 모르겠다고 답했다.

「주의해서 잘 보아라. ……모르겠느냐?」

그렇다, 분명히 귀에 익은 것 같은 생각이 든다. 그러나 어디서 들었는지 알수 없었다……할아버지는 웃고 있었다.

「잘 생각해 보아라.」

크리스토프는 고개를 가로저었다.

「모르겠어요.」

실은 그의 가슴에 빛이 비쳐들려고 했다. 아무래도 저 가락은……아니, 아니다! 그것은 차마 말하기가 어려웠다. ……그렇다고 생각하고 싶지 않았던 것이다…….

「할아버지, 모르겠어요.」

그는 낯이 빨개져서 말했다.

「바보 같으니라구. 제가 지어 놓고도 모른단 말이냐?」

정말 그렇다고는 생각하고 있었다. 그러나 막상 그렇게 말을 듣고 보니 가슴이 철렁했다.

「오오! 할아버지!」

노인은 눈을 빛내면서 악보를 설명했다.

「이건 아리아(영창곡)란다. 화요일에 네가 방바닥에 뒹굴면서 노래하던 거지. ──이건 행진곡이다. 지난 주 네게 다시 한번 불러 보라고 했을 때, 생각이 나지 않았던 거지. 그리고 이건 미뉴에트야. 내 안락의자 앞에서 네가 춤추던 것이지……자, 보려무나.」

표지에는 멋진 고딕체 글씨로 이렇게 씌어 있었다.

〈어린 날의 기쁨──영창곡, 미뉴에트, 왈츠 및 행진곡──장 크리스토프 크라프트의 작품 제1번.〉

크리스토프는 눈이 부셨다. 내 이름을, 이렇게 아름다운 표제를, 이렇게 큼직한 악보집을, 나 자신의 작품을 보게 될 줄이야! 그는 여전히 더듬거리고 있었다.

「오오! 할아버지! 할아버지…….」

노인은 소년을 끌어당겼다. 크리스토프는 할아버지의 무릎에 몸을 던지고, 가슴에 얼굴을 묻었다. 그는 기뻐서 낯이 새빨개져 있었다. 소년보다도 더 기쁨에 찬 노인은 아무렇지도 않다는 듯이, 감동되려 하는 자신을 의식하고 있었으므로 말을 잇는 것이었다.

「물론 할아버지가 반주를 덧붙였고, 노래의 음률에 화성을 넣었지. 게다가 ——— 하고 기침을 한 다음 ——— 게다가 또 미뉴에트에 트리오를 첨가했단다. 그건……그것이 습관이고……게다가……결국 나빠지진 않았다고 생각되는구나.」

노인은 그 곡을 쳤다. 크리스토프는 할아버지와 공동으로 제작했다는 데 여간 신명이 나는 것이 아니었다.

「그럼 할아버지, 할아버지 이름도 써 두어야겠네요.」

「그럴 것은 없다. 너 이외의 다른 사람은 그것을 알 필요가 없지. 그저 말이다. ——— 여기서 할아버지의 음성은 떨렸다 ——— 훨씬 훗날에 가서, 할아버지가 이 세상에서 없어진 뒤, 이것이 네게 나이든 할아버지를 생각나게 해 줄 테지? 너는 할아버지를 잊지는 않겠지?」

가엾은 노인은 끝까지 말을 맺지는 못했다. 그는 자신보다 긴 생명이 있으리라고 느낀 손자의 작품 속에 자신의 어설픈 한 음절을 엮어 넣는다는, 지극히 천진스러운 기쁨에 저항할 수가 없었던 것이다. 그러나 이와 같은 상상에 있어서의 영광을 누리고 싶다는 그의 소망은, 지극히 겸허한 것이며 또한 참으로 비통한 것이었다. 왜냐하면 그로서는 전적으로 죽지 않기 위해서는 자신의 사고의 한 조각을 무명인 채로 남겨 두기만 하면 충분했기 때문이다. 크리스토프는 크게 감격한 나머지 할아버지의 얼굴에 마구 키스를 퍼부었다. 노인은 더욱더 감동해서 소년의 머리카락에 입을 맞췄다.

「애, 생각해 주겠지? 장차 네가 훌륭한 음악가가 되어, 우리 집안의 명예가 되고, 네 예술의 명예가 되고, 네 조국의 명예가 되었을 때, 네가 저명한 인물이 되었을 때, 맨 처음에 너를 알아보고 미래를 예언한 것은 늙은 할아버지였다는 것을 너는 기억해 주겠지?」

할아버지는 자신의 말소리를 들으며 눈에 눈물을 글썽거리고 있었다. 그는 그런 약한 모습을 보이고 싶진 않았다. 그래서 심한 기침을 콜록거리고는 매우 까다로운 표정을 지었다.

그리고는 악보를 소중히 챙겨 넣으면서 소년을 돌려보내 주는 것이었다.

크리스토프는 기쁨에 넘쳐서 집으로 돌아왔다. 잔 돌멩이들은 그의 주위에서 춤을 추었다. 가족들이 그를 다루는 품이 그를 도취에서 좀 깨어나게 했다. 그는 신명이 났으므로 자연히 좀 성급하게 음악에 관하여 그가 공을 세운 자랑을 한바탕 늘어놓기 시작하자, 양친은 큰소리를 질렀다. 어머니는 그를 비웃었다. 멜키오르는 늙은이가 미쳤나 보다고 코웃음치더니, 공연히 애 머리를 돌게 하느니보다 자기 생각이나 할 것이지, 하고 빈정거렸다. 아버지의 의견을 따르면 크리스토프는 이미 그런 어리석은 짓에 끼어드는 짓일랑 그만 두고 당장 피아노 앞에 앉아서 네 시간 연습을 하여 아버지를 기쁘게 해야 한다는 것이었다. 우선 적절히 치는 법을 터득하도록 노력할 일이요, 작곡 따위는 훨씬 훗날에 가서 더 이상 할 것이 없다고 할 즈음에 시작해도 충분하다는 것이었다.

이와 같은 충고를 듣자면 멜키오르는 조숙한 자만심의 위험한 흥분으로부터 크리스토프를 지켜주는 데에 온 정성을 기울이는 것같이 생각되나 사실은 그렇지 않았다. 도리어 그 반대라는 것을 곧 표시해야 하게 되었다. 그러나 그 자신은 지금까지 한번도 음악으로 표현해야 할 그 어떤 관념도 지닌 바 없었고 또한 그것으로 표현하고 싶다는 티끌만큼의 욕구도 지닌 바 없었으므로, 자신의 연주 기술에 자만한 나머지 작곡은 제2의적(第二義的)인 것이요, 연주자의 기술만이 그에 전적인 가치를 부여한다고 생각하기에 이르러 있었다. 물론 하쓸러와 같은 대작곡가에 의해 불러 일으켜진 감격에 대해서 그는 무감각하지는 않았을 뿐더러 성공에 대해 평소에 느껴온 존경심을 품고 있었다, 약간은 질투심도 암암리에 섞여 있는 존경심을. 왜냐하면 그러한 갈채란 마치 자신의 손에서 가로채여진 것 같은 느낌이 들었기 때문이다. 그러나 연주자로서의 성공도 그와 맞먹으리만큼 화려한 것이요, 오히려 이편이 훨씬 개인적이기조차 하며, 으쓱한 기분을 맛볼 수 있다는 점에 있어서는 이쪽이 훨씬 낫다는 사실을 그는 경험을 통해서 알고 있었다. 그는 또 대작곡가들의 재능에 대해서는 깊이 존경하는 체하고 있었다. 그러나 그들의 지성이나 품행에 대해서 악평을 할 만한 우스꽝스러운 일화는 즐거이 퍼뜨리고 다녔다. 또 그는 연주의 명인을 예술의 영역에서 최고로 인정하고 있었다. 그의 주장에 의하면 혓바닥이 육체에서 가장 고상한 부분이라는 사실은 명백하며, 말이 없는 사상이나 연주자 없는 음악은 아무것도 아니라는 것이었다.

그가 크리스토프를 훈계한 동기가 무엇이었든간에, 이 훈계는 할아버지의 칭찬으로 자칫 잃어버릴 뻔한 마음의 평형을 소년으로 하여금 되찾게 하는 데 도움은 되었으나 그것으로는 아직 충분하지 못했다. 크리스토프는 역시 할아버지의 인정을 내색하지 않고 피아노를 대하는 것도 아버지의 말씀을 좇기 위해서라기보다도 기계적으로 손가락을 건반 위에 달리게 하면서 언제나처럼 제멋대로의 몽상에 젖고 싶었기 때문이었다. 언제 끝날지조차 모르는 연습을 계속해서,

그는 오만스러운 목소리가 자신의 심중에 되풀이하는 말을 듣고 있었다.『나는 작곡가다, 위대한 작곡가야.』

그날 이후, 그는 작곡가였으므로 작곡을 하기 시작했다. 글씨조차 거의 쓸 줄 모르던 시절부터 가계부의 종이를 찢어내어 가지고는 사분 음표나 팔분 음표를 마냥 써갈기곤 했다. 그러나 자신이 생각하는 것을 깊이 생각했고, 그것을 악보로 또렷이 표현하려고 몹시 고생했기 때문에, 어떤 일을 생각하려고 할 때를 제외하고는 이미 아무것도 생각하지 않게 되었다. 그러면서도 그는 악구를 구성하려고 기를 썼다. 그는 타고난 음악가였기 때문에 그럭저럭 그것을 이루어 놓을 수가 있었다. 그것만으로는 아직 아무런 의미도 지니지 못한 것이긴 했지만. 소년은 의기 양양하게 그것을 할아버지에게 보였고 할아버지는 기쁨에 겨워 울었다——할아버지는 이미 늙어 툭하면 울곤 했었지만. 그리고는 훌륭하다고 칭찬해 주시는 것이었다.

이것은 사실 그를 고스란히 망칠 뻔한 일이었다. 다행히도 음악적 천성을 갖춘 한 사나이의 도움을 받아 그는 구해졌다. 그 사나이는 도시 어느 누구에게도 영향 따위를 주려고는 생각조차 할 줄 몰랐고, 또한 세상 사람들의 눈으로 볼 때는 도무지 양식의 본보기라고는 결코 생각조차 할 수 없는 그러한 사람인, —— 그는 루이자의 오빠였다.

그는 루이자를 닮아 자그마한 몸집이었다. 여위고, 나약하고, 얼마쯤 등이 굽어 있었다. 나이는 잘 알 수 없었다. 마흔을 넘었을 리는 없었다. 그러나 쉰 살로도, 혹은 그 이상으로도 보였다. 주름이 잡힌 불그레한 조그만 얼굴에 착해 보이는 파란 눈은 얼마간 시들은 물망초처럼 희끔했다. 문틈으로 스며 들어오는 찬바람을 두려워하여 어디서나 모자를 쓰고 있는데, 그것을 벗으면 원추 모양의 불그레한 대머리가 나타났다. 크리스토프와 아우들은 그것을 재미있어 했다. 싫증내지도 않고 그것을 놀려 대며 머리카락은 어쨌느냐고 물어 보는 둥, 멜키오르의 예의를 벗어난 농담을 좇아 대머리를 두드려줄 테다, 하고 위협하기도 했다. 그러면 당사자인 그 자신이 먼저 웃어젖히며, 당하는 대로 참을성 있게 견디어 내곤 했다. 그는 가난한 행상인이었다. 큼직한 짐을 짊어지고 이 마을에서 저 마을로 돌아 다녔다. 짐 속에는 식료품이니, 종이류니, 사탕과자, 손수건, 어깨걸이, 신발, 통조림, 달력, 가요집, 약품 등등, 잡동사니가 무엇이든지 들어 있었다. 식구들은 몇 번이고 그를 어디에든 정착시키려고 잡화점이나 화장품점 같은 조그만 가게를 사 주었다. 그러나 그는 그렇게 정착할 수가 없었다. 어느 날 밤, 그는 자리에서 일어나자 열쇠를 문턱에 놓은 채 짐을 지고 훌쩍 떠났다. 그리고는 몇 달이고 모습을 나타내지 않았다. 그러다가 홀연히 다시 또 나타났다.

    어느 날 저녁, 누군가가 가볍게 문에 손을 대는 기척이 났다. 문이 살그머니 조금 열렸다. 그러자 정중히 모자를 벗은 조그만 대머리가 선량해 뵈는 눈과 조심스러운 미소를 머금고 나타났다. 『안녕하십니까, 여러분?』하면서 그는 들어서기 전에 꼼꼼히 신발을 닦고는 나이 차례로 한 사람 한 사람에게 인사를 했다. 그리고는 방안의 구석에 가서 앉았다. 거기에서 파이프에 불을 당기며 등을 구부정하게 하고 그 야유의 우박이 지나기를 조용히 기다리는 것이었다. 할아버지와 아버지, 크라프트 집안의 두 사람은 그에 대해 대단한 경멸감을 품고 있었다. 이 팔삭동이 같은 사나이는 그들에게 여간 우스꽝스럽게 보이는 것이 아니었다. 게다가 그가 행상을 하는 미천한 신분이라는 것에서 이들의 자존심은 손상되고 있었다. 그러한 감정을 그들은 노골적으로 내색하고 있었다. 그런데도 그는 그것을 깨닫지 못하는 듯, 도리어 그들에 대해서 깊은 경의를 표하고 있었다. 이것이 그들의 감정이 풀리게 하곤 했다. 자신에게 표시된 존경에 대해서 지극히 민감한 노인은 특히 더 그랬다. 그들은 루이자가 낯을 붉히리만큼 무례한 농담을 퍼부어 그를 곯려 주며 기쁨을 느끼곤 했다. 루이자는 언제나 크라프트 집안이 뛰어난 집안이라는 것은 두말없이 인정하고 있었으므로, 남편이나 시아버지의 말씀이 부당하다고는 생각지 않았다. 그러나 그녀는 오라버니에 대해 존경과 사랑을 품고 있었다. 오라버니 역시 누이동생에 대해서는 말없는 애정을 품고 있었다. 그녀의 친정 가족으로 남아 있는 사람이라곤 그들 두 남매뿐이었다. 그리고 둘 다 삶 때문에 닳아 버리고 볼품 없는 사람들이었다. 서로 가엾게 여김과 남모르게 참아 온 공통된 괴로움의 유대가 애달픈 친근감으로 두 남매를 맺어 주고 있었다. 크라프트 집안 사람들은 건장하고 소란스럽고 사납고 거칠었으며 그리고 즐겁게 살기에 알맞게 몸이 튼튼했으나 그런 사람들 틈 속에서 생활의 외곽에서 혹은 생활권의 테두리에서 살아가는 듯한 이 연약하고 선량한 남매는 결코 입밖에 내는 일은 없었지만 서로서로 이해하고 불쌍히 여기고 있었던 것이다.

    크리스토프는 어린애에게 흔히 있기 쉬운 모방으로 경솔하고 짓궂은 아버지나 할아버지처럼 이 보잘 것 없는 행상인을 업신여기고 있었다. 어떤 우스꽝스러운 물건이라도 다루는 듯 그를 상대하며 재미있어 했다. 시시한 조롱의 말을 던져서 그를 곯려 주곤 했으나 외삼촌은 여전히 침착하게 참아 넘겼다. 그러면서도 크리스토프는 어째선지 그를 좋아하고 있었다. 우선, 제 뜻대로 되는 유순한 장난감처럼 좋았다. 그리고 또 설탕과자며 그림이며 새로 고안된 재미나는 장난감 등 하여튼 기다려 볼 만한 가치가 있는 선물을 언제나 갖다 주기 때문에 좋아하고 있었다. 이 조그만 사나이가 여행에서 돌아온다는 것이 그에게는 하나의 기쁨이었다. 그것은 언제나, 어떤 뜻하지 않은 선물을 가져다 주곤 했기 때문이다. 그는 가난했으나 어떻게든지 용케 장만해서 그들 하나하나에게 선물을 갖다 주었다. 식구 중 어느 누구의 축일도 잊지 않았다. 그 축일에는 어김없이 찾아 와서는, 호주머니에서 정성들여 고른 어떤 귀여운 선물을 꺼내곤 한다. 그렇게 하다 보니 이제는 버릇이 되어 누구나 고맙다는 인사조차 거의 잊어버릴 지경이 되어 있었다. 그런데도 그는 선물을 한다는 기쁨만으로도 충분히 보답을 받고 있는 모양이었다. 크리스토프는 잠을 못 이루며 낮에 있었던 일들을 밤새껏 돌이켜 보곤 하는 버릇이 있어서, 때로 외삼촌은 참으로 친절한 분이구나 하고 곰곰이 생각하는 수도 있었다. 그럴 때면 이 가엾은 분에 대한 감사의 마음도 솟아올랐다. 그러나 낮이 되면 그런 내색도 하지 않고, 오직 그를 놀려 댈 궁리만 하는 것이었다. 하긴 그는 너무 어려서 선량하다는 데 대한 가치관이 충분치 못했던 것이다. 어린이에게는 선량과 바보는 거의 같은 뜻을 지니고 있다. 그리고 고트프리트 외삼촌이야말로 그런 존재였던 것이다.

어느 저녁에 멜키오르가 시내로 저녁 식사를 하러 나갔을 때, 고트프리트는 아래층 방에 혼자 남아 있었다. 루이자가 두 애를 재우는 동안 고트프리트는 슬그머니 밖으로 나가 집에서 몇 걸음 떨어진 강가에 앉았다. 크리스토프도 따분했었으므로 따라갔다. 그리고 언제나처럼 강아지같이 재롱을 떨며 외삼촌을 괴롭혀 주던 끝에 숨을 할딱거리며 그의 발 밑 풀밭에 뒹굴다가 엎드려 잔디 위에 코를 묻었다. 숨찬 것이 가라앉자 다시 또 어떤 욕질을 할까 궁리했다. 그리고는 얼굴을 풀에 묻은 채 우스워 몸을 배배 꼬며 큰소리로 그것을 외쳐 댔다. 그러나 아무 대답이 없었다. 그 침묵에 흠칫 놀라서 고개를 쳐들고 또 한번 그 재치 있는 욕질을 입에 담으려고 했다. 문득 그의 눈초리가 고트프리트의 얼굴에 부딪혔다. 그 얼굴은 황금빛 안개 속에서 사라져가는 낮의 마지막 미광에 비추어져 있었다. 말이 목구멍에 걸렸다. 고트프리트는 눈은 반쯤 감고 입을 약간 벌리고 미소짓고 있었다. 그 오뇌에 찬 얼굴은 뭐라고 말할 수 없으리만큼 근엄한 것이었다. 크리스토프는 두 팔로 턱을 괴고 그를 관찰하기 시작했다. 밤이 오고 있었다. 고트프리트의 얼굴은 서서히 스러져 갔다. 주위는 쥐죽은 듯이 고요했다. 크리스토프는 이제 고트프리트의 얼굴에 반영되어 있는 신비스러운 인상에 사로잡혔다. 대지는 어둠 속에 있었고, 하늘은 아직 훤했다. 별이 반짝이기 시작했다. 강의 잔물결은 강가에서 찰싹거렸다. 소년은 황홀경에 젖어 있었다. 조그만 풀줄기를 보지도 않고 씹고 있었다. 귀뚜라미 한 마리가 곁에서 울고 있었다. 졸음이 오는 것 같았다……별안간 어둠 속에서 고트프리트가 노래하기 시작했다. 가슴속의 목소리라고나 할, 가늘고 어렴풋한 음성이었다. 조금만 떨어졌어도 들리지 않았을 것이다. 그러나 그 노래에는 사람을 감동시키고도 남을 성실성이 있었다. 생각하는 것이 그대로 노래가 되어 나오는 것 같았고 투명한 물을 통하듯이 이 음악을 통해서 그의 마음속 깊이까지 들여다볼 수 있는 것 같았다. 크리스토프는 지금까지 노래가 이렇게 불리어지는 것을 들은 일이 없다. 또한 이런 노래도 들은 적이 없었다. 느슨하고 단순하면서도 유치한 이 노래는, 우수에 찬 듯하며 적이 단조로운 걸음걸이로, 결코 서두르지 않고 앞으로 나아갔다——그러면서 가끔 긴 침묵이 있었다——그리고는 목적지 따위는 생각하지도 않고 걷기 시작하여 밤의 어둠 속으로 스러져 갔다. 그것은 아득히 머나먼 곳에서 온 것처럼 생각되었다. 그리고는 어딘지도 모르는 곳으로 사라져 갔다. 그 평온에는 고뇌가 가득했다. 그리고 그 외면적인 고요 밑에는 오랜 세월에 걸친 고민이 잠자고 있었다. 크리스토프는 이미 숨도 못 쉬고 꼼지락거리지도 못하며 감동에 젖어 온 몸이 얼어붙은 듯 딱딱하게 굳어 있었다. 노래가 끝나자 그는 고트프리트에게로 다가섰다. 목이 메어 말이 잘 되질 않았다.

「외삼촌!」

고트프리트는 대답이 없었다.

「외삼촌!」

소년은 되풀이하여 그 두 손과 턱을 고트프리트의 무릎 위에 얹었다. 고트프리트의 사랑이 깃든 목소리가 대답했다.

「아가…….」

「외삼촌, 그게 뭐야? 응? 뭘 노래했어?」

「모른다.」

「무슨 노랜지 가르쳐 줘!」

「모른단다. 그저 노래지.」

「외삼촌의 노래야?」

「이게 왜 내 노래냐! 천만에……오래된 노래지.」

「누가 지었는데?」

「모르겠다…….」

「언제 생겼어?」

「몰라…….」

「외삼촌이 어렸을 때?」

「내가 태어나기 전부터, 내 아버지가 태어나기 전부터 있었단다. 내 아버지의 아버지가 태어나기 전부터, 내 아버지의 아버지의 또 그 아버지가 태어나기 전부터 말이다……언제나 있었지.」

「이상한데! 아무도 그런 말은 해 주지 않았는 걸.」

그는 한 순간 생각에 잠겼다.

「외삼촌, 또 다른 노래도 알고 있어?」

「알고 있지.」

「또 다른 것을 불러 줘, 응?」

「왜 다른 것을 부르지? 하나면 족한 거야. 노래하고 싶을 때, 노래해야 할 때에 노래하는 거야. 그저 심심풀이로 노래하는 게 아니란다.」

「하지만, 음악을 지을 때는?」

「이건 음악이 아니란다.」

소년은 곰곰이 생각에 잠겼다. 잘 알 수가 없었다. 그러나 설명을 요구하진 않았다. 과연 그것은 음악은 아니었다. 다른 노래처럼 그런 음악은 아니었다. 그는 말을 이었다.

「외삼촌, 외삼촌은 지어 본 일 있어?」

「뭘 말이냐?」

「노래 말이야!」

「노래라고, 오오! 어떻게 내가 그럴 수가 있겠니. 그건 지어낼 수가 없는 거란다.」

소년은 평소의 그 고집으로 버티었다.

「하지만 외삼촌. 그것은 한번은 지어진 것인 걸…….」

고트프리트는 고집스럽게 머리를 저었다.

「그건 언제나 있었단다.」

소년은 역습해 왔다.

「그럼 외삼촌, 다른 새 노래는 지을 수 없어?」

「무엇하러 만들겠니? 이미 어떤 노래나 다 있는데. 슬플 때의 노래도 있고, 즐거울 때의 것도 있단다. 피로해서 먼 고향의 집을 생각하는 노래도 있지. 천하 죄인이었던 지렁이 같은 인간이라고 스스로 자신을 멸시할 때의 노래도 있지. 남이 친절히 대해주지 않았다고 울고 싶어할 때의 노래도 있고……어떤 노래든지 다 있단다. 어떤 것이든지 말이야. 무엇 때문에 내가 또 달리 만들 필요가 있단 말이냐?」

「훌륭한 사람이 되기 위해서야!」

소년은 할아버지의 교훈과 천진스러운 몽상으로 가득 차서 말했다.

고트프리트는 자애로운 웃음을 띄웠다. 크리스토프는 적이 약이 올라서 물었다.

「왜 웃지?」

「오오! 난 보잘 것 없는 사람이란다.」

그리고는 아이의 머리를 부드럽게 쓰다듬어 주며 묻는 것이었다.

「그럼, 너는 훌륭한 사람이 되고 싶은 게로구나?」

크리스토프는 신이 나서 그렇다고 대답했다. 그는 고트프리트가 칭찬해 주려니 생각하고 있었다. 그러나 고트프리트는 이렇게 말하는 것이었다.

「무엇 때문이지?」

크리스토프는 당혹했다. 잠시 생각한 뒤 그는 말했다.

「훌륭한 노래를 짓기 위해서야!」

고트프리트는 또 웃었다. 그리고는 말했다.

「너는 훌륭한 사람이 되려고 노래를 짓고 싶어한다. 또 노래를 짓기 위해서 훌륭한 사람이 되려 한다. 그래가지고야 흡사 제 꼬리를 뒤쫓으며 뱅글뱅글 맴도는 개 꼴이로군…….」

크리스토프는 몹시 감정이 상했다. 다른 때 같으면 언제나 이쪽에서 놀려 주던 외삼촌한테 거꾸로 놀림을 받고 있다니, 도저히 참을 수가 없었을 것이다. 게다가 고트프리트가 이론으로 자신을 난처케 할 만큼 현명하리라고는 도저히 생각조차 할 수 없었던 것이다. 즉각 반격하기 위한 논쟁이나 욕설을 궁리했지만 무엇 하나 떠오르지 않았다. 고트프리트는 말을 이었다.

「네가 여기서 코블렌츠까지 닿을 만큼 몸이 커져도, 노래 하나 짓진 못할 거야.」

크리스토프는 반항했다.

「만약 지으려고 한다면…….」

「생각하면 할수록 짓지 못하게 된단다. 노래를 지으려면, 들어 보려무나.」

달이 들 너머에 둥글게 빛나며 떠오르고 있었다. 은빛 안개가 나직이 땅과 반짝거리는 수면에 감돌고 있었다. 개구리가 재잘거린다. 목장에서는 두꺼비란

놈의 울음 소리가 선율적인 플루트 소리같이 들려 온다. 귀뚜라미의 날카로운 트레몰로〔震音〕는, 별빛의 깜박거림에 화답하고 있는 것 같았다. 바람은 오리나무 가지를 조용히 흔들어 주고 있었다. 강 위의 언덕에서 뻐꾹새의 가냘픈 노래 소리가 들려 오고 있었다.

「무엇을 노래할 필요가 있겠느냐?」

긴긴 침묵 뒤에 고트프리트가 한숨과 더불어 말하는 것이었다. 자신에게 말하는 것인지, 크리스토프에게 말하는 것인지 알 수 없었다.

「네가 어떤 노래를 짓건, 저것들이 더 잘 노래하고 있잖느냐 말이다.」

크리스토프는 지금까지 몇 번인가, 이런 밤의 소리를 들은 적이 있었다. 그러나 이런 감흥으로 들은 적은 한번도 없었다. 그렇다. 대체 무엇을 노래할 필요가 있다는 것이냐? 그는 자신의 마음이 애정과 슬픔으로 부풀어 오름을 느꼈다. 목장을, 강을, 하늘을, 그리운 별을 가슴에 꼭 품고 싶었다. 또한 고트프리트 외삼촌에 대한 사랑으로 가슴이 가득 차 있었다. 외삼촌이 그에게는 가장 어질고 훌륭한 사람으로 생각되고 있었다. 내가 얼마나 외삼촌을 잘못 보고 있었던가 하는 생각이 들었다. 내가 그렇게 대했으니 외삼촌은 틀림없이 슬퍼했을 테지, 하는 생각도 들었다. 미안하다는 생각이 가슴에 꽉 찼다. 그는 이렇게 외치고 싶었다. 『외삼촌, 이젠 더 슬퍼하지 마세요. 이젠 다시 장난질은 안할게! 용서해 주세요. 나는 외삼촌을 제일 좋아해요!』그러나 아무래도 말이 되어 나와 주질 않았다. 그래서 고트프리트의 팔에 후다닥 몸을 내던졌으나 말이 나오지 않았다. 다만『나는 외삼촌을 제일 좋아해요!』를 되풀이할 뿐이었다. 그러면서 마구 키스를 했다. 고트프리트는 깜짝 놀라서 감동되어『왜 이래? 왜 이래?』를 되풀이하며 그에게 키스해 주었다. 그러다가 그는 일어나서 소년의 손을 잡고 그만 돌아가자고 말했다. 크리스토프는 외삼촌이 이해해 주질 못했나 싶어 안달하며 집으로 돌아왔다. 그러나 집에 닿았을 때 고트프리트는『가고 싶거든 요다음 날 밤에 또 하느님의 음악을 들으러 가자. 다른 노래도 불러 주마.』라고 말을 건넸다. 감사의 마음으로 가득 차서 밤인사를 하며 외삼촌에게 키스했을 때, 크리스토프는 비로소 외삼촌이 이해해 주었다는 것을 똑똑히 알 수 있었다.

그후로 두 사람은 자주 저녁 산책에 나섰다. 강을 따라, 혹은 들을 가로질러 묵묵히 걸어갔다. 고트프리트는 파이프 담배를 천천히 피우고 있었다. 크리스토프는 그림자에 적이 겁먹으며 그에게 손을 잡혀 따라갔다. 두 사람은 풀 숲에 앉았다. 잠시 침묵이 흐른 뒤, 고트프리트는 별과 구름 이야기를 해 주었다. 대지와 공기와 물 등의 숨소리, 날고 기거나 뛰고 헤엄치거나, 혹은 어둠 속에서 꿈틀거리는 조그만 동물의 노래와, 짖는 소리나, 혹은 날씨의 전조, 밤의 교향악의 무수한 악기 등을 또렷이 분간해서 듣는 법을 가르쳐 주었다. 때로 고트프리트는 구슬프지만 유쾌한 가락을 노래해 주었다. 그러나 그것은 언제나 같은 종류의 것이었다. 크리스토프는 그것을 들을 때마다 언제나 한결같이 가슴이 뒤흔들리곤 했다. 고트프리트는 하룻밤에 한 곡 이상의 노래는 부르지 않았다. 또 부탁받는다고 해서 쾌히 노래부르진 않는다는 것을 크리스토프는 알고 있었다. 노래하고 싶어서 저절로 나오는 것이 아니면 안 되었다. 그래서 묵묵히 오랫 동안 그저 기다리기만 해야 하는 때가 비일 비재였다. 그러다가 『아아! 오늘 밤은 노래해 주지 않으려나.』 하는 생각이 드는 순간에 고트프리트는 노래하기 시작하는 것이었다.

어느 날 밤 고트프리트가 좀처럼 노래해 주질 않자 크리스토프는 자작의 소곡 하나를 외삼촌에게 들려 줘야겠다고 생각했다. 소곡을 짓는 데엔 꽤나 힘이 들었고 그래서 더욱 자랑스러운 것이기도 했다. 그는 자신이 얼마나 뛰어난 예술가인가를 나타내 보이고 싶었다. 고트프리트는 조용히 듣고 있더니 이윽고 말했다.

「시시하구나, 안 됐지만!」

크리스토프는 분해서 대답도 할 수 없었다. 고트프리트는 가련한 듯 말을 이었다.

「왜 그런 것을 지었지? 정말 시시한 걸! 누가 억지로 지으라고 하지도 않았을 텐데 말이다.」

크리스토프는 성이 나서 얼굴이 벌개지며 항변했다.

「할아버지는 내 작곡이 매우 좋다고 칭찬했단 말이야!」

「그래! 아마 할아버지 말씀대로겠지. 훌륭한 학자이시고, 음악에는 밝은 분이시지. 그런데 나 같은 건 음악이라곤 전혀 아는 게 없으니…….」

그리고는 잠시 있다가 또 말을 이었다.

「그렇지만 나에겐 아주 시시하게 생각되는 걸.」

그는 온화한 눈초리로 크리스토프를 뚫어지게 응시하더니 분해서 어쩔 줄 모르는 그의 표정을 보고는 빙그레 미소지으며 말을 이었다.

「그밖에도 지었느냐? 혹시 이것보다 내가 더 좋아하는 게 있을지도 모르지.」

크리스토프는 다른 곡이 첫 곡의 인상을 씻어 줄지도 모른다는 생각이 들어 자신의 곡을 모조리 불러젖혔다. 고트프리트는 아무 말도 안했다. 끝나기를 기다리고 있더니 머리를 설레설레 저으며 딱 잘라 말했다.

「더 신통찮구나 !」

크리스토프는 입술을 깨물었다. 턱이 바들바들 떨리고 울고 싶었다. 고트프리트 자신도 당혹하여 막막한 듯이 말을 더 이었다.

「참 시시하다 !」

크리스토프는 눈물에 가득 젖은 목소리로 외쳤다.

「하지만, 왜 시시하다는 거지 ?」

고트프리트는 분명한 표정으로 그를 응시했다.

「왜라니 ? 난 모르겠구나……가만 있어……그렇지, 정말 시시하다……우선 첫째로 바보스러우니까 그렇지……그렇다, 그래……바보스럽단 말이다, 그야말로 무의미하지……그렇다. 그걸 쓸 때 넌 아무런 할 말도 가지고 있지 않았던 거다. 왜 그런 걸 썼지 ?」

「모르겠어. 아름다운 곡을 짓고 싶었어.」

크리스토프는 슬픈 듯한 음성으로 대답했다.

「그거야 ! 넌 단지 쓰기 위해서 쓴 거야. 훌륭한 음악가가 되려고, 남에게 칭찬을 받으려고 쓴 거야. 넌 오만했어. 넌 거짓말을 해서 벌받은 거야……그렇지. 그거야 ! 음악에서는 오만하거나 거짓말을 하거나 하면 반드시 벌을 받는단다. 음악은 겸손을, 성실을 요구한단다. 그렇지 않고서야 음악이란 무엇이겠느냐 ? 하느님에 대한 불경이고 모독이지. 참다운 것, 정직한 것을 말하라고 우리에게 아름다운 노래를 내려주신 하느님에 대해서 말이다.」

그는 소년의 슬픔을 알아보고는 키스해 주려 했다. 크리스토프는 성이 나서 외면했다. 그후로도 며칠씩이나 고트프리트에게 샐쭉한 얼굴을 했었다. 그는 고트프리트를 미워하고 있었다. 『저놈은 바보야 ! 아무것도 모르는 놈이란 말이야 ! 저놈보다 훨씬 현명한 할아버지가 내 음악을 훌륭하다고 하셨잖느냐 말이다 』라고 되풀이하여 스스로를 타일러도 소용 없었다. 왜냐하면 마음속으로는 외삼촌이 옳다는 것을 그는 알고 있었다. 그리고 고트프리트의 말은 그의 가슴에 새겨져 있었다. 그는 거짓말을 한 것이 부끄러웠다.

그렇게 집요한 원한을 가슴에 품고 있으면서도, 그후로 곡을 지을 때면 언제나 외삼촌을 생각하게끔 되었다. 고트프리트가 어떻게 생각할까를 상상하면 부끄럽기만 하여 애써 쓴 것을 찢어 버리는 일도 자주 있었다. 그것을 무릅쓰고 전혀 성실치 않다고 뻔히 아는 곡을 지었을 때는, 조심스럽게 외삼촌에게 숨겨 두었다. 외삼촌의 판단이 두려웠던 것이다. 어쩌다가 그의 곡 하나를 보고『이건 그다지 나쁘지 않구나……내 마음에 드는 걸』하고 한 마디 해 주는 것이 그에게는 여간 기쁘지 않았던 것이다.

때로는 또 분풀이로 대음악가의 곡을 마치 자신의 곡인 척해 보는 음흉한 장난도 했다. 고트프리트가 어찌어찌 그것을 신통찮은 곡이라고 말할라치면 그는 매우 기뻐했다. 그러나 고트프리트는 조금도 당황하지 않았다. 크리스토프가 손뼉을 치며 그의 주위를 기쁜 듯이 깡충거리는 모습을 보면서 그도 같이 즐겁게 웃고 있다. 그리고는 으레 그 자신의 지론으로 되돌아갔다. 『어쩌면 잘 된 건지도 모르지. 하지만 전혀 무의미한 거야.』집에서 베풀어지는 소음악회에 외삼촌은 단 한번도 출석하고 싶어한 일이 없었다. 곡이 아무리 아름다워도 그는 하품을 하고 따분함에 못 이겨 멍청해지곤 했다. 끝내는 참다 못해서 살그머니 달아나 버렸다. 그는 종종 말하는 것이었다.

「얘야. 네가 집 안에서 만드는 것은 모두 음악이 아니란다. 집 안의 음악은 방 안의 태양이나 마찬가지지. 음악은 바깥에 있어. 네가 하느님이 주시는 귀하고 상쾌한 공기를 마실 때 말이지.」

그는 늘 하느님의 이야기를 했다. 크라프트 집안의 두 사람과는 달리 매우 신심이 두터웠기 때문이다. 크라프트 댁의 두 어른은 금요일에 육식을 피하긴 했으나, 도무지 신앙심 없는 사람같이 행동하고 있었던 것이다.

왜 그런지 모르나 갑자기 멜키오르의 생각이 변했다. 할아버지가 크리스토프의 즉흥곡을 수집하는 데 찬성했을 뿐만 아니라, 몇날 밤이나 걸려 그의 초고에서 몇 장의 사본을 만든 것이다. 크리스토프는 크게 놀라지 않을 수 없었다. 사람들이 그 까닭을 물었더니 멜키오르는 그야말로 거드름을 피우는 태도로『이제 두고 보시면 압니다……』하고 대답했다. 그리곤 웃으며 손을 싹싹 비벼대거나, 조롱하듯 아들의 머리를 힘껏 쓰다듬어 주거나, 기쁜 듯이 그의 궁둥이를 두드려 주기도 했다. 크리스토프는 이런 친숙한 체하는 태도가 제일 싫었다. 그리고 아버지가 만족하고 있다는 것은 알 수 있었지만 그 까닭은 몰랐다.

멜키오르와 할아버지는 몇 번인가 몰래 의논하고 있었다. 그런 어느 날 밤, 〈어린 날의 기쁨〉을 레오폴드 대공 전하께 헌정했다는 사실을 알고는 크리스토프는 깜짝 놀랐다. 멜키오르는 대공이 이 헌납품을 기꺼이 받아들일 의향이 있으시다는 것을 전부터 시사해 온 터였다. 그런 즉 한시 바삐 다음과 같은 조치를 취해야 한다고 멜키오르는 조건을 제시하였다. 첫째, 대공에게 공식 청원문을 올릴 것. 둘째, 작품을 출판할 것. 셋째, 작품을 들려주기 위한 음악회를 개최할 것 등이다.

멜키오르와 장 미셸은 더 열심히 의논했다. 이틀 밤인가 사흘 밤을 서로 흥분하며 의논했다. 두 사람에게 방해가 되지 않도록 접근은 금지되었다. 멜키오르가 문장을 쓰고 있고, 노인은 시라도 읽는 듯이 큰소리로 지껄이고 있었다. 때로 좋은 문구가 찾아지지 않아서 두 사람은 성을 내기도 하고 테이블을 두드리기도 했다. 그런 뒤, 크리스토프가 불려 갔다. 책상 앞에 앉히더니, 펜을 잡으라 했다. 아버지가 오른쪽, 할아버지가 왼쪽에 바싹 다가 앉았다. 할아버지는 그에게 말을 받아 쓰게 했다. 소년은 그 뜻을 전혀 알 수 없었다. 한 마디 한 마디 쓰는 데 몹시 힘이 들었고, 멜키오르는 귓가에서 악을 썼다. 또 할아버지는 너무나 거센 어조로 읽는 바람에 말이 울려서 뜻을 알아듣기란 어림도 없는 일이었다. 노인은 흥분하고 있었다. 가만히 앉아 있질 못했다. 문장의 뜻을 몸짓으로 표현하며, 방안을 이리저리 서성거렸다. 그러다가 소년이 쓰고 있는 것을 보려고 줄곧 다가오곤 하는 것이다. 크리스토프는 어깨 너머로 들여다보는 커다란 두 개의 머리에 겁을 먹고 혀를 길게 늘어뜨렸다. 펜대를 꼭 쥐고 있을 수도 없이 눈은 거슴츠레해져서 꼬불꼬불한 글자를 쓰기도 하고 쓴 것을 더럽히기도 했다. 그러자 멜키오르는 악을 쓰고, 장 미셸은 호통을 쳤다. 이리하여 몇 번이고 고쳐 쓰고 또 고쳐 써야 했다. 간신히 이제는 완성되었다고 마음이 놓이자 나무랄 데 없는 그 종이에 잉크 한 방울이 똑 떨어졌다. 소년은 두 귀를 꼬집혀서 그만 눈물을 머금었다. 그러나 종이에 얼룩이 진다고 하여 우는 것도 금지당했다. 이리하여 첫 줄부터 다시 또 받아쓰게 되었다. 한평생 이런 일이 계속되지나 않나, 하고 그는 생각했다.

드디어 완성되었다. 장 미셸은 난로에 기대어 앉아서 기쁨에 겨워 떨리는 음성으로 편지를 되풀이해 읽었다. 한편 멜키오르는 의자 위에 몸을 젖히고 앉아서 천장을 쳐다보고 고개를 움직이며 참으로 박식한 체하며, 그 청원문의 문체를 음미하고 있었다.

그지없이 거룩하며 존귀하신 대공 전하 !

네 살 때부터 음악은 저의 어린 날의 삶의 최고의 것이 되기 시작하였사옵니다. 저의 영혼으로 하여금 순수한 조화에로 북돋우어 주시는 고귀한 뮤즈 신과 사귀게 되자, 저는 곧 뮤즈를 사랑하게 되었나이다. 뮤즈 신 또한 저의 애정에 보답해 주신 것으로 생각되옵니다. 이제 저는 여섯 살이 되었사옵니다. 근래에 이르러 저의 뮤즈는 영감의 한창 때에 자주 저의 귀에 속삭여 주었습니다. 『놓치지 말아라. 네 영혼의 조화를 적어두어라 !』——저는 생각하였나이다. 『나는 여섯 살이 되었을 뿐이다 ! 내 어찌 감히 그렇게 할 수가 있으랴 ? 불멸의 예술가들이 뭐라고 할는지 ?』 저는 망설였습니다. 저는 떨었습니다. 하지만 저의 뮤즈께서는 그것을 바라셨습니다……끝내 저는 분부를 좇았습니다. 저는 썼습니다.

그리하여 이제 저는…….

오오 ! 그지없이 존귀하신 대공 전하 !

황공 무지한 일이옵니다만, 전하의 옥좌 위에 저의 어린 솜씨로 된 처녀작을 삼가 바치고자 하는 것이옵니다……황공하오나 가납해 주시는 자애 깊은 시선을 이에 하사해 주시기를 삼가 앙망하옵니다…….

오오 ! 그것이온즉, 모든 학문과 모든 예술은, 항용 전하를 현명한 마에케너스(Maecénas; 아우구스투스 황제의 총신. 학문・예술의 보호자), 관대한 옹호자로서 우러러 받들고 있사옵기 때문이옵니다. 또 재능은 전하의 성스러운 보호의 방패 밑에서 꽃피고 무성하게 마련이기 때문이옵니다.

그러하옵기에 이토록 깊고 확고한 신념에 찬 저는, 이 어린 시작(試作)을 들고 감히 전하의 어전으로 나아가 알현코자 하는 것이옵니다. 바라옵건대 저의 존경심의 지순한 봉헌품으로서 부디부디 가납해 주시옵기를. 그러하옵고 또,

오오 ! 지극히 거룩하신 대공 전하 !

이 작품 위에, 또한 공손히 어전에 엎드린 어린 작가 위에, 자애로써 천람(天覽) 있으시옵기를 !

그지없이 거룩하고 존귀하신 대공 전하께
진심으로 삼가 따르옵는,
충실하며 더함없이 복종하옵는 종

장 크리스토프 크라프트

크리스토프의 귀에는 아무 말도 들리지 않았다. 오직 해방된 기쁨으로 가득 찼다. 또 되풀이해 쓰라고 할까봐 들로 도망쳤다. 무엇을 썼는지 전혀 알지 못했고 또 그런 데 신경도 쓰지 않았다. 그런데 노인은 다 읽고서도 더욱 잘 음미하려고 또 한번 다시 읽었다. 그러고 나서야 멜키오르와 노인은 참으로 걸작이라고 했다. 악보의 사본과 같이 이 편지를 헌정받은 대공 또한 같은 의견이었다. 양쪽 모두 훌륭하게 되었다는 것을 측근의 입을 통해 말했다. 대공은 음악회 개최를 허가하고, 음악원 홀을 멜키오르로 하여금 자유로이 사용케 하라고 명하고, 또한 연주회 당일에는 어린 음악가에게 알현의 기회를 하사한다고 약속하셨다.

멜키오르는 한시 바삐 음악회를 베풀려고 애썼다. 궁정 음악단에서도 협력을 받기로 확약을 받았다. 또 첫 단계의 성공으로 크나큰 야망이 생겨 〈어린 날의 기쁨〉을 호화판으로 출판하기로 계획했다. 표지에는 피아노를 향하고 있는 크리스토프와 바이올린을 손에 들고 곁에 서 있는 멜키오르 자신의 초상을 인쇄하고 싶어했다. 그러나 이것은 단념해야 했다. 멜키오르는 아무리 방대한 비용도 두려워하질 않았으므로 비용이 문제가 아니라 때를 맞출 수가 없기 때문이었다. 이에 비유적인 구도로 디자인을 바꾸었다. 요람, 트럼펫, 북, 목마가 하프를 둘러싸고, 그 하프에서는 태양 광선이 분출하고 있는 그림이었다. 표제에는 대공의 이름이 굵은 글씨의 양각으로 나와 있는 긴 헌사와 함께, 〈장 크리스토프 크라프트는 여섯 살이었도다〉라는 설명도 붙어 있었다(사실 그는 일곱 살 여섯 달이 되었다). 악보 인쇄에는 비용이 많이 들었다. 그것을 지불하기 위해서, 할아버지는 조각 무늬가 있는 18세기의 낡은 장롱을 팔아야 했다. 고물상인 보르므서가 몇 차례 졸라도 결코 내놓으려 하지 않았던 물건이었다. 그러나 악보의 예약 신청으로 그 경비는 충분히 충당될 것이요, 나아가서 이득도 볼 것이라고 멜키오르는 믿어 의심치 않았다.

그에게는 또 하나 마음 쓰이는 것이 있었다. 연주회 당일에 크리스토프가 입고 갈 복장의 문제였다. 이에 관해서는 가족 회의가 열렸다. 멜키오르는 네 살박이 어린애처럼 종아리가 드러나 보이는 짤막한 옷을 입혀서 무대에 내세우고 싶어했다. 그러나 크리스토프는 나이에 비해서 딱 바라진 몸매였다. 또 누구나가 그의 나이를 알고 있으니, 남을 속이기란 어림도 없는 일이었다. 멜키오르는 기발한 착상을 했다. 아이에게 연미복을 입히고 흰 넥타이를 매도록 정한 것이다. 루이자는 가련한 어린애를 웃음거리로 만들 셈이냐고 반대했으나 소용 없었다. 이런 예상 외의 모습으로 나타나면, 참으로 부드러운 분위기를 빚어내어 성공은 의심할 여지가 없다고 멜키오르는 예상하고 있었다. 이렇게 정해지자 조그만 어른 옷을 만드느라고 재단사가 치수를 재러 왔다. 또 고급품 셔츠와 에나멜 구두도 사야 했다. 이런 것 모두가 다 엄청나게 비쌌다. 이윽고 새옷이 입혀진 크리스토프는 몹시 답답하기만 했다. 그것에 길들이느라고 몇 번이고 옷을 입은 채 연습을 해야 했다. 한 달이나 남았는데도 그는 이미 피아노 의자에서 떠날 줄을 모르게 되었다. 절하는 법도 배웠다. 한 순간도 자유로운 시간이라곤 없었다. 그는 화가 나 있었다. 그러나 반항하려고 하진 않았다. 이제 화려한 일을 하려 한다는 생각이 들고 있었기 때문이다. 그는 신이 나기도 했으나 한편 두렵기도 했다. 그리고 식구들은 모두 그를 극진히 위해 주었다. 감기들까봐 염려하며 목에 몇 겹이나 명주 목도리를 둘러 주었다. 젖은 채 신으면 안 된다고 신을 불에 쬐어 주었다. 식탁에서는 가장 좋은 것을 먹여 주는 등등.

드디어 영예로운 그날이 왔다. 이발사가 화장을 감독하러 와서, 크리스토프의 뻣뻣한 머리를 곱슬곱슬하게 했다. 양털처럼 꼬부랑머리가 되기까지 일손을 멈추지 않았다. 온 집안 식구들이 크리스토프 앞에 늘어서서 참 멋지게 되었다고 입을 모았다. 멜키오르는 앞에서 뚫어지게 바라보기도 하고 빙글빙글 돌면서 보기도 하더니 이마를 탁 치고는 큼직한 꽃을 가지고 와서 그것을 아들의 단추 구멍에 끼어 주었다. 루이자만은 그 모습에 두 팔을 높이 쳐들며, 꼭 원숭이 같구나 하고 슬픈 듯이 소리쳤다. 이 말은 무참하게도 크리스토프의 자부심에 상처를 냈다. 그 자신도 이 야릇한 복장을 자랑해야 할지 혹은 창피스럽게 여겨야 할지 분간 못하고 있었다.

본능적으로 그는 굴욕감을 느끼고 있었다. 음악회에 나가자 더한층 심해졌다. 그에게는 굴욕감이, 기념될 만한 이날 하루의 지배적인 감정이 된 것이다.

음악회는 바야흐로 시작되려 하고 있었다. 회장의 반은 비어 있다. 대공은 아직 임석하지 않았다. 언제나 그런 사람이 있게 마련이거니와 이때도 친절한 소식통 한 사람이 있어, 궁정에서는 지금 추밀 고문관(樞密顧問官) 회의가 열리고 있으니 대공께서는 아마 오시지 못할 것이라는 정보를 제공했다. 정통한 소식통을 통해서 들었다는 것이었다. 멜키오르는 낙심했다. 조바심에 못 이겨 걸어다니기도 하고 창밖으로 몸을 내밀어 밖을 살피기도 했다. 장 미셸도 애가 탔다. 그러나 그는 손자가 염려스러웠던 것이다. 그는 귀찮게 요모조모로 주의를 기울였다. 크리스토프는 아버지와 할아버지의 흥분에 감염되어 있었다. 자신이 연주할 곡에 대해서는 조금도 불안감이 없었다. 그러나 청중들에게 절을 해야 할 것을 생각하니 침착할 수가 없었다. 어찌나 그것만을 생각했던지 무척 괴롭기까지 했다.

아무튼 시작해야 했다. 청중은 더이상 기다릴 수가 없었다. 궁정 음악단의 오케스트라는 〈코리올랑 서곡〉을 연주하기 시작했다.

크리스토프는 코리올랑도 베토벤도 아직 몰랐다. 베토벤의 작품은 지금까지 자주 들은 적이 있었으나 무심히 듣기만 한 것이다. 그러고 보니 그는 지금까지 자기가 듣던 작품명에 유의한 적이 없었다. 스스로 지어낸 이름을 거기에 붙이고 그 주제로 조그만 스토리나 조촐한 풍경을 멋대로 만들어 내곤 했다. 그는 그러한 작품은 보통 세 종류로 분류하고 있었다. 그들은 불과 흙과 물인데, 그 하나하나에 또 한없는 여러 가지 뉘앙스가 있었다. 모차르트는 물에 속해 있다. 그는 시냇가의 목장이며, 강물에 떠도는 투명한 안개요, 봄날의 보슬비요, 무지개였다. 베토벤은 불이었다. 혹은 거대한 불길과 어마어마하게 연기를 내뿜는 열화이며, 때로는 불타는 숲이며, 번갯불을 내뻗치는 무섭고 무거운 구름이었다. 또 어떤 때는 구월의 아름다운 밤하늘——하나의 별똥별이 흘러 사라지는 것을 울렁거리는 가슴으로 쳐다보곤 하는 그 찬연히 반짝이는 빛으로 가득 찬 하늘이었다. 이 연주 때도 그러한 영웅적인 영혼의 열화가 크리스토프를 불태웠다. 그는 불길의 급류에 휘말려들어 갔다. 그밖의 모든 것은 사라져 버렸다. 그에게서 그밖의 것이란 무엇이었던가? 허둥대는 멜키오르와 조바심이 나 있는 장 미셸, 부산스러운 사람들과 청중들, 대공 등이 나이 어린 크리스토프로서야 그 무슨 상관이란 말인가? 그는 자신을 약탈해 가는 이 광적인 의지의 손아귀 속에 있었다. 그는 그 뒤를 쫓아갔으나, 숨이 차고, 눈에 눈물이 괴고, 발이 곱아지고, 손바닥부터 발바닥까지 힘살이 팽팽해지고 있었다. 피는 고조되고, 몸은 부들부들 떨고 있었다……이런 상태로 귀를 기울이며 무대의 기둥 뒤에 숨어서 듣고 있는데 심장이 별안간 쿵했다. 오케스트라가 어느 소절의 한 중간에서 뚝 그친 것이다. 일순간의 침묵 뒤, 오케스트라는 징과 팀파니를 치며 공식적이고 과장된 가락으로 군악곡을 연주하기 시작했다. 한 곡에서 다른 곡으로 옮겨 가는 방식이 하도 난폭하고 제멋대로여서 크리스토프는 이를 갈고 발을 동동 구르며 벽을 향해 주먹질을 해댔다. 그러나 멜키오르는 기뻐 날뛰고 있었다. 대공이 입장하시어 오케스트라가 국가를 연주하며 경의를 표하고 있는 것이었다. 장 미셸은 떨리는 목소리로 마지막 주의를 손자에게 들려 주고 있었다.

서곡이 다시 시작되어 끝까지 계속되었다. 드디어 크리스토프의 차례였다.

멜키오르는 프로그램을 교묘하게 짜서, 아들의 묘기와 아버지의 묘기가 동시에 발휘되도록 해 놓았다. 모차르트의 〈피아노와 바이올린을 위한 소나타〉를 둘이서 같이 연주하게 되어 있었다. 효과를 차차 높이기 위하여 우선 크리스토프가 혼자서 무대에 나가게끔 되어 있었다. 사람들은 그를 무대 입구로 데리고 가서 연주대 앞에 있는 피아노를 손가락질해서 가르쳐 주고 지금부터 해야 할 일을 다시 한번 또 설명한 다음, 무대 뒤로부터 밀어 내보냈다.

이미 훨씬 전부터 극장의 홀에는 익숙해 있었으므로 별로 두려운 줄은 몰랐다. 그러나 연주대 위에 혼자 서서 수백 명이나 되는 사람들의 시선을 받자 갑자기 겁이 나서 본능적으로 뒤로 물러섰다. 무대 뒤로 되돌아가려고 그쪽을 향하기조차 했다. 그러나 아버지의 꾸짖는 듯한 몸짓과 눈짓이 눈에 띄었다.

그는 연주를 계속해야 했다. 게다가 청중은 이미 그의 모습을 보고 만 것이다. 그가 앞으로 나가자 호기심에 못 이겨 웅성거렸고, 이어서 웃음 소리도 점점 번져 갔다. 멜키오르의 예상은 어긋나지 않았다. 어린이의 기묘한 옷차림은 기대한 것 이상의 효과를 나타냈다. 집시의 애 같은 낯빛에 머리카락이 긴 애가 예의바른 신사의 야회복을 입고 조심조심하며 잔 걸음으로 나타났을 때, 청중석은 와자지껄 들끓었다. 사람들은 더 잘 보려고 일어섰다. 이윽고 장내는 웃음바다가 됐다. 거기엔 아무런 악의도 없었다. 그러나 더없이 침착한 사람들조차 망연해지리만큼 큰 파문이었다. 소음과 청중들의 시선과 자신에게 집중된 오페라 망원경에 겁을 집어 먹은 크리스토프는 단 한 가지 생각밖에 없었다. 그것은 마치 바다 한가운데의 조그만 섬처럼 보이는 피아노께로 될 수 있는 한 빨리 가는 일이었다. 얼굴을 수그리고 곧장 그는 무대를 따라 빠른 걸음으로 걸어갔다. 무대의 중앙에 이르러 청중들에게 절하는 절차도 잊어버린 채, 청중에게 등을 돌려 피아노쪽을 향해 곧바로 돌진했다. 의자가 높아서 올라 앉으려면 아버지의 도움을 받아야 했다. 그러나 허둥지둥 당황해 버린 그는 아버지를 기다리지도 않고 무릎으로 기어올라가고 말았다. 이것이 또 청중들을 더욱 웃겨 주었다. 그러나 이제는 크리스토프도 살아난 것 같았다. 자신의 악기를 앞에 대하기만 하면, 이미 어느 누구도 두려울 것이 없었다.

마침내 멜키오르가 모습을 나타냈다. 그는 청중들이 유쾌한 탓에 그 덕을 보았다. 청중들은 상당히 열성적인 박수로 그를 맞이했던 것이다. 소나타가 시작되었다. 어린이는 주의를 집중하여 입을 꼭 다물고 건반을 응시하며 조그만 두 다리는 의자를 따라 늘어뜨리고 침착하게 정확한 연주를 했다. 곡이 전개됨에 따라 그는 더욱 마음이 안정되었다. 잘 아는 친구들 사이에 있는 듯한 느낌이었다. 칭찬하는 속삭임이 그에게도 들려 왔다. 여기 있는 사람들 모두가 자신의 음악을 듣고 자신에게 감탄하고 있다는 생각을 하자 자랑스러운 만족감이 솟구쳐 올랐다. 그러나 연주를 끝내자마자 다시금 또 공포감에 사로잡혔다. 박수 갈채로 환영을 받자 기쁨보다도 수줍음이 앞섰다. 멜키오르에게 손을 잡혀 무대 가장자리까지 같이 가서 청중들에게 답례를 하게 되었을 때 그 수줍음은 더해졌다. 그는 시키는 대로 우스우리만큼 서투르게 머리를 한껏 깊이 숙여 절을 했다. 그러나 속으로는 굴욕을 느끼고 있었다. 어떤 익살스럽고 천한 짓이라도 하는 것처럼 낯을 붉히고 있었다.

다시금 피아노 앞에 앉혀졌다. 그리고 이번에는 혼자서 〈어린 날의 기쁨〉을 쳤다. 청중들은 열광했다. 한 곡마다 사람들은 감격의 함성을 질렀다. 또 한번 치라는 것이었다. 그는 성공에 신명이 나면서도 명령이나 다름없는 이런 칭송에는 불쾌감을 느꼈다. 끝내는 장내의 청중들이 일제히 기립해서 박수를 보냈다. 대공이 박수 갈채하도록 신호를 한 것이다. 그러나 크리스토프는 이번에는 무대 위에 홀로 있었기 때문에 의자에서 움직일 용기도 없었다. 박수 갈채는 더욱 요란해졌다. 그는 더욱더 고개를 떨어뜨리고 얼굴이 새빨개져서 창피스러운 듯이 앉아 있었다. 그리고 고집스럽게 청중석과는 반대쪽만 응시하고 있었다. 멜키오르가 나와서 그를 붙들었다. 팔에 품어 안고는 대공이 앉아 있는 좌석을 가리키며 인사의 키스를 보내라고 일러 주었다. 크리스토프는 못 들은 체했다. 멜키오르는 그의 팔을 잡고 나직이 위협했다. 그는 싫으면서도 하는 수 없이 몸짓으로 그렇게 했다. 그러면서도 눈을 들지 않고 여전히 청중들을 외면하고 있었다. 참담한 심정이었다. 무엇을 괴로워하고 있는지는 알 수 없었으나, 아무튼 괴로웠다. 그는 자존심에 상처를 입고 괴로워하고 있었던 것이다. 거기 있는 모든 사람에게 전혀 호감이 가지 않았다. 아무리 칭찬해 주어도 소용이 없었다. 그의 굴욕을 보며 웃고 재미있어 하는 것을 용서할 수는 없는 일이었다. 공중에 매달려서 키스를 보내던, 그 우스운 꼬락서니를 본 데 대해서 용서할 수가 없었고 찬사도 원망스러울 지경이었던 것이다. 드디어 멜키오르가 내려놓아 주자 그는 무대 뒤의 분장실을 향해 달아났다. 한 부인이 그의 지나가는 길을 향해 조그만 제비 꽃다발을 던진 것이 그의 얼굴을 스쳤다. 그는 완전히 당황하여 후다닥 뛰어가다가, 중간에 놓여 있던 의자를 뒤집어 엎었다. 뛰면 뛸수록 사람들은 웃었다. 그리고 사람들이 웃으면 웃을수록 그는 뛰어갔다.

간신히 무대의 출구까지 이르자 그를 보고 싶어하는 사람들로 앞이 막혀 있었다. 머리로 인파를 헤치고 길을 터서 분장실의 구석 깊숙이 뛰어 들어가서 몸을 숨겼다. 할아버지는 몸둘 바를 몰라하며 기뻐서 축복의 말을 퍼부었다. 오케스트라의 단원들도 왁자하게 웃으며 어린이에게 축하의 말을 보냈으나, 어린이는 그들을 보거나 악수하려고도 하지 않았다. 멜키오르는 귀를 기울이며 아직도 그치지 않는 박수 갈채의 정도를 저울질하고 있었다. 그러다가 다시 한번 크리스토프를 무대로 데리고 나가려 했다. 크리스토프는 미친 듯이 그에게 항거했다. 할아버지의 프록코트에 매달려 가까이 오는 사람은 누구를 막론하고 걷어차다가 끝내는 울음보를 터뜨려 버렸다. 그래서 그냥 그대로 가만히 놓아둘 수밖에 도리가 없었다.

이럴 즈음 때마침 관리 하나가 찾아 오더니 대공께서 음악가들을 특별석으로 부른다고 전했다. 이런 주제꼴의 어린애를 어떻게 데려다가 뵙게 한단 말인가? 멜키오르는 성이 나서 욕을 퍼부었다. 그러나 그의 노여움은 크리스토프를 더욱더 심하게 울릴 뿐이었다. 이 눈물을 막아 주느라고 할아버지는 울음을 그치면 초콜렛을 한 파운드나 주겠다고 약속했다. 그 소리에 크리스토프는 비로소 울음을 뚝 그치고는, 눈물을 삼키며 얌전히 끌려 갔다. 그러나 할아버지는 갑자기 무대로 데려가는 일은 절대 없다는 것을 엄숙히 그에게 서약해야만 했다.

대공이 관람하는 특별석의 응접실로 들어가자 짧은 예복을 입은 사람 앞으로 인도되었다. 마치 일본 강아지 같은 얼굴에 여덟 팔 자로 뻗친 코밑수염에 끝이 뾰족하고 짧은 턱수염을 기르고, 자그마한 몸집의 불그레한 얼굴에 지나치게 살이 찐 통통한 사람이, 놀리는 듯한 친숙한 말투로 그를 불렀다. 두툼한 손으로 그의 볼을 가볍게 토닥거리면서, 모차르트가 다시 탄생했다고 중얼거렸다. 그 사람이 대공이었던 것이다. 그는 대공 부인, 공주, 그 수행원들에게 차례차례 넘겨졌다. 눈을 들어 쳐다볼 용기도 없었으므로 찬란한 옷차림을 한 이들에게서 얻은 유일한 기억이라고는 기다란 부인복과 허리의 띠에서 발끝까지 장식한 예복의 진열에 지나지 않았다. 젊은 공주의 무릎에 앉혀지자, 그는 몸을 꼼지락거리거나 숨을 쉬지도 못했다. 공주는 그에게 여러 가지 질문을 해 왔다. 그것을 받아 멜키오르는 아첨에 찬 음성으로 몹시 정중하게 격식을 차려 응답하곤 했다. 그러나 공주는 멜키오르의 말에는 귀도 기울이지 않고 어린이를 놀려 주기만 했다. 어린이는 낯이 점점 빨개지는 자신을 느끼고 있었다. 모두들 틀림없이 얼굴이 빨개진 데 주의를 기울이고 있을 것이라고 생각되자 그 까닭을 설명하고 싶어졌다. 그래서 휴 하고 크게 한숨을 내쉬며 말했다.

「난 얼굴이 빨개졌어요, 더워서요.」

이 말을 듣자 젊은 공주는 그만 웃음보를 터뜨렸다. 그러나 크리스토프는 좀

전에 청중들을 원망했듯 공주를 원망하진 않았다. 그 웃음은 유쾌했기 때문이다. 공주는 그에게 키스해 주었다. 이것도 전혀 불쾌한 것은 아니었다.

때마침 그는 특별석 어귀의 복도에 있는 할아버지를 발견했다. 할아버지는 기쁘면서도 부끄러워하는 것 같았다. 자신도 나서서 뭐라 한 마디 드리고 싶었을 테지만, 아무도 말을 건네 주지 않기 때문에 차마 들어서지 못하고 있었던 것이다. 그저 먼 발치로 손자의 영광을 바라보며 기뻐하고 있었던 것이다. 크리스토프는 왈칵 애정이 솟구쳤다. 가엾은 할아버지의 공적도 인정해 주었으면, 그의 가치도 알아 주었으면 하는 억누를 길 없는 욕구가 솟아난 것이다. 혀가 술술 풀려 발돋움을 해서 새로 친구가 된 공주의 귓가에 대고 그는 소곤거렸다.

「비밀을 알려 드릴게요.」

공주는 웃으며 물었다.

「어떤 비밀?」

「내 미뉴에트 중에, 내가 친 미뉴에트 중에 멋진 트리오가 있었던 것을 잘 아시죠? ──그는 곡을 불렀다. ── 그건 말이죠! 할아버지가 지은 거예요. 내가 아니예요. 다른 절은 모두 내가 지었지만요. 하지만, 그게 제일 멋져요. 그건 할아버지가 지은 거지요. 할아버지는 그걸 남에게 말하면 안 된다는 거예요. 공주님도 남에겐 말하지 마세요, 네? 자, 저기 할아버지가 계세요. 난 할아버지가 참 좋거든요. 내겐 아주 잘 해 주시거든요.」

젊은 공주는 더욱더 웃어 대면서, 참 귀여운 애라며 몇 번이고 키스해 주었다. 그리고 그의 이야기를 모두에게 큰소리로 털어놓았다. 크리스토프도 할아버지도 깜짝 놀랄 수밖에. 그들도 공주와 같이 웃었다. 대공은 노인에게 축복의 말을 내려 주셨다. 노인은 완전히 당황하여 뭐라고 변명하려 했으나 말이 잘 나오질 않아, 마치 죄나 지은 것처럼 더듬거리고만 있었다. 그러나 크리스토프는 이미 공주에게 한 마디 말도 하지 않았다. 그녀의 아양떠는 말에도 입을 다물고는 뾰로통해져 있었다. 약속을 어겼다고 공주를 경멸하고 있었던 것이다. 귀족들에게 품고 있던 그의 생각은, 이 성실치 못한 행위 때문에 깊은 상처를 입었다. 어찌나 성이 났던지 이미 남들이 하는 말도, 대공이 웃으면서 그를 궁정 전속인 궁정 음악원의 피아니스트로 임명했다고 하는 말도 전혀 귀에 들어오지 않았다.

그는 아버지랑 할아버지와 함께 하직했다. 극장의 복도나 거리에 나가서도 사람들에게 둘러싸여 축하의 말과 키스를 받았으나 그것이 불만스럽기만 했다. 왜냐하면 키스를 받기가 싫었고 더구나 자신의 허락도 없이 제멋대로 다루는 것은 용서할 수 없는 일이라고 생각하고 있었던 것이다.

이윽고 그들은 집으로 돌아왔다. 문을 닫자마자 멜키오르는 우선 『이 맹추 같은 놈』하고 소리쳤다. 그 트리오를 자신이 짓지 않았다고 지껄였기 때문이다. 그는 자기는 좋은 일을 했으니 칭찬을 받을지언정 꾸지람을 받을 이유가 없다는 것을 똑똑히 인식하고 있었으므로, 아버지에게 반항하며 거친 투로 말대답을 했다. 멜키오르는 성을 내며 말했다. 만일에 곡의 연주를 잘 하지 못했더라면 두들겨 패주려 했다고. 그러나 음악회의 성과도 그런 어리석은 말을 지껄여 버렸으니 망치고 말았다고. 그러나 크리스토프는 마음속 깊이 정의감을 지니고 있었기에 한 구석에 틀어박혀서 뾰로통한 얼굴을 하고 있었다. 아버지도, 공주도, 모든 사람들을 멸시하고 있었다. 이웃 사람들이 찾아와서 식구들에게 축하의 말을 늘어놓으며 담소하는 것도 못마땅했다. 마치 연주한 것은 그들이고 자신은 그들의 물건 같은 꼴이 아닌가.

얼마 후, 궁정에서 사람들이 왔다. 대공의 하사품이라면서 아름다운 금시계와 젊은 공주께서 보낸 훌륭한 봉봉 과자를 가지고 왔다. 크리스토프는 이 선물들이 몹시 기뻤다. 어느 쪽이 더 기쁘다고 할 수는 없었다. 그러나 몹시 저기압이어서 겉으로 나타내진 않았다. 그저 곁눈질로 봉봉을 흘끔거리며 자신의 신뢰를 배신한 사람의 선물을 받아도 좋을까 하는 회의 속에 여전히 볼멘 낯이었다.

그가 마침내 그것을 받으려 할 때 아버지가 책상에 앉아서 불러 주는 대로 답례장을 당장 받아 쓰라고 했다. 그건 너무하다! 이 하루 동안의 흥분 탓인지 혹은 멜키오르가 바라는 대로 〈전하의 조그만 종이며 음악가인……〉 하는 문구로 편지를 쓰기 시작하는 데 대해서 본능적인 굴욕감을 느낀 탓인지, 아무튼 그는 울음이 터져 어떻게도 손을 쓸 수가 없었다. 궁정에서 심부름 온 사람은 비웃는 듯한 표정이 되어 기다리고 있었다. 하는 수 없이 멜키오르가 편지를 써야 했다. 그렇다고 크리스토프를 용서해 준 것은 아니었다. 더구나 불행히도 아이는 시계를 떨어뜨려 버렸다. 우박 같은 잔소리가 퍼부어졌다. 멜키오르는 식후의 과자를 주지 않겠다고 고래고래 소리쳤다. 약이 오른 크리스토프는 미친 듯이 누가 받을 줄 아느냐고 하며 악을 썼다. 루이자는 우선 벌로 봉봉을 빼앗겠다고 선언했다. 크리스토프는 격노하며 소리쳤다. 엄마에게 그럴 권리는 없다, 그 과자는 내 것이며 누구에게도 뺏기진 않을 거라고! 따귀를 얻어맞았다. 그러자 버럭 화가 난 어린이는 어머니 손에서 봉봉 봉지를 빼앗아 들자, 방바닥에 내동댕이치고 발로 짓밟아 버렸다. 결과는 채찍질을 당한 끝에 방으로 끌려 가서 옷이 벗겨져 잠자리에 들어야 했다.

그날 밤 그는 집안 사람들이 친지들과 함께 호화로운 성찬을 드는 소리를 들었다. 그것은 음악회의 축하를 위해 일 주일 전부터 마련된 음식이었다. 잠자리에 누운 그는 이런 부당한 처사에 울화가 치밀어 참을 수가 없었다. 당사자인 자신을 젖혀놓고 모두들 큰소리로 웃으면서 술잔을 부딪쳐 가며 마시고 있는 것이다. 손님들에게는 애는 피곤해서 잠들었다고 말해 놓은 것이다. 누구 하나 그에 대해 생각이 미치는 이는 없었던 것이다. 다만 식사가 끝나서 손님이 돌아가기 시작할 무렵, 발소리를 죽여가며 그의 방으로 몰래 들어서는 발걸음이 있었다. 장 미셸 노인이 그의 잠자리 위를 들여다보더니 애정어린 입맞춤을 하며 『귀여운 크리스토프…….』하고 소곤거렸다. 그리고는 호주머니 속에 몰래 숨겨 가지고 온 사탕과자를 살짝 잠자리에 넣고는 부끄러운 듯이 더이상 아무 말도 없이 살금살금 달아났다.

크리스토프는 흐뭇했다. 그러나 이날 하루의 흥분 때문에 피곤하여, 할아버지가 모처럼 갖다 준 과자에 손댈 기력도 없었다. 그는 녹초가 되어 있었다. 얼마만에 곧 잠에 곯아 떨어지고 말았다.

그의 잠은 자꾸 끊기었다. 방전(放電)처럼 신경이 갑자기 이완되어 몸이 바들바들 떨렸다. 거칠고 사나운 음악이 꿈 속에서 그를 뒤쫓고 있었다. 한밤중에 깨어났다. 음악회에서 들은 베토벤의 서곡이 귓가에서 쩡쩡 울렸다. 그 허덕이는 듯한 숨결이 온 방안을 가득 채웠다. 자리에 벌떡 일어나 앉아서, 눈을 비비고 내가 잠들어 있는 것일까 하고 중얼거렸다. 아니, 잠이 들어 있는 것은 아니었다. 그는 그 음악을 똑똑히 듣고 있었다. 그 노여움의 함성을, 미친 듯이 울부짖는 소리를 너무나 똑똑히 듣고 있었다. 가슴속에서 춤추고 있는 저 광포한 심장의 고동과 힘차게 고동치는 혈액의 소리가 귀에 생생히 들리고 있었다. 무섭게 때려 눕히듯이 옆으로 휘몰아쳐 온갖 것을 때려 부수는가 하면 헤라클레스의 의지에 꺾여 홀연히 멈추는 저 회오리바람을 얼굴에 느끼고 있었다. 그 위대한 영혼이 그에게로 들어와서 몸과 영혼을 팽창시켜 거대한 것으로 만들었다. 그는 세계 위를 걷고 있었다. 그는 거대한 하나의 산이었으며, 거기에는 폭풍우가 불고 있었다. 분노의 폭풍이! 고뇌의 폭풍이! 아! 이 무슨 고뇌란 말인가…… 하나 그런 것은 아무것도 아니었다! 이제 그는 자신이 참으로 강하다는 것을 느끼고 있었다! 괴로워하렴! 괴로워하는 거다! 아아! 강하다는 것은 얼마나 좋으며 그럴 때는 괴로워한다는 것도 이 얼마나 좋은 것인가!

그는 웃었다. 그 웃음 소리는 밤의 고요 속에 울려 퍼졌다. 아버지가 잠이 깨어 소리쳤다.

「누구냐?」

어머니가 속삭였다.

「쉿! 애가 꿈을 꾸는 거예요!」

셋이 다 침묵에 잠겼다. 그들 주위의 모든 것이 침묵했다. 음악도 스러졌다. 들리는 것이라곤, 잠자는 사람들의 평화로운 숨결뿐. 그들은 눈이 어쩔하리만큼 강한 힘으로 밤 속을 떠 흘러 가는, 조그만 배 위에 나란히 매여져 있는 가엾은 동반자였던 것이다.

제 2 장 아 침

1. 장 미셸의 죽음

세 해가 지났다. 크리스토프는 머잖아 열한 살이 되려 한다. 그는 지금 음악 공부를 계속하고 있다. 생 마르텡 교회의 오르간 연주자인 플로리앙 홀쳐에게 화성(和聲)을 배우고 있다. 이 사람은 할아버지의 친구이자 대단한 학자다. 선생은 그에게 그가 가장 좋아하는 화음, 들을 때마다 가벼운 전율이 등골을 스칠 만큼 귀와 마음을 부드럽게 쓰다듬어 주는 여러 가지 화음은 좋지 않은 것이며 금지되어 있는 것이라고 가르쳐 준다. 소년은 그 까닭을 물었으나 규칙상 금지되어 있다는 대답밖엔 얻을 수가 없었다.

크리스토프는 천성적인 규율을 싫어하는 성질이어서, 그런 것이 더욱더 좋아질 뿐이었다. 사람들이 감탄하고 있는 대음악가들 중에서 그런 예를 찾아내어 가지고는, 그것을 할아버지나 선생님에게 들고 가는 것이 즐거움이 되어 있었다. 이럴 때 할아버지는 위대한 음악가의 경우에는 그것도 훌륭하다, 베토벤이나 바흐는 무엇을 해도 괜찮다고 대답한다. 그러나 할아버지만큼 타협적이지 못한 선생님은 성을 내며 언짢아하는 기색으로 그런 것은 그들의 작품 중에서 결코 가장 좋은 것이 아니라고 말한다.

크리스토프는 음악회나 극장에는 자유로이 드나들 수가 있었다. 어떠한 악기든지 다루는 법을 배웠다. 바이올린에는 이미 훌륭한 솜씨도 지니고 있다. 아버지는 그를 오케스트라의 단원으로 끼어줬으면 하고 바라고 있었다. 그가 자기 구실을 다하자 서너 달 동안의 수습 과정을 거쳐 정식으로 궁정 음악단의 제2바이올린 주자로 임명되었다. 이리하여 그는 열한 살의 어린 나이로 생활비를 벌기 시작한 것이다. 그러나 이른 것은 아니었다. 왜냐하면 가정 사정은 점점 악화되었기 때문이다. 멜키오르의 무절제는 더욱 심해졌고 할아버지는 늙어 있었던 것이다.

크리스토프는 가정의 어려운 형편에 대해 참으로 어른스러운 듯한 근심스러운 표정을 짓곤 한다. 자신의 음악수업에는 그다지 흥미가 없고 더구나 밤에는 주악석에서 졸음에 겨워할 때도 있으나 마음을 가다듬어 가며 제 할 일을 다 했다. 극장은 이미 옛날 어린 시절과 같은 감동은 주지 않았다. 어린 날의——그것은 네 해 전의 일인데도——그의 최고 야심은 지금 차지하고 있는 자리를 얻는다는 것이었다. 그런데 지금에 와서는 연주되고 있는 음악의 대부분이 매우 싫었으나 그는 아직 음악에 대한 판단은 차마 입에 올리질 못하고 있었다. 그러나 마음속으로는 하찮은 것이라고 생각했다. 어쩌다가 우연히 훌륭한 작품이 연주될 때면 그는 그 얼빠진 듯한 연주에 불만을 느꼈다. 그가 가장 좋아하는 작품도 필경은 오케스트라의 단원들을 닮아갔다. 그들은 막이 내린 뒤 일을 마치면 마치 한 시간쯤 체조라도 한 후처럼 웃으며 땀을 닦고 시시한 이야기를 태평스럽게 지껄여 댔다. 그는 또 몇 해 전 정열을 기울였던 맨발에 금발인 가희를 바로 가까이서서 보았다. 막간에는 식당에서 자주 만나는 그녀는 소년이 자신을 연모했다는 것을 알고 있어서 기꺼이 그에게 키스해 주었으나 그는 조금도 기쁘지가 않았다. 그 분화장이며 냄새, 굵직한 팔, 맹렬한 식욕이 싫었다. 이제는 그녀를 미워하고 있었다.

대공은 궁정 전속의 피아니스트를 잊어버리고 있진 않았다. 그렇다고 해서 그 직책에 대해서 주어지게 마련인 소액의 봉급이 정확하게 지불되었다는 것은 아니고, 언제나 그것을 청구해야 할 지경이었다. 때로는 매우 귀한 귀빈을 맞이했거나 대공 부처가 문득 연주를 듣고 싶다는 생각이 들거나 했을 때 크리스토프에게 궁정으로 들라는 명령을 할 뿐으로 그것은 거의 언제나 밤이며 크리스토프가 홀로 있고 싶어하는 시간이었다. 소년은 만사 젖혀 놓고 부랴부랴 궁정으로 향해야 하는 것이었다. 때로는 만찬이 아직 끝나지 않았다고 해서, 대기실에서 기다려야 하는 수도 있었다. 시종들은 그를 잘 알아서 친숙하게 말을 건네었다. 한참만에 그는 거울과 등불로 가득 찬 홀로 인도되었다. 점잖은 체 정색한 사람들이 호기심에 찬 눈초리로 불쾌할 정도로 흘끔흘끔 쳐다보았다. 대공 부처의 손에 키스하러 가기 위해, 초칠이 지나쳐 미끄러운 홀을 가로질러 가야 했다. 점점 커 갈수록, 소년의 동작도 또한 더욱 어색해졌다. 왜냐하면 자신이 자꾸만 우습게 느껴져서 자존심이 상했기 때문이다.

마침내 피아노를 향해 앉았다. 그리고 저 바보스러운 자들——그는 그들을 이렇게 생각하고 있었다——을 위해 연주해야 하는 것이었다. 순간 순간 주위 사람들의 무관심이 가슴을 죄어 때로는 중도에서 집어치우고 싶어지는 때도 있었다. 둘레엔 공기가 부족했다. 마치 질식할 것 같았다. 치고나면 실컷 칭송을 받으며 그들 하나하나에게 소개되곤 했다. 자신은 대공의 동물원에 사육되고 있는 진지한 동물처럼 보여지고 있고 『찬사는 내게보다도 주인에게 보내어지고 있는 것이다.』라고 생각하고 있었다. 그는 자신이 타락한 것처럼 생각하고 병적으로 민감해져 있었으나 그것을 밖으로 드러낼 수 없고 보니 더한층 괴롭기만 했다. 그들의 하찮은 언행에도 모욕을 느꼈다. 누군가가 홀의 한 구석에서 웃고만 있어도 그는 자신을 비웃는 것으로 여겨졌다. 웃음거리가 되는 것은 자신의 동작인지 옷차림인지, 또는 얼굴이나 발 또는 손인지 알 수가 없었다.

그는 모든 것에 굴욕을 느꼈다. 말을 건네어 주지 않아도 건네어 주어도 그는 굴욕을 느꼈다. 어린이에게 주듯 봉봉을 주면 굴욕을 느꼈다. 특히 대공이 그야말로 왕후답게 아무렇게나 그의 손에 금화를 쥐어 주고 돌려 보낼 때엔 극심한 굴욕을 느꼈다. 가난하다는 것이, 가난뱅이로 취급되는 것이 슬펐다. 어느 날 밤엔 집으로 돌아가다가 받아가지고 가는 돈이 어찌나 마음에 무겁고 괴롭게 느껴졌던지, 지나는 길가의 어느 지하실 환기창으로 던져 버렸다. 그러나 곧 꼴사납게 그것을 다시 줍지 않을 수 없었다. 몇 달치나 푸줏간에 외상값이 밀려 있었기 때문이다.

집안 사람들은 그의 이와 같은 자존심의 고민에 대해서는 거의 아는 바 없었다. 그가 대공의 총애를 받고 있다는 데서 그들은 신명이 나 있었다. 마음이 착하기만 한 루이자는 아들로서는 이보다 훌륭한 일은 없는 것으로 생각하고 있었다. 멜키오르는 늘 친구를 상대로 그것을 자랑거리로 삼고 있었다. 그러나 가장 기뻐하고 있던 사람은 할아버지였다. 그는 겉으로는 독립심이 강하고 불평이 많아, 권세를 멸시하는 체하고 있었으나, 금전이나 권력, 명예나 사회적 지위에 대해서는 소박한 존경심을 품고 있었다. 자신의 손자가 그러한 것을 지닌 사람들에게 접근하는 것을 바라보는 자랑스러움은 그 무엇에 비길 수도 없었다. 마치 그 영광이 자신에게도 미치고 있는 듯이 기뻐하고 있었다. 그러면서도 태연한 체하려고 애썼으나 그의 얼굴은 기쁨으로 빛나고 있었다.

크리스토프가 궁정으로 불려 들어간 밤이면, 장 미셸 노인은 언제나 어떤 구실을 붙여서 루이자에게로 와 있었다. 어린애처럼 조바심을 하면서 손자가 돌아오기를 기다렸다. 크리스토프가 돌아오면 우선 시치미를 떼고 대수롭지도 않은 질문을 했다. 이를테면 『어떻더냐? 오늘 밤은 잘 되었느냐?』라든가 또는 사랑스런 표정을 지어 보이며 반가워했다.

『여어, 우리의 귀여운 크리스토프가 돌아왔구나. 무슨 진기한 이야기를 해 주려는지!』

또 그의 기분을 맞춰 주느라고 아부하는 말을 했다.

『우리 도련님, 축하하네!』

그러나 크리스토프는 불쾌한 듯이 몹시 퉁명스럽게 『안녕하세요!』라고 한 마디 뱉고는, 한 구석으로 가서 볼멘 얼굴을 했다. 할아버지는 계속해서 질문을 더 했으나 그에 대해서 소년은 예, 아니요 등으로만 답할 뿐이었다. 아버지와 어머니도 끼어들어서 자질구레한 일들을 캐묻기 시작했다. 크리스토프는 더욱 더 낯을 찡그렸다. 그들은 어떻게든지 그에게서 말을 끄집어 내야 했다. 끝내 장 미셸은 성이 나고 홍분해서 헐뜯는 말을 토했다. 크리스토프도 버릇 없는 말대답을 했다. 마침내는 서로 매섭게 노려보기에 이르렀다. 할아버지는 문을 쾅 닫아 버리고 돌아갔다. 이리하여 크리스토프는 가련한 사람들의 기쁨을 송두리째 빼앗고 마는 것이었다. 그들로서는 그가 왜 이렇게도 못마땅해 하고 있는지를 전혀 알 수 없었던 것이다. 설사, 그들이 비굴한 영혼의 소유자였다고 하더라도 그것은 그들의 죄는 아니었다! 자기네와 다를 수 있으리라고 그들로서는 상상조차 할 수 없는 일이었던 것이다. 집안 사람들에 대해서 비판하진 않았으나 그들과 자신을 떼어 놓고 있는 도랑을 느끼고 있었다. 아마도 소년은 그것을 과장해서 생각하고 있었을 것이었다. 생각은 서로 달랐을지라도, 그가 가족들에게 친밀히 이야기할 수가 있었던들 이해되었을는지 모르는 것이다. 그러나 어버이와 자식 사이의 절대적인 친화처럼 어려운 것도 없는 법이다. 비록 서로가 모두 더할 나위 없이 부드러운 애정을 지니고 있을 경우에도 그렇다. 왜냐하면 자식으로서는 부모에게 경의를 품고 있기 때문에 도리어 심중을 토로할 용기가 꺾이게 마련이고, 부모 측은 나이와 경험이라는 점에서 자식보다 우월하다는 다분히 잘못된 생각 때문에, 때로는 어른의 감정 못지 않게 풍부하고 그들보다 한층 진지한 자식의 감정을 충분한 진실성으로 생각해 주지 않기 때문인 것이다. 크리스토프가 집에서 만나는 단골 손님들과 가족들과의 사이에 오가는 대화는 더한층 그를 가족들에게서 멀어지게 했다. 집에는 멜키오르의 친구들이 곧잘 찾아왔다. 대개는 오케스트라의 단원들이며, 술꾼에 독신자들이었다. 악한 사람들은 아니었으나 거칠고 천박스러웠다. 웃음 소리나 발소리로 방안을 울려 댔다. 음악을 사랑하고 있었으나, 음악 이야기를 하면서도 참을 수 없을 만큼 어리석은 말들을 지껄였다. 그들의 감격이 지니는 조심성 없는 범속성은 소년의 수치심에 큰 상처를 주었다. 그가 좋아하는 작품을 그들이 그런 식으로 칭찬하기라도 하면, 마치 자기 자신이 모욕당한 듯한 느낌이 들곤 했다. 그는 창백하고 경직된 얼굴로 냉담한 태도를 꾸미고 음악에는 홍미도 없는 체했다. 가능하면 음악이 싫다고 말하고 싶을 정도였다. 멜키오르는 아들에 관해서 말했다.

「이놈에겐 마음이란 게 없어. 이놈은 아무것도 느끼지 않는 거야. 도대체 누굴 닮았는지 모르겠어.」

때때로 그들은 4부 합창인 독일 민요들을 같이 불렀다. 민요는 항상 그들을 닮아 장중함과 평범한 화성으로 둔중하게 진행되었다. 그럴 때면 크리스토프는 맨 구석 방으로 달아나서 벽을 향해 그냥 욕지거리를 하는 것이었다.

할아버지에게도 친구들이 있었다. 오르간 연주자, 가구 상인, 시계포, 콘트라베이스 연주자 등등, 지껄이기 좋아하는 늙은이들이었다. 언제나 같은 농담을 싫증내지 않고 되풀이하고, 예술이나 정치 또는 고장의 여러 집안의 계보 등에 관해서 끝도 없이 토론하는 것이었다. 화제가 되어 있는 것에 홍미가 있다기보다는 지껄이는 것이, 또는 말상대가 있다는 것이 기쁜 듯했다.

루이자는 고작 이웃의 몇몇 아낙네들을 만날 뿐이었다. 여인들은 그 일대의 소문을 쑥덕거렸다. 때로는 어느 친절하신 마님을 만날 때도 있었다. 이런 마님은 그녀에게 동정하는 것을 구실로 머잖아 베풀 예정인 만찬회의 일을 도와달라는 부탁을 하러 왔으며, 제멋대로 아이들의 종교 교육에 대해서 충고하기도 했다.

크리스토프가 볼 때, 모든 방문객 중에서 테오도르 아저씨만큼 호감이 가지 않는 사람은 없었다. 그는 할아버지의 의붓 아들이다. 장 미셀의 첫 부인인 클라라 할머니가 할아버지에게 시집오기 전의 결혼에서 낳은 아들이다. 아프리카나 극동과 거래를 하는 어느 무역상사의 사원이며 새로운 타입의 독일인으로서는 전형적인 인물이었다. 이런 독일인은 독일 민족에게 옛부터 있어 온 이상주의를 조소하여 자신은 버린 체하며, 또 승리에 취한 나머지 힘과 성공에 대해서는 아직 그들 대부분이 익숙치 않은 그런 존경심을 품고 있었다. 그러나 한 국가의 국민성이란 하루 아침에 변화될 수는 없는 것이어서 억제된 이상주의는 말과 행동이나 도덕적 관습, 혹은 가정 생활의 하찮은 행위에도 인용되곤 하는 괴테의 말 속에 줄곧 나타나곤 했다. 그것은 양심과 공리심의 색다른 혼합으로서, 낡은 독일 시민 계급의 정직한 생활 원리와 상점에 진열된 새 것과의 파렴치를 일치시키려는 기묘한 노력이었다. 이러한 혼합은 역시 퍽 불유쾌한 위선의 냄새를 지니지 않을 수 없었다. 왜냐하면 그것은 독일의 힘과 탐욕과 공리심을, 모든 권리와 정의와 진리의 상징으로 삼기에 이르렀기 때문이다.

크리스토프의 마음은 이 때문에 깊이 상처를 입고 있었다. 아저씨의 생각이 옳은지 아닌지는 자신으로서는 판단할 수 없었다. 그러나 그는 아저씨를 싫어하고 거의 적의를 느끼고 있었다. 할아버지도 아저씨의 그런 사고 방식에 대해서는 반감을 품고 있었다. 그러나 토론이 되고 보면 테오도르의 능란한 말재주에 매번 압도당하곤 했다. 테오도르에게 노인의 대범하고 단순한 두뇌를 조롱하기란 그야말로 식은 죽 먹기였던 것이다. 장 미셸은 끝내는 자신의 호인 기질이 부끄러워졌다. 남들이 생각하는 만큼 자신이 시대에 뒤떨어지지 않았다는 것을 나타내 보이려고, 테오도르 같은 화법을 써 보기도 했다. 그러나 아무리 해도 어색하기만 하여 스스로 곤경에 빠지고 말았다. 더구나 어떠한 사고 방식도 테오도르에겐 농락당하게 마련이었다.

노인은 실용적인 것에 감탄하며, 자신에게는 그것이 전혀 없다는 것을 알고 있는 만큼 더한층 부러워했다. 손자 중에서 하나쯤은 테오도르 같은 지위에 오르게 해 주고 싶다고 생각했다. 멜키오르도 로돌프에게는 그런 길을 가게 하고 싶었다. 그래서 온 식구들은 여러 가지 혜택을 기대하며, 이 부유한 친척에게 열심히 아첨하고 있었다. 테오도르는 자신이 꼭 필요한 존재임을 알고 있었으므로 건방지게 거만을 떨었다. 모든 일에 간섭하고 자신의 의견을 내세우고, 또한 예술이나 예술가에 대한 자신의 철저한 경멸감을 숨기려 하지 않았다. 오히려 그것을 과시하여 음악가인 그의 부모를 멸시하며 조롱했다. 이 집안의 어느 누구에게나 저질 농담을 쏘아대고 있었는데, 그것을 또 식구들은 비굴하게도 웃으며 들어 넘기고 있는 것이었다.

그중에서도 크리스토프가 가장 큰 조롱거리가 되어 있었다. 그런데 크리스토프는 참을성이 없었다. 불쾌한 듯한 표정으로 꼭 입을 다물고 이를 악물었다. 아저씨는 그 퉁명스러운 표정을 재미있어 했다. 어느 날, 식사 때에 테오도르가 어찌나 심하게 구는지 크리스토프는 발칵 화를 내며 그만 아저씨의 얼굴에 침을 뱉고 말았다. 이것은 그야말로 언어도단의 모욕이다. 아저씨는 불의에 당한 일이라 처음엔 할 말을 잃고 있었으나 다음 순간에는 욕설이 입에서 마구 튀어나왔다. 크리스토프는 자신이 저지른 짓의 엄청남에 두려움을 느끼며 의자 위에서 넋을 잃은 채, 억수같이 퍼붓는 주먹 세례에도 전혀 아픔이라곤 느끼지 않았다. 그러나 아저씨 앞에 무릎을 꿇리게 되자, 그는 어머니를 뿌리치고 바깥으로 도망쳤다. 숨이 차서 헐떡거리며 더이상 숨도 쉬지 못하게 된 후, 간신히 들의 한복판에 멈춰섰다. 멀리서 자기를 부르는 소리가 들렸다. 적을 강물 속에 처넣지 못할 바에야 차라리 자신이 뛰어드는 편이 낫지 않을까 하는 생각조차 들었다.
그는 그날 밤을 들에서 보냈다. 새벽녘에 할아버지의 집을 찾아 문을 두드렸다.
노인은 크리스토프가 없어진 데 몹시 걱정이 되어 있었으므로 소년을 꾸짖을 힘
도 없었다. 곧 그를 집으로 데리고 갔다. 집안 식구들은 아무 말도 하지 않았다.
그가 몹시 흥분되어 있다는 것을 알기 때문이었다. 더구나 그를 고이 다루어야
할 처지였던 것이다. 왜냐하면 그날 밤, 소년은 궁정에서 연주하기로 되어 있었
기 때문이었다.

그러나 그후 서너 주일 동안을 멜키오르는 잔소리를 늘어놓으며 그를 괴롭
혔다. 특별히 누구에게랄 것도 없는 체하며, 집안 망신을 시키는 몹쓸 놈에게
정결한 생활과 예법을 가르치느라고 얼마나 고생하고 있는지, 하는 따위의 말로
타이르는 것이었다. 길에서 테오도르 아저씨를 만나도 크리스토프는 외면했다.
손으로 코를 잡고는, 더할 나위 없는 혐오감을 최대한 나타내 보이곤 했다.

집에서는 거의 어디서나 친근감을 찾아볼 수 없었기 때문에 그는 될 수 있는
대로 집에는 붙어 있지 않으려 했다. 그는 끊임없이 속박을 강요받는 데에 시달
렸다. 존중해야 하겠지만 사람이 너무도 많은 데다 그 까닭을 따져서는 안 되
었다. 그런데 크리스토프는 존중한다는 것이 질색이었다. 남이 그를 훈련해서
선량한 독일의 소시민이 되게 하고자 애쓰면 애쓸수록 그는 자유롭게 되고 싶은
욕구를 강하게 느끼곤 했다. 그의 즐거움이라곤 교향악단이나 궁정에서 죽도록
따분해 하면서 얌전히 반바지를 입은 채 잔디 비탈을 미끄럼타거나, 이웃의 악
동들과 돌싸움질을 하거나 하는 일이었다. 그가 점점 이런 장난을 하지 않게 된
것은, 꾸지람이나 뺨을 얻어맞은 것이 무서워서는 아니었다. 놀 동무가 없었던
것이다.

그는 도무지 다른 애들과 사이좋게 융합될 수가 없었다. 거리의 장난꾸러기
소년들도 그와는 놀려고 하지 않았다. 그가 장난에 너무 열중하는 나머지 호되
게 때리는 수가 종종 있기 때문이다. 그 자신 또한, 같은 나이 또래의 소년들과
떨어져서 자기 혼자의 속으로 들어가 박히는 버릇이 붙어 버렸다. 놀이가 서투
른 게 부끄워서 같이 끼어들 용기가 없었던 것이다. 남들이 같이 놀자고 권유하
길 간절히 바라는 마음이긴 했으나 전혀 아무런 흥미도 없는 체하고 있었다. 어
느 누구도 아랑곳해 주지 않아서 마음속으로는 서글퍼하면서도 그렇지 않은 듯
그들에게서 멀어져 갔던 것이다.

그의 마음에 위안이 된 것은 고트프리트 외삼촌이 이 고장에 머물러 있을 때
둘이서 같이 소요하는 일이었다. 그는 남의 속박을 받고 싶어하지 않는 외삼촌

의 심정에 더욱더 공감을 느끼고 있었다. 고트프리트가 그 무엇에도 구애받지 않고 여행을 하는 데서 느끼고 있는 기쁨을 그때의 크리스토프는 똑똑히 인식할 수 있었던 것이다!

저녁 나절이면 두 사람은 곧잘 목적지도 없이 들로 걸어가곤 했다. 크리스토프는 언제나 시간을 잊어버리고 있었으므로 집으로 돌아가는 것이 매우 늦어져서 식구들의 꾸중도 들었다. 남들이 다 잠든 밤중에 몰래 집을 빠져나오는 것도 즐거웠다. 그것이 좋지 않다는 것을 고트프리트도 알고 있었다. 그러나 크리스토프가 졸라 대는 것이었다. 게다가 고트프리트 자신도 이 기쁨을 뿌리칠 수가 없었던 것이다. 한밤중에 집 앞까지 와서 휘파람으로 신호했다. 크리스토프는 옷을 입은 채 자고 있다가 신을 들고 침대에서 내려왔다. 숨을 죽이며 도둑처럼 살금살금 한길로 나 있는 부엌의 창문까지 기어갔다. 테이블 위에 올라서면 고트프리트가 한길에서 어깨 위로 그를 받아 주었다. 두 사람은 국민학교 아이들처럼 기뻐하며 나섰다.

때때로 그들은 어부인 제레미를 만나러 갔다. 그는 고트프리트의 친구였다. 세 사람은 달빛을 받으며 조각배를 저었다. 노에서 똑똑 떨어지는 물방울은 섬세한 아르페지오나 반음계를 연주하고 있었다. 젖빛 수증기가 수면에서 너울거렸다. 별들은 떨고 있었다. 닭 울음 소리가 양쪽 강 기슭에서 서로 화답하고 있었다. 때때로 하늘 높다란 곳에서 종달새의 트레몰로가 들려 왔다. 달빛에 속아, 땅 위에서 날아 올라간 것이다.

모두들 말이 없었다. 고트프리트가 나직이 노래를 불렀다. 제레미는 동물들의 불가사의한 생활을 이야기해 들려 주었다. 그 이야기는 간단하면서도 수수께끼같이 풀려나왔으므로 더한층 신비롭게 들렸다.

달은 숲 너머 저쪽으로 기울어 버렸다. 배는 여러 개의 어둑한 언덕을 따라 앞으로 나아갔다. 하늘의 어둠과 물의 어둠이 하나로 융해되어 있었다. 강물은 주름 하나 없다. 온갖 소리는 숨을 죽이고 있었다. 배는 어둠 속을 미끄러져 갔다. 과연, 미끄러져 가는 것일까? 두둥실 떠 있기만 하는 것일까? 또는 꼼짝도 않고 있는 것일까? 갈대숲이 옷자락 스치는 소리를 내며 양쪽으로 벌어졌다. 배는 소리도 없이 기슭에 닿았다. 모두들 기슭에 내려서는 언제나 강가를 따라 걸어서 돌아왔다. 먼동이 터서야 겨우 돌아오는 적도 자주 있었다. 보리 이삭처럼 초록빛의, 또는 보석처럼 파란 은빛 잉어떼가 동틀 무렵같이 반짝거리며 꿈틀거리고 있었다. 빵을 던져 주면 걸신들린 것처럼 덤벼들어 마치 메두사(그리스 신화에 나오는 여자 괴물)의 머리에 감긴 뱀처럼 서로 엉켰다. 빵이 가라 앉음에 따

라 그것을 둘러싸고 내려가서, 나사 모양으로 빙글빙글 도는가 하면 다음 순간
엔 흡사 한 줄기 햇살처럼 자취를 감추어 버렸다.

참새들이 차차 깨어났다. 귀로엔 발걸음을 빨리했다. 크리스토프는 떠날 때
처럼 조심스럽게, 묵직한 공기가 감도는 방으로 돌아가서, 다시 잠자리 속으로
파고 들었다. 그러자 들풀 냄새가 스며든 상쾌한 몸 그대로 꾸벅꾸벅 졸게 되어
곧 깊은 잠에 빠지고 말았다.

만사는 이렇게 순조로웠다. 어느 날, 크리스토프가 밤중에 집을 빠져 나간다
는 것을 아우인 에른스트가 고하지만 않았더라면, 아마도 누구 하나 알아 차리
지 못했을 것이다. 그는 이날 이후로 밤중에 나가는 것이 금지되어 감시받는 몸
이 되었다. 그러면서도 그는 역시 빠져나가곤 했다. 다른 누구와 노는 것보다,
이 작은 행상인이나 그의 친구와 노는 것이 좋았다. 가족들은 화가 났다. 멜키
오르는 크리스토프가 천한 이들의 취미를 가졌다고 나무랐다. 장 미셸 노인은
고트프리트에 대한 크리스토프의 애정을 샘내고 있었다. 선택받은 사람들과 접
근하고 왕후를 섬길 수 있는 명예를 누리면서 하필이면 그런 비천한 사람과 사
귈 것은 없잖느냐고 나무랐다. 크리스토프에겐 자존심이 결여되어 있는 거라고
사람들은 그렇게 생각하고 있었다.

멜키오르의 무절제와 나태가 날이 갈수록 심해져 집안 사정도 더욱더 쪼들리
긴 했으나, 그래도 장 미셸이 있는 한은 간신히 그럭저럭 넘길 수 있었다. 오직
그만이 멜키오르에게 약간의 권위를 지니고 있어, 타락의 언덕길을 미끄러지는
그를 어느 정도까지는 끌어 당기고 있었다. 게다가 그가 세상 사람들로부터 받
고 있던 존경은 이 술망나니의 못된 행실을 잊어버리게 하는 데 도움이 되었다.
분명히 그가 한 집안의 괴로운 생계를 돕고 있었던 것이다. 전직 악장으로서 받
고 있는 얼마 안 되는 연금 외에, 음악 개인 교수를 하거나 피아노의 조율 따위
의 일을 하며, 그는 아직 얼마씩은 돈을 벌고 있어서 그 돈을 거의 대부분 며느
리에게 넘겨 주고 있었다.

며느리는 자신의 딱한 사정을 시아버지에게 눈치채지 않게 하려고 애쓰고 있
었으나, 노인은 그 사정을 뻔히 꿰뚫어 보고 있었다.

루이자는 시아버지가 자기네 때문에 그토록 부자유스런 것을 참고 견뎌 낸다
고 생각하며 가엾어서 견딜 수가 없었다. 노인은 여유 있는 생활에 익숙해 있었
고 풍요한 생활에 대한 강한 욕구를 지닌 사람이었으므로, 며느리가 그런 생각이
드는 것도 당연했다. 때에 따라서는 그런 희생으로 충분하지 못한 수가 있었다.

장 미셀은 당장 급한 빚을 청산하느라고 평소에 소중히 간직하던 가구나 기념품 같은 것을 몰래 처분해야 했다.

멜키오르는 아버지가 자기 몰래 루이자에게 돈을 준다는 것을 알고 있었다. 그래서 루이자의 반대에도 불구하고 자주 그 돈에 손을 댔다. 노인은 자신의 고생을 숨기려는 루이자가 아니라 한 손자의 입을 통해서 그 사실을 알게 되자 그에게 무섭게 화를 냈다. 두 부자 사이에는 끔찍한 사태가 벌어졌다. 둘이 다 두드러지게 사나운 사람들이었다. 곧 거친 말과 위협의 응수가 오간다. 단박에 폭력 사태가 벌어질 것만 같았다.

그러나 아무리 흥분했을 때라도 어쩔 수 없는 존경심이 항상 멜키오르를 제어하게 마련이었다. 또한 아무리 취한 때라도 아버지에게서 퍼부어지는 모욕이나 꾸지람 앞에서는 끝내 고개를 숙이고 마는 것이다. 그러면서도 다음 번엔 골탕을 먹여 주어야겠다며 기회를 엿보는 것이었다.

장 미셀은 장래 생각을 하면서 암담한 심정이 되곤 했다. 그는 루이자에게 말했다.

「애들이 가엾구나. 만약 내가 없어지면 모두들 어떻게 될는지 ! 그래도 다행히…….」

그는 크리스토프의 머리를 쓰다듬어 주며 덧붙인다.

「이애가 너희들을 부양하게 되기까지는 나도 그럭저럭 정정하게 일해 나갈 수 있겠지 !」

그러나 그것은 오산이었던 것이다. 그는 이미 생애의 마지막에 이르러 있었다. 아무도 그것을 깨닫지 못했다. 여든 살을 넘었는데도 잿빛 머리카락이 섞인 흰 장발이 탐스럽게 반짝이며 늘어져 있었다. 짙은 턱수염 속에는 검은 수염도 종종 섞여 있었다.

게다가 식탁을 대한 그를 바라보기는 참으로 흐뭇한 일이었다. 그는 왕성한 식욕의 소유자였다. 멜키오르가 술을 마시는 것을 비난했지만 그 자신도 독한 술을 맨입으로 마시고 있었다. 그중에서도 모젤 산의 백포도주를 좋아했다. 더구나 포도주건 맥주건 또는 능금주건, 하느님이 만드신 훌륭한 것이라면 무엇이든지 칭찬해가면서 맛볼 수 있었다. 그러나 술잔 속에 이성을 빼앗겨 버릴 정도로 분별이 없지는 않았다. 자신의 주량을 절대 넘지 않았다. 그런데 그 주량의 한도라는 것이 상당해서 보통 사람이라면 이미 술잔 속에 빠지고 말았을 것이다.

그는 다리도 튼튼했고, 좋은 시력에 피로를 모르는 활동가였다. 여섯 시엔 일어나서 정성들여 몸차림을 했다. 예의바른 몸가짐을 중시했기 때문이었다. 그는 자기 집에서 혼자 살며 무엇이든지 스스로 해결하여, 며느리의 참견을 받아들이지 않았다.

그는 남의 손을 빌지 않고 방을 치우고 커피를 끓이고, 단추를 달고 풀을 먹이고, 수선을 했다. 남방 차림으로 층계를 오르락내리락 하며 근사한 저음으로 줄곧 노래를 불렀다. 곡조에 맞추어 가극의 몸짓을 하고, 목청을 뽑으며 홀로 신이 나 했다. 어떤 날씨건 아랑곳하지 않고 외출도 했다. 볼일은 하나도 잊어버리지 않고 꼬박꼬박 보러 갔다. 그러나 시간을 맞추어 가는 법은 좀처럼 없었다. 어느 길모퉁이에서 누구를 만나 지껄이거나, 낯익은 이웃 아낙네들과 농담을 주고 받거나 하는 그의 모습은 흔히 볼 수 있었다. 그는 젊고 귀여운 여인이나 늙은 친구들을 좋아했기 때문이다. 도중에서 시간을 지체하며 약속은 도무지 염두에 두지 않는 것이었다. 그래도 식사 시간만은 잊지 않았다. 마침 그 시간에 가 있는 사람의 집에서 불청객으로 식사에 불리곤 했다. 손자들이 노는 것을 오랫 동안 바라보며 시간을 보낸 뒤, 저녁 때 해가 진 다음에야 겨우 돌아오곤 했다. 잠자리에 들면 눈을 감기 전에 낡은 성서를 한 페이지 읽었다. 밤중에는 이제는 한두 시간 이상을 계속 잘 수가 없게 되었으므로 일어나 앉아 헌책방에서 산 역사나 신학 또는 문학, 과학에 관한 책 한 권을 집어 들었다. 그리고는 아무 데나 펼쳐 놓고 재미가 있건 없건 혹은 알 수가 있건 없건 한 자도 빼놓지 않고 읽어 내려가곤 했다.⋯⋯다시 졸음이 올 때까지.

일요일에는 교회에 나가서 어린이들과 산책을 하고 공굴리기 놀이를 했다. 앓는 일은 좀처럼 없이, 다만 발가락에 신경통이 있는 모양이어서 성서를 한참 읽는 도중에 밤을 저주하는 때가 있기도 했다. 이 상태로는 백 살까지도 살 수 있을 것 같았고 자신도 백 살을 넘기지 못할 이유를 인정하지 않았다.

그가 늙었다는 것은 툭하면 눈물을 찔끔거리기 잘 한다는 것과 점점 화를 잘 낸다는 것으로 알 수 있을 뿐이었다. 조금이라도 참을 수 없는 일이 생기면 금세 미친 듯이 분노의 발작을 일으켰다. 그 불그레한 얼굴과 퉁퉁한 목이 시뻘개졌다. 몹시 더듬거리고 숨이 막혀 입을 다물어야만 했다. 그의 옛벗인 주치의는 자중하라고 주의하며 아무쪼록 성을 내지 말도록 하고 식욕도 억제하라고 경고했다. 그러나 그는 도리어 도전적으로 웃으며 죽음을 경멸해 버린 체하며, 죽음 따위는 조금도 무섭지 않다고 마냥 떠벌리곤 하는 것이었다.

몹시 더운 어느 여름날, 그는 술을 마신 끝에 말다툼까지 하고 돌아와서 정원을 매만졌다. 그는 흙을 뒤적이길 즐겨했다. 따가운 햇볕 아래서 모자도 쓰지 않고 좀전에 말다툼한 홍분이 아직 가시지 않은 채 홧김에 가래질을 하고 있었다.

크리스토프는 책을 들고 신록의 나무 아래 앉아 있었다. 그러나 책보다는 졸음을 가져다 주는 귀뚜라미 울음 소리에 귀를 기울이며 멍한 몽상에 잠겨 있었다. 그러면서 기계적으로 할아버지의 동작을 지켜보고 있었다.

할아버지는 그에게 등을 돌리고 쪼그리고 앉아서 잡초를 뜯고 있었다. 그러다 별안간 할아버지는 벌떡 일어서서 두 팔을 허공에 휘젓더니, 마치 한 덩이 물체처럼 푹 쓰러져 땅에 엎어졌다. 그것을 보고 있던 크리스토프는 순간 웃으려 했다. 그러나 잘 보니, 할아버지는 꼼짝도 하지 않았다. 불러 보았다. 곁으로 달려가서 힘껏 흔들어 보았다. 그는 무서워졌다. 무릎을 꿇고는 땅바닥에 붙어 있는 큼직한 머리를 두 손으로 들어 올리려고 했다. 머리는 몹시 무거운데다 몸을 달달 떨고 있었으므로 그 머리를 약간 움직일 수 있었을 뿐이다. 피가 스민 부릅뜬 두 눈을 보고는 어찌나 무서운지 아찔해져 날카로운 비명을 지르고는 머리를 떨어뜨렸다. 소스라쳐 일어나자 그냥 달아나 버렸다. 길거리로 뛰어 나갔다. 큰 소리로 고함을 치며 울고 있던 그를 지나가던 사람이 불러 세웠다. 소년은 입을 놀리지도 못했다. 그저 집을 손가락질했다. 그 사람이 집 안으로 들어가자 크리스토프도 그 뒤를 따랐다. 이웃 사람들로 가득 찼다. 사람들은 꽃 위를 밟으며 걸어다녔고 노인 둘레에 앉아서 모두들 수군거리고 있었다. 두서너 사람이 노인을 땅바닥에서 안아 올렸다. 크리스토프는 문 앞에 서서 벽쪽을 향한 채, 손으로 얼굴을 가렸다. 그러나 사람들이 줄지어 옆을 지나갈 때 그는 손가락 사이로, 힘이 빠져 축 늘어진 할아버지의 커다란 몸집을 보았다. 한쪽 팔이 땅바닥에 질질 끌리고 있었다. 운반하는 사람의 무릎에 기대인 머리는 걸을 때마다 흔들거렸다. 얼굴은 부어 올랐고, 흙에 범벅이 되어 있었다. 피가 스며나온 입을 크게 벌렸고, 무서운 눈이었다.

크리스토프가 다시 또 울음을 터뜨리며 달아났다. 무엇에 쫓기듯, 집까지 냅다 치달아 무서운 고함을 지르며 부엌으로 뛰어 들었다. 루이자는 때마침 야채를 골라 나누고 있었다. 그는 어머니에게 달려 들어 살려 달라고 미친 듯이 매달렸다. 흐느껴 울었으므로 얼굴이 경련을 일으켜 제대로 입도 놀리지 못했다. 그러나 한 마디로 어머니는 알 수 있었다. 그녀는 낯이 파래져서 손에 들고 있던 것을 떨어뜨렸다. 그리고는 한 마디 말도 없이 밖으로 뛰어 나갔다.

크리스토프는 홀로 벽장에 기대어 움츠려 앉아 울고 있었다. 아우들은 무심히 놀고 있었다. 무슨 일이 일어났는지 그는 정확히 납득할 수 없었다. 그는 할아 버지를 생각하지 않았다. 아까 본 무서운 광경을 생각하고 있었다. 또다시 그 광경을 보아야 하는 것은 아닐까, 또 그리로 데려가는 것은 아닐까, 그것만이 무서웠던 것이다.

  예상대로 저녁 나절 아우들이 실컷 장난하다가 따분하고 배가 고프다며 투덜 거리기 시작할 무렵 루이자가 후닥닥 돌아오더니, 애들의 손을 잡고 할아버지의 집으로 데려갔다. 몹시 서둘러 걷자 에른스트와 로돌프는 언제나처럼 투덜거렸 으나 어머니는 잠자코 있으라고 나무랐다. 겁주는 듯한 말투에 질려 둘은 입을 다물었다. 그들은 본능적인 공포에 사로잡혀 있었다. 집에 들어선 순간, 비로소 왈칵 울음을 터뜨렸다. 아직 밤이 되기 전이었다. 저녁 해의 마지막 훤한 빛이 방안의 문 손잡이와 거울, 어둑한 첫째 방의 벽에 걸린 바이올린 등을 비추어 야 릇하게 반영되고 있었다. 그러나 할아버지의 방에는 촛불이 하나 켜져 있었다. 그 흔들거리는 불빛은 마침 스러져 가는 파르스름한 빛과 맞부딪쳐서 방안의 음 울한 그림자를 더욱 둔하게 해 주고 있었다.

  멜키오르는 창가에 앉아서 크게 소리내어 울고 있었다. 의사가 침대 위를 굽 어보고 있어서 누워 있는 사람의 모습은 보이지 않았다. 크리스토프의 심장은 심하게 고동쳤다. 루이자는 애들을 침대의 발치에 꿇어 앉혔다. 크리스토프는 마음을 다져 가만히 쳐다보았다. 오후에 그런 모습을 목격한 뒤여서 몹시 무서 우리라고 상상했지만 얼핏 본 후 푹 마음을 놓았다. 할아버지는 조용하게 마치 잠자는 것 같았기 때문이다. 일순간 소년은 할아버지가 이젠 나았나 보다 하고 착각했다. 그러나 짓눌린 듯한 숨소리가 귀에 들려 와서 더 자세히 보니 쓰러졌 을 때의 상처가 큼직하게 부어 오른 얼굴을 보았을 때, 죽어 간다는 것을 알아차 리고 그는 으스스 몸을 떨었다. 할아버지가 낫기를 바라며 루이자와 같이 기도 를 되풀이하면서도, 그는 마음속으로 기원하고 있었다. 만일 할아버지가 낫지 않는다면 차라리 돌아가시기를. 그는 앞으로 일어날 일이 두려웠던 것이다.

  노인은 쓰러진 순간부터 이미 의식이 없었다. 다만 한 순간, 자신의 상태를 알아차릴 만큼 의식을 되찾았었다. 그것은 애처로운 일이었다. 신부가 그를 위 해 최후의 기도를 드리고 있었다. 사람들이 노인을 베개 위에 일으켜 눕히자 가 느다란 실눈을 떴다. 그 눈은 이미 그의 뜻대로 되지 않는 것 같았다. 숨소리가 거칠었다. 사람들의 얼굴이나 불빛을 보고는 있었으나 알아보진 못했다. 그 러다가 별안간 입을 벌렸다. 뭐라고 표현할 수 없는 공포의 표정이 떠올라 있 었다. 그는 더듬거리는 것이었다.

「그럼…… 그럼, 나는 이제 죽는 건가…….」

이 말소리의 무서운 음색이 크리스토프의 마음을 찔렀다. 그것은 영원히 그의 기억에서 지워지지 않는 것이 되었다. 노인은 다시는 입을 놀리지 않았다. 조그만 어린애처럼 신음하다가 다시 혼수 상태에 빠졌다. 그러나 호흡은 더한층 괴로워져 있었다. 뭐라고 중얼중얼하다 두 손을 움직이며 죽음의 잠과 싸우고 있는 것 같았다. 반 혼수 상태에서 그는 꼭 한번 불렀다.

「어머니 !」

이 얼마나 비통한 최후였는지 ! 마치 크리스토프가 그랬을 것 같은 어조로 괴로워하며 어머니를 부르는 노인의 이 중얼거림 ! 평소에는 어머니 이야기라곤 한 마디도 입에 올리지 않더니, 임종의 공포 속에서 보람도 없는 도움을 청하다니 ! 한 순간 침착해진 것 같았다. 어렴풋이 의식이 눈을 떴다. 목적도 없이 흔들리는 듯한 둔탁한 눈동자가 무서움에 질려 떨고 있는 소년의 눈과 마주쳤다. 그의 눈이 빛났다. 노인은 미소지으려 애썼고 입을 놀리려고 입술을 움직이고 손으로 머리를 쓰다듬으려 했다. 그러나 곧 또 혼수 상태에 빠졌다. 그것이 마지막이었다.

어린애들은 옆방으로 쫓겨났다. 식구들은 모두 바빠서 그들을 돌볼 겨를이 없었다. 크리스토프는 무서운 것을 보고 싶어서 반쯤 열린 문틈으로 살그머니 엿보았다. 베개 위에 머리를 젖히고 목 둘레를 졸라 대는 잔인한 힘 때문에 숨이 막혀 가는 얼굴……시시각각 우묵해지는 얼굴……펌프에라도 빨리는 듯이 공허 속으로 가라앉는 존재, 차마 들을 수 없는 죽음의 신음 소리, 물 표면의 거품 같은 기계적인 호흡 소리, 영혼은 이미 없어졌지만 그래도 집요하게 더 삶을 이으려는 육신의 마지막 호흡——그러다가 머리가 베개 옆으로 미끄러져 떨어졌다. 그리고는 모든 것이 싸늘한 고요에 잠겼다.

그로부터 불과 몇 분 뒤였다. 오열과 기도, 죽음의 혼잡 속에서 루이자는 낮이 파래지더니 입에 경련을 일으키며, 눈을 부릅뜨고 문 손잡이를 쥐고 있는 소년을 발견했다. 그녀가 달려가자 소년은 어머니의 팔 안에서 발작을 일으키며 의식을 잃었다. 다시 의식을 찾았을 때 그는 침대에 누워 있었다. 공포에 겨워 고함을 질렀다. 혼자 내버려져 있었기 때문이다. 다시 발작을 일으키고 또다시 의식을 잃고 열에 들떠서 지냈다. 간신히 안정을 찾은 이틀째 밤엔 푹 잠이 들어, 다음 날 한낮까지 계속 잠만 잤다. 누가 방안을 걸어 다니는 것 같았고, 어머니가 몸을 굽혀 키스하는 것을 어렴풋이 느꼈다. 먼 곳에 있는 종루의 다정스런 노래 소리를 듣는 것 같았다. 그러나 몸을 움직이고 싶지 않았다. 마치 꿈 속에라도 있는 것 같았다.

눈을 뜨자, 고트프리트 외삼촌이 침대 곁에 앉아 있었다. 크리스토프는 기진 맥진해 있었다. 아무것도 생각나지 않았다. 그러다가 기억이 되살아나자 울었다. 고트프리트는 일어서서 그에게 키스해 주며 다정하게 물었다.

「왜 그러니, 아가, 왜 그래?」

「아아, 외삼촌! 외삼촌!」

아이는 외삼촌에게 매달리면서 슬프게 울었다.

「괜찮아, 울으렴!」

그렇게 말하는 그도 울고 있었다.

조금 마음이 차분해지자 크리스토프는 눈물을 닦고 외삼촌을 빤히 쳐다보았다. 고트프리트는 그가 무엇을 묻고 싶어 하는지를 알고 있었다. 그는 한 손가락을 자기 입술에 대며 말했다.

「안 된단다. 말은 하지 말아라. 우는 건 좋다. 말은 좋지 않단다.」

소년은 말을 듣지 않았다.

「그런 건 아무 쓸모도 없단다.」

「단 한 가지만이야, 한 가지…….」

「대체 뭐냐?」

크리스토프는 망설이다가 물었다.

「이봐요, 외삼촌! 할아버지는 지금 어디 있지?」

고트프리트는 대답했다.

「하느님과 같이 계시단다, 아가.」

그러나 그것은 크리스토프가 묻는 데 대한 답이 아니었다.

「아니라니까, 외삼촌은 내 말을 알아 듣지 못하는군. 어디 있느냐 말이야, 그 사람은?」

그 사람이란, 육신을 말하는 것이었다.

「그 사람은 역시 집 안에 있는 거야?」

「그 정다운 분은 오늘 아침 무덤에 묻혔단다, 종소리 못 들었니?」

크리스토프는 마음이 놓였다. 그러나 다음 순간 그 정다운 할아버지를 다시는 만날 수 없음을 깨닫고 또다시 훌쩍훌쩍 울기 시작했다.

「가엾은 우리 귀염둥이!」

고트프리트는 연민의 정을 담뿍 담고 소년을 바라보며 몇 번이고 되풀이했다.

크리스토프는 고트프리트가 달래 주기를 기다리고 있었다. 그러나 고트프리트는 그것이 헛수고임을 뻔히 알고 있었으므로 그를 가만 놔 두었다.

「고트프리트 외삼촌, 그럼 외삼촌도 그게 무섭지 않아?」

고트프리트가 무서워하지 않는다는 것을, 그리고 그럴 수 있는 비결을 가르쳐 주기를, 그는 얼마나 바랐는지!

하지만 고트프리트는 근심어린 얼굴로 지금까지와는 다른 음성으로 말하는 것이었다.

「쉿! 왜 무섭지 않겠니? 하지만, 어쩔 수 없지 뭐냐, 그런 법이란다. 체념해야 돼.」

크리스토프는 반항하듯이 고개를 저었다.

「체념해야 한단다, 아가. 그분이 그러길 바라신단다. 그분이 바라시는 것은 존중해야 하지.」

「난 그런 사람 싫어!」

크리스토프는 허공에 주먹질을 하며 증오에 가득 차서 소리쳤다.

고트프리트는 흠칫 놀라서 그의 입을 다물게 했다. 크리스토프 자신도 방금 자신이 한 말이 무서워져서, 고트프리트와 같이 기도하기 시작했다.

그러나 그의 마음은 들끓고 있었던 것이다. 입으로는 경건하고 겸손한 인종 (忍從)의 말을 늘어놓으면서도 마음속으로는 이런 역겨운 것을, 그리고 이런 것을 창조해 놓은 괴물에 대한 격렬한 반항과 혐오의 감정밖엔 없었던 것이다.

가련한 장 미셸 노인이 버림받고 누워 있는 흙 위에 사람들이 지나가고 비내리는 밤들이 지나간다. 처음에는 멜키오르도 그냥 부르짖으며, 눈물에 젖어 흐느꼈다. 그러나 한 주일도 지나기 전에 무척 즐거운 듯 껄껄거리는 그의 웃음 소리를 크리스토프는 들었다. 얼굴을 마주하고 고인의 이름이 나오려 하면 서글프고 슬픈 표정을 짓는다. 그러나 곧 또 활발한 몸짓으로 수다스럽게 지껄인다. 그는, 슬퍼하는 것은 결코 거짓이 아니지만 언제까지고 슬퍼하고만 있을 수는 없다고 생각했다.

수동적인 루이자는 모든 것을 포용하듯이 이 불행도 받아들였다. 날마다의 기도에 또 하나의 새로운 기도를 덧붙였다. 꼬박꼬박 묘지 참배를 가고, 마치 집안 일의 한 부분이라도 되듯이 정성들여 묘지를 가꾼다.

고트프리트는 노인이 잠들어 있는 그 조그맣고 네모진 땅에 눈물겨우리만큼 마음씨 고운 배려를 잊지 않았다. 이 고장에 돌아올 때면 직접 만든 십자가나 장 미셸이 좋아하던 꽃을 바치러 가곤 한다. 그는 그것을 결코 빠뜨리지 않고 더구나 남의 눈에 띄지 않도록 남몰래 하는 것이었다.

루이자는 묘지에 참배하러 갈 때면 가끔 크리스토프를 데리고 간다. 꽃과 나무의 불길한 장식으로 덮인 그 점토질의 땅과 설렁이는 측백나무의 한숨 소리에 섞인 그 무겁고 칙칙한 냄새가 크리스토프는 섬뜩하리만큼 싫다. 그러나 싫다는 말을 입에 올리진 못한다. 그런 감정은 비겁하고 불경스럽다고 꺼림칙하게 여기고 있기 때문이다. 그에게는 불행하게도 할아버지의 죽음이 끊임없이 따라 붙고 있었다. 하기야 이미 훨씬 전에 죽음이 어떤 것인가를 생각하고 두려워하고 있었다. 다만, 한번도 그것을 보지 못했을 뿐인 것이다.

처음으로 죽음을 본 사람은 누구나가, 그 자신이 죽음이나 삶에 대해서 아무 것도 아는 바 없었다는 것을 깨닫는다. 일체의 존재가 한꺼번에 흔들린다. 이성은 아무런 도움도 되지 않는다. 자신은 지금까지 살고 있으며 인생에 대해서 얼마간의 경험을 지니고 있다고 믿어 왔다. 그런데 아무것도 알지 못했고 아무것도 보지 못했다는 것을 알게 된다. 현실의 얼굴을 눈에서 가려 숨기고 있었던 환상의 베일에 싸여서 살고 있었던 것이다. 고통의 관념과 피투성이가 되어 괴로워하고 있는 사람과의 사이에는 아무런 관계도 없다. 죽음에 관한 생각과 몸부림치며 죽어 가는 육체와 영혼의 경련 사이에는 아무런 관계도 없다. 인간의 온갖 언어와 지혜는 현실이 지니는, 처절한 슬픔에 비하면 꼭두각시의 연극에 지나지 않는다. 진창과 피로 얼룩진 이들 비참한 인간은 쓸데없는 노력을 하여 생명을 붙잡아 매려고 하지만 생명은 일각 일각 줄어만 간다.

크리스토프는 밤낮으로 그것을 생각하고 있었다. 임종 때 괴로워하시던 할아버지 생각을 떨칠 수가 없었다. 무서운 허덕임 소리가 귀에 생생했다. 자연 전체가 변해 버렸다. 싱싱한 자연 위에 얼음의 안개가 번지고 있는 것 같았다. 주위의 온갖 곳에 눈먼 야수의 비릿한 죽음의 냄새가 지닌 숨결이 얼굴에 느껴졌다. 이러한 파괴적인 힘의 주먹 밑에서 자신이 어쩔 수도 없다는 것을 알고 있었다. 그러나 그런 생각은 그를 압도하기는커녕 불가능한 것에 대한 노여움으로 그를 불타게 했다. 자신이 강하지 못하다는 사실이 밝혀지더라도 그는 결코 고통에 대한 반항을 멈추지 않았다. 이때 이후로 그의 생활은 용서할 수 없는 운명의 잔학성에 대한 끊임없는 투쟁이었다.

귀찮게 따라 붙던 이러한 생각은 생활의 궁핍 때문에 바뀌어졌다. 장 미셀이 있음으로써 간신히 지탱되어 오던 가정의 붕괴는, 그가 없어지자 급속히 찾아들었다. 그의 죽음과 함께, 크라프트 집안은 최대의 자원을 잃었다. 그리하여 어둠이 집 안으로 들이닥친 것이다.

거기에 또 멜키오르는 박차를 가했다. 자신을 목조르고 있던 올가미로부터 해방되자 한층더 방탕해져 거의 밤마다 술에 곤죽이 되어 돌아오곤 했다. 번 돈은 전혀 집에 가져오질 않았다. 게다가 출장 교습의 일자리도 거의 잃고 있었다. 어느 날 그는 곤드레로 취한 채 여제자의 집엘 갔지만 그런 악평이 나돈 뒤여서 그 집에서도 그에게 문을 닫아 버렸던 것이다.

교향악단에서는 그의 아버지 생각을 해서 가까스로 참아주고 있었다. 그러나 루이자는 당장에라도 또 어떤 실수를 저질러서 면직 처분이나 내려지지 않을까 하고 겁을 집어먹고 있었다. 연주가 끝날 때쯤 돼서야 나타나는 바람에 해고해 버린다고 위협받은 일이 지금까지 몇 차례 있었다. 숫제 나오기를 까맣게 잊어버린 일도 두세 번이나 있었다. 또한 어떤 하찮은 것을 하고 싶어서 들먹들먹하는 어리석은 흥분에 사로잡혀 있을 때엔, 무슨 짓을 저지를지 알 수 없었다! 어느 날엔, 〈발퀴레〉의 어느 한 막의 중간에 자신의 바이올린 협주곡을 켜자고 해서 사람들은 그것을 말리느라고 진땀을 빼야 했다. 무대 위에서 자신의 머릿속에서 전개되는 유쾌한 연극에 휩쓸려 연주 도중에 소리내어 웃는 수도 있었다. 동료들은 그를 재미있어 했다. 우스꽝스럽기 때문에, 웬만한 것은 너그럽게 보아 넘겨 주었다. 그러나 이러한 관대한 처우는 엄격한 처우보다도 언짢은 것이었다. 크리스토프로선 그것이 죽도록 창피스럽기만 했다.

이제, 소년은 오케스트라의 바이올린 제1주자가 되어 있었다. 자기 좌석에서 아버지를 감시하고, 필요한 경우에는 보충하고 아버지가 함부로 지껄이려 들면 입을 다물도록 주의하고 있었다. 그것은 쉬운 일이 아니었다. 아버지에게 주의를 기울이지 않으면 그만이지만 그것 또한 마찬가지였다. 주정꾼인 아버지는 자신이 감시당하고 있음을 알아차리면 낯을 찡그렸으므로 크리스토프는 아버지가 어떤 엉뚱한 짓을 저지르지나 않을까 겁내며 눈길을 피하고 자신이 맡은 일에만 몰두하려 했다. 그러나 멜키오르의 잔소리나 주위 사람들의 웃음 소리를 듣지 않을 수는 없었다. 눈에 눈물이 핑 돌았다. 몇몇 단원들은 그 눈치를 채고 웃음 소리를 낮추었다. 크리스토프의 눈을 피해 가며 쑥덕거렸으나 크리스토프는 그들이 그를 불쌍히 여기고 있다는 것을 느끼고 있었다. 자신이 가 버리면 곧 다시 비웃음 소리가 난다는 것을, 그만큼 멜키오르가 온 시내의 웃음거리가 되어 있다는 것을 알고 있었다. 그렇지만 어쩔 수 없었다. 그것이 소년으로서는 여간 마음 쓰라린 것이 아니었다.

가극이 끝나면, 크리스토프는 아버지를 집으로 데리고 갔다. 아버지를 팔로

부축하고 지껄이는 말을 참고 들어주며, 비틀거리는 걸음걸이를 남이 눈치채지 못하게 하느라고 한껏 애를 썼다. 그러나 어느 누가 속아 주겠는가? 또 아무리 애써도 집까지 무사히 데리고 간 적은 거의 없었다. 길모퉁이에 이르자 멜키오르는 친구를 꼭 만나야 할 급한 일이 있다고 핑계댔다. 아무리 타일러도 막무가 내였고 게다가 그는 부자간의 싸움을 창으로 내다보는 이웃 사람들의 눈초리를 받고 싶지 않았으므로 그리 짓궂게 강요하지도 않았다.

생활비가 몽땅 거기에 소모됐다. 멜키오르는 자신이 번 돈을 탕진해 버리는 것만으로는 만족하지 않았다. 아내와 아들이 고생해서 번 돈마저 술 마시는 데 써 버렸다. 루이자는 언제나 울고 있었다. 집 안에는 그녀의 것이라곤 아무것도 없다는 것과 무일푼이었는데도 그녀와 결혼해 주었다는 냉혹한 말을 남편에게서 들은 후로는, 이미 대항할 기운도 없었다. 하지만 크리스토프는 반항하려 했다. 멜키오르는 그의 뺨을 때려 불량 소년이라며 돈을 빼앗았다. 소년은 이미 열세 살이 다 된 나이여서 몸은 억세었다. 그에 대항해서 악을 썼으나 반항한다는 것이 두려워져서 아버지가 하자는 대로 내버려 두었다. 루이자와 그에게 남겨진 오직 하나의 수단은, 돈을 감춘다는 것이었다. 그러나 멜키오르는 두 사람이 집에 없을 때 교묘하게도 그곳을 찾아 내곤 했다.

이윽고 그에게는 그것조차 맘에 차질 않았다. 그는 아버지의 유품을 팔았다. 책과, 침대와, 가구와, 그리고 음악가의 초상들이 집에서 실려 나가는 것을 크리스토프는 슬픈 심정으로 바라보기만 했다. 그는 아무 말도 할 수 없었다. 그러나 어느 날 멜키오르가 할아버지의 낡은 피아노에 심하게 부딪힌 무릎을 비비면서 욕설을 퍼부으며, 집 안이 좁아져서 몸을 움직일 수조차 없군, 이런 고물 딱지는 모조리 처치해 버릴 테다, 하고 고래고래 소리쳤을 때는 그만 자기도 모르게 큰소리를 치고야 말았다. 하기야 크리스토프가 유년 시절의 가장 즐거운 한 때를 보낸 그리운 할아버지의 집을 파느라고 그 집의 가구를 옮겨온 뒤로는, 어느 방이고 모두 비좁아져 있었다. 그리고 낡은 피아노 역시 이제는 그리 값어치도 없었고 음도 떨려 나와서 크리스토프는 훨씬 전부터 대공의 하사품인 훌륭한 새 피아노를 치고 있었던 것도 사실이었다. 그러나 아무리 낡은 폐물이라도, 크리스토프에겐 가장 친한 친구고, 그 노란 윤이 나는 건반 위에서 어린 시절에 음의 왕국을 발견했던 것이었다. 그것은 할아버지의 작품이며, 손자를 위해서 석 달이나 걸려 수선해 준 것이었다. 그것은 무척 소중한 것이었다. 크리스토프는 누구에게도 이것을 팔 권리는 없다고 주장했다. 멜키오르는 입을 다물라고 했다. 크리스토프는 더욱더 큰소리로 피아노는 내 것이야, 아무도 손을 못 댄다고 외쳤다. 그러면서도 호되게 매를 맞을 각오는 하고 있었다. 그러나 멜키오르는 심술궂게 웃으며 힐끗 보고는 그냥 입을 다물어 버렸다.

다음 날 크리스토프는 그 일을 까맣게 잊어버렸다. 피곤하긴 했으나 퍽 유쾌한 기분으로 집에 돌아왔다. 이우들의 엉큼스러운 눈치를 보고는 흠칫했다. 그들은 책을 읽는 데 열중한 체했다. 그러나 그의 눈치를 살피고 그가 그들을 흘끔거리자 다시 책으로 눈을 내리깔았다. 틀림없이 무슨 장난을 했구나 하는 짐작이 갔으나, 그런 데엔 익숙해져 있었다. 장난한 것이 발견되면 여느 때처럼 때려 주리라고 마음먹고는 별로 개의치도 않았다. 그 이상 생각지 않기로 하고 아버지와 이야기를 나누었다. 아버지는 난로 구석에 앉아서, 여느 때와는 달리 그 날 하루의 일을 이모저모로 물었다. 그러다가 멜키오르가 두 애에게 살짝 눈짓을 하는 것을 보고 크리스토프는 흠칫해 자기 방으로 달려갔다.……피아노가 놓여 있던 자리는 텅비어 있었다 ! 그는 슬픔에 찬 비명을 질렀다. 저쪽 방에서는 아우들의 킬킬거리는 웃음 소리가 들렸다. 온 몸의 피가 얼굴로 솟구쳐 올랐다. 그는 아우들에게로 치달려가며 외쳤다.

「내 피아노는 ! 」

멜키오르가 조용히 그러나 당당한 듯이 얼굴을 쳐들자, 애들은 까르르 웃어젖혔다. 그 자신도 크리스토프의 애처로운 얼굴을 보고는 그만 참지 못하여 웃음을 터뜨렸다. 크리스토프는 자신이 무엇을 하는지 의식하지 못했다. 미친 듯이 아버지에게 덤벼들었다. 멜키오르는 팔걸이의자에 몸을 젖히고 있던 참이어서, 몸을 피할 겨를이 없었다. 소년은 그의 목을 졸랐다. 그러면서 외쳐 댔다.

「도둑놈 같으니 ! 」

그것은 눈 깜박할 사이의 일이었다. 멜키오르는 한번 몸부림을 치더니, 정신 없이 매달려 있는 크리스토프를 마루 위로 내던졌다. 소년의 머리는 난로의 장작받침대에 부딪혔으나 용감히도 무릎으로 일어서며, 숨막힐 듯한 목소리로 되풀이했다.

「도둑놈……엄마와 내 것을 훔치는 도둑놈 ! 할아버지 것을 팔아먹는 도둑놈 ! 」

멜키오르는 뻣뻣이 서서 크리스토프의 머리 위에 주먹을 휘둘렀다. 소년은 증오에 찬 눈초리로 아버지에게 도전했다. 격렬한 분노로 몸이 떨리고 있었다. 멜키오르 역시 부들부들 떨기 시작했다. 그러더니 털썩 주저앉으며 두 손에 얼굴을 묻었다. 두 아우는 날카로운 비명을 지르며 달아나 버렸다. 소란 뒤에 침묵이 계속되었다. 멜키오르는 신음하듯이 뭐라고 알아들을 수 없는 말을 입에 올

리고 있었다. 크리스토프는 벽에 몸을 딱 붙인 채, 이를 악물고 아버지를 뚫어
지게 노려보고 있었다. 멜키오르는 자신을 꾸짖어 댔다.

「난 도둑놈이다! 가족들을 헐벗게 했어. 애들은 나를 깔보고. 차라리 죽어
버리는 게 낫겠다!」

그가 넋두리를 마치자 크리스토프는 꼼짝도 하지 않은 채 매몰차게 물었다.

「피아노는 어디 있어요?」

「보름써 집에 있다.」

멜키오르는 자식의 얼굴을 똑바로 쳐다보지 못한 채 답했다.

크리스토프는 한 걸음 내디디며 다그쳤다.

「돈은!」

허탈 상태에 빠진 멜키오르는 호주머니에서 돈을 꺼내어 아들에게 주었다. 크
리스토프가 밖으로 나가려 하자 멜키오르가 그를 불렀다.

「크리스토프!」

그는 멈춰섰다. 멜키오르는 떨리는 목소리로 말을 이었다.

「귀여운 크리스토프야! ……아버지를 깔보지 말아 다오!」

크리스토프는 다가가 아버지의 목을 끌어 안았다. 그리고 흐느껴 울었다.

「아버지! 아버지! 깔보지 않아요! 난 정말 슬퍼요!」

두 부자는 소리내어 울었다. 멜키오르는 탄식했다.

「내가 나쁜 게 아니야! 이래봬도 난 악인은 아니란 말이다.」

그는 앞으로 다시는 술을 안 마시겠다고 맹세했다. 크리스토프는 믿어지지 않
는다는 듯이 고개를 저었다. 그러자 멜키오르는 돈이 수중에 있으면 마시지 않
고는 못 배긴다고 시인했다. 크리스토프는 잠시 생각에 잠겨 있더니 이윽고 말
문을 열었다.

「아버지, 그럼 이렇게 하면…….」

그는 잠시 말을 끊었다.

「어떻게?」

「말하는 게 부끄러운 걸…….」

「누구에게 말이냐?」

멜키오르는 담백하게 물었다.

「아버지에게죠.」

멜키오르는 낯을 찡그리며 말했다.

「괜찮다.」

크리스토프는 설명했다. 집의 돈은 멜키오르의 봉급까지를 포함해서 딴 사람에게 맡겨 두었다가 하루나 한 주일마다, 멜키오르가 필요한 만큼만 타도록 하면 어떨까 하는 것이었다. 멜키오르는 겸허한 심정이 되어 있었으므로——그는 아직 취기에서 덜 깨어났으므로——제안 조건을 더욱 가혹하게 해서, 앞으로 자신의 봉급은 자기를 대리한 크리스토프에게 지불해 달라고 곧 대공께 진정서를 쓰겠다고 나섰다. 크리스토프는 아버지가 받을 수치를 부끄럽게 여기며 그 제안은 거절했다. 그러나 희생적인 행위를 하고 싶어 못 견디는 멜키오르는 굳이 쓰겠다고 고집했다. 그는 자신의 관대함에 도취해 있었던 것이다. 크리스토프는 그 편지를 받기를 거절했다. 때마침 귀가한 루이자도 자초 지종을 듣고는 남편에게 그런 창피스러운 짓을 시킬 바에야 거지가 되는 편이 낫겠다고 했다. 그리고 자신은 남편을 믿고 있으니 가족들에 대한 애정으로 남편은 틀림없이 행실을 고칠 것이라고 했다. 끝내는 셋 다 감동해 버렸다. 테이블 위에 놓여진 채 잊혀진 멜키오르의 진정서는 벽장 밑으로 떨어져 누구의 눈에도 띄지 않았다.

며칠 후, 루이자는 방을 치우다가 이것을 발견했다. 이때 그녀는 다시 또 시작된 멜키오르의 방탕 때문에 참담한 심정에 빠져 있던 참이어서 그 편지를 찢어 버리지 않고 챙겨 두었다. 그후 서너 달 동안, 갖은 고통을 겪으면서도 이것을 이용하라는 자신의 유혹을 뿌리치며 그냥 갖고 있었다. 그런 어느 날, 멜키오르가 크리스토프를 때리고 또 돈을 빼앗아 가는 현장을 목격하고는 그녀도 더 참을 수가 없었다. 울고 있는 애와 단 둘만이 되자 그녀는 편지를 아들에게 건네 주며 명령한 것이었다.

「갔다 오너라!」

그래도 크리스토프는 주저하고 있었다. 그러나 한 줌 남은 것마저 모조리 없애 버리지 않기 위해서는 그렇게 할 수밖에 없다고 생각했다. 그는 궁정으로 갔다. 이십 분이면 갈 수 있는 곳을 일부러 한 시간 가량을 서성이다 갔다. 자신이 하는 짓에 대한 부끄러움과 지난 수 년간의 고독한 생활을 떠올리면서 그는 아버지의 방탕을 공적으로 승인한다는 생각 앞에 가슴 아파하고 있었다. 기묘한 모순이지만, 그는 아버지의 방탕이 누구에게나 널리 알려진 사실임을 뻔히 알고 있으면서도, 집요하게 그것을 속이려 했고, 또 전혀 모르는 체하고 있었다. 그것을 인정할 바에야 차라리 자기 몸을 조각내고 싶어했다. 그런데 이제 그는 스스로 부끄러움을 드러내려 하는 것이었다. ……몇 번이고 되돌아서려 했다. 궁정이 가까워지자 발길을 돌려 시내를 두세 바퀴 돌았다. 그러나 이것은 자기 하나만의 문제가 아니었던 것이다. 어머니와 동생들에게 관계되는 일이었다. 아버지가 그들을 버린 바에야, 그들을 돕는 일은 장남인 자신의 의무인 것이다. 이미 주저하거나 흥분하거나 할 때가 아닌 것이다. 수치를 참아야 했던 것이다. 그는 궁정으로 들어섰다. 계단을 올라가다가, 또다시 달아나려 했다. 넘어질 뻔 하여 계단에 무릎을 꿇었다. 층계 손잡이를 잡은 채 꼼짝 않고 있었다. 한참만에 사람이 오는 바람에 부득이 일어나지 않을 수가 없었다.

사무실에서는 모두들 그를 잘 알고 있었다. 그는 극장 감독관인 함머 랑그바흐 남작 각하를 뵙고 싶다고 했다. 흰 조끼에 장미빛 넥타이 차림의 혈색 좋고 통통한 체격에 머리가 벗겨진 젊은 관리는 친절한 체 그의 손을 잡고 전날의 가극 이야기를 지껄였다. 크리스토프는 다시 한번 용건을 말했다. 그는 각하는 지금 바쁘시지만 청원서라도 내는 것이라면 지금 서명을 받으러 가는 다른 서류와 같이 가지고 가서 제출해도 좋다고 했다.

크리스토프는 편지를 내놓았다. 관리는 살짝 보고는 놀라워하며 소리쳤다.

「정말 그렇군 그래!」

그는 유쾌한 듯이 말하는 것이었다. 「이건 참 좋은 생각이다! 좀더 일찍 실행했어야 옳았지! 그 남자의 일생에 이 이상의 걸작은 없구말구. 그 늙은 주정뱅이가 용케도 이런 결심을 하게 되었군……」

그는 말하다가 말을 뚝 그쳤다. 크리스토프가 그의 손에서 편지를 잡아챈 것이다. 크리스토프는 노여움으로 낯이 창백해져서 소리쳤다.

「그만두세요……날 모욕하진 마세요!」

관리는 깜짝 놀라 뭐라고 얼버무리려 했다.

「누가 너를 모욕한단 말이냐? 나는 그저 세상 사람들의 생각을 말로 했을 뿐이지. 너도 그렇게 생각할 텐데.」

「아니, 그렇지 않아요!」

크리스토프는 화가 나서 외쳤다.

「뭐라고! 그렇게 생각하지 않는다고? 아버지가 술주정뱅이라고 생각하지 않는단 말이냐?」

「거짓말이에요!」

크리스토프는 발을 동동 굴렸다. 관리는 어깨를 으쓱 추켜올리면서 말했다.

「그럼, 왜 이런 편지를 썼지?」

「그건……」

크리스토프는 어떻게 말해야 할지 몰랐지만 무턱대고 말했다.

「그건, 매달 내가 봉급을 타러 오니까, 아버지 것도 같이 타 가지고 갈 수 있게 하려는 거예요. 두 사람이 오다니 시간 낭비죠……아버진 여간 바쁘시지 않거든요.」

자신의 어리석은 변명 때문에 얼굴은 홍당무가 되었다. 관리는 핀잔과 연민이 섞인 눈초리로 그를 바라보았다. 크리스토프는 편지를 손아귀 속에서 꼬깃꼬깃해 가며 물러가려 했다. 관리는 일어서서 그의 팔을 잡고 말렸다.

「잠깐 기다려라. 내가 어떻게 조처해 주마.」

그는 감독관의 방으로 들어갔다. 멜키오르는 다른 관리들이 흘끔흘끔 바라보는 가운데 기다리고 있었다. 어찌해야 좋을지 몰랐다. 대답이 오기 전에 달아나 버릴까 생각했다. 막 그러려는 참에 문이 열렸다.

「각하께서 만나 주신단다.」

크리스토프는 들어가지 않을 수 없었다.

함머 랑그바흐 남작 각하는 볼수염과 코밑수염을 길렀으나 턱수염은 밀어 버린, 깔끔한 생김새의 자그마한 노인이었다. 무엇인가를 쓰던 손을 멈추지도 않고, 또 크리스토프의 당혹한 인사에 고개조차 끄덕거려 보이지 않으며, 금테 안경 너머로 그를 바라보았다.

「그래.」

그는 잠깐 사이를 두었다가 말을 이었다.

「무슨 청이 있다지, 크라프트?」

크리스토프는 부랴부랴 입을 열었다.

「각하, 부디 용서해 주십시오. 저는 잘 생각해 보았습니다. 이젠 아무 청원도 드리지 않기로 했습니다.」

노인은 갑자기 청원을 취소하게 된 까닭을 물으려 하지는 않았다. 더욱 주의 깊게 크리스토프를 응시하더니, 가볍게 기침을 한 다음 다시 말하는 것이었다.

「크라프트 군, 손에 들고 있는 청원서를 이리 보여 주게나.」

크리스토프는 자신의 주먹 속에서 비비적거려진 종이에 쏠리고 있는 감독관의 눈초리를 알아차렸다. 그는 더듬거렸다.

「이젠 괜찮습니다, 각하. 이젠 그러실 것 없습니다.」

「보여 주게.」

노인은 그의 말은 아예 들리지 않다는 듯이 조용히 말했다.

크리스토프는 기계적으로 구겨진 청원서를 넘겨 주고 말았다. 그리고도 또 그 편지를 되찾으려고 손을 내뻗치면서, 혼란된 말을 마냥 주워섬기고 있었다. 감독관은 꼼꼼히 편지를 펴서 쭉 한번 읽고는 크리스토프를 응시하며 허둥지둥 갈

피를 못 잡는 그의 변명의 말을 그냥 듣고만 있었다. 이윽고 그를 가로막더니, 짓궂은 듯이 흘긋 눈을 번쩍거리며 말했다.

「좋다, 크라프트 군. 청원에 대해서는 받아들여 주겠다.」

그는 손을 들어 물러가라고 하고는 처리할 서류를 쓰느라고 고개를 수그렸다.

크리스토프는 망연히 방에서 물러나왔다.

「나쁘게 생각 말아라, 크리스토프야!」

소년이 다시 사무실을 지날 때, 좀전의 관리가 친절히 말을 건네 주었다. 크리스토프는 눈을 들 기운도 없이 그가 악수하는 대로 손을 내맡기고 있었다.

궁정 밖으로 나왔다. 부끄러움으로 온 몸이 얼어붙는 것 같았다. 사람들이 하던 말이 한 마디 한 마디 생각났다. 자신을 인정해 주고 자신을 불쌍히 여겨 주는 사람들의 연민 속에 모욕적인 빈정거림이 느껴지는 것 같았다. 집에 돌아왔다. 루이자가 물어도, 자신이 한 짓에 대해 어머니를 원망하고 있는 듯이, 그저 두어 마디 화난 투로 대답했을 뿐이었다. 아버지 생각을 하니, 후회로 가슴이 쥐어뜯기는 것만 같았다. 아버지에게 모든 것을 고백하고 용서를 빌리라 생각했다.

그러나 아버지는 집에 없었다. 크리스토프는 밤중까지 자지 않고 아버지를 기다렸다. 아버지 생각을 하면 할수록 회한의 마음은 심해졌다. 그는 아버지를 이상화하고 있었던 것이다. 가족들에게 버림을 당한, 선량하고 불행한 사람으로 제 마음속에 그리고 있었던 것이다.

계단에 아버지의 발걸음 소리가 들리자 그는 침대에서 뛰어 나왔다. 달려나가 맞이하면서 그 두 팔에 뛰어들고 싶었다. 그러나 돌아온 멜키오르는 술에 만취한, 그야말로 지겨운 몰골이어서, 크리스토프는 그 곁으로 갈 용기도 나지 않았다. 자신의 착각을 쓰디쓰게 자조하며 다시 잠자리에 파고 들었을 뿐이었다.

멜키오르는 며칠 뒤에 그 사실을 알고 무섭게 성을 냈다. 크리스토프의 애원도 뿌리치고는 궁정으로 항의하러 들어갔다. 그러나 기가 죽어서 참담한 꼴로 돌아왔다. 어떤 일이 일어났던가는 한 마디도 입밖에 내지 않았다. 그는 혹독한 대우를 받은 것이었다. 『무슨 낯으로 그런 소리를 하는가, 아들의 공적을 보아서 지금과 같이 봉급을 지불해 주는 거다, 만약에 앞으로 조금이라도 나쁜 소문이 나면 봉급 전액을 지불 정지할 테다』라는 선고를 받은 것이었다. 아버지는 그날부터 곧 자신의 처지를 인정하며, 이 희생은 자신이 자발적으로 한 것이라고 자랑하기조차 했다. 크리스토프는 그러한 아버지를 보고 마음이 놓였다.

그러면서도 밖에 나가서는 우는 소리를 늘어놓는 멜키오르였다. 자신은 처자들 때문에 헐벗고 평생을 그들을 위해 탕진했지만, 이제 와서는 모든 면에서 이렇게 부자유스럽게 지내야 한다고. 그는 또 갖은 감언이설과 교묘한 책략으로 크리스토프에게서 돈을 뜯어 내려고 안달이었다. 그럴 때면, 크리스토프는 웃을 형편도 아니었지만 저절로 웃지 않을 수가 없었다. 그래도 크리스토프가 완강히 응하질 않으므로, 멜키오르는 짓궂게 강요하지는 못하고 있었다. 자신을 비판하고 있는 열네 살짜리 소년의 준엄한 눈초리에 부딪히면, 그는 야릇하게 압도되는 듯했다. 그래서 그는 고약한 술책을 써서 남몰래 앙갚음을 했다. 술집에 가서 마시거나, 남에게 진탕 사 주고는, 외상빚은 아들이 깨끗이 갚아 주기로 되어 있다면서 한 푼도 치르질 않는 것이었다. 크리스토프는 악평이 날까 두려워 아무 항의도 하지 않았다. 그리고 루이자와 의논해서 있는 돈을 몽땅 털어 멜키오르의 빚을 갚았다. 게다가 멜키오르는 급료를 자기 손으로 받지 못하게 된 뒤로는 바이올린 주자의 직무에 더욱더 불성실하다 보니, 크리스토프의 탄원에도 불구하고 끝내는 해고되고야 말았다. 소년은 아버지와 동생들, 즉 한 가족을 혼자 짊어져야만 했다.

이리하여 크리스토프는 나이 열네 살에 한 집안의 가장이 된 것이다.

그는 이 힘에 부친 일을 당연한 듯이 도맡았다. 그의 자존심은 남의 자비를 바라기를 거부했다. 혼자 힘으로 해 내고 말겠다고 마음속으로 맹세했다. 어려서부터 어머니가 창피스러운 동정을 받거나 바라거나 하는 것을 보고 그는 너무나 괴로워하며 자랐다. 마음씨 고운 어머니는 품삯일을 하러 간 집에서 선물을 얻어 가지고 기쁨에 차서 집에 돌아오기 일쑤여서 그것이 말다툼거리가 되곤 했다. 어머니로서는 별로 나쁜 짓을 했다고는 생각되지 않았다. 그 돈으로 귀여운 크리스토프의 고생을 조금이나마 덜어줄 수 있고, 초라한 저녁 식탁에 한 접시라도 더 보탤 수 있다고 기뻐하고 있었다. 그러나 크리스토프는 마음이 언짢았다. 그 이후로 저녁 내내 입을 열지 않았다. 그렇게 해서 차려진 맛좋은 음식엔 까닭도 말하지 않고 손대기를 거부했다. 루이자는 슬펐다. 제발 좀 먹으라고 어색해하며 권했다. 그래도 크리스토프는 고집을 굽히지 않았다. 어머니는 끝내 조바심이 나서 불쾌한 말을 했다. 그도 말대답을 했다. 그리고는 냅킨을 식탁에 내동댕이치고 나가 버렸다. 아버지는 어깨를 움찔해 보이며 잘난 체하는 놈이라고 코웃음을 쳤다. 아우들은 형을 비웃으며 그의 몫까지 먹어 치웠다.

이러고저러고간에, 이제는 생활의 수단을 찾아야 했다. 오케스트라의 단원으로서의 급료만 가지고는 이미 부족했다. 개인 교수를 시작했다. 그의 기량, 평판, 특히 대공의 보호를 받고 있다는 점에서 상류층 부르조아 계급에 단골을 얻을 수 있었다.

날마다 아침 아홉 시부터 그는 영양(令孃)들에게 피아노를 가르쳤다. 그녀들은 대개 그보다 손위이며, 넌지시 교태로 그를 겁나게 했고, 미련스러운 주법으로 그를 성나게 했다. 그녀들은 음악에 관해서는 그야말로 멍텅구리였다. 그 대신 농담에 대한 민감성은 누구나 다 지니고 있었다. 그 조소적인 눈초리는 크리스토프의 어설픈 태도를 하나도 놓치지 않았다.

이것이 그에게는 고문이나 다름없는 고통이었다. 여제자와 나란히 자기 의자의 가장자리에 의젓하게 앉아서 낯을 붉힌 채 화가 치밀어도 꼼짝도 못한다. 바보스러운 말을 하지 않으리라고 결심하며, 자기 음성에도 신경을 쓰고 엄격한 태도를 취하려고 애썼다. 곁눈질로 흘금흘금 관찰되고 있다는 것을 느끼자 마침내 침착성을 잃고 주의가 산만해지며, 제 꼴이 우습지 않나 하고 걱정하다가 곧 초조해져서 드디어는 상대방에게 무례한 잔소리를 쏘아붙일 정두로 흥분에 사로잡히곤 했다. 여제자들로서는 앙갚음쯤이야 가장 손쉬운 일이었다. 또한 실제 복수하지 않고 지나는 적이 없었다. 그녀들은 유난스럽게 눈짓을 던져 그를 당혹케 했다. 뻔한 질문을 해서 눈까지 새빨개지게 했다. 어떤 잔심부름을 부탁하기도 하였다. 예를 들면 가구 위에 놓아 둔 무엇을 내려 달라고 하는 것이었는데 이것이 그에게는 더없이 쓰라린 일이었다. 그녀들의 능글맞은 시선을 한 몸에 받으면서 방안을 가로질러 가야 하기 때문이었다. 그 눈은 그의 딱딱한 동작을, 볼품 없는 발을, 뻣뻣해진 팔을, 어쩔 줄을 모르며 굳어진 몸을 처음부터 끝까지 지켜보고 있었던 것이다.

이러한 출장 교습을 마치고는 또 극장의 연습으로 달려가야 했다. 점심을 먹을 겨를이 없을 때도 자주 있었다. 주머니에 빵과 돼지고기를 넣어가지고 가서 막간에 먹었다. 때로는 지휘자인 토비아스 파이퍼의 대리 근무를 해야 할 때도 있었다. 지휘자는 그에게 관심을 기울여, 가끔 오케스트라의 연습 때 자기 대신 지휘의 연습을 시켰던 것이다. 또 한편으로는 자신의 음악 공부도 계속해야 했다. 그 뒤에 또 피아노의 출장 교습을 가야 할 곳이 있었으므로, 상연 때까지 그의 낮 시간은 꽉 짜여 있었다. 그리고 밤에는 공연이 끝난 후에 궁정으로 불려 들어가는 일도 흔했다. 궁정에서는 한두 시간을 연주해야 했다. 대공 부인은 음악에 통달하고 있다고 자부하고 있고 좋은 것이나 나쁜 것을 통틀어 음악을 대단히 좋아했다. 평범한 랩소디(광시곡)가 걸작들과 어깨를 나란히 하는 기묘한 프로그램을 크리스토프에게 강요했다. 그러나 부인의 가장 큰 즐거움은 크리스토프로 하여금 즉흥곡을 치게 하는 것이었다. 그리고 그것을 위해 메스껍도록 감상적인 주제를 그에게 주곤 하는 것이었다.

열두 시쯤 돼서야 크리스토프는 궁정에서 물러나왔다. 녹초가 되도록 피곤했고, 손은 화끈거리고, 머리는 열이 있고, 배는 텅 비어 있었다. 땀을 흠뻑 흘리고 있었다. 그런데, 밖에서는 눈이 내리거나 얼음처럼 차가운 안개가 내리고 있었다. 집에까지 가려면 시가지의 반 이상을 가로질러야 했다. 이를 달달 떨면서, 엄습해 오는 졸음과 싸우며 걸어갔다. 게다가 한 벌밖에 없는 야회복을 웅덩이의 흙탕물로 더럽히지 않도록 조심해야 했다.

자기 방으로 돌아오긴 했지만, 여전히 그것은 아우들과 같이 쓰는 방이었다. 숨막힐 것 같은 퀴퀴한 냄새가 나는 이 고미 다락방에서 가까스로 비참한 굴레를 벗도록 허용되는 이 순간만큼, 자기 생활에 대한 혐오감과 절망과 고독감으로 못 견뎌 하는 일은 없었다. 옷을 벗을 기력도 남아 있지 않았다. 다행히도 머리가 베개에 닿자마자 순식간에 잠에 빠져들곤 했으므로, 고통을 잊을 수가 있는 것이었다.

그러나 여름철엔 새벽녘에, 겨울철에는 먼동이 트기 훨씬 전부터 일어나야만 했다. 자신의 공부를 하고 싶었기 때문이다. 다섯 시부터 여덟 시까지가 그의 유일한 자유 시간이었다. 그러나 그 시간마저도, 때로는 주문받은 일거리 때문에 말살되어야 했다. 궁정 음악가로서의 직함과 대공에게서 받고 있는 은혜 때문에, 궁정의 축제를 위한 곡도 작곡해야 했던 것이다.

이제 그의 생활은 밑바닥까지 헤쳐졌다. 그는 몽상조차도 자유롭지 못했으나 지독한 속박은 몽상에 대한 갈망을 더욱 강렬하게 했다. 행동을 속박하는 것이 하나도 없을 때에는, 영혼은 행동의 이유를 거의 잃어버리는 법이다. 크리스토프의 주위에서 생활의 피로와 범속한 직무의 사슬이 육박해오면 올수록, 그의 반항적인 정신은 더한층 자신의 독립을 느껴 갔다. 아무런 구속도 없는 생활을 영위했던들, 그는 아마도 그때 그때의 우연에 그를 내맡기고 말았으리라.

하루 중 자유로운 시간이라곤 한두 시간밖에 없었으므로, 그의 힘은 마치 계곡의 급류처럼 그곳으로 돌진했다. 어떻게도 완화될 수 없는 것에 노력을 응집시킨다는 것은, 예술을 위해서는 좋은 훈련이다. 이런 의미에서, 비참한 생활은 단순히 사상 뿐만 아니라 형식의 스승이랄 수도 있다. 비참한 생활은 육체에 대해서와 마찬가지로 정신에 대해서도 절제를 가르친다. 시간이 제한되고 언어가 한정되어 있을 때에는, 쓸모 없는 말은 하지 않고 본질적인 것밖에 생각지 않는 습관이 붙는다. 이리하여, 살기 위한 시간이 적으면 적을수록 도리어 갑절되는 삶을 영위하는 것이다.

　그의 경우가 바로 그랬다. 크리스토프는 속박 안에서 자유의 가치를 충분히 인식했다. 귀중한 시간을 함부로 무익한 행동이나 말로 허비하는 짓은 하지 않았다. 그는 진지하긴 하나 선택 없는 사상이 명하는 대로 무엇이든 가리지 않고 써댔으나, 그것은 최소한의 시간에 최대한의 것을 표현해야 한다는 것으로 알맞게 수정되어 있었다. 그의 예술적인, 그리고 정신적인 발전에 이처럼 영향을 준 것은 아무것도 없었다. 교사들의 가르침도 걸작의 본보기도 이에는 미치지 못했다. 그는 성격이 형성되어 가는 이 나이에 음악은 하나하나의 음표가 각기 하나의 의미를 지닌 정확한 언어라고 생각하는 습관을 터득했다. 그리하여 그저 지껄일 뿐 아무런 뜻도 말하지 않는 음악가들을 싫어하게 되었다.

　그렇더라도 그 무렵에 지은 그의 작품은 자신을 완전히 표현하기에는 거리가 먼 것이었다. 왜냐하면 그 자신이 자아를 발견하지 못하고 있었기 때문이다. 교육이 제2의 천성으로 어린이에게 강요하는 그 후천적인 감정의 축적을 통해서, 그는 자아를 찾아 탐구하고 있었다. 그는 올바른 자신에 대해서는 그저 약간의 직관을 지니고 있을 뿐이었다. 벼락의 일격이 감돌던 운무를 하늘에서 일소하듯이 빌려 입은 옷으로부터 개성을 드러내는, 저 청춘의 정열을 아직 느끼지 못했기 때문이다. 막연한 힘찬 예감이 그의 머릿속에서 자신과는 관계 없는 기억과 뒤섞여 있었다. 그는 이 기억을 뿌리쳐 버릴 수가 없었다. 또한 이러한 허위 앞에 조바심하는 것이었다. 자신이 쓴 작품이, 자신이 생각하고 있는 것보다도 얼마나 저열한 것인가를 보고는 서글퍼졌다. 자신을 의심하고 걷잡을 수 없는 심정이 되곤 했다. 그렇다고 이 어리석은 실패로 체념할 수는 없었다. 더욱 좋은 것을 쓰고, 위대한 작품을 쓰려고 그는 열중했지만 여전히 실패하기만 했다. 한순간, 환상에 사로잡히곤 하지만 쓰는 동안 지금까지 쓴 것은 무가치한 것이라고 깨닫게 되곤 하는 것이다. 그는 그것을 찢고 태워 버렸다.

　무엇보다도 부끄러운 것은, 그가 공식용으로 지은 곡은 버릴 수도 없이 언제까지고 보존되어 있게 됨을 목격하는 일이었다. 그것은 그의 작품 중에서는 가장 범용한 것이었다. 대공의 탄신 축하를 위한 협주곡 〈큰 독수리〉와 대공 영양인 아델라이드 공주의 결혼 때 지은 칸타타 〈팔라스의 혼례〉 등은 막대한 비용을 들여 호화판으로 출판되어 그의 무능함을 길이 후세에 전하게 되었던 것이다. 그는 후세를 믿고 있었다……그리하여 너무나 부끄러움에 못 이겨 운 것이었다.

　열병에 걸린 듯한 수년간 ! 어떠한 휴식도 없었다 ! 이 미치광이 같은 수고를 잊게 해 주는 것이라곤 아무것도 없었다. 놀이도 없고, 벗도 없다. 어찌 그런 것을 가질 수 있었을 것인가? 오후, 다른 애들이 놀고 있을 무렵에 소년 크리스토프는 주의를 집중하듯 이마를 찡그리며 먼지 냄새로 메케하고 어두운 극장에서 주악석의 보면대를 향해 앉아 있어야 했던 것이다. 그리고 밤, 다른 애들이 잠들 때까지도 그는 거기서 자기 의자에 푹 쓰러지듯 묻혀서 피곤으로 나른해진 몸을 가누지 못하곤 했던 것이다.

그는 동생들에게 전혀 애정을 느끼지 못했다. 제일 밑의 에른스트는 열두 살이었다. 성질 고약하고 수치를 모르는 불량 소년이어서 날마다 자기와 같은 몹쓸 불량배들과 어울려 다니며 지냈다. 그들과 사귀는 동안 한심스러운 태도가 몸에 붙었을 뿐만 아니라, 수치스러운 습벽마저 물들어 있었다. 성실한 크리스토프로서는 그러한 나쁜 버릇을 상상할 수 없었으므로 언젠가 그것을 알고는 소스라치게 놀랐었다.

또 하나의 동생인 로돌프는 테오도르 아저씨의 마음에 들어 장차 상인이 될 셈이었다. 품행도 좋고 의젓했으나 음험한 데가 있었다. 그는 자신이 크리스토프보다도 훨씬 뛰어나다고 자부하고 있었다. 가정에 있어서의 크리스토프의 권위도 인정하려 하지 않았다. 그러면서도 크리스토프가 벌어들인 빵을 먹는 것은 당연한 일이라고 여기고 있었다. 또 크리스토프에 대한 테오도르와 멜키오르의 반감에 전부터 편을 들고 있었다. 그리고는 그들이 지껄이는 우스꽝스런 욕설을 자신도 되풀이하곤 했다.

아우들은 둘 다 음악을 좋아하지 않았다. 로돌프는 모방을 중시했으므로 아저씨처럼 음악을 멸시하는 체하고 있었다. 가장으로서의 구실을 진지하게 생각하는 크리스토프의 감시나 훈계를 답답하게 여기며 두 동생은 반항하는 때가 있었다. 그러나 크리스토프는 억센 주먹을 가지고 있었고 자신의 권리를 똑똑히 자각하고 있었으므로 손쉽게 아우들을 복종시킬 수 있었다. 그러면서도 그들은 크리스토프에 대해서 자기가 하고 싶은 짓은 멋대로 하고 있었다. 그의 믿기 잘하는 성질을 노려 올가미를 거는 것이었다. 그러면 영락없이 그는 그 올가미에 걸려 들었다. 그들은 크리스토프에게서 돈을 우려내고 염치 없는 거짓말을 하고 그러면서 뒤에서는 그를 비웃곤 했다. 마음씨 고운 크리스토프는 언제나 속아 넘어가곤 했다. 사랑을 받고 싶어하는 욕구를 지니고 있었으므로 한 마디라도 부드러운 말을 건네면 단박에 원망을 잊어버렸다. 눈꼽만큼의 애정이라도 보여 주었더라면, 그는 아마 그들의 모든 것을 용서해 주었을 것이었다. 그러나 겉으로만 눈물이 나도록 감동을 주어 놓고 그런 뒤엔 그의 바보스러움을 비웃으며 지껄이는 말을 듣고는, 그의 신뢰는 무참히도 동요되고야 말았다. 그것은 전부터 갖고 싶어하던 대공의 하사품인 금시계를 약탈하기 위한 그들의 연극이었던 것이다. 그는 아우들을 경멸하고 있었다. 그러면서도 사람을 믿고 사랑하고 싶어하는, 어떻게도 고칠 수 없는 성질 탓으로 여전히 속임만 당하고 있었다. 그 자신도 그런 줄을 알고는 자신에게 화내고 있었다. 아우들이 또다시 자신을 놀려 대는 것을 발견하고는 그만 때렸다. 그러나 바로 그 뒤에도 그들이 재미있어 하며 낚싯줄을 던지면 단박에 또 거기 물리곤 하는 것이었다.

이것보다도 더 쓰라린 일이 있었다. 아버지가 자신을 헐뜯고 다닌다는 사실을 남의 일에 참견하기 좋아하는 이웃 사람의 입을 통해서 들은 것이다. 멜키오르는 처음엔 아들의 성공에 신이 나 있었으나 자신의 창피스러운 약점에 견디지 못하고 그것을 시기하기에 이르렀다. 그래서 아들의 성공을 비방하려 했다. 확실히 어리석기 그지 없고 어깨를 움츠려 보일 수밖에 없는 일이었다. 화를 낼 수도 없었다. 왜냐하면, 아버지는 실의에 빠져 조바심이 나 있었고 자신이 무슨 짓을 하는지조차 모르는 상태였으므로 어떤 심한 말이 터져 나올지 두려워서였다. 그러나 마음속으로는 원망스러워하고 있었다.

저녁 때, 램프 불빛을 둘러싼 얼룩진 식탁보 위의 시시한 이야기와 가족들, 경멸하고 가련하게 여기고는 있으나 사랑하지 않을 수 없는 이 식구들의 입놀림 소리를 들으며 드는 저녁 식사, 그 얼마나 쓸쓸한 모임인지 ! 크리스토프는 친절한 어머니하고만 공통되는 애정의 유대를 느끼고 있었다. 그러나 루이자는 그와 마찬가지로 종일토록 정력도 끈기도 모두 탕진하여 기력이 없어 거의 입도 열지 않는 채, 저녁 식사 후면 양말을 기우며 의자 위에서 꾸벅꾸벅 졸기만 했다. 더구나 그녀는 너무나 착한 사람이어서 남편과 세 자식에 대한 애정에 차별을 두지는 않는 듯 모두 하나같이 사랑하고 있었다. 크리스토프는 자신이 진심으로 찾고 있는, 마음속을 털어놓을 수 있는 대상으로 어머니를 택할 수도 없었던 것이다.

그는 자아 속에 스스로 갇혀 있었다. 단조롭고 뼈저린 일과를 말없는 노여움 속에 수행하며 며칠이고 침묵으로 일관하곤 했다. 민감한 신체의 조직이 온갖 파괴적인 원인 앞에 드러나 있고 일생토록 치유될 수 없는 기형이 될 염려가 있는 변동기의 소년에게 이와 같은 생활 상태는 위험스러운 것이었다. 크리스토프의 건강은 그 때문에 몹시 상해 가고 있었다.

그는 조상으로부터 단단한 골격과 흠잡을 데 없이 튼튼한 육체를 물려 받고 있었다. 그 강건한 육체도 지나친 피로와 어릴 때부터의 근심 때문에 고통에 더욱 많은 양식을 부여하는 꼴밖엔 되지 않았던 것이다.

　매우 일찍부터 그에겐 신경 계통에 장애의 징조가 나타나고 있었다. 어렸을 때부터 어떤 불만스러운 일이라도 있으면, 까무러치거나 경련을 일으키고 토하거나 했다. 열여덟 살, 음악회에 나가기 시작한 무렵에는 숙면을 취할 수가 없었다. 잠자면서 지껄이고 외치고 웃고 했던 것이다.

　이러한 병적인 경향은 심한 걱정이 있을 때면 재발했다. 그리고는 격렬한 두통에 사로잡혔다. 어떤 때는 목덜미나 양쪽 머리가 쿡쿡 쑤셨고, 어떤 때는 납으로 된 투구라도 뒤집어쓴 듯한 느낌이 들곤 했다. 눈도 아팠고 때로는 바늘 끝으로 눈동자를 찌르는 듯한 아픔을 느끼는 것이었다. 눈이 어질어질해서 무엇을 읽을 수도 없어 잠시 가만히 있어야만 했다.

　음식물이 충분치 못하고 영양이 부족한데다 식사도 불규칙적이어서 튼튼한 위도 약화되어 있었다. 장이 아팠고 체력을 소모시키는 설사로 괴로움을 겪었다. 그러나 무엇보다도 그를 괴롭힌 것은 심장이었다. 그의 심장은 완전히 정상을 벗어나 있었다. 어떤 때는 단박에 파열될 것처럼 가슴속에서 격렬히 고동쳤다. 그러다가도 어떤 때는 간신히 고동칠 뿐 단박에 멈출 것 같아지곤 했다. 밤이 되면 체온이 오르락내리락해서 고열 상태였다가 별안간 빈혈 상태가 될 때가 있었다. 몸이 열 때문에 불덩이가 되기도 하고 추위로 싸늘해져서 덜덜 떨며 괴로워지고 목이 켕기고 응어리가 생겨서 숨을 쉴 수 없게 되곤 했다. 물론 그는 상상력 때문에 괴로움을 더 느꼈다. 그는 자신이 느끼는 것을 식구들에게는 차마 말할 수가 없었으나 부단히 주의 깊게 그것을 분석하고는 있었다. 그러자니 그의 고뇌는 더욱더 커지고 거기서 새로운 고뇌를 또 빚어 내곤 했다. 그는 알고 있는 모든 질병을 하나하나 자신에게 갖다 맞추어 보았다. 장님이 되지는 않나 하고도 생각했다. 또 때로 걸어다니면서 눈이 어지러울 때는 이대로 죽어 버리지나 않을까 하고도 생각했다. 도중에서 멈춤을 당하는 것은 아닐까, 어른이 되기 전에 죽어 버리지나 않을까 하는 무서운 불안감이 언제나 무겁게 덮치고 동시에 또 재촉했다. 아아! 언젠가는 죽어야 하지만 적어도 지금 죽기는 싫다, 승리자가 되기 전엔 죽기 싫다…….

　승리……스스로 인식하지는 못했으나 끊임없이 그의 생명을 연소케 하는 이 고정 관념! 혐오, 피로, 생활이 침전된 진창의 늪 속에서 그를 지탱하고 있는 이 고정 관념! 장차 어떤 사람이 될지, 아니 지금 현재 어떤 사람인가 하는 어렴풋하고 힘찬 의식, 그는 지금 무엇이란 말인가? 오케스트라에서 바이올린을 켜고, 평범한 협주곡을 짓는 병자이며 신경질적인 소년인 것일까? 아니, 그런 소년을 훨씬 능가한 존재다. 지금 여기 있는 소년은 겉보기에, 일시적인 모습에 지나지 않는다. 이것은 그의 실체는 아니다. 그의 깊은 실체와 그의 얼굴이나 사고의 현재 형태 사이에는 아무런 관계도 없다. 그 자신도 그것을 잘 알고 있다. 거울에 비친 자신의 모습을 보고도 그것이 자신이라고는 생각지 않는다. 큼직하고 불그스름한 얼굴, 앞으로 튀어 나온 눈썹, 오목한 조그만 눈, 콧방울이 볼록하고 끝이 큰 짤막한 코, 굵직하고 튼튼한 턱, 꽉 다문 입, 그러한 보기 흉하고 야비한 얼굴 생김새가 그에게는 전혀 남이다.

그는 또 자신의 작품 속에서도 자아를 인정하지 않는다. 그는 자신이 판단하여 지금 만들고 있는 것과 현재의 지식이 가치 없음을 알고 있다. 그러나 장차 자신이 무엇이 될지, 장차 자신이 무엇을 만들 것인지에 관해서는 뚜렷한 확신을 지니고 있다. 때로 이 확신은 자존심의 환상이라고 하여 그는 자신을 탓한다. 그리하여 자신을 벌주기 위해 스스로 자신을 낮추어 겸허해 하거나 준엄하게 자신을 괴롭히는 데에서 기쁨을 느낀다. 그러나 확신은 여전히 존재하고 그 무엇도 이것을 달라지게 할 수는 없다. 무엇을 하건, 무엇을 생각하건, 그 어떠한 생각이나 행위나 작품도, 그의 전체를 포함하지도 그의 전체를 표현하지도 않는다. 그는 자신에게 가장 가까운 것은 현재의 자신이 아니라, 내일엔 그래지리라고 믿어지는 자신이라는, 불가사의한 심정을 지니고 있다는 것을 알고 있다. 『반드시 그렇게 될 것이다』라는 신념에 불타며 그러한 빛에 취해 있다 ! 그렇다 ! 『오늘』이라는 날이 도중에서 자신을 잡아 멈추지만 않는다면 ! 『오늘』이 음험한 올가미 속에서 비적거리지 않는다면 ! 『오늘』이 그의 발자욱 밑의 정다움에 싫증을 내지만 않는다면 !

이리하여 그는 나날의 파도 사이로 자신의 조각배를 전진시켜 노를 꽉 잡으며 한눈 팔지 않고 목적을 응시한다. 오케스트라 좌석에서 지껄이기 잘하는 단원들 사이에 있을 때도 식탁에서 집안 식구들에 둘러싸여 있을 때도 또 궁정에서 꼭 두각시 인형 같은 귀하신 몸들의 심심풀이를 위해서 스스로 무엇을 치는지도 생각지 않고 그저 치고만 있을 때도 그가 살고 있는 것은 어떻게 될지도 모르는 이 미래, 하나의 원자가 그것을 영구히 파괴할지도 모르는——그렇게 된들 어떠랴 ! ——이 미래 속인 것이다.

고미 다락방에서 그는 홀로 자기의 낡은 피아노를 향하고 있다. 땅거미가 내린다. 바야흐로 스러져 버리려 하는 낮의 빛이 악보 위를 미끄러져 간다. 빛의 마지막 한 방울이 있는 동안은 눈을 모아 읽고 있다. 지금은 가고 없는 위대한 사람들의 애정이 이들의 말없는 악보의 지면에서 솟아올라 그의 몸 속으로 부드럽게 스며 들어온다. 핑 눈물이 넘쳐난다. 그리운 사람이 등 뒤에 서 있어 그 숨결이 볼을 쓰다듬고 금방이라도 두 팔로 목을 얼싸안아 줄 것만 같은 생각이 든다. 그는 몸을 부르르 떨면서 뒤돌아본다. 혼자가 아님을 그는 느끼고 알고 있다. 사랑하고 사랑받고 있는 한 영혼이 거기 그의 곁에 있다. 그것을 붙잡을 수 없어 그는 신음 소리를 낸다. 그렇지만 이 한 가닥 그림자와도 같은 고뇌도, 황홀한 감정에 뒤섞여 그곳에서는 그래도 아직 은밀한 쾌감이 있다. 슬픔조차도 밝기만 하다. 사랑하는 거장들을, 지금은 사라진 천재들을 그는 생각한다. 그들의 영혼은 이들 음악 속에 소생해 있는 것이다. 사랑으로 가슴 부푼 그는 초인적인 행복을 꿈꾼다. 이들 영광스러운 외우(畏友)들은 아마 그것을 가지고 있었으리라. 그들의 행복의 한 반영마저도 지금껏 이토록 불타고 있잖는가. 그들처럼 되리라, 이러한 사랑을 방사하리라, 그는 이렇게 몽상한다. 그러한 몇 줄기 보이지 않게 된 사랑의 빛은 해맑은 미소로 그의 비참함을 비추어 주고 있는 것이다. 이번에는 자신이 신이 되고 환희의 화상이 되고 생명의 태양이 되리라.

그러나, 아아 ! 어느 날엔가, 사랑하는 이들 거장들과 어깨를 나란히 하는 사람이 되고 이토록 열망하는 찬연한 행복에 도달할 수 있다면, 그는 자신이 환상을 품고 있었다는 것을 깨닫게 되리라…….

2. 옷   토

어느 일요일이었다. 시내에서 한 시간쯤 걸리는 곳에 조그만 별장을 가지고 있는 토비아스 파이퍼 악장이 오찬에 초대를 하여, 크리스토프는 라인 강의 배를 탔다. 갑판 위에서 그는 같은 나이 또래 소년 곁에 앉았다. 소년은 정중하게 그에게 앉을 자리를 내 주었다. 크리스토프는 별로 관심도 기울이지 않았다. 그러나 잠시 후 곁의 소년이 줄곧 자신을 관찰하고 있음을 느끼자 그도 소년의 얼굴을 뚫어지게 바라 보았다. 장미빛 볼이 포동포동한 금발의 소년이었는데 머리는 옆으로 예쁘게 가리마를 타 빗었고 입술 위에는 보송보송 솜털이 나 있었다. 신사답게 보이려고 애쓰고는 있었으나 몸이 큰 도련님이라고나 할 천진스러운 모습이었다. 플란넬의 옷에 밝은 색의 장갑, 흰 구두에 엷고 푸른 넥타이를 맨 매우 멋을 부린 옷차림이었다. 손에는 잘 휘어진 것 같은 조그만 스틱을 쥐고 있었다. 마치 암탉처럼 목을 곧게 뻗은 채 그는 얼굴을 돌리지도 않고 곁눈질로 크리스토프를 엿보고 있었다. 그런데 크리스토프의 시선을 받자 그는 귀밑까지 새빨개지며 주머니에서 신문을 꺼내어 그럴 듯하게 열심히 읽는 체했다. 그러나 한참 후 크리스토프가 무심결에 모자를 떨어뜨리자, 그는 후딱 그것을 집어 주었다. 크리스토프는 그가 너무나 정중한 데 놀라 다시 소년의 얼굴을 살폈다. 그러자 소년은 다시 낯을 붉혔다. 크리스토프는 무뚝뚝하게 감사의 말을 건네었다. 왜냐하면 아양을 떠는 그런 수선스러움을 싫어했고 또 남이 돌보아 주는 것이 싫었기 때문이다. 그렇다고 그 역시 기쁘지 않은 것은 아니었다.

이윽고 그는 그런 일은 까맣게 잊어버렸다. 그는 경치에 넋을 빼앗기고 있었다. 시내에서 밖으로 나가 보지 못한 지 오래됐으므로 얼굴에 불어닥치는 바람, 배에 부딪쳐 부서지는 파도 소리, 넓고넓은 수면, 지나가는 양 기슭의 변하는 경치를 굶주린 듯 즐기고 있었다. 잿빛을 이룬 납작스름한 둑, 반쯤 물에 잠긴 버드나무 숲, 고딕 풍의 탑, 검은 연기를 내뿜는 공장의 굴뚝 등이 솟아 있는 마을들, 황금빛 포도밭, 전설을 지닌 바위들. 크리스토프가 황홀경에 빠져 자기도 모르게 기쁨의 소리를 지르자 옆자리의 소년이 조심조심 낮은 음성으로 지금 눈앞에 펼쳐지는 송악으로 뒤덮인 폐허에 관해서 역사상의 여러 가지 내력을 설명했다. 마치 자기 자신을 향해 강의하는 듯했다. 크리스토프는 흥미가 끌려 이것저것 질문했다. 소년은 자신의 지식을 과시하는 것이 기뻐서 서둘러 대답했다. 그리고 한 마디 할 때마다 『궁정의 바이올리니스트』라고 불렀다. 크리스토프는 물었다.

「그럼, 나를 아시는군요?」

「물론이죠!」

소년은 솔직하게 감탄을 깃들여 대답했다. 이것은 크리스토프의 허영심을 만족시켜 주었다.

두 사람은 이야기를 나누었다. 소년은 연주회에서 자주 크리스토프를 본 일이 있었다. 그의 상상력은 크리스토프의 소문을 듣고 자극을 받아 온 터였다. 소년은 그 사실을 크리스토프에게 말하지는 않았으나, 그는 그것을 알아차리며 흐뭇한 놀람을 느끼고 있었다. 그는 이렇게 감동과 존경이 깃들인 말이 건네지는 데 길들여 있지 않았던 것이다.

크리스토프는 스쳐 가는 곳곳의 역사에 대해서 계속 물었다. 소년은 전혀 새로운, 매우 생생한 지식을 늘어놓았다. 크리스토프는 소년이 박학한 데 감탄했다. 그러나 이런 것은 대화의 구실에 지나지 않았다. 두 사람 모두에게 관심이 있는 것은 서로 사귄다는 데 있었던 것이다. 그렇다고 둘이 다 불쑥 그런 문제에 돌입할 용기는 없었다. 어설픈 질문을 해 가며 가끔씩 그 문제로 돌아오곤 한다. 마침내 두 소년은 결심했다. 크리스토프는 이 새 동무가 『옷토 디너』라는 이름이며, 시내 어느 호상의 아들임을 알게 되었다. 당연히 둘 사이에는 공통되는 친지도 있었다. 그리고 조금씩 두 소년의 입에서는 말이 술술 풀려 나오기 시작하여, 크리스토프가 내려야 할 도시에 배가 닿았을 때쯤에는 그들의 대화는 활기를 띠었다. 옷토도 그 도시에서 내렸다. 이 우연이 두 소년에겐 뜻밖으로 여겨졌다. 크리스토프가 점심 시간까지 같이 산책을 하자고 하여 두 소년은 들로 나갔다. 크리스토프는 친숙하게 옷토의 팔을 잡고 마치 태어나서부터 사귀어 온 사이처럼 자신의 장래 계획을 이것저것 이야기했다. 그는 이제까지 같은 나이 또래의 소년과 사귄 일이 없었기 때문에 교육도 잘 받았고 자라난 환경도 좋고 게다가 자신에게 호의를 가져 주는 이 소년과 같이 있는 것에 뭐라고 말할 수 없는 기쁨을 느끼고 있었던 것이다.

　시간은 지나갔다. 크리스토프는 그런 줄도 모르고 있었다. 디너는 젊은 음악가가 표시해 준 신뢰에 흥분하여 점심 시간이 되었다는 것을 깨우쳐 주지도 못하고 있었다. 하지만 결국엔 그에게 그 생각을 상기시켜 주어야겠다고 생각했다. 그러나 숲속의 언덕길을 오르고 있던 크리스토프는 우선 꼭대기까지 올라가야 한다고 대답했다. 꼭대기에 이르자 크리스토프는 풀 위에 뒹굴었다. 하루 종일 거기서 지내려고 했던 것이다. 십오 분이 지나도록 크리스토프가 움직일 기색이 안 보이자 디너는 다시 조심조심 말을 건네었다.

「점심은 어쩔래?」

크리스토프는 팔베개를 하고 길게 몸을 뻗친 채 조용히 답했다.

「까짓것!」

그리고는 옷토를 건너다보더니 그의 놀란 표정이 눈에 띄자 웃기 시작했다.

「여긴 아주 상쾌한 곳이야. 난 안 갈 테야. 기다리라지!」

그는 몸을 반쯤 일으켰다.

「너 바쁘니? 그렇지 않지? 이렇게 하면 어떨까? 같이 점심을 먹자꾸나. 내가 음식점을 알고 있거든.」

　디너는 반대하고 싶었을 것이다. 누가 그를 기다리고 있기 때문이 아니라 갑자기 결심하기가 어려웠던 것이다. 그는 꼼꼼한 성질이어서 어떤 결심을 하려면 미리 마음의 준비가 되어 있어야 했다. 그러나 크리스토프의 말은 마다할 수 없게 하는 강한 무엇이 있어서 그는 거기 끌려들어 가고야 말았다. 두 소년은 다시 이야기하기 시작했다.

음식점에 들어가자 그들의 열은 식었다. 누가 점심을 사느냐는 중대한 문제에 둘이 다 정신을 빼앗기고 있었다. 저마다 자신이 사지 않으면 안된다고 은근히 생각했던 것이다. 디너는 자기가 돈이 많다고 해서, 크리스토프는 크리스토프대로 자신이 가난하니까 더욱 그렇게 생각하는 것이었다. 둘이 다 그것을 직접적으로 암시하지는 않았다. 그러나 디너는 주문할 때 매우 으젓한 체하며 자기 권리를 주장하려고 애썼다. 크리스토프는 그 의도를 알아채고, 한 수 더 떠서 더욱 호화로운 요리를 시켰다. 누구 못지않게 자기는 풍족하다는 것을 보이고 싶었다. 디너가 그에 대한 방책으로 포도주를 고르려 하자 크리스토프는 그를 노려보며 음식점에서 제일 비싼 토주 한 병을 가져오게 했다.

막상 호화로운 진수 성찬을 앞에 하자 그들은 곧 주눅이 들었다. 이미 화제도 발견되지 않았다. 그냥 어설픈 동작으로 이 끝으로 조금씩 먹고 있었다. 갑자기 그들 서로가 낯선 사이임을 깨닫고는 서로 경계했다. 대화에 활기를 띠게 하려 해도 헛수고였다. 말은 곧 끊어지곤 했다. 처음 삼십 분쯤은 견디지 못할 만큼 따분했다. 다행히도 얼마 후에 식사의 효과가 나타났다. 두 소년은 더욱 큰 신뢰감으로 서로 마주 바라보게 되었다. 더구나 크리스토프는 이러한 큰 향연에는 익숙하지 못했으므로 그냥 지껄여 댔다. 자신의 생활에 관한 쓰라림을 토로했다. 옷토도 흉금을 털어놓고 자신도 행복하지 못하다고 고백했다. 그는 몸이 나약하고 겁이 많았다. 친구들은 그를 조롱했고 그들과 행동을 같이 하지 않는 것을 용서하지 않았고 심술궂은 장난을 했다. 크리스토프는 주먹을 불끈 쥐며 내 앞에서 두 번 다시 그런 짓을 하면 혼을 내주겠다고 선언했다.

옷토는 식구들에게도 이해받지 못하고 있었다. 크리스토프는 그러한 불행을 이해할 수 있었다. 두 소년은 공통되는 피차의 불행을 서로 동정했다. 디너의 양친들은 그를 상인으로 키워 아버지의 뒤를 잇게 하려고 했다. 그러나 그는 시인이 되고 싶어했다. 비록 실러처럼 제 고장에서 달아나서 생활의 비참과 싸워야 할 처지가 될지라도 기어이 시인이 되겠다는 것이었다! 게다가 아버지의 재산은 언젠가는 그의 것이 될 것이요, 그것도 결코 적은 액수는 아니었던 것이다. 그는 낯을 붉히며, 삶의 슬픔을 노래한 시를 이미 몇 편이나 지었다고 고백했다. 그러나 크리스토프가 아무리 부탁해도 그것을 읊을 결심은 서지 않았다. 그러나 끝내는 그 두세 편을 너무나 감동하여 알아들을 수 없는 빠른 말투로 암송했다. 크리스토프는 그것들이 지극히 숭고한 것임을 발견했다. 두 소년은 서로들 감탄했다. 크리스토프의 음악에 있어서의 명성 이외에 그의 힘과 그의 대담한 태도가 옷토를 위압하고 있었다. 크리스토프로서는 옷토의 우아함, 그 고상한 언동——이 세상에서는 모두가 상대적이려니와——그리고 또 그 박식한 데 감탄하고 있었다. 이 지식이야말로 크리스토프에겐 전혀 결여된 것이며 그가 가장 갈망하던 것이었다.

식사를 마치고 나서 몸이 나른하여 식탁에 두 팔꿈치로 턱을 괴고 앉아 감동된 눈초리로 두 사람은 말을 하기도 하고 상대방의 말에 귀를 기울이기도 했다. 시간이 쉬지 않고 흘렀다. 떠나야 했다. 옷토는 마지막으로 또 한번 용기를 내어 계산을 부담하려 했다. 그러나 크리스토프의 험악한 눈초리를 보니 더이상 고집을 부릴 수도 없었다. 크리스토프에겐 다만 한 가지 걱정거리가 있었다. 가지고 있는 돈보다 많이 청구되지나 않을까 하는 염려였다. 그렇게 되면 옷토에게 실토하기보다는 차라리 시계를 잡혔을 것이다. 다행히 그렇게까지 할 필요는 없었다. 한 달치 봉급에 해당되는 돈을 이 식비로 소비하고 무사했던 것이다.

두 소년은 언덕을 내려갔다. 석양의 그림자가 전나무 숲을 가로질러 퍼져 가기 시작했다. 나무들의 꼭대기는 아직 장미빛의 광선 속에 숨겨져 있어 무겁게 흔들거리며 파도 같은 소리를 내고 있었다. 땅바닥에 흩어져 깔린 보랏빛 바늘잎들이 발걸음 소리를 부드럽게 했다. 두 소년은 아무 말이 없었다. 크리스토프는 무슨 말이든지 하고 싶었다. 간절한 안타까움이 가슴을 죄었다. 한 순간, 그는 걸음을 멈추었다. 옷토도 멈춰섰다. 쥐죽은 듯한 고요가 둘레를 감싸고 있었다. 아스라히 높은 곳의 벌레들이 한 가닥 석양 속에서 어렴풋한 날개 소리를 내고 있었다. 죽은 나뭇가지 하나가 떨어졌다. 크리스토프는 옷토의 손을 잡고 떨리는 음성으로 물었다.

「너, 내 친구가 되어 줄래?」

옷토는 중얼거렸다.

「응.」

두 소년은 서로 손을 꽉 잡았다. 그들의 심장은 높이 고동쳤다. 서로 간신히 눈길을 마주할 뿐이었다.

이윽고 두 사람은 다시 걷기 시작했다. 두어 걸음 떨어져서 걸었다. 숲의 변두리로 빠져 나올 때까지는 한 마디 말도 하지 않았다. 그들 자신이 두려웠고 그들의 불가사의한 감동이 두려웠던 것이다. 바쁜 걸음으로 걸어, 나무 그늘에서 벗어나기까지는 걸음을 멈추지 않았다. 그곳을 벗어나자 비로소 마음을 놓고 다시 손을 마주 잡았다. 저물어가는 맑고 맑은 황혼의 풍경을 정신없이 바라보며 띄엄띄엄 말을 주고 받고 있었다.

배로 돌아가서, 뱃머리의 훤한 그림자 속에 앉아서 대수롭지 않은 이야기를 하려고 애썼다. 그러나 서로의 말을 듣고 있진 않았다. 흐뭇한 나른함에 젖어 있었다. 말할 필요도, 손을 맞잡을 필요도, 서로 얼굴을 마주 바라볼 필요도 느끼지 않았다. 두 소년의 감정은 서로 바짝 다가서 있었던 것이다.

드디어 배가 닿을 무렵, 두 소년은 다음 일요일에 다시 만나기로 약속했다. 크리스토프는 옷토를 그의 집 대문까지 바래다 주었다. 가스등 불빛 아래서 두 소년은 수줍은 듯이 미소지으며 감동된 마음으로 안녕 하고 중얼거렸다. 헤어지니 마치 어깨의 짐을 내려놓은 듯한 느낌이었다. 그처럼 그들은 서너 시간 동안의 긴장 때문에, 그리고 어떤 말이라도 해서 침묵을 깨뜨리려 고심한 것 때문에 피로해 있었던 것이다.

크리스토프는 밤길을 홀로 돌아왔다.

『내게는 벗이 하나 있다. 벗이 있다 ! 』

그의 마음은 노래하고 있었다. 그에게는 아무것도 보이지 않았다. 아무것도 들리지 않았다. 다른 아무것도 생각하지 않았다.

집에 돌아오자마자, 도저히 견딜 수 없는 졸음이 와서 깊은 잠에 빠졌다. 한밤중에 두세 번 눈을 떴다. 마치 하나의 고정 관념으로 와 박힌 것 같았다. 『내겐 벗이 있다』고 되풀이하고 그는 다시 잠에 빠졌다.

아침이 되자 그에게는 모든 일이 도무지 꿈만 같았다. 그것이 현실의 일이었다는 것을 자신에게 증명하려고 전날의 일을 자세한 것까지 낱낱이 상기해 보려 했다. 음악을 가르치는 동안에도, 여전히 그 문제에 넋을 빼앗기고 있었다. 오후에 오케스트라의 연습을 할 때도 건성으로 넘기다시피 하여 연습을 마치고 나왔을 때에는 도대체 무슨 곡을 쳤는지 거의 생각이 나질 않았다.

집으로 돌아오니 편지 한 통이 기다리고 있었다. 어디서 왔는지 생각할 필요는 없었다. 틀어박혀 그것을 읽기 위하여 얼른 자기 방으로 뛰어 들어갔다. 엷은 하늘빛 종이에 정성을 들이기는 했으나 길고 또렷하지 못한 글씨로 또박또박 쓰여 있었다.

친애하는 크리스토프 군

── 아니, 차라리 나의 경애하는 벗이라고 불러도 좋을는지요 ?

나는 어제의 산책만을 생각하고 있습니다. 나에 대한 그대의 호의에 무한한 감사를 품고 있습니다. 그대가 베풀어 준 모든 것, 그대의 친절한 말, 그 즐거웠던 산책, 그리고 그 훌륭했던 점심 식사를, 나는 얼마나 감사하게 생각하고 있는가요! 다만 점심에 그렇게 많은 돈을 쓰신 것만은 유감스럽습니다. 얼마나 멋진 하루였는지요! 우리의 기이한 만남에는 어떤 하느님의 뜻 같은 것이 있지나 않았을지요? 운명 그 자체가 우리를 결합시켜 준 것이라는 생각이 드는군요. 일요일에 또 만나게 된다는 것은 얼마나 기쁜 일일까요! 궁정악단 지휘자의 오찬에 빠지신 것으로 어떤 불쾌한 일이라도 일어나지 말아야 할 텐데, 하고 기도합니다. 나 때문에 딱한 처지에 빠지게 되었다면, 나는 얼마나 괴로워하게 될지 모르겠어요!

더할 바 없이 친애하는 크리스토프 군, 나는 영원히 그대의 그지없이 충실한 종이며 벗입니다.

옷토 디너

붙임——일요일엔 되도록 집으로 부르러 오지 말아 주십시오. 〈성(城)의 정원〉에서 만나는 게 좋을 것 같습니다. 괜찮으시다면 그렇게 해 주시기를.

크리스토프는 눈물을 글썽거리면서 편지를 읽었다. 그는 편지에 입술을 댔다가 별안간 크게 웃어젖혔다. 침대 위에서 재주넘기를 했다. 그리고는 책상으로 달려가서 펜을 들고 곧 답장을 쓰려 했다. 잠시도 지체할 수가 없었다. 그러나 그는 글을 쓰는 데 익숙하지 못했다. 가슴에 넘쳐흐르는 것을 어떻게 표현해야 할지 알 수 없었다. 펜으로 종이를 찢고 잉크로 손가락을 시꺼멓게 물들였다. 조바심에 못 이겨 발을 동동 굴렀다. 마침내 그렇게 고생고생하며 대여섯 장이나 초고를 쓴 다음에야 간신히 완성할 수 있었으나, 글씨는 사방으로 삐죽삐죽 삐져 나온 보기싫은 글씨로 맞춤법도 심하게 틀린 곳이 많았다.

옷토 디너 군!

나의 영혼이여! 내가 그대를 사랑하고 있다는 데에 어찌 감사와 같은 말을 입에 올리겠나? 그대를 알기 전에 내가 얼마나 슬펐고 또 외로웠던가를 나는 그대에게 말하지 않았었나? 그대의 우정은 내게는 최대의 행복이라네. 어제 나는 행복했네, 참으로 행복했다네! 생전 처음 있는 일이었지. 그대의 편지를 읽으며 나는 기뻐서 울고 있었네.

그렇지, 사랑하는 벗이여, 의심하지 말아 주게. 운명이 우리를 가까이해 주는 것이지. 운명은 우리가 힘을 모아 위대한 것을 이루기를 원하고 있는 거지. 친구! 얼마나 흐뭇한 말인가! 드디어 나도 벗 하나를 가졌다는 것일까? 오오! 이제 그대는 나를 버리지 않겠지? 충실한 벗이 되어 줄 테지? 언제까지나! 언제까지나! 같이 자라고, 같이 공부해서, 나는 내 음악에 대해 뇌리에 떠오르는 그러한 온갖 기묘한 착상을 제공하고, 자네는 자네의 지력과 놀라운 지식을 제공해 둘이 그것을 함께 소유한다는 것은 얼마나 멋진 일일까! 자네는 참말이지 많은 것을 알고 있네! 나는 지금까지 그대 같은 총명한 사람을 보지 못했다네! 때로 나는 불안해지는 수가 있네. 내가 그대의 우정을 받을 가치가 없는 것처럼 생각되는 것이지. 그대는 참으로 고상한 지혜를 갖고 있네. 그러한 그대가 나와 같이 거친 사람을 사랑해 주는 것을 진심으로 감사하고 있는 것일세……아니, 잘못이야! 방금 말하지 않았던가, 감사니 하는 말은 결코 입에 올려서는 안 되지. 우정에 있어서는 은혜를 받는 자도 없고 베푸는 자도 없다네. 은혜 같은 것을 나는 받지 않을 걸세! 우리는 서로 사랑하니까 평등한 거야. 그대를 만나는 날이 기다려지네! 그대의 집으로 찾아가진 않겠네, 그대가 원하지 않으니까. 하지만 사실을 말하자면 왜 자네가 그렇게 조심하는지 나는 모르겠네. 하지만, 그대가 오히려 현명한 거야. 분명히 그럴만한 까닭이 있겠지…….

한 마디만 말하도록 해 주게. 앞으로 돈에 대해서는 일체 언급하지 않도록 말일세. 나는 돈을 싫어하네. 돈이라는 말도 싫지만, 그 자체도 싫다네. 나는 부자는 못되나 나의 벗을 대접할 만큼은 언제나 돈을 가지고 있네. 내가 가진 것을 몽땅 나의 벗에게 주는 것은 나의 즐거움이라네. 그대라면 그러지 않을 텐가? 만일에 내게 그대의 재산이 필요한 경우 그대는 전부를 내게 주지 않을 텐가? 하지만 그렇게는 절대 되지 않네! 나는 굳센 주먹과 머리를 가지고 있으니 언제나 먹고 살 만큼은 빵을 벌수 있을 걸세. 그럼 일요일에? 아아! 한 주일 동안은 그대를 못 만나는군! 더구나 이틀 전까지도 나는 그대를 전혀 모르고 있었지 뭔가! 어떻게 이토록 오랜 세월을 그대 없이 살아올 수 있었을까?

지휘자 아저씨가 잔소리를 하려 하더군. 그렇다고 그대가 나 이상으로 그런 것을 염려할 필요는 없네! 내게 있어서 남이란 대체 무엇인가! 그들이 나를 어떻게 생각하건, 또 장차 어떻게 생각하건, 나는 문제시하지 않네. 내게 소중한 것은 그대뿐이라네. 나의 영혼이여, 나를 굳건히 사랑해 주게. 내가 그대를 사랑하듯 나를 사랑해 주게……얼마나 내가 그대를 사랑하는지 말로는 표현할 수가 없네!

　나는 그대의 것, 그대의 것이라네. 온 전신이 그대의 것일세. 영원히 그대의 것일 걸세.

크리스토프

크리스토프는 한 주일이 천천히 가는 것이 안타까워 견딜 수 없었다. 평소에 다니는 길에서 옆길로 벗어나 멀리 돌아서 옷토의 집쪽을 헤매었다. 별달리 그를 만날 생각은 아니었다. 그러나 그의 집이 보였을 뿐인데도 이미 가슴이 막혀, 얼굴빛은 파래졌다 빨개졌다 했다. 목요일에는 더 참지를 못하고 처음보다도 더 열렬한 편지를 썼다. 옷토는 감상적인 답장을 보내어 왔다.

드디어 일요일이 되었다. 옷토는 약속 시간대로 왔다. 크리스토프는 한 시간이나 전부터 산책길에서 기다리며 조마조마해 하고 있었다. 옷토를 만나지 못하게 되지나 않을까 하여 애가 타기 시작했다. 혹시 앓고 있지는 않나 근심되었다. 왜냐하면 옷토가 약속을 어긴다고는 한 순간도 생각할 수 없었기 때문이다. 그는 나직이 되풀이하고 있었다. 『아아! 제발 와 다오!』 그리고는 잔 막대기로 길 위의 돌맹이를 툭툭 쳤다. 세 번 잘못 치면 옷토는 오지 않는다, 잘 맞추면 옷토는 곧 온다고 자신에게 타일렀다. 무척 하기 쉬웠으나 매우 조심해서 했는데도 세 번 다 실패했다. 바로 그때 조용하고 침착한 걸음걸이로 다가오는 옷토의 모습이 눈에 띄었다. 그는 아무리 감동했을 때라도 항상 단정한 태도를 잃지 않았던 것이다. 크리스토프는 그에게 달려가서 목쉰 소리로 인사를 했다. 옷토도 인사를 했다. 그러고 나서는 두 소년 모두 무슨 말을 해야 좋을지 몰라 그저 참 좋은 날씨라느니, 지금은 10시 5분이라느니, 하지만 성터의 시계는 언제나 늦어지니까 못돼도 10시 10분일지도 모른다느니 하는, 그런 말밖엔 할 수가 없었다.

그들은 역으로 갔다. 그리고 소풍의 목적지로 되어 있는 이웃 역까지 기차를 탔다. 도중에선 열 마디 말도 채 나누지 못했다. 잘 움직이는 눈동자로 그것을 보충하려고 애썼으나, 이것도 뜻대로 되지 않았다. 얼마나 애정을 가진 사이인가를 서로 말하고 싶어도 헛일이었다. 그들의 눈은 전혀 아무 말도 하지 못했던 것이다. 그들은 희극을 벌이고 있었던 것이다. 크리스토프는 그것을 알아차리고 부끄러웠다. 한 시간 전에 자신의 마음을 채우고 있던 모든 것을 왜 표현하지

못하는지, 왜 느낄 수조차 없는지, 그는 알 수가 없었다. 옷토는 아마도 이러한
거북함을 크리스토프만큼 또렷하게 느끼지 않았으리라. 왜냐하면 옷토는 그렇
게 진지하지는 않았고 한층더 자존심을 가지고 자신을 바라보고 있었기 때문
이다. 그렇긴 하지만 그 역시 그와 같은 실망감을 느끼고 있었다. 사실 두 소년
은 한 주일 전부터 상대방이 없는 곳에서 자신의 감정을 지극히 높이고 있었으
므로, 현실에서는 그대로 유지할 수 없게 되어, 서로 얼굴을 마주하자 그 첫 인
상은 필연적으로 환멸적인 것이 될 수밖에 없었던 것이다. 그러나 이것은 부득
이한 것으로 체념할 수밖에 없는 일이었다. 그런데도 그들은 도무지 체념하질
못하는 것이었다.

　두 소년은 시골길을 돌아다녔으나 마음에 무겁게 내리 덮인 음울한 답답증을
떨쳐 버릴 수는 없었다. 마침 축제일이어서 음식점도 숲도 산책하는 사람들 무
리로 가득했다. 가족을 거느린 소시민들이 가는 곳마다 떠들어 대며 먹고들 있
었다. 그런 모습을 보자 그들은 더욱더 울적해졌다. 이런 귀찮은 무리들 때문에
지난번의 산책처럼 편안한 심정이 될 수 없다는 생각이 들었다.

　그러면서도 두 소년은 입을 놀렸다. 화제를 찾느라고 둘 다 여간 고생을 한 게
아니었다. 나눌 이야기가 아무것도 없다는 것을 깨닫게 될까봐 두려워하고 있
었다. 옷토는 학교에서 배운 지식을 늘어놓았다. 크리스토프는 음악 작품이나
바이올린 켜는 법에 대해서 전문적인 설명을 하기 시작했다. 두 소년은 서로를
따분하게 만들고 있었다. 그러나 이야기가 단절될까 두려워하며 줄곧 지껄이고
있었다. 만약 그렇게 되면 섬뜩하리만큼 무서운 침묵의 심연이 거기 입을 벌리
기 때문이다. 옷토는 울고 싶은 심정이 되어 있었다. 크리스토프는 하마터면 옷
토를 거기 남겨둔 채 혼자 달아나 버릴 뻔했다. 그토록 그는 부끄러웠고 따분했
던 것이다.

　이제 한 시간만 지나면 다시 기차를 타야 했기 때문에 두 소년의 마음은 가까
스로 풀렸다. 숲속 구석에서 개가 짖으며 마구 먹이를 몰아 대고 있었다. 크리
스토프는 지나는 길가에 숨어서 쫓기는 그 짐승을 보자고 제의했다. 두 사람은
숲속으로 뛰어 들어갔다. 개는 멀어지기도 하고 다가오기도 했다. 그들은 오른
쪽으로도 가고 왼쪽으로도 가고, 앞으로 나가기도 하고 뒤로 물러서기도 했다.
개 짖는 소리가 더욱 커진다. 개는 고기에 굶주린 듯이 외치며 조바심으로 목이
경련을 일으키고 있었다. 개는 두 사람쪽으로 다가왔다. 크리스토프와 옷토는
오솔길가의 수레바퀴 자국 난 곳의 마른 잎 위에 누워서 숨을 죽이고 기다렸다.
짖는 소리가 그쳤다. 개는 먹이의 발자취를 잃은 것이다. 또 한번 멀리서 짖는

소리가 들리더니 숲속은 바늘 떨어지는 소리조차도 들릴 것 같은 고요에 잠겼다. 다만 곤충이나 배추벌레 따위, 언제나 나무를 긁어 먹고 숲을 파괴하는 무수한 생물들의 신비로운 꿈틀거림이 들릴 뿐——그것은 결코 멈출 줄 모르는 규칙적인 죽음의 숨소리였다. 소년들은 귀를 기울이고 꼼짝하지 않고 있었다. 낙담한 그들은 일어서면서 이젠 틀렸다고 말했다

바로 그때, 조그만 토끼 한 마리가 숲속에서 뛰어 나오더니 그들쪽을 향해서 곧바로 달려왔다. 두 소년은 그것이 눈에 띄자 기쁨에 겨워 소리쳤다. 순간, 토끼는 그 자리에서 깡충 뛰어오르더니 머리를 처박고 엉덩이를 치켜올리며 관목의 숲속으로 뛰어 달아나는 것이었다. 나뭇잎 스치는 소리가 마치 배 지나간 자국처럼 스러졌다. 두 소년은 소리친 것을 후회했으나 이 뜻하지 않은 사건으로 완전히 유쾌해졌다. 토끼가 소스라쳐서 깡충 뛰던 모습을 생각하고는 배를 움켜쥐며 웃었다. 크리스토프는 익살스럽게 그 흉내를 냈다. 옷토도 그렇게 했다. 그러다가 두 소년은 쫓고 쫓기며 뛰었다. 옷토가 토끼가 되고 크리스토프는 개가 되어 울타리를 뚫고 지나 도랑을 건너 뛰고 숲과 목장을 뛰어 내렸다. 호밀밭에 뛰어 들어가자 농부가 꾸짖어 댔다. 그래도 두 소년은 그치지 않았다. 크리스토프가 목쉰 듯한 개의 목소리 흉내를 어찌나 잘 내는지 옷토는 눈물이 날 정도로 웃었다. 이윽고는 미친 듯이 소리치며 비탈을 뒹굴었다. 이제는 목소리도 나오지 않게 되자 한켠에 주저앉아서 벙글벙글 웃는 눈을 마주 보았다. 그들은 완전한 행복감으로 자신에게 만족하고 있었다. 이미 서로가 잘난 체할 필요도 없었기 때문이다. 그들은 솔직히 있는 그대로의 그들이었다. 다시 말해서 다만 두 소년에 불과했다.

그들은 아무런 뜻도 없는 노래를 부르며, 팔을 끼고 귀로에 올랐다. 숲을 빠져 나올 때 그들은 마지막 나무에 두 사람의 머릿글자를 엇갈리게 새겼다. 그러나 거리에 들어서자 다시 전처럼 의젓한 체하는 것이 좋겠다고 생각했다. 그러나 흐뭇한 기분이 그러한 감상적인 생각을 이겨 냈다. 그리고 귀로의 기차 안에서도 그들은 얼굴이 마주칠 때마다 크게 소리내어 웃어젖혔다.

오늘은 참으로 『멋지고 즐거운』 하루를 보냈다고 믿으며 두 소년은 헤어졌다. 그 확신은 서로 혼자가 되자마자 더욱 흔들릴 수 없는 확고한 것이 되었다.

그들은 꿀벌의 일보다도 더 참을성 있고 더욱 교묘한 건설적인 작업을 다시 시작했다. 평범한 추억의 몇 토막인가의 단편으로 자기 자신과 자기네의 우정과의 멋들어진 영상을 만들어 낼 수 있었던 것이다. 한 주일 동안 그들은 서로를

이상화한 다음 일요일에 만났다. 그리고 사실과 그들의 환상 사이에는 자연히 불균형이 존재하게 됐으나 이미 그들은 그것을 인식하지 않게끔 되어 있었다.

서로가 친구임을 자랑으로 여기고 있었다. 성질이 정반대라는 것이 도리어 두 사람을 접근케 했다. 크리스토프는 옷토처럼 아름다운 애를 본 적이 없었다. 호리호리한 키, 고운 머리카락, 해맑은 낯빛, 수줍음 타는 말솜씨, 예의바른 거동, 치밀하게 배려된 옷차림 등등은 크리스토프를 황홀케 했다. 옷토는 크리스토프의 넘칠 듯한 힘과 독립심에 탄복하고 있었다. 오랜 세월에 걸친 세습적인 전통과 모든 권위에 대한 경건한 존경으로 길들여진 옷토는 기성의 어떤 규칙에도 개의치 않는 기질의 소유자와 사귀는 데 두려움이 뒤섞인 기쁨을 느끼고 있었다. 시내의 명사들을 헐뜯고 대공 전하의 흉내를 내곤 하는 크리스토프를 보고는 통쾌하면서도 두려움이 깃든 전율마저 느끼고 있었다. 크리스토프는 자신이 그렇게 벗을 매혹케 하고 있다는 것을 느꼈다. 그럴수록 그는 도전적인 감정을 더욱 과장했다. 마치 혁명가처럼 일시에 사회의 약속이나 국가의 법률을 뒤집어 엎어 버리는 듯한 말을 입에 올렸다. 옷토는 이맛살을 찌푸리기도 하고 기뻐하기도 하며 귀를 기울였다. 조심조심하면서도 거기 맞장구라도 치려고 애를 썼다. 그러나 누가 듣지나 않을까 하여 조심스럽게 두리번거리곤 하는 것이었다.

둘이서 산책을 하다가 금지 구역을 보면 크리스토프는 반드시 그 밭의 울타리를 뛰어 넘어 안으로 들어갔다. 또는 남의 소유인 벽 너머의 과일을 따먹기도 했다. 옷토는 붙들리지나 않을까 하고 겁을 먹었다. 그러나 이런 감정이 그에게는 뭐라 말할 수 없는 쾌감을 가져다 주었다. 저녁에 집으로 돌아가서는 마치 자신이 용사인 것 같은 느낌이 들곤 했다. 그는 두려워하면서 크리스토프를 찬탄하고 있었다. 그의 복종의 본능은 상대방의 의지에 동의하는 우정으로 만족하고 있었던 것이다. 크리스토프는 결코 옷토로 하여금 결심하도록 하는 수고를 끼치지 않았다. 그는 모든 것을 결정하여, 나날을 어떻게 지낼 것인가, 나아가서 일생을 어떻게 보낼 것인가도 이미 정하고 있었다. 옷토의 미래에 대해서도 마치 자신의 미래에 대한 것처럼 의논의 여지도 없는 계획을 마련해 놓고 있었다.

옷토는 언제나 찬성이었다. 다만, 크리스토프가 장래에 자신이 직접 설계한 극장을 짓는 데 그의 재산을 멋대로 처분하는 이야기를 했을 때엔, 그도 약간 못마땅해 했다. 그러나 항변은 하지 않았다. 친구의 고압적인 태도에 위협을 받고 있었고 게다가 상업회의의 회원인 오스카 디너 씨에 의해 축적된 재산에게 그 이상 고상한 용도란 절대 없다는 친구의 확신에 의해 그는 설복되어 있었던 것이다.

그렇다고 크리스토프는 옷토의 의지를 협박할 생각은 없었다. 그는 친구가 자신과 다른 의견을 가질 수 있으리라고는 상상할 수 없었다. 만약 옷토가 그 자신과 다른 희망을 제안했더라면 그는 조금도 서슴없이 자신의 희망을 희생해 버렸을 것이다. 그 이상의 희생도 마다하지 않았을 것이었다. 그는 옷토를 위해서 자신을 위험 앞에 드러내 놓을 심정으로 불타 있었다. 우정을 시련 앞에 내걸 기회가 오기를 열망하고 있었다. 산책중에도 어떤 위험이 닥쳐와서 그 앞에 몸을 내던질 일이라도 있었으면 하고 바랄 정도였다. 옷토를 위해서라면 기꺼이 죽기라도 했을 것이었다. 그러나 그때를 기다리면서 그는 조마조마한 위구심으로 옷토를 지켜보고 있었다. 위험스러운 곳에서는 소녀에게처럼 손을 잡아주었고, 피곤할세라, 더울세라, 추울세라 하며 염려했다. 나무 그늘에 앉을 때에는 자기 저고리를 벗어서 어깨에 걸쳐 주었다. 걸을 때에는 외투를 들어 주었다. 옷토마저 업어 주고 싶을 정도였다. 마치 연애하는 사람처럼 언제나 그를 바라보고 있었다. 사실 그는 연정에 사로잡혀 있었던 것이다.

연애란 것을 아직 몰랐기 때문에 옷토에게 연정을 품고 있다는 것을 인식하지 못하고 있을 뿐이었다. 그러나 때로 함께 있을 때면 어쩐지 야릇한 불안감에──처음 벗이 된 날 그 왜전나무 숲속에서 그의 가슴을 죄어주던 것과 같은 불안이었다──사로잡히곤 했다. 이런 생각을 하자 얼굴이 화끈 달아 올라 두 볼이 뜨거웠다. 그는 두려워졌다. 두 소년은 본능적으로 같은 것을 느끼고는 조심조심 서로 앞서거니 뒤서거니 했다. 숲속에서 오디를 열심히 찾는 체하기도 했다. 그런데 왜 그렇게도 불안했는지, 그 까닭을 좀처럼 알 수 없었던 것이다.

그러한 감정은 편지 속에서 특히 흥분되었다. 편지에서는 사실에 의해 반론될 염려가 없었다. 그 무엇도 그들의 환상을 훼방하지 않고 그들로 하여 겁나게 할 것이라곤 없었기 때문이다. 이제는 한 주일에 두세 번씩 열렬한 서정에 넘친 편지를 주고받고 했다. 현실적인 일을 쓰는 예는 거의 없었다. 열광으로부터 별안간 절망으로 옮겨가는 듯한 난해한 글로 서로 토론하고 있었다. 그들은 서로 상대방을 나의 행복, 나의 희망, 나의 사랑하는 이, 나의 자신이라고들 부르고 있었다. 그들은 『영혼』이란 말을 엄청나게 많이 쓰고 있었다. 자신들의 숙명의 슬픔을 비극적인 색채로, 그리고 벗의 생활 속에 자신의 운명의 그림자를 투입하는 것을 한탄하고 있었다. 크리스토프는 이렇게 쓰기도 했다.

『내 사랑하는 이여, 나로 하여 그대가 괴로워하고 있다고 생각하니 나는 그대가 원망스러워지네. 하지만 그대가 괴로워하는 것을 나는 참을 수가 없네. 그대는 괴로워해서는 안 되네. 내가 그러길 원치 않는 걸세. (이 말 밑에 종이가 찢어질 만큼 줄을 그어 놓고는) 만약에 그대가 괴로워한다면, 나는 삶의 힘을 어디서 찾을 수 있을까? 나는 그대에게밖엔 행복을 갖고 있지 않다네. 오오! 행복해지길 바라네! 불행은 내가 모두 기꺼이 이 한 몸으로 짊어지겠네! 나를 생각해 주게! 나를 사랑해 주게! 나는 사랑받고 싶다네. 내게 생명을 주는 열매는 그대의 사랑에서 오는 걸세. 내가 얼마나 떨고 있는지 그대가 알아 준다면! 내 마음 속은 겨울이어서 살을 에는 바람이 불고 있네. 나는 그대의 영혼을 포옹하네.』

『나의 생각은 그대의 생각에 키스하네.』라고 옷토는 답장을 썼다. 크리스토프는 회답에 이렇게 썼다.

『나는 그대의 머리를 두 손으로 품어안네. 그리고 지금까지 입술로 하지 않았던 것을, 또한 앞으로도 하지 않을 것을 나의 전신으로 맹세하네. 사랑하는 만큼의 포옹을 하네. 그것으로 사랑을 재어 주게!』

옷토는 의심스러운 듯이 썼다.

『내가 그대를 사랑하는 만큼, 그대도 나를 사랑해 주는 것일까?』

『무슨 소리를! 같기는커녕 열 배, 백 배, 천 배나 더 사랑하네! 무슨 소린가! 그대는 그것을 느끼지 못하고 있는가? 어떻게 하면 그대의 마음을 움직일 수 있단 말인가?』

『우리의 우정은 이 얼마나 아름다운 것일까! 아아! 크리스토프! 인류가 살기 시작한 후 이토록 아름다운 우정이 있었을까? 꿈처럼 우아하고 또한 상쾌하다. 부디 이것이 스러지지 말았으면 좋으련만! 만일, 그대가 나를 더이상 사랑하지 않게 되는 일이 있다면!』

크리스토프는 이 편지에 이렇게 답했다.

『나의 사랑하는 벗이여, 그대는 왜 그리도 어리석단 말인가! 실례되는 말을 용서해 주게. 하지만 그대의 부질없는 근심에는 화가 나네. 어째서 내가 그대를 사랑하지 않게 될 것을 근심을 하는가! 내게 있어서 산다는 것은 즉 그대를 사랑한다는 것이라네. 죽음도 나의 사랑을 어쩔 수가 없어. 설사, 그대 자신이 나의 이 사랑을 잊는다 해도 어쩔 수는 없을 걸세. 그대가 나를 저버리더라도, 그대가 나의 심장을 찢더라도, 나는 그대가 내게 불어 넣어준 이 사랑을 축복하면서 죽으리라. 제발, 그런 연약한 불안감으로 부질없이 고민하거나 나를 슬프게 하는 짓은 앞으로 아예 그만두어 주게!』

그러나 한 주일이 지나자 이번엔 그가 이런 편지를 썼다.

『벌써 꼬박 사흘 동안이나 그대 입에서 나오는 말을 못 듣고 있네. 나는 걱정이 되어 못 견딜 지경이야. 그대가 나를 잊어버리고 있는 것이나 아닐까 하고 생각하니, 내 피는 얼어 붙는다네……그렇다 ! 확실히 그렇다……요전날에도 내게 대한 그대의 냉담한 태도를 나는 이미 알아차렸었지. 그대는 이미 나를 사랑하지 않는 거다 ! 그대가 내게서 떨어지려 하는 일이 있으면, 나는 그대를 개처럼 죽이고 말테다 !』

『나의 친애하는 마음이여, 그대는 나를 모욕하는군.』하고 웃토는 대답했다. 『그대는 내게 눈물을 흘리게 하네. 내겐 이런 대우를 받을 짓을 한 기억이 없어. 하지만 그대는 무슨 짓을 한들 괜찮은 거야. 그대는 내게 대해서 모든 권리를 가지고 있네. 그러기에 설사 그대가 내 영혼을 때려 부수더라도 내 영혼의 한 조각은 그대를 사랑하기 위해서 언제까지고 살아 있을 것이네 !』

『아아 ! 이 무슨 일이란 말인가 !』하고 크리스토프는 절규했다. 『나는 나의 벗을 울려 주었구나……나를 꾸짖어 주게 ! 나를 때려 주게 ! 나를 짓밟아 주게 ! 나는 못된 놈이야 ! 그대의 사랑을 받을 자격이 없는 놈이야 !』

그들은 보통 보내는 편지와 구별하느라고 수신인의 이름을 쓰는 방식을 특별히 고안했고 또 우표는 봉투의 오른쪽 아래에 거꾸로 해서 비스듬히 붙이곤 했다. 이러한 어린애다운 비밀은 그들에게는 사랑의 즐거운 신비의 매력을 지니고 있었던 것이다.

그 어느 날, 크리스토프는 출장 지도에서 돌아오다가 저쪽 길에 같은 나이 또래의 소년과 같이 걸어가는 웃토의 모습을 발견했다. 두 소년은 친밀한 듯 웃고 지껄이고 있었다. 크리스토프는 얼굴이 파래졌다. 두 소년이 한길 모퉁이로 사라질 때까지 그 뒤를 뚫어지게 지켜보았다. 그들 쪽에서는 그의 모습을 보지 못했다. 크리스토프는 집으로 돌아왔다. 한 점의 구름이 태양을 가린 듯한 느낌이었다. 모든 것이 어두웠다.

다음 일요일에 만났을 때 크리스토프는 처음엔 아무 말도 하지 않았다. 삼십 분쯤을 산책한 뒤 그는 목을 졸린 듯한 음성으로 말문을 열었다.

「수요일, 크로이츠가스 거리에서 널 봤지.」

웃토는 그러냐고 대답하며 낯을 붉혔다.

크리스토프는 말을 이었다.

「넌 혼자가 아니더구나.」

「응, 동행이 있었지.」

크리스토프는 침을 꿀꺽 삼키며 애써 무심한 체하며 물었다.

「누구냐, 그 녀석은?」

「사촌 동생 프란츠야.」

「그랬구나!」

그러고 나서 한참 뒤에 말했다.

「내게 그런 말은 안했었지.」

「라인바흐에 살고 있어.」

「자주 만나니?」

「가끔 찾아오지.」

「그래, 너도 그애 집엘 가니?」

「가끔은 가지.」

「그렇구나!」크리스토프는 그 말을 되풀이했다.

옷토는 화제를 바꾸고 싶었으므로 나무 줄기를 부리로 쪼고 있는 새 한 마리에게로 그의 주의를 돌리게 했다. 두 소년은 딴 이야기를 주고받았다. 그러나 십 분쯤 지나자 크리스토프는 불쑥 또 아까 그 이야기를 꺼냈다.

「너희들 뜻이 맞니?」

「누구하고?」

누구를 가리키는지 옷토는 똑똑히 알고 있었지만 되물었다.

「너의 사촌하고 말이야.」

「응, 그런데 왜?」

「뭐, 별것도 아니지만.」

옷토는 이 사촌 동생이 언제나 심술궂은 장난으로 그를 괴롭혀 왔으므로 그리 좋아하지 않았다. 그러나 질투를 자극하는 기묘한 장난기가 솟아나 한참 만에 덧붙였다.

「아주 친해.」

「누가?」

누구를 일컬음인지 크리스토프는 잘 알고 있었지만 되물었다.

「프란츠 말이야.」

옷토는 크리스토프의 반응을 기다렸다. 그러나 크리스토프에겐 들리지 않은 것 같았다. 그는 오리나무 가지를 꺾어 조그만 지팡이를 만들고 있었다. 옷토는 다시 말을 이었다.

「재미있는 녀석이지. 언제나 많은 이야기를 알고 있거든.」

크리스토프는 아무렇게나 휘파람을 불었다. 옷토는 더욱 말을 덧붙였다.

「게다가 아주 똑똑하고……고상하지 ! 」

크리스토프는 어깨를 치켜 올려 보였다. 마치 이렇게 말하는 것같이.

『그런 녀석이 내게 무슨 상관이냐 ? 』

뾰로통해진 옷토가 더 말을 이으려 하자 크리스토프는 거칠게 그의 말문을 막더니 저쪽까지 뜀박질을 하자고 제안했다.

그날 오후 내내 그 문제에 대해서는 더이상 언급이 없었다. 그러나 둘 사이에는, 특히 크리스토프는 지나칠 만큼 공손한 태도를 가장해 가며 냉랭한 싸움을 하고 있었다. 크리스토프는 목에서 말이 막혀 있었다. 끝내는 더 참지 못하고 길 한복판에서 대여섯 걸음 뒤쳐진 옷토를 돌아보고는 그의 두 손을 꽉 잡고 단숨에 가슴속을 털어놓고 말았다.

「이봐, 옷토 ! 난 네가 프란츠하고 친하게 지내는 걸 원하지 않는단 말이야. 왜냐하면……왜라니, 너는 내 친구니까 그렇지 ! 네가 나보다 다른 누구를 더 사랑하다니, 난 싫다 ! 난 싫어 ! 넌 말이야, 넌 내게는 모든 것이란 말이야. 넌 그럴 수 없을 거야……그래선 안 될 거야……만일 네가 내 것이 아니게 되면 난 죽을 수밖에 없는 거야. 어떤 짓을 저지를지 몰라. 자살할지도 모르지. 너를 죽일지도 모르지. 아니, 네게 이런 말을 하다니, 용서해 줘…….」

눈물이 그의 눈에서 솟아 넘쳤다.

위협하듯이 중얼거리는 그의 고백이 하도 진지한 데 대해서 옷토는 감동되기도 하고 놀라기도 해서 부랴부랴 그에게 맹세했다. 어느 누구라도 크리스토프만큼은 사랑하지 않으며, 앞으로도 사랑하진 않을 거다, 프란츠는 내겐 아무렇지도 않은 놈이다, 만일 크리스토프 네가 원한다면 앞으로 두 번 다시 그 녀석을 만나지 않을 테다, 하고. 크리스토프는 그러한 말에 황홀해지고 곧 생기를 되찾았다. 그는 웃으며 크게 숨을 쉬고는 진심으로 옷토에게 감사했다. 그렇게 성낸 것이 부끄러웠다. 그러나 무거운 짐을 덜어 버린 것 같은 심정이었다. 두 소년은 꼼짝도 하지 않고 마주 선 채 손을 잡고는 서로 얼굴을 건너다보았다. 그들은 너무 기뻤다. 어찌하면 좋을지 몸둘 바를 몰랐다. 두 소년은 묵묵히 귀로에 올랐다. 여느 때처럼 대화가 쾌활을 되찾았다. 지금까지보다도 서로가 더욱 단단히 결합된 듯한 느낌이 들었다.

그러나 그 일이 여기에서 그친 것은 절대 아니었다. 이제 옷토는 크리스토프에 대한 자기 힘을 느낀 끝에 그것을 남용하고 싶은 유혹에 사로잡혔다. 급소가 뻔해지자 그곳을 찔러 보고 싶어 못 견딜 지경이었다. 크리스토프가 성내는 것이 재미있는 것은 아니었다. 오히려 크리스토프가 성내는 것이 무서웠다. 그러나 그를 괴롭힘으로써 자신의 힘을 스스로에게 증명해 보이고 있었다. 결코 심술스런 성격은 아니었으나 다만 소녀 같은 영혼의 소유자였던 것이다.

이리하여 옷토는 약속을 해 놓고도 여전히 프란츠나 그밖의 동무들과 팔을 끼고 있는 현장을 보여 주곤 했다. 그들은 법석을 떨며 떠들어 댔고 옷토는 잘난 체하는 웃음을 웃었다. 크리스토프가 싫은 소리를 했더니 그는 냉소하며 쳐다보려고도 하지 않았다. 그래도 나중에 크리스토프의 눈빛이 변하고 입술이 노여움으로 떨리는 것을 보고는 불안스러워져서 태도를 바꾸며 앞으로 다시는 안하겠다고 약속했다. 크리스토프는 노여움을 깃들인 편지를 그에게 써 보내어 그를 이렇게 불렀다.

『철면피 같으니! 이제는 그대 소문도 다시 듣고 싶지 않아! 앞으론 남남이야. 악마에게나 잡혀가 버려! 너와 같은 종류의 개들과 함께 말이다!』

그러나 옷토가 눈물겨운 한 마디를 하거나——단 한 번 한 말이지만——그의 영원히 변치 않는 마음을 상징하는 꽃을 한 송이 보내는 것만으로도, 크리스토프는 곧 후회해서 다음과 같은 편지를 쓰게 마련이었다.

『나의 천사여! 난 미친 놈이었어. 나의 이 어리석음을 잊어다오. 그대는 가장 뛰어난 사람. 그대의 손가락 하나는 이 어리석은 크리스토프의 전체보다 낫지. 그대는 어질고 섬세한 애정의 보배를 지니고 있는 거야. 이 몸은 눈물을 띄워 그대의 꽃에 키스를 보내네. 그 꽃은 여기 나의 심장 위에 있네. 나는 주먹으로 꽃을 살갗 속으로 밀어넣는다네. 그로써 피를 흘리고 싶은 거야. 그대의 호의와 이 몸의 부끄러운 어리석음을 더한층 강하게 느끼기 위해서!』

그러나 이들은 서로 싫증을 느끼기 시작했다. 조그만 불화 정도로는 우정을 유지할 수 있다는 말은 잘못이다. 크리스토프는 자신을 쑤셔 도리에 어긋난 짓을 저지르도록 하는 옷토를 원망스러워하고 있었다. 그는 스스로 이성을 지키려고 몹시 애썼고 제멋대로이고 자기 중심적인 자신을 책망하고 있었다. 의리에 밝고 더구나 격정적인 그는 생전 처음으로 사랑을 맛보자 그에게 자신의 전부를 주었으며 상대방으로부터도 그 전부를 받고 싶어했다. 그에게는 우정을 나눈다는 것은 허용할 수 없는 일이었다. 벗에게 자신의 모든 것을 바칠 각오로 있었던 그는 벗도 당연히 자신에게 모든 것을 바쳐야 마땅하며 필연적으로 그렇게 되어야 한다고 생각하고 있었다.

그러나 그는 비로소 느끼기 시작했던 것이다. 이 세상이란 자신과 같은 완고한 성격을 모델로 해서 만들어진 것이 아님을. 그리고 자신은 사물에게서 얻을 수 없는 것을 요구하고 있다는 것을. 그리하여 그는 자신을 이겨 내려고 애

172

썼다. 자신을 준엄하게 꾸짖고 벗의 애정을 독점할 권리가 없는 편협한 이기주의자로 간주했다. 설사 자신에겐 아무리 쓰라리더라도 진지하게 노력하여 벗을 완전히 자유로운 입장에 놓아 주려 했다. 겸허한 마음을 보이려고 억지로 프란츠를 등한히하지는 말라고 옷토에게 권하기조차 했다. 자신보다 다른 사람과 교제하며 기뻐하고 있는 옷토를 보는 것이 자신에게도 기쁘다고 확신하는 체하고 있었다. 그렇지만 그런 것에 결코 속아 넘어가지 않는 옷토가 심술궂게 자신의 말에 고분고분 좇는 것을 보고는 옷토에 대해서 싫어하는 표정을 감출 수가 없었다. 그래서 별안간 다시 노여움을 폭발시키곤 했던 것이다.

엄밀히 말해 옷토가 자신 외의 다른 어느 벗을 좋아했다 하더라도, 그는 어쩌면 그것을 허용했을지도 모른다. 그러나 무엇보다도 참을 수 없었던 것은 옷토의 그 거짓말이었다. 옷토는 심보가 나쁘지 않았을 뿐 아니라 위선자도 아니었다. 마치 말더듬이가 발음에 곤란을 느끼듯이 그는 천성적으로 참말을 하기 어려웠다. 그의 말은 전적으로 진실도 아니며 또 거짓도 아니었다. 수줍어하는 것인지, 자신의 감정에 확신이 없는 것인지, 그는 명료한 투로 말하는 일이라곤 좀처럼 없었다. 그의 대답은 언제나 애매했다. 무슨 일에 관해서 비밀을 두어, 크리스토프의 노여움을 샀다. 그런 잘못을 지적받으면 사실을 인정하기는커녕 도리어 완강히 부정하며 어리석게도 거짓을 꾸며 늘어놓곤 하는 것이었다.

어느 날, 크리스토프는 불끈 성이 나서 그의 따귀를 때렸다. 이것으로 두 사람의 교제도 끝장이 날 것이며 옷토는 결코 용서해 주지 않을 것이라고 그는 생각했다. 그런데 옷토는 서너 시간을 토라져 있더니 전혀 아무 일도 없었다는 듯이 그에게로 다시 돌아왔다. 옷토는 크리스토프의 폭력을 조금도 원망하진 않았다. 어쩌면 도리어 거기에 매력을 느끼고 있었는지도 몰랐다. 한편으로는, 크리스토프가 자신의 말을 하나부터 열까지 고스란히 곧이 듣는 데 대해서 불만으로 여기고 있었다. 이런 데서 그는 크리스토프를 깔보며 자신이 그보다 뛰어나다고 믿기도 했다. 크리스토프는 또 옷토가 전혀 아무 반항도 없이 자신의 학대를 감수하는 데 대해서 불만스러워하고 있었던 것이다.

그들이 서로 바라보는 눈초리는 이미 처음의 감정과는 달라져 있었다. 그들은 결점이 환히 드러나 있었다. 옷토는 크리스토프의 분방하며 독립적인 행동에 예전처럼 매력을 느끼지 못하고 있었다. 같이 산책할 때는 귀찮게 느껴졌다. 아닌게아니라 크리스토프는 예의 범절 따위는 전혀 아랑곳하지 않았다. 마음 내키는 대로 저고리를 벗거나 옷깃을 벌리고, 셔츠의 소매를 걷어붙이거나 지팡이 끝에 모자를 꽂아 올리거나 하며, 침묵 속에서 상쾌한 기분이 되어 있었다. 걸으면서 팔을 흔들거나 휘파람을 불고 목청껏 노래를 부르거나 했다. 마치 시장에서 돌아오는 농부와 같은 꼴로 얼굴이 시뻘개졌고 땀을 뻘뻘 흘리며, 먼지투성이가 되어 있었다. 그러다 보니, 귀족적인 옷토는 그와 같이 있는 현장이 남의 눈에 띄는 것이 여간 불편하지 않았다. 한길에서 마차가 눈에 띄면 그는 일부러 열 걸음쯤 처져서 마치 홀로 산책하는 체하곤 했던 것이다.

집으로 돌아오는 귀로의 기차 안에서 크리스토프가 지껄일 때도 옷토는 역시 당혹을 느끼게 마련이었다. 크리스토프는 큰소리로 지껄여 대고, 생각나는 것은 무엇이든지 입에 올리고 소름끼치리만큼 친숙하게 옷토를 다루었다. 모든 알고 있는 사람이나 바로 곁에 앉아 있는 사람들의 얼굴 생김새에 대해서까지 가차없이 비평을 가하곤 했다. 또는 자신의 건강이나 가정 생활에 대해서 극히 사적인 자질구레한 것마저 지껄였다. 옷토가 아무리 눈짓을 하거나 난처한 듯한 표정을 지어 보여도 헛수고였다. 크리스토프는 알아차린 체도 하지 않고 마치 자기 혼자 있는 것같이 개의치 않는 것이었다. 옷토는 가까이 있는 사람들의 얼굴에 떠 있는 엷은 웃음을 알아차렸다. 땅 속으로라도 들어가 버리고 싶은 심정이었다. 그는 크리스토프를 거칠고 천박하다고 생각했다. 어찌하여 이런 소년에게 매혹되었는지 스스로도 알 수 없었다.

가장 곤란한 것은 모든 울타리, 목책, 담장, 벽, 통행 금지 표지, 벌금을 과한다는 푯말 등 온갖 종류의 금지 표지 —— 그의 자유를 제한하고 신성한 소유권을 침해하려는 것에 대해서 전과 다름없이 자유분방하게 행동하는 점이었다. 옷토는 줄곧 조마조마해 있었다. 아무리 충고해도 크리스토프는 도리어 심해져서 더욱더 언짢게만 했다.

어느 날, 크리스토프는 옷토를 데리고 사유림을 가로질러 자기 집처럼 멋대로 돌아다녔다. 유리 조각을 박아 놓았음에도 불구하고, 아니 그런 것이 있었기 때문에 그랬는지도 모르지만, 아무튼 두 소년은 그런 벽을 넘어 들어간 것이다. 단박에 감시인과 마주쳤다. 감시인은 두 소년을 몹시 꾸짖고 고발하겠다고 한참이나 위협을 한 다음 더할 수 없이 모욕적인 말로 그들을 내쫓았다.

옷토는 이러한 곤경 때문에 몹시 기가 죽었다. 이미 감옥에 처넣어진 듯한 심정이 되어 눈물을 흘리며 어리석은 변명을 늘어놓았다. 자신은 무심히 들어왔고 어디를 가는지도 모르고 크리스토프를 따라왔을 뿐이라고. 풀려나오자 그는 기뻐하기는커녕 벗을 향해 날카로운 비난을 퍼부었다. 크리스토프가 자신을 위험 속으로 끌어들였다고 투덜거리는 것이었다. 크리스토프는 그를 뚫어지게 노려보더니 『비겁한 놈!』이라고 했다. 둘 사이에 격렬한 말이 오갔다. 옷토는 혼자 돌아갈 수만 있었더라면 아마 크리스토프와 헤어졌으리라. 그러나 크리스토프를 따라 가야 했다. 그러나 둘이 동행하고 있다는 것을 모른 체하고 있었다.

어느 틈에 저녁 소낙비가 오려 하고 있었다. 그들은 성이 나 있었으므로 그런 줄도 모르고 있었다. 불타는 듯한 들은 벌레의 울음 소리로 시끄러웠다. 별안간 주위가 쥐죽은 듯이 고요해졌다. 몇 분 후에, 그들은 귀에서 윙윙거리는 소리를 듣고서야 이 침묵을 알아차렸다. 눈을 들었다. 하늘은 험상궂었다. 무거운 납빛의 큰 구름이 묵직하게 하늘을 가득 채우고 있었다. 그 구름은 마치 치달리는 기병대처럼 사방팔방에서 밀어닥쳤다. 그것들은 모두 깊은 심연으로 빨려들어 가듯이 눈에 보이지 않는 한 점을 향해 달리는 것 같았다.

옷토는 걱정이 되었으나 자신의 공포를 크리스토프에게 토로하진 못하고 있었다. 크리스토프는 전혀 모른 체하며 심술궂은 기쁨을 맛보고 있었다. 그들은 서로 말이 없었지만 서로에게로 다가섰다. 들에 있는 것은 그들뿐이었다. 바람 한 점 없었다. 뜨거운 바람이 가끔씩 나무의 조그만 잎들을 한들거리게 해 줄 뿐이었다. 홀연히 회오리바람이 일어 모래먼지를 휩쓸어 올리고, 나무를 비틀어 휘게 하며, 무서운 기세로 그들에게 불어 닥쳤다. 그러자 전보다도 더한층 무시무시한 침묵이 내리덮쳤다. 끝내 옷토는 떨리는 소리로 입을 열었다.

「소나기야. 가야겠어.」

크리스토프가 말했다.

「돌아가자.」

그러나 이미 늦었다. 눈이 멀 것 같은 무서운 섬광이 번쩍이고 하늘이 으르렁거리고 구름의 둥근 천장이 요란스럽게 울렸다. 순식간에 그들은 돌풍에 휘말리고 번갯불에 떨며 천둥 소리로 귀가 멍멍해지고, 온 몸은 흠뻑 젖었다. 인가가 있는 데까지는 30분 이상이나 걸리는 들판의 한가운데였다. 회오리바람에 휘말려 불어닥치는 비와 어스레한 밝음 속에서 번갯불의 붉은 빛이 번뜩였다. 그들은 뛰고 싶었다. 그러나 비에 흠뻑 젖은 옷이 몸에 찰싹 붙어서 잘 걸을 수도 없었다. 신발은 철벅철벅 소리를 냈다. 빗물은 온 몸을 줄줄이 흘러 내렸다. 호흡도 괴로웠다.

옷토는 이를 덜덜 떨며 미친 듯이 성을 내고 있었다. 크리스토프의 비위를 건드리는 말까지 쏘아 댔다. 그는 멈춰서고 싶어졌다. 이대로 걷는 것은 위험하다고 주장하며 길바닥에 주저앉거나 밭 한복판에 엎드리겠다고 협박했다. 크리스토프는 대꾸하지 않았다. 바람과 비와 번갯불로 눈이 멀다시피하고 어마어마한 천둥 소리에 혼비 백산되면서도 걷기를 계속했다. 그도 조금 불안해져 있었으나 그것을 말하지는 않았다.

그러자 갑자기 하늘이 개었다. 소낙비는 언제 그랬느냐는 듯이 갑자기 걷혔다. 그러나 둘은 똑같이 참담한 몰골이었다. 크리스토프는 평소에 단정치 못했으므로 다소 옷차림이 흐트러져도 그다지 달라지진 않았다. 그러나 옷토는 언제나 옷차림에 주의하여 말쑥하게 차려 입고 다녔으므로 한심스러운 모습이 되어 있었다. 마치 옷을 입고 목욕탕에라도 들어갔다 나온 것 같았다. 그의 그런 꼴이 눈에 띄자 크리스토프는 그만 자기도 모르게 큰소리를 지르며 웃지 않을 수가 없었다. 옷토는 완전히 기가 죽어 있어 성을 낼 기력조차 없었다. 크리스토프는 그를 가여워하며 쾌활하게 말을 건네었다. 옷토는 노여움을 깃들인 눈초리로 흘끗 쳐다봄으로써 대꾸할 뿐이었다. 크리스토프는 그를 농가로 데리고 갔다. 그들은 장작 불을 쬐어 몸을 말리고, 따끈하게 데운 포도주를 마셨다. 이 뜻하지 않은 사건을 크리스토프는 재미있어 하고 있었으나 옷토에게는 도대체 성미에 맞지 않는 일이었다. 그 뒤에도 그는 계속 음울하게 입을 다물고만 있어 어색한 침묵이 흘렀다. 두 사람은 볼멘 낯으로 돌아왔다. 헤어질 때도 두 소년은 서로 손을 내밀지 않았다.

이러한 소동이 있은 뒤, 두 소년은 한 주일 동안이나 만나지 않았다. 그들은 서로 상대방을 신랄하게 비판하고 있었다. 그러나 일요일의 산책을 한번 걸러 보니 결국 그것은 자신을 벌하는 것이 되었고, 몹시 따분하기만 해서 견디질 못하다가 결국에는 원망마저 잊어버리고 말았다. 언제나처럼 크리스토프 쪽에서 화해를 요청하고 옷토는 그것을 받아들여 주었다. 이리하여 두 사람은 화해했다.

그들은 좀처럼 잘 통하진 않았으나 서로 헤어져 버리지도 못했다. 그들은 숱한 결점을 지녔고 둘 다 이기주의자였다. 그러나 이 이기주의는 악의 없이 순진한 것이어서 이기주의를 욕되게 하는 어른들과 같은 타산이란 없었다. 그것은 자각이 없는 이기주의였다. 그것은 거의 사랑스러운 것이어서 두 사람이 진심으로 서로 사랑하는 것을 방해하진 않았다. 그들은 그토록 사랑하고픈 욕구를, 그리고 자신을 바치고픈 욕구를 지니고 있었던 것이다 !

소년 옷토는 자신을 주인공으로 한 소설적인 희생담을 스스로에게 들려주며 베개 위에서 눈물을 흘렸었다. 여러 가지 비장한 사건을 상상하고는 그 속에서 자신은 힘세고 용감하고 대담한 남성이 되어 그가 숭배하는 크리스토프를 보호해 주었다. 크리스토프 또한 어떤 아름답거나 진기한 것을 보거나 듣거나 하면 『만약에 옷토가 있었더라면 !』하고 생각하지 않을 수 없었다. 그는 자신의 온 생활에 벗의 영상을 끌어 들이고 있었다. 그리고 그 영상은 참으로 우아한 모습이 되었으므로 실제의 모습을 알고 있으면서도 으레 도취한 듯한 심정이 들곤 했다. 훨씬 뒤에 옷토의 말을 회상하고 또 그것을 미화하고는 감동으로 몸을 떨곤 했다. 그들은 서로를 모방하고 있었다. 옷토는 크리스토프의 태도나 몸짓이나 필적을 흉내냈다. 전에 크리스토프가 말한 한 마디 한 마디를 그대로 되뇌이기도 하고 그 자신의 사상을 마치 새로운 사상인 것처럼 그에게 옮겨 지껄이기도 하는 이 그림자에게 크리스토프는 약이 오르고는 했다. 그러나 그 자신 또한 옷토의 흉내를 내고 있다는 것을 깨닫지 못하고 있었다. 그는 옷토의 옷차림새며 걸음걸이며 어떤 말의 음을 송두리째 그대로 모방하고 있었던 것이다. 그것은 하나의 매혹이었다. 그들은 서로 상대방의 침투를 받고 있었던 것이다. 그들의 마음은 애정으로 가득 차 있었다. 그 애정은 샘터처럼 온 천지로 넘치고 있었다. 그들은 그것이 바로 자기들의 청춘이 눈뜨고 있는 것임을 모르고 있었던 것이다.

크리스토프는 누구에게나 경계심을 품는 법이 없이, 평소에 쓴 것을 아무데나 내버려 두는 버릇이 있었다. 다만 약간의 수치심으로 옷토에게 보낸 편지의 초고와 그의 답장만은 잘 챙겨두곤 했다. 그것도 잠그지는 않고 악보 사이에 끼어 두었다. 이렇게만 해 두면 아무도 찾아 내지는 못하려니 믿고 있었던 것이다. 동생들의 심술궂은 짓은 미처 생각하지 않았던 것이다.

얼마 전부터, 그는 그들이 자기를 바라보며 킬킬 웃기도 하고 뭐라 쑤군거리기도 하는 것을 눈치챘다.

그들은 서로 귓가에 대고 짤막한 몇 마디 말을 쏘곤쏘곤하고는 몸을 뒤틀며 우스워하고 있었다. 크리스토프에게는 그들의 말이 들리지 않았다. 더구나 평소처럼 그들에 대해선 완전히 무관심한 체 가장하고 있었다. 그런데 두세 마디 말이 그의 주의를 끈 것이다. 귀에 익은 말이라는 생각이 들었다. 이윽고는 동생들에게 편지를 들켰다는 사실을 알아챘다. 그러나 에른스트와 로돌프가 그럴싸하게 익살로『나의 친애하는 영혼이여』하며 서로 주고 받는 현장을 붙들고 캐물었지만 결국 무엇 하나 끄집어낼 수는 없었다. 악동들은 무슨 영문인지 모르는 체하고는 자기네들 멋대로 부르고 싶은 대로 부르는데 무슨 상관이냐고 대꾸했다. 그의 편지는 넣어 둔 자리에 모두 그대로 있었으므로 크리스토프는 더 이상 추궁하지 않았다.

그런 일이 있은 지 얼마 안 되어, 그는 에른스트의 도둑질 현장을 잡았다. 손

버릇이 무척 나쁜 에른스트는 루이자가 돈을 숨겨 둔 장롱의 서랍을 뒤적이고 있었던 것이다. 크리스토프는 사납게 그를 추궁하며 이 기회를 이용해서 가슴속에 쌓여 있던 것을 몽땅 토해 놓았다. 사정 없는 말로 에른스트가 저지른 못된 짓을 하나하나 열거한 것이다. 그 비행의 열거는 짧지 않았다. 그러나 에른스트는 이 훈계를 솔직히 받아들이지 않고, 크리스토프에게 꾸지람을 들을 까닭은 없다고 오만하게 말대답을 했다. 그리고는 형과 옷토와의 우정에 대해서 애매한 말들을 시사했던 것이다.

크리스토프는 그것을 알아듣지 못했다. 그러다가 말다툼 중에 옷토의 이름이 튀어나오자 그는 에른스트에게 그 설명을 요구했다. 아우는 냉소로 응수했다. 크리스토프의 얼굴이 노여움으로 새파래지는 것을 보자, 무서움에 질려 더 말을 이으려 하지 않았다. 크리스토프는 이런 상태로는 더이상 아무 말도 끄집어 내지 못한다는 것을 눈치채고는 어깨를 움찔해 보이며 자리에 앉아 일부러 경멸하는 체해 보였다. 에른스트는 심통이 나서, 또 대담한 말을 토했다. 그는 어떻게 해서든지 형에게 상처를 주려고 더욱더 비열한 말을 계속 퍼부었다. 크리스토프는 노여움을 폭발시키지 않으려고 기를 쓰고 참아 내고 있었다. 그러나 무슨 말을 하고 있는지를 비로소 알아듣고는 버럭 화를 내며 의자에서 몸을 일으켰다. 에른스트는 소리를 지를 겨를도 없었다. 크리스토프는 그에게 덤벼들어, 그와 같이 방 한복판을 대굴대굴 구르며 그의 머리를 방바닥에 짓찧어 주었다.

무서운 비명을 듣고, 루이자와 멜키오르를 비롯한 식구들이 달려왔다. 모두들 혼이 나고 있는 에른스트를 구해 내려 했다. 그러나 크리스토프는 놓으려 하질 않았다. 놓게 하기 위해서는 그를 때려야만 했다. 식구들은 그를 짐승이라고 꾸짖었다. 확실히 그는 짐승 같은 몰골이 되어 있었다. 눈을 부라리고, 이를 부드득 갈며, 어떻게든지 다시 또 에른스트에게 덤벼들려 하고 있었다. 왜 그러느냐고 묻자, 그의 노여움은 더욱더 심해졌다. 심지어 에른스트를 죽이고 말겠다고 소리치고 있었다. 에른스트 또한 까닭을 말하려 하지 않았다.

크리스토프는 식사도 못했고 잠을 잘 수도 없었다. 잠자리에서 몸을 떨며 울고만 있었다. 그가 고민한 것은 단순히 옷토 때문만은 아니었다. 그의 마음속에 하나의 급변이 일어나고 있었던 것이다.

에른스트는 자신이 형에게 어떠한 고통을 주었는지 거의 깨닫지 못하고 있었다. 크리스토프는 청교도적인 완고한 마음을 지니고 있었다. 그 마음은 인생의 더러움을 용납할 수가 없었는데 차차 그 더러움들을 주위에서 발견하고는 혐오하는 마음에 사로잡히게 되었다. 나이 열다섯이 되어 자유로운 삶을 가지며 강렬한 욕구를 지니면서도 그는 여전히 믿어지지 않을 만큼 순진했다. 타고난 순결성과 끊임없는 그의 작업이 그를 비호해 주고 있었던 것이다. 그런데 에른스트의 말이 그에게 깊은 깨달음의 문을 열어 주었던 것이다. 아우에게 그런 말을 듣지 않았더라면 그런 파렴치한 것은 상상조차 못했을 것이었다. 그런데 지금은 그러한 관념이 마음속에 들어와서는 사랑하고 사랑받는 기쁨을 몽땅 망가뜨려 버렸다. 옷토에 대한 우정뿐만 아니라 모든 우정이 엉망이 되고 만 것이었다.

더욱 불행했던 것은, 어떤 불쾌한 빈정거림을 듣고는 자신이 이 조그만 도시에서 천박스러운 호기심의 대상이 되어 있다고——아마도 그것은 그의 오해였겠지만——믿어 버린 점이었다. 또 그 일이 있은 지, 얼마 안 돼서 옷토와의 산책에 대해서 멜키오르가 충고한 것은 특히 나빴다. 멜키오르는 아마 악의로 한 말은 아니었을 테지만 그 말을 듣는 크리스토프로서는 사람들의 모든 말 속에서 의혹을 읽고 있었다. 그리고는 자신을 거의 죄인처럼 여기고 있었던 것이다. 옷토 또한 같은 무렵에 똑같은 위험을 겪고 있었다.

두 소년은 그러면서도 남몰래 만났다. 그러나 예전처럼 스스럼없이 터놓고 이야기를 주고 받고 할 수는 없었다. 그들의 천진 난만한 관계는 변해 버렸던 것이다. 그들 두 소년은 형제와 같은 키스조차 나눈 일이 없을 만큼 내향적이며, 수줍은 애정으로 만나서 서로 사랑과 몽상을 나누는 것을 그지 없는 행복이라고 생각하고 있었던 것인데, 이제는 무례한 사람들의 억측으로 자기네들의 몸이 더럽혀진 것을 느끼고 있었다. 더할 바 없이 청렴 결백한 행동 속에도, 이를테면 눈초리라든지 악수에서도 마치 죄악을 보는 것처럼 생각되었다. 그들은 얼굴을 붉히며 몹쓸 것을 연상했다. 그들의 관계는 참을 수 없는 것이 되어 버렸던 것이다. 서로 말을 나누어 약속을 한 것도 아니었는데, 두 사람의 만나는 횟수는 점차 줄어들어 갔다. 그들은 되도록이면 편지를 쓰려고 애썼다. 그러나 말 하나하나에 조심을 했다. 편지는 쌀쌀하고 무미 건조한 것이 될 수밖에 없었다. 그들은 낙담하게 되었다. 크리스토프는 일을 구실로 했고 옷토는 바쁘다는 것을 핑계로 편지의 왕래도 그만두었다. 이 두 사람의 삶의 서너 달 동안을 비춰 주고 있던 우정은 완전히 어둠에 묻혀 버렸다.

그런데 이런 그의 우정은 한갓 전주곡에 지나지 않았던 것이다. 왜냐하면 하나의 새로운 사랑이 크리스토프의 마음을 빼앗아, 그에게 있던 온갖 빛을 모두 바래게 해 버렸던 것이다.

3. 민   나

이런 일이 있기 너덧 달 전, 스테판 폰 케리흐 추밀 고문관의 미망인이 된지 얼마 안 된 조제파 폰 케리흐가 라인 강변의 이 조그만 도시로 옮겨 와 살기 시작했다. 그녀는 남편과 살던 베를린을 떠나 고향인 이 고장으로 돌아온 것이다.

부인은 이 고장에 그녀의 생가인 낡은 저택을 가지고 있었다. 거의 공원처럼 큰 저택의 정원은 언덕의 비탈을 따라 차차 낮아져서 크리스토프의 집으로부터 멀지 않은 곳에서 라인 강까지 이르고 있었다. 크리스토프는 그 집 벽 밖으로 늘어진 나무들의 묵직한 가지나 기왓장에 이끼가 낀 붉은 지붕의 높다란 꼭대기 등을 늘 고미 다락방에서 바라보며 지내왔다.

거의 인적이 없는 좁다란 언덕길이 큰 정원의 오른편가를 따라 나 있었다. 그곳에 놓여진 경계돌 위에 올라서면 담벼락 너머로 안을 들여다볼 수 있었다. 크리스토프는 물론 그렇게 해 보았다. 잡초가 우거진 오솔길, 황폐한 목장 같은 잔디, 무질서하게 뒤얽혀서 마치 서로 싸우고 있는 듯한 나무들, 언제나 닫혀 있는 덧문이 있는 흰 칠을 한 집채의 정면이 보였다. 한 해에 한 번이나 두 번, 정원사가 둘러보러 와서 집에 통풍을 했다. 그 뒤로는 다시 자연이 정원을 차지해 버려 모든 것은 침묵으로 돌아가곤 했다.

그 침묵은 크리스토프에게 깊은 인상을 주고 있었다. 그는 곧잘 이 전망대에 몰래 기어 올라갔다. 그가 키가 커감에 따라 눈이, 다음에는 코가, 다음에는 입이 담벼락의 꼭대기까지 닿게 되었다. 요즘에 와서는 발끝으로 발돋움하면 두 팔을 담벼락 너머로 뻗칠 수가 있었다. 이런 자세는 편하진 않았으나 턱을 담벼락에 얹은 채 황혼의 낙조가 잔디 위에 고요한 전나무 숲 그늘의 푸르스름한 반영으로 빛나는 금빛 파도를 바라보곤 했다. 길에 사람이 오고 있는 발걸음 소리가 들릴 때까지 그는 그렇게 넋을 잃고 있었다. 밤에는 정원 둘레에 여러 가지 향긋한 내음이 감돌았다. 봄에는 라일락 꽃 향기, 여름에는 아카시아의 향기, 가을에는 나뭇잎 썩는 냄새였다. 크리스토프는 밤에 궁정으로부터 돌아올 때면, 아무리 피곤하더라도 이 문 곁에 서서 그러한 흐뭇한 숨결을 가슴 가득히 들이마시곤 했다. 그리고 퀴퀴한 냄새가 나는 제 방으로 돌아가길 싫어했다. 그는 막 뒹굴며 지내던 어린 시절에는 케리흐 댁의 격자문 앞에 있는 포석 사이사이에 잡초가 난 조그만 광장에서 곧잘 놀며 지냈다. 문의 좌우에 마로니에의 노목이 한 그루씩 솟아 있었다. 할아버지는 그 밑둥에 앉아서 곧잘 파이프 담배를 피웠다. 그 열매는 어린이들의 총알이나 장난감이 되었다.

어느 날 아침, 그는 이 조그만 길을 지나면서 언제나처럼 경계돌 위에 올라섰다. 그리고는 멍청히 둘러보았다. 다시 내려서려 할 때 어딘지 여느 때와는 다른 무엇을 느꼈다. 그는 집쪽으로 시선을 향했다. 창은 모두 열려 있었다. 햇빛이 집 안으로 들이비치고 있었다. 사람의 모습은 보이지 않았으나 낡은 저택은 십오 년 동안의 잠에서 깨어난 듯이 환히 웃고 있었다. 크리스토프는 어쩐지 불안스러워져서 발길을 돌렸다.

점심 때, 아버지는 이웃의 소문 거리를 화제에 올렸다. 케리흐 부인과 그의 딸이 어머어마하게 많은 짐을 가지고 돌아왔다는 것이었다. 마로니에가 있는 넓은 터에는 마차에서 짐을 부리는 광경을 보려고 모여든 구경꾼들로 득실거렸다고 했다. 이 소식은 크리스토프의 한정된 생활의 좁은 범위에서는 하나의 중대 사건이었다. 그는 크나큰 호기심이 일어서 다시 일을 하러 나가서도 언제나처럼 과장된 듯한 아버지의 이야기에 의하여 그 황홀한 집에 사는 주인들을 상상하려 애썼다. 그러나 곧 일에 정신이 팔려 완전히 잊어버리고 말았다. 저녁 때 집에 돌아올 때가 가까워지자 다시 또 모든 일이 머리에 떠올랐다. 호기심에 못 이겨, 그 전망대로 올라가서 담벼락의 안쪽에서 무슨 일이 벌어지고 있나 하고 몰래 엿보았다. 눈에 보이는 것이라곤 그저 고요한 오솔길뿐, 그곳에서는 꼼짝도 하지 않는 나무들이 황혼의 햇빛 속에서 잠들어 있는 것 같았다. 몇 분이 지나자, 그는 호기심의 대상에 대해서는 까마득히 잊어버리고 말았다. 그리고는 평온한 침묵에 황홀해져 있었다. 이 기묘한 장소는——그는 경계돌 꼭대기에 간신히 몸의 균형을 유지하며 서 있었다——그의 몽상을 위해서는 가장 알맞은 곳이었다. 어두컴컴하고 숨 답답하고 지저분한 골목길을 벗어나오자 세상은 햇빛이 들이비치는 마법적인 반짝거림을 지니고 있었다. 그의 영혼은 이 엄청난 아름다움의 조화를 이루는 공간으로 나가 헤맸다. 숱한 음악이 노래하고 있었다. 그는 그 음악 속에서 꾸벅꾸벅 졸고 있었다…….

그는 이렇게 눈도 입도 벌린 채 꿈을 꾸고 있었다. 얼마 동안이나 꿈을 꾸었는지 자신도 알 수 없었다. 왜냐하면 그는 아무것도 보고 있지 않았기 때문이었다. 별안간 그는 흠칫했다. 그의 앞쪽, 작은 길의 모퉁이에 두 여자가 서서 그를 바라보고 있었다. 하나는 검은 옷차림의 젊은 귀부인으로, 생김새는 수려하다고까지는 할 수 없지만 고상했고, 머리는 잿빛을 띤 금발에 키가 훤칠하고 기품이 있어 보였고 머리를 갸우뚱하는 데는 멋을 부리려는 아무런 꾸밈새도 없었다. 부인은 친절하면서도 놀리는 듯한 눈초리로 그를 유심히 바라보고 있었다. 또 하나는――똑같은 검은 옷차림의 상복을 입은 열댓 살쯤 되어 보이는 소녀로, 웃음을 터뜨리고 싶어 못 견디겠다는 듯한 어린이의 표정을 짓고 있었다. 딸쪽을 돌아보지도 않은 채 잠자코 있으라는 눈짓을 보내고 있는 어머니의 등 조금 뒤에서, 그녀는 웃음을 참느라고 안간힘을 쓰는 듯이 두 손으로 입을 가리고 있었다. 낯빛은 하얀 장미빛을 띠고 있고, 동그스름하며 싱싱한 인상이었다. 약간 도톰해 보이는 조그만 코, 두텁고 조그만 입술, 오동통하게 살이 찐 조그만 턱, 가느다란 눈썹, 밝은 눈, 숱이 많은 금발, 그 머리카락은 많아서 머리 둘레에 왕관처럼 감겨져 둥근 목덜미와 매끈한 흰 이마를 드러내 놓고 있었는데, 그야말로 크라나흐(독일의 화가이며 판화가. 초상화에 뛰어나고 나체화도 그렸음. 1472~1553.)의 그림에 나오는 귀염성 있는 얼굴이었다.

크리스토프는 불시에 나타난 두 사람의 모습에 소스라쳐, 달아날 수도 없이 그냥 그 자리에 못박혀 있었다. 젊은 귀부인이 놀리는 듯한 애교 있는 미소를 지으며 두어 걸음 다가오는 모습이 눈에 띄자, 그는 비로소 몸을 움직여 돌 위에서 뛰어내렸다. ――아니, 굴러 떨어졌다. 담벼락의 흙이 그와 함께 와르르 떨어졌다. 친숙한 듯『애야 ! 』라고 부른 부드러운 목소리와 새소리처럼 밝고 맑은 어린애다운 웃음 소리가 들려 왔다. 망연 자실한 한 순간이 지나자, 그는 뒤쫓길세라 냅다 도망쳤다. 그는 그저 부끄럽기만 했다. 이 부끄러움은 자기 방으로 돌아와서 혼자가 되었을 때도 몇 번이고 발작적으로 엄습해 왔다.

그 뒤로는 마치 누군가 잠복하고 있는 것같이 느껴지는 기묘한 공포에 사로잡혀서 다시는 그 길을 지나갈 수가 없게 되었다. 그 집 곁을 지나가야 할 때엔, 담벼락에 몸을 기대고 머리를 낮추고 뒤도 돌아보지 않고 거의 뛰다시피 하여 지나가곤 했다. 그러면서도 동시에, 그는 부드러운 두 얼굴을 줄곧 생각하고 있었다. 발걸음 소리가 나지 않도록 신을 벗어 놓고 고미 다락방으로 올라갔다. 그리고는 나무의 잔 가지와 지붕의 연통밖에 보이지 않는다는 것을 빤히 알고 있었음에도 불구하고 천장으로 케리흐 댁의 집과 큰 정원쪽을 바라보려고 여러 모로 궁리했다.

그로부터 한 달 후, 그는 궁정 음악단이 매주 베푸는 연주회에서 자작의 피아노와 오케스트라를 위한 협주곡을 연주했다. 마지막 악장의 한 중간쯤에 이르렀을 때, 그는 우연히 정면의 특별석에서 이쪽을 뚫어지게 바라보고 있는 케리흐 부인과 그녀의 딸이 눈에 띄었다. 예기치 않았던 일이라 멍해져서 하마터면 오케스트라에 음을 맞추지 못할 뻔했다. 곡이 끝날 때까지, 그는 그저 기계적으로 피아노를 치고만 있었다.

연주가 끝나자 그는 두 모녀쪽을 보지 않으려 했으나, 케리흐 부인과 딸은 마치 자기네의 박수를 받아 달라는 듯이 적이 과장된 동작으로 손뼉을 치고 있었다. 그는 부리나케 무대를 떠났다. 막 극장을 나가려 할 때, 자신이 지나기를 기다리고 있는 듯한 케리흐 부인의 모습이 눈에 띄었다. 부인을 보지 않을 수는 없었다. 그러나 못 본 척했다. 그리고는 후딱 뒤돌아서서 부랴부랴 통용문으로 나갔다. 그런 후 그는 자신을 책망했다. 왜냐하면 케리흐 부인은 자신에게 아무런 악의도 품고 있지 않다는 것을 알고 있었기 때문이다. 그러나 또 다시 이런 일에 부딪히더라도 자신은 역시 또 그렇게 하리라는 것도 그는 잘 알고 있었다. 한길에서 부인을 만나지나 않을까 하며 그는 항상 겁이 나 있었다. 멀리서 부인 같은 모습을 보면 그는 부리나케 다른 길로 돌아가곤 했다.

그러다가 부인 쪽에서 그를 만나러 왔다.

어느 날, 점심을 먹으러 집에 돌아오니 루이자가 자랑스러운 듯이 그에게 말을 건네었다. 제복 차림의 하인이 그에게 보내지는 편지를 가지고 왔더라면서, 검은 테를 두른 큼직한 봉투를 넘겨 주는 것이었다. 뒷면에는 케리흐 댁의 문장이 인쇄되어 있었다. 크리스토프는 읽기를 두려워하며 봉투를 뜯었다. —— 분명히 그가 읽은 대로, 똑똑히 이렇게 씌여 있었다.

〈조제파 폰 케리흐 부인은 궁정 음악가인 크리스토프 크라프트 씨에게 오늘 다섯 시 반에 차를 드시러 오십사고 초대하는 바입니다.〉

「난 안 갈 테야.」
크리스토프가 분명히 말하자 루이자가 소리쳤다.
「뭐라고! 나는 네가 간다고 대답해 두었단다.」
크리스토프는 어머니에게 항의했다. 그녀와 상관 없는 일에 쓸데없이 참견하지 말라고 비난했다.
「하지만, 애야. 심부름 온 하인이 대답을 기다리고 있었단다. 나는 네가 마침 오늘은 시간이 있다고 말했지. 너, 그 시간에 아무런 일도 없잖느냐.」
크리스토프가 제아무리 성을 내며 가지 않겠다고 우겨도 소용 없었다. 이쯤 되고 보면 피할 길은 없었다. 하는 수 없이 초대 시간이 되자 얼굴을 찡그리며 옷을 차려 입었다. 그러나 마음속으로는 우연이란 것이 자신의 외고집을 억지로 억눌러 준 것을 노여워하고 있지 않았다.

　케리흐 부인은 연주회의 피아니스트를 보자 단박에 그가 정원의 담벼락 위로 덥수룩한 머리를 내밀고 있던 그 야성적인 소년이라는 것을 알아챈 것이었다. 부인은 이웃 사람들에게 소년에 대해 여러 모로 물어 본 끝에, 이 소년이 어려운 살림을 용감히 꾸려 나간다는 것을 알고는 그에게 흥미를 느껴 한번 만나서 이야기를 나누어 보고 싶어진 것이었다.

　기묘한 프록코트를 의젓하게 차려입고, 그야말로 시골 목사 같은 모양을 한 크리스토프는 조심조심하며 부인의 집으로 찾아갔다. 처음으로 눈에 띈 날 그들은 자신의 얼굴을 분간할 틈은 없었을 거라고 생각하고 그것을 억지로라도 믿으려 하고 있었다. 융단을 깔아 발걸음 소리도 나지 않는 긴복도를 지나서 하인이 그를 방으로 인도했다. 그 방의 유리를 낀 문은 정원에 면해 있었다. 그날은 차가운 보슬비가 내리고 있었다. 난로에서는 불이 활활 타고 있었다. 안개에 감싸인 나무들의 비에 젖은 그림자가 어렴풋이 보이는 그 창가에, 두 여자는 앉아 있었다. 케리흐 부인은 무릎 위에 뜨개질 거리를 얹어 놓고, 딸은 무릎 위에 책을 펴 읽고 있었다. 그때에 마침 크리스토프는 들어섰다. 모녀는 그의 모습을 바라보며 장난스러운 눈짓을 흘긋해 보였다. 둘이 다 날 알아봤었구나, 하고 크리스토프는 완전히 풀이 죽어서 생각했다. 그는 당황한 나머지 서투른 절을 했다. 케리흐 부인은 쾌활하게 미소지으며 그에게로 손을 내밀었다.

　「안녕하세요, 이웃 손님. 댁을 만나게 되어 기뻐요. 음악회에서 댁의 연주를 듣고 얼마나 우리가 즐거워했는지 그 말씀을 드리고 싶었답니다. 그 말씀을 드리자니 초대하는 수밖에 없어서 일부러 이렇게 오십사 했지요. 용서하세요.」

　이런 상냥하고 형식적인 말에는 늘 조그마한 빈정거림 같은 것이 숨겨져 있긴 했으나 그녀는 지극히 공손한 태도였고, 알아보지 못했었구나하고 생각되자 그는 마음을 놓았다.

　케리흐 부인은 딸을 가리켰다. 그녀는 이미 책을 덮어 놓고 크리스토프를 호기심에 가득 찬 눈초리로 관찰하고 있었다.

　「우리 딸 민나예요. 딸애가 몹시 만나뵙고 싶어했답니다.」

　민나가 입을 열었다.

　「하지만, 엄마. 만나는 것이 처음은 아닐 거예요.」

　그러더니 그녀는 웃음보를 터뜨렸다. 알고 있었다는 걸 생각하고 크리스토프는 낙망했다.

　「참 그렇지. 우리가 도착한 날 찾아와 주셨었지요.」

이 말을 듣자 소녀는 더욱더 웃었다. 그럴수록 크리스토프는 기가 죽었으므로 민나는 그러한 그를 보면서 더한층 웃어 댔다. 마치 미친 듯이 눈물이 나오도록 웃어 젖히는 것이었다. 케리흐 부인은 그것을 못하게 하려 했으나 그녀 자신도 웃음을 억누를 수가 없었다. 크리스토프마저 당황하면서도 그 웃음에 끌려 들어 가고 말았다.

그들 모녀의 유쾌한 감흥은 어쩔 수 없는 것이어서 성을 낼 수도 없었다. 그러나 민나가 숨을 돌린 뒤 담벼락 위에서 도대체 무엇을 하고 있었느냐고 묻자, 그는 완전히 당황하고 말았다. 소녀는 그의 당황하는 꼴을 재미있어 했다. 그는 허둥지둥하며 말을 더듬거렸다. 케리흐 부인이 그 곤경에서 구해 주느라고 차를 들라고 하면서 화제를 돌려 주었다.

부인은 상냥하게 그의 생활에 대해서 물었다. 그러나 그는 도무지 마음이 가라앉질 않았다. 어떻게 앉아야 좋을지 몰랐고, 또 단박에 엎질러 버릴 것만 같은 찻잔을 어떻게 잡고 있어야 할지 알 수 없었다. 물이나 우유, 설탕이나 과자를 내놓을 때마다, 후딱 일어나서 공손히 절을 해야 한다는 생각이 들었다. 그러나 프록코트와 넥타이에 졸려서 마치 등껍질 속에 들어가 있기라도 한 듯 몸이 굳어져, 얼굴을 좌우로 돌릴 용기조차 없었다.

그는 케리흐 부인의 연이어 쏟아지는 여러 가지 질문이나 턱없이 정중한 예의 범절에 어쩔 줄을 몰랐고, 민나의 눈이 자신의 얼굴과 손놀림이나 복장에 못박혀 있는 것을 느끼고는 오싹했다. 모녀는 그로 하여금 느긋하게 마음을 놓도록 하려고 했으나 케리흐 부인의 지절거림과 민나가 장난 삼아 하는 요염스런 곁눈질 때문에 도리어 그는 어쩔 줄 몰라 했다.

끝내, 모녀는 그에게서 감사하는 인사의 말 이외의 것을 끄집어 내기를 단념해 버렸다. 대화를 혼자 도맡아 온 케리흐 부인은 그만 지쳐서 그에게 피아노를 쳐 달라고 부탁했다. 그는 연주회에서 청중을 대할 때보다도 훨씬더 위축됨을 느끼며 모차르트의 아다지오를 쳤다. 그러나 이와 같은 수줍음이나 두 여성 곁에서 느끼기 시작하던 불안감이나 그의 가슴을 부풀려 행복하게도, 그리고 불행하게도 하는 맑고 맑은 감동은 곡에 포함되어 있는 우아함과 귀여운 수줍음과 알맞게 조화를 이루어 그 곡에 싱그런 청춘의 매력을 더해 주고 있었다.

케리흐 부인은 감동되었다. 사교계 사람들의 버릇대로, 그것을 과장된 찬사로 표현했다. 그렇다고 해서 부인이 결코 마음에도 없는 소리를 한 것은 아니었으므로 그런 찬사도 우아한 분의 입을 통해서 들으니 여간 흐뭇한 것이 아니었다. 심술궂은 민나는 잠자코 있었다. 말을 할 때는 그다지도 어리숙한 주제에 손가락만은 그렇게도 열정적인 이 소년을 경탄의 눈초리로 바라보고 있었다. 크리스토프는 모녀의 호의를 느끼고 대담해졌다. 그는 계속 연주했다. 그러다가 비스듬히 민나에게 얼굴을 돌리고는 굳어진 미소를 띠우며, 눈을 내리깐 채 수줍게 말했다.

「이것을 담벼락 위에서 짓고 있었습니다.」

그는 소곡을 쳤다. 분명히 그 속에는 그가 그토록 좋아하는 곳에서 정원을 바라볼 때에 떠오른 악상이 전개되어 있었다. 그러나 사실 그것은 민나와 케리흐 부인을 처음 본 그 저녁 무렵의 것은 아니었다. 까닭은 알 수 없었으나, 그는 억지로라도 그날 저녁이라고 믿으려 하고 있었다. 그것은 그 이전에 몇 번이고 저녁 나절에 찾아 갔을 때의 것이었다. 그 싱싱한 〈안단테 콘 모토〉의 잔잔한 음률 속에는 새들의 노래 소리며, 평온한 석양으로 감싸인 큼직한 나무의 장엄한 졸음 등의 상쾌한 인상이 발견되고 있었다.

두 청중은 황홀하게 귀를 기울이고 있었다. 연주를 마치자 케리흐 부인은 일어서서 예의 그 활발한 동작으로 그의 두 손을 잡고 진심으로 감사했다. 민나는 손뼉을 치며 멋져요, 하고 외치며 이런 숭고한 작품을 더욱더 지어 내도록 담벼락에 사다리를 걸게 해야지, 그렇게 하면 아주 자유롭게 작업을 할 수 있을 거예요, 하기도 했다. 케리흐 부인은 민나의 그런 어리석은 말을 귀담아 듣지 말라고 크리스토프에게 타일렀다. 그러면서 정원을 좋아한다면 언제라도 보러 오라고 했다. 그리고 일일이 인사하러 오는 것이 거추장스러우면 그럴 것도 없다고 덧붙였다.

민나는 자기도 되풀이해야 한다고 생각하며 말했다.

「인사를 하러 올 건 없어요. 다만 정원에 와 주지 않으면 각오하세요!」

그녀는 손가락을 놀려 귀엽게 옥박지르는 시늉을 하는 것이었다.

그렇다고 민나는 크리스토프가 꼭 와 주기를 바라는 것은 아니었다. 더구나 자신에 대해서 예의를 지켜 주기를 바라는 마음은 전혀 없었다. 하지만 조금쯤 영향을 미치고 싶었던 것이다. 그녀는 본능적으로 그것은 틀림없이 재미있을 것이라고 생각한 것이었다.

크리스토프는 기뻐서 낯을 붉혔다. 케리흐 부인은 그의 어머니의 일이며 옛날에 알고 있었던 그의 할아버지 이야기 등을 하며 그 능란한 화술로 그를 완전히 사로잡고 있었다. 두 여성의 애정이 깃든 친절이 그의 마음에 스며들었다. 그는 이와 같은 싹싹한 호의나 사교적인 애교를 훨씬 깊은 마음의 대화라고 믿고 싶은 심정에서 필요 이상으로 크게 생각했다. 그리하여 소박한 신뢰감을 품으며 자신의 계획이나 비참한 환경을 이야기하기 시작했던 것이다.

그는 시간이 지나는 것도 깨닫지 못하고 있었다. 하인이 식사 시간이 되었다고 알리러 오자 그는 소스라쳐 놀랐다. 그러나 이제 사이 좋은 친구가 되려고 하니까 아니, 벌써 그렇게 되었으니까 같이 식사를 하고 가라는 케리흐 부인의 권유를 받자 그의 당황은 행복감으로 바뀌었다. 그는 어머니와 딸 사이에 앉혀졌다. 식탁에서의 솜씨는 피아노의 솜씨만큼 좋은 인상을 주지 못했다. 이 방면에 관한 그의 교육은 몹시 등한시되어 있었기 때문이다. 식탁에서는 먹고 마시는 것이 중요한 일이지, 예의나 격식은 거의 문제가 안 된다고 생각하는 경향이 있었다. 그러나 깔끔한 것을 좋아하는 민나는 불쾌한 듯이 볼멘 표정으로 그를 홀금홀금 바라보고 있었던 것이다.

식사가 끝나면 곧 돌아가겠지 하고 모두들 예상하고 있었다. 그러나 그는 모녀를 따라 조그만 응접실에 같이 앉자 돌아갈 생각은 전혀 마음에 두지 않았다. 민나는 하품을 참아 가며 어머니에게 눈짓을 했다. 크리스토프는 그런 눈치도 채지 못했다. 자신의 행복감에 도취되어 남들도 자신과 같으려니 하고 생각했고 ――왜냐하면 민나는 그를 바라보며 버릇대로 여전히 곁눈질을 했으므로― 더구나 일단 앉고 보니 어떻게 해서 자리를 뜨며 작별 인사를 해야 할지도 몰랐던 것이다. 만약에 케리흐 부인이 솔직한 태도로 그만 돌아가도록 말해 주지 않았더라면 그는 아마도 밤새 머물러 있었으리라.

그는 케리흐 부인의 다갈색의 눈과 민나의 파란 눈의 부드러운 빛을 마음속에 고이 간직하며 일어섰다. 손에는 꽃처럼 섬세하고 부드러운 손가락의 어렴풋한 접촉이 느껴졌다. 지금까지 맡아 본 일이 없는 신비한 향기에 황홀해져서 금방이라도 정신을 잃어버릴 듯한 심경이었다.

그 이틀 뒤, 그는 약속대로 민나에게 피아노를 가르치러 갔다. 그후로는 피아노 교습을 구실로 규칙적으로 한 주일에 두 번씩 오전에 찾아갔다. 연주도 하고 담소도 하다가 저녁이 되어서야 돌아가는 일도 자주 있었다.

케리흐 부인은 흔쾌히 그를 만나 주고 있었다. 부인은 총명하고 선량한 여성이었다. 남편을 잃었을 때는 서른다섯 살이었다. 몸도 마음도 아직 한창 때였으나 위세를 떨치던 사교계에서 미련없이 물러났다. 아마 그녀는 사교계에 흠뻑 젖어 실컷 즐겼기 때문에 더이상 맛을 음미할 것도 없다는 정확한 판단을 했기에 한층더 쉽게 그곳을 떠날 수가 있었을 것이다. 그녀는 케리흐 씨의 추억을 소중히 간직하고 있었다. 그렇다고 결혼 생활의 어느 순간에도 남편에게 연정다운 그러한 감정을 품은 일이라곤 없었다. 부인에게는 친절한 우정만으로 충분했다. 그녀는 차분한 감각과 애정이 깊은 정신을 지니고 있었던 것이다.

부인은 딸의 교육에 전력을 쏟고 있었다. 그러나 사랑할 때의 절도는 사랑하고 사랑을 받고 싶다는 질투심 많은 요구가 오직 자식에게로만 향해졌을 때 어머니가 흔히 갖게 마련인 그 흥분이나 병적인 것을 잘 중화해 주고 있었다. 그녀는 민나를 사랑하고 있었다. 그러나 분명한 판단을 민나에게 내려 결점은 단 하나도 놓치지 않았다. 그것은 자기에 관해서도 판단을 그르치지 않으려고 노력하는 것과 마찬가지였다. 총명하며 사려 깊은 그녀는 빈틈없는 눈으로 남의 약점이나 우스꽝스러운 데를 포착했다. 그러한 일에 악의라곤 조금도 없는 기쁨을 느끼고 있었다. 그녀는 남을 놀려 주기도 좋아했지만 관대했기 때문이다. 또한 남을 놀려 대면서도 남을 위해 희생하기를 좋아하고 있었던 것이다.

소년 크리스토프는 그녀의 친절과 비판 정신에 실행의 기회를 주었다. 그녀가 이 소도시에 온 초기에는 상중의 미망인이었기 때문에 사회를 멀리하고 있었으므로 크리스토프가 그녀의 우울한 심정을 풀어 준 셈이었다.

우선 그는 재능이 있었다. 그녀는 음악가는 아니었지만 음악을 좋아했다. 음악을 듣고 있노라면 육체도 정신도 즐거워져서 그녀의 상념은 흐뭇한 우수에 젖으며 나른하게 졸곤 하는 것이었다. 크리스토프가 연주하는 동안 그녀는 바느질거리를 손에 들고 난로 곁에 앉아서 멍청히 미소지으며 자기 손가락의 기계적인 움직임에 지난날의 슬프거나 즐거운 영상 속에 감돌고 있는 몽상의 정처 없는 동요에 묵묵히 기쁨을 맛보고 있었던 것이다.

그러나 지금의 그녀는 음악보다는 음악가에게 훨씬 흥미를 느끼고 있었다. 그녀는 총명하였으므로 비록 그의 참된 독창성을 분간하지는 못했을지라도 그의 보기 드문 천부의 재능은 감득할 수 있었다. 이 신비로운 정열의 징조를 그에게서 보고, 그것이 눈떠 가는 것을 지켜보는 데 무척 기쁨을 느꼈다. 또한 그의 정신적인 장점, 이를테면 그의 정직, 용기, 소년으로서는 참으로 감탄할 만한 일종의 극기주의 등을 그녀는 재빨리 간파한 것이었다. 그러면서도 여전히 조롱을 즐기는 그 날카로운 눈매를 언제나처럼 매섭게 번뜩이며 그를 바라보았다. 그의 서투른 손재주, 보기 흉함, 하찮은 웃음거리에도, 그녀는 재미있어 하고 있었다. 부인은 그에 대해서 별달리 진지하게 생각하진 않았다. 웬만한 일은 진지하게 생각하지 않는 건 그녀의 성격이었다. 게다가 크리스토프의 유별난 행동이나 거칠고 사나운 성질이나 변덕 많은 것을 보고 그리 안정된 됨됨이는 아니라고 보고 있었다. 크라프트 가의 사람들은 정직한 사람들이며 훌륭한 음악가이긴 했으나 모두가 약간씩 광적인 기질의 사람들이었다. 필경은 그도 그와 같은 크라프트 집안의 한 사람이라고 그녀는 보고 있었던 것이다.

이러한 가벼운 빈정거림을 크리스토프로서는 알아 챌 수 없었다. 그는 케리흐 부인의 친절밖엔 느끼지 않고 있었다. 그토록 그는 남의 친절을 받는 데 익숙하지 못했던 것이다 ! 궁정에서의 직무 때문에 날마다 사교계의 인사들과 접촉하긴 했지만 가엾은 크리스토프는 여전히 교육을 제대로 받지 못한 야생아였다. 궁정의 이기주의는 그의 재능을 이용하려고만 했지 그를 위해서 무엇이든 해 주려고는 하지 않았다. 그는 궁정에 출근하여 피아노를 연주하고 그리고 퇴근하여 돌아갈 뿐 어느 누구도 그에게 말을 건네려 하진 않았다. 고작해야 건성으로 감미로운 말이나 건넬 뿐이었다. 할아버지가 죽은 뒤에는 집 안에서나 밖에서 그가 공부를 하고 처세하여 어엿한 사람이 되려는 것을 도와 주려고 하는 사람은 아무도 없었다. 그는 자신의 지식, 예절에 대한 무지를 한탄하고 있었다. 몹시 고생을 해 가며 스스로 자신을 형성하려 노력했다. 그러나 잘 되질 않았다. 책, 회화, 실례(實例), 그 모두가 결여되어 있었다. 벗에게 그런 슬픔을 토로했어야 옳았을 것이었다. 그러나 그런 결심이 서지 않았다. 옷토에게조차 차마 말이 나오질 않았다. 말을 꺼내려 들기만 해도, 옷토는 남을 업신여기듯이 우월한 체하는 태도로 나오기 때문이다. 그에게 이것은 그야말로 불에 달군 인두로 지져 대는 듯한 심정을 갖게 하는 것이었다.

그런데 이제 케리흐 부인과 함께 있고 보니, 모든 것에 마음이 가벼워졌다. 크리스토프의 자존심으로는 무엇을 묻는다는 것은 참으로 괴로운 일이었는데 이쪽에서 물을 필요도 없이 부인이 해서는 안 되는 일을 친절히 가르쳐 주고, 해야 하는 일에 관해서 주의를 주고 옷을 입거나 식사하는 법, 걷는 법, 말하는 법에 관해서 주의를 주고, 관습이나 취미 혹은 언어에 대한 잘못을 하나도 빼놓지 않고 지적해 주었다. 그는 결코 불편하지 않았다. 그토록 부인의 손길은 소년의 그 겁 많은 자존심을 다루는 데 섬세하고 주의 깊었다.

그녀는 또 넌지시 그에게 문학적인 교육을 주입했다. 그의 눈에 띄는 무지에 놀란 듯한 표정은 보이지 않았다. 그러나 어떠한 기회도 놓치지 않고 솔직히 온화하게, 크리스토프가 잘못 알고 있는 것은 지극히 당연한 것처럼 잘못을 가르쳐 주었다. 현학적인 가르침으로 그가 위축되지 않도록, 저녁에 모두가 한 자리에 모였을 때를 이용하여 민나와 그에게 역사의 재미있는 부분이나 독일 또는 외국의 시를 읽게 하는 착상도 했다. 부인은 그를 친자식처럼 다루어 주었다. 거기에는 얼마간 은혜를 베푸는 보호자인 척하는 태도도 없지 않았으나 그는 그런 것은 미처 깨닫지 못했다. 부인은 그의 옷차림마저 보살펴 새로 맞춰 주거나 털목도리를 짜 주는 등, 자질구레한 화장 도구를 주기까지 했다. 그렇게 돌보는 부인의 태도가 무척 섬세하여 그는 보살핌이나 선물을 받아도 전혀 겸연쩍은 마음이 들지 않았다. 대개 친절한 여성이라면 자기에게 맡겨진 아이에게 별달리 깊은 애정은 품고 있지 않더라도 본능적으로 세심한 배려나 모성적인 배려를 해 주게 마련인데, 케리흐 부인의 그에 대한 태도도 바로 그것이었다. 그런데 크리스토프는 이러한 애정은 특히 자기에게 주어진 것이라고 감사한 마음으로 차 있었다. 때로는 별안간 정열적으로 그것을 내색하는 수도 있었다. 그것은 케리흐 부인이 볼 때는 우스꽝스러웠으나, 그래도 마음이 흐뭇하지 않은 것은 아니었다.

민나와의 관계는 또 달랐다. 그 전날의 모습과 부드러운 눈초리에 아직 도취된 듯한 심정으로 첫 수업을 위해 그녀와 다시 만났을 때, 몇 시간 전에 본 그녀와는 전혀 다른 소녀를 발견하고 크리스토프는 흠칫 놀라지 않을 수 없었다. 그녀는 거의 그의 얼굴을 바라보지도 않았다. 그의 말에도 귀를 기울이지 않았다. 그리고 어쩌다 그를 쳐다보았을 때 그는 그 눈초리 속에 참으로 차디차고 쌀쌀한 표정을 엿보고는 오싹했다. 무엇이 그녀의 감정을 해쳤을까 하고 그는 까닭을 알려고 오랫 동안 고민했다. 그러나 조금도 소녀의 감정을 상하게 한 것은 없었던 것이다. 그에 대한 민나의 감정은 어제에 비해 오늘은 더 나쁘지도 않고 좋은 것도 아니었다. 어제도 오늘도 민나는 그에 대해서 완전히 무관심했던 것이다. 비록 처음엔 늘 웃음 지은 얼굴로 그를 환영했다 하더라도 그것은 한갓 소녀의 미태(媚態)였던 것이다.

소녀는 따분할 때 찾아온 사람이면 누구에게든, 설혹 삽살개라도 자신의 눈의 힘을 시험해 보며 즐거워하는 것이다. 그러나 하루만 지나도 너무나 쉽게 얻어진 정복은 이미 그녀에게 하등의 흥미도 없는 것이다. 소녀는 준엄한 눈초리로 크리스토프를 관찰하고 있었다. 그 결과, 피아노는 잘 치지만 지저분한 손을 가지고 있었고 식탁에서는 진저리가 나게 포크를 쓰거나 나이프로 생선을 베기도 하는, 버릇없고 보기 흉하고 가난한 소년이라고 그를 판단하고 있었다. 그래서 그녀로서는 그에게 거의 흥미가 없었다.

그에게서 피아노를 배우고 싶어하긴 했다. 그와 노는 것도 좋아했다. 왜냐하면 지금으로선 달리 동무도 없었고 이미 어린애는 아니라고 자만하면서 넘쳐나는 왕성한 정열을 발산하고 싶다는 욕구가 때때로 발작적으로 엄습해 오기 때문이었다. 더구나 이 왕성한 정열은 어머니와 마찬가지로 최근에 상을 입은 탓에 속박되어 있었으므로 그 구실을 찾고 있었던 것이다. 그러나 그녀는 이미 크리스토프를 한 동물 이상으로는 생각지 않고 있었다. 몹시 냉담하게 대하다가 때로는 다정한 눈초리를 보일 때도 있긴 했으나 그것은 완전히 멍청해 있었을 때뿐이었다. 소녀가 그러한 눈초리로 바라봐 주기만 하면 크리스토프의 마음은 뛰었다. 그러나 크리스토프의 모습은 거의 그녀의 눈에 띄지 않고 있었다. 그녀는 자기 마음에만 이야기를 들려 주고 있었던 것이다. 어린 이 아가씨는 즐겁고 흐뭇한 몽상으로 감각을 쓰다듬는 나이에 이르러 있었다. 그녀는 아무것도 모르는 순진한 호기심과 크나큰 흥미로 끊임없이 연애만을 생각하고 있었다. 게다가 귀하게 자란 영양답게 연애와 결혼을 구분해 생각하지 않았다. 그녀의 이상적인 배우자의 형은 아직 정해지지 않았다. 젊은 사관과 결혼하기를 꿈꾸는가 싶다가도, 실러 풍의 숭고하고 단정한 시인과 결혼하기를 꿈꾸기도 했다. 하나의 계획이 다른 계획을 부수었다. 그리고 그 마지막 계획은 언제나 같은 중대성과 확신으로 받아들여졌다. 그러나 어느 것이건 유리한 현실과 부딪히면 금방 자리를 양보해 버릴 것 같았다. 공상적인 어린 아가씨들 앞에 그 꿈만큼 이상적이지는 않아도, 더욱 확실한 것으로 보이는 것이 나타나면 그녀들은 간단히 그 꿈을 잊어버리게 마련이기 때문이다.

민나도 감상적이기는 하나 냉담했다. 귀족적인 폰이라는 이름에 자부심을 지니면서도, 청춘의 묘령에 처해진 그녀도 조촐한 독일 가정의 주부로서의 영혼을 가지고 있는 것이었다.

물론 크리스토프로서는 실제보다도 겉이 더욱 복잡한 여자 마음의 그런 구조는 전혀 알 수 없었다. 그는 종종 이들 아름다운 여인들이 하는 짓에 허둥대곤 했다. 그러나 그녀들을 사랑하는 것이 매우 기뻤으므로 다소간 자신을 불안하게 하거나 슬프게 하는 점이 있더라도, 그런 것을 모두 받아 넘기고 있었다. 자신이 사랑하듯이 그는 그들로부터도 사랑을 받고 있다고 믿고 싶었던 것이다. 아무튼 그는 단 한 마디의 부드러운 말이나 눈초리에도 황홀해지곤 했다. 때로는 당황하여 하염없이 눈물이 흘러 넘치는 일도 있었던 것이다.

조그맣고 조용한 응접실의 램프 아래서 바느질을 하는 케리흐 부인으로부터 서너 걸음 떨어진 곳의 테이블 앞에 앉아 있노라면——민나는 그 테이블 건너편에서 책을 읽고 있었다. 그들은 아무 이야기도 건네지 않았다. 정원을 향해 반쯤 열려 있는 문으로 달빛에 반짝반짝 빛나는 오솔길의 모래가 보였다. 나뭇가지 사이에서는 가벼운 속삭임 소리가 들리고 있었다——그는 마음이 행복감으로 가득 넘치는 것을 느끼고 있었다. 느닷없이 그는 의자에서 펄쩍 뛰어 케리흐 부인의 무릎에 몸을 던졌다. 손에 바늘이 쥐어져 있건 없건 상관없이 부인을 꼭 붙들고 마구 키스를 퍼부으며 흐느껴 울며 입과 볼과 눈을 눌러댔다. 민나는 책에서 눈을 쳐들고는 살짝 입이 뾰족해지더니 가볍게 어깨를 슬쩍 올렸다. 케리흐 부인은 자기 발 밑에 엎드려 있는 커다란 어린애에게 미소지으며 부드럽게 머리를 쓰다듬으면서 사랑이 넘친, 그러면서도 빈정거리는 아름다운 목소리로 말하는 것이었다.

「어머나, 키만 큰 바보 아기 같으니 ! 도대체 왜 그러지 !」

아아, 이 얼마나 즐거운 일인가 ! 이 음성, 이 고요, 이 침묵, 고함도 충돌도 난폭도 없는 이 따뜻한 분위기, 괴로운 생활의 한복판에 있는 이 오아시스, 그리고 힘과 고뇌와 사랑의 급류 같은 괴테, 실러, 셰익스피어 등 신성한 시인들의 작품을 읽고 상기되는 이 불가사의한 세계 ! 그것은 물체나 인간을 그 반영으로하여 황금빛으로 물들이는 장대한 빛인 것이다……

민나는 책 위에 얼굴을 수그리고 있었다. 소리 내어 읽느라고 볼이 발그레 상기되어 상쾌한 음성이 되어 있었다. 용사나 왕의 대사를 읽을 때는, 목소리를 약간 떨게 하여 장중한 느낌을 내려 했다. 때로는 케리흐 부인이 몸소 책을 손에 들고 읽는 수도 있었다. 그녀는 비극적인 줄거리에 천성적인 그의 재기와 우아함이 깃든 정취를 더했다. 그러나 대개의 경우는 팔걸이 의자에 몸을 젖히고 기대어 언제 완성될지 모르는 일거리를 무릎에 얹은 채, 유심히 귀를 기울이곤 했다. 그녀는 자기 자신의 생각에 미소짓고 있는 것이었다. 왜냐하면 어떤 책이건 그녀가 궁극에 발견하는 것은 언제나 그녀 자신의 모습이었던 것이다.

크리스토프도 낭독해 보려고 했다. 그러나 곧 단념해야 했다. 더듬거리거나 말이 꼬이거나 구두점을 무시하거나 해서 도무지 아무것도 모르는 꼴이 되었다. 그러나 사실은 몹시 감동한 탓으로, 비장한 장면에 이르면 눈물이 솟아날 것 같아 도중에 그만두어야 했던 것이다. 그러자 발끈 화가 나서 책을 테이블에 내팽개쳤다. 두 여성은 그것을 보고 까르르 웃어젖혔다.

아아, 그는 얼마나 그녀들을 사랑하고 있었는지 ! 어디를 가나 그녀들 모습이 자신과 같이 있었다. 그 모습은 셰익스피어나 괴테의 작중 인물의 모습과 얽혀 들고 있었다. 이미 어느 것이 어느 것인지 거의 분간할 수가 없었다. 그의 마음 속 깊이까지 정열적인 전율을 불러 일으킨 저 시인의 감미로운 말은, 이미 그에게는 처음 그것을 들려 주었을 때의 그리운 입과 떼어 놓을 수 없는 것이 되었다. 이십 년 후에 《에그몬트》나 《로미오》를 다시 읽거나 무대에서 보게 될 경우 어느 시구에 이르면 반드시 이와 같은 고요한 밤이나 즐거운 꿈이 회상되고 케리흐 부인이나 민나의 그리운 얼굴이 떠오를 것이리라.

그는 몇 시간이고 그녀들의 모습을 계속 보고 있었다. 밤에는 그녀들이 책을 읽고 있을 때, 한밤중에는 이부자리 속에서 잠을 못 이루며 눈을 크게 뜨고 몽상에 젖어 있을 때, 낮에는 오케스트라의 보면대를 향하고 있거나 혹은 눈꺼풀을 반쯤 살며시 감은 채 기계적으로 연주하면서 몽상을 하거나 할 때에 그는 두 여인 모두에게 더없이 맑디맑은 애정을 품고 있었다. 사랑이란 어떤 것인지를 모르고, 자신은 지금 연애에 빠져 있다고 믿고 있었다. 그러나 어머니 쪽을 연모하고 있는 건지 아니면 딸을 연모하고 있는지 그 자신도 똑똑히 모르고 있었다. 진지하게 생각해 보았으나 어느 쪽을 택해야 할지 알 수 없었다.

그러나 반드시 선택해야 한다고 생각되어 그는 케리흐 부인 쪽으로 마음을 기울였다. 그렇게 결심한 그는 자신이 연모하는 것은 그녀임을 인식했다. 부인의 총명스러운 눈, 반쯤 벌려진 입에 떠 있는 방심한 듯한 미소, 가늘고 보드라운 머리카락을 옆에서 가른 싱싱한 젊음을 느끼게 하는 아름다운 이마, 때로는 가벼운 기침이 섞이는 약간 쉰 목소리, 모성적인 손, 우아한 몸짓, 측량할 수 없는 마음, 그러한 것을 그는 연모하고 있었던 것이다. 부인이 곁에 앉아서 책 속의 알 수 없는 한 구절을 친절히 설명해 줄 때 그는 너무나 벅찬 행복감으로 몸을 떨었다. 그녀는 크리스토프의 어깨에 손을 얹어 놓고 있었다. 그 손가락의 따스함을, 볼에 닿는 그녀의 입김을, 그녀의 몸에서 풍기는 달콤한 향기를 그는 느끼고 있었다. 그는 그녀의 음성에 황홀해져 귀를 기울인다. 이미 책 생각은 잊었다. 그러므로 아무것도 알아 듣는 것이 없었다. 부인은 그것을 눈치채고는 자신이 한 말을 되풀이시킨다. 그는 잠자코 있었다. 부인은 웃으며 성을 냈다. 그의 코에 책을 눌러 대며 이러다가는 언제까지나 꼬마 나귀 노릇밖에 못하겠다고 핀잔했다. 소년은 이 말에 그녀의 꼬마 나귀이기만 하다면, 그녀가 내쫓지만 않는다면 나귀 신세라도 괜찮다고 말대꾸를 했다. 부인은 잔소리를 하는 체했다. 그리고는 아주 맹추 같은 보기 흉한 꼬마 나귀지만 비록 쓸모가 없더라도 그저 얌전하기만 하다면 집에 놓아 두고 아마 귀여워해 주기도 할 것이라고 했다. 두 사람은 여기서 웃음을 터뜨렸다. 그는 기쁨에 젖어 있었다.

케리흐 부인을 연모한다는 사실을 알게 되고부터 크리스토프는 민나로부터 떨어져 나갔다. 남을 업신여기는 쌀쌀한 그녀의 태도에 그는 조바심이 나고 있었다. 그리고 자주 만날수록 조금씩 대담해져서 그녀에게 자유롭게 대할 수도 있게 되었으므로 그는 그녀에게 불쾌감을 숨기지 않았다. 그녀는 재미있어 하며 그를 자극했고 그 또한 격렬히 응수했다. 두 소년 소녀는 불쾌한 말을 서로 주고 받았다. 케리흐 부인은 그것을 그저 웃어 넘길 뿐이었다. 크리스토프는 이러한 말싸움에서는 이기지 못했으므로 때로는 분연히 자리를 박차고 나가 민나를 미워한다고 다짐하듯 말하기도 했다. 또한 그녀의 집에 가는 것도 오로지 케리흐 부인이 있기 때문이라고 믿고 있었다.

그러면서 여전히 민나에게 피아노는 가르치고 있었다. 일 주일에 두 번, 오전 9시부터 10시까지, 음계와 연습을 감독했다. 두 사람이 있는 방은 민나의 서재였다. 이 방은 기묘한 공부방으로, 이 소녀의 두뇌의 괴상한 혼란상을 충실하게 반영하고 있었다.

테이블 위에는 바이올린이나 첼로를 켜고 있는 고양이 음악가들의 조그만 상들——오케스트라 전원이 늘어서 있고, 작은 주머니 거울, 화장 도구, 문방구 등이 가지런히 놓여 있었다. 선반 위에는, 얼굴을 찌푸린 베토벤, 베레모를 쓴 바그너, 벨베데르의 아폴론(바티칸에 있는 아폴론상. 악기를 손에 들고 있다) 등, 음악가의 조그만 흉상들이 놓여 있었다. 벽난로 위에는 갈대 파이프를 피우고 있는 개구리 옆에 종이 부채가 있는데 거기에는 바이로이트의 극장이 그려져 있었다. 두 단으로 된 책꽂이에는 뤼브케, 몸젠(독일의 역사가이며 정치가. 1817~1903), 실러, 집없는 아이, 쥘르 베르느, 몽테뉴 등이 있었다. 벽에는 시스티나 성당의 성모와 헤르코머 그림의 큼직한 복사 사진이 걸려 있었다. 모두 청색과 초록색의 리본으로 가장자리가 둘러싸여 있었다. 은으로 도금된 엉경퀴의 액자에 든 스위스의 호텔 풍경도 있었다. 특히 방안의 구석구석에까지 온갖 곳에 군복 차림의 사관, 테너 가수, 오케스트라의 지휘자, 여자 동무들의 사진들이 어마어마하게 많이 걸려 있었다. 그 어느 것에나 헌정의 말이 적혀 있었고 거의 모두에 시구가, 적어도 독일에서는 시구라고 일컬어지는 문구가 기입되어 있었다. 방 한가운데에는 대리석의 받침 위에 수염을 기른 브람스의 흉상이 딱 버티고 앉아 있었다. 피아노 위에는 빌로도로 만들어진 서너 마리의 원숭이와 무도회에서 받은 선물 등이 실 끝에 대롱대롱 매달려 있었다.

민나는 언제나 잠이 아직 덜 깬 부어오른 눈으로 불쾌한 표정을 지으며 느지막이 나왔다. 크리스토프에게 약간 손을 내밀고는 차디차게 인사말만 던지고 그냥 잠자코 점잖은 척 거드름을 피우며 피아노로 향했다. 자기 혼자 있을 때는 그녀는 줄곧 음계만 치며 즐기고 있었다. 왜냐하면 그렇게 하고 있으면 잠이 덜 깬 상태나 자신에게 들려 주는 꿈 등을 흐뭇하게 오래 끌 수 있었기 때문이다. 그러나 크리스토프는 어려운 연습을 시켜 억지로 그녀의 주의를 돌리곤 했다. 그에 대한 복수로 그녀는 가끔 될 수 있는 대로 서투르게 치려고 애쓰는 일도 있었다. 그녀는 제법 음악성을 가지고 있었으나 음악을 좋아하지는 않았다, 많은 독일 여성들처럼. 그러나 독일의 숱한 여성들처럼 음악을 사랑해야 한다고 생각하고 있었다. 간혹 몹시 심술궂게 자기 선생님을 성내게 하려 할 경우를 제외하고는 제법 진지하게 연습했다. 하지만 그녀는 냉담하고 무관심한 학습 태도로 더욱 그를 성나게 했다. 가장 나쁜 것은, 어떤 표현적인 악절에 자신의 영혼을 몰입해야 한다고 생각할 때였다. 그녀는 감상적이 되어 있긴 했으나 아무것도 느끼지 않고 있었던 것이다.

그녀의 곁에 앉아 있는 소년 크리스토프는 그다지 공손하지 않았다. 칭찬이 담긴 말은 일체 하지 않았으므로 소녀는 그에 앙심을 품고, 주의를 받을 때마다 말대답을 했다. 그가 하는 말에는 꼭 군소리를 했다. 자기가 틀렸을 때도 악보의 지시대로 쳤다고 고집을 부렸다. 소년은 조바심이 났다. 두 사람은 버릇없는 말을 언제까지나 주고 받았다. 그녀는 건반 위에 눈을 내리깔고 크리스토프의 표정을 뚫어지게 엿보며 그가 성내는 꼴을 재미있어 했다. 심심풀이 삼아 여러 가지로 바보스러운 계획을 궁리했다. 거기에는 연습을 훼방해서 크리스토프를 초조하게 하려는 이외의 목적은 없었다. 또 자신에게 관심을 돌리게 하려고 목이 막힌 듯한 시늉을 했다. 콜록콜록 기침을 하기도 하고 하녀에게 중요한 일을 일러 놓지 않고 왔다면서 자리를 뜨기도 했다. 크리스토프는 그것이 연극이라는 것을 알고 있었다. 민나 또한 크리스토프가 알고 있다는 것을 눈치채고 있었다. 그러면서 그것을 재미있어 하고 있었다. 크리스토프는 자신이 생각하는 것을 입에 올려 그녀에게 말하지 못했기 때문이다.

어느 날, 민나는 또 이런 장난을 시작했다. 금방 숨이라도 막힐 듯이 얼굴을 손수건에 묻은 채, 힘 없는 기침을 하며 분개한 크리스토프의 표정을 곁눈질로 엿보았다. 이때, 그녀는 재미있는 착상을 하여 일부러 손수건을 떨어뜨려 어떻게 해서든지 크리스토프로 하여금 줍게 하려 했다. 크리스토프는 지극히 무뚝뚝하게 그것을 집어 주었다. 이에 대해서 그녀는 단 한 마디, 귀부인인 체하며 『메르시』(고맙다는 말)로 보답했다. 이런 일은 크리스토프를 폭발시킬 뻔했다.

그녀는 이 장난을 매우 재미있다고 생각하여 다시 하기로 작정했다. 다음 날, 또 장난을 시작했다. 크리스토프는 움직이지 않았다. 그는 또 노여움으로 불타 있었다. 소녀는 잠시 기다렸다. 그러더니 약이 오른 듯이 쫑알거렸다.

「내 손수건 집어 주지 않기예요?」

크리스토프는 더 참을 수가 없었다.

「나는 댁의 하인이 아니란 말이오 ! 직접 주우면 될 게 아니냔 말입니다 !」

그는 아무렇게나 소리쳤다.

민나는 숨이 막혔다. 별안간 의자에서 일어나자 의자가 넘어졌다.

「어머 ! 너무해요 !」

그러더니 그녀는 홧김에 건반을 냅다 두드렸다. 그리고는 맹렬한 기세로 나가 버렸다.

크리스토프는 그녀를 기다렸다. 그녀는 돌아오지 않았다. 자신이 한 짓이 부끄러워졌다. 불량배처럼 행동했다고 느끼며 매우 절박한 심정이 되어 있었다. 그러나 그녀는 너무 뻔뻔하게 놀려 대지 않았던가 ! 민나가 어머니에게 이르지나 않을까, 그리고 그 결과 나는 영구히 케리흐 부인의 마음으로부터 멀어져야만 되는 게 아닐까, 그는 두려워했다. 그는 어찌해야 좋을지 몰라 갈팡질팡하고 있었다. 그리고 자신의 난폭한 행동을 후회하긴 했으나 도무지 용서를 빌 생각은 나지 않았던 것이다.

다음 날 그는 민나가 학습을 거부할지도 모른다고 생각했으나 그래도 찾아갔다. 그러나 민나는 어머니에게 말하자니 자존심이 너무 강했고, 약간은 양심에 꺼림칙하기도 하여 여느 때보다 오 분 가량 더 기다리게 했을 뿐, 모습을 나타냈다. 그리고는 피아노 앞에 가서 앉았다. 몸을 꼿꼿이 쭉 펴고, 마치 크리스토프가 거기 없는 것처럼 돌아보지도 않고, 또 한 마디 인사도 하지 않았다. 그리고 그녀는 그의 교습을 받았다. 그후로도 쭉 계속해서 받았다. 왜냐하면 크리스토프가 음악에 정통하다는 것은 잘 알고 있었고 또 희망대로 태생도 좋고 교육도 잘 받은 영양이 되려면 피아노를 잘 쳐야 한다는 것을 알고 있었기 때문이다.

하지만 그녀는 권태로웠던 것이다 ! 둘이 다 따분해 하고 있었던 것이다.

안개가 짙게 낀 삼월의 어느 날 아침 잿빛 하늘에서 잔눈송이가 날개털처럼 하늘하늘 흩날릴 때, 그들은 서재에 있었다. 방안은 어둑했다. 민나는 언제나처럼 자신이 악보를 잘못 치고도 억지를 쓰고 있었다. 악보에 그렇게 적혀 있다고 주장하는 것이다. 그것이 거짓말이라는 것을 빤히 알고 있었으나, 크리스토프는 악보 위에 몸을 수그리고 문제의 악절을 바로 보려 했다. 그녀는 보면대 위에 한 손을 얹어 놓은 채 치우려 하지도 않았다. 그의 입은 바로 그 손 곁에 있었다. 그는 악보를 읽으려 했으나 읽을 수 없었다. 그는 다른 것을 보고 있었던 것이다, 꽃잎처럼 화사하고 투명한 것을. 별안간 무엇이 머리에 떠올랐는지 자신도 알 수 없었으나, 그는 그 귀여운 손에 힘껏 입술을 밀어붙였다.

둘이 다 소스라쳐 놀랐다. 크리스토프는 후딱 뒤로 물러섰고 소녀는 손을 오므렸다. ——둘이 다 홍당무가 되어 있었고 한 마디 말도 하지 않았다. 얼굴도 마주 보지 못했다. 너무나 당황한 나머지 일순간 잠자코 있었으나, 소녀는 이윽고 다시 피아노를 치기 시작했다. 그녀의 가슴은 마치 죄어드는 것같이 가볍게 물결치고 있었다. 그녀는 자꾸만 음부를 틀리고 있었다. 크리스토프는 그런 줄도 몰랐다. 그는 그녀 이상으로 가슴이 산란해져 있었던 것이다. 관자놀이가 쑤시며 아무 소리도 들리지 않았다. 침묵을 깨뜨리느라고 짓눌린 듯한 목소리로 조리에 닿지 않는 주의를 주고 있을 뿐이었다. 자기는 이미 결정적으로 민나에게 나쁘게 생각되고 말았다고 생각하며, 자신의 행위에 망연해져 있었다. 그리고 그것은 어리석기 그지 없는 야비스러운 행위라고 여기고 있었다. 연습이 끝나자 그는 민나의 얼굴도 보지 않고 물러갔다. 인사도 잊어버렸다. 그러나 소녀는 그를 원망하지 않았다. 그녀는 이미 크리스토프를 버릇이 나쁘다고도 생각하지 않았다. 그토록 잘못 치곤 했던 것도 실은, 눈뜨게 된 호기심과 그제서야 비로소 동정적인 호기심으로 그를 곁눈질하여 몰래 관찰해 갔기 때문이었던 것이다.

혼자가 되자 그녀는 여느 때처럼 어머니에게로 가지는 않고 제 방에 틀어박혀서 이 날의 이상스런 스스로에게 이모저모로 물어보았다. 그녀는 거울 앞에 팔꿈치를 짚고 앉아 있었다. 눈이 부드럽게 빛나고 있는 것 같았다. 곰곰이 생각하려고 그녀는 가볍게 입술을 물었다. 그리고는 자신의 귀염성 있는 얼굴에 마음이 팔려 유심히 들여다 보며 좀전의 장면을 상기하고는 낯이 빨개져 빙긋 웃었다. 그녀는 식탁에서 쾌활하게 떠들어 댔다. 식사 후에는 외출을 거절하고 오후의 한 때를 응접실에서 지냈다. 손에 뜨개질감을 잡고 있었으나 틀리지 않고는 열 바늘도 뜰 수 없었다. 하지만 그런 것은 아무래도 좋았던 것이다! 그녀는 방 한 구석에서 어머니에게 등을 돌려 대고 홀로 방그레 웃음지었다. 그러다가 갑자기 마음을 풀고 푹 쉬고 싶어져서 그녀는 크게 노래를 흥얼거리며 방안을 뛰어 돌아다녔다. 케리흐 부인은 흠칫 놀라서 정신이 어떻게 된 거냐고 핀잔을 주었다. 민나는 몸을 꼬고 웃어 대며 어머니의 목에 매달렸다. 그리고 숨이 막히도록 꼭 껴안았다.

그날 밤, 자기 방으로 돌아가서도 그녀는 좀처럼 잠자리에 들지 않았다. 줄곧 거울 속의 자기 얼굴만 들여다 보며 다시 생각해 내려 했으나 하루 온종일 같은

것만 생각하다 보니 아무 생각도 나지 않았다. 그녀는 천천히 옷을 벗었다. 줄
곧 벗던 손을 멈추고는 침대에 앉은 채 크리스토프의 모습을 상상해 내려고 애
썼다. 소녀 앞에 나타났던 것은 환상의 크리스토프였다. 그리고 이제는 그가 그
렇게 보기 싫게 보이지는 않았다. 민나는 잠자리에 누워 불을 껐다. 십 분도 지
나기 전에 아침 장면이 갑자기 떠올랐다. 그녀는 소리를 내어 웃었다. 어머니가
살그머니 일어나 나와서 문을 열었다. 전부터 금지해 왔는데도 또 잠자리 속에
서 책을 읽고 있는 것이려니 생각했던 것이다. 그런데 민나가 조그만 야등의 어
둑한 불빛 속에서 눈을 크게 뜬 채 얌전히 누워 있는 것을 어머니는 발견했다.
　「왜 그러니? 왜 그렇게 들떠 있니?」
　「아무것도 아니예요.」
　민나는 정색을 하고 대답했다.
　「뭣 좀 생각중이죠.」
　「혼자서 그렇게 즐거울 수 있으니 참 행복하구나. 하지만 그만 자야지.」
　「네, 엄마.」
　민나는 얌전히 대답했다. 그러나 마음속으로는 투덜거리고 있었다.
　『자, 그만 가세요! 가시라니까요!』
　그렇게 말하는 동안에 문이 닫히고 소녀는 다시 자신의 몽상을 음미하고 있
었다. 그녀는 달콤하게 꾸벅꾸벅 잠에 젖어 들었다. 막 잠에 빠지려 할 때 기쁨
으로 흠칫 눈이 뜨였다.
　「그애가 나를 사랑하고 있다……, 기뻐! 날 사랑해 주다니, 참 착한 애지!
나도 좋아하고 말고!」
　그녀는 베개를 끌어 안았다. 그리고는 푹 잠이 들었다.

　그뒤 처음으로 두 사람이 함께 있게 됐을 때 크리스토프는 민나의 상냥한 태
도에 놀랐다. 그녀는 먼저 인사를 하고는 지극히 부드러운 음성으로 인사를 건
네었다. 그리고 나서 의젓하게 조심스러운 태도로 피아노 앞에 앉았다. 그야말
로 고분고분한 천사였다. 그녀는 심술꾸러기 제자다운 변덕스런 장난은 아예 하
지 않았다. 크리스토프의 주의에 성실히 귀를 기울여 그가 옳음을 인정하고 잘
못 쳤을 때는 자기도 화가 난다는 듯 나직이 외치며 그것을 고치려 애썼다. 크리
스토프는 도무지 까닭을 알 수 없었다. 불과 얼마 안 되는 짧은 기간에 그녀는
놀라우리만큼 달라졌다. 피아노를 잘 치게 되었을 뿐만 아니라 음악을 좋아하게
도 되었다. 크리스토프는 남에게 아첨하지 못하는 성미였으나 그녀를 칭찬하지

않을 수 없었다. 민나는 기쁨으로 낯을 붉히고, 감사하는 마음에서 눈물을 머금
으며 그에게 고마워하기도 했다. 소녀는 그를 위해 화장에 정성을 들이기 시작
했다. 아름다운 빛깔의 리본도 달았다. 크리스토프에게 미소지어 보이거나 괴
로운 듯한 눈초리를 보이곤 했다. 크리스토프는 그것을 불쾌하게 여겨 마치 가
슴속 밑바닥까지 휘저어지는 듯한 느낌으로 조바심이 났다. 이제는 그녀 쪽에서
먼저 말을 건네려 들기도 했다. 그러나 그녀에게는 이미 어린애다운 데는 전혀
없어져 있었다. 거드름을 피우는 듯 지껄였고 지식이 많은 체하는 말투로 어떤
시인의 구절을 인용하기도 했다. 크리스토프는 거의 대답하지 않았다. 그는 울
적했던 것이다. 그가 모르는 새로운 민나의 모습에 놀라고 불안했던 것이다.

그녀는 언제나 그를 관찰하고 있었다. 그녀는 기다리고 있었다 ……무엇을 ?
그녀는 그것을 과연 또렷이 알 수 있었을까 ? 그녀는 그가 또 해 주기를 기다리
고 있었던 것이다. 그런데 그는 자신이 망나니 같은 짓을 했다고 믿고는 조심하
여 피하고 있었다. 이제 그런 짓은 아예 생각조차 하지 않는 것으로 보이기도
했다. 그녀는 조바심이 났다.

그런 어느 날 그가 위험스러운 그 귀여운 손을 경원하여 멀찌감치 조용히 앉
아 있을 때 민나는 별안간 안절부절 못하는 심정이 되었다. 생각해 볼 틈도 없이
재빨리 그녀는 자신의 조그만 손을 그의 입술에 갖다 대었다. 소년은 당황했다.
다음에는 분개했고 부끄러워졌다. 그럼에도 불구하고 그는 그 손에 정열적으로
키스를 했다. 이러한 천진스러운 뻔뻔스러움에 그는 성을 냈다. 민나를 그냥 내
버려두고 돌아가려고까지 했던 것이다.

그러나 그는 그러지 못했다. 그는 사로잡힌 몸이 되어 있었던 것이다. 착잡한
여러 가지 생각이 가슴속에서 이글거리고 있었다. 무엇이 무엇인지 알 수 없
었다. 산골짜기에서 모락모락 피어오르는 증기처럼 그러한 생각은 마음속 밑바
닥에서부터 솟아올랐다. 그는 이 연정의 깊은 안개 속을 목적지도 없이 이리저
리로 헤매어 다녔다. 그런데 아무리 노력해 보아도 하나의 어렴풋한 고정 관념
의 둘레를, 두렵긴 하지만 매혹적인 미지의 욕망의 둘레를, 마치 불길 둘레를
도는 나방처럼 빙글빙글 돌고 있을 뿐이었다. 그것은 자연의 맹목적인 힘이 돌
연 끓어 오른 것이었다…….

바야흐로 두 사람은 희망의 싹을 티우는 한 시기를 지나고 있었다. 그들은 상
대방을 서로 엿보고, 서로 원하고, 서로 두려워하고 있었다. 그들은 불안스러
웠다. 여전히 툭하면 반목하고 볼멘 낯이 되곤 했다. 그러나 예전의 정다움은

이미 없었다. 서로 잠자코 침묵 속에서 자신의 연정을 조성하기에 바빴다.

연애란 과거로 소급해 올라가는 불가사의한 작용을 지니고 있다. 크리스토프는 민나를 사랑한다고 느낀 그 순간 이미 전부터 그녀를 사랑하고 있었다는 사실을 발견했다. 석 달 전부터 두 사람은 거의 날마다 만나고 있었지만 그 애정을 깨닫지 못하고 있었던 것이다. 그러나 지금 그녀를 사랑하고 있는 이상, 아무래도 오래 전부터 사랑해 온 것이 틀림없는 것이다.

누구를 사랑하고 있는가를 발견하게 된 것은, 그에게는 매우 다행한 일이다. 훨씬 전부터 누구를 사랑하는지도 모르면서 사랑하고 있었던 것이다 ! 그는 마음을 놓았다. 전신에 막연하면서도 초조한 불쾌감으로 시달려 온 환자가 그 원인이 밝혀짐으로써 날카로운 고통이 어느 국부에 한정됨을 알게 된 것과 같았다. 뚜렷한 대상이 없는 연애처럼 파괴적인 것은 없는 법이다. 그것은 모든 힘을 좀먹고 녹여 버린다. 정체가 분명히 드러난 정열은 정신을 극도로 긴장시킨다. 그 때문에 기진맥진해진다. 그러나 적어도 그 이유만은 알 수 있다. 그 어떤 것이라도 공허보다는 낫지 않은가 !

민나가 자신에게 마음이 끌려 있다고 믿을 수 있을 만한 뚜렷한 상황이 크리스토프에게 주어지고 있었음에도 불구하고 그는 역시 번민했고, 그녀에게 멸시당하고 있는 것으로 생각하고 있었다. 그들은 지금까지도 상대방에 관한 뚜렷한 관념을 지닌 일이 없었다. 그러나 이때처럼 이 관념이 혼돈된 적은 없었다. 그것은 기묘한 상상의 연속으로서 어떻게도 전체적인 종합을 이룰 수가 없었다. 그것은 그들이 극단에서 극단으로 달려 실지로는 가지고 있지 않은 결점이나 매력을 서로 주고 받고 있었기 때문이었다. 떨어져 있으면 매력을 느끼고, 같이 있으면 결점을 알게 됐다. 어느 경우에 있어서나, 그들은 똑같이 잘못을 저지르고 있었던 것이다.

그들은 자신이 무엇을 원하는지를 알지 못했다. 크리스토프에게 연애란 명령적이며 절대적인 애정을 갈망하는 형상을 이루고 있었다. 이 갈망은 어렸을 때부터 그를 불태워 온 것으로 그는 이것을 남에게서 바랐고 또 싫어하건 좋아하건 가리지 않고 강요하고 싶어했다. 때때로 자기와 남을 전적으로 희생시키려는 ──아마도 특히 남을 희생시키려는──것을 바라고 있었던 것이며 이 전체적인 욕망에 야수적인 어두운 욕망의 발작이 뒤섞여 있었다. 그는 이 발작으로 현기증을 느꼈고 그것이 무엇인지 잘 알 수가 없었다. 민나는 무엇보다도 먼저 호기심에 사로잡혀 있어, 한 편의 소설을 시작한 것이 기뻐서 자존심과 상상을 만족시켜 주는 최대의 기쁨을 이 소설에서 끄집어 내려 하고 있었다. 자신이 느끼는 것에 관해서는 철저히 자신을 속이고 있었다. 그들 연애의 대부분은 모조리 책에서 빌어온 것이었다. 그들은 전에 읽은 소설을 상기하고는 실지로 갖고 있지도 않은 감정을 가진 것처럼 믿고 있었던 것이다.

그러나 이러한 조그만 거짓말이나 이들 조그만 이기심이, 연애의 숭고한 빛 앞에 스러질 때가 왔다. 어느 날, 영원의 몇 초 동안……더구나 그것은 뜻하지 않게 찾아온 것이다 !

어느 저녁 나절, 그들은 단 둘이서 이야기를 나누고 있었다. 저녁의 어스름이 응접실에 번져 왔다. 그들의 대화는 무겁고 답답해졌다. 무한이니 인생이니 죽음이니 하는 것을 이야기했다. 그것은 그들의 조그만 정열을 담기에는 너무나 큰 액자였다. 민나는 자신의 고독을 하소연했다. 물론, 크리스토프는 그녀 스스로가 말하는 것처럼 자신은 고독하지 않다고 답해 주었다. 그러자 그녀는 조그만 머리를 가로 저으며 말했다.

「말하는 것 모두가 말일 뿐이에요. 누구나가 자기만을 위해서 살고 있는 거예요. 남의 생각 같은 것은 하지도 않고, 사랑하지도 않거든요.」

잠시 침묵이 흘렀다.

「그럼, 나는 ?」

너무도 감동하여 얼굴빛이 창백해진 크리스토프가 불쑥 말했다.

바로 그때, 문이 열렸다. 두 사람은 후딱 뒤로 물러났다. 케리흐 부인이 들어왔다. 크리스토프는 책에 머리를 파묻었다. 그는 책을 거꾸로 읽고 있었다. 바느질거리에 몸을 구부린 민나는 바늘에 손가락을 찔렸다.

그날 밤, 그들은 다시 단 둘만이 있으려고 하지 않았다. 단 둘만이 되는 것이 두려웠다. 케리흐 부인이 일어나서 옆방으로 무엇인가를 찾으러 가려 하자, 평소엔 그리 친절하지도 않은 민나가 대신 그것을 가지러 갔다. 크리스토프는 그녀가 없는 틈을 타서 그녀에게 인사의 말도 없이 물러갔다.

다음 날도 두 사람은 만났다. 중단된 이야기를 계속하고 싶어서 안달이 나 있었으나 좀처럼 그럴 수가 없었다. 그러나 그들에게 요행이 찾아들었다. 케리흐 부인과 같이 산책을 나가게 된 것이다. 자유롭게 이야기할 수 있는 기회는 얼마든지 있었다. 그런데도 크리스토프는 말할 수가 없었다. 그 때문에 몹시 참담한 심정이 되어 될 수 있는 대로 민나에게 멀리 떨어져 있었다. 그녀는 그의 그러한 무례를 눈치채지 못한 체하고 있었다. 그러나 무척 언짢아하며 불쾌한 태도를 겉으로 드러내 보이고 있었다. 크리스토프가 간신히 무슨 말을 하려 하자, 그녀는 쌀쌀한 태도로 듣기만 했다. 그래서 그는 끝까지 말할 용기도 갖지 못했다. 산책은 끝났고 이미 시간은 지나갔다. 그는 이 시간을 이용하지 못한 것이 슬프기만 했다.

한 주일이 지났다. 그들은 서로의 감정을 착각한 걸로 생각했다. 언젠가의 밤에 있었던 일은 꿈이 아니었나 하고 의심했다. 민나는 크리스토프를 원망하고 있었다. 크리스토프는 민나와 둘만이 만나기를 두려워하고 있었다. 그들은 일찍이 없었던 냉담을 유지해 갔다.

끝내 그 어느 날이 왔다. ──오전 내내 줄곧 비가 내렸다. 그들은 집 안에 틀어박혀서 서로 말도 하지 않고 책을 읽고 하품을 하거나 창밖을 내다보기도 했다. 따분하고 우울했다. 네 시쯤해서 하늘이 환해졌다. 두 사람은 마당으로 뛰어 나갔다. 테라스의 난간에 팔꿈치를 짚고 강까지 이어져 있는 잔디 비탈을 눈 아래로 굽어 보았다. 땅에서는 김이 무럭무럭 나고, 미적지근한 수증기가 햇볕쪽으로 솟아오르고 있었다. 빗방울이 풀 위에서 반짝거렸다. 비에 젖은 땅 냄새와 꽃 향기가 뒤섞여 있었다. 그들의 주위에서는 꿀벌이 황금빛으로 빛나며 희미한 날개짓 소리를 내고 날았다. 두 사람은 나란히 선 채, 서로 돌아 보지도 않았다. 침묵을 깨뜨릴 엄두가 나지 않았다. 꿀벌 한 마리가 비에 젖어 묵직해진 등꽃 송이에 서투르게 앉았다가 물벼락을 맞는다. 두 사람은 동시에 웃음이 터졌다. 그들은 곧 느꼈다. 그들은 이미 서로 토라지지도 않고, 이미 사이좋은 친구라는 것을. 그러면서도 여전히 얼굴을 마주보지는 않았다.

얼마나 지났을까. 그녀는 얼굴을 돌리지도 않은 채 불쑥 그의 손을 잡았다. 그러면서 말하는 것이었다.

「이리 와!」

민나는 그를 끌고 숲속의 길쪽으로 달려갔다. 양쪽에 회양목이 늘어서 있는 몇몇 오솔길이 있고 숲의 가운데가 높직했다. 두 사람은 그 언덕길을 올라갔다. 흙이 축축히 젖어 있어 발이 미끄러웠다. 비에 젖은 나무들이 그들의 머리 위에서 가지를 흔들어 주었다. 이제 한달음이면 꼭대기에 다다른다 싶을 때, 그녀는 멈추어서서 숨을 내쉬었다.

「잠깐만……잠깐만 기다려…….」

그녀는 숨을 몰아 쉬며 매우 낮은 소리로 말했다.

크리스토프는 민나를 바라보았다. 민나는 옆을 보고 있었다. 그녀는 벙긋 입을 연 채 헐떡거리며 미소짓고 있었다. 그녀의 손이 크리스토프의 손 안에서 경련하고 있었다. 두 사람은 굳게 쥔 손바닥과 떨리는 손가락에 피가 고동침을 느졌다. 주위는 고요에 잠겨 있었다. 나무의 황금빛 새싹이 햇빛을 받아 떨고 있었다. 빗방울이 은빛 같은 음색으로 나뭇잎에서 떨어졌다. 하늘에는 제비떼가 날카로운 울음 소리를 내며 지나갔다.

민나가 크리스토프에게 얼굴을 돌렸다. 그것은 전광 같은 번쩍임이었다. 순간 그녀는 그의 목에 매달렸고 그는 그녀의 팔에 몸을 던진 것이다.

「민나! 민나! 나의 사랑!」

「널 사랑해, 크리스토프! 널 사랑하고 있어!」

두 사람은 비에 젖은 나무 벤치에 앉았다. 그들은 부드럽고 가슴 벅찬 애정에 젖어 있었다. 다른 것은 모두 스러져 버렸다. 이미 이기심도 허영심도 속셈도 없었다. 영혼의 온갖 그림자는 이 사랑의 입김으로 말끔히 날려 버려졌다. 『사랑해, 사랑해』라고 눈물에 젖은 그들의 눈은 웃으며 말하고 있었다. 냉담하고 요염한 소녀와 오만한 소년이 서로들 상대방에게 몸을 바치고 싶어했고, 상대방을 위해 괴로워하며 죽고 싶은 욕구에 못 이겨 하고 있었던 것이다. 이미 그들은 그들 자신을 의식할 수 없었다. 모든 것이 변해 있었다. 그들의 마음, 그들의 얼굴, 그들의 눈은 남을 감동시키지 않을 수 없는 기쁨과 애정으로 빛나고 있었다. 청순과 희생과 절대적인 헌신의 순간이었다. 평생에 두 번 다시는 돌아오지 않는 순간이었다.

정신없이 말이 막혀 더듬거리며 외마디 말을 지껄이다가 영원히 서로 그대의 것이라고 정열적으로 맹세하거나 키스를 하는 등, 하염없이 기쁜 말을 주고 받는 동안, 시간이 늦어졌음을 깨달았다. 손을 맞잡고 뛰기 시작했다. 좁은 오솔길에서 나뒹구는 것도 두렵지 않았다. 나무에도 부딪혔다. 그러나 기쁨에 취해 눈이 먼 그들은 아무것도 느끼지 못했다.

그녀와 헤어졌을 때 그는 집으로 바로 돌아가지 않았다. 돌아갔더라도 잠을 이루지는 못했을 것이다. 거리를 벗어나서 들을 거닐었다. 어둠 속을 목적도 없이 헤맸다. 대기는 선선했고 들은 어둡고 적막했다. 부엉이가 추운 듯이 울고 있었다. 그는 마치 몽유병자처럼 거닐었다. 포도밭 한복판에 있는 언덕으로 올라갔다. 점점이 켜진 거리의 조그만 등불이 평야 가운데서 떨고 있었다. 어두운 하늘에는 별이 반짝였다. 그는 길가의 담벼락 위에 앉았다. 별안간 눈물이 왈칵 솟았다. 그는 너무나 행복했던 것이다. 넘칠 듯한 슬픔과 기쁨이 범벅이 된 것이었다. 자신의 행복에 대한 감사, 행복하지 못한 사람들에 대한 연민, 인생의 덧없음에 대한 감미롭고도 애달픈 감정, 삶의 열광 등이 뒤섞여 있었다. 그렇게 뭐라 표현할 수도 없는 행복감에 젖어 울다가 그는 그만 눈물 속에 잠이 들어 버렸다. 다시 눈을 뜨니 희끄무레한 새벽녘이었다. 뽀얀 안개가 강 위에 나직이 시가를 덮어 싸고 있었다. 그곳에는 피로에 지친 민나가 행복의 미소로 마음이 밝게 비추어져서 잠자고 있을 것이었다.

 아침 나절부터 두 사람은 용케 정원에서 만날 수 있었다. 서로 사랑한다는 말을 거듭 주고 받았다. 그러나 이미 전날과 같은 그 신성한 무의식 상태는 아니었다. 민나는 연인다운 교태를 짓고 있었다. 크리스토프는 그녀에게 성실하긴 했으나 아직도 부끄러움이 남아 있었다. 서로들 장래의 생활에 대해서 이야기를 나누었다. 크리스토프는 자신의 가난과 미미한 생활 조건을 한탄했다. 민나는 관대한 체하며 그것을 즐겼다. 그녀는 자신이 경제에 대해서는 담백하다고 자처하고 있었다. 하긴 그랬다. 돈 문제로 곤란을 겪어 보지 않았으므로, 거기에 대해서는 도무지 아는 것이 없었던 것이다. 그는 위대한 예술가가 되어 보이겠다고 맹세했다. 그녀에겐 그것이야말로 소설처럼 재미있고 멋진 일로 생각되었다. 그리고는 진짜 연인처럼 행동해야 한다고 생각했다. 시를 읽고 곧잘 감상에 젖었고 크리스토프도 그에 감염되었다. 몸차림에 주의하기 시작했다. 말하는 데도 조심했다. 그러자니 우스꽝스런 꼬락서니가 되었다. 케리흐 부인은 그 모습을 웃으며 바라보고 있었다. 그리고 어째서 저토록 바보스러운 짓을 하게 되었을까 하며 고개를 갸우뚱거리는 것이었다.

 그러나 두 사람에게는 그지없이 시적인 순간이 있었던 것이다. 그것은 빛바랜 나날의 연속에서 한 줄기 햇살이 안개를 뚫고 비쳐 나오듯이 홀연히 비쳐 나오곤 했다. 눈짓 하나, 몸짓 하나, 아무런 의미도 없는 말 한 마디 등등이 그것인데, 그것이 두 사람을 행복감에 잠기게 했던 것이다. 또한 저녁 나절 어둑한 계단에서 『안녕!』하고 인사를 나눌 때나 저녁의 어스름 속에서 서로 찾고 살펴보거나 맞닿으며 바르르 떠는 손과 손, 떨리는 음성 등등이 그것이었다. 모두 이렇게 하찮은 일뿐이었으나, 밤중에 시계가 시간을 알릴 때마다 잠을 깨곤 하는 얕은 잠에 젖어서, 시냇물이 졸졸 속삭이듯 『그애는 나를 사랑하고 있단 말이야』하고 마음이 노래하고 있을 때, 그들은 서로를 생각하고는 즐거워하는 것이었다.

 그들은 사물이 지니는 매력을 발견했다. 봄날은 경이로운 부드러움으로 그들에게 미소지었다. 이제껏 그들이 모르고 있었던 하늘의 반짝임과 공기의 애정을 느꼈다. 도시 전체가, 붉은 지붕과 낡은 벽과 울퉁불퉁한 포석도, 그 모두가 친근한 매력을 띠어 크리스토프를 감동케 했다. 민나 또한, 밤에 사람들이 잠들어 있을 때 잠자리에서 일어나서는 상기된 채 창가에 꼼짝 않고 앉아 있곤 했다. 오후에 그가 없을 때면 그네에 앉아 무릎에 책을 얹은 채 눈을 반쯤 감고는 몽상에 젖었다. 흐뭇한 나른함으로 황홀해져서 몸도 마음도 봄의 대기 속에 젖어 있었다. 이제 그녀는 몇 시간씩이나 피아노 앞에 앉아 대단한 끈기로 화음이나 악절을 되풀이해 치곤 했다. 얼굴은 감동으로 파르스름해지고, 몸은 차가워졌다. 슈만의 음악을 듣고는 눈물을 흘렸다. 사람들에 대한 연민과 친절감으로 가슴이 벅차 넘치는 듯했다. 그도 그녀와 마찬가지였다. 가난한 사람들을 만나면 그들은 남몰래 적선을 했다. 그리고는 동정에 찬 눈을 마주 바라보는 것이었다. 자신들이 이토록 친절하다는 데 대하여 그들은 행복감을 맛보는 것이었다.

그러나 그들은 어쩌다가 가끔 그렇게 친절해지는 데 불과했던 것이다. 민나는 어린 시절부터 집에서 일하는 어머니의 늙은 하녀 프리다의 힘들게 일하며 지내는 보잘 것 없는 생활이 얼마나 비참한 것인가를 발견할 수 있었다. 그녀는 달려가서 할멈의 목을 끌어 안았다. 부엌에서 속옷을 깁고 있던 할멈은 소스라치게 놀랐다. 그러나 얼마 후에 벨을 눌렀는데도 프리다가 곧 달려 나오지 않았다고 하여 민나는 마구 폭언을 퍼부었던 것이다. 크리스토프는 또한, 인간에 대한 사랑에 불탄 나머지 한 마리 벌레조차 밟지 않으려고 비켜 지나가곤 했지만 자기 식구들에게는 전혀 무관심했다. 남에 대해서 애정을 품으면 품을수록 가족에 대해서는 기묘한 반동으로 더한층 냉혹해지기도 했다. 식구들 생각은 거의 하지 않았다. 그들에겐 퉁명스러운 말투가 되었고 불쾌한 눈초리로 대하곤 했던 것이다. 그러니 그들 두 사람의 친절이란 느닷없이 넘쳐 흐른 애정의 나머지 몫에 지나지 않아 우연히 맨 처음 만난 사람이 그 은혜를 입었을 뿐이었던 것이다. 그런 친절을 제외하면 그들은 평소보다도 이기적이었다. 그들의 정신은 단 한 가지 생각으로 가득 차 있어, 모든 것이 그곳으로 유도되어 있었기 때문이다.

도대체 소녀의 영상은 크리스토프의 생활 속에서 그 얼마나 큰 자리를 차지하고 있었던 것인가! 정원에서 그녀의 모습을 찾아 헤매다가 멀리 그녀의 조그만 흰 옷자락이 눈에 띄거나, 극장에서 아직 비어 있는 그들의 자리에서 서너 걸음 떨어진 자리에 앉아 있다가 특별석 문이 열리는 소리를 들었을 때, 또는 남들이 주고 받는 말 중에 케리흐라는 그 그리운 이름이 발음되었을 때, 그는 얼마나 감동했는지! 그는 낯이 파래지기도 하고 빨개지기도 했다. 잠시 동안은 도무지 보이는 것도 들리는 것도 없었다. 그러나 바로 그 직후에 피가 확 치솟아 올랐다. 그것은 온갖 미지의 힘의 돌격이었던 것이다.

이 천진스럽고 육감적인 독일 소녀는 기묘한 놀이를 알고 있었다. 밀가루를 깔아놓고 그 위에 자기의 반지를 놓았다. 그리고는 코에 가루를 묻히지 않도록 조심하여 번갈아 반지를 이로 물어올려야 하는 놀이였다. 또, 비스킷 하나에 실을 꿰어 놓고 두 사람은 각자 그 한 끝을 입에 문다. 이 실을 입으로 먹으며 될 수 있는 대로 빨리 과자를 먹으려 드는 놀이도 있었다. 두 사람의 얼굴이 다가섰고 숨이 서로 섞였고 입술이 닿았다. 그들은 억지 웃음을 짓고 있었으나 손은 싸늘해져 있었다. 크리스토프는 그녀를 물어뜯고 싶어졌다. 그녀를 따끔하게 해 주고 싶어 갑자기 몸을 뒤로 뺐다. 그녀는 여전히 억지 웃음을 웃고 있었다. 두 사람은 서로 외면한 채 시치미를 떼었으나 몰래 서로 훔쳐보고 있었다.

이러한 야릇한 놀이는 두 사람에게는 어쩐지 가슴속이 불안해지는 매력을 지니고 있었다. 크리스토프는 그것이 두려워서, 케리흐 부인이나 누군가가 같이 있는 거북스러운 모임을 좋아했다. 아무리 방해가 되는 사람이 있을지라도 서로 사랑하는 그들의 마음의 대화를 방해할 수는 없었다. 속박은 도리어 그 대화를 더한층 친밀한 것으로 했고 더욱 즐거운 것으로 했던 것이다.

그럴 때의 모든 것은 두 사람 사이에 한없는 의미를 가져다 주었다. 한 마디의 말, 입술의 주름살 하나, 눈길 하나만으로도 평범한 베일 밑에 있는 두 사람의 내면 생활이 지닌 풍부하고 신선한 보배가 투시되었다. 그것을 볼 수 있는 것은 두 사람뿐이었다. 적어도 그들은 그렇게 믿고 있었고 이런 조그만 비밀이 기뻐서 서로 미소를 건네곤 하는 것이었다. 그들의 대화에 귀를 기울여도 아마 흔해빠진 화제에 관한 사교적인 말밖엔 들을 수가 없었을 것이다. 그러나 그들에게 있어서 그것은 무한한 사랑의 노래였던 것이다. 상대방의 표정이나 목소리의 순간적인 뉘앙스조차도, 마치 펼쳐진 책이라도 읽듯이 똑똑히 읽었다. 눈을 감아도 읽을 수 있었으리라. 자기 자신의 마음에 귀를 기울이기만 하면 상대방 마음의 메아리가 들리기 때문이었다. 그들은 인생과 행복과 자기 자신에 대하여 넘칠 만큼 크나큰 신뢰를 품고 있었다. 그들의 희망은 끝없는 것이었다. 그들은 사랑하고, 사랑받는 것으로 행복했고 미래에 대해서는 조금의 의심이나 두려움도 느끼지 않았다. 이러한 봄날들의 그지 없는 청명함이여 ! 하늘에는 구름 한 점 없다. 그 무엇도 시들게 할 수 없는 싱싱한 신앙. 그 무엇도 바닥나게 할 수 없을 풍성한 기쁨. 도대체 그들은 살아 있는 것인가? 꿈을 꾸고 있는 것인가? 분명히 그들은 꿈꾸고 있는 것이었다. 실생활과 그들의 꿈 사이에는 무엇 하나 공통된 것은 없다. 오로지 하나, 이러한 불가사의한 시간에 있어서는 그들 스스로가 하나의 꿈에 지나지 않는다는 것뿐. 그들의 존재는 사랑의 입김을 받아 녹아 버린 것이었다.

마침내 케리흐 부인이 그들의 잔재주를 눈치챘다. 그들 자신은 교묘하게 처신하는 줄 믿고 있었으나 사실은 몹시 졸렬했던 것이다. 어느 날, 민망스러울 정도로 민나가 크리스토프에게 가까이 다가가서 이야기를 나누고 있을 때 뜻밖에 어머니가 들어섰다. 문 소리에 두 사람은 부리나케 떨어졌으나 이때 이후로 민나는 혹시 어머니가 눈치채지나 않았나 하는 생각이 들기 시작한 것이다. 그러나 케리흐 부인은 아무런 눈치도 못 챈 체하고 있었다. 민나에겐 그것이 도리어 유감스러울 정도였다. 어머니에게 반항해야 하는 처지에 빠지는 것이 오히려 바람직했다. 그래야 한층더 소설적이기 때문이었다.

어머니는 딸에게 그런 기회는 주지 않도록 조심했다. 꽤 총명한 사람이어서 이런 일로 걱정하진 않았으나 민나 앞에서 크리스토프를 빈정거렸고, 그의 우스꽝스런 꼴을 놀려 댔다. 단 몇 마디로 크리스토프를 형편없이 만들었다. 결코 어떤 저의가 있었던 것은 아니나 자신의 보물을 지키려는 얕은 생각에서 오직 본능적으로 행동했을 뿐이었다. 민나는 성이 나서 볼멘 낯이 되고, 버릇없는 말대꾸를 하며 어머니의 관찰은 잘못되었다고 완강히 주장했으나, 그것도 허사였다. 그 관찰은 너무나 올바른 것이었다. 그리고 케리흐 부인은 급소를 찌르는 잔인한 솜씨를 터득하고 있었다. 크리스토프의 신발이 크다, 옷차림이 꼴사납다, 모자에 솔질이 되어 있지 않다, 발음에 시골티가 난다, 인사하는 것도 꼴불견이다, 큰 웃음 소리는 거칠고 야하다 등등, 민나의 자존심을 상하게 하는 것은 하나도 빼놓지 않고 입에 올린 것이다. 그것은 내친 김에 나오는 단순한 지적에 지나지 않았지만 결코 비난의 형식으로 일러지는 것은 아니었다. 안달이 난 민나가 흥분하여 말대답을 하려 들면, 케리흐 부인은 이미 딴전을 피우며 화제를 돌려 버리곤 했다. 그러나 가시 돋친 맛은 남아 있었다. 민나는 그 아픔을 느끼고 있었다.

크리스토프는 자신을 보는 민나의 눈이 전처럼 관대하지는 않다는 것을 막연하게나마 느꼈다. 불안해져서 그녀에게 묻기도 했다.

「왜 그렇게 나를 보지?」

그녀는 무심을 가장하며 대답했다.

「아무것도 아니야.」

그러나 곧바로 그가 쾌활히 떠들어 대자 그녀는 웃음 소리가 너무 시끄럽다고 매섭게 비난했다. 그는 흠칫 놀랐다. 웃는 데도 그녀에게 신경을 써야 하리라고는 꿈에도 생각지 못했다. 그의 기쁨은 송두리째 사라지고 말았다. 또 그가 정신없이 지껄이는 걸 건성으로만 듣고 있다가 불쑥 말을 가로막고는 그의 옷차림에 대해서 퉁명스럽게 주의를 주기도 하고 때론 도전적인 얼굴로 아는 체하며 그의 평범한 말솜씨를 지적하기도 했다. 이러다 보니 그는 더이상 말을 하고 싶지가 않아 화를 내기도 냈다. 그러나, 다음 순간에는 이렇게 자신을 몸달게 하는 것도 민나가 자신을 생각해 주는 증거라고 믿었다. 그녀 또한 그렇게 믿고 있었다. 그는 겸손하게 그녀의 말을 좇으려고 애썼다. 그런데도 그녀는 도무지 만족할 줄 몰랐다. 그로서는 도무지 잘 할 수가 없었기 때문이다.

그러나 그로서는 그녀의 마음속에 일고 있는 변화를 알아 볼 만한 시간이 없었다. 부활절이 다가와서 민나는 어머니와 같이 바이마르에 사는 친척을 찾아 여행을 해야 했기 때문이었다.

헤어지기 한 주일 전이 되자 두 사람은 처음 만났을 때처럼 다시 친밀감을 발견할 수 있었다. 가끔 화를 내는 일을 제외하고는 민나는 전에 없이 부드러웠다. 출발하기 전날, 두 사람은 오래도록 정원을 산책했다. 그녀는 크리스토프를 정자 구석으로 끌고 가더니 한 줌의 머리카락이 들어 있는 향주머니를 목에 걸어 주었다. 두 사람은 영원한 맹세를 거듭 되풀이하고 날마다 편지를 쓰기로 굳게 약속했다. 그리고는 하늘의 별 하나를 골라서 밤마다 같은 시간에 쳐다 보기로 한 것이었다.

드디어 슬픈 그날이 되었다. 전날 밤에 그는 몇 번이고『내일이면 그녀는 어디 가 있을까?』하는 생각이 들곤 했다. 지금은『드디어 오늘이다. 오늘 아침, 그녀는 아직 여기 있다. 하지만 오늘 밤은……』하는 생각에 시달렸다. 아직 여덟 시가 되기 전에 정원을 산책해 볼까 했으나 그러지도 못하고 되돌아왔다. 복도는 트렁크와 꾸러미로 너저분하게 되어 있었다. 그는 방 한 구석에 앉아 모서리와 마루의 삐걱거리는 소리에 귀를 기울이고, 위층을 또박또박 걸어 다니는 발걸음 소리를 분간하기도 했다. 케리흐 부인이 지나가다가 가벼운 미소를 띄우며 멈춰서지도 않고 조롱하듯이 아침 인사를 했다. 드디어 민나가 모습을 나타냈다. 얼굴은 창백했고 눈은 부어 있었다. 간밤에 크리스토프처럼 잠을 못 잔 것이다. 그녀는 매우 부산한 듯이 하녀들에게 일을 시켰다. 프리다 할멈과 이야기를 계속하면서 크리스토프에게 손을 내밀었다. 그녀는 이미 출발 준비가 되어 있었다. 케리흐 부인이 돌아왔다. 모녀는 모자를 넣을 상자에 대해서 이러쿵저러쿵 의논했다. 민나는 크리스토프 생각은 아예 염두에도 없는 것 같았다. 그는 참담한 심정이 되어 피아노 옆에 꼼짝 않고 대기했다. 민나는 어머니와 같이 나갔다 다시 돌아왔다. 문지방에서 또 뭐라고 케리흐 부인을 향해 소리치더니 문을 닫았다. 이제는 단 둘이었다. 민나는 그에게로 뛰어 오더니 그의 손을 잡고 옆방으로 끌고 갔다. 덧문이 닫혀 있는 조그만 응접실이었다. 그녀는 느닷없이 얼굴을 크리스토프의 얼굴로 가까이 대더니 있는 힘을 다해 그를 포옹했다. 민나는 흐느껴 울면서 묻는 것이었다.

「약속해 줘, 약속해 줘. 언제까지나 날 사랑해 주지 ?」

두 사람은 남에게 들리지 않게 하느라고 목소리를 죽여 가며 흐느껴 울었다. 발걸음 소리가 다가오자 두 사람은 다시 떨어졌다. 민나는 눈물을 닦고 다시 하인들에게 그럴듯한 태도를 취했다. 그러나 그 음성은 떨리고 있었다.

그 사이에 크리스토프는 그녀가 떨어뜨린 손수건을 몰래 갖는 데 성공했다. 그것은 눈물에 젖고 형편없이 구겨진 조그만 손수건이었다.

크리스토프는 모녀와 같이 마차를 타고 정거장까지 배웅했다. 마주 앉은 두 사람은 자칫 눈물이 날 것 같아서 좀처럼 눈을 마주칠 수도 없었다. 손만을 서로 찾아 아프도록 꽉 마주 쥘 뿐이었다. 케리흐 부인은 자애로우면서도 능청스럽게, 그러나 시치미를 떼고 그들을 유심히 살펴보고 있었다.

드디어 헤어질 시간이 되었다. 크리스토프는 승강구 곁에 서 있었으나, 기차가 움직이자 기차와 같이 뛰기 시작했다. 앞은 보지도 않고 역원들을 밀어젖히며 민나의 눈만을 응시하며 뛰고 또 뛰었으나 끝내는 기차가 그를 앞질러 버렸다. 그래도 그는 뛰었다. 아무것도 보이지 않을 때까지 뛰었다. 비로소 숨을 헐떡이며 그는 멈춰섰다. 주변을 보니 그는 역의 낯설은 사람들 틈에 서 있었다. 집으로 돌아왔다. 다행히도 집안 식구들은 아무도 없었다. 아침 나절 내내, 그는 홀로 울고만 있었다.

그는 처음으로 사랑하는 이와 헤어져 있어야 하는 엄청난 슬픔을 깨달았다. 그것은 무척 견디기 어려운 괴로움이었다. 세상 모든 일이 공허하고 숨을 쉴 수도 없다. 죽을 것만 같은 고뇌였다. 더구나 사랑하는 사람의 흔적이 아직 남아 있을 때, 주위의 모든 것이 끊임없이 그리운 이의 모습을 생각나게 할 때, 같이 지낸 정다운 장소에 자기 홀로 남아 있을 때, 이미 스러져 없어진 행복을 그 장소에 되살리려고 열중할 때는 더한층 그러하다. 그럴 때는 마치 발밑에 깊은 늪이 입을 벌리고 있는 것이나 다름없다. 애인의 부재는 한갓 죽음의 가면의 하나에 지나지 않는다. 살아 있으면서, 자신의 마음에 가장 친밀한 이가 스러져 없어지는 것을 보는 것이다. 생명은 스러져 간다. 그것은 어두운 구멍이다. 허무인 것이다.

크리스토프는 정다운 곳을 샅샅이 찾아가 보며 더욱더 괴로움을 느끼고 있었다. 케리흐 부인은 부재중에도 정원을 산책할 수 있게끔 정원의 열쇠를 건네 주고 갔다. 헤어진 그날, 그는 당장 정원을 찾아와 보고 괴로움으로 가슴이 막혀 버릴 뻔했다. 오는 도중에는 가 버린 사람들의 모습을 어느 정도 찾아볼 수 있으려니 했다. 그런데 막상 와 보니 그게 아니었다. 그녀의 모습은 잔디밭 곳곳에 감돌고 있었다. 오솔길이 꼬부라지는 모퉁이에 올 때마다 그는 그녀의 모습이 나타나기를 기다리곤 했다. 나타나지 않으리라는 것을 빤히 알고 있었으나 억지로라도 그렇게 믿게 하려 했다. 미로 같은 좁다란 길, 등나무 꽃으로 덮인 전망대, 정자 속의 벤치 등등, 그리운 추억의 자욱을 찾아 보고는 괴로워했다. 그러면서 짓궂게 이렇게 되풀이하며 자신을 들볶고 있었다. 『한 주일 전엔……사흘 전엔……어저께는 그랬지, 어저께 그녀는 여기 있었다……오늘 아침에도…….』그는 이런 생각을 하고는 비통에 젖어 있었으나 당장 죽을 것만 같이 가슴이 질식되어 생각을 그쳐야 했다. 그의 슬픔에는 그토록 아름다운 시간을 이용하지도 못하고 헛되이 보냈다는, 자신에 대한 노여움이 섞여 있었다. 그녀를 만나고 숱한 시간을 함께 보내며 그녀로 인해 자신이 커간다는 무한한 행복을 즐겨 왔다. 그러면서도 그 행복의 참된 가치를 몰랐던 것이다. 순간 순간에 흠뻑 젖지도 못하고 때를 흘려 버리고 만 것이 아닌가! 그리고 지금은 어떤가! 지금은 이미 때는 늦었다 ……되돌릴 수 없잖은가! 어떻게도 되돌릴 수 없는 것이다!

그는 집으로 돌아왔다. 식구들이 지겹게만 생각되었다. 그들의 얼굴, 몸짓, 어리석은 대화 등을 참을 수가 없었다. 그러나 그녀가 있었던 때와 다른 데라곤 전혀 없었다. 그들은 지금까지의 생활을 계속하며 이러한 불행이 바로 곁에서 일어났다는 것을 도무지 모르는 것 같았다. 거리의 사람들도 어느 한 사람 그것을 알지 못했다. 그들은 웃으며, 시끄럽게 지절거리며, 바쁜 듯이 일들을 보러 갔다. 귀뚜라미는 노래했고 하늘은 빛나고 있었다. 그는 그러한 모든 것을 미워했다. 마치 자신이 이 세상에 가득찬 이기주의 때문에 짓눌려 있는 것 같은 느낌이 들었다. 그러나 누구보다도 그 자신이 가장 이기적이었던 것이다. 그에게는 이미 그 무엇도 가치를 지니지는 못했다. 이제 부드러운 감정은 없었고 어느 누구도 사랑하지 않고 있었던 것이다.

그는 서글픈 나날을 보냈다. 이미 살아 갈 용기는 없었지만 자동 인형처럼 다시 일을 시작했다.

어느 날 밤, 그가 힘없이 묵묵히 식구들과 식사를 하고 있을 때 우체부가 문을 노크하더니 편지 한 통을 그에게 건네 주었다. 필적으로 보지 않아도 그는 단숨에 알아보았다. 네 식구의 눈이 호기심으로 그를 응시한 채, 심심풀이가 되리라 기대하며 그가 편지 읽기를 기다리고들 있었다. 하지만 크리스토프는 그 편지를 접시 옆에 놓았다. 내용은 빤히 알고 있다는 듯이 애써 무심한 체하며 뜯어보고 싶은 것을 그대로 놓아 두었다. 그러나 아우들은 믿어 주지 않았다. 안타까워하며 형의 표정을 살피고 있었다. 이 때문에 그는 식사가 끝날 때까지 괴롭힘을 당해야 했다. 식사가 끝나자 비로소 그는 자유로이 자기 방에 틀어박힐 수 있었다. 심장이 어찌나 고동치는지, 겉봉을 뜯으면서 하마터면 편지를 찢을 뻔했다. 어떤 사연을 읽게 될까 두려워 몸이 떨렸다. 그런데 서두의 서너 마디를 훑어보자, 기쁨이 온 몸으로 스며드는 것이었다.

그건 깊은 애정이 담긴 글이었다. 민나가 남의 눈을 피해가며 쓴 편지로 크리스토프를 『그리운 나의 크리스토프』라고 그에게 써보낸 것이었다. 울고 또 울었고 밤마다 그 별을 쳐다본다는 것, 지금 프랑크푸르트에 와 있는데 큰 도시여서 훌륭한 상점들이 수두룩하다는 것, 너만을 생각하는 바람에 다른 것에는 도무지 주의할 수가 없다는 것 등을. 그가 그녀에게 충실하겠다고 맹세한 사실들, 그녀가 없을 때는 다른 아무도 만나지 않겠다고 서약한 사실을 부디 잊지 말라고도 했다. 그는 유명한 사람이 돼야 하고 그녀 또한 유명하게 되어야 할 테니 자기가 없는 동안에 부단히 공부를 계속해 달라는 말도 있었다. 마지막으로 그녀는, 떠나온 날 아침에 두 사람이 이별을 고한 그 조그마한 응접실 생각이 나느냐고 묻고 있었다. 그러면서 어느 날 아침이든 다시 거기 가달라는 부탁이었다. 자기는 지금도 마음속으로 거기 있는 것과 같으므로 그때와 똑같이 이별의 말을 고할 것이라고 단언해 마지않는 것이었다. 서명하는 데 이르러서는 『영원히 그대의 것! 영원히……. 』라고 씌어져 있었다. 또 추신으로는 그 꼴사나운 펠트 모자는 집어치우고 맥고 모자를 사라고 권하고 있었다. 『이 고장에서는 훌륭한 사람은 누구나 그것을 쓰고 있단다. 폭이 넓은 푸른 리본이 달린 굵은 밀짚으로 짠 모자지.』

크리스토프는 네 번이나 되풀이해 읽고서야 뜻을 완전히 알아들었다. 망연해져서 미처 기뻐할 기운도 없었다. 느닷없이 피로가 몰려왔다. 잠자리에 들어서도 편지를 되풀이해 읽고는 줄곧 입술을 갖다 대곤 했다. 베개 밑에 넣고는 끊임없이 손으로 더듬으며 편지가 거기 있다는 것을 확인하곤 했다. 뭐라 표현할 수 없는 행복감이 온 몸에 번지고 있었다. 그는 다음 날 아침까지 푹 잤다.

그의 생활은 훨씬 견딜 만해져 있었다. 민나의 변함 없는 생각이 주위를 감돌았다. 답장을 쓰려 했다. 그러나 그에게는 자유로이 그녀에게 편지를 쓸 권리는 없었다. 진심으로 느끼는 말은 숨겨야 했다. 그것은 쓰라리며 또한 힘드는 일이 아닐 수 없었다. 정중하게 격식을 갖추고 둘러 대는 말 속에 연정을 숨기려 애썼으나, 그의 표현은 언제나 그랬듯이 우스꽝스러웠고, 좀처럼 잘 되어 주질 않았다.

편지를 부치고 그는·이제 기다림만으로 살고 있었다. 답답증을 참느라고 산책과 독서를 하기도 했다. 그러나 민나 생각만을 하고 그녀의 이름만을 되풀이했다. 이 이름에 대해서 그는 우상을 숭배하는 듯한 애정을 품고, 주머니에는 언제나 레싱(독일의 극작가. 1729~1781)의 책 한 권을 지니고 다녔다. 민나라는 이름이 이 책에 나와 있기 때문이었다. 날마다 극장에서 돌아올 때는 멀리 돌아서까지 민나라는 그리운 글자가 간판에 나붙어 있는 부인용 양품점 앞을 지나다니곤 했다.

자신이 유명해지기 위해서 공부해 달라는 간청을 받고 그는 마음이 들떠 있는 자신을 책망했다. 이러한 요구 속에 깃들여 있는 천진스러운 허영심은 신뢰의 증거로서 그를 감동케 했다. 그에 보답하려고 그저 형식이 아니라, 진실로 그녀를 위해 작품을 지어 헌정하자고 그는 결심했다. 더구나 다른 일이라곤 아무 일도 할 수 없었다. 이 계획이 착상되자 악상은 순식간에 떠올랐다. 저수지에 괴어 있던 물이 둑을 끊고 한꺼번에 흘러 내리는 것과 흡사했다. 크리스토프는 한 주일 동안이나 꼬박 자기 방에서 나가지 않았다. 루이자는 문간에 식사를 갖다 놓곤 했다. 어머니도 방에는 들어오지 못하게 한 것이다.

그는 클라리넷과 현악기를 위한 5중주곡을 지었다. 첫 부분은 푸르른 젊음의 희망과 욕망의 시였다. 끝 부분은 연정의 활동으로, 크리스토프의 다소 야성적인 유머가 내뿜어지고 있었다. 그러나 이 전곡은 제2악장의 라르게토(조금 느리게)를 위해 지어진 것이었다. 크리스토프는 여기서 열렬하고 청순한 소녀의 영혼을 묘사했다. 그것은 민나의 초상이었다. 혹은 민나의 초상이어야 하는 그러한 것이었다. 어느 누구도 그 초상을 알아보지 못할 것이요, 그녀 자신도 알아보지 못할지도 모르는 것이다. 하지만 중요한 것은 그가 완전히 그것을 인정하고 있다는 사실이었다. 사랑하는 이의 전체를 내 것으로 한 것 같은 심정이 되어 그는 기쁨으로 몸을 떨었다. 이 이상 흥분되고 즐거운 일은 없었다. 연인의 부재 때문에 고여 있던 넘칠 듯이 격렬한 애정을 발산시키는 것이었다. 동시에 예술 작품을 창작하려는 정열을 아름답고 명쾌한 형식으로 집중하기 위해 필요한 노력이, 정신의 건강과 모든 능력의 균형을 그에게 주었으므로 그는 육체적인 기쁨을 느꼈다. 이것이야말로 모든 예술가가 알고 있는 최고의 향락이다. 창작하고 있는 동안 예술가는 욕망과 고뇌의 속박에서 벗어나 거꾸로 그 주인이 된다. 그를 기쁘게 하고 괴롭히는 모든 것도, 모두가 자기 의지의 자유로운 작용같이 생각된다. 그러나 그것은 너무나 짧은 순간에 지나지 않는다. 그 뒤에는 현실의 쇠사슬이 더한층 무겁게 느껴지게 마련인 것이다.

이 작업에 전념하는 동안 크리스토프는 민나가 여기 없다는 것을 생각할 틈이라곤 거의 없었다. 그는 그녀와 같이 살고 있었다. 민나는 이미 민나 속에는 없었고, 고스란히 그의 속에 있었다. 그러나 일을 마치자 곧 그는 고독한 자신을 발견했다. 전보다도 더욱 고독하고 더욱 피로했다. 민나에게 편지를 쓴 것은 두 주일 전이라는 것과 그녀에게서 답장이 오지 않는다는 사실이 생각났다.

크리스토프는 다시 편지를 썼다. 이번에는 첫번째 편지에서 자신에게 강요했던 그 딱딱함을 지켜나갈 결심이 서지 않았다. 민나가 자기를 잊어버리고 말았다는 것을 농담조로——진심으로 그렇게 믿지는 않았으므로——책망했다. 그녀가 편지를 자주 주지 않는 것을 나무라고, 애정어린 야유의 말을 썼다. 비밀스러운 듯 자신이 하는 일에 대해서 말했다. 그녀의 호기심을 자극하고 싶었고 또 돌아왔을 때에 불시에 놀래 주고 싶었던 것이다. 새로 산 모자에 대해서도 자세히 썼다. 그는 그녀의 말을 하나하나 글자 그대로 받아들이고 있었으므로 조그만 전제자의 명령에 복종하느라고 이제는 집에서 밖으로 한 걸음도 나가지 않는다는 것, 모든 초대를 거절하느라고 꾀병을 부리고 있다는 말도 했다. 그러나 어느 날 밤 궁정의 야유회에 초대되고도 그녀에 대한 극도의 열의 때문에 참석치 않고, 그 때문에 대공의 노여움을 샀다는 말은 덧붙이지 않았다. 편지는 늘 즐겁고 태평스러운 투로 씌어져 있어 연인들에게는 기쁨을 주는 조그만 비밀로 가득 차 있었다. 그 비밀을 푸는 열쇠를 지닌 것은 오직 민나 하나뿐이라고 그는 생각했다. 그리고 모든 구절마다 사랑의 밀어를 신중히 우정의 말로 바꿔 써 넣었으므로 대단히 잘 씌어졌다는 자신을 가질 수 있었다.

편지를 다 쓰고 나자 그는 잠시 마음이 놓였다. 우선 편지를 쓰고 있으려니 마치 민나와 이야기를 나누는 듯한 기분이 되어 있었기 때문이고 다음으로는 민나가 곧 회답을 주리라는 것을 믿어 의심치 않았기 때문이다. 그래서 우편으로 민나에게 가 닿고 답장이 오기까지는 사흘쯤 걸린다고 계산하고 그동안은 참을성 있게 잘 견디었다. 그러나 나흘이 지나자 또다시 앞으로 살아 가기가 막막한 것 같은 심정이 되었다. 간신히 기운도 나고 사물에 흥미를 느낄 수 있는 것은 고작 우편이 오기 직전의 시간뿐이었다. 그 시간이 되면 그는 기다리는 데 조바심이 나서 발을 동동 굴렀다. 옛말들을 믿기도 하여 하찮은 징후, 예를 들면 난로 속의 불이 튀는 소리나 우연히 지껄여진 말 속에서도 편지가 온다는 확증을 찾으려 했다. 일단 그 시간이 지나 버리면 그는 다시 기가 죽어 축 늘어져 버렸다.

이제는 일도 하지 않고 산책도 하지 않았다. 살아 있는 단 하나의 목적은 다음 우편을 기다린다는 데 있었다. 그의 온갖 정력은 그때까지 기다리는 힘을 발견하는 데 소비되었다. 그러나 저녁이 되어 이미 그날의 희망이 없어져 버리자 그는 풀이 죽었다. 다음 날까지 살 것 같지는 않았어도 테이블 앞에 몇 시간씩이나 꼼짝 않고 앉아서 생각하지도 않고 잠을 자러 갈 힘조차 없었다. 얼마 남지 않은 의지의 힘을 간신히 북돋아 잠자리에 들어갈 뿐이었다. 그렇게 괴로운 잠에 빠져들곤 했으나 바보스러운 꿈만 꾸며 언제까지나 밤이 끝나지 않을 것 같은 생각만 들고 있었던 것이다.

이렇게 끊임없이 기다리기만 하는 심정은 마침내 진짜 병을 가져오기에 이르렀다. 편지를 받아놓고도 내게 숨기고 있지나 않나 하여 아버지를 의심하고 아우들을 의심하고 우체부마저 의심하기까지 했다. 그는 불안감에 시달린 것이다. 민나의 변함 없는 마음에 대해서는 조금도 의심할 줄 몰랐다. 그래서 정말 편지를 보내지 않는 것은 그녀가 몸이 아픈 것이다, 죽어가고 있는 것이다, 어쩌면 죽었을지도 모른다 하는 생각이 들곤 했던 것이다. 그는 곧 펜을 들어 세 번째의 편지를 썼다. 비통한 서너 줄의 편지로 구태여 감정이나 맞춤법에 신경을 쓰려 하진 않았다. 곧 우편 접수 마감 시간이 다가와 있었다. 글씨를 지우고 봉인을 하다가 봉투를 더럽히곤 했다. 무슨 상관이랴! 다음 발송편까지 기다릴 수는 없었다. 우체국으로 달려가 편지를 부쳤다. 그리고는 죽을 것만 같은 괴로움으로 답장을 기다렸다. 다음날 밤, 그는 민나의 환상을 보았다. 앓아 누운 그녀가 크리스토프를 부르고 있었다. 그는 일어나서 그녀를 만나러 걸어서라도 떠나려 했다. 하지만 어디로 간다? 어디로 가면 그녀를 만날 수 있을 것인가?

나흘 째 되는 날 아침, 민나에게서 편지가 왔다. 차갑고 새침하게 토라진, 반 페이지밖에 안 되는 짧은 편지였다. 왜 그렇게 바보스러운 걱정을 하는지 이해하기 힘들구나, 나는 별 탈없이 잘 있다, 바빠서 편지를 쓸 틈이 없다, 앞으로는 너무 흥분하지 말아 줘, 편지도 보내지 말아 줘, 라고 씌어져 있었다.

크리스토프는 낙망했다. 그는 민나의 불성실을 의심하진 않고 오직 자기 자신만을 책망했다. 깊은 배려없이 어리석은 편지를 썼으니 민나가 조바심이 난 것은 당연하다고 생각했다. 자신이 바보 천치처럼 여겨져 자기 주먹으로 머리를 쳤다. 그러나 무슨 짓을 하든, 자기가 그녀를 사랑하는 만큼은 그녀도 자신을 사랑해 주지 않는다고 느끼지 않을 수 없었다.

그후의 나날은 이루 형언할 수 없이 음울한 것이었다. 허무란 어떻게 표현할 수조차 없는 것이었다. 그를 생존케 하는 오직 하나의 행복, 민나에게 편지를 쓰는 일마저 금지되고 만 이후로는 기계적으로 살고 있을 뿐이었다. 그가 생활 중 흥미를 느끼고 있는 오직 한 가지는 밤에 잘 때 민나가 돌아오기까지의 끝없는 날들의 하루하루를 마치 국민학교 학생이 하듯 달력 위에서 지워 버리는 일이었던 것이다.

돌아올 예정 날짜는 벌써 지나 있었다. 이미 한 주일 전에 그녀는 돌아와 있어야 했던 것이다. 크리스토프의 허탈 상태는 열병 같은 흥분 상태로 변해 갔다. 민나는 떠날 때 돌아오는 날짜와 시간을 미리 알려 주겠다고 약속했다. 크리스토프는 그녀를 마중하기 위해 끊임없이 기다리고 있었다. 그리고는 돌아오는 것이 늦어지는 까닭을 이모저모로 추측해 보는 것이었다.

어느 날 밤 할아버지의 친구로 이웃에 살고 있는 가구상인 피셔가 여느 날처럼 저녁 식사 후에 찾아와서 파이프 담배를 피우며 멜키오르와 잡담을 나누고 있었다. 크리스토프는 우체부가 지나가기를 기다린 끝에 괴로운 심정이 되어 제 방으로 올라가려 했다. 그런데 문득, 한 마디 말이 귀에 들어와 흠칫 멈춰 섰다. 내일 아침 일찍 케리흐 댁으로 커튼을 달러 가야 한다고 피셔가 말한 것이다. 크리스토프는 소스라쳐 놀라며 물었다.

「그럼, 돌아왔나요?」

「시치미 떼지 마! 너도 잘 알고 있으면서.」

피셔 영감은 조롱하듯이 말하는 것이었다.

「벌써 왔지! 그저께 돌아왔단다.」

크리스토프의 귀에는 그 이상 아무 말도 들리지 않았다. 그는 방을 나서서 밖으로 나가려 했다. 어머니는 조금 전부터 몰래 그의 동태를 엿보고 있었는데도 복도까지 따라와서는 어딜 가느냐고 조심스럽게 물었다. 크리스토프는 대답도 없이 밖으로 나갔다. 그는 몹시 괴로워하고 있었던 것이다.

케리흐 댁으로 달려갔다. 밤 아홉 시였다. 두 사람 다 응접실에 있었다. 그의 모습을 보고도 별로 놀란 기색이 없이 침착한 채 그들은 밤인사를 했다. 편지를 쓰고 있던 민나는 테이블 너머로 손을 뻗쳐 건성으로 그의 근황을 물으며 편지 쓰기를 계속했다. 그리고는 자신의 실례를 사과하고 그의 말에 귀를 기울이는 체하고 있었다. 그러다가 그의 말을 가로막고 어머니에게 뭐라고 물었다. 크리스토프는 속으로 모녀가 없는 동안 얼마나 괴로워했었나 하는 비통한 말을 준비하고 있었다. 그러나 두어 마디를 더듬거리며 입에 담을 뿐이었다. 그 말을 어느 누구도 들은 체하지 않았으므로 말을 계속할 용기가 없었다. 그의 말은 공허하게 소리로만 울릴 뿐이었다.

민나는 편지를 마저 쓰자 뜨개질감을 집어 들었다. 그리고는 그에게서 서너 걸음 떨어진 곳에 앉아서 여행 이야기를 하기 시작했다. 즐겁게 지낸 몇 주일 동안 말을 타고 산책한 일, 별장에서의 생활, 유쾌한 사교계 등등, 이야기는 점점 신이 나서 크리스토프가 모르는 사건들과 사람들 이야기를 암시하고 모녀는 그것을 상기하며 웃곤 했다. 크리스토프는 그러한 이야기 속에서 소외된 자신을 느꼈다. 어떤 태도를 취해야 좋을지 몰라 그저 어설프게 웃고만 있었다. 민나의 얼굴에서 눈을 떼지 않고 그녀가 애정 깃든 눈길로 흘긋 돌아봐 주기를 간절히 바라고 있었다. 그러나 민나가 크리스토프를 볼 때에는——그녀는 어머니에게 이야기를 건네고 있어서 그에게로 시선을 돌리는 일은 좀처럼 없었지만——그녀의 눈은 목소리처럼 애교는 있었으나 냉담하기만 했다. 어머니가 있기 때문에 경계하고 있는 것일까? 그는 그녀와 단 둘이서 이야기를 하고 싶었다. 그런데 케리흐 부인은 자신에 관계되는 일로 화제를 끌어 가려고 자신의 일이나 계획을 이야기했다. 그러나 민나는 그에게서 달아나려 한다는 것을 느꼈을 뿐이었다. 이번에는 그녀의 흥미를 자신에게로 끌려고 노력했다. 사실, 그녀는 그의 말에 주의를 기울이고 있는 것같이 보이기도 했다. 그가 지껄이는 사이사이로 여러 가지 감탄사를 던지곤 했기 때문이다. 그것은 언제나 적절하다고는 할 수 없었으나 그 태도는 정말 흥미가 있는 것처럼 보였다. 그러나 그녀가 흘린 매혹적인 미소에 취하여 그가 다시 희망을 품기 시작했을 때, 그녀가 조그만 손을 입에 대고 하품을 하는 광경이 눈에 띄었다. 크리스토프는 말을 뚝 그쳤다. 민나는 그 눈치를 채고는 피곤했다는 구실을 늘어놓으며 상냥스럽게 사과했다. 크리스토프는 더 머무르라고 만류하려니 믿으며 일어섰다. 그러나 그 누구도 아무 말이 없었다. 고별의 인사를 하기 위해 멈칫거렸다. 그는 내일 또 오라는 말을 기대하고 있었으나 그런 소리도 없었다. 그냥 돌아갈 수밖에 없었다. 민나는 배웅해 주지도 않았다. 그녀는 그의 손 안에 차갑게 내맡겨진 무관심한 손을 내밀었다. 크리스토프는 응접실 한복판에서 그녀와 헤어졌다.

그는 겁에 질린 마음을 품은 채 귀가했다. 두 달 전의 민나, 그 그리운 민나의 모습이라곤 이미 하나도 남아 있지 않았다. 대체 그녀에게 무슨 일이 일어났다는 것일까? 대다수 사람들의 영혼은 고정된 영혼이 아니라 끊임없이 재생되거나 소실되는 영혼의 집합이다. 그와 같이 살아 있는 영혼의 끊임없는 변화나 완전히 소멸해 근본의 변혁을 지금까지 전혀 경험하지 못한 가련한 소년에게 있어서는 이 단순한 사실도 너무나 가혹한 것이어서 도무지 그것을 믿을 심정이 되지 않았다. 차라리 그런 생각은 두려워 떨며 물리쳤다. 그리고는 자신에게는 사물을 보는 눈이 없다, 민나는 여전히 예전 그대로의 민나라고 믿으려 애썼다. 다음 날 다시 찾아가서 기필코 그녀에게 말을 해야겠다고 이렇게 그는 결심할 뿐이었다.

잠을 이루지 못했다. 밤새도록 벽시계의 종소리를 하나도 놓치지 않고 세었다. 아침엔 일찍부터 케리흐 집의 주변을 서성거렸다. 대문을 들어설 수 있는 시간이 되자마자 안으로 들어갔다. 그의 눈에 띈 것은 민나가 아니라 케리흐 부인이었다. 활동적이어서 아침 일찍 일어나는 부인은 베란다 밑의 화분에 물을 주고 있었다. 크리스토프의 모습을 보자 그녀는 핀잔투로 소리치는 것이었다.

「어머나! 당신이었군요!……마침 잘 왔어요. 당신에게 말하고 싶은 일이 있답니다. 기다려요, 응, 기다려요…….」

부인은 잠깐 집 안으로 들어갔다가 물뿌리개를 놓고 손을 훔치며 다시 나왔다. 불행이 다가섬을 느끼며 정신이 얼떨떨해진 크리스토프의 얼굴을 바라보며, 그녀는 엷은 웃음을 띠고 있었다.

「정원으로 가요. 차분히 이야기를 나눌 수 있으니까요.」

자신의 애정이 가득 차 있는 정원을 향하여 크리스토프는 케리흐 부인을 따라 걸어갔다. 부인은 소년의 곤혹을 재미있어 하며 좀처럼 말문을 열려 하질 않았다.

「저기 앉아요.」

마침내 부인은 입을 열었다.

여행 떠나기 전날, 민나가 그에게 입술을 내밀던 바로 그 벤치에 두 사람은 앉았다.

「무슨 말인지 짐작할 줄 생각하지만요.」

케리흐 부인은 이렇게 말문을 여는 것이었다. 그러면서도 진지한 태도를 취하는 바람에 소년은 당황하여 어쩔 줄을 몰라했다.

「크리스토프 씨, 나로서는 도무지 믿을 수 없는 일이었어요. 나는 당신을 성실한 분으로 알고 존경했어요. 나는 당신을 신뢰했어요. 그런데 그것을 기회로 우리 딸애의 마음을 홀리게 하다니, 정말 뜻밖이었군요. 딸애는 당신의 보호 밑에 있었잖아요. 당신은 딸애를 존경하고 나를 존경하고 또한 당신 자신을 존경해야 했던 거예요.」

부인의 말투에는 가벼운 빈정거림이 어려 있었다. 케리흐 부인에게 이런 어린 애들의 연애 문제는 조금도 중대하지 않았던 것이다. 그러나 크리스토프로서는 그런 것을 알아 차릴 수 없었다. 그리하여 온갖 일을 비극적으로 받아들이듯이 이 비난도 비극적으로 받아들였다. 그것은 그의 가슴을 콱 찌른 것이다.

「하지만 부인……하지만 부인…….」

그는 눈에 눈물을 글썽거리며 더듬거렸다.

「전 부인이 믿어 주신 것을 기회 삼아 한 것은 결코 아닙니다.……제발, 그렇 게는 생각지 말아 주십시오……맹세코 말씀드리지만 저는 불량배는 아닙니다! ── 저는 민나 양을 사랑하고 있는 겁니다. 진심으로 사랑하고 있어요. 그렇습 니다. 결혼하고 싶습니다.」

케리흐 부인은 미소를 지었다.

「그건 안 돼요, 미안하지만.」

부인은 이렇게 대답했다. 부인은 매우 친절한 듯이 말했으나, 사실은 사람을 업신여기고 있다는 것을 그제서야 크리스토프도 납득하고 있었다.

「천만에요, 그럴 수는 없죠. 그런 건 어린애 같은 생각입니다.」

「왜 그렇습니까? 왜 그렇지요?」

소년은 다그쳐 물었다.

그는 부인이 진심으로 그렇게 말하는 것은 아니라고 믿고 있었고 전보다는 부 드러워진 그 말투에 마음이 놓여 부인의 손을 잡았다. 부인은 계속 미소를 지 으며 말했다.

「그건요…….」

크리스토프는 똑똑히 말씀해 주십사고 졸랐다. 부인은 말을 비꼬아 가며 ── 부인은 그의 말쯤은 도무지 진지하게 다루어 주지 않는 것이다 ──그에 게 재산이 없다는 것, 민나는 취미가 다르다는 둥 했다. 크리스토프는 그런 것 쯤은 대수롭지 않다, 나는 부자가 될 수도 있고 유명해지기도 할 것이다, 그리 고 명예건 돈이건, 민나가 원하는 것은 무엇이든지 획득해 보이겠다고 항변 했다. 케리흐 부인은 믿을 수 없다는 듯한 태도를 보였다. 부인은 그가 이와 같 이 자신만만한 체하는 것을 재미있어 하는 것이었다. 그러면서 그저 안 된다고 고개만 저을 뿐이었다. 그래도 크리스토프는 짓궂게 주장했다.

「안 돼요, 크리스토프 씨.」

끝내 부인은 딱 잘라 다시 말했다.

「안 돼요. 따지고 들 것도 없어요. 그럴 수 없는 일이죠. 그저 돈만의 문제가 아니예요. 여러 가지 많은 문제가 있죠! 예를 들면 신분만 해도…….」

부인은 말끝을 맺을 것도 없었다. 그것은 골수까지 찌르는 바늘이었던 것이다. 비로소 그의 눈은 뜨였다. 부드러운 미소 속의 빈정거림을, 친절한 눈초리 속의 냉담을 그는 읽은 것이다. 자신이 친아들 같은 애정으로 사랑해 온 이 부인, 어머니와 같은 태도로 대해 주는 것 같았던 이 부인으로부터 자신을 격리해 놓은 일체의 상황이 홀연히 또렷해졌다. 부인의 애정 속에는 보호자적인 요소와 멸시적인 요소가 있다는 것을 느낀 것이다. 그는 낯이 파래져서 일어섰다. 케리흐 부인은 애무하는 듯한 애정으로 말을 계속하고 있었다. 그러나 만사는 끝나 버린 것이다. 그는 이미 언어의 음악을 듣고 있진 않았다. 한 마디 한 마디 말 속에, 그토록 우아로운 영혼이 지닌 무정스러움을 감득한 것이다. 그는 한 마디도 대꾸할 수 없었다. 그는 그냥 자리를 떴다. 주위의 일체가 돌고 있었다.

제 방으로 돌아오자, 그는 침대 위에 몸을 던졌다. 어린 날처럼, 노여움과 분격한 자존심 때문에 온 몸이 경련을 일으켰다. 고함 소리가 남에게 들리지 않도록 베개에 엎드려 입 안에 손수건을 틀어막았다. 케리흐 부인이 미웠다. 민나를 미워했다. 미친 듯 두 모녀를 경멸했다. 마치 호되게 따귀를 맞은 듯한 느낌이며, 부끄러움과 노여움으로 몸이 떨렸다. 보복을 해야 했다. 즉시 그것을 실행에 옮겨야 했다. 만약에 복수를 하지 않았다간 죽어 버릴 것 같았다.

그는 일어났다. 어리석을 만큼 난폭한 편지를 썼다.

조제파 폰 케리흐 부인.

부인께서 말씀하신 것처럼, 부인이 저를 잘못 아셨던 것인지를 저로서는 알 수 없습니다. 그러나 저로서 알 수 있는 것은, 제가 부인에 대해서 몹시 잘못 생각하고 있었다는 사실입니다. 저는 두 분을 저의 친구분들이라고 믿고 있었습니다. 두 분은 그렇게 말씀하셨었고, 또 그런 태도이셨습니다. 그리고 저는 자신의 목숨보다도 두 분을 사랑하고 있었습니다. 그런데 이제는 깨달았습니다. 그런 것이 모두 거짓이었고, 저는 단지 두 분의 심심풀이가 되어 드렸고, 두 분에게 음악을 연주해 드렸던 것입니다. ──저는 두 분의 종이었던 것입니다. 그러나 이제는 두 분의 종이 아닙니다. 누구의 종도 아닙니다!

나에게는 부인의 따님을 사랑할 권리가 없다는 것을 부인은 무참히도 저로 하여금 깨닫게 하셨습니다. 하지만 이 세상의 그 무엇도 내 마음이 내 사랑하는 이를 사랑하는 것을 방해할 수는 없습니다. 또한 저는 두 분의 계급에는 비록 속해 있지 않을지라도, 똑같이 고귀하다고 자부합니다. 인간을 고귀하게 하는 것은 마음인가 합니다. 저는 비록 백작은 아닐지라도 그 이상으로 제 마음속에 숱한 명예를 지니고 있습니다. 종이건 백작이건 나를 모욕하면 나는 그러한 사람을 경멸합니다. 아무리 귀족이라 자처할지라도 영혼의 고귀함을 지니지 못한 흙덩이처럼 경멸합니다.

안녕히 계십시오! 부인은 저를 잘못 보셨습니다. 부인은 저를 속이셨습니다. 저는 부인을 미워합니다.

부인이 어떻게 하시든 민나 양을 사랑하고 있고 죽을 때까지 사랑할 사람으로부터.

『그녀는 그의 것이오』, 그 누구도 그녀를 그에게서 빼앗아 갈 수는 없으리라. 편지를 우체통에 집어 넣자 그는 자신이 한 짓이 두려워졌다. 다시는 그 생각을 하지 않으려고 안간힘을 썼다. 그러나 몇 마디 문구가 생각났다. 케리흐 부인이 그런 당돌한 문구를 읽을 것을 생각하면 진땀이 솟아났다. 처음 한동안의 심경은 그야말로 절망 그 자체였다. 그러나 다음 날이 되자 그 편지는 자신을 민나에게서 완전히 떼어 놓는 효과밖에는 없다는 것을 깨달았다. 그것은 최대의 불행같이 여겨졌다. 케리흐 부인은 자신이 성급하다는 것을 잘 아니, 이번 일도 진정으로 받아들이지 말고, 하나의 엄한 충고에 오히려 만족을 느껴 그의 열정에 감동해 주기를 그는 또 간절히 바라고 있었다. 그는 부인의 발 밑에 몸을 내던지게 되는 단 한 마디의 말이나마 기대하고 있었다. 그런 한 마디 말을 그는 닷새나 기다렸다. 이윽고 부인에게서 편지 한 통이 왔다.

편지 잘 받아 보았어요.
당신의 의견에 의하면 우리 사이에는 하나의 오해가 있었던 것이니까 가장 현명한 방법은 그것을 이 이상 연장시키지 말아야겠다는 것입니다. 크리스토프 씨에게 고통이 된 교제를 계속 더 가져 주십사 하기도, 저에게는 괴로운 일입니다. 그러니 크리스토프 씨도 이만 헤어지는 것이 자연스럽다고 생각해 주시겠지요. 희망하시는 대로 다음엔 크리스토프 씨의 참된 값어치를 인정해 드릴 수 있는 다른 벗을 가질 수 있으시기를 기원합니다. 나는 크리스토프 씨의 장래를 믿어 의심치 않아요. 음악가로서의 발전을 남몰래 진심으로 지켜보아 드리겠어요. 이만.

조제파 폰 케리흐

아무리 준엄한 비난도 이토록 잔혹하진 않았으리라. 크리스토프는 이제는 끝장이 났다고 생각했다. 부당하게 책망을 받았더라면 답변도 할 수 있었다. 그러나 이렇게 예의 바른 무관심의 허무에 대해서는 어떻게 할 수 있단 말인가? 그는 미칠 것 같았다. 이제 다시 민나를 만날 수는 없으리라, 영원히 다시 만나진 못하리라고 생각했다. 참을 수가 없었다. 아무리 강한 자존심도, 보잘 것 없는 연애에 견주면 참으로 가벼운 것임을 그는 통감했다. 일체의 체면을 벗어 던지고 비겁하게도 그는 몇 통의 편지를 써서 용서를 빌었다. 그것은 분격해서 쓴 전번의 편지와 마찬가지로 어리석은 것이었다. 아무런 회답도 없었다.

이리하여 만사는 끝나 버린 것이었다.

그는 자살을 생각했다. 살인을 생각하기도 했다. 적어도 그렇게 생각한다고 상상했다. 그는 욕망에 불탔다. 소년들의 마음을 들볶는 애정과 증오의 감정이 얼마나 극단적인 것인가는 사람들의 상상을 넘고도 남음이 있다. 그것은 크리스토프의 소년 시절에 있어서 가장 무서운 위기였다. 이 위기로 그의 소년 시대는 끝이 났다. 그것은 소년의 의지를 단련했지만 하마터면 그의 의지를 영구히 파괴해 버릴 뻔한 것이었다.

이미 그는 생활을 계속해 나갈 수가 없었다. 몇 시간이나 자기 방의 창문에 팔꿈치를 괴고 안마당의 포석을 바라보고, 어린 시절처럼 삶의 괴로움을 면하는 길이 하나 있다는 것을 생각하고 있었다. 구제의 길은 바로 거기 눈 밑에, 금방이라도 있었다.……단박에? 누가 그것을 알 수 있을까? 어쩌면 격렬한 고통의 서너 시간 혹은 서너 세기 혹은 그후가 될지도 모르지 않는가! 그러나 소년의 절망은 무척 깊어서 현기증을 느끼게 하는 이런 생각 속에 자꾸자꾸 끌려 들어간 것이었다.

루이자는 아들의 괴로움을 보았다. 아들의 마음속에 무슨 일이 일어났는가를 정확히는 알 수 없었으나 본능적으로 위험을 느꼈다. 위로해 주려고 아들에게 접근하여 그 슬픔의 원인을 알려고 애썼다. 그러나 불쌍한 그 어머니는 아들과 친하게 이야기를 나누는 습관을 잃은 지 오래였다. 이미 오래 전부터 그는 자기 생각을 가슴속에 묻어 두고 지냈다. 어머니는 생활의 물질적인 걱정에 사로잡혀 지내느라고 아들의 가슴속을 꿰뚫어볼 틈도 없었다. 그러니 이제야 아들에게 도움이 되려고 해봤자 어떻게 해야 좋을지 알 수 없었다. 그저 허둥지둥하며 그의 둘레를 어슬렁거릴 뿐이었다. 어떤 위로의 말이라도 찾아 내고 싶었으나, 그를 조바심나게 할까봐 입밖에 내지 못했다. 그녀는 그다지 말재주가 없었고, 아들은 그다지 관대하지 못했다. 두 모자는 서로 사랑하고 있었다. 그러나 하찮은 일로도 서로 깊이 사랑하는 사이는 갈라지는 법이다 ! 너무 심한 말 버릇, 꼴사나운 몸짓, 눈이나 코를 경련시키는 보기 흉한 버릇, 먹는 모습, 걸음걸이, 웃는 모습, 어떻게도 분석할 수 없는 육체적인 불쾌감……그런 것은 대수로운 것이 아니라고 생각하는 이들도 있다. 그러나 그것이 대수로운 일인 것이다. 그것만으로도 흔히 어머니와 아들이, 형과 아우가, 극히 친한 벗끼리가 영원히 남남으로 갈라져 버리곤 하는 것이다.

크리스토프는 지금 자신이 지나고 있는 위기에 대한 중심을 어머니에게서 발견할 수는 없었다. 더구나 자기 하나만의 일에 몰두하고 있는 이기주의적인 정열에 남의 애정이 얼마만한 가치를 지니겠는가 ?

그런 어느 날 밤, 식구들은 모두 잠들었으나 그는 홀로 방안에 꼼짝도 하지 않고 앉아서 그저 자기만의 위험스러운 생각에 잠겨 있었다. 그럴 때 마침, 고요에 묻혀 있는 골목길에 사람들의 발걸음 소리가 들려 오고 이어서 문을 두드리는 소리가 들렸다. 그는 흠칫 정신을 차렸다. 똑똑히 알아 들을 수 없는 속삭임이 들려 왔다. 그러자 오늘 밤은 아버지가 아직 돌아오시지 않았다는 생각이 났다. 한길 가운데에 쓰러져 자다가 발견된 지난 주처럼 오늘도 또 누가 취해 떨어진 아버지를 데리고 왔으려니 하고 생각하자 그는 속이 뒤틀렸다. 멜키오르는 이미 절제라곤 전혀 없었고 악습에 빠져 있었다. 그러나 다른 사람들 같으면 벌써 죽어 버렸을지도 모르는 방탕과 절제에도 그의 억센 건강은 태연한 모양이었다. 그는 배불리 실컷 먹고, 정신없이 곯아 떨어지도록 마시고, 찬 비를 맞으며 몇 날 밤을 밖에서 지새우고 싸움 끝에 반주검이 되기도 했으나 다음 날 아침이 되면 아무렇지도 않은 듯 언제나처럼 시끄러울 만큼 쾌활해지며, 주위 사람들마저 쾌활하게 하려고 설치곤 하는 것이었다.

루이자는 벌써 일어나서 부랴부랴 문을 열러 나갔다. 크리스토프는 꼼짝도 하지 않고 그냥 귀를 틀어막았다. 멜키오르의 주정이나 이웃 사람들의 조롱하는 말을 듣지 않으려 하며…….

느닷없이 뭐라 표현할 길 없는 불안감이 가슴을 죄어들었다. 어떤 무서운 일이 일어날 것만 같았다. 그런 한 순간, 가슴을 에는 듯한 비명이 들려 왔다. 그는 흠칫하며 고개를 들었다. 문을 향해 달려갔다.

네모진 등의 한들거리는 불빛으로 비추어진 어둑한 복도에서 한 떼의 사람들이 나직이 쑤군거리고 있었다. 그 한복판에는 물방울이 뚝뚝 떨어지는 한 육체가 들것 위에 꼼짝 않고 누워 있었다. 일찍이 할아버지가 그랬듯이. 루이자는 그 목에 매달려 흐느껴 울었다. 멜키오르는 물방앗간의 냇물에 빠져서 익사체로 발견된 것이었다.

　크리스토프는 비명을 질렀다. 그밖의 일체는 스러지고 다른 고통은 낱낱이 흩날려져 버렸다. 그는 어머니와 나란히 아버지의 시체 위에 몸을 내던졌다. 그리고 같이 울었다.

　침대 곁에 앉아 지금은 그 얼굴에 근엄한 표정을 담은 멜키오르의 깊은 잠을 지켜보노라니, 죽은 이의 어둠에 묻힌 안식이 자신에게 스며들어옴을 느꼈다. 그의 치기스러운 사랑의 정열은 마치 발작적인 신열처럼 스러져 버렸다. 무덤의 얼음장처럼 차가운 입김이 모든 것을 휩쓸어 버린 것이다. 민나도, 그의 자존심도, 그의 사랑도, 아아, 얼마나 부질없었던 것인가 ! 죽음이라는 이 현실, 이 유일의 현실에 비교해 볼 때 만사는 얼마나 하잘 것 없는 존재인가 ! 필경 이렇게 되어 버리는 것이라면 무엇 때문에, 그렇게 괴로워하고 원하고 초조해 할 필요가 있었던 것일까 ?

　그는 잠들어 있는 아버지를 뚫어지게 내려다보았다. 한없는 연민의 정으로 가슴이 가득해졌다. 아버지의 친절이나 애정에서 비롯된 조그만 일까지도 하나하나 생각이 났다. 멜키오르는 여러 가지 결점을 지닌 사람이었지만 결코 악한 사람은 아니었기 때문이다. 그에게는 숱한 장점이 있었다. 그는 가족들을 사랑했다. 그는 원래가 정직한 사람이었다. 크리스토프네 사람들은 전통적으로 비타협적인 성실을 지니고 있었다. 그 성실성은 도덕이나 명예에 관한 문제에 있어서는 전혀 반론의 여지를 허용치 않았다. 사회의 숱한 사람들이 죄로 여기지도 않는 극히 조그만 도덕에 있어서의 오점도, 그는 결코 용서하려 하지 않았다. 그에게는 약간 그같은 면이 있었던 것이다. 그는 용감했다. 어떠한 위험에 처할 경우에도 그는 일종의 기쁨을 가지고 자신의 몸을 드러내 놓았다. 그는 자신을 위해 낭비했지만 남을 위해서도 낭비했다. 남이 슬퍼하는 것을 잠자코 보고 있을 수가 없었다. 길에서 불행한 사람들을 만나면 자기 것을, 심지어는 남의 것도 기꺼이 아낌없이 주곤 했다. 그러한 아버지의 모든 장점이 이제 크리스토프의 눈에 보이기 시작했다. 그러한 장점을 그는 과장해서 생각했다. 지금까지 아버지를 오해한 것 같은 생각이 들어, 아버지를 충분히 사랑하지 않은 자신을 책망했다. 생활 앞에 패배해 버린 아버지의 모습이 눈에 선했다. 싸우기엔 너무나 약하고 잃어버린 자기 생활을 부질없이 한탄하기만 하는 불행한 영혼의 목소리가 들려 오는 것 같았다. 일찍이 그의 가슴을 찢어 줄 것 같은 투로 말한,

그 비통한 생애가 들려 오는 것만 같았다.

『크리스토프, 나를 멸시하지 말아 다오!』

그는 회한으로 몸둘 바를 몰랐다. 침대 위로 몸을 내던지고 울부짖으며 죽은 아버지의 얼굴에 입술을 대었다. 그리고는 예전처럼 되풀이했다.

『아버지, 난 아버질 업신여기지 않아요. 난 아버지를 사랑해요! 제발 용서해 주세요!』

그러나 아버지의 애소는 멈추지 않고 괴로운 듯이 이어졌다.

『나를 업신여기지 말아 다오! 나를 멸시하지 말아 다오!』

홀연히 크리스토프에겐 죽은 이의 자리 곁에 누워 있는 자신의 모습이 눈에 띄었다. 그러한 무서운 말이 자신의 입으로 튀어나오는 것도 귀로 들었다. 되찾을 수 없이 잃어버린 부질없는 생애의 절망감이 가슴 위를 무겁게 짓눌러왔다. 또 이런 생각이 떠올라 몸이 떨렸다. 『어쨌든 이렇게 될 바에야 이승의 온갖 비참이 차라리 낫지…… 』

그리고 보면 이렇게 될 뻔한 일이 몇 번이나 있었던가! 비겁하게도 괴로움을 면하려고 하마터면 목숨을 끊어 버리고 싶은 유혹에 질 뻔하지 않았던가! 그 어떠한 괴로움도, 그 무슨 배신도, 자신을 배반하고 자기 신념을 부정하고 죽음으로써 자신을 멸시하는 최대의 괴로움과 죄악에 견주면 마치 어린애다운 슬픔에 지나지 않는다고 하는데!

그는 깨달았다. 인생이란 휴전 없는 무자비한 투쟁이요, 인간이라는 이름에 부끄럽지 않은 사람이 되고자 하는 자는 자연의 파괴적인 힘이나 더러운 욕망 또는 어두운 생각 등, 눈에 뵈지 않는 적군과 음험하게도 인간을 타락시키고 절멸시키려 하는 것들과 끊임없이 싸워야 한다는 것을. 그는 또 깨달았다. 자신은 이제 그 올가미에 걸려들려 하고 있다는 것을. 행복이나 연애는 한 순간의 속임수요, 인간의 마음의 무장을 해제하여 항복케 하는 것이라고도 깨달았다. 그리하여 열다섯 살의 소년 청교도는 자기 신의 음성을 들은 것이다.

『나아가라, 나아가, 결코 멈추지 말라.』

『하지만 하느님, 저는 대체 어디로 가야 하는 것일까요? 제가 무엇을 하건, 또 어디로 가건, 가 닿는 곳은 언제나 같지 않을까요? 거기에는 끝이 있지 않을까요?』

『죽어야 하는 너희는, 가서 죽어라! 괴로워해야 하는 너희는, 가서 괴로워하라! 인간은 행복해지기 위해서 사는 것은 아니니라. 인간은 나의 섭리를 성취하기 위해 사는 것이다. 즉 〈하나의 인간〉이.』

제 3 장 청   춘

1. 오일러 집안

집 안은 싸늘한 적막에 잠겨 있었다. 아버지가 죽은 후로는 일체가 죽어 버린
것 같았다. 멜키오르의 떠들썩한 목소리가 들리지 않게 되자 아침부터 밤까지
들리는 것이라곤 오로지 강물의 지루한 속삭임뿐이었다.

크리스토프는 다시 참을성있게 일에 전념하고 있었다. 행복해지고 싶어하던
자신을 책망하며 말없는 노여움에 차 있었다. 문상을 받거나 동정어린 말을 들
어도, 그는 자존심 속에 몸을 움츠리며 대답조차 하지 않았다. 날마다의 일에
열중하며 쌀쌀하지만 착실하게 교습을 해나가고 있었다. 그의 불행을 잘 알고
있는 여제자들은 무감각한 그에게 발끈 성을 내곤 했다. 그러나 괴로움의 경험
이 있는 더 나이 많은 측들은, 그러한 겉보기의 냉담 속에 얼마나 쓰라린 고뇌를
숨기고 있는가를 꿰뚫어보고 그를 가엾게 여기곤 했다. 그렇지만 그러한 동정에
도 그는 고마워할 줄 몰랐다. 음악조차도 아무런 위안이 되지 못했다. 즐거움이
라곤 없이 한낱 의무로 음악을 연주할 뿐이었다. 이미 어떠한 일에도 아무런 기
쁨을 느끼지 않는다는 데에, 또는 그렇게 믿는다는 데에, 생존의 이유를 잃어버
린 데에, 그러면서도 생존해 가는 데에 하나의 잔인한 기쁨을 찾아내고 있는 것
같았다.

두 동생은 상중의 침묵이 무서워서, 서둘러 집을 나가 버렸다. 로돌프는 테오
도르 아저씨의 상점으로 가서 숙식도 그 집에서 하기로 했다. 에른스트는 두세
가지 일자리를 가져 보았으나 결국 마인스와 쾰른 사이를 왕복하는 라인 강의
기선에 고용되어 가서, 돈이 필요할 때가 아니면 집에 들르지도 않았다. 결국
크리스토프는 텅빈 집에서 어머니와 단 둘이서 지내고 있었다. 마음이 아프긴

했으나 유산도 없는 데다 아버지의 사후에 드러난 빚을 갚아야 하게 되어 더 검소하고 집세도 싼 집을 구해야 할 처지였다.

다행히도 조그만 집을 구할 수 있었다. 시장 거리에 있는 건물의 삼층이며, 방이 세 개나 되었다. 이 거리 일대는 고장의 중심지로, 소란스럽기도 하고 강이나 나무를 비롯한 정다운 곳에서도 멀었다. 그러나 감정보다도 이성과 의논해야 할 처지였다. 크리스토프는 이제야말로 자신을 괴롭히고 싶다는 잔인한 욕망을 충족시킬 좋은 기회라고 생각하고 있었다. 게다가 집 주인이자 재판소의 서기인 오일러 노인은 할아버지의 친구이며 크리스토프의 집안과는 전부터 사귀어 온 사이였다. 루이자가 이사를 결심하는 데엔 그것만으로도 충분했다. 집 안에 혼자 남겨진 그녀는, 자신이 사랑한 사람들의 추억을 계속 되새길 수 있는 그런 사람들을 그리워하고 있었던 것이다.

두 모자는 곧 이사 준비를 했다. 내일이면 영원히 떠나려 하는 슬프고도 정든 집에서 보내는 마지막 날의 쓰디쓴 우울을 느긋하게 맛보았다. 슬픔을 서로 입에 닮을 엄두도 나지 않았다. 그러자니 부끄럽기도 하고 무섭기도 했다. 그들은 저마다 자신의 나약함을 상대에게 드러내 보여서는 안 된다고 생각하고 있었다. 덧문이 달린 문을 반쯤 닫은 음침한 방안에서 단 둘이 마주 앉아 식사를 할 때, 그들은 음성을 높이는 데도 조심스러워했고 부랴부랴 식사를 마치자 서로 얼굴을 마주 보기조차 피했다. 산란해지는 마음을 감출 수 없는 것이 두려웠던 것이다. 식사를 마치면 으레 모자는 곧 헤어졌다. 크리스토프는 또 일을 하러 나갔다. 그러나 잠깐이라도 틈이 나면 다시 돌아와서 몰래 집 안에 들어와 제 방이나 고미 다락방으로 발끝 걸음으로 살금살금 올라갔다. 문을 닫고는 구석에 있는 낡은 가방 위나 창가에 앉아서, 조금만 움직여도 흔들리는 낡은 집의 막막한 소리로 마음을 채우며 하염없이 앉아 있었다. 그의 마음 또한 이 집처럼 떨리고 있었다. 집 안팎 공기의 움직임, 마루의 삐걱거림, 귀에 익은 어렴풋한 소리를 불안한 듯이 엿듣고 있었다. 어느 소리나 다 귀에 익어 있었다. 그는 지각을 잃는다. 마음에 여러 가지 영상이 스며 들어온다. 생 마르텡 사원의 거대한 탑시계의 종소리가 들리고야 비로소 그는 마비 상태에서 제정신으로 돌아오곤 했다. 그리고는 다시 나가야 하는 시간임을 깨닫는 것이었다.

아래층 방에서는 루이자의 발걸음 소리가 조용히 왔다갔다하고 있었다. 그러더니 그 소리가 이미 몇 시간째나 들리질 않는다. 쥐죽은 듯 아무 소리도 내지 않는다. 크리스토프는 귀를 기울였다. 큰 불행이 있은 뒤에는 사소한 일에도 불안해지기 마련이어서, 그도 어쩐지 불안을 느끼며 아래로 내려갔다. 문을 살그머니 열어 봤다. 루이자는 이쪽으로 등을 돌린 채, 벽장 앞에서 너저분하게 흩어진 잡동사니의 한복판에 앉아 있었다. 넝마 부스러기, 낡은 도구, 짝짝이 조각 등등 기념으로 남겨진 것들로, 그것을 치운다는 구실로 꺼낸 것이다. 그러나 하나하나가 그녀로 하여금 무엇인가를 생각나게 해서 그것을 치울 기력이 없었다. 그녀는 그것을 이렇게도 보고 저렇게도 보며 몽상에 잠겨 있었다. 물건이 손에서 미끄러져 떨어진다. 그런 뒤에도 몇 시간이나 팔을 축 늘어뜨리고 의자 위에 길게 늘어진 채 그녀는 애달픈 생각에 잠기며 넋을 잃고 있었던 것이다.

가엾은 루이자는 이제 지난날의 가장 즐거웠던 날들을 살아 가고 있었다. ──그녀에게 기쁨을 주는데 몹시 인색하기만 했던 슬픈 과거이긴 했지만, 그녀는 이미 고생에는 너무나 길이 들어 있었으므로 하찮은 은혜에도 오래도록 감격했고 평생에 몇 번 되지 않는 어렴풋한 기쁨도 그녀의 마음을 밝게 해 주기에 충분했다. 멜키오르에게서 학대를 받은 일은 고스란히 잊어버리고, 이제는 좋은 일밖엔 기억하지 못하고 있는 것이었다. 그녀의 결혼은 그 생애에 있어서 방대한 소설 같은 것이었다. 멜키오르는 일시적인 결정으로 뜻하지 않게 결혼으로 끌려든 것을 곧 후회했지만, 루이자는 진심으로 그 한 몸을 바쳤다. 자신이 그를 사랑하듯이, 자신도 사랑을 받고 있는 줄 믿고 있었다. 그 점에 있어서는 멜키오르에게 절절히 감사하고 있었다. 그후 멜키오르가 어떻게 되었는가에 대해서는 숫제 그것을 이해하려고도 하지 않았다. 그녀는 현실을 있는 그대로 볼 줄은 몰랐다. 있는 그대로의 현실을 참고 견딜 수 있을 뿐이었다. 살기 위해서는 일상의 어긋남을 이해할 필요가 없는, 겸손하고 선량한 여성으로서 말이다. 자신으로서도 어떻게 설명할 수가 없는 것은 하느님에게 모두 내맡기고 있었다. 그녀에겐 하나의 기묘한 신심이 있어, 멜키오르나 그밖의 사람들로부터 받은 부정의 책임은 하느님의 손에 맡기고 그들로부터 받은 좋은 것만을 그들의 덕으로 돌리고 있었다. 그러기에 그토록 참담한 생활도 그녀에게는 조금도 쓰라린 추억을 남겨 주지 않은 것이다. 다만, 궁핍과 피로로 이어진 기나긴 세월 때문에 몸이 고스란히 닳고 닳았다──그녀는 허약한 여성이었으므로──는 것을 느끼고 있었다. 멜키오르가 이미 가고 없는 지금, 두 아들이 집에서 나가 버린 지금, 그리고 마지막으로 남은 아들도 그녀 없이 혼자서도 살아 갈 수 있게 된 지금은, 움직일 기운도 고스란히 잃어버렸다. 피곤에 지치고 무기력해지고 의지의 힘도 시들어 버렸다. 악착스럽게 일하며 살아 온 사람이, 만년에 어떤 뜻밖의 타격을 받아 일할 의욕을 완전히 빼앗겨 버리면 쇠약의 위기에 빠지게 마련인데 그녀도 그와 같은 위기에 처해 있었다. 그녀는 이미 기력을 잃어 뜨다 만 양말을 마저

뜰 수도 없었고, 뒤적거린 서랍을 낄 수도 없었고, 창을 여닫으러 일어설 수도
없었다. 멍청히 힘없이 앉은 채 그저 하염없이 회상에 잠길 뿐이었다. 그녀는
자신의 쇠약을 의식하고 그것을 부끄럽게 여기고 있었다. 그러나 애써 그것을
아들에게 숨기고 있었다. 크리스토프도 자신의 괴로움에만 온전히 마음이 팔려
전혀 아무런 눈치도 못 채고 있었다. 하기야 요즘에 이르러 어머니가 말을 하거
나 조그만 일을 하는 데도 몹시 느려진 것을 그는 속으로 안타까워하긴 했다. 그
러면서도 평소에 활발한 어머니의 태도가 변했다는 데 신경을 쓸 줄은 몰랐던
것이다.

그러나 이날, 어머니가 방바닥에 흐트러진 넝마 부스러기 속에 앉아서 그것을
발 밑에 쌓아 올리기도 하고, 손에 가득 들어 보기도 하고, 무릎 위에 펼치기도
하는 것을 보고는 그도 비로소 흠칫 놀랐다. 어머니는 목을 앞으로 내뻗고 머리
를 숙인 채 딱딱하게 굳은 표정이 되어 몸을 바르르 떨었다. 희뿌연 볼에 붉은
기가 돌며, 그녀는 본능적인 몸짓으로 손에 든 것을 감추려 했다. 그리고는 열
적은 미소를 띠며 말을 더듬거리는 것이었다.

「한창 챙기던 참이란다…….」

지난날의 유물 속에 좌초해 버린 이 불쌍한 영혼을 그는 마음아파 하며, 솟아
오르는 동정심으로 가슴이 죄어들고 있었다. 그러나 무감각 상태에서 어머니를
끌어 내느라고 그는 아주 퉁명스럽게 꾸짖듯이 쏘아 붙였다.

「자, 엄마, 꼭 닫힌 방안의 이런 먼지 속에 묻혀 꼼짝 않고 계시면 안 돼요 !
몸에 해로워요. 기운을 내셔서 이런 건 척척 치워 버리셔야지요.」

「그렇구나.」

서랍 속에 물건을 정리하려고 일어서려 했다. 그러나 곧 낙망한 듯 손에 든 것
을 떨어뜨린 채, 다시 주저앉아 버렸다.

「안 되겠다, 안 되겠어. 아무래도 챙겨지지 않겠어.」

아들은 겁이 났다. 어머니에게 몸을 굽혀 두 손으로 이마를 쓰다듬었다.

「엄마, 왜 그러세요? 내가 도와 드릴까요? 어디 몸이 편찮으신가요?」

어머니는 대답하지 않았다. 그녀는 마음속으로 흐느껴 울고 있었다. 아들은
어머니의 두 손을 잡고 무릎을 꿇고 앉아서 방안의 어스름 속에서 어머니의 얼
굴을 더 잘 보려 했다.

「엄마 !」하고 그는 불안해져서 말했다. 루이자는 그의 어깨에 이마를 얹고
하염없이 눈물을 흘리고 있었다. 그녀는 아들을 끌어안으며 되풀이하는 것이
었다.

「애야, 애야……너, 어미를 저버리진 않을 테지? 약속해 다오, 나를 저버리진 않겠지?」

크리스토프는 애처로움으로 가슴이 찢어지는 것 같았다.

「물론이죠, 엄마. 저버리긴요. 왜 그런 생각을 하시지요?」

「난 참말이지 불행하단다! 모두를 나를 저버렸지 뭐니, 모두들…….」

그녀는 둘레의 물건들을 가리켰다. 그녀가 말하는 것이 그 물건을 일컬음인지, 아들이나 죽은 사람을 일컫는 것인지 잘 알 수 없었다.

「애, 너는 나하고 같이 살아 주겠지? 어미를 저버리진 않겠지? 너마저 가 버리면 나는 어떻게 되는지…….」

「전 안 가요. 언제까지나 같이 살아요. 자, 그만 우세요. 꼭 약속할게요.」

어머니는 그래도 울음을 그치지 못하고 여전히 울기만 했다. 아들은 손수건으로 어머니의 눈물을 닦아 주었다.

「왜 그래요, 엄마? 괴로우신가요?」

「모르겠다. 왜 그런지 알 수 없단다.」

그녀는 줄곧 안정을 찾으려고 애쓰며 미소지으려 했다.

「아무리 참으려 해도 안 된다. 하찮은 일에도 울음이 터져 나오는구나. 글쎄……자, 보려무나. 이렇게 또 눈물이 나왔지 뭐냐……용서하렴. 엄만 바보란다. 늙어 버렸지. 이미 힘도 없고 어떤 일에도 흥미가 없어졌어. 나는 이젠 아무런 쓸모도 없게 되었어. 여기 있는 이런 것들하고 같이 묻어 주려무나…….」

아들은 아기를 안 듯이 어머니를 꼭 안았다.

「걱정 마세요, 안심하세요. 이젠 생각 마세요…….」

그녀는 조금씩 기분이 안정되었다.

「정말 바보 같았구나. 난 부끄럽다,……하지만 이게 어찌된 일일까? 도대체 어떻게 되었다는 것일까?」

이 일꾼다운 노파는 자신의 힘이 왜 이렇게 갑자기 꺾여 버렸는지 알 수가 없었다. 그러면서 그것을 부끄러워하고 있었다. 아들은 그런 것을 모른 체하며 말했다.

「좀 피곤하셨어요, 어머니 아무것도 아니예요. 이제 아무렇지도 않으시다는 것을 아시게 될 거예요.」

애써 아무렇지도 않은 듯 말했지만 아들도 걱정이 되었다. 어려서부터 온갖 고난을 묵묵히 참고 견디는 인종적이며 용감한 어머니의 모습을 보아 왔다. 그런데 이처럼 침체되어 버린 모습을 보니 어쩐지 무서워진 것이었다.

그는 어머니를 도와 방바닥 위에 흩어진 물건들을 챙겼다. 어머니는 가끔 어떤 물건을 치우는 데 아주 꾸물거렸다. 크리스토프는 어머니의 손에서 그것을 몰래 빼앗곤 했다. 어머니는 아들이 하는 대로 내맡긴 채 있었다.

이날 이후 그는 더욱 어머니와 같이 있는 시간을 많이 갖도록 힘썼다. 일을 마치자마자 곧 제 방에 묻히지 않고 어머니에게로 갔다. 어머니가 얼마나 고독한가를, 또한 어머니는 고독을 견디어 낼 만한 힘이 없다는 것을 그는 느끼고 있었다. 어머니를 홀로 내버려두기는 위험스러웠다.

저녁에는, 길을 향해 열려진 창가의 어머니 곁에 앉는다. 들의 풍경이 점차로 스러져 갔다. 사람들은 귀로에 오르고 있었다. 멀리 조그만 불이 켜진 집들이 보였다. 두 모자는 이미 수없이 보아 온 것이다. 그러나 그것도 이제는 보지 못하게 되는 것이다. 어머니와 아들은 띄엄띄엄 말을 나누었다. 서로들 잘 알고 있는, 그리고 전부터 빤히 알고들 있는 저녁 나절의 사소한 일들을 언제나 새로운 흥미로 입에 담곤 했다. 또 때때로 피차 오래도록 침묵에 잠겨 있는 수도 있었다. 루이자는 머릿속에 문득 떠오르는 추억이나 아무 연관도 없는 이야기를 별다른 까닭도 없이 그저 지껄이기 시작했다. 자애로운 마음이 곁에 있음을 느끼면서부터 그녀의 혀는 훨씬 풀려 있었다. 그녀는 이야기를 하려고 노력하고 있었다. 그러나 그것은 어려운 일이었다. 이미 식구들과 떨어져 있는 습관이 붙어 있었기 때문이다. 자신과 이야기를 하기에는 아들들이나 남편은 너무나 똑똑하다는 생각 때문에 그들의 대화에 끼어들 용기가 없었던 것이다. 어머니를 생각하는 크리스토프의 부드러운 배려가 그녀에게는 새삼스러운 것이며 한없이 기쁜 것이었다. 그러면서도 마음이 불편한 구석도 없지 않았다. 그녀는 말을 이 모저모로 찾아본다. 자신을 표현하는 데는 힘이 들었다. 끝까지 말을 다하지 못하고 애매하게 맺었다. 때때로 자신이 지껄인 말을 부끄러워하고는, 아들의 얼굴을 응시하며 말을 중간에 끊었다. 아들은 어머니의 손을 꼭 쥐어 준다. 어머니는 마음이 푹 놓인다. 그는 이 어린애다운 어머니의 영혼에 대해 애정과 연민으로 가슴속이 가득해짐을 느꼈다. 어린 시절에는 이 영혼 속에 움츠리고 있었는데 이제는 그 영혼이 그에게 기대려 하는 것이다. 아들 이외의 다른 이에게는 아무런 흥미도 없는 자질구레한 지절거림이나 평범하고 기쁨도 없었던 반평생의 무의미한 추억담——그러나 루이자에게는 한없이 가치 있는 것같이 생각되는——등을 들으며 그는 서글픈 즐거움을 맛보곤 했다. 때로 아들은 어머니의 말을 중단시키려고도 했다. 그런 추억담이 어머니를 더욱 슬프게 하는 결과를 가져오지나 않을까 두려워한 것이다. 그러고는 어머니에게 일찍 잠자리에 들라고 한다. 어머니는 아들의 심정을 알 수 있었다. 그리고 감사하는 눈빛으로 말하는 것이었다.

「괜찮단다, 안심하거라. 엄마는 이렇게 하고 있는 것이 흐뭇하지. 조금만 더 이렇게 하고 있자.」

밤이 깊어지고, 세상이 잠들어 주위가 고요해질 때까지 두 사람은 그렇게 꼼짝하지 않고 있었다. 그러다가 서로 밤인사를 하며 헤어진다. 어머니는 여러 가지 복잡한 생각을 어깨에서 덜어내어 조금은 마음이 가벼워지고 아들은 새로운 이 무거운 짐 때문에 가슴이 가득 차는 것이었다.

이사할 날이 다가왔다. 그 전날 밤 두 모자는 등불도 없는 방안에서 여느 때보다도 오래도록 그렇게 꼼짝하지 않고 앉아 있었다. 둘이 다 말이 없었다. 가끔 루이자가 『아아! 아아.』하고 한숨을 토할 뿐 크리스토프는 다음날의 이사에 관한 여러 문제에 주의를 기울이려고 애썼다. 어머니는 좀처럼 잠자리에 들려 하지 않았다. 아들은 부드럽게 어머니를 타일러 억지로 잠자리로 보낸다. 그러나 자신은 자기 방으로 다시 올라가서도 좀처럼 자려 하지 않았다. 창밖으로 몸을 내밀어, 어둠을 뚫고 집 아래를 흐르는 어두운 강물을 마지막으로 다시 한 번 보려 기를 쓰고 있었다. 민나의 집 정원에 있는 큰 나무들 사이로 쏴아하는 바람 소리가 들려 온다. 하늘은 시커멓다. 한길에는 행인도 없었다. 찬비가 내리기 시작했다. 풍향계가 삐걱거린다. 이웃에서는 애가 운다. 밤의 어둠은 무겁고 음침하게 땅 위에 내리덮이고 있었다. 시간을 알리는 시계의 단조로운 소리, 삼십 분과 십오 분을 새기는 금이 간 듯한 소리가 지붕을 때리는 빗소리 섞인 음울한 침묵 속에서 가끔씩 들려 오고 있었다.

크리스토프는 마음마저 얼어붙는 듯한 심정이었다. 그가 가까스로 잠을 잘 결심이 섰을 때 아래의 창문이 닫히는 소리가 들렸다. 잠자리에 든 크리스토프는 홀로 생각했다. 과거에 집착하는 것은 가난한 사람으로서는 잔인한 일이라고. 가난뱅이에게는 부자들처럼 과거를 가질 권리는 없기 때문이다. 그들에게는 한 채의 집도, 추억을 간직해 둘 만한 한 구석도 없는 것이다. 그들의 기쁨, 그들의 괴로움, 그들의 나날은 바람에 흩날려 버리고 마는 것이다.

다음 날, 어머니와 아들은 억수로 쏟아지는 빗속에 가난한 살림을 새 집으로 옮겨 갔다. 가구상인 피셔 노인이 짐수레와 조그만 말을 빌려 주고 직접 와서 거들어 주었다. 가구를 모두 가져갈 수는 없었다. 새로 이사가는 집은 지금까지

살던 집보다도 훨씬 좁았기 때문이다. 크리스토프는 어머니에게 가장 낡고 쓸데
없는 가구는 놓아두고 가도록 결심시켜야 했다. 그것은 쉬운 일이 아니었다. 아
무리 보잘 것 없는 것일지라도 루이자에게는 여간 값진 것이 아니었기 때문
이다. 절름발이 테이블 하나, 망가진 의자 하나라도 그녀는 없애고 싶어하지 않
는 것이다. 피셔는 할아버지와는 오래 전부터 사귀어 온 사이라 무슨 말을 해도
좋은 처지여서 크리스토프와 마찬가지로 잔소리를 해야 했다. 본래 선량한 이
노인은 루이자의 괴로움을 알았으므로 그 소중한 몇몇은 후에 그녀가 찾으러 올
수 있을 때까지 보관해 준다는 약속을 해야 했다. 그제서야 그녀는 가슴이 찢어
지는 듯한 쓰라림 속에 그것들과 헤어지기를 승낙한 것이었다.

두 동생에게는 미리 이사간다고 통지는 해 놓았다. 그러나 에른스트는 올 수
없다고 알리러 그 전날에 왔다 갔다. 로돌프는 낮에 잠깐 모습을 보였을 뿐이
었다. 가구가 실리는 것을 보며 두어 마디 주의를 하고는 총총히 돌아가고 말
았다.

이삿짐을 실은 마차는 진창길을 나아가기 시작했다. 끈적끈적한 포석 위에서
자꾸 미끄러지는 말의 고삐를 크리스토프는 꼭 쥐고 있었다. 루이자는 아들 옆
을 거닐면서 비를 막아 주려고 애쓰고 있었다. 그 다음은 축축한 방을 살림방으
로 꾸미는 우울한 작업이었다. 방은 나직이 드리운 하늘의 어둑한 빛을 반영하
여 여느 때보다 어둠침침했다. 주인집 식구들이 도와주지 않았더라면 아마도 두
사람은 무겁게 짓누르는 절망감에 저항할 수도 없었을 것이다. 그러나 마차는
돌아가 버렸고 짐은 방안에 난잡하게 쌓여진 채 밤이 닥쳤고, 크리스토프와 루
이자는 피곤에 지쳐서 각각 상자 위와 포대 위에 축 늘어져 앉아 있을 때 계단에
서 조그만 헛기침 소리가 들려 왔던 것이다. 누군가가 문을 두드렸다. 오일러
노인이 들어섰다. 노인은 세를 든 사람들에게 방해가 되지 않을까 하며 정중히
사과부터 한다. 그리고는 무사히 이사를 마친 첫날 저녁을 축하하기 위하여 가
족끼리 식사를 같이 하자고 권하는 것이었다. 루이자는 슬픔에 묻혀서 사양하려
했다. 크리스토프도 그들 가정의 단란한 분위기 속에 끼이기가 썩 내키지 않
았다. 그러나 노인은 꼭 참석해 달라고 신신당부를 하는 것이었다. 크리스토프
도 새 집으로 옮긴 첫 날은 너무 생각에만 잠겨 지내지 않는 것이 어머니를 위해
서도 좋다는 생각이 들어 어머니를 설득하여 억지로 승낙하게 했다.

두 사람은 아래층으로 내려갔다. 한 집안 사람들이 모두 모여 있었다. 노인과
그의 딸, 사위인 포겔, 크리스토프보다 조금 손아래인 손자 남매 등등이었다.
모두들 기쁜 듯이 두 사람을 둘러싸며 잘 오셨다고 환영의 인사를 한 다음 피곤

하지는 않느냐, 방이 마음에 드느냐, 뭐 필요한 건 없냐고 세세히 물었다. 하도 여러 질문을 한꺼번에 받는 바람에 크리스토프는 당혹한 나머지, 무슨 말을 하는지 전혀 알아들을 수가 없었다. 이미 식탁에는 수프가 나와 있었다. 모두들 식탁에 자리를 잡았다. 그런데도 계속 법석들이었다. 오일러의 딸인 아말리아는 곧 루이자에게 설명하기 시작했다. 이 이웃들의 모든 특징, 일대의 지형, 자기 집의 습관과 장점, 우유 배달부가 지나는 시간, 자신이 일어나는 시간, 드나드는 상인들에 관해서, 또는 그들에게 치르는 물건 값 등등을. 그러한 모든 것을 몽땅 설명해 버리기까지는 좀처럼 그녀를 놓아 주지 않을 기색이었다. 꾸벅 꾸벅 잠이 몰려오던 루이자는 그런 설명에 대해서 홍미를 느끼고 있는 체해 보이려 애썼다. 그러나 그녀가 모처럼 입에 올리는 말은 그녀가 전혀 아무것도 모른다는 것을 반증할 뿐이었다. 아말리아는 분개한 듯이 소리를 치며 다시 되풀이했다. 늙은 서기인 오일러는 음악가 생활의 어려움을 크리스토프에게 설명하고 있었다. 크리스토프의 다른 한편에는 아말리아의 딸 로자가 앉아서 식사가 시작될 때부터 쉴새없이 재잘거리고 있었다. 그것은 미처 숨을 쉴 틈도 없을 정도의 능변이었다. 그녀는 설명 도중에 숨이 차서 말을 끊었다가 곧 계속하곤 했다. 계속 음울한 표정의 포겔은 식사에 대해서 투덜거리고 있었는데, 이윽고 그것은 열띤 토론의 주제가 되어 버렸다. 아말리아와 손녀도 자신들의 화제를 집어치우고 이 논쟁에 가담했다. 스튜에 너무 소금을 쳐서 짜지 않느냐 또는 모자라서 싱거우냐 하는 문제에 관해서 언제 끝날지도 모르는 논쟁이 제기된 것이었다. 서로들 묻고 따지고 했으나, 어느 누구의 의견도 맞지 않았다. 저마다 옆사람의 미각을 경멸하고 자신의 미각만이 정당하며 건전하다고 믿고 있었다. 이 논쟁은 심판의 날까지 이어질 듯이 끝이 없었다.

그러나 끝내는 날씨가 궂다는 것을 더불어 불평하는 데서 모두의 화제는 일치되었다. 오일러 댁 사람들은 루이자와 크리스토프의 슬픔을 부드럽게 쓰다듬어 주며 크리스토프가 감동할 정도의 말로 그의 기특한 행위를 칭찬해 주기도 했다. 그들은 자신들의 불행만이 아니라 모든 친구들이나 세든 사람들의 불행마저 끌어 들여 화제를 삼으며 만족을 느끼고 있었다. 그러면서 착한 이는 언제나 불행하고 이기주의자나 정직하지 못한 무리들에게밖엔 기쁨이 없다는 데 의견의 일치를 보고 있었다. 결론적으로는 인생이란 슬픈 것이고 아무런 쓸모도 없는 것이다, 괴로워하며 사느니보다는, 물론 그것은 하느님의 뜻으로 그런 것은 아니라 할지라도 죽는 편이 훨씬 낫다는 것으로 결론짓고 있었다. 이러한 생각은 크리스토프가 가진 염세관과 흡사한 것이어서 그는 집주인 댁 사람들에게 더욱 존경심을 품으며 그들의 조그만 결점에도 눈을 감고 있었다.

다시 난잡한 방으로 올라간 크리스토프 모자는 여전히 서글프고 피로한 심정
에 젖어들긴 했으나 고독감은 전보다 훨씬 엷어져 있었다. 피로와 이 일대의 잡
음 때문에 깊은 잠을 못 이룬 크리스토프는 한밤중에 눈을 뜨자 벽을 흔드는 무
거운 차바퀴 소리와 아래층에서 자는 가족들의 코고는 소리를 들으며 자신으로
하여금 이렇게 믿게 하려고 애썼다. 나와 똑같은 불행으로 괴로워하고 있고 나
를 이해해 주고 있는 것 같은, 그리고 사실은 좀 귀찮은 데가 있지만 나도 그들
을 이해하는 것 같은 성실하고 정직한 이들 속에 끼여 지내기에 비록 행복하지
는 않아도 그 전만큼 불행하지는 않다고.

그러나 간신히 잠이 들었다 싶은 새벽녘부터 눈이 뜨여져 짜증이 나는 것은
어쩔 수가 없었다. 이웃 사람들이 아귀다툼을 벌이며 떠들어 대는 소리, 안마당
과 계단에 물을 뿌리고 씻어 내느라고 마구 눌러 대는 펌프의 삐걱 소리가 그의
선잠을 깨게 했던 것이다.

유스투스 오일러는 등이 구부정한 조그만 몸집의 늙은이였다. 침착하지 못한
음울한 눈초리, 주름투성이의 울퉁불퉁하고 불그레한 얼굴에 이는 다 빠졌고 손
질도 잘 안 된 수염을 언제나 손으로 꼬며 만지는 버릇이 있었다. 지극히 실직
(實直)하며, 좀 지나치게 깔깔한 사람됨이며, 게다가 철저한 도덕가여서 크리스
토프의 할아버지와는 상당히 죽이 맞아 있었다. 할아버지를 꼭 닮았다고 말하는
사람도 있었다. 사실 그는 할아버지와 같은 시대의 사람이며 같은 체제 밑에서
자라난 사람이었던 것이다. 다만 그에게는 장 미셸의 강건한 육체적인 생명력이
결여되어 있었다. 다시 말해서 많은 점에서는 장 미셸과 같이 생각하면서도 근
본적으로는 거의 닮지 않은 것이다. 인간을 형성하는 것은 그 사상보다도 체질
이기 때문이다. 인간 상호간에 그들을 이성적 판단으로 인위적 또는 실제적으로
구별할 수 있더라도, 인간의 구별은 건강한 사람과 건강치 못한 사람으로 나뉘
어지는 것이다. 오일러 영감은 전자에 속하지 못했다. 그는 할아버지처럼 도덕
을 중시했으나 그의 도덕에는 할아버지와 같은 포괄적인 체계는 없었다. 그와
그의 가족 중에 있는 일체의 것은 훨씬 빈약하고 답답한 설계 위에 세워져 있
었다. 사십 년간의 관리 생활 끝에 은퇴한 그는 할 일이 없다는 슬픔을 간직하고
있었다. 만년에 대비해서 내부 생활의 자원을 비축해 두지 않은 노인들에게 있
어 이 무위란 무겁고 괴롭게 느껴지기 마련이다. 그의 지난 삶에서 얻은 온갖 습
관, 그가 작업에서 얻은 모든 습관은 그에게 어딘지 소심한 서글픔 같은 것을

주고 있었다. 또 이러한 모습은 그의 자식들 모두에게도 어느 만큼은 찾아볼 수 있는 것이었다.

사위인 포겔은 사법국의 관리로 나이는 쉰 살쯤 되었다. 키가 늘씬하고 억척스러운 체구에 머리는 대머리이고 금테 안경으로 관자놀이를 꼭 끼고 있으며 제법 건강해 보이는 얼굴이었으나 그는 자신을 병자로 여기고 있었다. 자신이 생각하고 있는 그런 병에 분명히 걸리진 않았으나 데데한 직무 때문에 조바심을 잘 내고 앉아만 있는 바람에 육체는 적이 손상되어 있어 어쩌면 병자라고 일컬어도 좋을 사람이었다. 본래 대단히 근면한 사람이고 재능도 있었으며 약간의 교양도 쌓고 있었으나 엄격한 군대 생활의 희생자로서 관청의 책상 앞에 붙잡아매인 숱한 관리들처럼 우울증의 악마에 사로잡혀 시달리고 있었다. 괴테가『음울하고 비 그리스적인 우울병 환자』라고 일컬으며 한편으론 동정하면서도 조심스럽게 피하곤 하던 그 불행한 무리들 중의 하나였던 것이다.

아말리아는 이들의 그 어느 쪽과도 달랐었다. 강건하고 수선스럽고 활동적이며 남편의 우는 소리를 들어도 동정은 커녕 거칠게 핀잔을 주는 성격이었다. 그러나 항상 같이 살다 보면 아무리 강한 힘도 지탱할 수 없게 마련이다. 부부 생활에 있어 두 사람 중의 하나가 신경 쇠약이 되면, 수년 후에는 둘이 다 신경 쇠약증이 될 가능성은 지극히 크다. 아말리아는 포겔을 향해 고함쳤으나 허사였다. 그런 뒤엔 그녀 자신이 남편보다도 더 한탄의 소리를 지르게 되어 버렸다. 그녀는 사납게 타박하던 태도에서 갑자기 비탄하는 태도로 변하곤 하여, 조금도 남편에게 이로운 결과를 가져다주지 못했다. 시시한 일을 가지고 시끄럽게 떠들어 대어, 도리어 남편의 지병을 도지게 했다. 끝내는 아내의 비탄이 큰 반향을 일으키는 데 대해서 두려움을 느끼고 있는 불행한 포겔을 압도해 버렸을 뿐만 아니라 그녀 자신마저 압도해 버리고 말았다. 이제는 그녀가 자신의 건강에 대해서 또는 아버지와 딸과 아들의 건강에 대해서 이유도 없이 한탄하게 된 것이다. 그것은 하나의 병적인 버릇이 되었다. 너무 자주 그 문제를 입에 올리곤 하는 바람에 나중에는 그것을 진짜로 믿어 버린 것이다. 하찮은 감기에도 몹시 근심이 되고 모든 것이 불안의 씨가 되었다. 아프지 않고 잘 지내면 이러다간 머잖아 곧 앓게 되지나 않나 하고 걱정했다.

이렇게 끊임없는 의구심 속에서 생활은 지나갔다. 그런데 아무도 병이 들지는 않았다. 이렇게 밤낮 없이 투덜거리는 것이 도리어 가족들의 건강을 유지하는 데 도움이 되는 것 같았다. 모두들 언제나처럼 먹고 자고 일했다. 그 때문에 가정 생활이 느슨해지는 법이라곤 없었다. 아말리아의 활동력은 아침부터 밤까지

안에서 위아래로 오르락 내리락하며 일하는 것만으로는 결코 만족할 줄 몰랐다. 각자가 그녀 자신의 주위에서 힘껏 노력하는 것이 아니고는 만족하질 못했다. 그래서 가구가 이리저리 옮겨지거나 포석이 씻겨지거나 마루를 닦으며 지껄이는 소리와 발소리가 소란스럽게 들리며, 끊임없이 모든 것이 흔들리기도 하고 움직여지기도 하는 것이었다.

두 애는 어느 누구도 자유롭게 사고하고 생활하길 거부하는 이런 시끄러운 권력에 짓눌려서, 그에 복종하는 것이 당연한 일이려니 하고 믿고 있는 모양이었다. 아들인 레온하르트는 무표정하지만 예쁜 생김새에 태도는 예의바르고 꼼꼼했다. 소녀인 로자는 금발에다가 파랗고 온화하고 부드러운, 꽤 아름다운 눈을 가졌다. 아름다운 얼굴빛은 시원스러웠고 매우 성품이 좋아 보이는 태도 때문에 원래는 귀엽게 보일 것 같았으나, 다만 코가 좀 지나치게 크고 볼품 없게 자리잡고 있어 그것이 얼굴을 둔중하게 하여 흡사 얼빠진 것 같은 표정이 되어 있었다. 그녀는 바젤 미술관에 있는 호르바 인의 작품 속의 소녀——마이어 시장의 딸——를 생각나게 했다, 그 소녀는 눈을 내리깔고 앉아 있었다. 두 손을 무릎 위에 놓고 빛깔이 엷은 머리를 어깨 위로 풀어 늘어뜨리고 못생긴 코에 신경을 쓰고 있는 듯한 표정이었다. 그런 것은 그녀의 싫증을 모르는 재잘거림을 결코 방해하진 않았던 것이다. 무엇인가를 종알거리는 그녀의 높은 억양의 음성이 끊임없이 들리고 있었다. 마치 할 말을 미처 다할 시간이 없다는 듯 그녀는 숨을 헐떡거리고 끊임없이 흥분하곤 하며 식구들이 아무리 성을 내도 소용 없는 일이었다. 그러나 그들이 성을 내는 것은 그녀가 언제나 종알거리기 때문이라기보다는, 그녀 때문에 자기네 지껄임이 훼방당하기 때문이었다. 이들 선량하며 의리 있고 헌신적인 훌륭한 사람들, 정직한 사람의 본보기라고 할 만한 사람들은 모든 미덕을 다 지니고 있었으나 단 한 가지, 인생을 매력 있게 해 주는 미덕, 즉 침묵의 미덕이 결핍되어 있었던 것이다.

크리스토프는 점차 참을성 있는 성격으로 달라지고 있었다. 그의 슬픔은 그의 편협하고 분격하기 쉬운 성질을 부드럽게 해 주고 있었다. 그는 고상한 사람들이 지니는 잔인한 냉담성을 너무나 뼈저리게 겪었으므로, 품위 없고 몹시 따분한 사람들이긴 하지만 인생에 대해서 엄숙한 생각을 갖고 있는 정직한 사람들의 가치를 한층더 절감하게 되었다. 그들은 기쁨 없는 생활을 하고 있어 그가 보기에 그들은 결함이 없는 것같이 생각되었다. 그들은 훌륭한 사람들이며 자신의 마음에 들 것이 틀림없다고 믿어 버리고 있었으므로, 독일인 기질답게 그들이 정말 자신의 마음에 들었다고 믿으려 애썼다. 그러나 그것은 그릇된 판단이었다. 자기 판단으로 인한 안정과 쾌적한 생활이 흐트러짐을 두려워하며, 보기에 불쾌한 것은 보지 않으려 하고 또한 보지도 않는 저 독선적인 독일식 이상주의가 그에게는 결여되어 있었다. 그와는 반대로 남을 사랑하려 들면 그들의 결점이 또렷이 느껴지곤 했다. 왜냐하면 그는 완전히 무제한적으로 사랑하고 싶어 하기 때문이었다. 그것은 일종의 무의식적인 성실성이며 진실에 대한 억제할 길 없는 욕구로서, 가장 가까운 사람들에게 대단한 통찰력을 보여 더욱더 그를 까다롭게 느끼게 했다. 이윽고 그는 주인집 식구들의 결점에 대하여 남몰래 조바심을 느끼게 되었다. 그들은 자신들의 내면을 속이려 들지 않아 치명적인 결점도 송두리째 드러내놓고 있었다. 가장 좋은 장점은 깊숙한 곳에 숨어 있었다. 크리스토프도 그렇게 생각하고는 그들이 조심스럽게 숨기고 있는 훌륭한 장점을 찾아보려 시도하기에 이르렀다.

그는 유스투스 오일러 노인과 애써 말동무가 되려 했다. 노인도 그러길 바랐다. 할아버지가 이 노인을 사랑하며 칭찬해 마지 않던 일을 기억하고 있으므로 그는 노인에 대해서 은밀한 동정을 기울이고 있었다. 그러나 선량한 장 미셸은 크리스토프 이상으로 친구들에게 환상적인 생각을 품는, 행복한 능력의 소유자였다. 크리스토프는 그런 것을 깨닫고 있었다. 오일러가 할아버지에 대해서 어떠한 추억을 지니고 있는지 알려 했으나 허사였다. 그에게서 끄집어낼 수 있었던 것은 매우 희화화되고만, 퇴색한 장 미셸의 모습과 도무지 흥미도 없는 희화의 단편에 지나지 않았다. 오일러의 이야기는 으레 다툼과 같은 말로 시작되게 마련이었다.

「불쌍한 네 할아버지에게 내가 언제나 말했다시피……」

그는 자기 자신이 말한 것 이외엔 무엇 하나 듣지 않았던 것이다.

아마 장 미셸 또한 그와 같이 듣고 있었을 것이었다. 무릇 대부분의 친우 관계란 남을 상대로 자신의 이야기를 지껄이기 위한 자기 만족의 결합에 불과하다. 그러나 적어도 미셸은 지껄이는 재미에 아무런 사심이 없었고 항상 모든 일에 차별없이 대하려 하고 모든 일에 흥미를 느꼈었다. 새 시대의 경이적인 발명을 보거나, 새 시대의 사상에 참여하거나 하기 위해 앞으로 십오 년을 더 살 수 없음을 섭섭해 하고 있었다. 그는 인생을 살아 가는 데 가장 귀중한 특질을 지니고 있었던 것이다. 나이를 먹어도 변질되지 않고 매일 아침마다 새로이 소생해 오곤 하는 그 신선한 호기심을. 다만 그는 이 천부의 혜택을 이용할 수 있는 재능이 없었다. 그러나 이것은 재능 있는 숱한 사람들이 얼마나 부러워하던 것인가 ! 대부분의 사람들은 나이 스물이나 서른에 죽어 버린다. 그 시기가 지나면 그들은 이미 자기 자신의 한 반영에 지나지 않는다. 그들의 나머지 생애는 한갓 자신을 모방하는 것에 소모될 뿐이다. 그들이 생존하던 때의 말과 행동과 생각과 사랑하던 것은 날이 갈수록 기계적으로 멋없이 되풀이하는 데 그칠 뿐인 것이다.

오일러 노인이 생존해 있었던 것은 이미 아득한 옛적의 일이요, 짧은 기간이었기 때문에 그의 것으로서 지금 남아 있는 것이라곤 지극히 빈약한 것이었다. 그는 자신의 옛 직업과 가정 이외엔 아무것도 아는 것이 없었고 또한 알려고도 하지 않았다. 그는 모든 일에 관해 자신의 청소년 때부터의 고정 관념을 지니고 있었고 예술에 정통하다고 자부하고도 있었다. 그러나 일반적으로 정평이 나 있는 이의 이름을 아는 것으로 만족했고, 그러한 사람에 관해서는 으레 과장섞인 투로 판에 박은 말을 되풀이하기만 했다. 그밖의 사람들은 하나같이 무가치하다는 것이다. 근대의 예술가에 대해 언급이 되면 그는 전혀 귀를 기울이지 않고 화제를 딴 데로 옮기는 것이었다. 그는 음악을 좋아한다고 자부하고 크리스토프에게 연주를 청하기도 했다. 그러나 크리스토프가 요청에 의해 치기 시작하면 노인은 큰소리로 딸과 지껄이기 시작했다. 마치 음악 이외의 모든 것에 대한 흥미를 음악이 강화해 준 듯했다. 크리스토프가 분개하여 곡을 중단하고 자리를 박차고 일어서도 아무도 그것을 모르고 지나가는 것이었다.

비교적 조용히 경청되며 극찬을 받는 특권을 지닌 곡은 고작 낡은 서너 곡에 지나지 않았다. 그 중의 어떤 것은 매우 아름답고 또 어떤 것은 지극히 조잡한 것이었으나 모두 세상에 알려진 곡이었다. 곡의 첫 선율부터 노인은 황홀해져서 눈에 눈물을 글썽거렸다. 그것은 지금 맛보는 기쁨이라기보다는 일찍이 맛본 기쁨이었다. 그런 곡 중, 예컨대 베토벤의 〈아델라이데〉 같은 것은 크리스토프에게도 귀중한 것이긴 했으나 얼마 지나지 않아서 그러한 곡을 혐오하기에 이르렀다. 노인은 그런 곡의 첫 소절을 곧잘 콧노래로 흥얼거리고는 『이거야말로 음악이지』 하며, 그에 견주어 멜로디 없는 근대의 저속한 음악을 멸시하곤 했다. 확실히 그는 음악에 대해서는 아무것도 아는 것이 없었던 것이다.

그에 비하면 사위는 한층 교양이 있었고, 예술계의 동향을 잘 알고 있었다 그러나 그것은 무척 처치 곤란한 것이었다. 그 판단에 항상 중상적인 정신을 관여시키고 있었기 때문이다. 그에게 취미나 지성이 결여되어 있는 것이 아니라 근대적인 것을 칭찬할 결심이 서지 않은 것이다. 만약에 모차르트나 베토벤이 그와 같은 시대의 사람이었더라면 그는 그들 역시 헐뜯었을 것이요, 바그너나리하르트 스트라우스가 한 세기 전에 죽었더라면 그들의 가치를 인정했을 것이었다. 그의 음침한 기질은 자신의 생존 중에 위대한 사람들이 아직 살아 있다는 것을 인정할 수 없었다. 그렇게 괴팍스러워져 있었다. 그러고 보니 누구의 경우거나 생활은 실패일 수밖에 없었다. 그렇지 않다고 믿거나 주장하는 자는 바보나 피에로 중의 하나라고 믿고 싶어하고 있었다.

이러다 보니 그는 새로 유명해진 사람들에 대해서는 신랄하게 빈정거리는 투로만 화제를 삼았다. 그는 바보스럽지는 않아서 첫 눈에 그들의 약점이나 우스꽝스러운 면을 발견할 수 있었다. 새로운 이름에 접할 때마다 그는 경계했다. 그 예술가에 대해 알려고 하기에 앞서, 그 사람을 비난하려는 감정이 앞서 있었다. 그가 그 사람을 전혀 모르기 때문이었다. 그가 크리스토프에 대해서 동정하고 있었다는 것도 염세적인 이 소년도 자기처럼 인생은 고역이라고 생각하기 때문이며 게다가 이 소년에게 천재적인 면은 없다고 생각하기 때문이었다. 서로가 똑같이 무력하다는 것을 인정하는 것 이상으로 불만과 불평투성이의 시시한 영혼을 서로 접근시키는 것은 또 없는 법이다. 또한 자신이 행복하지 않으니 남의 행복도 부정한다는 범용한 사람이나, 어리석은 염세관에 접하는 것 이상으로 건전한 사람들에게 건강의 취미를 주는 것은 없을 것이다. 크리스토프는 그것을 경험했다. 그러한 음울한 사상은 원래 그와 친근한 것이긴 했다. 그러나 그것을 포겔의 입을 통해서 전해 듣게 되자 이미 그것이 동일한 것으로는 여겨지지 않는 데 대해서 그는 놀랄 수밖에 없었다. 그러한 사상들은 그에게 적대하는 것이 되어 있었고 그는 그에 대해 불쾌감을 지니고 있었던 것이다.

아말리아가 하는 짓은 그에게는 더더구나 괘씸한 것이었다. 이 성실하고 정직한 부인은 결국 크리스토프의 이론을 의무로써 실행하고 있는 데 지나지 않았다. 그녀는 기회 있을 때마다 의무라는 말을 입에 올렸다. 그녀는 쉬지 않고 일하고 남들도 자기처럼 일하길 원했다. 이런 근면성은 타인이나 자기 자신을 더한층 행복하게 하는 것을 목적으로 한 것은 아니었다. 아니, 그야말로 그 반대인 것이다. 주된 목적은 남들을 훼방하고 생활을 신성화하기 위해서 그것을 될 수 있는 대로 불쾌하게 하는 것이라고도 말할 수 있을 것 같았다. 모든 아낙네에게 있어서는 다른 온갖 정신적이며 사회적인 의무를 대신하는, 가정에 있어서의 이 성스러운 의무를 한 순간이라도 그녀로 하여금 중단케 하기란 그 누구도 불가능했으리라. 마룻바닥을 닦고, 포석을 씻어 내고, 문의 손잡이를 번쩍거리게 하고, 깔개를 힘껏 쳐서 먼지를 털고, 의자나 테이블이나 장롱을 이리저리 치우고 하는 일을 정해진 그날 그 시간에 하지 않는다면, 자신은 이미 미래가 없는 사람이 되었다고 그녀는 생각했으리라. 그렇게 그녀는 부지런히 일하는 것으로써 허영심을 만족시키고 있었다. 그것이 자신의 명예가 되기라도 하는 듯이. 하기야 모든 부인들은 자신의 명예란 것을 이런 식으로 생각하며 그것을 지켜가고 있는 것이나 아닐까? 그녀들의 명예란 늘 번쩍거리게 해 두어야 하는 가구 같은 것이며 칠을 잘해 둔 차갑고 단단한 그리고 미끈미끈한 마룻바닥 같은 것임이 분명하다.

자신의 직무를 다하고도 포겔 부인은 별달리 상냥해지지도 않았다. 하느님의 손으로 부과된 의무처럼 그녀는 하찮은 집 안 일에만 열중하고 있었다. 루이자가 일하다 말고 앉아서 몽상에 잠겨 있노라면 그 방안으로까지 와서 귀찮게 치근거렸다. 루이자는 한숨지었으나 당혹한 듯이 미소를 머금으며 그녀의 말을 상대하고 있었다. 다행히도 크리스토프는 그런 일은 까맣게 모르고 있었다. 아말리아는 그가 외출하길 기다렸다가 그들의 방으로 침입하는 것이다. 지금까지 그녀는 직접 그를 공격한 적은 없었다. 그런 짓을 당했더라면 크리스토프는 도저히 참아낼 수 없었을 것이다. 그는 자신이 그녀에 대해 남모르게 적의를 품고 있는 상태임을 느끼고 있었다. 가장 참을 수 없었던 것은 그녀가 소란스럽게 부산을 떠는 점이었다. 이것만은 어떻게 배겨나지 못할 지경이었다. 안마당에 면한 천장이 낮은 조그만 자기 방에 틀어박혀서 집 안의 소음을 듣지 않으려고 환기가 나쁜 것을 무릅쓰고 창을 꼭 닫았으나 아무래도 그 소음을 피할 수가 없었다. 도리어 자극된 주의력으로 무의식중에 아래층의 미미한 소리에도 열심히 귀를 기울이곤 했던 것이다. 어느 한동안 조용하다가 갑자기 요란스러운 목소리가 칸막이 벽을 통해서 다시 들려 오노라면 자기도 모르게 화가 발끈해 벽 너머로 온갖 욕설을 다했다. 그러나 집 안이 소란스러워 아무도 그것을 알지 못했다. 모두들 그가 작곡을 하고 있으려니 하고 있었다. 그는 포겔 부인을 욕했다. 이제는 존경도 경의도 품을 수가 없었다. 이런 경우엔 아무리 방종한 여인이라도 잠자코만 있어 주면, 너무나 떠들어 대는 정직하고 덕성 높은 여인보다도 훨씬 바람직한 것으로 생각이 되곤 했던 것이다.

이러한 시끄러움을 미워하는 심정이 크리스토프를 레온하르트에게 접근케 했다. 온 집 안의 떠들썩한 법석 속에서도 이 소년만은 조용하여, 목소리를 높이는 일이라고는 결코 없었다. 한 마디 한 마디 말을 골라가며 조금도 서두르지 않고 정확하고 절도 있는 화법으로 말을 했다. 성급한 아말리아는 그가 말을 맺기까지 기다릴 만큼 참을성은 없었다. 모두들 그의 느릿느릿한 말투에 진저리를 치며 고함을 쳤다. 그래도 그는 전혀 동요되지 않았다. 어느 누구도 그의 침착한 태도와 공손하고 겸허한 태도를 흐트러뜨릴 수는 없었다. 레온하르트는 성직자 생활에 들어설 작정을 하고 있다는 말을 크리스토프는 전부터 듣고 있었다. 이 점에 대해서 그의 호기심은 강하게 끌려 있었다.

크리스토프는 종교에 대해서는 매우 야릇한 상태에 놓여 있었다. 자신이 어떠한 상태에 처해 있는지 스스로도 알 수가 없었던 것이다. 진지하게 그것을 생각해 볼 만큼의 시간 여유가 없었다. 충분한 교육도 받지 못했고 게다가 생활의 고달픔에 너무나 마음을 빼앗기고 있었으므로 자신의 마음을 분석해 보거나 생각을 정돈하거나 하는 일은 지금까지 엄두도 못 내고 있었다. 매우 과격한 기질이어서 자기 자신과 일치하건 말건 일체 아랑곳하지 않고 극단에서 극단으로, 전적인 신앙에서 절대적인 부정으로 옮겨 가고 있었다. 행복할 때에는 하느님에 대해서 거의 생각하는 일이 없었다. 그러나 제법 하느님을 믿고 싶다는 생각은 있었다. 불행할 때에는 하느님을 생각했다. 그러나 거의 하느님을 믿지는 않았다. 그로서는 하느님이 불행이나 부정을 허용한다는 것은 있을 수 없는 일로만 여겨지고 있었다. 더구나 이런 어려운 문제에는 그는 거의 신경을 쓰지 않고 있었다. 필경 그는 너무 종교적이어서 하느님에 대해서는 그다지 생각하지 않았던 것이다. 그는 하느님 속에 살고 있었다. 하느님을 믿을 필요는 없었다. 하느님을 믿는 것은 약한 자, 혹은 약해진 자, 혹은 무엇이든 부족한 생활을 하는 사람들을 위해서는 좋은 일이다 ! 식물이 태양을 동경하듯 그들은 하느님을 동경한다. 죽음에 임한 자는 생명을 붙잡고 매달린다. 그러나 자기 속에 태양과 생활을 지닌 사람이 어찌하여 자기의 외부로 그러한 것을 구하러 갈 필요가 있단 말인가 ?

자기 혼자 생활을 영위하고 있었더라면 아마 크리스토프는 이와 같은 문제에 머리를 쓸 수는 없었으리라. 그러나 사회 생활의 의무가 이런 유치하고 시시한 문제에 대해 억지로 생각을 돌리게 했다. 사회 생활에서는 이러한 문제가 조화스럽지 못할 만큼 큰 자리를 차지하고 있었다. 그리하여 한 걸음마다 그에 부딪히곤 했기 때문에 어떻게든 결심을 해야 하는 것이다. 힘과 사랑에 넘친 건강하고 풍요한 영혼에 있어서는 하느님의 존재가 있고 없고에 대해서 신경을 쓰기보다는, 해야 할 더욱 긴급한 일이 무수히 있다는데 말이다 ! 하느님을 믿는다는 문제만이라면 좋다 ! 그러나 이러한 크기, 이러저러한 모양, 빛깔, 그리고 이러저러한 종류의 하느님 하나를 믿어야 하는 것이다 !

크리스토프는 그런 일은 생각조차 해보지 못했다. 예수는 그의 사고 속에서는 거의 어떤 자리도 차지하지 않았다. 예수를 전혀 사랑하지 않은 것은 아니다. 예수를 생각할 때는 사랑하고 있었다. 그러나 좀처럼 예수를 생각하지 않는 것이다. 때로 그는 이것을 자책하기도 하고 그러한 자신을 슬프게 생각했다. 왜 예수에게 더욱 흥미를 느끼지 못하는지 알 수가 없었다. 그러면서도 신도로서의 지킬 일은 지키고 있었다. 그의 가족들도 모두 그것을 지켰다. 할아버지는 성경을 읽었다. 크리스토프도 미사에 나갔다. 오르간 연주자였으므로 그는 이를테면 미사를 돕는 일을 한 셈이었다. 양심적으로 그 근무에 전념했다. 그러나 교회에서 나온 뒤에 도대체 무엇을 생각했는지를 말하라고 하면 아마도 그는 몹시 당혹할 것이었다. 그는 자신의 생각을 뚜렷이 하고자 성경을 읽기 시작하고 거기에 흥미를 느꼈고 기쁨조차 발견했다. 그러나 그것은 어느 누구도 신성한 책이라고 말하지 않을 것 같은, 본질적으로는 다른 책과 조금도 다를 바 없는, 어떤 재미있고 진기한 책에서 발견하는 것과 같은 내용이었다. 사실 예수에 공감을 느낀다 해도 그는 베토벤에 대해 한층 더한 공감을 품고 있었다. 성 플로리안 성당에 나가 일요일의 전례에서 파이프 오르간으로 반주를 할 때는 미사보다는 파이프 오르간에 정신이 팔려 있었다. 또 성가대가 멘델스존의 곡을 합창하는 날보다는 바흐를 노래하는 날에 훨씬 종교적인 감정에 젖어 들고 있었다. 어떤 의식은 그에게 열광적인 신앙심을 북돋아 주었다.……그러나 그때 그가 사랑한 것은 과연 하느님이었던가? 아니면 어느 날 신부님이 농담으로 말한 것과 같은 한갓 음악이었던가? 사제는 자신의 변덕스러운 무심한 말이 그를 곤혹케 했으리라고는 미처 알아차리지 못했다. 다른 사람 같으면 이런 말을 듣고도 별달리 생각하진 않았을 것이요, 그 때문에 조금이라도 생활 태도를 고친다거나 하는 일은 없었으리라. 자신이 무엇을 생각하는지조차 모르며 만족하고 있는 사람이 세상엔 얼마나 많은가! 그러나 크리스토프는 성실하길 바라는 지극히 성가신 감정으로 스스로를 괴롭히고 있었다. 이 감정 때문에 그는 만사에 세심해져 있었다. 그는 고민했다. 자신이 두 마음을 품고 행동하는 것같이 생각되었다. 과연 나는 믿고 있는 것일까? 아니 믿지 않고 있는 것일까? 이 문제를 자기 홀로 해결하자니 실제적인 방법이나 지적인 방법이 그에게는 없었다. 그것을 위해서는 지식과 한가한 시간이 필요한 것이다. 그래도 문제는 해결해야 했다. 그렇지 않은 한 종교와 무관계한 사람이 되든가 위선자가 되든가 해야 했다. 그런데 그는 그 어느 쪽도 될 수 없었던 것이다.

그는 둘레의 사람들을 조심조심 관찰해 보았다. 모두들 자신 만만한 것 같았다. 크리스토프는 그 까닭을 꼭 알고 싶어했다. 그러나 어떻게도 알아낼 수가 없었다. 똑똑한 대답을 주는 자는 거의 없었다. 모두들 요령 부득의 말만을 입에 올리고 있었다. 어떤 이는 그를 오만하다고 했고, 그러한 것은 논의할 대상이 못되며, 그보다도 총명하고 훌륭한 사람들도 논쟁없이 믿고 있는 것이니, 그런 분들이 하는 대로만 하면 된다고 했다. 또 개중에는 그런 질문을 받는다는 데 대해서 마치 그 자신이 모욕을 당하는 듯이 불쾌한 낯을 짓는 이도 있었다. 이런 사람은 아마도 분명한 확신을 지닌 사람은 아니었을 것이다. 또 어떤 사람은 어깨를 으쓱하고는 미소를 지으며 말했다. 『신앙이란 건 별달리 해로운 것도 아니라네……』하며 그 미소는 이렇게 말하는 것이었다. 『한편으론 참 편리한 거라네!』그러한 사람들을 크리스토프는 마음속 깊이 멸시하고 있었다.

그는 자신의 불안감을 사제에게 토로해 보려고 시도했다. 그러나 그 시도 때문에 도리어 실망했을 뿐이었다. 그는 진지한 논쟁을 벌일 수가 없었다. 사제는 그야말로 상냥스러웠으나 크리스토프와 자신 사이에는 참다운 평등은 없다는 것을 정중히 타일러 납득케 했다. 자신의 우월은 명백한 사실이요, 만일에 자신이 정한 범위를 그 논쟁이 넘어서면 무례하다는 것이 미리 정해져 있는 것 같았다. 흡사 아무리 해도 해가 되지 않는 연습 경기와도 같은 것이었다. 크리스토프가 한 걸음 더 발을 내디뎌 어엿한 어른으로서는 그다지 대답하고 싶어하지 않는 질문을 하려 들면 그는 사뭇 보호자다운 미소를 띄우고는 곤경을 슬쩍 벗어나곤 하는 것이었다. 이러한 은근하고 우월한 태도에 굴욕을 느낀 크리스토프는 상심 끝에 이야기를 중단해 버렸다. 일의 시비는 차치하고, 설사 어떤 일이 있건간에 두 번 다시 사제의 도움을 청하지는 않으리라고 마음먹었다. 하기야 그 이지(理智)와 신성한 직함으로 그런 분들이 자신보다는 뛰어난 사람들임을 그도 잘 알고 있었다. 그러나 일단 논쟁이 되고 보면 이미 우열의 구별도, 직함도, 연령도, 이름도 문제가 아니었다. 문제는 오로지 진리뿐이며 그 앞에서는 만인이 평등한 것이다.

이렇게 그는 자신과 같은 나이 또래의 하느님을 믿는 소년을 발견하고 매우 기뻐했다. 그 자신도 꼭 하느님을 믿고 싶어했다. 그 훌륭한 이유를 레온하르트가 가르쳐 주려니 기대하고 있었다. 크리스토프가 먼저 말을 건네었다. 레온하르트는 예의 그 차분함으로 조용히 답했으나, 무슨 일에나 마찬가지로 열의는 보이지 않았다. 집 안에서는 밤낮 아말리아나 영감에게 방해를 받아서 제대로 이야기를 할 수 없었으므로 저녁 식사 후에 크리스토프가 산책을 나가자고 했다. 레온하르트는 예의 바른 소년이어서 거절을 못했다, 가급적이면 거절하고 싶어했는데도. 그의 게으름은 걷거나 지껄이거나 뭐든지 노력이 소요되는 일은 모두 두려워하기 때문이다.

크리스토프는 말문을 여는 데 당혹했다. 아무 거리낌없는, 그렇고 그런 말을 서투르게 몇 마디 한 다음 조금은 거칠다고 느낄 만큼 당돌하게, 그간 마음에 꺼림칙했던 문제로 돌입했다. 정말 사제가 될 생각이냐, 그것이 기쁘냐고 레온하르트에게 물은 것이다. 레온하르트는 당황해서 불안스러운 눈초리로 그를 보았으나 그에게 아무런 적의가 없음을 보자 마음이 놓였다. 그는 대답했다.

「그럼요. 물론 그렇죠!」

「너는 정말 행복하구나!」

레온하르트는 크리스토프의 말이 어쩐지 부러워하는 듯한 투여서 마음이 뿌듯해졌다. 그는 지금까지의 태도를 바꾸어 가슴을 펴고 얼굴이 환해졌다.

「그럼요. 난 행복하죠.」

레온하르트는 쾌활해져 있었다.

「어떡하면 그렇게 되지?」

레온하르트는 대답하기 전에 생 마르텡 수도원의 회랑에 있는 고요한 벤치에 가서 앉자고 했다. 거기서는 아카시아가 심겨진 조그만 광장의 한 구석이 보이고 더 저쪽으로는 저녁 안개에 잠긴 벌판이 보였다. 라인 강이 언덕 기슭을 흐른다. 무성한 잡초로 묘석이 덮인, 황폐한 낡은 묘지가 그들 곁의 닫혀진 철문 속에서 잠들어 있었다.

레온하르트는 지껄이기 시작했다. 인생에서 도피한다는 것은 항상 피난해 있을 수 있는 은신처를 발견하는 것이며 그것은 얼마나 즐거운 일인가를 그는 만족스러운 듯이 눈을 빛내며 말했다. 지난 날의 상처로 아직 아픔을 느끼는 크리스토프는 이러한 휴식과 망각의 욕망을 격렬하게 느끼고 있었다. 그러나 그곳에는 미련도 섞여 있었다. 그는 푹 하고 한숨을 쉬며 물었다.

「그렇지만 그렇게 인생을 몽땅 단념해 버리다니 쓰라리진 않니?」

「물론이죠! 아까울 게 없어요. 인생이란 슬프고 추악한 거 아니예요?」

「아름다운 것도 있지.」

아름다운 황혼을 바라보며 크리스토프는 대꾸했다.

「아름다운 것도 있긴 있죠. 하지만 아주 조금뿐이에요.」

「그 아주 조금뿐인 것, 그것만으로 내게는 값진 거야.」

「오오! 그러니 한갓 상식 문제지요. 한쪽은 최소한의 선과 수많은 악이 있다고 생각하는 것이고 다른 한편은 땅 위에는 선도 악도 없이 사후에 무한한 행복이 있다는 생각이죠. 어느 쪽을 택할 것인가를 주저할 것이 뭐 있을까요?」

크리스토프는 그와 같은 산술적 사고 방식은 그다지 좋아하지 않았다. 그런 용렬한 인생은 그에게는 몹시 빈약해 보였다. 그러나 그는 그것이 현명한 것이라고 믿으려 애썼다.

그는 약간 핀잔 투로 물었다.

「한 때의 쾌락에 유혹당할 염려는 없는 셈인가?」

「무슨 소릴! 그건 일시적인 일이요, 그 뒤에 영원이 있다는 것을 알고 있거든요!」

「그럼, 그 영원인가 뭔가를 확신하고 있는 거야?」

「그야 물론이고 말고.」

크리스토프는 여러 모로 캐물었다. 그는 소원과 희망으로 떨고 있었다. 만약에 레온하르트가 꼭 하느님을 믿어야 하는 절대적인 증거를 끝내 제시해 준다면! 그를 좇아 하느님의 길로 나아가기 위해서 그는 얼마나 모진 정열로 다른 일체를 스스로 내팽개쳐 버릴 것인지!

레온하르트는 사도로서의 소임을 다하는 데 신이 나 있었고 게다가 크리스토프의 의혹은 형식에 대한 것일 뿐이며 이 의혹은 최고의 논증에 따르는 좋은 취미를 지니고 있다고 믿고 있었으므로 우선 첫째로 성경이나 4복음서의 권위나 기적 또는 전통에 의지했다. 그러나 크리스토프는 잠시 귀를 기울인 후 그의 말을 가로막았다. 그것은 질문에 대해 답하는 것이요, 내가 바라는 것은 나에게 의혹의 대상이 되어 있는 것을 설명받으려는 것이 아니라 그것을 해결하는 방법을 듣고 싶어한다고 했다. 이 말을 듣고 레온하르트의 얼굴은 흐려졌다. 그는 크리스토프가 겉보기 이상으로 훨씬 병적이라는 것, 이성이 아니고는 설득당하지 않는다고 자부하고 있다는 사실을 인정하지 않을 수 없었다. 그러면서도 그는 크리스토프가 자유 사상가인 체하고 있다는 생각이 들고 있었다. 하지만 그는 인간이 진심으로 자유 사상가가 될 수 있으리라고 생각할 수 없었던 것이다. 그래서 그는 낙망치 않고 최근에 학교에서 배운 지식에 도움을 청했다. 하느님과 불멸의 영혼이 존재한다는 형이상학적인 증거를 비논리적으로 뒤섞어 늘어놓았다. 크리스토프는 정신을 팽팽히 긴장시킨 나머지 이마에 주름살을 그으며 묵묵히 참고 있었다. 그는 레온하르트로 하여금 말을 되풀이시켜 그 뜻을 탐색하고 마음속 깊이 곰곰이 생각해 보려 했고 그 추론을 따라가려고 안간힘을 쓰며 노력하고 있었다. 그러다가 갑자기 성을 내며 잘라 말했다. 사람을 우롱하는 말이다, 그런 말은 모두 정신의 유희에 불과하다, 말을 날조하고 다음에는 그 말을 진실이라 믿으며 재미있어 하는 말많은 무리들의 농담일 뿐이라고. 레온하르트는 감정이 상하여 그러한 말을 글로 쓴 분들의 훌륭한 신앙을 증거로 대기도 했다. 크리스토프는 어깨를 으쓱거려 보이고는 그런 무리들은 피에로가 아니면 엉터리 문학자라고 비난했다. 그러면서 더욱더 분명한 증거를 요구했다.

레온하르트는 크리스토프의 정신이 구제될 수 없으리만큼 병들어 있다고 보고 어처구니 없어 하며 그에 대한 흥미를 잃고 말았다. 신을 믿지 않는 자들과 논쟁하는 데 시간을 낭비하지 말라——적어도 그들이 믿지 않겠다고 버티고 있는 동안에는——고 충고받은 생각이 났다. 그것은 상대방에게도 전혀 득이 없고, 자기 자신도 마음이 흐트러질 염려가 있다. 불행한 사람은 하느님의 의지에 맡기는 것이 좋다. 하느님에게 그러고 싶은 뜻이 있다면 반드시 그를 계발해 주실 테지. 만일 하느님에게 그런 뜻이 없다면 어느 누가 감히 하느님의 의지에 거역할 것인가? 레온하르트는 토론을 오래 끌려고 고집하진 않았다. 다만 조용히 타이름으로써 만족했다. 당분간은 어쩔 수가 없다, 아무리 도리를 따지고 논해 봤자 길을 보지 않으려고 결심하고 있는 한은 그것을 제시해 보일 수가 없다, 기구하며 은총에 의지해야 한다, 은총 없이는 무슨 일도 불가능하다, 은총을 바라야 한다, 믿기 위해서는 원해야 한다고.

원하면 되느냐고 크리스토프는 쓰디쓰게 생각했다. 그렇다면 신은 존재할 테지. 왜냐하면 자신은 신이 존재한다는 것을 원하니까! 그렇다면 죽음은 이미 존재하지 않으리라. 왜냐하면 죽음을 부정하는 것은 기쁜 일이니까! 아아…… 진실을 보려는 욕구를 지니지 않은 사람들, 진실을 자기 마음대로 보는 힘을 지닌 사람들, 자신을 기쁘게 하는 꿈을 만들어 놓고, 그곳에 마음 편히 잠잘 수 있는 사람들에게는 인생이란 그 얼마나 편할까! 하지만 그러한 잠자리에서는 크리스토프는 결코 잠들 수 없었던 것이다…….

레온하르트는 말을 이었다. 자신이 특히 좋아하는 화제로 말머리를 돌려, 정적인 생활의 매력에 대해서 얘기했다. 위험이 없는 이런 화제는 언제까지고 끝날 줄 몰랐다. 이 세상 밖에서, 온갖 시끄러움에서 멀리 떨어져——시끄러움에 대해서 말할 때 그는 의외로 증오감에 가득 찬 어조가 되었다. 그는 크리스토프만큼이나 그것을 싫어하고 있었으므로——폭력이나 조소, 날마다 사람들이 괴로워하고 있는 여러 가지 비참한 일에서도 멀어지고, 신앙의 따사롭고 안전한 보금자리 속에서 자기와는 인연이 없는 먼 세계의 불행을 차분한 심경으로 관조하며 하느님 속에 산다는 즐거움을 기쁨에 떨리는 그 단조로운 목소리로 말했다. 크리스토프는 그의 이야기에 귀를 기울이며, 그러한 신앙의 이기주의를 꿰뚫어 보았다. 레온하르트도 그런 눈치를 채고는 부리나케 변명했다. 관조적인 생활은 결코 무위의 생활이 아니다! 인간이란 행위보다도 하느님께 간구하는 것에 의해 보다 많이 행동하는 법이다. 기구(祈求)가 없더라면 이 세상은 과연 어찌될 것인가? 인간은 남을 위해서 죄를 보상하고 남의 과실을 내 몸으로 짊어지고 나의 공적을 남에게 주고 세상 사람들과 하느님과의 사이에서 중간적인 구실을 하는 것이다.

묵묵히 귀를 기울이면서 크리스토프는 그에 대한 적의가 점차 커졌다. 레온하르트의 그러한 자기 방치는 위선이라고 그는 느꼈다. 그는 신앙을 지닌 사람은 모두 위선자라고 생각할 만큼 불공평한 사람은 아니었다. 이러한 인생의 포기는 어떠한 소수의 사람들에게 있어서는 생활할 수 없는 비통한 절망 때문이며 죽음에 대한 손짓이라는 것, 또다른 소수의 사람들에게 있어서는 더욱 열렬한 법열경(法悅境)임을……. 하지만 그것이 얼마나 계속될는지? 그러나 대부분의 사람들에게 있어서는 남의 행복이나 진리보다는 자기 자신의 안식에 마음을 빼앗기고 있는 영혼이 들고 휘두르는 냉담한 이지일 경우가 퍽 많은 것이 아닐까? 만일 성실한 영혼이 그런 줄을 안다면, 자기들 이상이 그렇게 모독되는 데 대해서 고통스럽게 생각할 것이 뻔하잖은가!

이제 레온하르트는 그야말로 기쁜 듯이 자신이 앉아 있는 신성한 홰의 높직한 곳에서 내려다보이는 세계의 아름다움과 조화를 설파하고 있었다. 하계에서는 온갖 것이 어둡고 부당하고 고뇌에 가득 차 있었다. 그런데 위에서 내려다보니 모든 것이 밝고 휘황하고 질서 있는 것으로 보인다. 세계는 완전히 조정된 시계의 상자를 닮아 있었던 것이다.

크리스토프는 이미 건성으로만 듣고 있었다. 그는 생각했다. 『이 녀석은 믿고 있는 것일까, 그렇잖으면 그저 믿는다고 믿고 있는 것일까.』 그러나 그 자신의 신앙과 신앙에 대한 정열적인 욕구가 그 때문에 동요되지는 않았다. 그것은 레온하르트와 같은 어리석은 자의 범용한 영혼이나 빈약한 이치만으로 타격을 받을 성질의 것은 아니었던 것이다…….

밤이 시가 위에 내리덮이고 있었다. 두 사람이 앉아 있는 벤치도 어둠에 휩싸여 있었다. 별이 반짝이고 하얀 김이 강에서 모락모락 솟아오르고 귀뚜라미가 묘지의 나무그늘에서 울고 있었다. 종이 울린다. 먼저 한번, 가장 날카로운 소리가 마치 새들의 구슬픈 울음 소리처럼, 하늘을 향해 물음을 던지듯이 울려 퍼진다. 뒤를 이어서 그보다 낮은 소리가 세 번, 그 한탄에 섞여든다. 끝으로 다섯 번, 가장 장중한 소리가 앞의 두 소리에 응하듯이 울린다. 세 목소리가 융합

했다. 종루 밑이어서 거대한 벌둥지가 윙윙거리는 소리같이 들렸다. 공기도 마음도 설레이고 있었다. 크리스토프는 숨을 죽이며 생각했다. 무수히 많은 것이 우렁차게 울리는 저 음악의 대양에 비긴다면 음악가의 음악은 그 얼마나 빈약한 것인가 하고. 인간의 지식에 의해 길들여지고, 분류되고, 차디차게 부호를 붙인 세계에 견주면, 이것은 야수의 세계요, 자유로운 음의 세계이다. 크리스토프는 어느덧 기슭도 없고 끝도 없는 그러한 음의 대양 속에 침잠되어 갔다.

그 힘찬 독백이 다시 고요해지고 그 여운의 진동이 공중으로 스러졌을 때 크리스토프는 다시 제 정신이 들었다. 흠칫 놀라서 둘레를 두리번거린다……이미 무엇 하나 본 기억이 없었다. 주위의 것도 자신의 마음속도 일체가 변했다. 이미 하느님도 없었다.

신앙과 마찬가지로 신앙의 상실 또한 은총의 일격이며 갑자기 비치는 한 줄기 빛일 때가 있다. 그럴 때 이성은 아무런 도움도 되지 않는다. 하찮은 것, 예를 들면 한 마디의 말, 하나의 침묵, 하나의 종소리만으로도 충분하다. 사람은 산책하고 몽상하며 아무런 기대도 갖지 않는다. 그러다가 별안간 일체의 것이 무너진다. 그는 폐허 속에 있는 자신을 발견한다. 오직 혼자이며 이미 아무것도 믿지 않는다.

소스라쳐 놀란 크리스토프는 왜, 어떻게 이렇게 되었는지 이해할 수 없었다. 그것은 마치 봄날의 강에서 보는 해빙이었다.

레온하르트의 음성은 귀뚜라미 소리보다도 단조롭게 계속 울리고 있었다. 밤도 깊어져 있었다. 크리스토프는 이미 그것을 듣지 않았다. 레온하르트는 말을 그쳤다. 크리스토프가 꼼짝도 않고 있는 데 놀라고 시간이 늦은 것을 염려하며 그만 돌아가자고 했다. 크리스토프는 대답이 없다. 레온하르트는 그의 팔을 잡았다. 크리스토프가 몸을 오싹 떨고는 흐릿한 눈초리로 레온하르트를 보자, 레온하르트가 말했다.

「크리스토프, 그만 돌아가야지.」

「악마한테나 가려무나!」 크리스토프는 격하게 소리쳤다.

「뭐라구? 크리스토프, 내가 뭘 어쨌다고 그래?」

어리벙벙해진 레온하르트는 겁에 차서 물었다. 크리스토프는 이성을 되찾았다. 그는 훨씬 부드럽게 말했다.

「그렇지, 네 말대로다. 나는 내가 무슨 소리를 하는지도 모르고 지껄였구나. 하느님에게로 가게! 하느님에게로 가라구!」

그는 홀로 남았다. 마음은 슬픔으로 가득 차 있었다.

그는 손에 경련을 일으키며 정신없이 머리를 들어 어두운 하늘을 향해 소리
쳤다.

『아아! 아아! 왜 나는 믿지 않는 것일까? 왜 믿질 못하는가? 마음속에 무
엇이 일어났단 말인가?』

그 신앙의 와해와 지금 레온하르트와 나눈 대화 사이에는 너무나 큰 불균형이
있었다. 최근의 그의 정신적인 동요는 아말리아의 수선스러움이나 주인집 사람
들의 우스꽝스러움 때문이 아니듯 그의 신앙의 와해가 지금의 대화에 원인이 있
지 않았다는 것은 분명한 일이었다. 그것은 한갓 구실이었던 것이다. 혼란은 외
부로부터 온 것이 아니라 그의 내부에 있었던 것이다. 그는 마음속에 준동하고
있는 낯선 괴물을 느끼고 있었다. 자신의 사고를 엿보고 자신의 악을 정시할 만
큼 용기가 없었다.……악? 그것은 하나의 악인가? 권태, 도취, 쾌락적인 고뇌
가 몸에 스며 있었다. 이미 자신이 자신의 것이 아니었다. 어제의 극기주의로
긴장하려 했으나 그것은 부질없는 노력에 지나지 않았다. 모든 것이 한꺼번에
흔들거린다. 홀연히 그는 불타 오르는 가없이 넓은 세계를 느꼈다……하느님을
벗어난 세계를!

이것은 한갓 일순간의 일에 지나지 않았다. 그러나 지금까지의 그의 생활의
균형은 이 때문에 그 이후로 완전히 파괴된 것이었다.

그 집안에서 크리스토프가 전혀 주의를 기울이지 않은 사람이 하나 있었다.
소녀 로자였다. 그녀는 조금도 아름답지 못했다. 크리스토프는 자신이 잘 생기
지도 않았으면서 남에게는 무척 많은 아름다움을 요구하고 있었다. 그는 청년
특유의 침착한 잔인성을 지니고 있어, 못생긴 여자는 그 앞에서 존재하지 않는
거나 다름없었다. 그러한 여자가 존재하는 것은 남자로 하여금 애정을 일으키게
하는 나이를 이미 지나, 이제는 성실하고 온화하며 거의 종교적인 감정밖엔 남
지 않게 되었을 때에 한해서였던 것이다. 더구나 로자는 현명하지 않은 것은 아
니었으나 두드러지게 빼어난 재능도 없었다. 또한 크리스토프로 하여금 질리게
할 만큼 요설적인 데가 있었다. 그러다 보니 그녀에게는 알아볼 만한 것은 없다
고 판단하여, 구태여 알려고도 하지 않은 것이다. 고작해야 그녀를 힐끗 거들떠
볼 뿐이었다.

그러나 그녀는 다른 처녀들보다도 뛰어난 데가 있었던 것이다. 아무튼 크리스
토프가 그토록 사랑한 민나보다도 뛰어났다. 교태도 허영심도 없는 선량한 아가
씨로 크리스토프가 이 집에 오기까지는 자신이 못생겼다는 것조차 자각하지도

못했고 개의치도 않고 지내 왔다. 그도 그럴 것이 그녀의 주위 사람들은 아무도 그녀가 박색이라는 데 신경을 쓰지 않았던 것이다. 할아버지나 어머니가 잔소리를 할 때는 그런 말로 꼬집는 수가 있긴 했으나 그녀는 그저 웃어넘길 뿐이었다. 그녀는 그것을 믿지 않고 있었던 것이다. 혹은 그것을 전혀 문제시하지 않고 있었던 것이다. 할아버지나 어머니 또한 그러했다. 그녀만큼 못생긴, 아니 그녀보다도 더 못생긴 숱한 여인들이 자신을 사랑해 주는 남성을 발견했었잖은가! 독일 사람은 육체적인 단점에 대해서는 훌륭한 관대함을 지니고 있다. 그런 것쯤은 염두에 두지 않고 지낼 수 있다. 얼굴과 인간미와는 별개로 그 둘 사이에 의외의 관계를 발견하는 풍부한 상상력으로써 단점을 미화할 수조차 있었다. 오일러 노인으로 하여금 자기 손녀는 루도비츠 별장에 있는 주노(그리이스의 여신. 헤라의 로마 이름)의 조각을 닮은 코를 가졌다는 말을 하게 하기는 그다지 어려운 일이 아니었을 것이다. 다행히도 그는 너무나 말이 많은 사람이어서 좀처럼 겉치레로 알랑거리는 말은 하지 않았던 것이다.

　로자 또한 자신의 코 생김새 따위엔 관심조차 없이 관습대로 집안 일의 의무를 훌륭히 수행하는 것만을 자랑으로 삼고 있었다. 남이 가르쳐준 모든 일을 마치 복음서의 말처럼 소중히 받아들이고 있었다. 집에만 틀어박혀 거의 바깥 출입을 한 일이 없어 남과 비교할 줄 모르므로, 그녀는 고지식하게도 집안 사람들에게 감복한 나머지, 그들의 말을 곧이 듣고만 있었다. 진심으로 신뢰하며 만족하기 쉬운 성질이어서 집 안의 음울한 분위기에 장단을 맞추려고 노력하며, 그들에게서 듣는 염세적인 말을 고분고분 되풀이해 입에 올리곤 했다. 또 그녀는 더없이 헌신적으로 언제나 남을 생각하며 기쁘게 하려 애썼고, 근심 걱정을 같이하며 그들의 소망을 판단했고, 사랑하려고만 했지 그 보답을 기대하진 않았다. 식구들은 모두 착한 사람들이어서 그녀를 사랑하긴 했으나 자연히 그런 그녀의 성질을 이용하고 있었다. 무릇 사람이란 자기에게 헌신적인 사람의 애정을 언제나 이용하고 싶은 법이다. 식구들은 별달리 감사하지도 않았다. 그녀가 무슨 일을 하건간에 그들은 그 이상을 기대하게 마련이었다. 게다가 그녀는 모든 일이 서툴렀다. 무슨 일에나 몸짓이 어색하고 성급했고 사내아이처럼 거칠게 굴었고, 함부로 애정을 발산하여 실수만 되풀이하고 있었다. 컵을 깨거나 주전자를 뒤집어 엎고 문을 쾅 닫아서 집안 식구들로부터 꾸지람을 들었다. 줄곧 잔소리를 듣고는 방 한 구석에서 훌쩍거리곤 했다. 그러나 언제까지나 눈물을 흘리진 않았다. 곧 다시 방그레 웃으며 재잘거리고 어느 누구에게나 조금의 원망도 갖는 법이 없었다.

크리스토프가 이사해 온 것은, 로자의 생활에는 크나큰 사건이 아닐 수 없었다. 그녀는 그의 소문을 자주 들어 알고 있었다. 크리스토프는 이 도시의 소문거리 중에 한 자리를 차지하고 있었던 것이다. 이 도시에서는 조금만 유명해지기만 해도 으레 그런 것이다. 그의 이름은 오일러 댁의 화제에 곧잘 오르고 있었다. 장 미셸 노인이 살아 있을 때는 특히 그러했다. 노인은 손자가 자랑거리여서, 누구네 집에서나 손자를 칭찬했던 것이다. 로자는 한두 번 음악회에서 이 젊은 음악가를 본 적이 있었다. 바로 그가 자기네 집으로 이사를 온다는 말을 듣고 그녀는 손뼉을 치며 반겼다. 이런 조심성 없는 짓에 대해서 엄한 꾸지람을 듣자 그녀는 당황했다. 그리 나쁜 일이라고는 생각지 않았기 때문이다. 그녀와 같이 변화 없는 생활을 계속하다 보면 새로 세들어 오는 사람이라는 것이 여간 반겨지는 것이 아니다. 그가 오기 직전의 며칠 동안을 그녀는 조마조마해 하며 지냈다. 집이 마음에 들지 않으면 어쩌나 하고 걱정하여, 방안을 한껏 쾌적하게 꾸미려 애썼다.

드디어 이사 오는 날 아침에는, 환영의 표시로 조그만 꽃다발을 벽난로 위에 얹어 놓기도 했다. 그러면서도 자기 자신에 대해서는 돋보이게 하려고 단장할 엄두도 낼 줄 몰랐던 것이다. 크리스토프는 첫 눈에 못생기고 몸치장이 서투른 여자라는 인상을 받았다. 로자는 그를 못생겼다고 생각지 않았다. 그렇게 생각할 까닭은 충분했지만 말이다. 크리스토프는 피곤에 지치고 바빴으므로 옷차림 따위엔 개의치 않아 여느 때보다도 훨씬 꼴사나운 주제였기 때문이다. 그러나 어느 누구건 조금도 나쁘게 생각할 줄 모르고 누구나 아름답다고 보고 있는 그녀는 예상했던 대로의 크리스토프를 보고 진심으로 감탄해 마지않았다. 식탁에서는 그의 곁에 앉혀져서 얼마나 겁에 질려 있었는지 모른다. 불행히도 이 위축감은 재잘거림으로 표현되었다. 이 때문에 크리스토프의 호의는 일시에 산산이 스러져 버렸다. 그녀는 그런 줄도 모르고, 이 첫 날 저녁이 그녀의 마음속에는 찬란한 추억 거리로 남아 있었던 것이다. 새로 세들어 온 사람들이 자기네 방으로 올라간 뒤 로자는 자기 방에 앉아서 머리 위에서 들리는 그들의 발걸음 소리를 들었다. 그 발걸음 소리는 그녀의 마음속에 즐겁게 울리고 있었다. 집 안이 소생한 것 같은 느낌이 들었다.

다음 날 그녀는 처음으로 불안스러운 주의를 쏟으며 거울을 들여다보았다. 아직 자신의 불행의 범위는 알 수 없었으나 어렴풋이 그것을 예감하기 시작했다. 얼굴 생김새 하나하나를 판단하려 했으나 좀처럼 그럴 수는 없었다. 슬픈 걱정이 가슴을 스쳤다. 깊이 한숨을 쉬며 화장을 좀 고치려 했다. 그러나 더욱더 보기 흉해질 뿐이었다. 게다가 불행하게도 친절을 베풀려 하다가 도리어 크리스토프를 성가시게 했다. 새로 벗이 된 사람들을 끊임없이 만나고 그들을 돌봐 주고 싶다는 소박한 염원으로 줄곧 계단을 오르락내리락거리며 그때마다 필요도 없는 물건을 가지고 가는 등 짓궂게 도와주려 했고 끊임없이 웃고 재잘거리고 큰 소리를 지르곤 했다. 그녀를 부르는 어머니의 조바심 섞인 음성만이 그녀의 이 같은 열심과 수다를 중단케 할 뿐이었다. 크리스토프는 낯을 찌푸렸다. 굳은 결심만 없었다면, 아마 몇 번이고 울화통을 터뜨렸을 것이었다. 이틀을 그는 참아 냈다. 그러나 사흘째엔 문을 잠갔다. 로자는 문을 노크하고 그의 이름을 부르다가 비로소 사정을 납득하고는 곤혹을 느끼며 내려갔다. 그리고는 다시 올라오지 않았다.

  그녀를 다시 만났을 때 크리스토프는 사정을 설명했다. 닥친 일로 바빠서 중도에서 일어나 컨디션을 흐트러뜨리고 싶지 않았기 때문이라고. 로자는 공손히 사과했다. 그녀는 자신이 무심코 주제넘게 한 짓이 실책이었음을 똑똑히 깨달았다. 그것은 목적과 정반대의 결과가 되어, 크리스토프를 멀리하게 하고야 말았다. 그는 이미 불쾌감을 감추려 하지 않았다. 그녀가 지껄이고 있을 때도 이젠 귀를 기울이지도 않았고 조바심을 숨기려 하지도 않았다. 로자는 자신의 수다스러움 때문에 그가 조바심하고 있다는 것을 알아차렸다. 그래서 최대한의 노력으로 간신히 밤시간만은 침묵을 지킬 수 있었다. 그러나 그것은 힘에 겨운 일이었다. 그러다가도 갑자기 그녀의 음악인 재잘거림을 시작한 것이다. 크리스토프는 그 재잘거림 중간에 그녀를 남겨둔 채 나가 버렸다. 그런 대우를 받고도 그녀는 그를 원망하지 않았다. 자기 자신을 원망했다. 그녀는 자신을 바보에다가 따분하고 우스꽝스러운 여자라고 스스로 여기고 있었다. 자신의 결점이 매우 큰 것으로 생각되어 어떻게 해서라도 그것을 고치고 싶어했다. 그러나 첫 시도의 실패에 낙담해 있었다. 자신으로선 어쩔 수가 없다, 그런 힘은 없다는 생각이 들고 있었다. 그러면서도 그녀는 또다시 해 보았다.

  하지만 그녀에게는 스스로 어떻게도 할 수 없는 다른 결점이 있었다. 자신의 추한 모습은 어떻게 하면 좋을까? 그녀는 이미 그것을 의심할 수가 없었다. 어느 날 거울 속의 자기 얼굴을 보았을 때, 그녀는 자신의 불행이 확실하다는 것을 똑똑히 보았다. 그것은 흡사 벼락 같은 일격이었다. 그녀는 당연한 불행을 과장해서 생각하고 있었다. 자신의 코를 실지보다도 몇 배나 더 크게 보고 있었다. 그것이 얼굴 전체를 차지하고 있는 것같이 생각되었다. 이미 남들 앞에 나설 용기도 없었다. 될 수만 있다면 죽고 싶다고 생각했다. 그러나 청춘은 지극히 강한 희망의 힘을 지니고 있어, 이런 의기 소침의 발작은 오래 계속되지 않았다. 그후로 그녀는 자신은 착각하고 있다는 생각이 들기도 했다. 그녀는 그렇게 믿으려 애썼다. 때로 자신의 코는 보통 코이며 어쩌면 제법 잘 생겼다고 생각되기도 했다. 그녀의 본능은 극히 서투르긴 했으나 어린애 같은 술책을 찾아내었다. 너무 이마를 드러내지 않게 해서 그만큼 이마의 불균형을 눈에 띄지 않게 하는 머리 매무새를 하기도 했다. 그녀는 미태를 지으려고 그런 짓을 한 것은 아니었다. 연모한다는 생각은 전혀 그녀의 심중엔 없었다. 혹시 있었다 할지라도 그녀는 그것을 자각하지 못했다. 그녀가 바라는 것은 극히 사소한 우정일 뿐이었다. 두 사람이 만났을 때 그가 다만 친절한 인삿말 한 마디만이라도 건네 주면 로자는 그것으로 완전히 행복감을 맛볼 수 있었을 것이었다. 그러나 크리스토프의 눈초리는 언제나 아주 준엄하고 차디차기만 했다! 그 눈초리를 만날 때, 그녀는 오싹하곤 했다. 그녀에게 불쾌한 말을 건네는 것도 아니었다. 그러나 이런 잔혹한 침묵보다는 꾸지람을 듣는 편이 차라리 낫지 않을까.

어느 저녁 나절, 크리스토프는 혼자 앉아서 피아노를 치고 있었다. 되도록 잡음의 방해를 피하려고 맨 위층의 좁다란 고미 다락방에 틀어박혀 있었다. 로자는 아래층에서 감동에 젖으며 듣고 있었다. 그녀는 음악에 대해 교화받은 일이 없으므로 매우 너절한 취미밖에 지니지 못했으나 음악은 좋아했다. 어머니가 계시는 동안은 방 한 구석에서 몸을 숙이고 열심히 일하는 체했으나, 그녀의 정신은 위에서 들려오는 음악에 매혹되어 있었다. 다행히도 아말리아가 일이 생겨 이웃으로 가자마자, 로자는 기쁨에 날뛰며 일을 집어치우고 가슴을 두근거리며 고미 다락방의 문간까지 올라갔다. 숨을 죽이고 문에 귀를 대고 아말리아가 돌아올 때까지 그렇게 꼼짝하지 않았다. 그러다가 소리를 죽이려고 아주 조심스럽게 발끝으로 살금살금 내려갔다. 그러나 그다지 능란하지 못했고 언제나처럼 허둥지둥 서두르다가 계단에서 굴러 떨어질 뻔하기도 했다. 또 몸을 앞으로 기울여 볼을 자물쇠에 갖다대고 듣다가 몸의 평형을 잃어 이마를 문짝에 부딪고 말았다. 로자는 너무 놀라 숨이 턱 막혔다. 피아노 소리가 뚝 그쳤다. 로자는 달아날 기력도 없이 간신히 일어서려는데 문이 열렸다. 크리스토프는 그녀의 모습을 보자 노기에 찬 눈초리로 흘긋 보고는 한 마디 말도 없이 사납게 그녀를 밀치고 성난 듯 계단을 내려 밖으로 나가 버렸다. 저녁 식사 때가 되어서야 가까스로 돌아왔으나 용서를 비는 그녀의 슬픈 눈초리는 아랑곳하지도 않고 마치 그녀쯤은 그 자리에 없는 듯 본 체 만 체했다. 그런 서너 주일 동안은 피아노를 치는 일도 그쳐 버리고 말았다. 로자는 남이 보지 않는 자리에서 애처롭게 울었다. 아무도 그것을 깨닫지 못했다. 누구 한 사람 그녀에게 주의를 기울이지 않았다. 로자는 열심히 하느님께 기도한다,……무엇을 위해서란 말일까? 자신도 알 수가 없었다. 그저 자신의 슬픔을 고백하고 싶었다. 그녀는 크리스토프가 싫어한다고 믿고 있었던 것이다.

그러나 그러면서도 그녀는 희망을 품고 있었던 것이다. 크리스토프가 어느 정도나마 관심을 가진 체해 주고, 그녀의 말에 귀를 기울이는 체하며 여느 때보다 조금만 친근하게 악수해 주면 그것만으로 만족했던 것이다.

그런데 집안 사람들이 조심스럽지 못하게 지껄인 서너 마디가 그녀의 상상을 엉뚱한 곳으로 향하게 해 버린 것이었다.

그 집안 사람들은 크리스토프에게 호의를 품고 있었다. 자신의 의무를 갸륵하게 인식하고 있는 성실하고 고독한 열여섯 살의 이 큼직한 소년은 그들 모두로 하여금 일종의 존경심을 품도록 하고 있었다. 불쾌감의 발작이나 집요한 침묵, 음울한 태도, 당돌한 동작 등도 이런 집에서는 결코 그들을 놀라게 하지 않았다. 예술가란 모두 다 게으름뱅이라고 생각하고 있는 포겔 부인조차, 그가 저녁 나절에 고미 다락방의 창가에서 꼼짝도 않고 안마당을 굽어보며 밤이 될 때까지 몇 시간씩이나 멍청히 있어도 도무지 공격적으로 그를 비난할 엄두가 나지 않았다. 하루의 나머지 시간은 출장 교습을 하느라고 몸이 지쳐 있다는 것을 알고 있었기 때문이다. 또한 어느 누구도 입에 올리지는 않으나 뻔히 알고 있는 어떤 은밀한 까닭으로 해서 모든 사람들이 그를 소중히 다루어 온 것이었다.

로자는 진작부터 알아차리고 있었다. 그녀 자신이 크리스토프와 이야기를 주고 받을 때 부모가 서로 눈짓을 하고 의미 있는 듯 소곤거리는 것을. 처음에는 아무런 신경도 쓰지 않았다. 그러다가 어쩐지 마음에 걸리며 뒤숭숭함을 느꼈다. 부모들이 무슨 말을 하는지 알고 싶어 못 견딜 지경이었다. 그러나 여쭈어 볼 용기도 없었다.

어느 저녁 나절, 그녀는 세탁물을 말리느라고 나무 사이에 쳐놓은 빨랫줄을 풀려고 마당의 벤치 위에 올라가 있었다. 땅에 뛰어내리려고 그녀가 크리스토프의 어깨를 붙든 순간, 그녀의 시선은 할아버지와 아버지의 시선과 맞부딪혔다. 그들은 담벼락에 기대 앉아서 파이프 담배를 피우고 있었다. 두 사람이 서로 눈짓을 했다. 유스투스 오일러가 포겔에게 하는 말이었다.

「좋은 한 쌍이 되겠군.」

딸이 듣고 있다는 것을 알아챈 포겔이 팔꿈치로 쿡쿡 찌르는 바람에 노인은 스무 걸음 이내의 둘레에 있는 사람들의 주의를 끌 만큼 커다란 소리로 에헴 에헴하면서 참으로 능란하게 —— 적어도 그는 그렇게 생각했다 —— 말을 얼버무려 버렸다. 마침 크리스토프는 노인쪽으로 등을 돌리고 있었으므로 아무것도 눈치채지 못했다. 그러나 로자는 소스라쳐 놀란 나머지 뛰어내리고 있다는 것도 잊어버리고 그만 발을 떼고 말았다. 크리스토프가 언제나 서투르기만 하다고 꾸짖으면서도 받쳐 주지 않았던들, 그녀는 아마 나가 떨어졌을 것이었다. 그녀는 발을 몹시 다쳤으나 전혀 내색하지 않았다. 그녀는 아픔은 거의 생각지도 않고 바로 지금 들은 말을 상기하고 있었다. 그녀는 자기 방으로 도망쳐갔다. 한 걸음 한 걸음이 아팠으나 남의 눈에 띄지 않게 하며 몸을 긴장시키고 있었다. 그녀는 달콤한 혼란 상태에 잠겨 있었다. 침대 발치의 의자 위에 몸을 내던지고 이불에 얼굴을 묻었다. 얼굴이 불타듯 뜨거웠고 눈물이 솟구쳤다. 그녀는 웃었다. 부끄러웠다. 쥐구멍이라도 있으면 들어가고 싶었다. 어떻게도 생각을 걷잡을 수 없었다. 관자놀이가 몹시 뛰고, 복사뼈가 지근지근 쑤시고 아팠고, 신열이 나고 있었다. 바깥의 소리를, 길에서 놀고 있는 애들이 외치는 소리를 멍청히 듣고 있었다. 할아버지의 음성이 아직도 귓전에 생생히 울리고 있었다. 그녀는 목소리를 죽이며 웃었다. 낯을 붉히고 새털이불에 얼굴을 묻었다. 그녀는 감사하는 기도를 하면서도 두려워했다. 그녀는 사랑에 빠진 것이었다.

어머니가 불렀다. 로자는 일어나려 했다. 한 걸음을 내디디자 견딜 수 없는 아픔을 느껴 하마터면 까무러칠 뻔했다. 머리가 흔들흔들했다. 이대로 죽는 게 아닌가 싶었다. 그런 생각이 들자마자 어떻게 해서라도 살고 싶다는, 약속된 행복을 위해서 살고 싶다는 생각이 들었다. 마침내 어머니가 달려왔다. 집안이 발칵 뒤집히는 소동이 벌어졌다. 우선, 예에 따라 꾸지람을 듣고 붕대가 감겨지고 다음엔 뉘어져서 육체적인 고통과 마음의 기쁨이 뒤섞인 와글거림 속에 그녀는 꾸벅거리고 있었다. 즐거운 밤……이 정겨운 한 밤의 아무리 작은 추억도 그녀에게 있어서는 신성하기만 한 것이었다. 그녀는 크리스토프 생각은 하지 않았다. 자신이 무슨 생각을 하고 있는지도 몰랐다. 아무튼 행복하기만 했던 것이다.

다음 날, 크리스토프는 이 뜻밖의 재난에는 자신도 다소간 책임이 있다고 느끼며 그녀를 문병하러 갔다. 이때 처음으로 그는 부드러운 태도를 보였다. 로자는 감사하는 마음으로 가슴이 가득해져서 자신의 재난을 오히려 축복했다. 한평생에 이토록 기쁨을 가질 수만 있다면 평생토록 괴로워해도 좋다는 생각마저 들고 있었다. 로자는 며칠 동안을 누워 안정을 취해야 했다. 그녀는 요 며칠 동안에 할아버지의 말씀을 되풀이하고 그것을 음미하면서 지냈다. 의문이 생겼기 때문이었다. 할아버지는『……가 될 수 있을 거야…….』라고 말씀하셨던가? 아니면『……가 될 텐데…….』라고 하셨던가?

아니면 그런 말씀은 전혀 하시지 않은 게 아닐까? 아니다. 할아버지는 분명히 말씀하셨다. 그것은 의문의 여지가 없다. ……가만 있자! 그럼, 할아버지는 내가 못났다는 것과 크리스토프가 나를 좋게 생각지 않는다는 것을 모르시는가? 하지만 희망을 갖는다는 것은 참으로 즐거운 일이었다! 나는 아마 틀림없이 착각을 하고 있었던 거야, 나는 내가 생각하는 만큼 못나지는 않은 거야, 그녀는 이렇게 믿게끔도 되었다. 의자 위에 몸을 일으켜 정면에 걸린 거울 속에 몸을 비추려 애썼다. 그녀는 이제 어떻게 생각해야 좋을지 알 수가 없었다. 필경 할아버지나 아버지가 나보다는 뛰어난 심판자일 것이다. 인간은 자신을 판단할 수는 없는 법이다. 아아! 만일에 그렇다면! 만약에, 혹시……혹시 스스로 알지는 못하지만……만약에……만약에 내가 미인이라면! 어쩌면 나는 크리스토프의 박정스러움을 과장해서 생각하고 있는지도 모르잖는가. 물론 이 냉담한 소년은 그 기화(奇禍)가 있은 다음날에 관심을 표시한 뒤로는, 다시 그녀에 대해서는 개의치도 않았다. 문병도 잊어버렸다. 그러나 로자는 그를 용서하고 있었다. 그이는 여러 일에 정신이 팔려 있는 거야! 어떻게 내 생각만 하고 있을 것인가? 예술가를 여느 보통 사람들처럼 비판해서야 안 되지.

그러나 아무리 체념하고 있다해도 그가 곁을 지날 때면 가슴이 울렁거리며 동정의 한 마디라도 기대하지 않을 수 없었다. 단 한 마디, 단 하나의 눈초리만이라도……나머지는 그녀의 상상력이 날조하는 것이다. 사랑의 초기에는 극히 사소한 자양분만으로 충분한 법! 서로 얼굴을 마주 보고, 지나치다가 몸을 마주 스치는 것만으로도 충분하잖은가. 그 순간, 자신의 사랑을 창조함에 거의 충분한 공상력이 영혼에서 흘러 나오는 것이다. 하찮은 일이 영혼을 황홀경으로 유인한다. 영혼은 후에 이런 황홀경을 거의 찾아볼 수 없게 되지만 그것은 영혼이 점점 만족함에 따라 더한층 요구가 깊어지고 끝내는 욕망의 대상을 소유해 버린 뒤의 일인 것이다. 아무도 그런 줄 몰랐으나 로자는 완전히 자신이 날조한 소설에서 자신의 모든 생활을 영위하고 있었다. 크리스토프는 남몰래 그녀를 사랑하고 있다. 하지만 그것을 차마 그녀에게 말하지 못하고 있다. 그 까닭은, 그가 겁 많고 소심하다든가, 감상적이며 바보 같은 이 소녀의 상상을 기쁘게 해줄 만한 황당무계하고 로맨틱한 어떤 바보스러운 까닭이 되기도 했다. 그녀는 그런 생각을 바탕으로 완전히 어리석고 끝없는 애기를 꿈꾸고 있었던 것이다. 그녀 자신도 그런 줄 알고 있었으나 스스로 인정하고 싶어하진 않았다. 몇 날 며칠이고, 그녀는 일거리 위에 몸을 수그리며 자신을 속이면서 흐뭇해 하고 있었다. 그러느라고 그녀는 지껄이기를 잊어버리고도 있었다. 언어의 파도는 몽땅 그녀의 내부로 물러가고 만 것이다. 마치 강물이 갑자기 땅 속으로 숨어 버리듯이. 하지만 그 보상은 있었던 것이다. 침묵 속에서 혼자이기는 하지만 얼마나 많은 말을 지껄이고, 얼마나 많은 말을 나누고 있었던 것인가 ! 글을 읽을 때, 말의 철자로 이해하느라고 나직한 목소리로 그것을 하나하나 입에 올려 봐야 하는 사람처럼 움직이는 그녀의 입술을 볼 수 있었던 것이다.

이러한 몽상에서 깨어나자 행복하면서도 슬프기도 했다. 사실은 방금 자신에게 말한 바와 같지 않다는 것을 뻔히 알고 있었다. 그러나 행복의 반영이 아직 마음속에 남아 있었던 것이다. 이리하여 그녀는 더한층 신뢰감을 지니며 생활하기 시작했다. 크리스토프를 차지하는 것을 포기하진 않고 있었던 것이다.

그녀는 정확히 의식한 것은 아니었으나 크리스토프를 정복하려고 기도했다. 아무 재주도 없는 이 소녀는 강한 애정으로 주어진 확실한 본능으로 친구의 마음에 이를 수 있는 길을 곧 발견했다. 그러나 직접 크리스토프를 향해 가지는 않았다. 다리가 나아서 다시 돌아다닐 수 있게 되자 그녀는 루이자에게로 접근한 것이다. 하찮은 구실이라도 그녀에겐 여간 고마운 것이 아니었다. 여러 가지 자질구레한 일거리를 찾아내어 가지고는 루이자를 도왔다. 그녀 대신 시장에도 가 상인들과 홍정해 주기도 했고, 또한 집 안 일을 분담하여 타일을 씻거나 마루를 닦기도 했다. 루이자가 아무리 사양해도 듣지 않았다. 루이자는 혼자 힘으로 못하는 것을 부끄럽게 여기고 있었으나, 몹시 지쳐 있었으므로 그녀의 도움을 거절할 기력도 없었다. 크리스토프는 온종일 집을 나가 있으므로 루이자는 홀로 남겨진 듯한 느낌이 들었다. 그럴수록 친절하고 수선스러운 이 아가씨가 곁에 있어 준다는 것이 여간 고맙지 않았던 것이다. 마침내 로자는 루이자의 방에 틀어박혀 버렸다. 그녀는 제 일거리를 가지고 오기조차 했다. 그리고는 둘이 서로 말을 주고 받았다. 소녀는 어설픈 책략을 써가며 화제를 크리스토프에게로 돌리려 애썼다. 그에 관한 이야기를 듣거나 또는 그의 이름을 듣는 것만으로도, 그녀는 기쁘기 한이 없었다. 손이 떨리고 눈을 들 수가 없을 지경이었다. 루이자는 귀여운 크리스토프 이야기를 하는 것이 기뻐 어쩔 줄 몰라하며, 그의 어린 시절의 우스꽝스러운 하잘 것 없는 일마저 세세하게 얘기했다. 그렇다고 로자마저 그렇게 생각할까봐 염려할 것은 없었다. 철없는 어린애다운 재롱이나 귀여운 짓을 하는 나이 어린 크리스토프의 모습을 상상해 보는 것은 로자에게는 이루

말할 수 없는 기쁨이요 감동이었던 것이다. 모든 여성의 마음속에 있는 모성적인 애정이 로자의 심중에서 또 하나의 애정과 부드럽게 얽혀 있었다. 그녀는 진심으로 즐거워하며 웃었고 눈물을 글썽거리곤 했던 것이다. 루이자는 자신에게 이모저모로 배려해 주는 로자에게 감동했다. 그녀는 소녀의 심중을 짐작하고 있었으나, 아는 체는 하지도 않았다. 그러나 그것을 기뻐하고 있었다. 이 아가씨의 마음의 가치를 알고 있는 것은 이 집안에서 그녀 하나뿐이었기 때문이다. 때로 루이자는 말을 그치고 로자의 얼굴을 뚫어지게 바라보았다. 로자는 침묵에 놀라 일거리에서 눈을 든다. 루이자는 그녀에게 미소지어 보였다. 로자는 불쑥 솟아오르는 정열에 사로잡혀 루이자의 팔 속에 몸을 던지며 그 가슴에 얼굴을 묻었다. 그리고는 다시 서로 전처럼 일을 시작하고 이야기를 나누기 시작하는 것이었다.

저녁 때 크리스토프가 돌아오면 로자의 정성에 감격한 루이자는 가슴에 품은 조그만 계획을 좇아 이웃집 딸 칭찬을 한바탕 늘어놓았다. 크리스토프는 로자의 친절에 감동했다. 그녀가 어머니를 보살펴 준다는 것을 잘 알 수 있었다. 어머니의 얼굴은 전보다 훨씬 환해졌다. 크리스토프는 진심으로 로자에게 감사의 뜻을 전했다. 로자는 뭐라고 요령 부득의 말을 중얼거리더니 그 곤혹을 숨기려고 달아나 버렸다. 크리스토프로서는 이러한 그녀가 오히려 함부로 재잘거리는 그녀보다 몇 곱이나 현명하고 또한 동정을 받을 수 있다는 생각이 들었다. 이전보다도 선입관 없는 눈으로 그녀를 바라본다. 지금까지 깨닫지 못했던 아름다운 점을 발견하고는 놀라움을 감출 줄 몰라했다. 로자는 그러한 변화를 눈치챘다. 그의 동정이 고조되어 온 것을 인정하며 이 동정이 애정의 골짜기로 나아가고 있다는 생각이 들었다. 그녀는 지금까지보다도 더욱 몽상에 잠기게 되었다. 자신의 전부를 걸어서라도 원하는 것은 끝내 성취한다는, 젊은이에게 흔히 있기 쉬운 아름다운 자부심으로 믿으려 하고 있었던 것이다. 하지만 그렇다고 그녀의 소망에 무슨 조리에 닿지 않는 것이라도 있단 말인가? 그녀의 친절심, 자신을 바치고 싶다는 애정 넘친 욕구에 대해서는 크리스토프야말로 그밖의 어느 누구보다도 민감했어야 하지 않았겠는가?

그러나 크리스토프는 로자를 생각하지 않고 있었던 것이다. 그는 그녀를 존경하고 있었던 것이다. 로자는 그의 생각 속에 어떠한 자리도 차지하지 않고 있었던 것이다! 크리스토프는 이미 지금까지의 크리스토프가 아니었다. 그는 이미 스스로를 알 수가 없었다. 무서운 작용이 그의 내부에서 일고 있어 그의 존재를 뿌리째 뒤집어 엎으려 하고 있었던 것이다.

크리스토프는 극도의 피로와 불안을 느끼고 있었다. 까닭도 없이 기력이 꺾이고 머리가 띵하고 눈이나 귀 등 온갖 감각 기관이 취한 듯하며 귀가 윙윙거렸다. 무슨 일에도 정신을 집중시킬 수 없었다. 정신은 정력을 소모케 하는 광열에 몰려, 이리저리로 옮겨 가곤 했다. 물체의 형상이 아른아른하며 눈이 어지러웠다. 처음엔 과로 탓이며 봄철의 조울증인가 했으나 봄이 지나도 불쾌감만 더해 갈 뿐이었다.

이것은 고상한 손으로만 만사를 매만지는 시인들이 청춘의 불안이니, 젊은 천사의 고민이니, 혹은 젊은 육체와 정신에 있어서의 애욕의 눈뜸이니, 하고 일컫는 바로 그러한 것이었다. 이렇게 말하고 보면 모든 것이 무너져 죽고 재생하는 온갖 존재의 가공스런 위기 속에 신앙이나 사고나 행동 등 생활 모두가 다 절멸해 버리는 것 같아서 고뇌와 환희의 경련 속에서 새로이 단련되어 가는 이 격변기가 그야말로 치기에 찬 어리석음 같아져 버리지 않는가!

그의 육체도 영혼도 일체가 발효하고 있었다. 그는 호기심과 혐오감이 뒤섞인 심정으로 그것을 응시하고 있었으나, 그것과 맞싸울 힘은 없었다. 자신의 내부에서 무엇이 행해지고 있는지 전혀 알 수 없었다. 일체의 존재가 산산이 분해되고 있었다. 덮쳐 오는 듯한 마비 상태 속에서 나날을 보내고 있었다. 일하기는 고통스러웠다. 밤에는 답답하여 선잠 속에 자주 깨고, 기괴한 꿈을 꾸다가 욕망에 사로잡히곤 했다. 동물적인 영혼이 그의 내부에서 사납게 설치고 있었다. 고열로 불덩어리처럼 달아 올라 온 몸에 식은땀을 흘렸고, 자기 혐오에 차서 자신을 응시했다. 음란하고 광적인 생각을 떨쳐 버리려고 기를 썼다. 내가 미쳐 버렸나 하고 자신에게 물어 보기도 했다.

낮에도 이와 같은 야수적인 생각에서 벗어날 수 없었다. 영혼의 나락 속에 떨어져 가는 듯한 느낌이 들었다. 붙잡을 것이라곤 없다. 혼돈을 막아 줄 장벽도 없다. 그의 신, 그의 예술, 그의 자존심, 그의 도덕적인 신앙 등등 사방의 벽으로 그를 거뜬히 지켜 주던 온갖 성채는 조금씩 무너지고 벗겨져 갔다. 그는 벌거숭이로 결박되고 뉘어져서 구더기가 우글우글 끓는 시체처럼 꼼짝 못하고 있는 자신의 모습을 보기도 하는 것이었다. 느닷없이 그는 반항심이 일어났다. 나의 의지는 어디 갔는가? 의지의 힘에 호소했으나 허사였다. 자신이 꿈을 꾸고 있다는 것을 알면서 눈을 뜨려고 기를 쓰는 잠결의 안간힘 같은 것이었다. 그저 납덩이처럼 꿈에서 꿈으로 굴러 갈 뿐이었다. 끝내는 맞싸우지 않는 편이 차라리 괴로움이 덜하다는 생각이 들었다. 이리하여 무기력한 숙명관으로서 싸움을 체념하기에 이르고 있었다.

　마치 그의 생명의 규칙적인 흐름이 중단되어 버린 것 같았다. 그 흐름은 땅 밑의 균열 속으로 스며들다가 용솟음치듯 솟구쳐 나오곤 했다. 나날의 연쇄는 절단되었다. 시간의 평탄한 들판의 한복판에 숱한 구멍이 크게 입을 벌려 그 속으로 마치 남의 일 보듯이 바라보고 있었다. 모든 사물과 사람이, 그 자신마저도 그에게는 인연이 없는 것이 되어 있었다. 여전히 일하러 나가긴 했다. 자동 인형처럼 자신의 직무를 수행하고는 있었다. 그로서는 자기 생명의 기계 장치가 금방이라도 멈추어질 것만 같은 생각이 들었다. 톱니바퀴의 장치가 고장난 것이었다. 어머니나 주인집 식구들과 같이 식탁에 앉아 있을 때, 악단원과 청중들에게 둘러싸여 오케스트라의 제 자리에 앉았을 때, 그는 별안간 머릿속이 텅빈 공동을 느끼곤 했다. 그럴 때 그는 망연해져서 주위 사람들의 찌푸린 얼굴들을 본다. 무슨 영문인지 알 수가 없었다. 그는 자신에게 묻는다.

　「무슨 관계가 있는 것일까, 이 사람들과……」

　그렇다고 내친 김에 이렇게 말할 수는 없었다.

　「나와의 사이에는?」

　자신이 존재하고 있는지 없는지조차 이미 알 수가 없었기 때문이다. 그는 말을 해도 자신의 목소리가 남의 몸에서 나오는 것같이 느껴졌다. 몸을 움직여도 자신의 몸의 움직임을 마치 멀리, 높은 데서, 탑 위에서 내려다보는 듯한 느낌이었다. 머릿속이 혼란해진 듯이 그는 손을 이마에 대었다. 무엇인지 엄청난 일을 저지를 것만 같았다.

　여러 사람이 둘러보고 있거나 각별히 자중해야 할 경우에 특히 그 심리 상태가 되곤 했다. 예를 들면 궁정에 가 있는 밤이라든가, 대중 앞에서 연주할 때라든가. 홀연히 어떻게도 참을 수 없이 낯을 찡그리고 싶어지기도 하고, 당돌한 말을 하고 대공의 코를 잡아당겨 보고 싶어지기도 하고, 혹은 귀부인의 궁둥이를 냅다 걷어차 보고 싶어지기도 했다. 어떤 때는 오케스트라를 지휘하면서 대중 앞에 벌거숭이가 되어 보고 싶다는 광적인 욕망과 밤새도록 싸워야 했다. 그러한 생각을 물리치려고 기를 쓰는 그 순간부터 그는 도리어 그 생각에 뒤쫓겼다. 그에 지지 않으려면 전력을 기울여야만 했다. 이러한 바보스러운 싸움을 마친 뒤에 그는 온 몸에 땀을 흠뻑 흘렸고 머릿속은 텅비어 있었다. 그야말로 미치광이나 다름없었다. 어떤 한 가지 일을 해서는 안 된다고 생각하는 것만으로도 그것이 집요하게 그의 마음에 둘러씌우곤 했던 것이다.

　이렇게 그의 생활은 미친 듯이 사나운 힘과 공허로의 추락이 연속되는 가운데 지나갔다. 사막을 휩쓰는 광적인 폭풍이었다. 도대체 이 바람은 어디서 불어

오는 것일까? 이 광기는 대체 무엇인가? 사지와 두뇌를 휘어 꺾어 주는 이런 욕망은 도대체 어떠한 심연에서 나오는 것일까? 그는 광포한 손으로 부러질 만큼 한껏 시위가 당겨진 활을──그것은 대체 어떤 과녁을 겨눈 것일까? ── 쏜 다음엔 한 토막 고목처럼 내던져 버려지는 활과도 같았다. 글쎄, 그 누구의 먹이가 되어 있다는 것일까? 그에게는 그것을 철저히 규명해 볼 만한 용기도 없었다. 그는 자신이 패배당하고 모욕당하고 있음을 느끼고 있었다. 그는 피곤했고 또 비겁했던 것이다. 일찍이 그가 멸시하던 사람들, 까다로운 진실을 보기를 원치 않던 사람들이 지금의 그로서는 진실로 이해되었다. 이러한 허무 속에도, 흘러 가는 시간이나 내팽개쳐진 일, 또는 잃어버린 미래 등이 문득문득 생각나면 그는 두려움으로 마치 온 몸이 얼어붙는 듯한 느낌이 들곤 했다. 그러나 그는 전혀 저항을 몰랐다. 그의 비겁한 마음은 허무의 절망적인 긍정 속에 핑계를 발견하고 있었던 것이다. 냇물을 타고 두둥실 흘러가는 물처럼 허무에 몸을 내맡김으로써 그는 씁쓸한 기쁨을 맛보고 있었던 것이다. 싸운들 무엇하랴? 미(美)도, 선(善)도, 하느님도, 생명도 그 어떠한 존재도 전혀 없었다. 길을 걸어가는데 갑자기 지면이 없어진다. 대지도, 공기도, 빛도, 그 자신도 없어졌다. 아무것도 없었다. 머리에 이끌려 앞으로 기우뚱한다. 고꾸라질 찰나에, 가까스로 자신을 멈출 수가 있었다. 별안간 벼락을 맞아 쓰러지는 것이라고 생각했다. 이미 죽은 줄 알고 있었다.

크리스토프는 탈피해 가고 있었던 것이다. 크리스토프는 영혼을 새로이 해 가고 있었던 것이다. 그러나 유년 시대의 닳아 빠지고 시들은 영혼이 죽어 가는 것을 보면서도, 그는 보다 젊고 힘찬 새로운 영혼이 태어날 줄은 모르고 있었다. 일생을 통해 육체가 변하듯이 영혼도 또한 변하는 법이다. 그 변화는 반드시 나날의 흐름을 따라 서서히 이루어진다고만은 할 수 없다. 한꺼번에 일체가 새로워지는 급변의 때가 있게 마련이다. 그러면 낡은 껍질은 떨어져 버린다. 이러한 고뇌의 시기에 그는 만사가 이미 끝장났다고 생각해 버린다. 그러나 모든 것은 이제 시작하려는 것이다. 하나의 생명이 죽는다. 그러자 또 하나의 생명이 이미 태어나 있는 것이다.

어느 날 밤, 그는 자기 방에 홀로 앉아 있었다. 촛불이 비추어 주는 가운데 그는 테이블에 팔꿈치를 짚고 창을 등지고 있었다. 일은 하지 않았다. 벌써 몇 주일째나 일을 못하고 있었던 것이다. 온갖 것이 머릿속에 소용돌이치고 있었다. 그는 종교, 도덕, 예술, 인생을 동시에 생각하고 있었다. 이와 같은 그의 사고의 전체적인 와해에는 질서도 없었고 방법도 없었다. 할아버지가 아무렇게나 긁어 모은 잡동사니 장서나 포겔의 장서 중에서, 신학이나 과학 또는 철학 등의, 그 대부분은 낱권인 책을 닥치는 대로 끄집어 내어 그냥 읽어 댔다. 모든 것을 알려 했으나 결국은 무엇 하나 알지 못했다. 어느 책이고 끝까지 읽어 낼 수가 없었다. 지엽적인 문제에 사로잡히기도 하고, 중도에서 끝없이 방황하기도 하며 끝내는 피로와 죽고 싶어지는 슬픔만이 남곤 했던 것이다.

이날 밤, 그는 노곤한 마비 상태에 침잠해 있었다. 온 집안 사람들은 모두 곤히 잠들어 있었다. 방의 창은 열려 있었다. 안마당에서는 산들바람조차 불어오지 않았다. 두터운 구름이 하늘을 뒤덮고 있다. 크리스토프는 촛대 밑바닥에서 타 버리는 촛불을 넋잃은 사람처럼 응시하고 있었다. 잠자리에 들 수가 없었다. 아무 생각도 하지 않았다. 허무가 시시각각으로 깊어짐을 느끼고 있었다. 그는 자신을 집어삼키려 드는 그 심연을 보지 않으려고 했다. 그러나 자기도 모르게 그 가장자리에서 들여다본다. 공허 속에 혼돈이 움직이고 어둠이 꿈틀거렸다. 고뇌가 마음속을 꿰뚫는다. 등이 오싹하고 소름이 쭉 끼치며 털이 곤두섰다. 그는 쓰러지지 않으려고 테이블에 매달렸다. 말로 다할 수 없는 것을, 하나의 기적을, 하나의 신을, 그는 몸을 떨며 기다리고 있었다.

홀연히, 마치 수문이 확 열린 듯이 등 뒤의 안마당에 무겁고 굵직한 곧은 빗줄기가 쏴아 내리퍼부었다. 지금껏 움직임이 없던 공기가 가늘게 한들한들 떨렸다. 말라 굳어진 지면이 종소리처럼 운다. 짐승처럼 달아서 뜨거운 대지의 크나큰 향기가, 꽃과 과일과 사랑에 불타는 육신의 향긋한 향기가, 광열과 기쁨으로 경련하는 가운데 솟구쳐 올랐다. 크리스토프는 환각에 사로잡혀 전신이 긴장되어 있었으나, 뱃속까지 오싹하는 전율을 느끼고 있었다. 베일이 찢겼다. 눈이 부신 번갯불의 번쩍임 속에서 그는 보았다. 어둠의 밑바닥에서 그는 본 것이었다. 자신이 신인 것이다. 하느님은 자신 속에 있었던 것이다. 신은 방안의 천장을 깨고, 집의 벽을 무너뜨렸다. 신은 존재의 한계를 부수고 하늘과 우주와 허무를 채웠다. 세계는 폭포처럼 신에게 흘러 들어갔다. 크리스토프 또한, 자연의 법칙을 산산이 분쇄하는 바람에 실려, 이렇게 쏟아져 들어가는 사태의 공포감과 황홀감 속으로 떨어져 들어갔다. 숨을 쉴 수가 없었다. 신에게 쏟아져 들어가는 그러한 부류에 도취해 있었다. 심연의 신! 그 깊디깊은 못의 소용돌이인 신! 존재의 화덕! 생명의 선풍! 다부지게 살기 위한──목적도, 제약도, 이유도 없는──삶의 광란이여!

위기가 가셨을 때 그는 깊은 잠에 빠졌다. 오랜만의 일이었다. 다음 날 눈을 뜨니 어질어질했다. 술을 마신 뒤처럼 지쳐 있었다. 그러나 마음속 깊은 곳에는 그 전날 그를 놀라게 한 그 어둡고 힘찬 빛의 반영이 남아 있었다. 그는 그 빛을 다시 불붙이려 했다. 그러나 헛일이었다. 좇으면 좇을수록 빛은 그에게서 멀어져 갔다. 이때 이후로 그의 정력은 긴장하여, 그 일순간의 환영을 되살리려고 애썼다. 그것은 부질없는 시도에 지나지 않았다. 그 황홀 상태는, 의지의 명령에 결코 응할 줄 몰랐던 것이다.

그러나 그 신비로운 광열의 발작은 비단 그때만의 것은 아니었던 것이다. 그 뒤에도 몇 번이고 되풀이된 것이다. 하지만 첫번째처럼 격렬하진 못한 것이었다. 게다가 그것은 언제나 크리스토프가 가장 예기치 않은 시간에 짧게 일어나는——말하자면, 눈을 들거나 팔을 뻗치거나 할 만큼의 시간—— 일이어서 미처 그것을 인식하기도 전에 환영은 이미 자취도 없이 스러져 버리곤 했던 것이다. 그것이 사라진 뒤면 그는 꿈을 꾼 것인가, 하고 의아스러워했다. 캄캄한 밤하늘을 환히 비추어 준 불타는 듯한 별똥별이 스러져 버린 뒤, 육안으로는 그 지나감을 분간할 수도 없는 빛의 티끌이나, 눈 깜박하는 사이에 지나가는 희미한 조그만 빛이 번쩍하는 것과 같았다. 그러나 그것은 빈번히 나타나곤 했다. 끝내는 영구히 깨어날 줄 모르는 멍한 꿈 같은 햇무리로 크리스토프를 둘러싸고, 그의 정신은 거기에 묽게 용해되어 간 것이다. 이와 같이 어렴풋한 환각에 사로잡힌 상태로부터 그의 기분을 돌이켜 줄 것 같은 일은 모두가 그를 조바심 나게 했다. 일도 할 수 없었다. 이제는 일을 생각하지도 않았다. 누구와 사귀기도 성가시기만 했다. 그중에서도 가까운 사람들을 만나는 것이 더 지겨웠다. 어머니와 같이 있는 것조차 싫었다. 이러한 사람들은 그의 영혼에 대한 권리를 더욱더 제 것인 양 주장하기 때문이었다.

그는 집을 나가 하루 종일 바깥에서 지내 버릇했다. 밤이 되기 전엔 돌아오지 않았다. 들의 고요를 찾아 가서 집요한 고정 관념에 미친 듯이 몸을 내맡겼다. 그러나 심신을 말끔히 씻어 주는 대기 속에서 대지와 접촉하자 이 집요함은 무뎌지고, 그 고정 관념은 망령스런 성질을 잃었다. 그의 정신적 흥분은 조금도 진정되지 않았다. 도리어 더 악화되기만 했다. 하지만 그것은 이미 정신의 위험스러운 착란은 아니었다. 그것은 육신과 영혼의 전존재의 건강하고 힘찬 도취였던 것이다.

그는 세계를 다시 발견했다. 흡사 지금까지는 보지 못한 세계인 듯했다. 그것은 새로운 소년 시절이었다. 마법의 주문이『열려라』하고 명한 것 같았다.

자연이 크나큰 기쁨으로 불타고 있었다. 태양은 끓어 오른다. 액체 같은 창공은 투명한 강이 되어 흐른다. 대지는 쾌락으로 헐떡거리고 연기를 내며 타고 있었다. 풀, 나무, 곤충, 무수히 많은 생물들은 공중을 춤추며 솟구쳐 오르는 생명의 크나큰 화염의 날름거리는 혓바닥이었다. 일체의 것이 기쁨으로 소리치고 있었다.

이 기쁨은, 이 힘은 그의 것이기도 했다. 그는 자신과 다른 것을 전혀 구별할 수 없었다. 이때까지는 기쁨으로 불타 줄기찬 호기심으로 자연을 보고 있던 행복한 유년 시절에 있어서조차 생물은 자기와는 관계 없고, 자기로선 이해할 수 없는 무섭고 우스꽝스러운 폐쇄된 소우주와 같이 생각되고 있었다. 그러한 것들이 느끼는 힘을 가지고 있다는 것, 생명을 가지고 있다는 것을 과연 또렷이 알고나 있었을까? 확실히 그와 같은 것들은, 그에게는 불가사의한 기계 같았다. 그러므로 유년 시절에 흔히 있는 무의식적인 잔인성으로 그는 곤충의 몸을 해부해 보기도 했던 것이다. 기묘하게 몸을 꼬는 꼴을 보는 재미로 그는 곤충이 괴로워하는 것은 생각조차 하지 않았다. 그가 날개 달린 벌레를 그렇게 학대하는 것을 보고는 평소에 그다지도 온화한 고트프리트 외삼촌마저도 몹시 성을 내며 그의 손에서 벌레를 빼앗아 버린 일이 있었다. 그때 소년은 처음엔 웃으려 했다. 그러나 외삼촌의 감정에 감화되어 그만 울음을 터뜨리고 말았다. 자신의 손에 걸려 죽은 것들도, 자신과 마찬가지로 실제로 살아 있었던 것이요, 자신은 죄를 지었다는 것을 알게 되었던 것이다. 그후 그는 동물을 학대하지는 않았으나 그렇다고 동정하지도 않았다. 그 겉은 지나도 그 조그만 기계 속에서 움직이고 있는 것을 느끼려 들지 않았고 생각하기도 두려워했다. 그런데 지금에 와서는 모든 것이 분명해진 것이다. 생물이 지닌 이와 같은 어두운 의식이 이번에는 빛의 근원이 된 것이었다.

생물들이 떼를 짓고 있는 풀숲이나, 곤충이 날개짓 소리를 윙윙거리는 나무 그늘에 벌렁 누워서, 크리스토프는 유심히 살펴보곤 했다. 바쁜 듯이 기어 다니는 개미, 걸으며 춤을 추는 것 같은 다리가 긴 거미, 옆으로 깡충깡충 뛰는 메뚜기, 무거운 몸을 바쁜 듯이 움직이고 있는 풍뎅이, 하얀 얼룩무늬에 탄력성 있는 살갗을 지닌 털이 없는 연분홍빛 유충 등등을. 또는 손을 머리 밑에서 깍지끼고는, 눈을 감고 보이지 않는 오케스트라에 귀를 기울이기도 했다. 향긋한 내음이 풍기는 전나무 둘레를 한 가닥 광선 속에서 미친 듯 뱅글뱅글 돌고 있는 벌레들의 윤무, 모기들의 브라스밴드, 말벌들의 큰 오르간 소리, 나무 꼭대기에서 마치 종소리처럼 떨고 있는 야성의 꿀벌떼, 또 흔들리는 나무들의 맑은 속삭임,

산들바람으로 흔들리는 나뭇가지들의 부드러운 한들거림, 파도치는 풀숲의 잎과 잎이 스치는 아스라한 소리. 그것은 맑디맑은 호수의 수면에 주름을 잡는 미풍 같기도 하고 대기 속을 지나 스러져 가는 애인의 발걸음 소리 같기도 했다.

크리스토프는 이러한 소리 모두를, 이러한 아우성 모두를 자신의 내부에서 듣고 있었다. 생물은 가장 미미한 것에서부터 가장 큰 것에 이르기까지, 그들에겐 같은 생명의 냇물이 흐르고 있었다. 그 냇물은 또 크리스토프마저 적시고 있었다. 그는 그들과 같은 혈족이며 그들의 친밀한 기쁨의 메아리를 듣고 있었다. 숱한 시냇물이 모여서 큰 강물이 되듯이, 그들의 힘은 그의 힘과 합쳤다. 그는 그들 속에 잠겼다. 창을 깨뜨려 질식할 듯한 그의 마음속으로 별안간 불어닥친다. 공기의 힘찬 기세로 그의 가슴은 찢어지는 것 같았다.

변화는 너무나 갑작스러웠다. 허무밖에 보지 못하던 끝에 자기 자신의 존재에만 정신이 팔리고 더구나 그것이 빗방울처럼 녹아 버림을 느끼고 있을 때, 우주 속에서 자아를 망각하려 하자, 온갖 곳에 끝없이 광대한 존재를 발견한 것이었다. 흡사 무덤 속에서 기어나온 듯한 느낌이었다. 생명의 강물은 그득히 차서 넘실넘실 흐르고 있었다. 그는 그 강물 속을 즐겁게 헤엄쳐 갔다. 그 흐름에 실려 가면서 그는 미처 모르고 있었던 것이다. 자신이 전보다도 자유롭지 않고 어떠한 존재도 자유가 아니라는 것을. 우주를 지배하고 있는 법칙조차 자유는 아니며, 죽음만이 존재를 해방해 준다는 것을.

그러나 껍질을 나온 번데기는 새로운 껍질 속에서 기쁜 듯이 몸을 뻗고 있었다. 이 번데기는 아직 자신의 새로운 감옥의 한계를 인정할 만큼 여유는 없던 것이다.

나날의 새로운 순환이 시작되었다. 어린 날, 하나하나 새로운 것을 처음 발견하던 무렵처럼, 신비롭고 기쁨에 찬 황금빛의 나날, 열광적인 나날이었다. 새벽부터 저녁까지 그는 끊임없는 환영 속에 지내고 있었다. 일체의 일은 내팽개쳐진 채였다. 몇 해 동안이나, 설사 몸이 아프더라도 단 한 번 출장 교습이나 오케스트라의 연습을 빠진 일이 없던 이 착실한 소년이, 이제는 툭하면 어정쩡한 핑계를 대며 일에 게으름을 피우고 있었다. 그는 거짓말하기를 두려워하지 않았다. 거짓말을 해도 양심의 가책을 느끼지 않았다. 이제까지 그가 기꺼이 자신의 의지를 굴복시켜 온 극기주의적인 생활에 있어서의 원칙, 즉 도덕이나 의무도 이제 그에게는 진실의 것이 아닌 듯이 여겨지고 있었다. 그러한 것이 지닌 샘 많은 전제주의는 자연에 부딪혀 깨져 버렸다. 건전하고 강인하며 자유로운 인간

성만이 유일의 덕이었다. 그밖의 것은 악마에게나 먹혀 버려라 ! 세상 사람이
도덕의 이름으로 장식하고 거기에 인생을 가두어 두려 하는, 저 신중한 책략의
자잘한 규칙을 보노라면 가련해서 웃음이 터져나올 수밖에 없다 ! 우스꽝스러
운 두더지의 둥지가 아니고 무엇인가 ! 생명이 지나면, 일체는 소멸되고 마는
것이다.

　정력에 넘친 크리스토프는 파괴하고 태워 버리고 분쇄하고 싶은 광열에 사로
잡혔다. 광적인 맹목적 행위로 가슴을 죄고 있는 이 힘을 만족시키고 싶어했다.
이런 발작 뒤엔 대개 기분이 갑자기 느슨해지곤 했다. 크리스토프는 대지에 몸
을 던지고 대지에 키스했다. 물어뜯고 매달려서 그것을 집어삼키고 싶어했다.
그는 광열과 욕망으로 전율하고 있었던 것이다.

　어느 날 저녁, 그는 숲길을 산책했다. 눈은 빛에 취하고 머리는 띵했다. 온갖
것이 변모되어 보이는 흥분 상태에 놓여 있었다. 저녁 나절의 빌로도 같은 연한
빛이 거기에 한층 마력을 더해 주고 있었다. 진홍빛과 황금빛 빛살이 밤나무 숲
아래 감돌고 있었다. 마치 인광 같은 미광이 목장에서 뉘엿뉘엿 솟아오르는 것
같았다. 하늘은 눈동자처럼 기쁨에 차고 부드러웠다. 이웃의 풀밭에서 소녀 하
나가 베어 놓은 풀을 말리고 있었다. 셔츠와 짧은 스커트만으로 목도 두 팔도 드
러낸 채, 풀을 긁어 모아 쌓아 올린다. 짤막한 코에, 통통한 볼과 이마는 둥그스
름하며, 수건으로 머리를 싸고 있었다. 질그릇처럼 햇빛에 그을린 살갗은 저녁
햇빛으로 붉게 물들어, 마치 하루의 마지막 햇빛을 빨아들이고 있는 것 같았다.

　그녀는 크리스토프를 매혹케 했다. 크리스토프는 너도밤나무의 밑동에 기대
어 서서 소녀가 숲가로 다가오는 것을 유심히 지켜보고 있었으나 그녀는 아랑곳
하지도 않았다. 그러다 무심히 눈을 들자 그녀의 햇빛에 그을은 얼굴에서 그는
무뚝뚝한 파란 눈을 볼 수 있었다. 그녀는 바로 곁을 지나치다가 풀을 주우려고
상체를 수그렸다. 빠끔히 벌린 셔츠 사이로 목덜미와 등의 황금빛 솜털이 보
였다. 순간 크리스토프는 몸 속에 넘쳐나던 어두운 욕망이 일시에 폭발했다. 등
뒤로 그녀에게 덤벼들어 허리를 끌어안았다. 소녀의 머리를 뒤로 젖히고 빠끔히
벌린 그 입에 입을 틀어막았다. 메말라 금이 간 입술에 키스를 하자 성이 나서
깨물려드는 이와 마주친다. 크리스토프의 손은 그녀의 껄껄한 팔과 땀에 젖은
셔츠 위를 어루만졌다. 소녀는 몸부림쳤다. 그는 더욱더 억세게 끌어안았다. 졸
라 죽이고 싶었다. 그녀는 몸을 내빼더니 고함치며, 침을 뱉고는 손으로 입술을
훔쳤다. 그리고는 악을 쓰며 그에게 욕을 퍼부었다. 크리스토프는 소녀를 놓자
마자 밭을 가로질러 도망쳤다. 그녀는 돌멩이를 던지며 여전히 상스럽게 욕을

퍼부었다. 크리스토프는 부끄러움으로 낯이 화끈거렸다. 소녀의 말이나 생각 때문이 아니라 자기 자신을 생각했기 때문이었다. 무의식중에 이런 짓을 저지른 것이 무서워 견딜 수가 없었다. 글쎄, 내가 무슨 짓을 한 것일까? 무엇을 하려 한 것일까? 그에 대해서 그가 이해할 수 있는 일이라곤 혐오감만을 불러 일으 킬 뿐이었다. 그는 또 이 혐오감에 유혹되었다. 자신과 싸웠다. 어느 쪽이 진짜 크리스토프인지 알 수가 없었다. 하나의 맹목적인 힘이 그를 공박하고 있었던 것이다. 아무리 벗어나려 해도 허사였다. 그것은 마치 자기 자신으로부터 벗어 나려는 것이나 다름없었다. 이 힘을 그는 어떻게 할까? 내일, 그는 무슨 짓을 할까? 내일은커녕 한 시간 뒤엔, 밭을 치달려 가로질러 가면서 저쪽 한길에 닿 기까지 사이에? ── 한길에 도착할 수나 있을까? 도중에서 발길을 멈추고 뒤 로 돌아가서 저 소녀에게로 달려가지나 않을까? 그렇게 되면? ──그는 소녀 의 목을 잡았을 때의 정신 착란의 한 순간을 상기했다. 어떠한 행위라도 가능 했다. 범죄도! 그렇다, 범죄마저도. 심장의 격렬한 고동 때문에 숨이 막힌다. 한길에까지 이르자 숨을 쉬느라고 멈추어 섰다. 소녀가 저쪽에 서 있었다. 그녀 의 외침을 듣고 달려온 또 하나의 소녀와 뭐라고 재잘거린다. 두 아가씨는 허리 에 주먹을 대고는 까르르 웃어젖히며 이쪽을 바라보는 것이었다.

크리스토프는 집으로 돌아왔다. 그후 며칠 동안이나 집 안에 틀어박혀서 꼼짝 을 안했다. 부득이한 경우가 아니고는 거리에도 나가지 않았다. 시외로, 들로 나가 보고 싶어지는 기회도 겁먹은 채 피하고 있었다. 들에 나갔다간 마치 소나 기가 내리기 전의 고요 속에 별안간 불어오는 돌풍처럼, 전에 그에게 휘몰아쳐 온 그 미치광이 같은 충동이 다시 엄습하지나 않을까 하고 두려워하고 있었던 것이다. 그는 믿고 있었던 것이다. 시가지의 성역이 그러한 것으로부터 자신을 보호해 주려니 하고. 그는 미처 생각지 못했던 것이었다. 적이 침투하기에는 꼭 닫아 놓은 두 덧문 사이의 눈에 띄지 않는 틈만 있어도, 시선이 지나갈 만한 쌈만 있어도 충분하다는 것을.

2. 자 비 네

안마당 건너의 같은 건물 아래층에, 스무 살가량 된 젊은 여인이 살고 있었다. 서너 달 전에 과부가 되어, 나이 어린 딸과 둘이서 살고 있다. 그녀, 자비네 프레리히 부인 역시 오일러 영감님 댁에 세든 사람이었다. 거리 근처의 가게를 빌렸고, 게다가 네모진 조그만 마당이 딸린 안마당에 면한 방 두 개를 빌려 쓰고 있었다. 그 조그만 마당은 담장나무가 얽힌 간단한 철사 울타리로 오일러 댁과 떨어져 있었다. 그녀가 거기 나타나는 일이라곤 좀처럼 없었다. 어린애가 홀로 아침부터 저녁까지 흙장난을 하며 놀 뿐이다. 마당에는 풀들이 제멋대로 자랐다. 말끔히 소제된 오솔길과 자연의 아름다운 질서를 좋아하는 유스투스 노인은 그것을 매우 못마땅히 여기고 있었다. 아마 그 때문인지 그녀는 그곳에 모습을 나타내는 일이 없었다. 마당 또한 조금도 나아지진 않았다.

프레리히 부인은 조촐한 잡화점을 벌여 놓고 있었다. 시내 중심지의 번화가에 자리했으므로, 대개의 경우라면 제법 번창할 것이었다. 그러나 부인은 마당에 대한 무관심과 마찬가지로 장사에 대해서도 그다지 열의가 없었다. 포겔 부인의 의견에 의하면 무위의 생활이 허용되고 적어도 그것을 묵인할 만큼 재산이 없는 경우에 몸소 가사를 돌본다는 것은, 자존심 강한 부인에게는 알맞은 일이라고 했으나 그녀는 그러지 않고 열다섯 살짜리 소녀를 고용하고 있었다. 이 소녀가 아침 나절에 몇 시간씩 와서 젊은 주부가 한가로이 잠자리 속에서 꾸물거리고 화장을 하고 있는 동안에 방을 치우기도 하고 가게를 돌보기도 하고 있었던 것이다.

크리스토프는 가끔 유리창 너머로 그것을 볼 수가 있었다. 그녀가 기다란 네글리제를 걸치고 맨발로 방안을 걸어다니기도 하고 몇 시간씩이나 거울 앞에 앉아 있는 모습을. 그녀는 지극히 무관심해서 커튼을 치는 것도 잊고 있었기 때문이다. 설사 그것을 깨달았다 해도 매우 게을러서 그것을 내리러 가려고도 하지 않았을 것이다. 내성적인 크리스토프는 그녀로 하여금 겸연쩍어하게 하고 싶지가 않아 창가를 떠나곤 했지만 그러나 유혹도 강했던 것이다. 그는 발그레 낯을 붉히며, 그녀의 좀 여윈 맨살의 두 팔을 흘금흘금 훔쳐보곤 했던 것이다. 두 손을 목덜미 밑에서 깍지끼고, 흩어진 머리 둘레에 나른한 듯이 쳐든 그 팔은 감각이 둔해져서 축 늘어지기까지 그냥 그대로의 자세로 있었다. 크리스토프는 이 흐뭇한 광경을 지나가다가 문득 보았을 뿐으로, 자신의 음악적인 명상이 그 때문에 흐트러지진 않는다고 믿고 있었다. 그러면서도 그는 거기에 흥미를 느끼고 있었다. 급기야는 자비네 부인이 화장에 소비하는 시간과 같은 시간을 그녀를 바라보는 데 소비하게 되고 말았다.

그녀는 결코 사치스러운 것은 아니었다. 도리어 평소에는 무관심한 편이어서, 몸치장에 대해서는 아말리아나 로자만큼도 주의를 기울이지 않고 있었다. 거울 앞에서 언제까지나 꾸물거리는 것은, 그저 게으르기 때문이었다. 핀을 하나 꽂을 때마다 그녀는 거울 속에 적이 성가신 듯한 찌푸린 얼굴을 비추며 거창하게 노력하는 이 손놀림을 멈추어야 했다. 해가 지고 나서도 그녀의 몸치장은 완전히 갖추어지지 않게 마련이었던 것이다.

자비네의 치장이 미처 끝나기 전에 하녀가 돌아가 버리는 일이 흔히 있었다. 그런 때, 손님이 가게 문의 벨을 누른다. 한두 번 누른 다음에야 그녀는 가까스로 의자에서 일어설 결심을 한다. 그리고는 방글방글 웃으며 천천히 나가게 마련인 것이다. ──손님이 주문한 물건을 천천히 찾아 본다. 그것이 찾아지지 않을 때나 그것을 끄집어 내는 데 너무 힘이 들 경우, 예컨대 방안의 이 구석부터 저 구석까지 사다리를 옮겨 놓아야 할 경우엔 침착한 말투로 그 물건은 매진되어 버렸다고 말한다. 또한 가게 안을 정돈하거나 매진된 물건을 보충하려고도 하지 않았으므로 손님들은 진저리를 치며 다른 가게로 가게 마련이었다. 그렇다고 그녀에게 나쁜 감정을 품는 이는 없었다. 상냥한 음성으로 지껄이고 어떠한 일에도 크게 동요하지 않는, 이 사랑스러운 사람에 대해서는 성을 낼 수가 없었던 것이다. 그녀는 무슨 말을 들어도 태연스러웠다. 그러한 사실을 똑똑히 느낄 수 있었기 때문에 군소리를 하려 들던 사람도 말을 계속할 용기를 잃는다. 그리고는 그녀의 애교 있는 미소에 똑같이 미소로써 답하며 돌아가곤 했다. 그러나 두 번 다시는 오지 않는다. 그녀는 그것 또한 전혀 개의치 않았다. 그녀는 언제나 미소만 짓고 있었던 것이다.

그녀는 피렌체(플로렌스, 르네상스의 중심이 되었던 중부 이탈리아의 도시)의 화가가 그린 젊은 여자의 초상을 닮았다. 위로 추켜 올려 또렷하게 그려진 눈썹과 속눈썹의 장막 아래 반쯤 뜬 잿빛의 눈, 조금 부어오른 듯한 아랫눈꺼풀, 그 밑에 미미하게 잡혀 있는 주름살, 귀엽게 생긴 조그만 코는 완만한 곡선을 그으며 끝이 살짝 들려 있었다. 또 하나의 조그만 곡선이 코와 윗입술을 떼어 놓고 있다. 그 윗입술은 빠끔히 열린 입 위에서 미소 때문에 약간 말려 올라가 있었다. 아랫입술은 좀 두툼했다. 얼굴의 아래쪽은 동그랗고, 필리포 리피(이탈리아의 화가. 1406~1469)가 그린 처녀처럼 어린애다운 모습을 지니고 있었다. 그녀의 얼굴빛은 어딘지 흐려보였고, 머리는 밝은 갈색, 흐트러진 곱슬머리를 아무렇게나 묶어 놓았다. 몸은 호리호리하며 뼈가 가늘고 동작은 둔했다. 옷차림에는 그다지 신경을 쓰지 않았다. 자켓은 가슴이 드러나고 단추는 여기저기 떨어져 나갔고 더러워진 신발은 닳아 빠져 어쩐지 좀 너절한 몰골이었다. 그러나 젊음이 넘치

는 우아한 아름다움과 부드러움, 본능적인 애교로 뭇 사람들을 매혹케 하고 있
었다. 그녀가 가게 바깥에서 더위를 식히고 있노라면, 지나가던 젊은이들은 황
홀한 눈초리로 바라보곤 했다. 그녀는 도무지 그들을 아랑곳하지 않았다 해도
그런 눈치를 알아차리지 않을 수는 없었다. 그럴 때 호의에 찬 눈초리로 바라보
고 있다는 것을 느끼는 모든 여성의 눈이 그렇게 되듯 그녀의 눈은 감사와 기쁨
의 표정을 띠게 마련이었다. 그것은 마치 이렇게 말하는 것 같았다.

『고마워요!……더! 더! 나를 봐 줘요!』

그러나 남의 마음에 드는 것이 기쁘긴 했으나 천성적으로 느리고 태평스러워
서 그녀는 남의 마음에 들려고 애쓴 적이라곤 결코 없었던 것이다.

오일러 노인이나 포겔의 집안 사람들에게 있어서 자비네는 험담의 대상이 되
어 있었다. 그녀에 관한 일이라면 모든 것이 그들의 신경에 거슬렸다. 예를 들
어 그녀가 무슨 일에든 무관심하다는 것, 안이 난잡하다는 것, 옷차림에 무심한
것, 그들이 어떤 주의를 주면 정중히 받아들이며 대답하긴 하나 도무지 달라지
지는 않는 점, 언제나 상냥한 미소를 띠고 있는 점, 남편의 죽음을 맞고도 무례
할 만큼 침착했다는 점, 어린애가 앓기 잘하는 허약체라는 점, 장사에 경기가
없다는 점, 일상 생활에 크고 작은 여러 가지 걱정이 있음에도 불구하고 종전의
습관 대로 언제까지나 빈들거리는 생활을 도무지 고치려 하지 않는 점——그런
모든 것이 그들의 비위에 거슬렸던 것이다. 그중에서도 가장 언짢은 것은 그런
주제이면서도 그녀가 남들에게 호감있게 받아들여 진다는 점이었던 것이다. 포
겔 부인으로서는 그 점 때문에 단연코 그녀를 용서할 수 없었다. 자비네가 고의
적으로 그러고 있는 것으로 보였다. 강력한 전통과 견고한 도덕, 무미한 의무와
기쁨 없는 노동, 집 안에서의 옥신각신, 시끄러운 말다툼, 서글픈 한탄, 안온 무
사한 염세관 등에 대하여 실제로 냉소적인 행동으로 부인하려고 한다는 것이
었다. 이런 안온 무사한 염세관은 모든 성실한 사람들이 그렇듯이 오일러 댁 사
람들의 존재 이유가 되어 있고, 그들의 생활을 벌써 연옥화하게 한 것이었다.
자신은 하루 종일 아무 일도 하지 않고 즐겁게 지내면서, 남이 징역살이하는 죄
수처럼 뼈를 깎다시피 하며 고생하는 것을 뻔뻔스럽게도 태연히 멸시하다니, 더
구나 세상 사람들이 그것을 시인한다는 건 너무 하잖은가. 그것이야말로 정직하
게 세상을 살아 가려는 용기를 꺾는 것이 아니고 무엇인가! 다행히 고맙게도,
세상에는 아직 상식을 지닌 사람들도 있었다. 포겔 부인은 그러한 사람들과 더
불어 덧문 사이로 엿보고 들은 하루 동안의 관찰담을 서로 나누었다. 그러한 험
담은 저녁 때 식탁에 모인 집안 식구들의 즐거움이 되어 있었다. 크리스토프는

멍청한 귀로 그 말을 듣고 있었다. 포겔 댁 식구들이 이웃 사람들의 행동을 비평하는 말은 줄곧 들어 귀에 익었으므로, 새삼스럽게 그런 이야기에는 주의를 기울이지 않고 있었다. 게다가 자비네 부인에 관해서는 아직 그녀의 드러난 맨살의 목덜미와 팔밖엔 아는 바 없지 않은가. 그것은 적잖게 그를 기쁘게 해 주는 것이긴 했으나, 그것만으로 그녀에 대해서 결정적인 의견을 가질 수는 없었다. 그러나 그녀에 대해서 자신이 지극히 관대하다는 것은 느끼고 있었다. 한편으론 일종의 반발심에서 그는 그녀가 포겔 부인의 마음에 들지 않는 것을 특히 감사하고 있었던 것이다.

몹시 더울 때에는, 저녁에 식사를 마치고 나서는 오후 내내 햇빛을 받아 숨 막힐 듯 답답한 안마당에 남아 있을 수는 없었다. 집 안에서 조금이라도 숨을 쉴 수 있는 곳이라고는 거리에 면한 쪽밖에 없었다. 오일러 노인과 사위는 때로 루이자와 더불어 문간으로 나가서 그 문지방에 앉곤 했다. 포겔 부인과 로자는 잠깐씩밖엔 모습을 나타내지 않았다. 집안 일에 잡혀 있었던 것이다. 포겔 부인은 빈들빈들 놀 틈이 없다는 것을 보이며 자존심을 만족시키고 있었다. 열심히 일하지 않고 대문간에서 하품이나 하고 있는 사람들을 보면 안달이 난다고, 들으라는 듯 크게 지껄여 대곤 했다. 그런 사람들에게 억지로 일을 시킬 수가 없는 것을 유감으로 여기며 그런 아니꼬운 꼴을 보지 않으려고 집 안에 들어가서 홧김에 일을 해대곤 했다. 로자는 어머니를 본받아야 한다고 생각하고 있었다. 오일러 노인과 포겔은 어디를 가나 바람이 심하다고 느껴져서 몸이 식어 감기라도 걸릴까 염려하며 안으로 들어가 일찌감치 자리에 들었다. 그들은 어떠한 일이 있더라도 아마 그들의 습관을 조금도 바꾸지는 않았으리라. 아홉 시 이후에는 루이자와 크리스토프밖에 남아 있지 않았다. 루이자는 온 종일 집 안에서 지냈다. 크리스토프는 저녁이면, 사정이 허락하는 한 억지로라도 어머니에게 시원한 공기를 좀 쐬게 하려고 바깥에서 어머니의 말동무가 되어주었다. 어머니는 혼자서는 결코 나가지 않았을 것이다. 그녀는 거리의 소란스러움을 두려워했다. 어린애들이 날카로운 고함을 치며 쫓고 쫓기며 뛰놀고 있었다. 주위의 모든 개들도 그에 답하여 짖어 댄다. 피아노 소리가 들리고 있었다. 좀 멀리서는 클라리넷 소리가, 이웃 거리에서는 코르넷 소리가 들려온다. 목소리가 서로를 불러 댄다. 사람들이 집 앞을 떼를 지어 왔다갔다하고 있었다. 루이자가 이런 혼잡 속에 홀로 남겨졌더라면 아마도 어리벙벙해졌을 뻔했다. 그러나 아들과 같이라면 이것도 어쩐지 재미가 나는 것 같았다. 소리들이 차츰 조용해진다. 어린

애들과 개는 우선 잠자러 갔다. 사람들의 무리가 뜸해진다. 공기는 더욱 맑아
진다. 침묵이 내리깔린다. 루이자는 아말리아나 로자에게서 들은 자질구레한
이야기를 가냘픈 목소리로 중얼대고 있었다. 그녀는 그런 세상의 소문에 별로
흥미를 느끼고 있는 것은 아니었다. 그러나 아들을 상대로 무슨 이야기를 해야
할지를 모르고 있었다. 그러면서도 아들 가까이에서 무엇인가를 지껄이고 싶었
던 것이다. 크리스토프는 그것을 알아차리고 있었으므로 어머니 말씀에 흥미를
느끼는 척할 뿐 듣고 있지는 않았다. 꿈꾸듯 멍청하게 그날 있었던 일을 회상하
곤 했다.

그런 어느 날 밤 두 모자가 그렇게 앉아 있는데——어머니가 지껄이는 동안
그는 이웃의 잡화점 문이 열리는 것을 보았다. 여인의 그림자가 말없이 나와서
거리에 앉는다. 그 의자는 루이자에게서 서너 걸음 떨어진 데에 있었다. 여인은
제일 캄캄한 어둠 속에 앉아 있었다. 크리스토프에겐 그 얼굴이 보이지 않는다.
그러나 그것이 누군지는 알 수 있었다. 졸음기가 싹 가신다. 공기가 한층더 하
뭇해진 것 같았다. 루이자는 자비네가 있는 줄은 깨닫지 못하고 나직한 음성으
로 조용히 말을 이어가고 있었다. 크리스토프는 전보다도 주의 깊게 귀를 기울
였다. 그러면서 거기에 자신의 생각도 곁들여 지껄이고 싶어졌다. 아마도 자신
의 이야기를 들려 주고 싶었던 것이리라. 호리호리한 검은 그림자는 약간 앞으
로 상체를 수그린 채 꼼짝도 하지 않고 발을 가볍게 엇걸고는 두 손을 무릎 위에
서 포개고 있었다. 앞을 응시하며 아무 말도 듣지 않는 것 같았다. 루이자는 졸
기 시작했다. 집으로 들어갔다. 크리스토프는 좀 더 있다가 들어가겠다고 어머
니에게 말했다.

바야흐로 열 시가 가까웠다. 거리엔 인기척이 없었다. 마지막까지 남았던 이
웃 사람들도 하나하나 집 안으로 들어가 버렸다. 가게를 닫는 소리가 들려
온다. 불이 켜져 있던 유리창이 깜박이다가 꺼져 간다. 아직 한두 개 남아 있었
으나, 이윽고는 그것도 꺼졌다. 침묵……이제는 그들뿐이었다. 서로 얼굴도 바
라보지 않고 숨을 죽여, 마치 가까이에 있는 것도 모르는 것 같았다. 먼 들로부
터 풀이 베어진 목장의 냄새가 흘러 온다. 이웃의 발코니에서는 화분에 키운 꽃
무의 향기가 감돌아 온다. 공기는 움직임이 없었다. 은하가 흘러 온다. 굴뚝 바
로 위 큰곰자리가 그 바퀴의 굴대를 기울이고 있었다. 초록빛을 띤 푸르스름한
하늘에 별이 데이지 꽃처럼 흩어져 피고 있었다. 교구의 교회가 열한 시 종을 치
자 그에 따라 주위의 다른 교회에서도 맑은 혹은 녹슨 소리가 되풀이된다. 집 안
에서는 벽시계의 둔탁한 소리, 또는 비둘기 시계의 쉰 소리가 되풀이되고 있

었다.

두 사람은 생각에 잠겨 있다가 깨어나서 동시에 일어섰다. 집으로 들어갈 때 그들은 서로 묵묵히 인사를 나누었다. 크리스토프는 제 방으로 올라갔다. 촛불을 켜놓고 테이블에 앉아서 머리를 쥐어싼 채, 오래도록 꼼짝하지 않고 있었다. 이윽고 한숨을 푹 쉬며 잠자리에 들었다.

다음 날, 그는 일어나자마자 기계적으로 창가로 다가갔다. 자비네의 방쪽을 본다. 그러나 커튼은 하루 내내 드리워진 채였다.

다음 날 밤 크리스토프는 어머니에게 문 앞으로 또 바람 쐬러 나가자고 했다. 그것이 습관이 된 듯했다. 루이자는 그것을 기뻐했다. 아들이 저녁을 마치자마자 곧 창을 닫고 덧문을 내려 자기 방에 틀어박히는 것을 보는 것이 어머니에겐 여간 걱정이 아니었기 때문이다. 말없는 조그만 그림자는 어김없이 언제나의 그 자리에 앉으러 나오곤 했다. 두 사람은 루이자가 알아차리지 못하도록 눈치빠르게 인사를 나눈다. 크리스토프는 어머니와 이야기를 주고 받았고, 자비네는 거리에서 놀고 있는 딸에게 미소를 보내곤 했다. 아홉 시쯤 그녀는 딸을 재우러 들어갔다가 소리도 없이 살그머니 다시 돌아왔다. 조금만 꾸물거려도 크리스토프는 그녀가 다시 나오지 않나 보다고 염려했다. 집 안에서 나는 소리, 좀처럼 잠들려 하지 않는 딸애의 웃음 소리를 유심히 엿듣곤 했다. 자비네가 가게의 문간에 모습을 나타내기 전부터 크리스토프는 그녀의 옷자락 스치는 소리를 또렷이 분간할 수 있었다. 순간 그는 눈길을 돌려 더한층 기운차게 어머니에게 말을 건넨다. 때로 자비네가 바라보는 것 같은 느낌이 들 때가 있었다. 크리스토프도 몰래 엿보았다. 그러나 두 사람의 눈길이 마주치는 일이라곤 한 번도 없었다.

그녀의 딸이 두 사람의 다리 구실을 했다. 소녀는 다른 애들과 같이 한길에서 뛰어 놀고 있었다. 두 다리 사이에 머리를 처박고 꾸벅꾸벅 졸고 있는 순한 개를 놀려 대며 재미있어 하는 것이다. 개는 불그레한 눈을 반쯤 뜨더니, 끝내는 성가셔 못 견디겠다는 듯이 으르릉 소리를 낸다. 애들은 무섭기도 하고 재미있다는 듯이 고함을 치며 뿔뿔이 흩어졌다. 소녀는 비명을 지르고 마치 뒤쫓기는 듯이 뒤돌아보며 도망쳐 오더니 인자스럽게 웃고 있는 루이자의 무릎 사이로 뛰어든다. 루이자는 소녀를 붙들어 놓고 이런저런 이야기를 물었다. 이리하여 자비네와의 사이에 대화가 오갔다. 크리스토프는 처음부터 아예 거기에 끼어들지 않았다. 그는 자비네에게 말을 건네지 않았고 자비네 또한 그에게는 말을 걸려 하지 않았다. 묵계로 두 사람은 서로 모른 체하고 있었다. 그러나 크리스토프는 자신의 머리 너머로 건네어지는 말을 한 마디도 흘려 버리지 않았다. 그의 침묵이 루이자에게는 어쩐지 아들이 적의를 품고 있는 것으로만 느껴졌으나 자비네는 그렇게 판단하진 않았다. 그러면서도 웬지 그에게 위축감을 느껴 대답에 당황하곤 했다. 그러다가 어떤 핑계를 대고 집으로 들어가 버리곤 하는 것이었다.

꼬박 한 주일 동안, 루이자는 감기가 들어 방안에 틀어박혀 있었다. 크리스토프와 자비네는 단 둘만이 되어 있었다. 처음에는 두 사람만이 앉아 있기가 두려웠다. 자비네는 체면을 차리느라고 딸을 무릎에 안고 키스만 하고 있었다. 크리스토프는 어리둥절하여 곁에서 벌어지고 있는 일에 대해서 언제까지나 모른 체하고 있어도 괜찮은지 알 수가 없었다. 어쩐지 숨이 답답해졌다. 아직 말을 건네어 본 적은 없어도 루이자 덕분에 피차 알고는 있었던 것이다. 한두 마디 말을 목구멍으로 내보내려 했으나 목소리는 도중에서 막혀 버렸다. 그런 곤혹에 빠진 두 사람을 또다시 소녀가 건져내 주었다. 소녀는 숨바꼭질을 하며 크리스토프의 의자 둘레를 빙글빙글 돌고 있었다. 크리스토프는 도중에서 그녀를 붙잡아 끌어안았다. 평소에 그는 애들을 그리 좋아하지 않았으나 이 소녀를 끌어안자 이상스럽게 흐뭇한 기분이었다. 소녀는 놀이에 열중했으므로 발을 동동 구르며 몸을 꿈틀거렸다. 크리스토프가 소녀를 놀려 대자 소녀는 그의 손을 깨물었다. 하는 수 없이 소녀를 땅에 내려놓는다. 자비네는 웃고 있었다. 두 사람은 소녀를 눈여겨보며 몇 마디 말을 나누었다. 크리스토프는 대화를 이으려 했다. 적어도 그렇게 해야 한다고 생각했다. 그러나 그에게는 화제거리가 풍부하지 못했다. 게다가 자비네도 그의 이런 노력을 쉽게 도와주지는 않았다. 그녀는 크리스토프가 하는 말을 그저 되풀이할 따름인 것이다.

「오늘 밤은 참 시원하군요.」

「네, 참 좋은 밤이에요.」

「안마당에서는 숨도 못 쉬겠어요.」

「네, 안마당에선 숨이 답답해져요.」

대화는 괴로워졌다. 자비네는 딸을 안으로 들여보낼 시간이 된 것을 핑계 삼아 딸과 같이 들어가 버렸다. 그리고는 다시 모습을 나타내지 않았다.

크리스토프는 그후로 밤마다 이렇게 되지나 않을까, 루이자가 없는 동안은 나와 단 둘이 되는 것을 피하는 것은 아닐까 하고 걱정이었다. 그러나 전혀 그 반대였던 것이다. 다음 날은 자비네 쪽에서 말을 건네려 하는 것이 아닌가. 그것이 즐겁다기보다는 오히려 애써 그렇게 하고 있는 것이었다. 화제를 찾느라고 매우 고생하고 있었고, 꺼낸 질문에 그녀 자신이 당혹하고 있다는 것을 느낄 수 있었다. 질문과 대답이 안타까운 침묵 속에서 띄엄띄엄 나누어진다. 크리스토프는 옷토와 단 둘이 있었던 시절이 생각났다. 그러나 자비네를 상대하는 데 화제는 더한층 제한되어 있었다. 더구나 그녀는 옷토만큼 끈질긴 데가 없었다. 자신의 시도가 잘 진행되지 않는다고 생각되자 그 이상 노력을 계속하려 하지 않았다. 어찌나 고심을 했는지 더이상의 흥미를 잃어버릴 지경이었다. 그녀는 침묵에 잠긴다. 크리스토프도 따라서 입을 다물었다.

다시 주위가 그지없이 잔잔해졌다. 밤은 그 고요를 되찾았다. 마음 또한 자기 자신의 생각을 되찾는다. 자비네는 몽상에 잠기며 의자 위에서 천천히 몸을 흔들흔들하고 있었다. 크리스토프도 그 곁에서 몽상에 젖어 있었다. 서로 아무 말도 하지 않았다. 반 시간쯤 지나자, 딸기를 실은 짐수레 위를 불어온 미지근한 바람이 달짝지근하고 취하게 하는 향기를 실어다 준다. 크리스토프는 황홀해져서 나직한 소리로 혼자 중얼거렸다. 자비네가 두세 마디 그에 답한다. 두 사람은 다시 침묵에 잠겼다. 그들은 이렇게 끝없는 침묵과 별 뜻 없는 말의 매력을 맛보고 있었지만 그들은 같은 꿈을 쫓고 있었다. 둘이 다 단 하나의 생각에 차 있었다. 그들은 그것이 어떤 생각인지도 알지 못했다. 또한 그것을 자신에게 똑똑히 인식시키려 하지도 않았다. 열한 시 종이 울리자 두 사람은 빙그레 미소지으며 헤어졌다.

다음 날은, 대화의 실을 맺으려고도 하지 않았다. 그들은 다시 또 침묵에 잠겼다. 가끔 간단한 말을 할 뿐, 자기들이 저마다 똑같은 것을 생각하고 있다는 것을 알 수 있었다.

자비네가 웃음을 터뜨렸다.

「억지로 말을 하려고 하지 않는 편이 훨씬 좋은데요! 말을 해야 한다고 생각하니, 정말이지 질색이군요!」

크리스토프는 확신하는 투로 말했다.

「아아! 세상 사람들이 모두 부인과 같은 의견이라면 얼마나 좋을까요!」

둘이 다 웃어 젖혔다. 그들은 포겔 부인을 생각하고 있었던 것이다. 자비네가 말했다.

「가엾은 분이죠! 정말이지 지쳐 버리죠!」

「자신은 조금도 피로하지 않거든요.」

그는 침통한 표정으로 말했다. 자비네는 그의 표정과 말을 재미있다고 생각했다.

「부인은 그것을 재미있다고 생각하시지요? 부인은 속이 편하시겠네요, 안전한 곳에 계시니까.」

「정말 그렇군요! 전 문을 잠가 버리고 제 집에 틀어박혀 버리니까요.」

그녀는 거의 알아들을 수 없을 만큼 부드럽고 어렴풋한 웃음을 흘렸다. 크리스토프는 밤의 적막 속에서 황홀해하며 그 말에 귀를 기울이고 있었다. 그는 상쾌한 밤공기를 취한 듯 들이마셨다.

「아아! 입을 다물고 있으니 참으로 기분이 흐뭇하군요!」

「지껄여 봤자 부질없죠.」

「그럼요. 서로 이렇게 이해할 수 있거든요!」

두 사람은 다시 침묵에 빠져들었다. 어두워서 서로 얼굴은 보이지 않았다. 둘이 다 미소짓고 있었다.

그러나 두 사람이 같이 있을 때는 같은 것을 느끼고 있었다고 해도——혹은 그렇게 믿고 있었다 해도——그들은 서로를 전혀 알지 못했다. 자비네는 그런 일은 전혀 개의치 않았다. 하지만 크리스토프는 호기심이 강했다. 어느 날 밤 그는 그녀에게 물었다.

「부인은 음악을 좋아하시나요?」

「아아뇨, 따분해요. 전 전혀 모르는 걸요.」

이런 솔직성은 그를 기쁘게 했다. 입으로는 음악을 좋아하느니 하면서 막상 듣다 보면 따분해하는 사람들의 거짓말에 그는 진저리가 나 있었다. 음악을 좋아하지 않는다고 똑똑히 말한다는 것이 그로서는 거의 하나의 미덕같이 생각된 것이다. 자비네에게 책을 읽느냐고 물었다.

「아아뇨.」

도대체 그녀는 책을 가지고 있지 않았다. 크리스토프는 자기 책을 빌려 주겠다고 했다.

「딱딱한 책인가요?」

그녀는 불안한 듯이 물었다.

「싫으시다면 딱딱하지 않은 책을 빌려 드리지요. 시집이라도.」

「하지만 그것도 딱딱한 책인 걸요.」

「그럼, 소설을.」

그녀는 입술을 이지러뜨렸다.

「소설에는 흥미가 없으신가요?」

「아아뇨, 흥미는 있다고 생각해요.」

그러나 그것은 언제나 너무 길다는 것이었다. 그녀는 끝까지 독파할 힘이 없었다. 앞 부분은 잊어버리고, 몇 장씩 건너 뛰고 하여 이미 뭐가 뭔지 알 수가 없었다. 그래서 책을 내던지곤 했다는 것이었다.
「그건 흥미를 가졌다는 훌륭한 증거인 걸요.」
「참말도 아닌 이야기는 그쯤으로 충분하죠, 뭐.」
그녀는 책보다도 다른 일에 흥미를 가진 것임이 분명했다.
「아마 연극을 좋아하시나 보군요?」
「아아뇨, 좋아하지 않아요!」
「연극 관람은 안 다니시나요?」
「안 갑니다.」
연극장은 너무 덥고 사람이 많았다. 집에 있는 편이 훨씬 좋았다. 빛이 눈을 상하게 했다. 그리고 배우란 것이 참으로 보기 흉했던 것이다!
이 점에 관해서는 그도 그녀와 같은 의견이었다. 그러나 연극엔 그밖의 것이 있었다. 대본이라는 것이.
「그렇군요.」그녀는 건성으로 대답했다.
「하지만 제겐 시간이 없답니다.」
「아침부터 밤까지 도대체 뭘하시는데요?」
그녀는 미소를 머금고 있었다.
「할 일은 많아요!」
「과연 그렇군요. 가게가 있으니까요.」
「아니! 그건 별로 바쁠 게 없어요.」
「그럼, 따님 시중으로 시간을 몽땅 빼앗기시나요?」
「아아뇨! 우리 딸애라니! 말을 잘 들어 혼자서 놀고 있는 걸요.」
「그러시다면?」
그는 자신의 주제넘은 짓을 사과했다. 그러나 그녀는 그것을 재미있게 여기고 있었다.
「많죠, 여러 가지 일이 잔뜩 있죠!」
「예를 들면 어떤 것이지요?」
「일일이 다 말할 수 없죠.」
참말이지 여러 가지가 있었다. 일어나서 옷을 차려입고, 점심 궁리를 하고, 점심을 먹고, 저녁 식사 생각을 하고, 방안을 좀 치우고……그런 일만으로도 반나절은 지나가 버린다. 게다가 아무 일도 하지 않는 시간도 조금은 있어야 했던 것이다.

「그래 따분하시진 않나요?」

「웬 걸요.」

「아무것도 하지 않을 때도요?」

「아무것도 하지 않을 때가 특히 따분하지 않죠. 도리어 어떤 일을 할 때가 따분하거든요.」

두 사람은 웃으며 얼굴을 마주 보았다. 크리스토프는 말했다.

「참 부인은 행복하시군요! 전 아무것도 하지 않고 있을 수는 없거든요.」

「아주 잘 하실 수 있는 것 같은데요.」

「너댓새 전부터 연습중이지요.」

「그럼, 인제 되실 거예요.」

그녀와 이야기를 나눈 직후에는, 그의 마음은 안식을 느꼈다. 그로서는 그녀를 만나는 것만으로 충분했다. 불안이나 초조, 마음을 졸라대는 저 신경질적인 고뇌에서 구제되었다. 그녀와 이야기를 나눌 때에는 그 어떠한 고민도 없었다. 그는 완전히 인정할 수는 없었으나, 그녀의 곁으로 오기만 하면 흐뭇한 도취감이 온 몸에 스며드는 것 같아지며 거의 몽롱해져 있었다. 밤엔 전에 없이 깊은 잠을 푹 잘 수 있었다.

일하고 돌아오는 길이면, 그는 상점 안을 흘끔거려 보았다. 자비네의 모습이 눈에 띄지 않는 일이란 좀처럼 없었다. 두 사람은 미소로 인사를 나누었다. 때로 그녀가 문간에 있을 때는 거기서 두세 마디 말을 나누었다. 어떤 때는 그가 문을 조금 열고 소녀를 불러 아기에게 봉봉 봉지를 손에 쥐어 주는 때도 있었다.

어느 날 그는 마음을 다지며 상점 안으로 들어갔다. 웃옷의 단추가 필요하다고 했다. 곧 찾기 시작했으나 그녀는 찾아내지 못했다. 단추가 뒤죽박죽으로 섞여 있어 분간할 수가 없었던 것이다. 이런 난잡한 꼴을 목격당하고 그녀는 무척 당황하고 있었다. 크리스토프는 그것을 재미있어 하며 더욱 자세히 보려고 진기한 것이라도 보는 듯이 들여다보았다.　그러자 그녀는 두 손으로 서랍을 가리려 하며 말했다.

「안 돼요! 보지 마세요! 엉망인 걸요…….」

그녀는 다시 찾기 시작했으나 크리스토프가 있어서 거북하기만 했다. 그녀는 분통을 터뜨리며 서랍을 닫아 버렸다.

「찾을 수 없어요. 이웃의 리지 네로 가 보세요. 거기엔 틀림없이 주문에 맞는 것이 있어요.」

그는 이러한 장사 솜씨에 웃었다.

「이렇게 해서 손님을 모두 저쪽으로 보내 버리시나요?」

「처음 있는 일이 아닌 걸요, 뭐.」

그녀는 쾌활히 대답하는 것이었다. 하지만 그렇게는 말했으나 그녀는 적이 부끄러웠다.

「정리하기가 정말이지 귀찮은 걸요. 하루하루 미루고 있죠. ……하지만 내일은 꼭 하고 말겠어요.」

「도와드릴까요?」

크리스토프의 말에 그녀는 사양했다. 그런 호의를 받아들이고 싶긴 했지만 험담을 듣기가 두려웠고 게다가 부끄럽기도 했다.

두 사람은 말을 이었다. 한참만에 그녀가 크리스토프에게 말을 건넸다.

「그래, 단추는요? 리지의 가게로 안 가세요?」

「절대 안 가겠습니다. 부인이 정리할 때까지 기다리지요.」

자비네는 벌써 방금 말한 것을 잊어버리고 말했다.

「그렇게 오래 기다리진 마세요.」

진심으로 외친 이 소리로 두 사람은 유쾌해졌다. 크리스토프는 그녀가 닫아 버린 서랍으로 다가섰다.

「제가 찾아 보지요. 괜찮지요?」

그녀는 다가와서 그를 막아섰다.

「아뇨, 안 돼요. 부탁이에요, 분명히 없다니까요…….」

「있어요, 틀림없이.」

그는 곧 자신이 찾던 단추를 주워 들고 신이 났다. 그게 더 필요해서 계속 찾으려 했다. 그러나 그녀가 그의 손에서 상자를 빼앗아 버렸다. 그리고는 자존심을 세우느라 단추를 찾기 시작하는 것이었다.

해는 뉘엿뉘엿 저물어가고 있었다. 그녀는 창가로 다가갔다. 크리스토프는 서너 걸음 떨어진 데 앉았다. 소녀가 무릎에 올라 앉았다. 그는 그 재잘거림을 듣는 체하며 건성으로 대답만 할 뿐, 눈은 자비네를 뚫어지게 바라보고 있었다. 그녀도 그가 바라보는 눈초리를 알아차리며, 상자 위에 상체를 수그리고 있었다. 크리스토프의 눈에 그녀의 목덜미와 볼이 조금 보였다. 그렇게 유심히 바라보는 동안 그녀의 얼굴이 발그레해지는 것을 보았다. 그도 낯을 붉히고 있었다.

어린애는 여전히 재잘거렸다. 아무도 대답은 하지 않았다. 자비네는 이제 꼼짝도 하지 않았다. 크리스토프의 눈엔 그녀가 무엇을 하고 있는지 보이지 않았으나, 그녀가 아무것도 하지 않고 손에 든 상자를 보고 있지도 않다는 것을 똑똑히 알고 있었다. 침묵이 오래 계속되었다. 소녀는 불안해져서 크리스토프의 무릎에서 미끄러져 내렸다.

「왜 아무 말도 안해 ?」

자비네는 별안간 뒤를 돌아보고는 딸을 꽉 팔에 품어 안았다. 상자가 떨어졌다. 소녀는 환성을 지르며 가구 밑으로 굴러가는 단추를 뒤쫓아 기어갔다. 자비네는 창가로 돌아가서 유리창에 얼굴을 대었다. 바깥 경치를 넋을 잃고 바라보고 있는 것 같았다. 크리스토프는 당황하며 말했다.

「안녕히 계십시오.」

그녀는 머리를 꼼짝도 하지 않았다. 그리고는 나직한 목소리로 답하는 것이었다.

「안녕.」

일요일 오후면 집 안은 텅 비었다. 식구들은 교회에 가서 저녁 기도에 참석한다. 자비네는 한 번도 저녁 기도에 간 일이 없었다. 아름다운 종소리가 크게 부르고 있는데 자비네가 조그만 마당의 문 앞에 앉아 있는 것을 크리스토프가 언젠가 발견하고는 농담투로 비난한 적이 있었다. 그녀는 같은 말투로 미사만이 의무를 다하는 것이 아니라고 답했다. 저녁 기도는 의무가 아니다, 따라서 지나치게 열심인 것은 불필요한 일이며, 조심스럽지 못한 짓이기도 하다는 것이었다. 그리고는 하느님이 그녀를 나무라기는커녕 차라리 감사하실 거라고 생각하는 것이었다.

「부인은 자신의 모습을 닮게 하느님을 만드시는군요.」

「제가 하느님이라면, 참말이지 따분할 거예요 !」

그녀는 확신하는 듯이 말했다.

「만일 부인이 하느님이라면 세상 일은 그다지 걱정하지 않으시겠군요.」

「제가 하느님에게 소원을 말씀드린다면 제 문제는 염려하지 마시라는 말이 되겠죠.」

「그러시다면, 소원이 성취되더라도 아마 일이 지금보다 나빠지지는 않는 셈이군요.」

크리스토프가 말하자 자비네가 소리쳤다.

「쉿, 우리는 하느님을 모독하는 말을 하고 있는 거예요 !」

「하느님이 부인을 닮았다고 해도, 그것이 하느님을 모독하는 결과는 안 될 거예요. 하느님은 틀림없이 기뻐하실 걸요.」

「그만하세요!」

자비네는 웃음 반 노여움 반으로 말했다. 하느님이 분개하지나 않을까 두려워하기 시작한 것이다. 그녀는 부리나케 화제를 바꾸었다.

「게다가 마음에 여유를 갖고 정원을 볼 수 있는 것도 한 주일 동안에 지금의 이 시간 뿐인 걸요.」

두 사람은 얼굴을 마주 보았다. 자비네가 말했다.

「참 조용하네요! 여느 때 같지 않군요……자신이 어디 있는지조차 알 수 없을 정도예요…….」

그러다 크리스토프는 느닷없이 노여움에 차서 소리쳤다.

「전 때때로 그놈을 졸라 죽이고 싶어질 때가 있어요!」

누구를 가리키는 말인지 설명할 필요도 없었다.

「그래, 그밖의 분들은?」

자비네는 마음이 들뜬 듯이 물었다. 크리스토프는 낙담하여 대답했다.

「그렇군요. 로자가 있었지요.」

「가엾은 아가씨!」

두 사람은 침묵에 잠겼다.

「언제나 지금 같았던들!」하며 크리스토프는 한숨 지었다.

그녀는 웃음을 머금은 눈을 그에게로 들었으나 곧 다시 숙였다. 크리스토프는 그녀가 일을 하고 있다는 것을 알았다. 두 사람은 정원 사이에 쳐진 덩굴나무 장막으로 격리되어 있었기 때문에 무엇을 하냐고 그는 물었다. 그녀는 무릎 위에 놓여 있는 공기를 들어 보이며 말했다.

「보세요. 완두콩의 껍질을 까고 있죠.」

그녀는 크게 한숨을 쉬었다. 그는 웃으며 말했다.

「그거야 뭐 싫증나는 일도 아니군요.」

「아아! 언제나 식사 걱정만 해야 한다니 정말 못 견디겠어요!」

「부인은 분명히, 될 수 있다면 따분해하며 식사 준비를 하기보다는 먹지 않고 지내고 싶어하시는군요.」

「그래요!」

「기다리세요! 도와 드리지요.」

그는 울타리를 건너뛰어 그녀 곁으로 다가갔다.

자비네는 집의 문간에 있는 의자 위에 앉아 있었다. 크리스토프는 그녀의 발 밑에 있는 계단 위에 앉았다. 그녀의 배 위에 잡혀 있는 옷주름 사이에서 파란 완두콩 껍질을 움켜 쥐어 내렸다. 이어서 동그랗고 잘다란 콩알을 자비네의 무릎 사이에 놓인 공기 속에 집어 넣는다. 그는 땅을 내려다 보고 있었다. 그녀의 복사뼈와 발의 모양을 그대로 또렷이 보여 주고 있는 검은 양말이 보이고 있었다. 크리스토프는 그녀에게 눈을 쳐들 수가 없었다.

공기는 무겁고 답답했다. 하늘은 하얗고 나직이 늘어져 산들바람 한 점도 없었다. 나뭇잎 하나 한들거리지 않았다. 마당은 커다란 담벼락으로 둘러싸여 있었다. 세계는 거기서 끝나 있었다.

소녀는 이웃 아낙네가 데려 나가고 없었다. 그들은 단 둘이었다. 두 사람은 아무 말도 하지 않았다. 이제 아무 말도 할 수 없었다. 크리스토프는 눈을 들지도 않고 자비네의 무릎에서 완두콩을 끄집어 들었다. 손가락이 그녀에게 닿자 떨렸다. 신선하고 매끄러운 껍질 속에서 손가락이 자비네의 손가락 끝에 닿았다. 그녀의 손가락도 떨리고 있었다. 두 사람은 이미 일을 계속하고 있을 수가 없었다. 서로 눈을 피하며 꼼짝하지 않았다. 그녀는 의자에 몸을 젖히듯이 누워서 입을 벌리고 팔을 축 늘어뜨리고 있었다. 크리스토프는 그 발 밑에 앉아서 그녀에게 등을 돌려 댄 채였다. 어깨와 팔을 따라 자비네의 발의 따사로움이 느껴졌다. 두 사람은 숨을 헐떡거렸다. 크리스토프는 두 손을 식히려고 돌에 눌러 댔다. 한쪽 손이 신발에서 빠져나온 자비네의 발끝에 가볍게 닿았다. 그것을 놓지 못하고, 그냥 얹어 놓은 채 있었다. 하나의 전율이 두 사람의 몸을 달렸다. 눈이 아찔할 것 같았다. 크리스토프의 손은 자비네의 조그만 발의 가느다란 발가락을 꼭 잡고 있었다. 자비네는 얼음 같은 식은 땀을 촉촉히 흘리며 크리스토프에게로 몸을 수그려 오고 있었다…….

귀에 익은 목소리가 들려 두 사람은 그러한 도취에서 깨어났다. 두 사람은 몸을 떨었다. 크리스토프는 후딱 일어나서 울타리를 뛰어 넘었다. 자비네는 흩어진 껍질을 옷 속에 주워 모은 뒤, 안으로 들어갔다. 안마당에서 크리스토프는 돌아보았다. 그녀는 문간에 서 있었다. 두 사람은 마주 보았다. 작은 빗방울이 나뭇잎 위에 소리를 내고 있었다. 그녀는 문을 닫았다. 포겔 부인과 로자가 돌아왔다. 크리스토프는 자기 방으로 올라갔다.

한낮의 빛이 억수로 내리퍼붓는 빗줄기 속에서 스러져 갈 무렵, 크리스토프는 도저히 참을 수 없는 충동에 사로잡혀 테이블에서 일어났다. 닫혀진 창가로 달려가서 정면의 창을 향해 두 팔을 뻗쳤다. 그때, 정면의 창에 닫혀진 유리창 뒤의 어둠 속에 이쪽을 향해 두 팔을 뻗치고 있는 자비네의 모습이 보였다. —— 보였다고 생각되었다. 크리스토프는 방에서 뛰어나갔다. 계단을 지나 마당의 울타리로 달려갔다. 남의 눈에 띄어도 좋았다. 그는 울타리를 뛰어넘으려 했다. 그러나 좀전에 그녀의 모습이 보인 그 창을 보니 덧문이 굳게 닫혀 있지 않은가. 집은 마치 잠들어 있는 것만 같았다. 크리스토프는 계속 움직이기를 망설였다. 지하실로 가려던 오일러 영감님이 그를 보고 불렀다. 그는 돌아섰다. 꿈이라도 꾼 것 같았다.

그럴 즈음 로자는 무슨 일이 일어나고 있는지 눈치챘다. 그녀는 남을 의심하거나 질투하는 것이 어떤 것인지를 아직 모르고 있었다. 그녀는 언제라도 모든 것을 바칠 준비가 되어 있었고 그 대신 무엇을 바라지도 않았다. 그러나 크리스토프에게서 전혀 사랑을 받지 못한다는 것을 쓸쓸히 체념하고는 있었어도 설마 크리스토프가 다른 여자를 사랑하는 일이 있으리라고는 꿈에도 생각지 못하고 있었다.

어느 날 밤, 저녁 식사를 마친 뒤 몇 달 전부터 짜고 있던 뜨개질이 완성되었다. 색실로 무늬를 짜 넣은 매우 잔손이 많이 가는 것이었다. 그녀는 기쁨에 넘쳤다. 크리스토프에게 가지고 가서 마음이 후련하도록 수선을 피우고 싶었다. 어머니가 등을 돌리고 있는 틈을 타서, 그녀는 살금살금 무슨 나쁜 짓이라도 한 어린이처럼 집을 몰래 빠져 나갔다. 결코 완성될 리 없다고 멸시하고 있던 크리스토프를 머쓱하게 할 수 있다고 생각하니 즐거웠다. 이 가련한 아가씨는 자신에 대한 크리스토프의 심리를 똑똑히 알고는 있었으나, 내가 남을 만나는 것이 기쁘니 남도 나를 만나면 틀림없이 기쁘리라고 생각하기 일쑤였던 것이다.

그녀는 밖으로 나갔다. 집 앞에 크리스토프와 자비네가 앉아 있었다. 로자의 가슴은 죄어들었다. 그러나 그녀는 이런 무의미한 인상에 대해 신경쓰지는 않았다. 그녀는 쾌활하게 크리스토프를 불렀다. 밤의 침묵 속에서 그녀의 날카로운 음성을 듣자 크리스토프는 어쩐지 음계를 벗어난 소리를 들은 것 같은 느낌이 들었다. 그는 의자 위에서 몸을 흠칫 떨고는 노여움으로 얼굴을 찌푸렸다. 로자는 승리감으로 으스대며 그 뜨개질한 것을 그의 눈앞에 흔들어 보였다. 크리스토프는 조바심이 나서 그것을 밀어 젖혀 버렸다. 로자는 짓궂게 재잘거렸다.

「됐어요, 됐어요 !」

「그럼 또 하나 만드시지！」

크리스토프는 쌀쌀하게 대꾸했다.

로자는 소스라치듯 놀랐다. 기쁨은 싹 가서 버렸다. 크리스토프는 능청스럽게 말을 이었다.

「그런 것을 서른 개나 만들며 할머니가 되어 버리면, 적어도 자신에게 말할 수 있겠군요. 내 일생도 헛되진 않았다고！」

로자는 울고 싶은 심정으로 말했다.

「어머나！ 참 심술궂군요, 크리스토프！」

크리스토프는 부끄러워서 두세 마디 부드러운 말을 건네어 주었다. 로자는 하찮은 말에도 만족하는 성미여서, 곧 미더워하는 마음을 되찾고는, 더욱더 수선스럽게 재잘거리기 시작했다. 그녀는 나직한 음성으로 말할 줄을 몰랐다. 집에서의 버릇대로 목청껏 고함치듯 떠들어 댔다. 크리스토프는 무척 참았으나 불쾌감을 감출 수가 없었다. 처음엔 조바심이 난 간단한 말로 대꾸했으나 다음에는 아무런 대답도 하지 않았다. 등을 돌린 채, 억양 높고 불쾌한 음성에 이를 부드득 갈며 의자 위에서 몸을 꼼지락거릴 뿐이었다. 로자는 크리스토프를 조바심나게 하고 있다는 것을 알아채고는, 그만 입을 다물어야겠다고 생각했다. 그러면서도 더욱더 요란스럽게 계속 재잘거렸다. 자비네는 서너 걸음 떨어진 어둠 속에 묵묵히 앉아서 비꼬는 듯한 무관심으로 그런 광경을 지켜보고 있었다. 이윽고는 피곤해서 오늘 밤은 이제 그만이라고 느끼며 일어서서 집으로 들어갔다. 크리스토프는 자비네가 그 자리를 뜬 뒤에야 비로소 그녀가 돌아갔다는 것을 알아차렸다. 느닷없이 그도 일어섰다. 아무런 변명도 하지 않고 그저 무뚝뚝하게 잘 자라는 인삿말만 던지고는 안으로 들어가 버렸다.

거리에 홀로 남겨진 로자는 낙망한 나머지, 그가 방금 들어가 버린 문을 멍하니 응시할 뿐이었다. 눈물이 솟아올랐다. 재빨리 집으로 들어가자, 어머니와 말을 나누지 않으려고 발걸음 소리를 죽여 가며 살금살금 자기 방으로 올라갔다. 옷을 벗고 잠자리에 들어가자마자 이불을 뒤집어 쓰고 울었다. 그녀는 방금 있었던 일을 곰곰히 생각해 보려고 하진 않았다. 크리스토프는 자비네를 사랑하고 있는 것일까, 크리스토프와 자비네는 내가 곁에 있는 것을 왜 못 견디는 것일까 하는 것을 되짚어 보려고도 하지 않았다. 만사는 끝장이 났다. 이미 생활에는 의의가 없다는 것, 자기에게는 이미 죽음의 길밖에 없다는 것을 그녀는 알고 있었던 것이다.

다음 날 아침이 되자 영원한 희망, 그러나 믿을 수 없는 희망과 더불어 한 가닥 빛이 로자의 마음에 되돌아 왔다. 전날 밤의 일을 상기하면서 그쯤의 일을 그렇게 중대시한 것은 잘못이었다고 생각했다. 물론 크리스토프는 자신을 사랑하지 않는다. 하지만 이쪽에서 꾸준히 사랑해 가면 끝내는 사랑을 받게 되리라는 은밀한 생각을 마음속에 간직하며 체념하고 있었던 것이다. 그러나 자비네와 크리스토프 사이에 무슨 일이 있을 것 같다는 것을 내가 왜 생각하게 되었을까? 그처럼 영리한 사람이 누구 눈에나 보잘 것 없는 평범한 여자라고 분명히 드러난, 시시한 여자와 어떻게 사랑할 수가 있단 말인가! 그녀는 곧 마음이 놓였다. 그러면서도 그녀는 역시 크리스토프의 동태를 감시하기 시작했다. 그날은 하루 종일 아무것도 눈에 띄지 않았다. 눈에 띌 만한 일은 아무것도 없었던 것이다. 그러나 크리스토프는 로자가 하루 종일 자신의 주위를 어슬렁거리는 것을 보고는 웬지 야릇한 조바심이 생기는 것이었다. 밤에 그녀가 또다시 모습을 나타내어 거리에 앉아 있는 두 사람 곁에 뱃심좋게 끼어 들다 보면, 그의 조바심은 더욱 심해지곤 했다. 그것은 전날 장면의 되풀이였다. 로자 혼자서 재잘거렸다. 자비네는 전날 밤처럼 오래 기다리지 않고 집으로 들어가 버렸다. 크리스토프도 들어간다. 로자는 이제 여기 와 있는 자신의 존재가 그들에게 폐가 되는 것을 인정하지 않을 수 없게 되었다. 그런데도 불행한 이 아가씨는 자신을 속이려 하고 있었던 것이다. 그녀는 아집을 부린다는 것이 좋지 못하다는 것을 미처 깨닫지 못하고 있었다. 평소의 그 우둔함으로 그뒤에도 계속 똑같은 짓을 하고 있었던 것이다.

다음 날 크리스토프는 로자를 동반한 채, 자비네가 나타나기를 기다렸으나 끝내 그녀는 모습을 나타내지 않았다.

그다음 날은 로자 혼자뿐이었다. 그들은 로자와 싸우기를 단념한 것이었다. 하지만 로자가 얻은 것이라곤 크리스토프의 원망뿐이었던 것이다. 그는 오직 하나의 행복인 귀중한 밤의 즐거움을 빼앗긴 데 몹시 성이 나 있었다. 자신의 감정에만 마음을 빼앗기고 있어 한 번도 로자의 감정을 알아 주려고 한 일이 없었으나, 그럴수록 그녀를 용서할 수 없는 마음이었다.

자비네는 훨씬 전부터 로자의 마음을 알고 있었다. 그녀 자신이 사랑에 빠졌는가를 의식하기 전부터 로자가 질투하고 있다는 것을 알고 있었다. 그러면서도 그녀는 그런 말은 전혀 하지 않았다. 승리를 확신하고 있는 아름다운 여인에게 으레 따르기 마련인 잔인성으로, 그녀는 침묵 속에 조소를 머금으며 바라보고 있었던 것이다. 우둔한 라이벌의 헛된 허우적거림을.

　로자는 싸움터를 점령하긴 했으나, 자기 전술의 결과를 살펴보며 처량한 슬픔에 젖어 있었다. 그녀로서의 최선책은 크리스토프를 짓궂게 대하지 않는다는 것, 적어도 당분간은 조용히 가만 놓아두는 데 있었다. 그런데 그녀는 그렇게 하지 않았던 것이다. 또한 가장 졸렬한 방법은, 그에게 자비네의 이야기를 하는 일이었는데 그녀는 바로 그것을 하고 말았던 것이다. 그녀는 크리스토프의 마음을 알려고 가슴을 울렁거리며 조심조심 말을 건네었다. 자비네는 아름답다고, 크리스토프는 무뚝뚝하게 맞장구를 쳤다. 과연 그녀는 매우 아름답다고. 로자는 그러한 대답을 스스로 예기하고 있었으나, 충격을 받았다. 자비네가 아름답다는 것은 그녀도 잘 알고 있었다. 그러나 지금까지는 그런 것쯤 마음에도 두지 않았었다.

　그런데 이제 비로소 크리스토프의 눈을 통해 그녀를 살펴봤다. 그녀가 본 것은, 고상한 얼굴 생김새, 조그만 코, 귀여운 입, 호리호리한 몸매, 우아한 몸짓……아아 ! 저 얼마나 조용한 아름다움일까 ! 저런 몸매가 될 수만 있다면, 무엇이든 주어 버렸으리라 ! 비로소 그녀는 알 수 있었다. 자신 같은 생김새보다도 저런 육신을 사람들이 원하는 까닭을……내 몸이라니 ! 내가 무엇을 어쨌다고 이런 몰골로 태어났다는 것일까 ? 괴롭고 답답하다 ! 이 얼마나 보기 흉하다고 생각되는가 ! 스스로도 끔찍스럽게만 생각되었다.　여기서 해방되려면 죽는 수밖에 없다고 생각해야 하지 않는가……그녀는 자존심을 지녔고 겸손하기도 했으므로 사랑을 받지 못하는 데 대해서 투덜거리지는 않았다. 그녀에게 그럴 권리는 없었다. 오직, 그녀는 더한층 스스로를 낮춰 겸허해지려 했다. 단지 그녀의 본능이 반항한 것이다. 아니, 그건 불공평하다 ! 왜 이런 몸매는 내게, 내게만 있고 자비네에겐 없는 것인가 ? 사랑을 받을 만한 무엇을 했다는 것일까 ? 로자의 냉혹한 눈에 비추어진 자비네는 게으르고, 제멋대로이고, 이기적이며, 누구에게나 냉담하며, 가정이나 자식뿐만 아니라 어느 누구의 일에도 관심이 없고, 자기밖엔 사랑하지 않으며, 잠자거나, 빈들거리거나, 아무것도 하지 않고 살아 가기 위해서만 살고 있는 여인이었다. 더구나 그러면서도 사람들의 사랑을 받는 것이다. 크리스토프도 그녀를 좋아하는 것이다. 그토록 엄격한 크리스토프가 말이다 ! 아아 ! 그것은 너무나 불공평하다 ! 또한 너무나 바보스럽다 ! 그녀는 때때로 자비네에 대한 호의 없는 감상을 크리스토프의 귀에 전하지 않고는 못 배겼다. 그런 짓을 하고 싶지는 않았으나 막을 수가 없었다. 그리고는 언제나 후회하곤 하는 것이었다. 그녀는 원래 선량한 여성이어서, 남의 험담을 하고 싶어하지 않았기 때문이다. 그러나 그 이상으로 그녀가 후회한 것은, 얼마나 크리스토프가 열중하고 있는가를 암시하는 잔혹스러운 대답을 스스로 끄집어 내는 결과가 된 때문이었다. 크리스토프는 자신의 애정에 상처를 입자 상대방에 게 상처를 주려 했다. 로자는 아무 대답 없이 울음을 참으려고 입술을 깨물며, 고개를 숙이고 물러갔다. 자신이 나빴다, 사랑하는 이를 공격해서 그를 괴롭혔 으니 당연한 보복이라고 생각하며.

로자의 어머니는 딸만큼 참을성이 없었다. 모든 일에 눈치빠른 포겔 부인은 오일러 영감과 마찬가지로, 크리스토프가 곧잘 이웃의 젊은 아낙네와 속닥거 린다는 것을 알아차렸다. 그들 두 사람 사이의 관계를 짐작하기란 어려운 일이 아니었다. 로자와 크리스토프를 결혼시키려고 남몰래 기도하던 계획은 마침내 장애물에 부딪힌 것이다. 크리스토프에게 아무런 의논도 없이 제멋대로 정해서 그가 모르는데도 이들에게는 그에게서 모욕을 당한 것처럼 생각된 것이었다. 아 말리아의 전체적인 심사는, 남이 자신과 다른 생각을 품는다는 것을 허용할 수 없었던 것이다. 그녀가 몇 번이고 자비네에 대해서 말한 모욕적인 의견을 크리 스토프가 무시해 버린 것을 묵과할 수 없었던 것이다.

그녀는 조금도 서슴없이 그와 같은 모욕적인 의견을 마구 되풀이했다. 크리스 토프가 같이 자리에 있을 때마다 어떤 구실을 붙여서 이웃 아낙네의 소문을 지 껄였다. 더할 수 없이 실례되는 말을 해서 크리스토프의 비위를 상하게 하려 들 었다. 그녀의 노골적인 눈과 말의 힘을 빌리면, 그런 것을 손쉽게 찾아낼 수 있 었다. 남에게 좋은 일을 해 주거나 남을 상하게 하는 데 남성보다도 훨씬 뛰어난 여성 특유의 본능으로, 그녀는 자비네의 게으름이나 정신적인 결점보다도 그녀 의 불결스러운 점을 줄기차게 늘어놓았다. 그녀의 버릇없고 탐색적인 눈초리는 유리창 너머로 집 안의 구석구석까지, 자비네의 화장에 관한 비밀에까지 파고들 며 그 증거를 찾아내곤 했다. 그것을 또 버릇없이 자기 만족을 맛보며 늘어놓 았다. 예의상 차마 끝까지 말할 수 없을 때에는 입에 올리지 않고 더 교묘히 암 시하며 마치는 것이었다.

크리스토프는 부끄러움과 노여움으로 안색이 창백해지고, 입술은 바들바들 떨렸다. 로자는 다음에 일어날 일을 짐작하며 이젠 그만두라고 어머니에게 애원 했다. 심지어는 자비네를 변호해 주기까지 한다. 하지만, 그것은 아말리아를 더 욱더 전투적으로 부채질하는 결과가 되었을 뿐이었다.

크리스토프는 느닷없이 의자에서 벌떡 일어섰다. 테이블을 두드리며 고함 쳤다. 한 부인을 그렇게 혹평하고 그 집 안을 들여다보고 그 비참함을 늘어놓다 니, 그런 수치스러운 일이 어디 있느냐고. 혼자 외로이 떨어져 살면서 누구에게

도 악한 짓을 하지 않고, 어느 누구의 험담도 하지 않고, 선량하며 아름답고 의
젓한 여인을 그렇게 짓궂은 말로 학대하다니, 그런 심술스런 처사가 어디 있느
냐, 그로써 그녀를 해치웠다고 생각한다면 그건 어처구니없는 착각이다, 그건
한갓 그녀에게 더욱 동정을 모으게 하고 그녀의 선량함을 도드라지게 할 뿐이
다,라고.

아말리아는 말이 지나쳤다고 느끼고 있었다. 그러나 크리스토프의 입으로 훈
계하는 듯한 말을 듣고 보니 기분이 언짢아져서 이번엔 화제를 바꾸어 말했다.
선량을 운운하기란 너무나 간단한 일이다, 그 말로 사람들은 모든 것을 용서해
버린다, 하긴 그렇다. 아무 하는 일 없이, 어느 누구를 돌보는 일도 없이, 자신
의 의무조차 다하지 않으면서 그것으로 선량한 사람으로 통하다니, 참으로 편리
하다고.

크리스토프는 반박했다. 무엇보다 우선하는 우리의 의무는 남의 생활을 즐겁
게 해 주는 데 있다. 그런데 보기 흉한 짓, 무뚝뚝한 짓, 남을 당혹케 하는 짓,
남의 자유를 방해하는 짓, 남을 흥분케 하는 짓, 이웃 사람, 머슴 혹은 식구들이
나 자기 자신에 상처를 입히는 짓을 한결같이 의무로 여기고 있는 무리들이 세
상에는 많다. 이런 무리들이 하는 그런 의무는 페스트와 마찬가지로 제발 사양
하고 싶은 일이다!

말다툼은 험악해졌다. 아말리아는 몹시 신랄해졌다. 크리스토프 또한 한 걸
음도 양보하지 않았다. 그중에서도 가장 뚜렷한 결과는 그후로 크리스토프가
줄곧 자비네와 같이 있는 현장을 보이려 한 일이었다. 그는 자비네의 집으로 가
서 문을 두드렸다. 그녀와 즐겁게 지껄이기도 하고 웃기도 했다. 그것을 아말리
아와 로자가 보고 있을 때를 골라서 했다. 아말리아는 격한 말로 복수했다. 그
러나 순진스러운 로자는 이토록 지나치게 꾸며진 잔인한 짓 앞에 가슴이 찢어지
는 듯했다. 그녀는 크리스토프가 자기네를 미워하고 있다는 것을, 그가 앙갚음
을 하려 한다는 것을 느끼고 있었다. 그리고 슬프게 우는 것이었다.

이렇게 지금까지 몇 번이나 부정에 괴롭힘을 당해 온 크리스토프는 부당하게
도 남을 괴롭힐 줄 알게 되었던 것이다.

그런 얼마 뒤,이 도시에서 서너 마일 떨어진 랑데그라는 마을에서 제분소를
경영하는 자비네의 오빠가 아들의 세례 축하 잔치를 벌였다. 자비네가 그 아기
의 대모였다. 자비네는 이 잔치에 참석하며 크리스토프를 초대했다. 크리스토
프는 이러한 잔치는 좋아하지 않았으나 포겔의 식구들을 약 올려 주고 싶었고,

또 자비네와 같이 있게 되는 것이 기뻐 즉석에서 응낙했다.

거절당하리라는 것을 뻔히 알면서도 자비네는 아말리아와 로자를 초대하여 심술궂은 기쁨을 맛보았다. 그들이 거절했음은 물론이다. 사실, 로자는 승낙하고 싶어서 못 견딜 지경이었다. 그녀는 자비네를 미워하진 않았다. 그러긴커녕 때로는 그녀에 대한 애정으로 가슴이 가득해질 때조차 있었다. 크리스토프가 그녀를 사랑하기 때문에 그녀에게 그런 말을 하며 목을 끌어안고 싶어지는 때가 때때로 있었던 것이다. 그러나 어머니가 거기 있었다. 어머니의 눈이 거기 있는 것이다. 로자는 자존심 때문에 고집을 부려 초대를 거절한 것이었다. 그러고 나서 두 사람이 떠나 버리자 그녀는 숨이 막힐 것만 같았다. 두 사람은 같이 있구나, 그들은 즐겁게 같이 있는 거야, 이 칠월의 좋은 날씨에 지금쯤 산책을 하고 있을 테지. 반대로 나는 잔소리만 늘어놓으며 꾸짖는 어머니 곁에서 손질해서 빨아야 하는 일거리를 산더미처럼 쌓아 놓고 방에 갇혀 있어야 한다니. 그리고는 자신의 자존심을 저주했다. 아아 ! 아직 시간이 늦지 않았다면 ! 그러나 아직 늦지 않았더라도, 그녀는 역시 거절했으리라⋯⋯.

제분소에서는 크리스토프와 자비네를 마중하느라고 이륜 좌석 마차를 보내 주었다. 마차는 도중에서 서너 명의 초대 손님을 태웠다. 날씨는 상쾌하고, 공기는 건조했다. 밝은 태양이 들에 영근 빨간 버찌 송이를 반들반들 반짝거리게 했다. 자비네는 미소를 띠우고 있었다. 그 창백한 얼굴은 청명한 대기 탓에 장미빛으로 물들어 있었다. 크리스토프는 무릎 위에 소녀를 안았다. 두 사람은 서로 말을 건네려 하지는 않았다. 그저 누구랄 것도 없이 아무에게나, 또한 화제를 고르지도 않고 이웃 자리의 사람들에게 말을 건네고 있었다. 서로의 음성이 들리는 것만으로도 만족했다. 같은 마차를 타고 간다는 데 만족을 느끼고 있었다. 집과 나무와, 지나가는 행인들을 서로 손가락질하며 어린애처럼 기쁨에 빛나는 눈을 마주치고 있었다. 자비네는 시골을 좋아했다. 그러나 거의 가 본 적이 없었다. 도무지 고쳐지지 않는 나태성으로 하여, 소풍이라곤 전혀 모르고 지내왔다. 이미 한 해 가까이나 시내에서 나간 일이 없었다. 이러고 보니 눈에 띄는 하찮은 것도 재미있어 하고 있었다. 크리스토프로선 그런 것쯤 조금도 진기할 게 없었다. 그러나 그는 자비네를 사랑하고 있었다. 사랑하는 사람은 누구나가 그렇다시피 그녀를 통해서 모든 것을 보고 기쁨에 겨운 그녀의 전율을 하나하나 느끼고, 그녀가 느끼는 감동을 더욱더 복돋우고 있었다. 애인과 융합됨으로써 그는 자신의 일체를 주고 있었던 것이다.

물방앗간에 이르자 안마당에서 농가의 사람들을 비롯하여 그밖의 손님들이

모여 있다가 귀가 먹먹하리만큼 요란스럽게 환성을 올리며 그들을 맞이해 주
었다. 닭이나 오리, 또는 개마저도 덩달아 법석을 떨었다. 제분업자인 베르톨트
는 머리와 어깨가 모두 네모졌고, 머리가 금발인 기운찬 사람이었다. 누이동생
이 호리호리한 것과는 반대로 뚱뚱하고 덩치도 컸다. 누이를 두 팔로 안아들더
니 마치 깨어질 물건이라도 다루듯이 고이 땅에 내려놓는다. 크리스토프는 이
자그마한 누이동생은 예에 따라 이 덩치 큰 오라버니를 마음대로 다루고 있었
고, 오라버니라는 사나이 역시 입으로는 그녀의 변덕스러움이나 게으름을 비롯
한 가지가지 결점을 어설프게 놀려 대면서도, 그녀의 발에 입맞춤을 할 만큼 공
경스럽게 섬기고 있다는 것을 곧 깨달았다. 누이동생은 이러한 데 길이 들어,
그것을 의당한 것으로 여기고 있었다. 그녀에게 있어서는 만사가 받아들여져,
어떤 일에도 놀라는 법이 없었다. 그녀는 아무 일도 하지 않고 사랑을 받았다.
그녀로서는 사랑을 받는다는 것이 지극히 간단한 것으로 여겨지고 있었다. 설사
사랑을 받지 못하더라도 그녀는 전혀 개의치 않았다. 그럴수록 누구나 그녀를
사랑하게 되는 것이었다.

크리스토프는 또 한 가지를 발견했다. 이것은 앞서의 발견처럼 유쾌한 것은
아니었다. 세례식에는 대모만이 아니라 대부도 있게 마련이었다. 이 경우 대부
는 대모에 대해서 어떤 권리를 지니고 있는데, 그녀가 젊고 아름다운 경우에는
좀처럼 그 권리를 포기하지 않게 마련이다. 귀걸이를 달고 곱슬곱슬한 금발을
한 농부 하나가 웃음을 띠며 자비네에게 다가서서 그녀의 두 볼에 키스하는 광
경이 눈에 띄었을 때, 크리스토프는 그것을 알아차린 것이었다. 그것을 잊고 있
었다니 어리석다거나 그런 데 신경을 쓰다니 더한층 어리석다고 생각하지는 않
고, 그는 자비네가 일부러 이러한 함정에 자신을 빠뜨린 것으로 여기며 그녀를
원망스러워하고 있었다. 식이 계속되는 동안은 그녀로부터 떨어져 있어야 한다
는 것을 알게 되자, 그는 더욱더 불쾌해져 갔다. 목장을 구부러져 가는 행렬 속
에서 자비네는 가끔 뒤돌아 보며 그에게 친밀한 시선을 보내곤 했다. 크리스토
프는 애써 그녀를 보지 않는 체했다. 그녀는 그가 화가 났다는 것을 알아챘고 그
까닭도 역시 꿰뚫어보고 있었으나, 거의 그런 것에 신경을 쓰지 않았다. 도리어
그것을 재미있게 여기고 있었다. 설혹 사랑하는 이와 싸우게 될지라도, 또한 그
때문에 고통을 느끼게 될지라도, 그녀는 결코 그 오해를 해소하려는 노력은 전
혀 기울이지 않았을 것이다. 그것은 너무나 거추장스러운 일이었기 때문이다.
모든 것은 저절로 잘 되어 가게 마련인 것이다.

식탁에서는, 크리스토프는 제분업자의 아내와 볼이 빨간 통통한 아가씨 사이

에 앉혀졌다. 그는 이 아가씨와 함께 미사의 의식에 참례했으나, 도무지 주의를 기울여 바라본 일이라곤 없었다. 이제야 비로소 옆자리의 이 아가씨를 잘 살펴 보자는 생각이 들었다. 그래서 복수하듯 큰소리로 아가씨에게 아양을 떨어 보 였다. 이 시도는 자비네의 주의를 끌었다. 그러나 자비네는 어떠한 일에나 또한 누구에게나 질투를 느끼는 그러한 여인이 아니었다. 자신이 사랑을 받기만 한다 면 상대자가 다른 누구를 사랑하건 아랑곳하지 않는다. 기분이 언짢아지긴커 녕, 크리스토프가 즐거워하는 것을 보며 그녀는 기뻐하기조차 했다. 식탁의 저 쪽 끝에서 애교를 담뿍 담은 미소를 보내오곤 했던 것이다. 크리스토프는 어안 이 벙벙해졌다. 자비네가 냉담하다는 것이 의심의 여지가 없자 그는 다시 침묵 에 잠겨 볼멘 낯이 되었다. 아무리 그녀가 고혹적인 시선을 보내 오건 술잔에 넘 실넘실 술을 가득 따르건 무슨 짓을 하건간에 그의 우울한 심정은 풀리지 않 았다. 도대체 이토록 끝날 줄 모르게 먹고 마시고 하는 자리에 무엇하러 왔나 하 고 울화를 못 참아 하며 꾸벅꾸벅 조는 바람에, 제분업자가 손님을 그의 농가 로 배웅하는 김에 뱃놀이를 하자고 제안하는 말도 귀담아 들을 수가 없었다. 자 비네가 같은 배를 타자며 자신의 곁으로 오라고 신호를 보낸 것도 눈에 띄지 않 았다. 뒤늦게 알고 그런 생각이 들었을 때엔 이미 좌석이 없었다. 하는 수 없이 다른 배를 타야만 했다. 도중에서 거의 모든 손님들을 내려놓는다는 것을 얼마 후에 알지 못했다면, 이 새로운 실패는 아마도 크리스토프의 마음을 더한층 우 울하게 했으리라. 다행히 그것을 알게 되자 그는 기분을 풀고 그들에게 활기에 찬 얼굴을 보일 수 있었다. 게다가 또 화창한 오후의 물 위에 배를 저어가는 즐 거움과 이들 소박한 사람들의 흔쾌한 기분이 끝내는 그의 우울하고 불쾌한 기분 을 말끔히 가시게 했다. 자비네가 곁에 없으므로 그는 이미 스스로 자신을 경계 하지도 않았다. 다른 사람들처럼 아무런 거리낌없이 실컷 즐거움을 맛보고 있 었다.

그들은 세 척의 배를 타고 있었다. 배는 서로 조금씩 사이를 두고 앞서거니 뒷 서거니 했다. 그들은 이 배에서 저 배로 유쾌한 농담을 마주 건네었다. 배가 맞 닿을 만큼 다가갔을 때 크리스토프는 자비네의 상냥스러운 눈을 보았다. 그도 미소를 보내지 않을 수가 없었다. 이로써 화해는 이루어진 셈이었다. 이제 곧 같이 돌아갈 수 있다는 것을 그는 알고 있었던 것이다.

사람들은 4부 합창을 시작했다. 각 그룹이 차례로 한 절씩 부르고, 일동이 후렴을 합창했다. 간격을 둔 배는 마치 메아리처럼 노래 소리가 서로 맞아 어울 렸다. 그 노래 소리는 마치 물새처럼 수면을 스쳐 갔다. 가끔 어느 한 배가 기슭으로 가 닿아, 농부를 한두 사람씩 내려주곤 했다. 그들은 기슭에 선 채로 멀어져 가는 배를 향해 손을 흔들고 있었다. 그 조그만 무리가 마치 낟알이 이삭에서 떨어지듯이 조금씩 조금씩 줄어들었다. 목소리는 하나하나 합창에서 빠져 나갔다. 마지막에는 크리스토프와 자비네와 베르톨트만 남았다.

세 사람은 같은 배를 타고 강을 흘러 귀로에 올랐다. 크리스토프와 베르톨트는 노를 쥐고 있었으나 저을 필요는 없었다. 자비네는 크리스토프와 뱃머리에 마주 앉아서 오라버니와 이야기를 나누며 크리스토프를 뚫어지게 바라보고 있었다. 이 대화 덕택에 두 사람은 차분한 심경으로 서로를 살펴볼 수가 있었다. 건성으로 주고 받는 그런 말이 중단되었더라면 아마 그럴 수도 없었으리라. 그들은 이렇게 말하고 있는 것 같았다.

『전 당신을 보고 있지 않아요.』

하지만 눈은 서로 이렇게 말하고 있었던 것이다.

『당신은 누구시지요 ? 내가 사랑하는 당신은 ! 당신이 비록 누구건, 나는 당신을 사랑하고 있어요 ! 』

하늘이 흐려졌다. 안개가 목장에서 솟아오르고 수면엔 수증기가 감돈다. 태양은 안개 속으로 스러져 갔다. 자비네는 몸을 오싹 떨며 조그만 검정 숄로 어깨와 머리를 감쌌다. 그녀는 피로한 것 같았다. 배가 기슭을 따라 버드나무 가지 아래를 미끄러지듯 흘러가자, 그녀는 사르르 눈을 감는다. 가냘픈 그 얼굴은 창백했다. 입술에는 괴로운 듯한 주름이 잡혀 있었다. 그녀는 이제 움직이지도 않았다. 괴로워 보였다. 괴로움 끝에 죽어 버린 것 같았다. 크리스토프는 가슴이 죄어드는 듯한 느낌이었다. 몸을 수그리고 그녀를 들여다봤다. 자비네는 눈을 뜨고 크리스토프의 무엇을 묻고 싶어하는 불안스러운 눈을 쳐다보았다. 그녀는 그 눈에 미소를 보냈다. 크리스토프에게는 한 줄기 햇빛 같은 미소였다. 그는 나직이 물었다.

「편찮으십니까 ? 」

자비네는 그렇지 않다는 몸짓을 해 보였다. 그리고는 말했다.

「추워요. 」

두 사나이는 각자의 외투를 그녀의 몸에 덮어 주었다. 마치 잠자리 속의 어린애를 감싸 주듯, 발끝과 무릎을 덮어 씌워 주었다. 자비네는 그들이 하는 대로 몸을 내맡기며 눈으로 감사하고 있었다. 가느다란 차가운 실비가 내리기 시작했다. 두 사나이는 노를 쥐고 귀로를 재촉했다. 묵직한 구름이 하늘의 밝음을 지우고 있었다. 물결은 마치 잉크를 부어 놓은 듯 거무죽죽하게 출렁거리고 있었다. 들판의 여기저기 집집마다의 창에 불이 켜진다. 물방앗간에 닿았을 때 비는 억수같이 퍼붓고 있었다. 자비네의 몸은 얼음장처럼 차디차게 식어 있었다.

부엌에 불을 마구 지펴, 소나기가 지나기를 기다렸다. 그러나 비는 더욱 드세지고 게다가 바람마저 더하였다. 시내로 돌아가려면 마차로 삼 마일이나 가야 했다. 제분업자는 이런 날씨에 자비네를 떠나 보낼 수는 없다고 했다. 이 농가에서 둘이 하룻밤을 지내라고 권했다. 크리스토프는 승낙하기를 망설이며 자비네의 눈에서 해결을 찾았다. 자비네의 눈은 난로의 불길을 뚫어지게 지켜보고 있었다. 그 눈은 크리스토프의 결심을 좌우하기를 두려워하는 것 같았다. 그러나 크리스토프가 응낙하자 그녀는 그에게 발그레한——그것은 불빛에 반사된 탓인가?——얼굴을 향했다.

즐거운 하룻밤, 밖에서는 사나운 비바람이 몰아치고 있었다. 검은 난로 속에서는 불이 황금빛 불꽃을 마냥 퉁기며 활활 타고 있었다. 일동은 그 둘레를 둘러싸고 앉았다. 그들의 괴상한 그림자가 벽 위에서 너울거리고 있었다. 제분업자는 자비네의 딸에게 두 손으로 그림자를 만들어 보이는 손재주를 가르쳐 주었다. 아기는 웃고 있었다. 그러나 마음이 놓인 것은 아니었다. 자비네는 불 위에 몸을 숙이고, 묵직한 부젓가락을 쥐고 기계적으로 불을 휘젓고 있었다. 그녀는 꽤 지쳐 있었다. 올케가 집안 살림에 대해 재잘거리는 말에 귀를 기울이지도 않고, 그저 고개만 끄덕여 보일 뿐 미소를 머금은 채 멍청히 몽상에 잠겨 있었다. 크리스토프는 그녀의 오라버니와 나란히 어두운 그늘에 앉아서 어린애의 머리카락을 부드럽게 잡아당기듯이 쓰다듬어 주고 있었다. 자비네는 그의 눈초리를 알아보고 있었다. 크리스토프는 그녀가 신에게 미소를 띄워 보내고 있다는 것을 알고 있었다. 그러나 이날 밤, 그들은 서로 말을 주고 받기는커녕 정면으로 얼굴을 마주 볼 기회도 없었다. 두 사람은 그럴 엄두도 내지 못하고 있었던 것이다.

그날 밤, 두 사람은 일찌감치 헤어졌다. 그들의 방은 문 하나를 통해서 이웃 방으로 갈 수 있게 되어 있었다. 기계적으로 크리스토프는 빗장이 자비네의 방 쪽에 있다는 것을 확인했다. 잠자리에 들어 잠을 청했다. 비가 유리창을 두드리고 있었다. 바람은 굴뚝 속에서 슬픈 듯이 소리치고, 포플라 나무 한 그루가 폭풍우를 맞아 창문 바로 앞에서 삐걱삐걱 소리를 내고 있었다. 크리스토프는 눈을 감을 수가 없었다. 지금, 그는 한 지붕 밑의 바로 그녀 가까이에 있다는 것을 생각했다. 벽 하나로 격리돼 있을 뿐이 아닌가. 자비네의 방에서는 아무 소리도 나지 않았다. 그러나 어쩐지 그녀의 모습이 눈에 비치는 것만 같은 느낌이 들었다. 그는 침대에서 일어나 앉아 벽 너머로 나직이 그녀의 이름을 부르며 부드럽고 열렬한 말을 속삭여 보았다. 그러자 그리운 목소리가 그에 답하며 자신의 이름을 부르는 듯한 느낌이 들었다. 속삭이고 답하고 하는 것이 자신인지, 혹은 정말 그녀가 말하고 있는 것인지 분간할 수가 없었다. 좀더 크게 부르는 소리가 들리는 듯하자 그는 더 참을 수가 없었다. 침대에서 뛰어 내려 어둠 속을 손더듬으며 문까지 다가갔다. 그러면서도 그는 문을 열고 싶지 않았다. 문이 잠겨 있는 것으로 안심하고 있었던 것이다. 그런데 다시 손잡이를 쥐어 보자, 문이 열리고 있잖은가.

　그는 흠칫했다. 살그머니 닫고 또 열어 보고, 다시 또 닫는다. 좀전까지는 닫혀 있지 않았던가? 그렇다, 분명히 닫혀 있었다. 그렇다면 누가 열었을까? 심장이 두근거려서 그는 제대로 숨을 쉴 수가 없었다. 침대에 기대어 숨을 쉬려고 걸터 앉았다. 그는 정열을 이겨 내지 못했다. 움직일 기운도 없었다. 온 몸이 바들바들 떨렸다. 몇 달 전부터 갈구해 마지않던 미지의 환희가 지금 바로 저기에, 이미 그들 사이를 격리하는 것이라곤 아무것도 없이 바로 곁에 있는데 그는 그것을 두려워하는 것이다. 사랑에 사로잡힌 격정적인 이 청년은 그 욕망이 실현되기에 이르자마자 갑자기 공포감과 혐오감밖엔 느끼는 것이 없었다. 그는 그 욕망을 수치스러워하며 자신이 이제 막 하려던 짓을 부끄러워했다. 그녀를 너무나 사랑했으므로 함부로 향락할 수가 없었다. 그는 도리어 그것을 두려워했다. 행복해지기를 피하기 위해서라면 아마 그는 어떠한 짓이라도 했으리라. 사랑한다는 것은, 사랑이란 것은, 그러면 사랑하는 이를 모독함으로써만 가능하단 말일까?

　그는 다시 문 가까이에 이르러 있었다. 애정과 공포로 몸을 떨며 손잡이에 손을 대고 선뜻 문을 열 결심이 서지 않은 채 서 있었다.

　그 반대쪽에서는 자비네가 맨발로 방바닥을 밟고 서서, 추위로 바들바들 떨며 서 있었다.

　이렇게 그들 두 사람은 망설이고 있었던 것이다. 그것이 얼마 동안이었을까? 수분간 혹은 서너 시간이나 되었을까? 두 사람은 서로 상대방이 거기 서 있다는 것은 보지 않았으면서도 알고 있었던 것이다. 그들은 서로 팔을 뻗치고 있었다. 그는 격렬한 애정에 짓눌려 문을 열고 들어갈 용기도 없이, 그녀는 그를 부르며 그를 기다리고, 그가 들어오지나 않을까 두려워하며……

　마침내 그가 마음을 다져 들어서려 했을 때는 마침 그녀가 빗장을 걸었을 때였다.

크리스토프는 미칠 것 같았다. 전신의 힘으로 문을 밀어 댔다. 자물쇠에 입을 대고 애원했다.

「열어 주오!」

그는 목소리를 낮추어 자비네를 불렀다. 그녀에겐 그의 허덕이는 숨소리가 들렸다. 그녀는 문 곁에서 꼼지락거리지도 않은 채, 추위로 얼은 이를 달달 떨며 서 있었다. 문을 열 힘도 없었고, 침대까지 갈 기운도 없었다.

폭풍우는 여전히 나무들을 흔들어 삐걱삐걱 소리나게 했고 온 집 안의 문들을 덜커덩거리게 하고 있었다. 두 사람은 지치고 슬픔에 차서, 각자의 침대로 돌아갔다. 첫 닭이 목쉰 소리로 운다. 동이 트는 첫 햇살이 유리창을 통해 비쳐 들어온다. 그칠 줄 모르는 비에 잠긴, 애달프고 창백한 새벽이었다.

크리스토프는 될 수 있는 대로 일찌감치 일어났다. 부엌으로 내려가서 사람들과 말을 주고 받았다. 그는 서둘러 떠나려하고 있었다. 자비네와 단 둘이 있게 될까봐 겁이 나 있었다. 주인 댁 부인이 나와서, 자비네가 몸이 불편하다며 어제의 뱃놀이로 감기가 들어 오늘은 도저히 떠날 수 없다는 말을 했을 때 그는 도리어 마음이 푹 놓일 정도였다.

귀로는 우울했다. 그는 마차를 사양하고 축축한 시골길을 터벅터벅 걸어서 돌아왔다. 노르스름한 안개가 마치 수의(壽衣)처럼 대지와 나무들과 집들을 뒤덮고 있었다. 빛과 마찬가지로 생명도 스러져 가는 것 같았다. 모든 것이 망령 같았다. 자신도 하나의 망령 같기만 했다.

집에 돌아와 보니 모두 성이 난 듯한 표정들이었다. 그가 밖에서 자비네와 하룻밤을 지낸 것을 못마땅히 여기고 있는 것이었다. 크리스토프는 방에 틀어박혀서 일을 시작했다. 자비네는 다음날 돌아왔으나 그녀도 제 방에 묻혀 버렸다. 두 사람은 서로 만나지 않으려고 조심했다. 날씨는 여전히 비가 내리며 추웠다. 둘이 다 외출을 하지 않았다. 굳게 닫은 유리창 뒤에서, 서로 마주 지켜보고 있었다. 자비네는 옷을 두텁게 껴입고 난로 귀퉁이에 앉아서 명상에 잠겨 있었다. 크리스토프는 종이 속에 묻혀서 일하고 있었다. 그들은 창에서 창으로 조심스럽게 인사를 나누었다. 둘이 다 스스로 무엇을 느끼고 있는지 똑똑히 알 수가 없었다. 서로 상대방을 원망하고 자기 자신을 원망하고, 모든 것을 원망스러워하고 있었다. 농가에서의 하룻밤 일은 그들의 생각 밖으로 밀려나 있었다. 그것을 생각하면 그들은 낯이 붉어졌다. 그러나 분별 없었던 자신들의 행위를 부끄러워

하는지 또는 그런 무분별에 지지 않은 것을 부끄러워하는지 자신들도 알 수 없
었다. 서로 얼굴을 마주 보기가 쓰라렸다. 얼굴을 마주하면 서로 피하고 싶어하
는 일이 자꾸 회상되기 때문이다. 두 사람은 마치 약속이나 한 듯이 방안 깊숙이
틀어박힌 채 스스로 자신을 잊어버리려 하고들 있었다. 그러나 그럴 수도 없는
일이었다. 이렇게 그들은 은밀스러운 적의에 사로잡혀 괴로워하고 있었던 것
이다. 크리스토프는 언젠가 자비네의 차가운 얼굴 위에서 그 안에 깊이 간직한
원망의 표정을 읽고는 그 생각에 얽매어 있었다. 자비네 또한 그와 같은 생각으
로 고민하고 있었다. 아무리 그런 생각과 싸워 그것을 부정하려 해도 헛수고
였다. 그녀는 그 생각을 뿌리칠 수가 없었다. 게다가 자신의 가슴속에 일어난
생각이 크리스토프에게 간파되었다는 수치심과 나아가서는 자신의 몸을 내맡기
려던 수치감이, 내맡기려 하면서도 내주지 않은 부끄러움이 첨가되어 있었다.

그럴 즈음, 두세 차례의 음악회를 위하여 쾰른과 뒤셀도르프에 갈 기회가 주
어지자 크리스토프는 즉각 그것을 응낙했다. 집에서 멀리 떨어져 두세 주일을
보낼 수 있으니 참으로 즐거운 일이었다. 그 음악회의 준비와 거기서 연주하려
는 새 작품의 작곡이 그의 마음을 몽땅 빼앗다시피했다. 끝내는 번거로운 회상
등도 잊어버리기에 이르렀다. 자비네 또한 예전처럼 꾸벅꾸벅 조는 듯한 생활을
다시 시작하여 추억은 그녀의 마음에서 스러져 갔다. 서로들 애인 생각을 해도
무심할 수가 있게 되었다. 과연 진실로 사랑하고 있었던 것일까? 그들은 이 점
에 회의를 품고 있었다. 크리스토프는 자비네에게 고별도 하지 않고 쾰른으로
출발할 생각이었다.

떠나기 전날, 그 무엇인가가 그들을 다시 접근케 했다. 그것은 사람들이 모두
교회에 간 어느 일요일 오후였다. 자비네는 작은 정원에 앉아서 하루의 마지막
햇빛을 쬐며 일광욕을 즐기고 있었다. 마침 그때에 여행 준비를 하느라고 외출
했던 크리스토프가 돌아왔다. 그는 서두르고 있었다. 처음 그녀가 눈에 띄자 그
는 인사만 하고 지나쳐 가려 했다. 그러나 지나치려 하는 순간, 그 무엇인가가
그의 걸음을 멈추어 세웠다. 그것은 자비네의 창백한 낯빛이었을까? 또는, 회
한이니 집착이니 애정이니 하는 막연한 감정이었을까? 그는 걸음을 멈추고 자
비네에게로 향했다. 정원의 울타리에 기대서서 저녁 인사를 건넸다. 자비네는
대답 없이 손을 내밀었다. 그녀의 미소는 크리스토프가 일찍이 본 일이 없을 만
큼 따뜻함에 차 있었다. 그녀의 몸짓은 『자아, 이것으로 화해한 거예요…….』라
고 말하기라도 하는 것 같았다. 크리스토프는 울타리 너머로 그녀의 손을 잡고
몸을 굽혀 그 손에 입맞춤을 했다. 그녀는 손을 빼려고는 하지 않았다. 크리스

토프는 그 자리에 꿇어 앉아서 말하고 싶었다. 『나는 그대를 사랑합니다……』 두 사람은 묵묵히 뚫어지게 얼굴을 마주 보았다. 그러나 둘이 다 심정을 고백하려고는 하지 않았다. 잠시 후, 그녀는 손을 놓고 외면했다. 크리스토프 또한 산란해진 마음을 감추려고 얼굴을 돌렸다. 그리고는 다시 쾌활한 눈으로 서로 마주 바라보았다. 해는 지려 하고 있었다. 짙은 보랏빛과 오렌지빛과 연보랏빛 등등, 미묘한 색조가 차갑고 맑은 하늘을 흐르고 있었다. 그녀는 크리스토프의 눈에 익은 그 몸짓으로 추운 듯이 숄로 어깨를 감쌌다. 크리스토프는 물었다.

「좀 어떠세요?」

자비네는 대답할 것도 없다는 듯이 입을 살짝 뾰족하게 오므려 보였다. 두 사람은 행복감 속에 서로 얼굴을 마주 바라보았다. 서로를 잃어버렸던 두 사람이 지금 다시 만난 듯한 심정이었다.

크리스토프가 끝내 침묵을 깨뜨리며 말을 꺼냈다.

「저는 내일 여행을 떠납니다.」

자비네는 얼굴에 놀라움을 띠며 되풀이해서 말했다.

「여행을요……?」

크리스토프는 재빨리 덧붙였다.

「고작 두세 주일 동안뿐인 걸요.」

「두세 주일이라뇨!」

그녀는 놀란 듯이 말했다. 크리스토프는 음악회의 약속을 했기 때문에 떠나지만 돌아온 뒤엔 겨우내 아무데도 안 간다고 설명했다. 그녀는 말했다.

「겨울, 그건 아직 멀었는 걸요……」

「그렇지 않아요. 곧 겨울이 올 겁니다.」

자비네는 그의 얼굴은 보지도 않고 고개를 저었다.

「언젠가 다시 만나게 되겠죠?」

한참 뒤에 그녀는 말했다. 크리스토프는 이 질문의 뜻이 잘 납득되지 않았다. 그 대답은 이미 했잖은가.

「돌아오면 곧 만날 수 있어요. 보름이나 아무리 늦어도 스무 날 뒤에는.」

그녀는 언제까지나 낙망한 표정인 채였다. 크리스토프는 농담을 건네어 보았다.

「부인에겐 시간이 너무 길어 지루한 법이 없어요. 그동안 잠이나 주무세요.」

「그렇군요.」

자비네는 미소를 지으려 했다. 그러나 입술은 떨리고 있었다.

「크리스토프 씨!」

느닷없이 그녀는 크리스토프에게로 몸을 일으키며 말했다. 그녀의 목소리에는 슬픔이 깃들어 있었다.

그것은 마치 『여기 있어 줘요! 가지 말아 주세요!』라고 말하는 것 같았다.

크리스토프는 손을 꽉 쥐어 주며 그녀의 얼굴을 응시했다. 고작 보름밖에 안 되는 나의 여행을 그녀가 어째서 이다지도 과장되게 생각하는 것인지, 그는 도무지 까닭을 알 수가 없었다. 그러나 그녀가 단 한 마디만 말했더라도 그는 『그럼, 가지 않겠어요…….』라고 말했으리라.

자비네가 마침 그런 말을 하려는 그 순간에 문이 열리더니 로자가 들어섰다. 자비네는 크리스토프의 손에서 후딱 손을 뺐다. 그리고는 부리나케 집 안으로 들어갔다. 문간에서 그녀는 다시 한번 그를 뚫어지게 바라보았다. 그리고는 모습을 감추었다.

크리스토프는 밤에 다시 한번 그녀를 만나려 했다. 그러나 포겔 댁 사람들의 눈초리가 감시하고 있었고 어디에 가나 어머니가 붙어 다녔으며 게다가 여느 때처럼 여행 준비가 늦어져 있었으므로 한 순간도 집에서 빠져 나올 틈을 찾아 낼 수가 없었다.

다음 날은 아침 일찍 떠났다. 자비네의 문 앞을 지날 때, 그는 안으로 들어가서 창을 두드리고 싶었다. 인사도 없이 헤어지는 게 마음 아팠다. 간밤엔 이별을 고하기도 전에 로자의 훼방을 받은 것이다. 그러나 그녀는 아직 잠들어 있겠지, 일부러 깨웠다간 원망의 말을 듣기 십상이겠지 하는 생각이 들었다. 더구나 뭐라고 말할 것인가? 여행을 중지하긴 이미 늦었다. 그녀가 만일 여행을 떠나지 말라고 호소한다면 어쩐다? 아무튼 그녀에 대한 자신의 비중을 시험해 본다든가, 필요하다면 그녀를 얼마간 괴롭혀 보는 것도 사양치 않는다는 것을 그로서는 시인할 수 없었다. 자신의 여행을 자비네가 슬퍼한다는 것을 그는 대수롭지 않게 여겼다. 그러면서 짧은 기간의 부재는 아마도 자신에 대해 품고 있는 그녀의 애정을 도리어 더하게 하려니 하는 생각도 들고 있었던 것이다.

그는 역으로 달려갔다. 역시 미련은 약간 남아 있었다. 그러나 기차가 역을 빠져 나가자 모든 시름은 잊혀져 갔다. 마음은 젊음으로 가득 차는 것 같았다. 지붕이나 탑꼭대기가 햇빛에 비친 장미빛으로 물들어 있는 낡은 도시를 향하여 그는 쾌활하게 안녕을 고했다. 여행을 떠나는 사람의 가뿐한 마음으로 그는 남아 있는 사람들에게 이별을 고했다. 그리고는 더이상 그들 생각은 하지 않았다.

뒤셀도르프나 퀼른에 머무는 동안 자비네 생각은 그의 마음에 한번도 떠오른 일이 없었다. 아침부터 밤까지 연습과 연주, 만찬과 담화에 열중했고 여러 진기한 일과 연주회의 성공이 가져다 주는 자랑스러운 만족감에 마음을 빼앗겨, 미처 그녀를 생각할 겨를도 없었다. 단 한 번, 그것은 떠나 온 지 닷새째되는 날 밤이었다. 악몽에 시달리다가 갑자기 깨어난 그는, 자면서 그녀 생각을 하다가 그 때문에 깨어났다는 것을 깨달았다. 그러나 왜 그녀 생각을 했는지는 기억나지 않았다. 근심이 되며 가슴이 설레였다. 그러나 생각해 보니 별다른 일도 아니었다. 그날 밤 음악회에서 연주가 끝난 뒤 그는 회장에서 나가다가 밤참을 먹자고 끌려 가서 샴페인을 서너 잔 마신 것이었다. 잠이 오지 않아 그는 일어나 앉았다. 악상이 성가시도록 따라붙었다. 잠든 동안 자신을 괴롭힌 것이 이것이었구나 하고 생각했다. 그것을 작곡해 읽어보고는 그것이 참으로 슬픈 곡임에 스스로 소스라쳐 놀랐다. 작곡할 때는 조금도 슬프지 않았다. 적어도 그렇게 여겨지고 있었다. 그러나 예전에도 슬플 때에 명랑한 음악이 지어져서 그 밝은 가락에 성이 난 일이 있었다는 생각이 났다. 그러므로 그는 더이상 개의치 않았다. 자기 내부의 뜻밖의 움직임이 무엇인지 이해하진 못하면서도 이미 길이 들어 있었다. 크리스토프는 곧 잠이 들어, 다음 날 아침에는 이미 아무 생각도 하지 않았다.

그는 사나흘 동안 여행을 연장했다. 돌아가려고 마음만 먹으면 당장 돌아갈 수 있었으므로 여행을 연장하는 것은 여간 즐거운 것이 아니었다. 서둘러 돌아갈 필요는 없는 것이다. 드디어 귀로의 기차에 올랐을 때, 그제서야 자비네 생각이 났다. 그는 편지도 띄우지 않았다. 우체국에 와 있을지도 모르는 편지를 찾으러 가 보지도 않았을 만큼 그는 무심하기만 했다. 그는 이러한 침묵 속에 하나의 남모르는 기쁨을 발견하고 있었다. 저쪽에는 나를 기다리는 이가 있다, 나를 사랑하는 이가 있다는 것을 그는 알고 있었던 것이다. 나는 과연 사랑을 받고 있을까? 그녀는 아직 한 번도 그런 말을 그에게 한 적이 없었다. 그 역시 그녀에게 말한 적은 없었다. 아마도 그들은 그 말을 입에 올릴 필요도 없이 빤히 알고 있었을 것이다. 하지만 비록 그렇더라도 확실한 고백 이상으로 값어치 있는 일이란 없는 법이다. 왜 그들은 이토록 그것을 고백하기를 기다리고 있었던 것일까? 그들이 그것을 입에 올리려 하면 언제나 어떤 무엇이, 어떤 우연한 훼방꾼이 그것을 방해하곤 했던 것이다. 왜 그럴까? 왜 그랬을까? 그 얼마나 많은 시간을 이들은 허비한 것인지! 그는 사랑하는 이의 입에서 나오는 소중한 그 말을 그녀에게 말하고 싶었다. 아무도 없는 객실 안에서 그는 그 말을 크게 소리쳤다. 기차가 시가지에 다가갈수록 그는 조바심으로 가슴이 죄어드는 것 같은 심정이었다. 어쩌면 고통이기도 했다. 더 빨리 달려라 ! 자, 더 빨리 ! 아아 ! 이제 한 시간이면 그녀를 만난다 !

그가 집에 돌아온 것은 아침 여섯 시 반이 되어서였다. 아무도 일어나 있지 않았다. 자비네의 방은 아직 창문이 닫혀 있었다. 그녀에게 들리지 않도록 그는 사뿐사뿐 발끝으로 걸어서 안마당을 지나갔다. 갑자기 놀래 주자고 그는 속으로 빙글거리고 있었다. 방으로 올라갔다. 어머니는 아직 잠들어 있었다. 소리를 내지 않고 옷을 갈아 입었다. 배가 고팠다. 그러나 찬장을 뒤적이면 어머니가 깨어날 것 같아서 걱정이 되었다. 안마당에서 발걸음 소리가 났다. 창을 살짝 열어 보았다. 로자가 여느 때처럼 맨 먼저 일어나서 청소를 시작하고 있었다. 크리스토프는 나직이 그녀를 불렀다. 로자는 그를 보자 기쁨에 차서 놀란 듯한 몸짓을 보였다. 그러더니 곧 표정이 굳어졌다. 그는 로자가 아직도 자신을 원망하고 있을 것이라고 생각했다. 그러나 그의 마음은 흐뭇하기만 했다. 그는 로자 곁으로 내려갔다.

「로자, 로자, 자, 먹을 것 좀 줘 ! 안 주면 널 먹어치울 테다 ! 배가 고파 죽을 것 같단 말이야 ! 」

로자는 미소지었다. 크리스토프를 아래층의 부엌으로 데리고 갔다. 우유를 한 컵 따라 주며 그녀는 여행과 음악회에 관해 묻기를 계속했다. 그래서 다시 돌아온 기쁨으로 로자의 수다스러운 재잘거림을 듣는 것도 즐거워하며 시원시원하게 대답해 주었으나 로자는 질문하다 말고 갑자기 입을 다물었다. 우울한 표정이 되며 시선을 돌려, 무엇인지 꺼림칙해 하는 눈치였다. 그러다가 다시 지절거리기 시작했다. 그러나 지껄이는 것이 역시 마음에 걸리는지, 다시 입을 딱 다물어 버렸다. 크리스토프도 이상한 것을 눈치채고 그녀에게 물었다.

「왜 그래, 로자 ? 내게 불만이라도 있어 ? 」

그녀는 고개를 살래살래 저었다. 그러더니 평소의 버릇대로 별안간 그의 팔을 붙잡았다.

「오 ! 크리스토프 ! 」

그녀의 외침에 그는 흠칫했다. 들고 있던 빵 조각을 떨어뜨렸다.

「왜 ? 왜 그러는 거야 ? 」

「오오 ! 크리스토프 ! 큰 불행이 있었어요…….」

크리스토프는 테이블을 밀어 젖혔다. 그는 더듬거렸다.

「여기서 ? 」

로자는 안마당 건너의 집을 가리켰다.

크리스토프는 소리쳤다.

「자비네가!」

그녀는 울었다.

「돌아가셨어요.」

크리스토프의 눈에는 아무것도 보이는 것이 없었다. 일어섰다. 쓰러질 것 같았다. 테이블을 붙들고 매달렸다. 위에 얹혀 있던 것이 뒤집혔다. 크게 소리치고 싶었다. 참을 수 없는 괴로움이었다. 구토증을 느끼고 있었다.

로자는 소스라쳐 놀라며 곁으로 다가섰다. 그의 머리를 안아 들고 울었다.

간신히 입을 놀릴 수 있게 되자 크리스토프는 말하는 것이었다.

「그런 법이 어디 있어!」

그는 그것이 사실이라는 것을 알고 있었으나 그것을 부정하고 싶어했다. 있었던 일을 없었던 일로 여기고 싶어했다. 그러나 눈물에 젖은 로자의 얼굴을 보았을 때 이미 의심의 여지는 없었다. 그는 흐느껴 울었다.

로자는 얼굴을 들었다.

「크리스토프!」

크리스토프는 테이블 위에 엎드려 얼굴을 감추고 있었다.

「크리스토프! 엄마가 와요…….」

크리스토프는 비틀거리며 일어섰다.

「싫다, 싫어. 이 꼴을 보이고 싶지 않아.」

로자는 그의 손을 잡았다. 눈물로 엉망인 채 비틀거리는 크리스토프를 안마당에 있는 장작 창고로 데리고 갔다. 그리고는 문을 닫았다. 주위는 컴컴해졌다. 크리스토프는 장작을 패는 데 쓰는 그루터기 위에 아무렇게나 걸터 앉았다. 로자는 장작 다발 위에 앉았다. 바깥에서 나는 소리는 극히 희미하게 들릴 뿐이었다. 이곳에서는 남에게 들릴 염려 없이 울 수 있었다. 크리스토프는 한껏 크게 목놓아 울었다. 로자는 지금껏 그가 우는 것을 보지 못했다. 그가 울 수 있으리라고는 상상조차 해보지 못했다. 그녀는 자신의 소녀다운 눈물밖엔 모르고 있었다. 남자의 이런 절망을 보고는 공포와 연민으로 가슴이 가득해졌다. 그녀는 크리스토프에게 정열적인 애정을 느끼고 있었다. 이 애정에는 이기적인 데가 없었다. 그것은 희생이 되고 싶어하는 크나큰 욕구요, 그를 위해서 괴로워하고 싶어하며 그의 불행을 몽땅 받으려 하는 갈망이었다. 그녀는 마치 어머니처럼 그를 팔에 안았다.

「자, 크리스토프. 울지 말아!」

크리스토프는 외면했다.

「난 죽고 싶다!」

로자는 두 손을 마주 잡았다.

「그런 소리 마, 크리스토프!」

「난 죽고 싶어! 난 이제……난 더 살아 갈 수 없어……살아 간들 무슨 보람이 있단 말이야?」

「크리스토프, 이봐요, 크리스토프!……당신은 외토리가 아니예요. 당신을 사랑하는 사람도 있어요…….」

「그것이 내게 뭐라는 거야? 난 이미 아무것도 사랑하지 않아. 다른 것은 살건 죽건 상관 없어. 난 아무것도 사랑하지 않았던 거야. 난 그 사람만을 사랑하고 있었어. 그 사람밖엔 사랑하지 않았단 말이야!」

그는 두 손으로 얼굴을 감추고 더욱 심하게 울었다. 로자는 아무 말도 할 수가 없었다. 크리스토프의 정열이 지닌 이기주의가 그녀의 심장을 찌른 것이다. 가장 가까이 그에게 다가갔다고 생각된 순간, 지금까지보다도 더한층 고독하며 비참한 자신을 느낀 것이었다. 고뇌는 두 사람을 접근시키기는커녕 두 사람을 더 격리시켜 놓은 것이다. 로자는 애달프게 흐느껴 울고 있었다.

얼마 후 크리스토프는 울음을 그치고 물었다.

「그런데, 왜? 왜…….」

로자는 무슨 말인지를 알아차렸다.

「당신이 떠나신 날 밤, 유행성 감기에 걸렸어요. 그것이 도져 곧 돌아가셨죠.」

그는 신음했다.

「아아!……왜 내게 알려 주질 않았을까?」

「전 편지를 썼어요. 하지만 당신이 어디에 가 계신지 알 수 없었어요. 아무 말도 남기시지 않고 떠나신 걸요. 전 극장에도 가 봤어요. 하지만 다들 모른댔어요.」

크리스토프는 몹시 수줍음을 타는 그녀의 성격을 알고 있었다. 그러니 그렇게 동분서주하는 것이 그녀에게는 얼마나 쓰라린 일이었는지 알 수 있었다. 그는 로자에게 물었다.

「그 사람이……그 사람이 부탁했어?」

로자는 고개를 가로저었다.

「아아뇨. 하지만 전 그렇게 생각했어요…….」

그는 로자에게 눈으로 감사했다. 로자의 마음은 풀렸다.

「가엾은……가엾은 크리스토프!」

그녀는 울면서 그의 목을 껴안았다. 크리스토프는 이토록 순진한 애정에 크게 감동했다. 얼마나 그는 위안을 받고 싶어하는 것이었던가! 그는 로자에게 키스하며 말했다.

「당신은 착한 사람이야. 그럼, 당신도 그 사람을 사랑하고 있었던 거지?」

로자는 그에게서 떨어지더니 정열에 불타는 눈초리로 흘긋 보았을 뿐, 아무 대답도 하지 않았다. 그리고는 다시 울기 시작했다. 그녀의 그 눈초리는 그에게는 하나의 계시였다. 그 눈초리는 이렇게 말하는 것 같았다.

『제가 사랑하는 건 그이가 아니예요.』

크리스토프는 아직껏 모르고 있었던 것을, 몇 달 전부터 굳이 보려고 하지 않던 것을 비로소 본 것이었다. 로자가 자신을 사랑한다는 것을 본 것이었다. 로자는 말했다.

「쉿! 어머니가 절 부르세요.」

아말리아의 목소리가 들려 왔다. 로자가 물었다.

「집으로 돌아가시겠어요?」

크리스토프는 대답했다.

「아냐, 아직은. 어머니와 이야기를 할 수는 없어……좀더 있다가…….」

「그럼, 여기 계세요. 곧 또 올게요.」

그는 어두운 장작 창고에 홀로 남았다. 한 줄기 햇살이 거미줄 투성이의 좁다란 환기창으로 떨어져 오고 있었다. 길거리에서 아낙네들이 물건을 사라고 외치는 소리가 들려 왔다. 이웃 마구간에서는 말 한 필이 콧김을 불어 대며 벽을 발굽으로 걷어차고 있었다. 좀전에 크리스토프가 느낀 계시는 그 자신에게 조금도 기쁨을 주지는 않았다. 그러나 순간 꺼림칙해졌다. 지금까지는 주의해 보지도 않았던 숱한 자질구레한 일들이 서서히 떠오르면서 그 의미가 또렷해졌다. 그는 그런 것을 생각하는 데 놀라며 비록 한 순간이나마 자신의 슬픔을 떠나 정신이 딴 데 팔린 것에 분개하고 있었다. 그러나 그 슬픔이 너무나 격렬한 것이어서, 그의 애정보다도 더욱 강한 생존 본능이 그의 눈으로 하여금 그것을 외면하게 하여, 이 새로운 생각에 매달린 것이었다. 마치 물에 빠져 절망에 사로잡힌 사람이 한 순간이라도 수면에 뜨는 데 도움이 되는 것을 손에 닿는 대로 잡듯이. 게다가 또 그 자신이 괴로워하기 때문에 이제는 남이 괴로워한다는 것——그 자신을 위해 괴로워한다는 것을 똑똑히 감득할 수 있었던 것이다. 좀전에 흘리게 한 눈물이 이해되었다. 로자가 불쌍히 여겨졌다. 지금까지 그녀를 모질게 대한 생각이 났다. 그러나 앞으로도 변할 것은 없다고 생각했다. 그는 그녀를 사랑하지 않기 때문이다. 그녀를 사랑하면 무엇하랴? 불쌍한 아가씨! 좀전에 그에게 증명했듯이 그녀는 친절하다고 자신에게 타일러 보았으나 헛일이었다. 그녀의 친절이 그에게는 무엇이란 말이냐? 그녀의 생명인들 그에게는 무엇이겠는가? 그는 생각했다.

『왜 그녀가 죽지 않았을까? 왜 그 사람이 살아 있지 않는 것일까?』

그는 또 생각하는 것이었다.

『그녀는 살아 있다. 나를 사랑하고 있다. 그것을 어제도, 오늘도, 내일도, 아무튼 내가 살아 있는 동안은 계속 말할 수가 있다. 그런데 그 사람은, 내가 사랑하는 오직 한 분인 그 사람은 사랑한다는 말 한 마디도 못하고 죽어 버렸다. 나도 사랑한다는 말을 못했다. 영원히 나는 그녀의 그 말을 듣지 못하는 것이다. 영구히, 그 사람도 그 말을 들을 수 없는 것이다…….』

마지막 밤에 있었던 일이 떠올랐다. 두 사람이 서로 심중을 고백하려 하는 참에 로자가 나타나서 훼방을 놓은 것이다. 그 생각을 하니 로자가 갑자기 원망스러워졌다.

장작 창고의 문이 다시 열렸다. 로자가 나직이 크리스토프를 부르며 손더듬으로 그를 찾았다. 그녀의 손이 그의 손을 잡았다. 그녀의 손이 닿자 그는 혐오감을 느꼈다. 그러한 자신을 스스로 책망했으나 어쩔 수 없는 일이었다.

로자는 잠자코 있었다. 깊은 동정이 그녀에게 침묵을 가르쳐 준 것이다. 크리스토프는 자신의 슬픔이 부질없는 말로 교란되지 않는 것을 그녀에게 감사했다. 그러나 그는 알고 싶었다. 그 사람에 관한 것을 자신에게 말해 줄 수 있는 것은 그녀뿐인 것이다. 그는 조용히 물었다.

「그녀는 언제?」

죽었느냐고 차마 말할 수가 없었던 것이다. 그녀는 짤막하게 대답했다.

「한 주일 전 토요일에.」

한 가닥 생각이 번뜩 스쳐갔다. 그는 말했다.

「밤중이었구나.」

로자는 흠칫 놀라서 그의 얼굴을 쳐다보며 대답했다.

「그래요, 밤중이에요. 두 시와 세 시 사이.」

그 구슬픈 선율이 다시 떠올라왔다. 그는 몸서리를 치며 물었다.

「몹시 괴로워했어?」

「아아뇨. 다행히도 거의 괴로워하시진 않았어요. 너무나 쇠약하셨더군요! 아무런 저항도 하시지 않아서 절망적이라는 것을 곧 알았죠.」
「그 사람도 그것을 알았을까?」
「글쎄, 어떨지요. 제 생각에는……..」
「그 사람은 뭐라고 말을 했지?」
「아아뇨, 아무 말도 안했어요. 그저 갓난 아기처럼 보채셨어요.」
「당신도 거기 있었나?」
「네, 처음 이틀 동안은 저 혼자서 곁에 있었어요. 오라버니가 오실 때까지죠.」
감사의 마음이 복받쳐 그는 로자의 손을 잡았다.
「고마워.」
로자는 피가 심장으로 거꾸로 흐르는 느낌이었다.
잠시 침묵에 잠겨 있다가 그는 말했다. 가슴에 막혀 있던 질문을 더듬거리며 물었다.
「그녀는 아무 말도 안했나, 내게 대해서?」
로자는 슬픈 듯이 고개를 가로저었다. 그가 기대하는 대로 대답할 수만 있어도, 그녀는 무엇이든지 주어 버렸으리라. 이럴 때 거짓말을 할 줄 모르는 것이 한스러웠다. 로자는 그를 달래 주려고 애쓰고 있었다.
「이미 의식이 없었는 걸요.」
「뭐라고 말했어?」
「잘 알아들을 수 없었어요. 어렴풋이 나직한 말로 뭐라고 중얼거리고 있었죠.」
「딸애는 어디 있지?」
「그 사람의 오라버니가 시골집으로 데리고 갔어요.」
「그래서, 그녀는?」
「그 사람도 역시…… 요전 월요일에 여기서 옮겨 갔죠.」
두 사람은 다시 또 흐느껴 울었다.
포겔 부인이 또 로자를 부르는 소리. 크리스토프는 다시 혼자가 되어, 죽음의 그림자에 덮여 있던 그 나날들을 상기하고 있었다. 한 주일! 벌써 한 주일이나 지나간 것이다. 오오! 그 사람은 어떻게 되었을까? 지난 한 주일은 그 얼마나 많은 비가 땅 위에 내리퍼부어진 것인가! 그동안을 그는 마냥 웃으며 행복스럽게만 지내고 있었던 것이다.

호주머니 속에 들어 있는 얇은 종이로 싼 꾸러미 하나에 생각이 미쳤다. 그녀의 신발에 달아 주려고 가져온 은으로 된 걸쇠였다. 신을 벗은 조그만 발 위에 손을 얹었던 저녁의 일이 생각났다. 그 조그만 발은 지금 어디에 있을까? 얼마나 싸늘하게 식어 버렸을지! 그 따사로운 감촉만이 사랑하는 그 몸에서 얻은 오직 하나의 것임을 생각했다. 그는 한번도 그 몸에 닿을 수가 없었다. 두 팔로 껴안지도 못했다. 그녀는 전혀 그에게 알려지지 않고 가 버렸다. 그녀에 관해서는 그 영혼도, 육체도 모른다. 그녀의 생김새, 생명, 사랑에 대해서는 단 하나의 추억도 지닌 것이 없다. 그녀의 사랑? 그 어떤 증거를 가지고 있었던가? 편지 한 장, 기념품 하나 없다. 그야말로 아무것도 없는 것이다. 자신의 내부 또는 자신의 외부 어디에서 그녀를 포착하면 좋단 말인가, 어디를 찾아 보면 좋을 것인가! 오오, 전혀 무(無)이다! 그녀에 관해서 남아 있는 것이라곤 그가 그녀에 대해 품고 있는 애정뿐이다. 그에게 남겨져 있는 것이라곤 그 자신뿐인 것이다. 그런데도 여전히 그녀를 괴멸로부터 되돌리려는 격렬한 욕망과 죽음을 부인하고 싶은 욕구가 있었다. 그는 마지막 표류물에 매달리는 필사적인 심정으로 다음과 같은 말에 광신적으로 매달리는 것이었다.

……이 몸은 죽지 않음이요, 장소를 옮겼을 뿐이로다.
이 몸을 보고 우는 자의 마음속에, 이 몸은 아직 살아 있노라.
사랑받은 자는 모습을 바꾸어, 사랑하는 이의 영혼이 되느니라…….

……Ne son gia morto; e ben c'albergo cangi, resto in te vivo, c'or mi vedi e piangi, se l'un nell, altro amante si trasforma…….

그는 이 숭고한 말을 지금껏 읽은 일이 없었다. 그러나 그것은 그에게 있었던 것이다. 사람들은 몇 세기 전의 옛부터 있어 온 십자가의 길을 차례차례로 기어올라 그때부터의 고통이나 필사적인 희망을 거듭 발견하는 것이다. 사람들은 저마다 일찍이 살아 있었고, 그들보다 전에 죽음과 싸우고, 죽음을 부정하며, 그러다가 죽어 간 사람들의 발자취를 그대로 더듬어 가는 것이다.

크리스토프는 자기 방에 틀어박혔다. 건넛집의 창이 보이지 않게 덧문은 온종일 닫아 놓고 있었다. 그는 포겔 댁 식구들을 피했다. 그들이 지겹게 생각되었다. 구태여 비난할 데가 있는 것은 아니었다. 모두들 선량하며 신앙심이 두터운 사람들이어서, 죽음을 앞에 하고는 자신들의 감정을 죽이고들 있었다. 크리스토프의 괴로움을 알고 있으므로 마음속으로는 어떻게 생각하든간에, 아무튼 그를 건드리지 않고 가만 두었다. 그의 앞에서 자비네의 이름을 입에 올리기를 피하고 있었다. 그러나 그들은 자비네가 살아 있을 때엔 그녀의 적이었던 것이다. 그 이유만으로도 그녀가 이미 없는 지금에 있어서는, 그는 그들의 적이 될 수 있었던 것이다.

게다가 그들은 그 수선스러움이 전혀 나아지지 않고 있었다. 또한 일시적으로는 진심에서 연민의 정을 느끼긴 했으나, 이 불행이 그들의 가슴에 상처를 주지는 않았음은 분명했다. 그것은 너무나 당연한 일이었다. 어쩌면 그들은 남몰래 액땜을 했다고까지 생각할는지도 모를 일이었다. 적어도 크리스토프는 그렇게 상상하고 있었던 것이다. 자신에 대한 포겔 댁 식구들의 의도를 분명히 알게 된 지금에 있어서는, 그들의 의향을 그는 자칫 과장하여 생각하게 마련이었다. 실제로 그들은 크리스토프에 대해서 그다지 대수롭잖게 생각하고 있었다. 그 스스로 자신의 생각을 지나치게 중대시하고 있었던 것이다. 그러나 그는 의심치 않고 있었다. 이미 자비네는 죽고, 집주인 댁의 계획에 대한 주요 장애물이 제거되었으니 그들이 제멋대로 처신할 수 있는 여지가 로자에게 마련되었다고 틀림없이 생각하고 있다고. 이 때문에 그는 로자를 밉살스럽게 여기고 있었던 것이다. 포겔 댁 식구든 루이자든, 혹은 로자 자신이든간에 —— 남이 그의 일신상에 관한 것을 의논도 없이 멋대로 결정해 버렸다면, 이미 그것만으로도 그는 사랑하는 여인이라 할지라도 그 여인으로부터 멀어져 버렸을 것이었다. 그는 자신의 귀중한 자유가 침범되었다고 생각할 때마다 무척 분격했다. 그러나 이번 경우는 자신만의 문제가 아니었다. 그에 대한 월권은 한갓 그의 권리를 침범했을 뿐만 아니라 그가 마음을 바치고 있던 고인의 권리마저도 침범하는 것이었다. 그러므로 어느 누구도 그 권리를 공격하지는 않았지만 그는 분격해서 방어하려 들었던 것이다. 그는 로자의 선량성마저도 의심하고 있었다. 그녀는 그가 괴로워하는 것을 보고는 그녀도 괴로워하고, 그의 방으로 찾아와서 그를 달래 주며 그 사람의 이야기를 했다. 그는 그녀를 쫓아 보내지는 않았다. 자비네를 아는 누구하고든지 자비네에 관해서 이야기를 주고 받고 싶었던 것이다. 앓던 때에 일어난 아무리 작은 일이라도 알고 싶었던 것이다. 그러면서도 그는 그와 같은 로자의 친절을 고마워하진 않고 있었다. 그녀의 마음에는 이해 타산의 동기가 들어 있다는 생각이었다. 로자의 가족 들이, 심지어는 그 아말리아조차도 이렇게 그녀가 죽치고 앉아서 오래 지껄이는 것을 허용하고 있잖은가? 거기에 어떤 이로운 점이 없다면 아말리아는 결코 이런 것을 허용할 리가 없는 것이다. 로자는 식구들과 공모하고 있는 것이나 아닐까? 그녀의 동정이 전적으로 진심에서 우러나온 것이며 전혀 사심이 없는 것이라고는 그는 도저히 믿을 수 없었던 것이다.

어쩌면 로자의 동정은 그와 같은 것이 아니었을지도 모른다. 그녀는 진심으로 크리스토프를 불쌍히 여기고 있었다. 크리스토프를 통하여 자비네를 사랑하려 했고, 크리스토프의 눈으로 자비네를 보려 애쓰고 있었다. 그녀에 대해서 반감을 품고 있었던 것을 준엄하게 자책하며, 밤에 기도할 때마다 그녀에게 사죄하고 있었다. 그러나 로자는 과연 잊을 수가 있었을까? 자신은 살아 있다는 생각을, 줄곧 크리스토프를 만나고 있다는 것을, 자신이 그를 사랑하고 있다는 것을, 이제는 또 하나의 여성을 염려할 필요가 없다는 생각을, 그 여성은 이미 죽어 버렸고, 그 추억도 이윽고는 스러져 버리리라는 것을, 나 홀로 남아 있다는 생각을, 그리하여 아마도 언젠가는……하는 생각을. 그녀는 자신의 고통의 절정 속에, 크리스토프의 고통 —— 그것은 그녀의 고통이기도 하였다 —— 을 한창 느끼고 있을 때에 기쁨의 충동을, 또는 까닭 없는 희망을 억제할 수가 있었을까? 그런 후 그녀는 곧 그러한 자신을 책망했다. 그것은 번갯불처럼 순간적인 번쩍임에 지나지 않았다. 그러나 그것으로 족했다. 그는 그것을 빤히 꿰뚫어 본 것이다. 마치 심장마저 얼어붙을 만큼 싸늘한 시선을 그는 그녀에게 던졌다. 로자는 그 속에서 증오감을 읽었다. 그는 그 사람이 죽었는데 그녀가 살아 있다는 것을 원통해 하고 있었던 것이다.

제분업자가 마차를 가지고 자비네의 약간의 가재 도구를 가지러 왔다. 교습에 나갔다가 돌아온 크리스토프는 대문 앞 한길에, 침대나 장롱, 이불 또는 속옷 따위 등 모두 그녀의 것으로 그녀가 남기고 간 것들이 놓여져 있는 것이 보였다. 그로서는 차마 볼 수 없는 광경이었다. 크리스토프는 재빨리 지나쳐 갔다. 현관에서 베르톨트와 마주쳤다. 베르톨트는 그를 불러 세웠다. 그는 진심으로 크리스토프의 손의 쥐며 말했다.

「여어, 자네였군! 내 참 기가 막혀서! 같이 만났을 때엔 설마 이렇게 되리라고는 아무도 생각지 못했네 그려. 그땐 참 즐거웠지! 하지만 그날부터, 지금 생각해 보면 고약한 그놈의 뱃놀인가 뭔가 때부터, 건강이 악화된 것이라네. 하지만 이제와서 투덜거려 봤자 어쩔 수 없는 일이지! 죽어 버렸으니 말이야. 요 다음은 우리 차례라네. 그게 인생이라는 것이지.……그런데, 자네는 재미가 어떤가? 난 덕분에 이렇게 잘 있다네!」

그는 벌개진 얼굴에 땀을 뻘뻘 흘리며 술냄새를 풍기고 있었다. 이 사나이가 그녀의 오라버니이며 그녀의 추억에 권리를 지니고 있다고 생각하니, 크리스토프로서는 불쾌감을 금할 수 없었다. 자신이 사랑하는 여성에 관한 이야기를 이 사나이의 입을 통해서 듣기는 여간 고통스러운 것이 아니었다. 그러나 제분업자는 자비네에 관한 이야기를 같이 주고 받을 수 있는 상대를 발견한 것을 기뻐하고 있었다. 그로서는 크리스토프의 냉담한 태도가 도무지 납득되지 않았다. 그는 꿈에도 생각하지 못했던 것이다. 그 자신이 여기 있다는 것, 그 농가에서 하루를 지낸 일을 갑자기 생각나게 한 것, 즐거운 추억을 섣불리 생각나게 한 것, 땅바닥에 흩어져 있는 자비네의 가련한 유품을 무심히 지껄이면서 발로 밀어 젖히고 있었다는 것 등등, 그러한 모든 일이 크리스토프의 고통을 배가시키고 있었다고는 도무지 생각할 수 없었다. 자비네라는 이름이 그의 입에 오르내리는 것만으로도 크리스토프의 가슴은 찢어지는 것 같았다. 그는 이 사나이의 입을 다물게 할 구실을 찾았다. 계단을 올라갔다. 그러나 사나이는 그를 따라와 계단 중간에서 그를 불러 세우고는 계속 지껄여 댔다. 끝내는 하층 계급 사람들이 병에 대해서 말할 때에 보이는 그 비정상적인 즐거움으로 그가 자비네의 병에 관하여 듣기 거북한 이모저모를 세세히 지껄여 대자, 크리스토프는 더 참을 수가 없었다. 그는 몸을 긴장시켜 괴로움에 찬 소리를 지르지 않으려고 안간힘을 쓰고 있었다. 그는 사나이의 말을 딱 잘라 가로막았다. 그는 얼음장처럼 차디차게 말했다.

「미안합니다. 이만 실례해야겠습니다.」

그밖에는 아무런 인사말도 없이 그는 그 자리를 떠났다.

이런 냉정한 태도는 제분업자로 하여금 반감을 갖게 했다. 그는 누이동생과 크리스토프 사이에 오가는 은밀한 애정을 짐작 못한 바가 아니었다. 그러니 그가 이렇게 냉담한 태도를 보인 것을 보고 크리스토프란 사나이는 인정없는 녀석이라고 판단할 수밖에 없었다.

크리스토프는 제 방으로 도피해 있었다. 숨이 막힐 것 같았다. 이삿짐을 실어 나르는 동안 그는 방에서 나가지 않았다. 창에서 내다보지 않으리라고 맹세했다. 그러나 내다보지 않을 수가 없었다. 커튼 뒤의 한 구석에 숨어서 그 정다운 옷가지가 실려 나가는 것을 눈으로 뒤쫓고 있었다. 그것이 차츰 없어져 가는 것을 보고는 하마터면 한길로 뛰어나가서, 『안 된다, 안 돼! 그건 내게 남겨 주시오! 가져가지 말아 주시오!』하고 외칠 뻔했다. 적어도 한 가지만이라도, 단 한 개의 물품만이라도 좋으니 양보해 주오, 그녀를 내게서 몽땅 빼앗아 가지는 말아 달라고 하소연하고 싶었다. 그러나 어떻게 그런 말을 저 제분업자에게 탄원할 수가 있단 말인가? 제분업자는 그와는 전혀 인연이 없는 사람이었다. 그의 사랑은 그녀조차 모르고 있었잖은가. 어떻게 그것을 남에게 토로할 수가 있는가? 더구나, 어떤 한 마디 말을 하려 들었다간, 그만 울음이 터져 나올 것만 같았다.……안 된다, 안 돼. 잠자코 있어야 한다. 난파선의 파편 하나 줍지 못한 채, 모든 것이 없어지는 것을 바라보고 있어야 하는 것이다.

　이윽고 모든 일이 거의 끝나고 집 안이 텅텅 비고, 제분업자가 떠나간 뒤에 대문이 다시 닫히고 마차 바퀴 소리가 유리창을 울리며 멀어져 가고 끝내는 그것조차 사라져 버렸을 때, 크리스토프는 방바닥에 몸을 내던졌다. 이제는 한 방울의 눈물도 없고, 괴로워하거나 싸우거나 할 생각도 없이 몸은 얼음장처럼 차디차지며, 마치 죽은 듯이 누워 있었다. 누군가가 문을 두드렸다. 크리스토프는 꼼짝도 하지 않았다. 다시 또 두드렸다. 그는 문 잠그는 걸 잊어버리고 있었다. 로자가 들어섰다. 방바닥에 쓰러져 있는 그를 보고, 그녀는 놀라서 호들갑스럽게 소리치고는 더럭 겁이 나서 그 자리에 선 채 멈칫거렸다. 크리스토프는 분연히 고개를 들었다.

「왜 그래? 무슨 일이야? 내버려 두라니까!」

　그녀는 물러가지 않았다. 문에 기대서서 주저하며 말했다.

「크리스토프…….」

　그는 조용히 일어났다. 이런 모습을 그녀에게 들켜 창피스러웠다. 손으로 먼지를 털며 그는 딱딱하게 물었다.

「도대체 왜 그러지?」

　로자는 조심조심 말했다.

「미안해요,……크리스토프……막 들어와서……난 이걸 주려고 왔어…….」

　그녀는 손에 무엇인가를 가지고 있었는데 크리스토프에게 그것을 내보이며 말했다.

「보세요, 이거. 베르톨트에게 부탁해서 기념될 만한 유품을 얻어냈어요. 당신이 기뻐하실 줄 믿고요…….」

　그것은 조그만 은거울이었다. 그녀가 몸치장을 위해서라기보다는 심심풀이 삼아 몇 시간씩이나 얼굴을 비춰 보곤 하던 호주머니 거울이었다. 크리스토프는 그것을 얼른 손에 받아 쥐고 로자의 내민 손을 쥐며 말했다.

「오오! 로자!」

　크리스토프는 로자의 친절과 자신의 잘못을 절실히 느꼈다. 정열적인 충동에 사로잡혀 그녀 앞에 무릎을 꿇고 그 손에 입을 맞췄다.

「용서해 줘……용서해 줘…….」

로자는 처음엔 이 말 뜻을 알지 못했다. 그러나 곧 그 뜻을 알아차렸다. 그녀는 얼굴을 붉히며 울음을 터뜨렸다. 그가 이렇게 말하고 싶어한다는 것을 알 수 있었기 때문이다. 『내가 나쁘더라도 용서해 주오……내가 그대를 사랑하지 않더라도 용서해 주오……내가 그대를……내가 그대를 사랑할 수 없더라도, 영구히 그대를 사랑할 수 없는 한이 있더라도 용서해 주기를!』

로자는 손을 빼지 않았다. 그가 키스하고 있는 것은 자신이 아님을 그녀는 알고 있었다. 크리스토프는 또한 로자의 손에 볼을 얹어 놓고는, 그녀가 그를 꿰뚫어보고 있다는 것을 알면서 뜨거운 눈물을 흘리고 있었다. 그녀를 사랑할 수 없는 데에, 그녀를 괴롭히고 있는 데에 씁쓰레한 슬픔을 맛보는 것이었다.

두 사람은 눈물에 젖어 어두운 방안에서 언제까지나 그렇게 하고 있었다.

한참만에야 가까스로 로자가 손을 놓았다. 크리스토프는 여전히 중얼거리고 있었다.

「용서해 줘!」

로자는 손을 그의 머리 위에 얹었다. 그는 일어섰다. 두 사람은 묵묵히 입술을 포갰다. 서로의 입술 위에 짭짤한 눈물을 느끼고 있었다.

「우린 언제까지나 친구로 지내자.」

그는 나직한 목소리로 소곤거렸다.

그녀는 고개를 끄덕였다. 너무나 깊은 슬픔으로 아무런 말도 할 수 없어, 그녀는 그냥 그 자리를 떠나갔다.

세상 일을 자신의 의지와는 다르다고 그들은 생각할 것이다. 사랑하는 이는 사랑을 받지 못한다. 사랑을 받는 자는 도무지 사랑하질 않는다. 사랑하고 사랑받는 자는 언젠가는 사랑으로부터 격리되어 버린다.……어떤 이는 괴로워한다. 어떤 이는 남을 괴롭혀 준다. 반드시 괴로워하는 사람이 더 불행하다고는 할 수 없는 것이다.

크리스토프는 다시 집을 빠져나가곤 하게 되었다. 집에서는 이미 생활할 수가 없었다. 정면의 커튼이 없는 창이나 텅빈 그 방안을 바라보고 있을 수가 없었다.

그는 그보다 더 혹독한 고통을 맛보아야 했다. 오일러 영감이 서둘러 아래층 방에 세를 들인 것이다. 어느 날, 크리스토프는 자비네의 방에서 낯선 사람들의 얼굴을 보았다. 새로운 얼굴이 스러져 버린 생활의 마지막 잔영마저 거두고 말았다.

크리스토프는 집에 푹 파묻혀 지낼 수가 없었다. 종일토록 밖에서 지내다가, 밤에 아무것도 보이지 않게 될 때에야 비로소 귀가하곤 했다. 다시 그는 들판을 돌아다니게 되었다. 걸음을 옮기다 보면, 그의 발길은 어느새 베르톨트의 농가 쪽으로 향하게 마련이었다. 그러나 안으로 들어가지는 않았다. 접근할 수도 없었다. 단지 멀리서 그 주위를 빙글빙글 돌아다닐 뿐이었다. 농가나 평야나 냇물을 눈으로 쫓으며 버드나무 숲가까지 바라보았다. 저 버드나무 밑에서, 자비네의 얼굴에 죽음의 그림자가 스치는 것을 본 것이었다. 또 거기서 그는 자비네와 자기가 바로 옆방에 묵으면서 그토록 가깝고도 먼 단 하나의 문 때문에 영원히 격리된 채 잠 못 이루는 밤을 지새웠던 그 집의 두 개의 창문을 볼 수 있었다. 그는 또 묘지를 아스라히 내려다보기도 했다. 그러나 거기 들어설 결심은 서지 않았다. 그는 어려서부터 무덤을 무척 싫어해서 사랑하는 사람들의 잔영을 거기에 연관시켜 생각하기를 거부하고 있었다. 그러나 높은 데서 아득히 내려다보니, 죽은 사람이 들어 있는 그 조그만 묘지에 불길한 그림자라곤 조금도 없었다. 고요히 태양 광선을 쬐며 잠들어 있었다. 잠 ! 그렇지, 그녀는 잠자기를 좋아했었다 ! 거기서는 그 무엇도 그녀의 잠을 방해하는 것은 없으리라. 수탉의 울음 소리가 들판을 가로지르며 서로 마주 응하고들 있었다. 농가에서는 물방아의 삐걱거리는 소리와, 가축들의 울음 소리, 아이들이 놀며 외쳐 대는 소리가 들려왔다. 자비네의 딸이 눈에 띄었고, 그녀가 뛰어가는 것을 보았고, 그녀의 울음 소리를 분간해 들을 수 있었다. 언젠가는 농가의 문 가까이에 벽을 둘러싸고 있는 오목한 길목에서 그녀를 기다렸다. 지나치는 아이를 붙들어 세우고 거칠게 입맞춤을 퍼부었다. 소녀는 무서워했다. 울어 젖힌다. 그녀는 이미 거의 크리스토프를 잊어버리고 있었다. 그는 물었다.

「여기서 살게 되어 기쁘니 ?」

「응, 재미있어…….」

「돌아가고 싶지 않니 ?」

「아아뇨 !」

그는 소녀를 놓아 주었다. 아이의 이러한 무관심이 그는 슬펐다. 가엾은 자비네 ! 하지만 이 아이는 바로 그녀였다. 그녀의 조그만 한 부분이었다. ── 한 줌밖에 안 되는 아주 적은 ! 아이는 어머니를 닮진 않았다. 어머니의 몸에서 나왔으나 어머니와 같지는 않았다. 그 신비로운 머무름에서는 고인의 그야말로 극히 어렴풋한 향기밖엔 타고 나지 않았다. 이를테면 목소리의 억양이라든가, 입술이 살짝 이지러지는 것이라든가, 머리를 갸우뚱한다든가——그밖에는 전혀 딴 사람이었다. 자비네 같으면서도 자비네와 다르다는 이 혼합된 느낌은, 왠지 모르게 크리스토프를 기분 나쁘게 만들었다.

크리스토프는 자신의 내부에서만 자비네의 체취를 발견하고 있었다. 어디에나 그녀는 따라왔다. 하지만 그가 진실로 그녀와 같이 있다고 느끼는 것은 혼자 있을 때뿐이었다. 그녀의 추억으로 차 있는 이 고장의 한복판, 남의 눈에 띄지 않는 저 언덕 위의 은신처에 있을 때처럼 그녀를 가까이 느끼는 일은 없었던 것이다. 그는 서너 마일의 길을 걸어와서, 흡사 밀회하러 가기라도 하는 듯이 가슴을 두근거리며 그곳으로 뛰어 올라갔다. 아닌게아니라 그것은 밀회였다. 그곳에 이르면 그녀의 몸이 누워 있는 땅 위에 그는 몸을 뉘인다. 눈을 감는다. 그녀가 몸에 스며 들어온다. 그에게는 그녀의 얼굴도 보이지 않았고 목소리도 들리진 않았다. 그럴 필요가 없었다. 그녀는 그의 내부로 스며 와서 그를 사로잡고, 그는 그녀를 소유했다. 이와 같은 정열적인 환각 상태에서, 그는 그녀와 같이 있다는 의식 외에는 아무런 의식도 없었다.

이러한 상태는, 극히 짧은 한 순간밖엔 지속되지 않았다. 실제로 그의 마음이 완전히 그럴 수 있었던 것은 단 한번뿐이었다. 다음 날부터는 의지가 그에 첨가되었다. 그 이후로는 아무리 그 상태를 다시 한번 해보려 애써 보았으나 허사였다. 그러자 비로소, 그는 자비네의 뚜렷한 모습을 상기하고자 했다. 지금까지 그런 것은 생각해 본 적도 없었던 것이다. 그는 번개처럼 한 순간 그녀의 모습을 상기할 수가 있었다. 그로써 그의 마음은 환히 비추어졌다. 그러나 그것은 장시간에 걸친 기대와 암흑에 의해서 간신히 얻어진 것이었다. 그는 생각하고 있었다.

『불쌍한 자비네여! 그들은 모두 다 당신을 잊어버렸소. 오오, 나의 보배여. 당신을 사랑하고 영구히 당신을 간직해 나가는 것은 나 혼자뿐이오! 내 몸은 당신을 지니고 있소. 당신을 붙들어 놓고 있소. 결코 놓지 않겠소!』

그는 이런 투로 말하고 있었다. 그녀는 이미 그에게서 달아나려 하고 있었기 때문이다. 마치 손가락 사이로 새어 나가는 모래처럼, 그녀는 그의 생각으로부터 빠져 나가고 있었던 것이다. 그는 언제나 충실히 밀회하러 오곤 했다. 그녀의 생각을 하려 한다. 눈을 감는다. 그러나 반 시간이 지나고, 한 시간이 지나서, 때로는 두 시간이나 지나서 그는 자신이 아무것도 생각지 않은 것을 깨닫는 수가 있었다. 골짜기에서 웅성거리는 소리. 수문에서 거품 이는 물소리. 언덕 위에서 풀을 뜯고 있는 두 마리 염소의 방울 소리. 호리호리한 관목 사이를 스치는 바람 소리. 그러한 것들이 마치 해면처럼 말랑말랑하고 훤히 열린 그의 명상 속으로 스며 들어오고 있었던 것이다. 크리스토프는 그러한 자신의 명상에 성을 내었다. 명상은 그에게 복종하려 했고, 스러져 버린 그 자취를 또렷이 고정시키려 했다. 그러나 그는 피곤에 지치고 서글픈 심정에 젖어 힘없이 쓰러져 버린다. 그리고는 다시 또 한숨을 지으며 감각의 나른한 파도에 몸을 내맡기고 만다.

그는 나른하게 마비된 자신의 마음을 흔들어 깨우쳤다. 자비네를 찾아 시골길을 헤맨다. 그녀의 미소가 스쳐간 거울 속에서 그녀를 찾으려 한다. 그녀가 손을 담근 일이 있는 냇가에서 그녀를 찾는다. 거울도 냇물도 자신의 그림자밖엔 비춰 주지 않았다. 걷는 데서 느끼는 흥분과 신선한 공기와 맥박치는 건강한 피는 그의 마음에 음악을 눈뜨게 했다. 그는 자신을 속이려 들었다. 그는 한숨지었다.

『오오, 자비네 !』

그는 그러한 노래를 그녀에게 바치며, 그들 속에 자신의 사랑과 괴로움을 소생시키고자 기도했다.……그것은 헛수고였다. 아니, 사랑과 괴로움은 보기좋게 소생되었다. 그러나 불쌍한 자비네는 그것과 아무런 관계도 없었다. 사랑과 괴로움은 미래를 향하고 있었지 과거는 바라보지 않고 있었던 것이다. 크리스토프는 자신의 청춘에 대해서는 전연 저항할 수가 없었다. 생명의 파도가 다부지게 새로이 그의 내부에 솟구쳐 올라온다. 그의 슬픔, 애석함, 불타 오르는 맑디맑은 애정, 억압된 욕망은 그의 정열을 부채질했다. 상을 당한 슬픔이 있었으나, 그의 심장은 경쾌하고 격렬한 리듬으로 맥박치고 있었다. 흥분한 노래는 취한 듯한 박자로 춤추고 있었다. 온갖 것이 생명을 축복한다. 슬픔조차도 즐거움을 띠고 있었다. 크리스토프는 솔직한 성품이어서 자기 자신을 계속 속이고 있을 수는 없었다. 그는 자신을 멸시했다. 그러나 생명이 크리스토프를 이겨냈다. 죽음으로 가득 찬 영혼과 생명으로 가득 찬 육체로써, 그는 슬퍼하면서도 재생의 힘과 삶의 정열적이며 부조리한 기쁨에 몸을 내맡기고 있었다. 고뇌도, 연민도, 절망도, 돌이킬 수 없는 상실의 아픈 상처도, 죽음의 온갖 고통도, 강자에게는 더욱 박차를 가해서 도리어 이 삶의 기쁨을 활기 있게 하는 것이다.

그러나 크리스토프는 알고 있었다. 영혼의 밑바닥에 자비네의 그림자가 갇혀 있는, 가까이 다가갈 수도 없고 침범할 수도 없는 은신처를 지니고 있다는 것을. 삶의 흐름도 아마 그것을 쓸어 흘려 보내지는 못하리라. 사람은 누구나가 자기 마음속 깊숙한 곳에 자신이 사랑한 사람들의 조그만 무덤을 간직하고 있게 마련이다. 그들은 거기서 몇 해씩이나 그 어느 누구에 의해 깨어나는 법없이 잠들어 있다. 그러나 누구나가 알다시피 언젠가는 무덤의 입구가 열릴 때가 온다. 죽은 자는 그 무덤을 나서서 빛 바랜 입술로 미소짓는다. 자신들의 추억이 마치 어머니의 태내에서 잠들어 있는 아기처럼, 그 가슴속에서 고이 쉬고 있는 사랑하는 이, 그리운 사람에게.

<h2 style="text-align:center">3. 아 아 다</h2>

줄곧 비가 내리던 여름이 지나고 가을이 빛나고 있었다. 과수원에는 뭇 과일들이 주렁주렁 가지에 매달렸다. 빨간 사과는 마치 상아 구슬처럼 빛나고 있었다. 벌써 어떤 나무들은 일찌감치 늦가을에 눈뜬 듯이 아름다운 옷을 걸쳤다. 불꽃 같은 과일의 빛깔, 익을 대로 익은 멜론이나 오렌지 또는 레몬 빛깔, 맛좋은 음식 같은 빛깔, 구운 고기 빛깔 등등. 알록달록한 황갈색의 엷은 빛살이 숲속의 온갖 곳에서 빛나고 있었다. 목장에서는 속이 투명한 사프란 꽃이 장미빛의 자그마한 불꽃처럼 피어 있었다.

그는 언덕을 내려가는 참이었다. 일요일 오후였다. 비탈에 끌려 들어 거의 치달리듯이 큰 걸음으로 성큼성큼 걷는다. 한 악절을 흥얼거리고 있었는데, 그 리듬은 이 산책을 시작할 때부터 그에게서 떠날 줄을 모르고 있었다. 그가 낯이 시뻘개져서 가슴을 드러낸 채 팔을 휘저으며 미친 사람처럼 눈을 두리번거리며 걷다가 길모퉁이에서 불쑥 금발의 덩치 큰 아가씨와 마주쳤다. 아가씨는 담벼락 위에 올라서서 커다란 나뭇가지를 힘껏 휘어잡고 조그만 자주빛 자두를 마냥 먹어 대고 있었다. 둘이 다 흠칫 놀랐다. 그녀는 입 안에 가득 머금은 채 난처한 듯한 표정으로 그를 바라본다. 그러다가 그만 웃음이 터졌다. 크리스토프도 웃음을 터뜨렸다. 그녀는 보기에도 탐스러웠다. 그 둘레에 햇빛 가루를 뿌린 것 같은, 곱슬곱슬한 금발로 둘러싸인 동그스름한 얼굴. 포동포동한 장미빛 볼. 큼직한 푸른 눈. 끝이 교만스럽게 위로 들린 약간 큰 코. 튼튼한 송곳니가 삐져 나온, 새하얀 이가 드러나 있는 새빨간 조그만 입. 잘 먹을 것 같은 턱. 거기다가 골격이 딱 바라지고 통통한, 전체적으로 풍성한 몸집. 그는 그녀에게 소리쳤다.

「많이 드시오!」

그리고는 걸음을 계속하려 했다. 그러나 그녀가 불렀다.

「여보세요……미안하지만 내려가야겠는데 도와주시겠어요? 내릴 수가 없지 뭐예요…….」

그는 뒤돌아섰다. 올라갈 때는 어떻게 했느냐고 물었다.

「매달려서 기어올라왔죠, 뭐……올라가긴 언제나 쉽거든요.」

「특히 맛있는 과일이 매달려 있을 때는 그렇겠죠…….」

「그럼요……하지만, 먹고 나니 용기가 없어지네요. 어디로 내려가야 할지 막막해지는군요.」

마치 새가 홰에 앉아 있는 꼴이 되어 있는 그녀를 크리스토프는 뚫어지게 쳐다보았다. 그러다가 말했다.

「그러고 있으니 참 보기 좋습니다. 거기 가만 계십시오. 내일 다시 봅시다. 안녕!」

이렇게 말하면서도 그는 그녀의 발 밑에 그냥 버티고 선 채 움직이지 않았다.

그녀는 무섭다는 시늉을 했다. 사랑스러운 표정으로, 그냥 내버려두고 가지 말아 달라고 부탁했다. 두 사람은 웃으며 얼굴을 마주하고 있었다. 그녀는 붙잡고 있는 나뭇가지를 가리키며 말했다.

「따 드릴까요?」

남의 친절을 존중하는 크리스토프의 마음은 옷토와 같이 산책하던 시절과 조금도 변함이 없었다. 그는 서슴치 않고 그 제의를 받아들였다. 그녀는 자두를 그에게 던져 맞히며 즐거워했다. 그가 다 먹고 나자 그녀는 말했다.

「자아!」

크리스토프는 그녀를 기다리게 하여 심술스런 기쁨을 맛본다. 그녀는 담벼락 위에서 조바심이 나 있었다. 그는 드디어 말했다.

「자아, 내려오시오!」

그러면서 그는 팔을 내뻗쳤다. 그러나 뛰어내리려는 순간, 그녀는 생각을 고쳐먹는다.

「기다려 주세요! 우선 식량을 마련해 두어야지!」

그녀는 손이 닿는 대로 가장 잘 익은 자두를 따서 조끼가 불룩해질 만큼 가득 쑤셔넣었다.

「조심하세요! 터지지 않게요!」

그는 차라리 터뜨리고 싶을 지경이었다.

316

　그녀는 담벼락 위에서 몸을 움츠려 그의 팔 안으로 뛰어들었다. 그는 다부진 몸집이긴 했으나, 그녀의 몸무게로 몸이 휘청해져서 하마터면 그녀를 잡지 못하고 놓칠 뻔했다. 두 사람은 비슷한 키였다. 두 얼굴이 닿았다. 그는 자두즙으로 젖은 그녀의 달콤한 입술에 키스했다. 그녀도 무턱대고 키스를 돌려준다. 그는 물었다.
　「어디 가시지요?」
　「모르겠어요.」
　「혼자서 산책중이셨나요?」
　「아아뇨. 친구하고 같이예요. 근데 어쩌다가 떨어져 버렸어요……야아!」
　그녀는 느닷없이 힘껏 누군가를 불렀다. 아무 대답도 없었지만 별로 그것을 개의치 않았다. 두 사람은 목적지도 없이 곧장 걷기 시작했다. 그녀가 물었다.
　「그래, 당신은 어디 가시죠?」
　「나도 몰라요.」
　「잘됐군요. 같이 가요.」
　그녀가 조금 벌어진 조끼에서 자두를 꺼내 먹기 시작하자 그가 말했다.
　「배탈나요.」
　「절대 염려 없어요! 전 온종일 먹는 걸요.」
　조끼 틈으로 그는 속옷을 살펴보고 있었다. 그녀가 입을 열었다.
　「자두가 완전히 따뜻해졌네요.」
　「어디!」
　그녀는 웃으며 하나를 그에게 넘겨 주었다. 크리스토프는 받아 먹었다. 그녀는 어린애처럼 자두를 씹으며 곁눈질로 그를 바라보고 있었다. 이러한 모험이 끝내는 어떻게 되는지 그는 잘 알 수 없었다. 그녀는 희미하게 느끼고 있을 뿐이었다. 게다가 그녀는 그걸 바라고 있었다. 그때 숲에서 부르는 소리가 나자 그녀도 따라서 대답했다.
　「다들 있네요. 참 다행이야!」
　그녀는 말과는 반대로 도리어 아차, 하는 생각이 들었다. 그러나 여성에게 있어서의 말이란 생각하는 대로를 말하기 위해서 주어진 것은 아니었다. 이것은 고마운 일이다! 그렇지 않았다면, 이 세상의 도덕이란 것은 없어져 버리리라.
　목소리는 다가왔다. 동행인들은 한길로 나오는 참이었다. 그녀는 길가의 도랑을 깡충 건너뛰어, 그 둑으로 기어올라가서 나무 뒤에 숨었다. 크리스토프는 그러한 그녀를 눈여겨 보고 있었다. 그녀는 명령하듯이 그에게 오라고 신호했다. 그는 그녀의 뒤를 따랐다. 그녀는 숲속으로 들어갔다.

두 사람이 꽤 멀리까지 갔을 때, 그녀는 야아 하고 거듭 소리쳤다. 찾아 헤매게 할 참이었다.

일행은 한길에 멈춰 서서, 어디서 목소리가 들려 오나 하고 귀를 기울였다. 그녀의 목소리에 답하며 숲속으로 들어온다. 그러나 그녀는 기다리고 있지 않았다. 오른쪽으로 또는 왼쪽으로 크게 방향을 바꾸어 가며 재미있어 하는 것이었다. 그들은 목청껏 그녀를 불러 댔다. 그녀는 그렇게 해놓고는 이번에는 반대 방향으로 가서 소리쳤다. 마침내 그들은 지쳐 버렸다. 그리고는 그녀를 오게 하는 최상의 방법은 그녀를 찾지 않는 것이라고 확신하고는 일동이 소리쳤다.

「안녕 !」

그리고는 그들은 노래를 부르며 떠나갔다.

그녀는 그들이 자기에게 신경쓰지 않는다고 분개하고 있었다. 자기는 그들을 쫓아 보내려 하고서도 그들이 너무나 어이없게 체념해 버린 것을 용서할 수 없었다. 크리스토프는 멍청한 얼굴이었다. 낯선 여자와 숨바꼭질을 해봤자 그다지 재미가 없었다. 단 둘이 있는 것을 이용할 생각도 없었다. 그녀 역시 그런 생각은 염두에도 없었다. 분한 나머지, 크리스토프 생각은 까맣게 잊어버리고 있었던 것이다.

「어마 ! 정말이지, 너무들 해. 나를 내버려두고 가다니 !」

「하지만 당신이 그것을 원하잖았습니까.」

「절대 그런 일 없어요 !」

「당신이 도망다닌 겁니다.」

「내가 도망했다니, 그건 내 입장이에요. 저 애들 입장은 아니죠. 그 애들은 날 찾아야 하는 거예요. 만약에 내가 길을 잃었더라면 ?」

실제와는 반대로 정말 길을 잃었더라면 과연 어떤 일이 벌어졌을까, 하고 그녀는 투덜거리고 있었다.

「그렇지. 꾸짖어 주어야지 !」

그녀는 그렇게 말하고는 큰 걸음으로 되돌아갔다.

한길에 나서자 그녀는 크리스토프 생각이 났다. 그리고는 새삼스럽게 그를 보았다. 그러나 이미 늦었다. 그녀는 그만 웃음이 터져 나왔다. 좀전까지 그녀의 몸 속에 있었던 조그만 악마는 이미 사라져 버린 뒤였다. 다시 또 다른 악마가 와 주기를 기다리며, 그녀는 무관심한 눈으로 크리스토프를 바라보았다. 게다가 그녀는 배가 고팠다. 그녀의 위가 마침 식사 시간임을 상기시켜 준 것이다.

그녀는 한시 바삐 숙소로 가서 일행들과 합치기를 바라고 있었다. 크리스토프의 팔을 잡았다. 온 몸의 힘으로 크리스토프의 팔에 매달려서, 투덜거리며 피곤하다고 지껄이고 있었다. 그렇게 말하면서도 그녀는 미친 듯이 소리치기도 하고 웃기도 하며 크리스토프를 끌고 언덕길을 뛰어 내려가는 것이었다.

두 사람은 이야기하기 시작한다. 그녀가 어떠한 사람인가를 알게 되었다. 그녀는 크리스토프의 이름을 알지 못했다. 음악가라는 직함에 대해서는 별다른 경의를 품지 않는 것 같았다. 크리스토프는 그녀가 시가 중 가장 멋진 카이자 거리에 있는 어느 여자 기성복점의 점원이라는 것을 알 수 있었다. 이름은 아델하이드라고 했다. 친구들은 그저 아아다라고 불렀다. 오늘의 소풍에 동행한 이는 같은 상점에서 일하는 친구들과 성실한 청년 두 명이었다. 그중의 하나는 바일러 은행의 행원이며, 또 한 명은 어느 백화점의 점원이었다. 이들은 일요일을 이용해서 라인 강의 아름다운 경치를 전망할 수 있는 브로헤트 여관까지 가서, 그곳부터는 배편으로 귀로에 오르기로 정한 것이었다.

두 사람이 숙소에 이르자, 일행들은 이미 와서 자리를 잡고 있었다. 아아다는 친구들과 한바탕 말다툼을 하지 않을 수 없었다. 비겁하게도 나를 그냥 내버려두고 오는 법이 어디 있느냐고 화를 내고 이분이 도와주셨다며 크리스토프를 소개했다. 그들은 그녀의 불평쯤은 전혀 문제시하지 않았다. 그러나 그들은 크리스토프를 알고 있었다. 은행원은 그에 관한 소문을 들어 알고 있었고, 점원은 그의 몇몇 작품을 들은 일이 었었다. 그는 당장 그 한 곡을 입에 담아 보아야 한다고 생각하며 흥얼거리기 시작하는 것이었다. 그들이 크리스토프에게 보여준 경의는 아아다에게 깊은 인상을 주었다. 게다가 본명은 요한나라고 하는 다른 한 아가씨 미르하가——언제나 눈을 깜박깜박하는 밤색 머리의 처녀이며, 볼록 튀어나온 이마에, 뒤로 넘겨 아무렇게나 맨 머리, 중국인 같은 얼굴은 좀 찌푸렸으나 지적이며, 거기다 염소 같은 얼굴 표정과 기름기 많은 금빛을 띤 안색이 매력이 없지도 않은 그런 아가씨가 갑자기 이 궁정 음악가에게 애교를 부리는 바람에 아아다는 더욱 깊은 인상을 받았다. 그들은 부디 식사를 같이 하는 영광을 주십사고 간청하는 것이었다.

크리스토프는 지금까지 이런 환대를 받은 적이 없었다. 그들 하나하나가 모두 그에게 그지 없는 존경으로 대했고, 사이좋은 두 아가씨는 서로 그를 빼앗으려 들고 있었다. 둘이 다 그에게 상냥하게 굴었다. 미르하는 얌전한 태도와 교활한 눈으로 테이블 밑에서 발을 크리스토프에게 대고 있었다. 아아다는 또 아름다운 눈동자와 어여쁜 입 등 아름다운 몸이 지닌 온갖 유혹을 마음껏 드러내고 있었다. 이러한 무례한 교태는 크리스토프를 궁지에 몰아 넣고 당혹케 했다. 이 대담한 두 아가씨는 그의 집에서 그 자신을 둘러싸고 있는 불쾌한 사람들과는 딴판인 듯한 느낌이었다. 크리스토프는 미르하에게 흥미를 느꼈다. 아아다보다 그녀가 영리하다고 꿰뚫어본 것이다. 그러나 그녀의 아첨하는 태도와 애매한 미소에는 매력과 동시에 반감을 느끼지 않을 수 없었다. 그녀는 아아다에게서 풍기는 찬연한 기쁨에는 대적할 수가 없었다. 그녀 자신도 그것을 잘 알 수가 있었다. 자신이 패배했다는 것을 알아차리자, 그녀는 그 이상 버티지도 않고 그저 계속 미소만 지으며, 참을성있게 자신이 나설 차례가 오기를 기다리기로 했다. 아아다는 자신이 승리했다고 알아차리자 승리를 더이상 진행케 하려고는 하지 않았다. 그녀가 지금까지 해온 것은, 특히 친구들을 불쾌하게 하는 데 치중했던 것이다. 그녀는 이에 성공한 셈이다. 그녀는 만족했다. 그러나 그런 장난을 하는 동안 스스로 그 올가미에 걸려 버린 것이다. 그녀는 크리스토프의 눈빛 속에 자신이 불질러 놓은 정열이 이글거림을 느끼고 있었다. 그 정열은 그녀 자신의 몸 속에도 불타올랐다. 그녀는 입을 다물었다. 야비스러운 미태도 그쳤다. 두 사람은 묵묵히 눈을 마주하고 있었다. 입에는 입맞춤의 맛이 남아 있었다. 가끔 발작적으로 다른 친구들의 농담에 신나게 참견했다. 그리고는 다시 침묵에 잠기며 몰래 눈을 마주하곤 했다. 끝내는 마음속을 보이기를 두려워하는 듯이 눈을 마주하지도 않고, 저마다 자기 자신 속에 침잠하여 욕망을 키워가는 것이었다.

식사가 끝나자 일동은 출발 준비를 했다. 나루터까지 가려면 숲을 가로질러 이 킬로미터나 걸어가야 한다. 아아다가 맨 먼저 일어나고, 크리스토프가 그 뒤를 따랐다. 두 사람은 층계 위에서 다른 사람들의 준비가 끝나기를 기다렸다. 여관 문앞에 켜진 단 하나의 등불 둘레만이 뽀얗게 짙은 안개 속에 묵묵히 나란히 서 있었다.

아아다는 크리스토프의 손을 잡고 집을 따라 마당의 구석으로 끌고 갔다. 개머루가 커튼처럼 드리워져 있는 발코니 아래 그들은 몸을 숨겼다. 무거운 어둠이 두 사람을 감싸고 있었다. 서로의 얼굴도 보이지 않는다. 바람이 전나무의 가지를 조용히 흔들어 주고 있었다. 크리스토프는 자기 손가락에 깍지낀 아아다의 따사로운 손가락과, 그녀가 가슴에 꽂고 있는 헬리오트로프의 꽃향기를 느끼고 있었다.

느닷없이 그녀가 그를 끌어당긴다. 크리스토프의 입이 안개에 젖은 아아다의 머리에 부딪힌다. 그의 입은 그녀의 눈에, 눈썹에, 콧구멍에, 통통한 광대뼈에 키스를 퍼부었고, 입술을 찾아 입가에 키스하다가 마침내 찾아내고는 아득히 빠져들었다.

친구들이 나와 그들을 불렀다.

「아아다!」

두 사람은 꼼짝도 안했다. 서로 꽉 껴안는 바람에, 거의 숨조차 쉴 수가 없었다.

미르하의 음성이 들려 왔다.

「먼저 갔나 봐.」

친구들의 발소리가 어둠 속으로 멀어져 갔다. 두 사람은 정열적인 속삭임을 입술 위에서 짓누르며 더욱더 꽉 껴안고 있었다.

마을의 탑시계가 멀리서 울려온다. 두 사람은 포옹에서 몸을 풀었다. 어서 바삐 나루터로 달려가야 했다. 그들은 묵묵히 팔과 팔, 손과 손을 깍지낀 채 보조를 맞추며 걸음을 옮겨 놓기 시작했다. 그녀의 성격 그대로 재빠르고 절도 있는 잰걸음으로. 길은 황량스러웠다. 들에는 사람의 그림자 하나 없었다. 열 걸음 앞도 보이지 않는다. 그들은 이 흐뭇한 암야를 명랑하고 마음 탁 놓인 심경으로 걷고 있었다. 한번도 한길의 돌부리에 채이지 않았다. 늦었으므로 지름길로 가기로 했다. 오솔길은 포도밭 속을 내리받이로 한참을 가다가 다시 치받이가 되어 언덕 중턱을 오래도록 굽이굽이 구부러져 갔다. 안개 속에 강물 소리와 다가오고 있는 외륜선의 움직이는 소리가 울려 온다. 두 사람은 오솔길에서 뛰어 나가서 밭을 가로질러 치달렸다. 드디어 라인 강변에 닿았다. 나루터까지는 아직 멀다. 그런데도 두 사람의 희열은 변함이 없었다. 아아다는 저녁 때의 피곤을 말끔히 잊고 있었다. 달빛같이 희끄무레한 빛깔로 덮인 강을 따라서, 더욱더 축축하게 짙어져 가는 가벼운 안개 속에 잠잠하기만 한 풀을 밟으며 밤새도록 걸을 수도 있을 것 같았다. 배의 기적이 울리고, 눈에 보이지 않는 그 괴물은 장중하게 멀어져 갔다. 두 사람은 웃으며 말했다.

「이 다음 배를 탑시다.」

강 기슭에서는 잔잔한 소용돌이가 두 사람의 발 밑에서 부서지고 있었다.

나루터에 닿았다. 누군가가 그들에게 말했다.

「마지막 배가 막 떠났소.」

크리스토프는 가슴이 덜컥했다. 아아다의 손이 더 세게 그의 팔을 잡으며 말했다.

「상관 없어요! 내일이면 배편이 있을 테죠, 뭐.」

서너 걸음 앞의 강변 테라스 위에 기둥 하나가 서 있었다. 거기 매달려 있는 각등이 안개로 이루어진 무리 속에서 창백하게 빛나고 있다. 거기서 조금 더 간 곳에 밝은 창이 여럿 보이는 조그만 여관 한 채가 있었다.

두 사람은 조그만 마당으로 들어섰다. 발 밑에서 모래가 사각거린다. 두 사람은 손더듬으로 계단을 찾았다. 들어가니 집 안에서는 마침 불을 끄는 중이었다. 아아다는 크리스토프의 팔에 매달려서 방 하나를 달라고 했다. 안내되어 들어간 방은 조그만 마당에 가까이 있었다. 크리스토프는 창 밖으로 몸을 내밀고, 인광처럼 몽롱하게 밝은 강과, 흰 눈처럼 빛나고 있는 각등을 바라보았다. 각등의 유리에는 큼직한 날개를 가진 모기가 부딪히고 있었다. 문이 닫혀진다. 아아다는 침대가에 서서 미소짓고 있었다. 그는 그녀를 볼 수 없었다. 그녀 역시 크리스토프를 보지 않았다. 그러나 속눈썹 사이로 크리스토프의 일거일동을 지켜보고 있었다. 마루 판자가 걸을 때마다 삐걱거린다. 집 안에서 일어나는 조그만 소리도 들려 온다. 두 사람은 침대 위에 앉아서 말없이 와락 껴안았다.

정원에서 깜박이던 불빛이 꺼졌다. 모든 것이 꺼졌다.⋯⋯밤⋯⋯심연⋯⋯빛도 없고 거의 의식도 없고⋯⋯있는 것이라곤 오로지 존재뿐. 존재가 지닌 어두운 탐욕적인 힘. 전능의 기쁨. 비통한 기쁨. 공허가 돌을 흡수하듯 존재를 흡수하는 희열. 온갖 사고를 낱낱이 흡수해 버리는 욕정의 소용돌이. 캄캄한 밤 속을 전전하는 도취된 세계의 미쳐 버린 부조리의 법칙⋯⋯.

밤⋯⋯뒤섞이는 호흡, 서로 용해되어 합치는 두 육체의 황금빛 따사로움, 더불어 빠져 들어가는 황홀감의 심연. 수많은 밤이고, 몇백 년의 시간이고, 죽음의 몇몇 순간인 그러한 밤. 공통의 꿈, 눈을 감고 소곤거리는 밀어, 잠에 젖어들며 서로 찾아 대는 맨발의 즐겁고 은밀스러운 감촉, 눈물과 웃음, 아무것도 없는 속에서 서로 사랑하는 행복, 허무의 잠을 서로 나누는 행복, 뇌리에 감도는 물체의 형상, 아련히 요동하는 밤에 떠오르는 환영⋯⋯라인 강은 집 아래 저 끝에서 찰싹찰싹 파도친다. 멀리서는 바위에 부딪혀 부서지는 파도가, 모래 위에 내리는 보슬비 같은 소리를 내고 있다. 오래된 다리는 물에 떠밀려서 삐걱삐걱 신음 소리를 낸다. 그것을 이어 댄 쇠사슬은 마치 고철이 맞비벼 대는 듯한 소리를 내며 시간의 흐름과 함께 호흡을 되풀이하고 있었다. 강물 소리가 높아져서 방안을 채운다. 침대가 조각배같이 여겨진다. 그들은 나란히 누운 채, 눈이 아찔하는 급류에 휩쓸린다. 하늘을 나는 새처럼 공허 속에 두둥실 뜬 채로. 밤은 더욱더 캄캄해지고 공허는 더욱더 휑해진다. 두 사람은 더욱 굳게 포옹한다. 아아다는 울고 크리스토프는 의식을 잃으며 둘이 다 캄캄한 밤의 파도 속으로 가라앉아 갔다.

밤……죽음……왜 또다시 살아야 하는 건가?

동트는 새벽녘의 희뿌연 빛이 축축히 젖은 유리창에 살며시 닿는다. 생명의 어슴푸레한 빛이 노곤한 몸 속에 다시 지펴진다. 그는 눈을 떴다. 아아다의 눈이 그를 뚫어지게 들여다보고 있었다. 두 사람의 머리는 같은 베개 위에 기대어져 있다. 두 팔은 서로 엇갈려 있고, 두 사람의 입술은 맞닿아 있다. 온 생명이 몇 분간에 지나간다. 태양이 쨍쨍 내리쬐는 웅대하고 조용한 나날이.

『나는 지금 어디 있는 것일까? 나는 이미 자신의 존재를 느낄 수가 없다. 무한이 나를 감싸고 있다. 나의 영혼은 올림퍼스의 평화에 가득 찬, 고요하고 큼직한 눈을 가진 조각과도 같은 영혼인 것이다…….』

두 사람은 다시 또 몇 세기간에 걸친 잠 속으로 떨어져 든다. 새벽녘의 귀에 익은 소리들, 먼 종소리, 지나가는 조각배의 물방울을 떨어뜨리며 저어지는 상앗대 소리, 한길을 걸어가는 사람들의 발걸음 소리는 그들이 살아 있다는 것을 생각나게 하고, 그들에게 그것을 맛보게 하며, 그들의 잠에 취해 있는 행복감을 흐트러뜨리지 않고 애무하고 있었다.

창 앞에서 배 지나가는 물소리가 난다. 곤한 잠에 빠져 있던 크리스토프는 흠칫 눈을 떴다. 각기 일과 시간에 맞추어 시내로 돌아갈 수 있게 일곱 시에 떠나자고 약속해 놓은 터였다. 그는 속삭였다.

「들리지?」

그녀는 눈을 뜨지 않았다. 미소를 짓고는 입술을 내밀어 그에게 키스하려 애쓰다가, 다시 그의 어깨 위에 머리를 뚝 떨어뜨린다. 크리스토프는 유리창을 통해서 밖을 내다보았다. 배의 연통, 인기척 없는 갑판, 무럭무럭 내뿜는 연기가 흰 하늘을 배경으로 미끄러지듯 흘러간다. 그는 다시 잠 속으로 떨어져 들어갔다.

무의식중에 어느덧 한 시간이 지나가 버렸다. 시계 소리에 그는 흠칫 놀랐다.

「아아다…….」

그는 상냥하게 친구의 귀에 속삭였다.

「이봐, 아아다! 여덟 시란 말이야.」

여전히 눈을 감은 채, 그녀는 불쾌한 기색으로 눈썹을 찌푸리며 입이 뾰로통해진다.

「아이! 더 자게 둬요!」

몹시 피곤하다는 듯이 한숨지으며 그의 팔에서 몸을 빼내더니, 그에게 등을 돌려 돌아누운 채 다시 잠들어 버렸다.

크리스토프는 그녀의 곁에서 자고 있었다. 똑같은 따스함이 둘에게 흐른다. 그는 꿈을 꾸기 시작했다. 그의 피는 크게 조용히 파도치며 흐르고 있었다. 맑디맑은 감각은 아무리 자질구레한 인상도 티없이 싱싱한 감각으로 받아들여지고 있었다. 그는 자신의 힘과 청춘을 즐기는 것이었다. 한 사나이임을 자랑스럽게 느끼고 있었던 것이다. 자신의 행복에 미소짓는다. 그러면서 자신이 고독함을 느낀다. 지금까지와 같이 고독하며, 그보다도 더 고독할지도 모른다. 그러나 그것은 조금도 슬픔이 없는 숭고한 쓸쓸함을 지닌 고독이었다. 이미 열정적이 아니고, 그런 흔적조차 없었다. 자연은 그의 차분한 영혼 속에 자유로이 그 모습을 비추고 있었다. 크리스토프는 벌렁 누워서 얼굴을 창쪽으로 돌린 채 밝은 안개로 눈부시게 빛나고 있는 공기 속에 눈을 담그며 미소짓는 것이었다.

「살아 있다는 것은 참으로 좋은 일이다!」

살아 있다는 것! 배 한 척이 지나간다. 그는 생각하고 있었다. 이미 살아 있지 않은 사람들, 그와 그녀가 같이 타고 있던, 지나가 버린 조각배 생각을,——그녀? 그녀는 여기 누워 있는 이 여인, 내 곁에서 잠들어 있는 이 여인이 아니다——그것은 오직 하나의 그 사랑스러운 여인, 그리운 여인, 불쌍하게 죽어간 그 사랑스러운 여인이다. 그런데 지금 여기 누워 있는 이 여인은 누구일까? 왜 여기 있는 것일까? 우리는 왜 이 방의 이 침대에 오게 된 것이었을까? 그는 그녀를 유심히 응시했다. 본 기억이 없었다. 낯선 여인이었다. 어제 아침, 그녀는 나를 위해서는 존재하지 않았던 것이다. 이 여인에 대해서 나는 무엇을 알고 있는 것일까? 그는 그녀가 총명하지 않다는 것을 알고 있었다. 선량하지 않다는 것도 알고 있었다. 잠이 들어 얼굴에서는 핏기가 가서 퉁퉁 부어 올랐고, 이마는 낮았다. 숨을 쉬느라고 입을 크게 벌리고, 앞으로 삐죽이 나온 입술은 잉어의 주둥이 같은 생김새이며 지금의 그녀가 아름답지 못하다는 것을 그는 알고도 남았다. 자신은 이 여자를 조금도 사랑하지 않는다는 것도 알고 있었다. 아닌게아니라 곰곰이 생각해 보면 날카로운 아픔으로 가슴이 찔렸다. 처음 만난 그 순간 그는 낯모르는 이 입술에 키스했고 만난 첫 날 밤에 아무 관계도 없는 이 아름다운 육체를 소유해 버린 것이다. 그런데 자신이 사랑하고 있던 여인이 자기 곁에서 살다가 죽어 가는 것을 그는 그저 보고만 있었던 것이다. 그녀의 머리 한번 매만질 수 없었고, 그녀의 체취는 영원히 맡아 볼 수조차 없는 것이다. 이미 아무것도 없다. 모두 녹아 스러져 버렸다. 대지가 크리스토프로부터 일체를 빼앗아가 버린 것이다. 그는 그녀를 지킬 줄도 몰랐던 것이다.

무심히 잠들어 있는 이 여인 위에 몸을 수그리고, 얼굴의 특징을 자세히 보려고 불쾌한 눈초리로 그녀를 응시했다. 그녀는 그 시선을 느꼈다. 관찰되고 있다는 것이 불안해 그녀는 안간힘을 쓰며 무거운 눈까풀을 들어 미소지었다. 그녀는 눈을 갓뜬 어린애처럼 잘 돌아가지 않는 혀로 말했다.

「그렇게 보지 마. 나, 꼴사나운 걸……」

그녀는 잠에 취해 곧 다시 축 늘어졌으나 그러면서도 미소를 지으며 더듬더듬 말했다.

「아아! 몹시……몹시 졸립네!」

그리고는 또다시 꿈 속으로 잠겨간다. 크리스토프는 웃음을 참지 못했다. 그녀의 어린애 같은 입과 코에 부드럽게 키스해 주었다. 그리고는 이 덩치 큰 계집아이의 잠든 얼굴을 좀더 유심히 살펴본 다음 그녀의 몸을 넘어서 소리 안 나게 살그머니 일어났다. 그가 잠자리에서 빠져 나가자, 그녀는 푹 한숨을 쉬고는 빈 침대에 두 다리를 쭉 뻗는다. 크리스토프는 옷차림을 갖추며 그녀가 눈을 뜨지 않도록 조심했다, 그럴 염려는 조금도 없었지만. 옷차림을 마치자 그는 창가의 의자에 앉아서 마치 얼음덩이라도 흐르는 것같이 보이는 안개 자욱한 강을 내다보고 있었다. 우울한 목가의 선율이 감돌고 있었다. 꿈 속을 헤매는 것 같은 심경에 젖어든다.

그녀는 가끔 실눈을 뜨고는 멍청히 크리스토프를 바라보다가 몇 초만에야 그의 모습을 알아보고는 미소를 머금었다. 그리고는 또 잠에 빠진다. 그녀가 그에게 시간을 묻는다.

「아홉 시 십오 분 전이야.」

그녀는 아직도 잠결에서 그정도면 괜찮다고 생각했다. 그리곤 기지개를 켜며 한숨을 쉬고 말했다.

「아홉 시 반에 일어나야지.」

그녀가 미처 몸을 움직이기 전에 시계가 열 시를 쳤다. 그녀는 발끈했다.

「또 친단 말이야! 언제나 시간이 앞서 가는군……」

크리스토프는 웃는다. 침대 위의 그녀 곁에 앉는다. 그녀는 그의 목에 팔을 두르더니, 꿈꾼 이야기를 늘어놓는다. 크리스토프는 별달리 주의해 듣진 않았다. 간간이 부드러운 야유를 넣으며, 그녀의 꿈 이야기를 방해했다. 그래도 그녀는 그의 입을 다물게 하고는, 지극히 중대한 이야기인 듯이 정색을 하며 말을 잇는 것이었다.

——그녀는 만찬석에 앉아 있었다. 대공도 임석하셨다. 미르하는 뉴펀들란드 산의 개 모습이 되어 있었다.……아니, 곱슬곱슬한 털이 난 양의 모습이 되어 시중을 들고 있었다. 아아다는 공중에 높이 떠서 걷기도 하고 춤추기도 하고 공중에 누울 수도 있었다. 그것은 참으로 간단한 일이었다. 그저 이렇게…… 이렇게만 하면 그것으로 족한 것이었다.

크리스토프는 그녀를 놀려 대었다. 그녀는 조롱을 받자 아주 발끈하면서도 덩달아 웃었다. 어깨를 으쓱하며 그녀는 말했다.

「좋아! 넌 모르는 거야, 아무것도!」

두 사람은 침대 위에서 같은 숟가락으로 아침 식사를 했다. 그러고 나서야 그녀는 가까스로 일어났다. 이불을 걷어 젖히고 아름다운 큼직한 발과 살찐 아름다운 정강이를 드러내며 침대 밑 융단 위에 미끄러져 내려서더니 그 자리에 주저앉아 자신의 발을 유심히 뜯어본다. 한참 후엔 손뼉을 치며 자리를 비워 달란다. 크리스토프가 우물쭈물하고 있으려니까 그의 어깨를 움켜잡고 문 밖으로 밀어내더니 문을 잠가 버렸다.

그녀는 방안에서 빈들빈들하며 천천히 시간을 보냈다. 아름다운 손발을 하나하나 바라보고는 펴 보고, 세수를 하면서도 감상적인 가요를 노래하고, 창가에서 북 치는 시늉을 하던 크리스토프의 얼굴에 물을 끼얹어 주고, 막상 떠날 때는 아직 마당에 피어 남아 있는 장미꽃을 꺾거나 하는 것이었다. 두 사람은 배를 탔다. 안개는 아직 가시지 않았다. 그러나 태양이 안개를 뚫고 빛나고 있었다. 몸이 젖빛 광선 속에서 두둥실 떠 있는 듯한 느낌이 든다. 아아다는 크리스토프와 나란히 앉아서, 졸린 듯한 얼굴로 언짢은 표정을 짓고 있었다. 햇빛으로 눈이 부시다느니, 하루 종일 머리가 아플 거라느니 하며 종알종알거렸다. 크리스토프가 별로 그녀의 짜증을 받아 주지 않자, 뾰로통해져서 입을 다물어 버렸다. 가끔 실눈을 뜨고는 잠에서 깨어난 어린애처럼 우스꽝스럽게 정색을 하곤 했다. 그러나 다음 나루터에서 우아한 부인 하나가 배에 올라 그녀의 곁에 자리를 잡고 앉자 그녀는 갑자기 활기에 차 크리스토프에게 감상적이며 고상한 말을 쓰려고 애쓰는 것이었다. 그에게 막말로 지껄이던 말투를 고쳐, 의젓한 체하며 『당신』이라고 말하는 것이다.

크리스토프는 그녀가 지각한 것을 여주인에게 무어라고 변명할 것인지 걱정이 되었다. 그녀는 그런 것쯤은 거의 아랑곳하지도 않았다.

「까짓것 뭐. 이게 처음이 아닌 걸.」

「뭐가?」

326

「지각 말이야.」

그녀는 그의 질문에 당혹해서 대답했다. 크리스토프는 지각의 원인을 차마 캐물을 수가 없었다.

「뭐라고 핑계 댈 셈인데?」

「엄마가 앓는다든지, 죽었다든지……뭐라면 어때, 그까짓것.」

그녀가 이렇게 대수롭지 않게 처리해 버리는 것이 크리스토프로서는 마음이 아팠다.

「당신이 거짓말을 하는 게 싫군.」

그녀는 뾰로통해졌다.

「난 절대로 거짓말은 안해. 하지만, 그런 말은 못하잖아…….」

크리스토프는 반은 장난기로 반은 정색을 하며 물었다.

「왜 말 못하지?」

그녀는 까르르 웃더니 어깨를 움찔해 보이며 말했다. 당신은 버릇없고 무례하다, 제발 나를 『너』라고 부르지는 말아 달라고 부탁하지 않았는가 하고.

「내게는 그럴 권리가 없단 말인가?」

「절대로 없구말구.」

「그런 일이 있었는데도?」

「아무 일도 없었는 걸.」

그녀는 도전적인 태도로 웃으며 그를 뚫어지게 응시했다. 그녀는 농담을 한 것이었으나, 고약하게도 그것을 본심으로 말하거나, 또는 진심으로 그렇게 믿는 것도 그녀로서는 그다지 어려운 일은 아니었을 것이다. 크리스토프는 그것을 느낄 수 있었던 것이다. 그러나 아마도 어떤 즐거운 추억으로 기분이 유쾌해졌던 것일까. 별안간 그녀는 크리스토프에게 시선을 못박은 채 웃음을 터뜨렸다. 그리고는 주위 사람들의 눈초리도 아랑곳없이 크게 소리내어 그에게 키스를 퍼부었다. 주위 사람들 역시 조금도 놀라는 기색이 없었다.

그는 이제 상점의 여점원이나 점원들과 같이 산책을 나다니고 있었으나, 그들의 야비스러운 면은 그리 좋아하지 않았다.

그럴 때마다 그는 도중에서 처져서 떨어지려 하곤 했다. 그러나 아아다는 반항심으로 이제 다시는 숲속을 헤매려 들지 않는 것이었다. 비가 오거나 그밖의 어떤 이유로 시내를 빠져 나갈 수가 없을 때면, 그녀를 극장이나 박물관 또는 동물원으로 데리고 갔다. 그것은 그녀가 그와 같이 있는 것을 남들에게 보이고 싶어하기 때문이었다. 그녀는 또 종교적인 예식에도 같이 따라와 달라고 했다. 그러나 크리스토프는 우스울 만큼 성실해서, 종교를 믿지 않게 된 뒤로는 교회에 발을 들여놓으려고 하지 않았다. 그는 다른 구실을 대어 교회의 오르간 연주자로서의 지위도 버린 것이었다. 그러면서도 자신은 의식하지 못했으나 여전히 종교적인 감정만은 남아 있었으므로, 아아다의 그와 같은 요청을 불경스럽다고 여기는 것이었다.

크리스토프는 그녀의 집으로 만나러 가기도 했다. 그 집에서는 같이 살고 있는 미르하를 만나기도 했다. 미르하는 그를 원망하진 않았다. 보드랍고 말랑한 손을 그에게 내밀며 아무런 관계도 없는 이야기나 가벼운 이야기를 하고는 살그머니 자리를 피해 주곤 했다. 이 두 여인은 가장 사이가 나빠져야 했을 그 일이 있은 뒤로, 가장 사이가 좋아진 것 같았다. 두 아가씨는 언제나 같이 있었다. 아아다는 미르하에 대해서라면 무슨 일이나 비밀로 묻어두는 법 없이 낱낱이 털어놓게 마련이었다. 미르하 또한 모든 일에 귀를 기울였다. 두 아가씨는 그러한 면에 저마다 똑같은 기쁨을 느끼고 있는 듯했다.

크리스토프는 이 두 여성과 같이 있으면, 아무래도 마음이 차분해질 수가 없었다. 그녀들의 우정, 야릇한 대화, 서슴치 않는 태도, 특히 미르하의 사물을 보는 노골적인 눈이나 노골적인 표현은 질색이었다. 하기야 그의 면전에서는 그가 없을 때 같지는 않았으나, 아아다가 그에게 그 말을 또 되풀이해 들려 주곤 했던 것이다. 또 언제나 어리석은 문제나 매우 저급한 관능의 문제로 옮겨가는, 조심스럽지 못하고 재잘거리기 좋아하는 호기심 등등, 괴상 야릇하고 또한 다소 짐승스러운 분위기가 그를 몹시 우울케 했다. 그러면서도 그는 또 흥미를 느끼기도 했던 것이다. 그는 그런 것은 무엇 하나 아는 게 없었기 때문이다. 그들 두 마리의 조그만 짐승들이 지절거리는 이야기를 들으면 그는 어안이 벙벙해지곤 했다. 그녀들은 옷차림이 어떻다느니 무엇이 어떻다느니 하며 끝도 시작도 없는 이야기를 하고 바보스러운 웃음을 깔깔거리고, 음탕한 이야기를 할 때면 기쁜 듯이 눈을 빛내곤 했다. 그러다가 미르하가 자리를 뜨면, 그는 후 하고 안도의 한숨을 짓곤 했다. 두 아가씨가 같이 있으면 크리스토프는 마치 언어가 통하지 않는 어느 외국에라도 와 있는 듯한 느낌이 들곤 했다. 자신이 하는 말은 무엇 하나 들어 주지 않았던 것이다. 그녀들은 외국인을 전적으로 업신여기고 있었던 것이다.

아아다와 단 둘이만 있을 경우에도, 그들은 여전히 서로 다른 이야기를 하고 있었다. 그러나 적어도 피차 이해하려고 노력은 하고 있었다. 실제로 크리스토프는 그녀를 이해하면 할수록 도리어 그녀를 알 수 없게 되었다. 그녀는 그가 안 첫 여성이었다. 불쌍한 자비네도 여성이긴 했으나, 크리스토프는 그녀에 관해서는 전혀 아무것도 몰랐다. 그에게 있어서 그녀는 여전히 그의 마음의 꿈이었던 것이다. 그런데 아아다는 잃어버린 시간을 그로 하여금 돌이키게 하는 구실을 하고 있었다. 그는 이번에야말로 여성에 대한 의문을 풀려고 기를 쓰고 있었다. 아마도 그곳에서 하나의 의의를 남기려고 애쓰는 사람에게밖엔 의문이 아닌 의문을.

아아다는 지성이라곤 전혀 지니지 않았다. 그것은 그녀의 가장 조그만 결점에 지나지 않았다. 만약 그녀가 이 결점을 고쳤다면 크리스토프도 아마 참을 수 있었으리라. 그러나 그녀는 시시한 일에만 머리를 쓰면서도 자기딴엔 정신적인 것에도 정통하다고 자인하고 있었던 것이다. 그리고는 모든 것을 확신하며 판단했던 것이다. 음악 이야기를 하면 크리스토프가 가장 잘 알고 있는 것을 그에게 설명하고 절대적인 판단을 내리며 그의 말을 귀담아 들으려 하질 않는다. 그녀를 설득하려 해도 허사였다. 자부심을 갖고 신경을 날카롭게 하고 있었다. 까다롭게 굴며, 고집이 세고, 또 허영덩어리였다. 어떠한 일도 이해하려 하지 않았다. 또한 이해할 수도 없었다. 대체 그녀는 자신이 아무것도 이해하지 못한다는 것을 왜 스스로 인정할 수 없었던 것일까? 만일 그녀가 장점과 단점을 지닌, 그저 있는 그대로의 자신이려 한다면 크리스토프는 얼마나 더욱 그녀를 사랑했을 것인가!

사실 그녀는 생각한다는 것에는 거의 무관심했다. 그녀의 관심이라곤 오로지 먹고, 마시고, 노래하고, 춤추고, 소리치고, 웃고, 잠자는 것뿐이었다. 그녀는 행복해지고 싶어했다. 그렇게 되었더라면 지극히 다행스러운 일이었겠지만 그렇게도 되어 주질 않는 것이다. 그녀는 천성적으로 행복해질 수 있는 성질을 타고났다. 대식가이며, 게으름뱅이며, 쾌락을 좋아하며, 크리스토프를 조바심나게 하거나 즐겁게 하거나 하는 천진스러운 이기주의자였다. 다시 말해서 인생을 유쾌하게 해 주는 온갖 악덕들 그것을 그녀는 지니고 있었다. 게다가 또 그녀는 행복스러워 보이는 얼굴 생김새였다. 이런 얼굴은 적어도 그것이 아름다울 때는 그에게 접근하는 뭇 사람들을 행복으로 빛나게 하게 마련이다. 이렇게 볼 때 그녀는 살아 있다는 것을 만족스러워할 만한 충분한 이유를 지닌 셈이었으나 그것에 만족할 만한 지성을 그녀는 지니지 못하고 있었다. 어느 모로 보나 건강해 보이며 넘칠 듯한 쾌활과 맹렬한 식욕을 지닌 아름답고도 활기찬, 싱싱하며 명랑하기만 한 아가씨가 자신의 건강을 걱정스러워한다. 실컷 먹어 대면서 몸이 약하다고 한탄한다. 또 모든 일을 투덜거린다. 더 못 걷겠다, 더 숨쉴 수가 없다, 머리가 아프다거나 하며. 그녀는 모든 일을 두려워하며 어리석으리만큼 미신에 사로잡혀 온갖 일에 전조(前兆)를 보곤 했다. 예를 들면 식탁에서 나이프나 포크가 열십자형으로 교차되어 있거나 손님의 숫자가 재수 없는 숫자거나 소금병이 뒤집혀 있거나 하면, 그 불행을 피하려고 자꾸자꾸 푸닥거리 같은 짓을 해야 했다. 산책하다가도 까마귀가 보이면 수를 세어 보고 어디로 날아가나 하고 반드시 관찰하게 마련이었다. 또 길을 걸으면서도 발 밑을 불안스러운 듯이 살피곤 했다. 오전중에 거미가 지나가는 것이 눈에 띄면, 으레 마음이 우울해져서 그냥 돌아가자고 졸랐다. 산책을 계속시키려면 이미 정오가 지났으니 길조로 바뀌었다고 납득시키는 수밖에 없었다. 그녀는 또 꿈을 무서워했다. 그것을 그녀는 크리스토프에게 일일이 들려준다. 세부적인 것을 잊어버렸을 경우엔 몇 시간씩 걸려서라도 그것을 생각해 내려 한다. 어떠한 자질구레한 부분도 크리스토프에게 들려 주지 않고는 못 배겼다. 예를 들면 기묘한 결혼, 죽은 사람, 바느질 여공, 왕자님, 익살스러운 짓이나 때로는 음탕한 짓 등등에 관한 어리석기 그지 없는 너절한 이야기들이었다. 크리스토프는 그것을 유심히 들어 주다가 어떤 의견을 한두 마디씩 해 주어야 했다. 그녀는 곧잘 종일토록 그러한 어리석은 환상에 사로잡혀 지내곤 했다. 이 세상은 잘 되어 있지 못하다고 생각하며 사물이나 사람을 거침 없는 눈초리로 바라보고는, 징징우는 소리를 하여 크리스토프를 괴롭혀 주곤 했다. 그는 모처럼 주위의 우울한 소시민들로부터 도피한 것인데 여기서도 또 그의 영원한 적인 『음산하고 비(非) 그리스적인 우울병 환자』를 만난 것이었다.

　이렇게 불쾌하게 투덜거리다가도 그녀는 별안간 쾌활해지는데, 그것이 또 떠들썩하며 엄청나게 요란스러웠다. 그것은 좀전의 불쾌함만큼이나 처치 곤란한 것이었다. 까닭도 없이 큰소리로 웃어 대거나 밭을 뛰어 돌아다니기도 하고, 미치광이 같은 짓에 어린애 같은 장난을 하기도 했다. 시시한 짓을 재미있어 하여 흙이나 더러운 것을 만지작거리고, 짐승이나 거미 또는 지렁이 등을 잡아 괴롭히고, 또 새를 잡아 고양이에게 주거나, 지렁이를 닭에게, 또는 거미를 개미에게 먹이기도 하는 것이었다. 그러나 그것은 어떤 악의가 있어서 하는 짓은 아니었다. 무의식적인 악의 본능이나 호기심, 또는 심심풀이로 그러는 것이었다. 어리석기 그지 없는 말을 지절거리고 전혀 의미가 없는 말을 몇 십 번이고 되풀이하여 남을 안타까워 조바심나게 하고 괴롭혀 주고 화나게 하는 것은 그녀의 끝없는 욕구였던 것이다. 그리고 또 그녀의 교태는 누군가가──그 어느 누구든 좋다──한길에 나타나기만 하면 느닷없이 나타나곤 했다! 별안간 활기를 띠어 지절거리며 웃고 떠들어 대고 일부러 교태를 보여 남들의 주의를 자신에게로 끌려 했다. 또 일부러 하는 듯이 깡충거리는 걸음걸이를 보인다. 이번에는 틀림없이 의젓한 말을 꺼내려니 하고 예감하면 크리스토프는 덜컥 겁이 났다. 아니나다를까, 바로 그대로였다! 그녀는 또 감상에 젖곤 했다. 다른 일로도 그러했다. 감상적이다 보면 그야말로 멈출 줄을 몰랐다. 마치 폭발할 것 같은 감정을 드러냈다. 그럴 때마다 크리스토프는 정이 떨어져서 그녀를 때리고 싶어졌다. 그가 어떻게도 용서할 수 없는 것은 그녀의 성실치 못한 점이었다. 성실이란 지성이나 미모와 마찬가지로 보기 드문 천부의 것이어서, 모든 사람에게 그것을 요구할 수 없다는 것을 크리스토프는 아직 모르고 있었다. 그는 거짓말을 참지 못한다. 그런데 아아다는 그에게 거짓말만 했다. 분명한 증거가 있는데, 그녀는 부단히 태연스럽게 거짓말을 했다. 그녀는 그의 마음에 들지 않는 것뿐만 아니라 마음에 드는 일마저도 잊어버린다는 놀라운 태평스러움의 소유자이기도 했다. 마치 언제나 그때 그때의 형편에 따라 살아 가는 여인들이 그러듯이.

그럼에도 불구하고 두 사람은 서로 사랑하고 있었다. 마음속 깊이 서로 사랑했던 것이다. 애정에 있어서 아아다는 크리스토프와 마찬가지로 성실했다. 이 애정은 정신적인 공감 위에 만들어진 것은 아니었으나 그래도 역시 진실한 것이었다. 그것은 저열한 정열과는 전혀 다른 것이었다. 그것은 청춘의 아름다운 연애였다. 아무리 관능적이라도 결코 야비스럽지는 않았다. 왜냐하면 그 속의 일체는 모두 젊디젊은 것이었기 때문이다. 그것은 솔직하고, 거의 순결하고, 쾌락의 열렬한 순진성으로 씻겨져 있었던 것이다. 아아다는 크리스토프만큼 천진스럽다고는 할 수 없었으나 그래도 청춘의 정신과 육체가 지닌 신성한 특권을 잃지 않고는 있었다. 다시 말해 시냇물처럼 맑고 발랄한 그녀의 감각은 아직도 순결한 듯한 환상을 주었으며 비길 데 없이 값진 것이었다. 그녀는 일상 생활에 있어서는 이기적이고 평범하며 불성실했으나 애정이 그러한 그녀를 소박하고 진실하며 거의 선량한 여인으로 만들었다. 그녀는 남을 위하여 자신을 잊는 데서 찾아지는 기쁨을 알게 되기도 했다. 크리스토프는 그러한 그녀를 황홀하게 바라보고 있었다. 그녀를 위해서라면 죽어도 좋다는 심정이 들기도 했다. 사랑을 하는 영혼은 그 사랑 속에 얼마나 우스꽝스러운, 그러나 눈물겨운 착각을 가져다 주는 것인지? 애인들에게 흔히 있게 마련인 환상은, 크리스토프에게 있어서는 뭇 예술가들이 천성으로 지닌 환상력으로 해서 몇 곱으로 가중되어 있었다. 아아다의 미소 하나가 그에게 있어서는 깊은 의미를 지니고 있었다. 부드러운 한 마디 말은 그녀의 선량함을 증명하는 것이었다. 그는 이 우주에 있는 일체의 아름다운 것을 그녀의 몸 속에서 사랑하고 있었다. 그는 그녀를 자신의 자아요, 자신의 영혼이요, 자신의 존재라고 일컫고 있었다. 두 사람은 서로 연모하는 나머지 함께 울곤 했다.

그들을 결합해 주고 있던 것은 한갓 쾌락만은 아니었다. 추억과 꿈과 그 무어라고도 말할 수 없는 시적인 감정이 또 두 사람을 맺어 주고 있었던 것이다. 그러나 그 추억이나 꿈은 과연 그들 두 사람의 것이었을까? 아니면 그들 전에 사랑한 사람들, 그들 속에 살아 있던 사람들의 그것이었을까? 숲속에서 뜻하지 않게 만난 첫 순간, 같이 지낸 첫 날 밤, 서로 포옹하고 꼼짝하지 않고 아무런 생각도 없이 오직 사랑과 무언의 기쁨 속에 몸을 내맡기고 잠든 그러한 때의 매력을 두 사람은 서로 입에 올리지도 의식하지도 않고 마음속에 간직하고 있었다. 갑작스러운 회상이나 가지가지 영상이나 은밀한 생각——거기 조금 닿기만 해도 두 사람은 남몰래 안색이 변하며 쾌감으로 용해되어 들어간——등등이 마치 꿀벌의 날개 소리처럼 그들을 둘러싸고 있었던 것이다. 불타오르는 부드러운 빛 ……마음은 너무나 크나큰 즐거움으로 짓눌려 정신이 아찔해져서 침묵에 잠긴다. 이른 봄의 햇빛으로 떨고 있는 대지의 침묵, 후끈후끈한 나른함, 우수에 찬 미소……젊디젊은 두 육체의 신선한 사랑은 사월의 아침이다. 그것은 마치 아침 이슬처럼 스러져 간다. 요컨대 마음의 청춘이란 덧없는 것이다.

크리스토프와 아아다의 사랑의 유대를 더욱 긴밀하게 한 것은 그들에 대한 세상 사람들의 눈초리였다.

두 사람이 처음 만난 그 다음날부터 이웃 사람들은 모두 그것을 알아채고 있었다. 아아다는 결코 그들의 정사를 감추려 하지 않고 도리어 자신의 승리를 남들에게 자랑하고 싶어했다. 그 반면 크리스토프는 될 수 있는 대로 신중히 하고 싶어했다. 그러면서도 사람들의 호기심이 성가시게 따라다님을 느끼고 있었다. 그것 때문에 그녀를 피하는 것같이 보이기는 싫었다. 그는 일부러 둘이 같이 있는 현장을 보란 듯이 드러내 보이곤 했다. 조그만 도시라 소문은 순식간에 퍼졌다. 관현악단의 동료들은 조롱조로 축하의 말을 건넸다. 크리스토프는 자신의 신상 문제가 입에 오르내리는 게 싫어서 대답조차 하지 않았다. 궁정에서도 그의 품행이 비난의 대상에 올랐다. 부르조아 양반들은 그의 행위를 준엄하게 비판했다. 크리스토프는 몇몇 가정에서 교사 자리를 잃었다. 그렇지 않은 가정에서도 그후로는 어머니들이 딸의 레슨에 입회해야겠다고 생각하기에 이르렀다. 소중한 딸을 크리스토프가 유혹할지도 모른다는 듯이 의심스러운 표정으로 동석하는 것이었다. 딸들은 아무것도 모른다고 간주하고 있었지만 그녀들은 모든 것을 알고 있었다. 악취미라면서 크리스토프에게는 냉담한 태도를 취하고 더 자세한 것을 알고 싶어서 좀이 쑤셔 조바심하고 있었다. 크리스토프가 호평을 받는 것은 하찮은 상인들이나 점원들 사이에 뿐이었다. 그러나 그것도 오래 가진 않았다. 크리스토프는 자신에 대한 비난과 마찬가지로 칭찬에 대해서도 조바심이 나곤 했다. 비난에 대해선 어쩔 수 없으므로, 칭찬이 언제까지나 계속되지 않도록 했다. 그것은 그리 힘드는 일이 아니었다. 그는 세상 사람들의 태도에 분개하고 있었다.

크리스토프에 대하여 가장 성을 낸 것은 유스투스 오일러와 포겔 집안 사람들이었다. 크리스토프의 방정치 못한 품행은 그들이 볼 때, 자신들에 대한 모욕같이 생각된 것이다. 그렇다고 그에 대해서 어떤 진지한 계획을 하나라도 세운 것은 아니었다. 특히 포겔 부인은 도대체 예술가의 기질이라는 것을 인정하지 않았다. 그러나 천성적으로 비관적인 생각을 지니고 있어 언제나 자신들은 운명에 시달림을 당하고 있다고 생각하는 경향이 있었으므로 크리스토프와 로자의 결혼이 성립될 것 같지 않다는 게 분명해지자 자기들은 이 결혼을 사실로 생각하고 있었다고 믿게 되었다. 그 일로 자신들이 불운하다는 한 징조를 보는 것이었다. 만일 그들의 오산의 책임이 운명에 있다고 한다면, 실제로 크리스토프에게는 책임이 없을 것이지만, 포겔 집안 사람들의 논리는, 그들로 하여금 불평을 말하게 하는 이유를 가장 많이 주는 논리였다. 이리하여 크리스토프가 품행이 나쁜 것은 자신의 즐거움 때문이 아니라 자기네를 모욕하기 위한 것이라며 분개하고 있었다. 믿음이 깊고 도덕적이며 가정적인 미덕으로 가득 찬 그들은, 온갖 죄악 중에서도 육욕의 죄가 가장 수치스러운 것이며 가장 중대한 것이라고 생각하는 무리들이었다. 그들은 이것을 유일한 죄라고 생각하다시피 했다. 그것이야말로 오직 하나의 놀라운 것이었으므로.

훌륭한 사람이 도둑질이나 살인의 유혹에 빠지지 않는 것은 너무나 명백한 일이었다. 이렇게 해서 그들은 크리스토프야말로 완전히 패륜아라고 여기고 있었다. 그들은 그에 대한 태도를 바꾸었다. 그를 쌀쌀한 표정으로 대했고, 그가 지나갈 때엔 외면해 버렸다. 크리스토프는 그들과 이야기를 나누고 싶지 않았으므로 그렇게 점잖은 체하는 태도를 보고는 어깨를 움찔할 따름이었다. 아말리아의 무례한 행동도 못 본 체하고 있었다. 그녀는 크리스토프를 멸시하며 피하는 체하면서도 어떻게 해서라도 그로 하여금 그녀에게 시비를 걸게 하려고 애썼다. 그때야말로 가슴에 맺힌 말을 속시원히 쏘아붙이자고 벼르고 있었던 것이다.

크리스토프는 로자의 태도에서만은 감동을 받았다. 이 소녀는 가족 중의 어느 누구보다도 준엄하게 그를 비난했다. 그것은 크리스토프의 새로운 사랑이 그녀의 마지막 기회를 파괴해 버렸다고 생각되었기 때문은 아니었다. 그런 기회란 전혀 없다는 것을 그녀는 알고 있었다. 아마도 희망은 있었을 테지만 그녀는 환상을 쫓고 있었던 것이다. 하지만 그녀는 크리스토프를 우상화하고 있었던 것이다. 그 우상이 깨어져 고통이었다. 그녀의 순진한 생각으로는 그에게서 업신여김을 당하는 것보다도 더욱 잔인스러운 고통이었던 것이다. 로자는 청교도처럼 좁은 도덕의 테두리 안에서 자랐고 그 도덕을 대단히 신봉했으므로 크리스토프에 대해 알게 된 그것은 한갓 그녀를 슬프게 했을 뿐 아니라 혐오감마저 자아내게 했다. 그가 자비네를 사랑했을 때 그녀는 이미 괴로워하고 있었다. 자신이 영웅시하던 사람에 대한 꿈을 조금씩 잃어가고 있었다. 크리스토프가 그렇게 평범한 영혼을 사랑할 수 있으리라고 그녀로서는 이해할 수 없었고 또한 그리 명예로운 일도 아니라고 생각되었던 것이다. 하지만 적어도 그 사랑은 순수했고, 자비네도 그것을 받는 데 어울리지 않는 것은 아니었다. 마지막에 죽음이 그 위를 지나감으로써 모든 것을 깨끗이해 준 것이었다. 그런데 바로 그 직후에 크리스토프가 다른 여인을 사랑할 줄이야 ! 더구나 저런 여자를 ! 로자는 그에게 반항하며, 이미 죽은 여인을 옹호하기조차 했다. 그가 그 여인을 잊어버리고 만 것을 용서할 수 없었던 것이다. 오오 ! 그는 그녀 이상으로 그 점을 생각하고 있었건만 ! 그러나 그녀는 도저히 생각지 못했던 것이다, 하나의 정열적인 마음속에 두 감정을 동시에 넣을 여지가 있으리라고는. 현재를 희생하지 않고 과거에 충실할 수는 없다고 그녀는 믿고 있었다. 순수하고 냉정한 그녀는 크리스토프나 인생에 관해서 전혀 아는 것이 없었다. 단지 세상 일이 모두 자기처럼 순수하고 엄격하며 의무에 복종해야 하는 것이라고 생각되고 있었던 것이다. 영혼도 인품도 모두 정숙하기만 한 로자로서는 단 하나의 긍지밖엔 지니지 못하고 있었다. 순결이라는 긍지를. 그녀는 그것을 자신에게도 요구했고 남에게도 요구하고 있었다. 크리스토프가 이토록 타락해 버렸다는 것은 그녀로서는 도저히 용서할 수 없는 일이었다. 아마도 그녀는 영구히 그것을 용서하지 못하리라.

크리스토프는 변명할 생각은 없었으나, 아무튼 로자에게 심중을 토로하려 했다. 청순하고 티없이 천진스러운 소녀에게 무슨 말을 할 수 있으랴? 자신은 그녀의 친구라는 것, 그녀의 존경을 원하고 있다는 것, 아직 그것을 받을 권리가 있다는 것을 그녀에게 분명히 말하고 싶어한 것이었다. 그러나 로자는 준열한 침묵을 지키며 그를 피하기만 했다. 크리스토프는 그녀에게서 멸시당하고 있다는 것을 느낄 수밖에 없었다.

크리스토프는 그것을 슬프게 여기며 또 분개했다. 자신은 그런 멸시를 받을 까닭이 없다고 생각하면서도 무의식중에 마음은 교란당하고 만다. 나는 죄를 지은 놈이다, 그는 이렇게 생각하게 되어 버린 것이다. 그리고는 자비네 생각을 하여 더욱 준열한 비난을 자기 자신에게 가하곤 했다. 그는 스스로 자신을 괴롭힌 것이다.

『아아! 어떻게 이럴 수가 있을까! 나는 어째서 이렇게 된 것일까…….』

그러나 그는 자신을 떠밀어 흘려 보내는 흐름에 항거할 수는 없었다. 인생은 죄악적인 것이라고 그는 생각했다. 그리고는 인생을 보지 않고 살리라고 눈을 감는다. 그토록 그는 살고 싶었다. 사랑하고 싶었던 것이다. 행복해지고 싶었던 것이다! 아니다, 그의 사랑 속엔 경멸해야 할 것이라곤 아무것도 없었다! 아아다를 사랑한다는 것은 현명한 일이 못되며, 이성적이 아니며, 또 지극히 행복스러운 것도 아니라는 것을 그도 알고 있었다. 그렇다고 해서 그 어떤 비천한 것이 거기 있단 말인가. 아아다는 크나큰 도덕적 가치는 지니지 못했을지라도 어째서 그녀에 대한 사랑이 청순하지 못하다는 것인가? 사랑이란 사랑하는 사람에게 있는 것이지, 사랑을 받는 상대자에게 있는 것이 아니다. 청순한 사랑 속에 있는 것은 일체가 청순하다. 어떤 새가 지니고 있는 가장 아름다운 색채로 그 새를 장식하는 사람은 정직한 영혼으로부터 그것이 지니고 있는 가장 고상한 것을 끄집어 내어 표현한다. 자신에게 어울리지 않는 것은 남에게 보이고 싶지 않다는 욕구가 있으므로, 사랑이 새긴 아름다운 모습에 조화된 사고나 행위에서밖엔 기쁨을 발견할 수 없게 된다. 그리하여 영혼이 거기 잠겨 단련되는 청춘의 샘이나, 힘과 기쁨의 성스러운 반짝임은 아름답고 또 유효한 것이어서 사람의 마음을 더욱 크게 하는 것이다.

친구들의 오해는 그의 마음을 괴로움으로 가득 채웠다. 그러나 가장 쓰라린 고통은 어머니가 염려하기 시작한 점이었다.

선량한 이 부인은 포겔 집안 사람들처럼 편협한 생각은 지니지 않고 있었다. 고통스런 슬픔이라는 것을 몸소 겪어 온 터라 그밖의 슬픔을 생각할 엄두는 나지 않았다. 겸손하기 그지 없었고, 생활에 지쳐 한 줌의 기쁨밖엔 누리지 못하고 더구나 생활에서 기쁨을 구하는 일이란 더욱더 적었다. 만사를 되어 가는 대로 내맡긴 채 그것을 적극적으로 이해하려 하지 않는 그녀는 남을 비판하거나 비난하는 것은 피하고 있었다. 자신에게 그럴 권리가 있다고는 생각조차 하지 않았다. 다른 사람들이 자신과 똑같은 생각을 하지 않는다고 해서 그것을 잘못이라고는 결코 생각하지 않았다. 자신의 도덕이나 신념의 완고한 법칙을 남에게 강요한다는 것은 그녀가 보기엔 도무지 우스꽝스럽게 여겨졌던 것이다. 게다가 그녀의 도덕이나 신념은 모두가 본능적인 것이었다. 자기 자신에 관해서는 경건하고 순수했던 그녀는, 남의 행위에 대해서는 어떤 결점이라도 관대하기만 한 서민답게 너그러이 눈을 감고 있었다. 일찍이 시아버지인 장 미셸이 그녀에게 품고 있던 불만의 하나는 바로 이런 점이었던 것이다. 루이자는 존경할 사람과 그렇지 못한 사람과의 사이에 그다지 뚜렷한 구별을 두지 않았다. 훌륭한 부인네라면 당연히 모른 체하게 마련인, 이웃간에 소문이 자자한 행실 나쁜 계집애를 어쩌다가 한길이나 시장에서 만나더라도 그녀는 태연히 걸음을 멈추고 친근하게 손을 맞잡거나 말을 주고 받곤 했다. 선악을 구별하거나 벌을 주거나 용서하는 것은 오로지 하느님 손에 맡기고 있었던 것이다. 그녀가 남에게 바라는 것이라곤 서로의 삶을 안락하게 하기 위해서 꼭 필요한, 아주 조그만 자애로운 마음뿐이었다. 인간이란 친절하기만 하면 좋았다. 그것이 가장 소중한 일이었던 것이다.

　그러나 포겔 집안에 세들어 살게 되면서부터는 남들이 점차로 그녀를 변하게 하고 있었다. 당시 루이자는 짓이겨지고 지쳐서 저항할 기력조차 없었으므로 포겔 집안의 이중적인 정신은 더욱 쉽게 그녀를 먹이로 해 버렸다. 아말리아가 그녀를 사로잡았다. 아침부터 밤까지 둘이 같이 일하고 아말리아만이 지껄이며 오래도록 마주 대하는 동안 수동적이며 으레 상대자에게 떠밀리다시피 하던 루이자는, 자신도 의식치 못하는 사이에 만사를 판가름하고 비평하는 습성을 터득해 버린 것이었다. 포겔 부인은 크리스토프의 행동에 대한 제나름의 의견을 그녀에게 말하지 않고는 배기지 못했다. 루이자가 침착하기만 한 것이 그녀로서는 안타깝기만 했다. 그녀들이 발끈해서 성을 내는 일을 루이자는 도무지 아랑곳하지 않았으므로 그런 고약한 일이 어디 있나 싶었다. 루이자를 완전히 곤혹케 할 수 없는 것이 부인으로서는 불만스럽기만 했다. 크리스토프는 그것을 눈치채고 있었다. 루이자는 아들에게 비난의 말을 좀처럼 끄집어 내지 못하고 있었다. 그러나 날마다 조심조심 불안한 충고를 짓궂게 되풀이하곤 했다. 아들이 조바심이 나서 거친 대답을 하려 하면 그녀는 더 말을 잇지 않았다. 아들은 어머니의 눈에 슬픔이 깃든 것을 읽는다. 집으로 돌아왔을 때, 그는 가끔 어머니가 알고 있었다는 것을 알 수 있었다. 그는 어머니를 알고 있었으므로 그러한 걱정이 그녀 자신에게서 나온 것이 아님을 굳게 믿고 있었다. 또한 이 걱정의 근원이 어디 있는가를 충분히 알고 있었다.

크리스토프는 그 마무리를 지어야겠다고 결심했다. 어느 날 밤, 무엇이 슬펐는지 어머니가 눈물을 억누르지 못한 채 식사를 하다 말고 갑자기 일어나서 자리를 떴다. 크리스토프는 계단을 한꺼번에 네 단씩 뛰어 내려가서 포겔 집안의 문을 두드렸다. 그는 노여움으로 불타 있었다. 어머니를 상대로 포겔 부인이 한 짓만을 노여워한 것이 아니었다. 루이자를 부추겨 자신에게 반감을 품게 한 것, 자비네를 모략한 것, 지난 몇 달 동안에 걸쳐 참고 참아 온 온갖 일에 대해서 복수를 해야 했다. 수개월째 그는 원망의 무거운 짐을 짊어지고 있었다. 어서 빨리 그것을 벗어 버리고 싶어한 것이다.

포겔 부인의 방으로 뛰어 들었다. 아무리 애써도 노여움으로 떨리는 음성으로 그는 어머니에게 무슨 말을 해서 저렇게 울려 놓느냐고 따졌다.

아말리아는 그의 말을 몹시 언짢게 받아들였다. 내가 하고 싶은 말을 했을 뿐이다, 내가 한 일을 남에게 보고할 필요는 없다, 더구나 너에게 보고할 게 뭐냐고 되받았다. 그리고는 평소에 준비하고 있었던 말을 쏘아 댈 좋은 기회라는 듯이 덧붙이는 것이었다. 루이자가 불행한 것은 크리스토프의 행동 이외에 다른 이유란 없다, 그의 행동은 자신에게는 수치요, 다른 사람들에게는 통분거리가 아니고 뭐냐고.

크리스토프는 공격을 받자마자 곧 반격으로 나섰다. 그는 흥분하여 소리쳤다. 내 행실은 나에게만 관계된 일이다, 그것이 포겔 부인의 마음에 들건 말건 문제가 아니다, 만일 군소리를 하고 싶거든 내게 말해라, 하고 싶은 말은 무슨 소리든지 할 수 있을 게 아니냐, 무슨 말을 해도 나는 아무렇지도 않다, 하지만 어머니에게는 무슨 말도 해 주길 원치 않는다, 똑똑히 들으셨습니까? 병들고 늙은 불쌍한 여인을 공격하다니 비겁하기 그지 없는 일이 아니냐고.

포겔 부인은 고래고래 큰소리를 쳤다. 지금까지 어느 누구한테서도 이런 투의 말을 들은 일은 없다. 머리에 피도 안마른 애송이 녀석한테서, 더구나 내 집에서 네놈에게 설교를 듣다니, 어디 될 법이나 한 일이냐고 부인은 악을 쓰며 모욕적인 태도로 응수하는 것이었다.

소동을 듣고 다른 사람들이 몰려왔다. 포겔만은 모습을 나타내지 않았다. 회피하는 것이었다. 오일러 영감은 분개한 아말리아의 편을 들어 앞으로는 충고나 방문은 사절한다고 엄하게 선언했다. 우리는 네가 뭐라고 말하지 않더라도 해야 할 일은 스스로 알고 있다, 우리 자신의 의무는 어김없이 다하고 있고 앞으로도 항상 다할 것이라고.

크리스토프는 이 집에서 나가겠다고 말했고, 두 번 다시 이런 집에 오지 않겠다고 단언했다. 그러나 그 훌륭한 의무니 뭐니 하는 것에 대해서 하고 싶은 말을 다 해 버리기 전엔 나가지 않겠다고 버티었다. 그 의무란, 그에게는 얄밉기만 한 것이었다. 그런 의무를 치를 바에야 차라리 나는 악덕을 좋아하겠다고 그는 말했다. 그는 그들 같은 사람이 선을 음흉스러운 것으로 하려 하며 선을 죽이고 있다고 생각했다. 그들 같은 사람이 있으므로 그와 대조적으로, 부정직하긴 하지만 상냥하고 활기에 찬 사람들에게 유혹을 느끼게 되는 것이다. 생활을 우울하게 하며 부패시켜 버릴 만큼 완고하고 오만스러운 엄격성으로, 너절한 잡일이나 아무래도 좋은 행위 등 그 모든 것에 의무라는 이름을 붙인다는 것은 그야말로 의무의 이름을 모독하는 것이다. 의무란 특수한 것이다. 그것은 참된 희생의 경우를 위해서 보존해야 하는 것이다. 자기 자신의 불쾌감이나 남을 불쾌하게 하자는 욕망을 의무라는 이름으로 가장해서는 안 된다. 어리석게도 자신이 음울하다고 해서, 남들도 음울했으면 하고 바라거나 남들에게 병약자로서의 자기 섭생법을 강요함은 부질없는 일이다. 미덕 중에서 가장 훌륭한 것은 웃음이다. 미덕은 아무런 거리낌없이 자유롭고 행복스러운 표정이어야 한다. 선을 행하는 이는 자기 자신마저도 기쁘게 해야 하는 것이다! 그런데 이 끊임없는 의무라는 것, 국민학교 교사 같은 압제, 잔소리나 하는 말투, 시시한 토론, 귀에 거슬리는 이치, 시끄러움, 운치 없는 맛, 매력도 예의도 침묵도 없는 생활을 더 한층 빈약케 하는 것은 무엇이든 놓치지 않으려는 인색한 염세주의, 남을 이해하기보다는 멸시하는 것이 즐겁기만 한 오만스러운 무지, 통틀어 이와 같은 위대함도 행복도 아름다움도 없는 부르조아적인 도덕은 모두 추악하고 해로운 것이다. 그것은 덕보다도 악덕을 더욱 인간적인 것으로 보이게 하는 것이다.

크리스토프는 그렇게 생각하고 있었던 것이다. 그러다 보니 자신에게 상처를 준 사람에게 상처를 입히게 하려고 조급해한 나머지, 자기가 비난하고 있는 사람들과 마찬가지로 자신도 그릇되어 있다는 것을 미처 깨닫지 못하고 있었던 것이다.

아마도 이들 가련한 사람들은 그가 본 대로의 사람들임에 거의 틀림이 없을 것이다. 그러나 그것은 그들의 죄는 아니었다. 그들의 표정이나 태도나 생각을 불쾌하게 한, 그 불쾌한 생활이 죄였던 것이다. 그들은 한꺼번에 닥쳐와 사람을 죽게 하거나 또는 단련하는 크나큰 비참에 의해서가 아니라 끊임없이 되풀이되는 불운에 의해, 첫 날부터 마지막날에 이르기까지 한 방울 한 방울씩 새어 떨어져 오는 조그만 비참에 의해 모습이 변해 버린 것이었다. 얼마나 슬픈 일인가! 왜냐하면 이들 꺼칠꺼칠한 겉치레 밑에는 사실 정직이나 선량 또는 무언의 용기 등등, 참으로 많은 보배가 숨겨져 있기 때문이다! 민중의 힘이, 미래의 활력이 말이다.

의무란 특수한 것이라는 크리스토프의 생각은 그릇되지 않았다. 그러나 연애 또한 특수한 것이다. 모든 것이 특수한 것이다. 어떠한 값어치 있는 일체의 것에 있어서 최대의 적은 악이 아니었다, 악덕에도 값어치가 있으므로. 그것은 습관이다. 영혼에 있어서의 치명적인 적은 나날의 소모인 것이다.

아아다는 따분해지기 시작했다. 그녀는 지적인 사람이 아니었으므로 크리스토프와 같은 풍부한 성격 속에서 자신의 애정을 새로이 해갈 수가 없었다. 그녀의 관능과 허영심은 이 연애에서 최대한의 쾌락을 이미 다 퍼내고 말았다. 이미 그녀에게는 이 연애를 파괴하는 쾌락밖엔 남아 있지 않은 것이다. 그녀는 은밀한 본능을 지니고 있었다. 그것은 많은 여성에게, 아주 지적인 남성에게도 공통된 본능이다. 이 본능을 지닌 사람은 일도 안하고, 아이도 만들지 않고, 활동도 하지 않고 그야말로 아무런 생활조차 안하는 것이다. 그러면서도 자신이 쓸모없는 사람이라는 것에 못 견뎌할 만큼 생명력을 지니고 있었다. 그들은 남들도 자신들처럼 쓸모 없는 사람이기를 바라며, 될 수 있는 대로 그렇게 하려고 애쓴다. 때로는 무의식중에 그렇게 하는 수도 있었다. 그런 죄스러운 욕구를 깨닫자, 분연히 그것을 뿌리치곤 했다. 그러나 그들은 곧잘 이러한 욕구를 애무하는 것이다. 그리하여 자기 힘에 따라 어떤 이는 친밀한 사람들끼리만 조심스럽게, 어떤 이는 대중에 대해서 대대적으로 일체를 파괴하려 애쓴다. 위인이나 위대한 사상을 자기 수준으로 끌어 내리려고 열중하는 비평가나, 자기 애인을 타락시키며 재미를 느끼는 아가씨는 같은 종류의 해로운 두 마리의 금수다. 그러나 후자쪽이 아직 귀여운 데는 있는 것이다.

아아다는 크리스토프를 해치기 위해서 될 수만 있다면 좀 타락시켜 주고 싶어 했다. 그러나 솔직히 말해서 그녀에겐 그럴 힘이 없었다. 남을 타락시키는 데도 좀더 지혜가 필요했던 것이다. 아아다는 그것을 느끼고 있었다. 자신의 애정이 그에게 조금도 타격을 줄 수 없다는 것이 그에 대해 품고 있는 그녀의 적잖은 불만의 하나였다. 하기야 그를 혼내 주자는 자신의 욕망이 온당하다고는 생각지 않았다. 막상 그럴 수가 있다면, 아마도 그녀는 그렇게 하지 않았을 것이다. 그러나 그렇게 할 수 없다는 것이 아무래도 부당하게만 생각되는 것이었다. 자신을 사랑하고 있는 남자에게 그 어떤 영향을 미치게 하는 힘이 자신에게 있다는 환상을 여자로 하여금 품게 하지 못함은, 여자에 대한 애정이 부족한 때문이다. 이래서 여자는 꼭 그것을 시험해 보고 싶어지는 법이다. 크리스토프는 그것을 깨닫지 못하고 있었다. 언젠가 아아다가 농담으로 그에게 물었다.

「저를 위해서라면, 음악을 버려 주겠어요?」

그녀는 전혀 그것을 원하지 않았음에도 크리스토프는 딱 잘라 말했다.

「오오, 무슨 소리를! 당신을 위해서나 그 누구를 위해서도 그럴 수는 없어요. 나는 항상 계속할 거요.」

「그러면서도 당신은 저를 사랑한다고 생각하세요?」

그녀는 약이 올라 소리쳤다.

그녀는 이 음악이라는 것을 미워하고 있었다. 자신이 전혀 모르는 것이고 또 눈에 보이지 않는 이 적을 해치워 크리스토프의 정열에 상처를 입히는 비법을 찾을 수 없으므로 더욱 그녀는 음악을 미워하고 있었다. 그녀가 크리스토프를 상대로 음악 이야기를 나누려 들면, 그는 입을 크게 벌리고 웃음을 터뜨렸다. 그러므로 분하긴 하지만 입을 다물 수밖에 없었다. 자신이 우스꽝스럽다는 것을 알고 있었기 때문이다.

그러나 음악에는 어떻게도 손을 쓸 수가 없었지만 그녀는 크리스토프에게서 더욱 해치기 쉬운 다른 약점을 발견했다. 그것은 그의 도덕적인 신념이었다. 포겔 집안과 싸우긴 했지만, 그리고 청춘기의 광적인 정열에 불타긴 했지만 그는 여전히 본능적인 수치심과 순결성에 대한 욕구를 가지고 있었다. 그 자신은 그 것을 의식치 못하고 있었다. 그러나 이것은 아아다 같은 여인을 처음엔 놀라게 하고 관심을 끌고 매혹하다가, 안타깝게 하고 끝내는 증오감을 품게 할 만한 것 이었다. 아아다는 그에 대해서 정면으로 공격하지는 않았다. 그녀는 앙큼스럽게 물었다.

「당신, 날 사랑해요?」

「여부가 있나!」

「얼마나 사랑하죠?」

「내가 할 수 있는 한 사랑하지.」

「그런 건 대수롭지 못해요……그렇죠! 당신, 나를 위해서 뭘 해 주시겠어요?」

「뭐든지 당신이 원하는 대로.」

「나쁜 짓이라도?」

340

「그렇게 사랑하는 건 괴상하군!」
「그런 건 별문제예요. 해 주시겠어요?」
「그렇게 할 필요는 없어.」
「하지만 제가 원한다면?」
「그건 당신이 잘못되었소.」
「아마 그렇겠죠.……하지만, 해 주시겠어요?」
그는 그녀에게 키스하려 했다. 그러나 그녀는 그를 밀어 젖혀 버렸다.
「해 주시겠어요? 그러기 싫어요?」
「싫소.」
그녀는 성이 나서 그에게 등을 돌렸다.
「당신은 사랑하지 않는군요. 사랑한다는 게 어떤 건지 모르는군요.」
「아마 그럴지도 모르지.」
정열에 불탄 순간에는 그도 남들처럼 어리석은 짓도, 경우에 따라서는 나쁜 짓도, 또 그 이상의 짓도 할 수 있다는 것을 알고 있었다. 그러나 태연히 그런 것을 자랑함은 부끄러운 일이며, 또 그것을 아아다에게 고백하는 것은 위험하다는 것을 그는 본능적으로 느끼고 있었다. 사랑하는 적이 자신을 기다리고 있다가 하찮은 말에서 꼬투리라도 잡으려고 벼르고 있다는 것을. 그는 자신에게 불리한 꼬투리를 상대방에게 주고 싶지 않았다.
그녀는 다시 기회를 봐서 되풀이해 공격해 왔다. 그녀는 물었다.
「저를 사랑해 주는 건, 저를 진실로 사랑하기 때문인가요? 제가 당신을 사랑하기 때문인가요?」
「내가 당신을 사랑하기 때문이오.」
「그럼, 제가 당신을 사랑하지 않더라도 그래도 저를 사랑해 주실 건가요?」
「물론이지.」
「또 내가 딴 사람을 사랑해도 역시 나를 사랑해 주시겠어요?」
「글쎄, 그건 모르겠군……그럴 것 같진 않은데……어쨌든 당신은 내가 사랑한다고 말할 수 있는 마지막 여성일 거야.」
「그렇게 되면, 변하는 것이 뭐가 있을까요?」
「있고 말고. 아마 내가 변할 테지. 당신도 확실히 변할 거야.」
「내가 변하면 어떻게 될까?」
「그거야말로 문제지. 나는 지금 그대로 당신을 사랑하고 있는 거야. 당신이 다른 사람이 되면, 당신을 사랑할 수 있을지 보장할 수가 없군.」

「당신은 사랑하질 않는 거야, 사랑해 주질 않는 거예요！ 그런 부질없는 변명이 뭐죠？ 사랑하든지 사랑하지 않든지 어느 한 쪽이에요. 만약에 나를 사랑한다면, 내가 무슨 짓을 하건 언제까지나 있는 그대로의 나를 사랑할 거예요.」

「그것은 당신을 짐승처럼 사랑하는 짓이 되오.」

「난 그렇게 사랑받고 싶어요.」

「그럼, 당신은 나를 잘못 봤소. 나는 당신이 바라는 그런 사람이 아니오. 설사 당신이 그렇게 원해도 나는 그럴 수 없소. 무엇보다도 나는 그런 것은 원치 않아요.」

「당신은 자기가 영리하다는 것을 자랑삼는군요！ 나보다도 자신의 머리를 소중히 하시는 거군요.」

「그런 소리를 하다니. 글쎄, 나는 당신이 당신 자신을 사랑하는 것보다도 더 당신을 사랑하고 있다오. 당신이 아름답고 훌륭한 사람이 되면 될수록 당신을 좋아하는 거요.」

「미치 학교 선생님 같군요.」

그녀는 약이 오른다는 듯이 말했다.

「글쎄, 나는 아름다운 것을 좋아한다니까. 보기 흉한 것을 싫어하지…….」

「내게 그것이 있더라도？」

「당신에게 있으면 더욱더 그렇지.」

그녀는 발끈 성이 나서 발을 동동 굴렀다.

「난 비판받고 싶지 않아요.」

「그럼, 내게 비판을 받거나 사랑을 받는 것을 불평해요.」

그녀를 달래느라고 그는 부드럽게 말했다. 아아다는 그의 팔에 안긴 채, 미소마저 띄우며 그에게 키스를 허용했다. 그러나 잠시 후 이젠 잊어버렸으려니 하고 그녀는 불안스러운 듯이 묻는 것이었다.

「나의 어떤 점이 추하다고 생각하시죠？」

크리스토프는 그것을 입에 올리기를 피했다. 그는 비겁하게도 이렇게 대답했다.

「추하다고 생각하는 점은 없어요.」

그녀는 한 순간 생각에 잠기더니 미소를 머금으며 말했다.

「잠깐 들어 주세요, 크리스토프. 당신은 거짓말을 싫어한다고 했죠.」

「멸시하지.」

그녀는 맞장구를 치며 말했다.

「나도 멸시해요. 하지만, 전 안심이에요. 절대로 거짓말은 하지 않으니까.」

크리스토프는 그녀의 얼굴을 유심히 응시했다. 그녀는 진심으로 그렇게 말하고 있었다. 이런 무의식이 그를 안심케 했다. 그녀는 그의 목에 두 팔을 둘러 대며 말했다.

「그럼 만약에 내가 딴 사람을 사랑한다는 것을 당신에게 실토하면 왜 나를 원망하겠다는 거죠?」

「그런 식으로 나를 괴롭히지 말아요.」

「괴롭히는 게 아니예요. 다른 사람을 사랑한다는 말이 아니예요. 사랑하지 않는다고까지 말하잖았느냐 말이에요……. 하지만 앞으로 혹시 사랑하게 된다면…….」

「그런 것은 생각지 말기로 하지.」

「난 생각하고 싶어요. 나를 원망하지 않겠어요? 나를 원망할 수는 없어요?」

「나는 원망하지 않을 거야. 나는 헤어지겠지. 그뿐이야.」

「헤어진다고요? 왜? 내가 당신을 계속 사랑하고 있어도?」

「딴 사람을 사랑하면서도 말인가?」

「물론이죠. 그런 일은 흔히 있는 걸요.」

「그렇지만, 우리로선 그럴 수 없어요.」

「왜?」

「글쎄, 당신이 딴 사람을 사랑하게 되면 나는 절대로 당신을 사랑하지 않을 테니 그렇지.」

「아까는 아마……그랬잖아요. 그것 보세요. 당신은 날 사랑하지 않는 거예요!」

「그게 아냐. 그 편이 당신을 위해서는 좋다니까.」

「왜요?」

「글쎄, 당신이 딴 사람을 사랑할 때 만일 내가 당신을 사랑하고 있으면, 당신을 위해서나 나를 위해서나 또 그 사람을 위해서도 딱하게 되지 않느냐 말이야.」

「어마! 당신의 머리는 지금 좀 어떻게 되었군요. 그래 난 일평생 당신과 같이 있어야 하는 건가요?」

「안심해요. 당신은 자유야. 원할 때 헤어지는 게 좋아요. 다만, 그건 일시적인 이별이 아니지. 영원한 이별이야.」

「하지만, 내가 그래도 당신을 계속 사랑한다면?」

「사랑할 때는 서로 헌신해야 하는 거요.」

「그럼, 당신부터 먼저 헌신해 주세요.」

크리스토프는 그녀의 그런 이기주의에 웃지 않을 수가 없었다. 그녀도 웃음이 터졌다.

「한 쪽만의 희생은 짝사랑 밖에 안 되오.」

「결코 그런 법은 없어요. 그건 양쪽 모두를 서로 사랑하는 사이가 되게 하는 거예요. 만약에 당신이 나를 헌신적으로 사랑해 준다면 나는 더욱더 당신을 사랑할 거예요. 게다가 생각해 보세요, 크리스토프. 당신도 나를 더한층 사랑하게 될 거예요. 그 헌신적인 사랑에 의해 당신은 더없이 행복해질 거예요.」

의견의 차이라는 중대한 문제를 서로 빗나갈 수 있는 그 말이 기뻐서 두 사람은 그만 웃어 버렸다.

그는 웃으며 그녀를 유심히 살펴보았다. 사실, 그녀 자신이 말한 것처럼 그녀에겐 지금 크리스토프와 헤어지고 싶다는 생각은 없었다. 그는 자주 그녀를 조바심나게 하거나 따분하게 하거나 했지만 그의 그 헌신이 어떠한 가치를 지니고 있는지를 알고 있었다. 그리고 다른 어느 누구도 사랑하지 않았다. 좀전에 그렇게 농담조로 말을 한 것은 반은 그가 불쾌해하리라는 것을 알고 있었기 때문이며 반은 마치 어린애가 구정물을 만지작거리며 즐거워하듯이 애매하고 불결한 생각으로 놀려 주는 것이 재미있었기 때문이다. 크리스토프는 그것을 알고 있었다. 그렇다고 별달리 그녀를 원망하지도 않았다. 그러나 이런 건강하지 못한 논쟁에는 싫증이 나 있었다. 그가 사랑하고 있고 그를 사랑하는 것이 틀림없는 여인과의 이런 불확실하고 애매하고 막연한 싸움에 진저리가 나 있었다. 그녀에 관해서 스스로를 속이기 위해서 기울여야 하는 노력에 싫증이 나 있었다. 때로는 울고 싶어질 만큼 진절머리가 났던 것이다. 그는 생각했다. 『왜 이 여자는 이 모양일까? 왜 사람들은 이럴까? 인생은 왜 이렇게 시시한 것일까!』그러면서도 그는 미소지으며 뚫어지게 보고 있었다. 자기를 들여다보고 있는 귀여운 얼굴을, 그 파란 눈을, 꽃 같은 얼굴을, 생글생글 상냥하며 재잘거리기 잘하고 좀 바보스럽게 반짝거리는 젖은 혀와 이를 드러내며 빠끔히 벌려 있는 입을. 두 사람의 입술은 거의 맞닿을 만큼 근접해 있었다. 그런데도 그는 멀리서, 아득히 먼 데서, 마치 딴 세계에서처럼 그녀를 보고 있었다. 바라보고 있으려니 그녀는 점점 멀어져 가서 안개 속으로 스러져 갔다. 그러다 더 보이지 않게 되었다. 그 음성도 들리지 않았다. 어떤 흐뭇한 망각 속으로 떨어져 들어 거기서 음악이나 몽상 그리고 아아다와는 무관한 갖가지 생각에 젖어 있었다. 하나의 곡이 들려 온다. 그는 차분한 심경으로 작곡하고 있었다. 아아! 아름다운 음악이다! 슬픈, 참을 수 없이 슬픈, 그러면서도 부드러운 애정이 깃든 음악……아아! 이 흐뭇함이여! 이거다, 이거야. 이것 이외의 것은 참된 것이 아니다. 그의 팔을 흔들어 댄다. 한 목소리가 그에게 외쳐 대고 있었다.

「응, 왜 그래요? 정말 미쳤나요? 왜 그렇게 나를 보죠? 왜 대답이 없죠?」

자신을 뚫어지게 응시하고 있는 눈이 다시 보이기 시작했다. 대체 이게 누구더라? 아아? 그렇지, 그는 숨을 내쉬었다.

그녀는 그를 관찰하고 있었던 것이다. 그가 무슨 생각을 하는지 알려고 애썼으나 그녀로선 알 수가 없었다. 아무리 애써도 허사라는 것을 느끼고 있었다. 그를 꼭 붙들 수는 없었다. 언제나 그가 달아나 버릴 문은 있었다. 그녀는 마음 속 깊은 곳에서 조바심에 못 이겨 하고 있었다.

그가 이러한 다른 세계로의 불가사의한 여행에서 돌아왔을 때, 그녀는 왜 우느냐고 물은 적이 있었다. 그는 눈에 손을 대보고는 눈이 젖어 있음을 알아차린다.

「나도 모르겠군.」

「왜 대답을 안하죠? 세 번이나 같은 말을 했는데요.」

「무슨 말을 하려는 거야?」

그는 부드럽게 물었다. 그녀는 또 그 괴상망측한 토론을 들고 나왔다. 그는 맙소사 하는 시늉을 했다.

「좋아요. 그만두겠어요. 하지만, 단 한 마디만!」

그리고는 더욱더 격렬하게 늘어놓기 시작했다. 크리스토프는 그만 성이 나서 손을 흔들었다.

「그런 더러운 얘긴 그만둬!」

「농담이에요.」

「더 깨끗한 화제를 찾아 줘!」

「그럼, 차라리 말해 주세요. 왜 그것이 불쾌한지 말씀해 주세요.」

「이유가 있을 게 뭐야! 왜 거름이 구린지 따져 볼 것도 없지. 똥거름은 구린 거야. 그뿐이지! 나는 코를 잡고 도망치겠어.」

그는 성이 나서 나가 버렸다. 차가운 공기를 마시며 큰 걸음으로 뚜벅뚜벅 돌아다니고 있었다.

그러나 이후로도 그녀는 계속해서 같은 말을 되풀이하는 것이었다. 그녀는 그의 마음을 상하게 하는 말이라면 무엇이든지 가리지 않고 화제에 올리곤 하는 것이었다.

그는 생각하고 있었다. 이것은 남을 조바심나게 하여 재미있어 하는 신경 쇠약증 소녀의 건강하지 못한 유희일 뿐이라고. 그는 어깨를 움찔해 보이거나 혹은 듣지 않는 체하고 있었다. 그녀의 말을 곧이 곧대로 듣지 않고 있었다. 그러나 때로는 그녀를 버리자는 생각이 들 때도 있었다. 신경 쇠약증 환자는 그의 성미에 맞지 않았기 때문이다.

그러나 그녀와 헤어져서 십 분만 지나도, 그는 불쾌했던 일은 말끔히 잊어버리곤 했다. 그리고는 새로운 희망과 환영을 품고 아아다에게 돌아가곤 했다. 그는 그녀를 사랑하고 있었다. 사랑이란 영원한 신앙이다. 하느님이 존재하건 존재하지 않건, 그런 것은 거의 문제가 아니다. 사람은 믿으니까 믿는 것이다. 쓸데없는 이유는 필요치 않은 것이다 !

크리스토프가 포겔 집안의 식구들과 싸운 뒤로는 그 집에서 살 수가 없게 되었다. 루이자는 아들과 자신을 위해 다른 집을 찾아야 했다.

그런 어느 날, 오랫 동안 소식이 묘연하던 크리스토프의 막내 동생 에른스트가 갑자기 돌아왔다. 어디에 근무하건 차례로 쫓겨나기만 하여 일자리가 없었다. 호주머니도 텅 비어 있었다. 병도 앓았다. 그래서 어머니에게로 돌아와서 건강을 회복하는 게 상책이라고 생각한 것이었다.

에른스트는 두 형 모두와 사이가 나빴다. 두 형들은 그를 거들떠보지도 않다시피했다. 그는 그것을 알고 있었으나 두 형을 원망하진 않았다. 그에게는 아무래도 좋은 일이었다. 그들도 또 그를 탓하지 않았다. 말해 봤자 공연한 헛수고에 불과했으리라. 그에게는 무슨 소리를 해도 아무런 반응이 없었고 뒤에는 아무것도 남지 않았다. 그는 응석 어린 예쁜 눈으로 미소짓고 뉘우치는 시늉을 하려 애쓰고, 딴 생각을 하며 고개를 끄덕이거나 감사하거나 하다가, 언제나 어느 형에게서든 돈을 우려내곤 했던 것이다. 크리스토프는 본의 아니게 이 애교 많고 못난 녀석에게 애정을 품고 있었다. 그의 생김새는 크리스토프 이상으로 아버지 멜키오르를 닮았다. 크리스토프처럼 키가 늘씬하고 떡 벌어졌고, 단정한 얼굴에 솔직한 태도, 맑은 눈, 곧은 콧날, 상냥스러운 입, 아름다운 이를 가졌고, 그 행동은 참으로 부드럽기만 했다. 크리스토프는 이 아우녀석을 보면 마음의 칼날이 풀려 버려 미리 준비했던 말의 반도 입에 올릴 수가 없었다. 자신과 같은 핏줄을 타고 났고 적어도 용모에 있어서는 자신의 자랑거리가 됨직한 이 미소년에게 일종의 모성애다운 애정을 품고 있었던 것이다. 그를 악인이라고는 생각지 않았다. 또한 그는 바보는 아니었다. 교양은 없었으나 그렇다고 재기가 없는 것은 아니었다. 정신적인 것에 흥미를 느끼고도 있었다. 음악을 듣는 데 기쁨도 느낀다. 형의 음악을 이해하진 못했으나 호기심으로 귀를 기울이곤 했다. 크리스토프는 자신의 음악회에서 가끔 그의 모습이 눈에 띄면 기뻐서 어쩔 줄 몰랐던 것이다.

그러나 에른스트의 주된 재능은 형들의 성질을 속속들이 알고 있다는 것과 그들을 교묘히 속이는 점이었다. 크리스토프는 그의 이기심과 냉담성을 알고 있었고 필요할 때가 아니면 어머니나 자기 생각을 하지 않는다는 것을 뻔히 알고 있었으나 역시 허사였다. 그럴 듯하게 애정에 넘친 듯한 속임수에 언제나 휘말려 들어가서 무슨 일이든지 좀처럼 거부할 수가 없었던 것이다. 하지만 크리스토프는 다른 아우인 로돌프보다는 이 녀석을 훨씬더 사랑하고 있었다. 로돌프는 꼼꼼하고 우직하며 일에만 전념했다. 품행이 방정하며, 돈을 요구하지 않는 대신 내놓는 법도 없었다. 일요일마다 꼬박꼬박 규칙적으로 어머니를 만나러 와서 한 시간쯤 자기 이야기만 지절거리고 돌아간다. 집안에 관해서나 자신에 관해서는 오만한 태도를 보이고 남의 일은 묻지도 않고 무슨 일에나 흥미도 느끼지 않았다. 그러다가 시간이 되면, 의무를 다한 데 만족하며 서둘러 돌아가 버린다. 크리스토프는 이런 인간은 참을 수 없었다. 로돌프가 올 시간이 되면 무슨 구실을 대서라도 외출을 하곤 했다. 로돌프는 크리스토프를 시샘하고 있었던 것이다. 그는 예술가를 멸시하고 있었으므로 크리스토프의 성공이 그에게는 쓰라렸다. 그러면서도 자기가 드나드는 장사치들 사이에서 조금이라도 크리스토프의 인기가 있을라치면 빈틈없이 그것을 이용하고 있었다. 그러나 그가 인기가 있다는 그런 이야기는 어머니나 크리스토프에게는 모른 체 시치미를 떼고 있었다. 그 반면, 크리스토프에게 일어난 불쾌한 사건은 아무리 작은 일이라도 낱낱이 알고 있었다. 크리스토프는 그런 비열한 짓을 멸시하고 있었다. 그러면서도 미처 알아차리지 못한 체하고 있었다. 그러나 그가 미처 모르고 있고 그것을 알면 더욱 마음 아파했겠지만, 로돌프가 알고 있는 이런 악의에 찬 정보의 한 부분은 사실 에른스트에게서 얻은 것이었다. 이 돼먹지 못한 소년은 크리스토프와 로돌프의 차이를 똑똑히 알아보고 있었던 것이다. 물론 크리스토프가 탁월하다는 것을 인정하며 아마 그의 천진스러움에 대해서 다소 핀잔 섞인 동정심을 품기조차 했으나 그러면서도 서슴없이 그것을 이용하고 있었다. 또한 로돌프의 못된 감정을 경멸하면서도 치욕스럽게 그것도 이용하고 있었다. 허영심과 질투에 아첨하고, 그가 쌀쌀하게 대하는 것도 신통하게 감수하며 거리에 나도는 크리스토프에 관한 추문을 일일이 알리곤 했던 것이다. 그런 이야기를 에른스트는 언제나 놀라우리만큼 잘 알고 있었다. 그렇게 해서 그는 끝내 목적을 달성하게 마련이었다. 로돌프는 인색했으나 결국은 크리스토프와 마찬가지로 그에게 돈을 갈취당하곤 했던 것이다.

이렇게 에른스트는 공평하게 두 형을 이용하여 우롱하고 있었다. 그러므로 두 형 모두 그를 사랑할 수밖에 없었던 것이다.

에른스트는 교활한 녀석이었으나 뮌헨에서 어머니의 품으로 돌아왔을 때는 참으로 불쌍한 꼴이 되어 있었다. 그 고장에서 마지막 일거리를 찾았으나 곧 쫓겨나서 모르는 곳에서 잠을 얻어 자며 귀로의 대부분을 터벅터벅 걸어야 했다. 온 몸은 진흙투성이고, 옷은 찢어져 흡사 거지꼴이 되어 있었다. 게다가 몹시 괴로운 듯이 콜록콜록 기침을 하고 있었다. 도중에서 악성 기관지염에 걸린 것이었다. 그가 들어오는 꼴을 보고 루이자는 소스라쳤고 크리스토프는 가슴이 막혀 저도 모르게 달려들었다. 눈물 많은 에른스트는 재빨리 이 효과를 이용했다. 모두들 감동되어 있었다. 세 사람은 서로 얼싸안고 울었다.

크리스토프는 자신의 방을 아우에게 내 주었다. 뜨거운 물그릇을 침대에 넣어 잠자리를 따뜻하게 하여 앓는 몸을 눕혔다. 환자는 단박에 숨이 끊어질 듯했다. 루이자와 크리스토프는 그 베개맡에 지켜앉아서 번갈아 가며 간호해 주었다. 의사와 약과 방을 따뜻하게 할 불기와 특별한 음식 등이 필요했다.

다음에는 발끝부터 머리까지 걸치는 옷과 속옷과 신발 등을 모두 새로 장만해야 했다. 에른스트는 해 주는 대로 내맡기고 있었다. 루이자와 크리스토프는 그 비용을 만드느라고 피땀을 흘려야 했다. 그 무렵, 두 사람은 지극히 궁색해져 있었다. 이사 비용이 들었고 집은 전처럼 불편한데도 집세는 비쌌고 게다가 크리스토프의 제자는 줄어들었는데 지출은 훨씬 늘어나 있었기 때문이다. 그것을 어떻게 간신히 꾸려 나가고 있었던 것이다. 두 사람은 최선의 노력을 기울였다. 물론, 크리스토프는 자신보다도 에른스트를 도울 수 있는 처지인 로돌프에게 부탁할 수도 있었으리라. 그러나 그는 그러고 싶지가 않았던 것이다. 크리스토프는 명예를 걸고서라도 혼자 힘으로 아우의 목숨을 살려 내야 한다고 생각했던 것이다. 두 주일 전 그는 어느 돈 많은 무명의 음악 애호가가 그의 작곡을 사가지고 그것을 자기 이름으로 발표하고 싶다는 교섭을 중개인을 통해 받은 적이 있었다. 크리스토프는 분연히 그것을 거절해 버렸는데 이제는 도리어 이쪽에서 수치감으로 낯을 붉히면서 사정하러 찾아가야 했다. 루이자는 의류 수선공으로 날품팔이에 나서야 했다. 모자는 서로 자신의 희생을 숨기고 있었다. 집에 가지고 돌아오는 금액에 대해서는 서로 거짓말을 꾸며 대곤 했다.

겨우 일어나 앉은 에른스트는 어느 날 난로 곁에 움츠리고 앉아서 콜록거리며 얼마쯤 빚을 지고 있다고 고백했다. 두 사람은 그것을 갚아 주었다. 어느 누구도 그에 대해서는 잔소리 하나 하지 않았다. 환자에게, 뉘우치고 돌아온 방탕한 자식에게 잔소리를 함은 관대한 짓이 아니었으리라. 에른스트는 숱한 고난을 겪은 끝에 마치 사람이 변해 버린 것 같았던 것이다. 그는 지금까지의 잘못을 울먹이는 목소리로 이야기했다. 루이자는 그를 안으며 이젠 그런 일은 생각지 말라고 하소연했다. 에른스트는 응석받이였다. 지금까지도 언제나 애정을 내세워서 어머니를 속이고 있었다. 옛날에 크리스토프는 그것을 다소 샘내기도 했었다. 그러나 지금은 막내 아우가, 가장 약한 그애가 가장 귀여움을 받는 것은 당연하다고 생각하고 있었다. 나이는 그다지 터울이 지지 않으나, 에른스트는 맏형에 대해서 지극한 존경을 품고 있었다. 때로는 크리스토프가 짊어지고 있는 무거운 짐이나 금전상의 희생 등등을 입에 담으려 하는 수가 있었다. 크리스토프는 그것을 막았다. 에른스트는 겸손하고 부드러운 눈초리로 고분고분 그의 말을 좇았다. 그는 크리스토프의 충고에 동의하고 있었던 것이다. 몸이 회복되면 지금까지와 같은 생활을 고쳐 성실히 일하리라고 결심하고 있는 것 같았다.

몸은 나아져 가고 있었다. 그러나 회복기가 길었다. 너무 영양실조가 심했으므로 주의할 필요가 있다고 의사는 말하고 있었다. 그리하여 그는 여전히 어머니 곁에 머무르며 크리스토프와 같은 침대에서 자고 형이 벌어 온 빵이나 루이자가 마음을 써서 만들어 주는 조촐하고 맛좋은 음식을 맛있게 먹곤 했다. 집에서 나가겠다는 말은 아예 입밖에 내지 않았다. 루이자나 크리스토프도 그의 앞에서는 그런 말을 하지 않았다. 그들은 사랑하는 아들과 아우를 발견하여 기뻐서 못 견딜 지경이었던 것이다.

에른스트와 긴 밤을 같이 지내는 동안 크리스토프는 조금씩 허물 없는 이야기를 하게 되었다. 그는 누군가에게 자신의 흉중을 털어놓고 싶어했던 것이다. 에른스트는 영리했다. 머리가 기민하게 잘 돌아, 다 듣지 않고도 알아차렸다. 그러한 아우와 이야기를 나누는 것은 여간 즐거운 것이 아니었다. 그러나 크리스토프는 지금 가장 마음에 걸리는 일, 즉 그 연애에 대해서는 어쩐지 부끄럽다는 생각으로 얽매여 있었던 것이다. 에른스트는 모든 사정을 빤히 알고 있었으나, 그런 체하지도 않았다.

완전히 건강을 회복한 에른스트는 어느 맑게 갠 오후를 이용하여 라인 강변을

거닐었다. 시내를 조금 벗어난 곳에서 손님들로 붐비는 음식점 앞을 지나가는
참이었다. 마침 일요일이라서 손님들이 춤추고 마시고 하는데 그 속에 한창 까
불며 떠들어 대는 아아다와 미르하와 같이 식탁에 앉아 있는 크리스토프가 눈에
띄었다. 크리스토프도 아우를 보고는 낯이 붉어졌다. 에른스트는 형 곁으로는
가지 않고 조심스레 그냥 지나쳐 갔다.

크리스토프는 이런 뜻하지 않은 해후에 몹시 당혹을 느끼고 있었다. 자신이
어떤 무리들과 같이 있었나 하는 점이 한층 절감되었다. 그런 현장을 아우녀석
에게 들킨 것이 마음 아팠다. 그것은 한갓 에른스트의 행실을 비판할 권리를 앞
으로 잃었기 때문은 아니었다. 그는 형으로서의 의무에 관해서, 지극히 높고 소
박하면서도 고답적인 관념을 지니고 있었기 때문이다. 그러니 그런 의무를 소홀
히 해 버린 처지에 놓이자 자기 눈에도 자신이 타락한 놈처럼 보이는 것이었다.

그날 밤, 두 사람이 쓰는 방에서 얼굴을 마주했을 때 그는 에른스트가 낮에 있
었던 그 일에 대해 넌지시 언급해 주기를 기다렸다. 그러나 에른스트는 입을 다
문 채 역시 기다리고 있었다. 별수 없이 옷을 벗을 때가 되자 크리스토프는 결심
하여 자신의 연애에 관해서 말문을 열었다. 몹시 정신이 산란해서 에른스트의
얼굴조차 마주 볼 수가 없었다. 부끄러움 때문에 도리어 거친 말투가 되기도
했다. 에른스트는 그런 형에게 조금도 도움을 주려 하지 않았다. 그는 묵묵부답
인 채, 크리스토프의 얼굴을 보지도 않았다. 그러나 몰래 형의 태도를 엿보고
있었다. 크리스토프의 멋적은 태도나 어색하고 우스꽝스러운 말투를 하나도 놓
치지 않고 귀담는 것이었다. 크리스토프는 아아다의 이름을 입에 올리는 것조차
간신히 할 정도였다. 그녀에 대해서 그가 그려낸 초상은 사랑을 받는 뭇 여성에
게 적용되는 그렇고 그런 것에 지나지 않았다. 그러나 어쨌든 그는 자신의 연애
를 토로한 것이었다. 마음 가득한 애정의 파도에 점차 몸을 맡겨 사랑한다는 것
은 얼마나 좋은 일인가, 캄캄한 어둠 속 같은 생활 속에서 이 빛을 만나기까지
자신은 그 얼마나 비참했었나, 또한 깊은 애정 없이는 인생이란 무의미한 거나
다름없다는 것 등등. 아우는 진지하게 듣고 있었다. 싹싹하게 대답은 했으나 질
문은 하지 않았다. 그래도 감동이 깃든 악수로 역시 크리스토프와 동감임을 표
시해 준다. 두 형제는 연애와 인생에 대한 생각을 서로 주고 받았다. 크리스토
프는 자신의 심정을 이해해 준 것이 기뻤다. 그들은 잠들기 전에 형제로서의 입
맞춤을 하였다.

그 이후 크리스토프는 언제나 조심조심하여 신중하게 자신의 연애를 에른스
트에게 고백하는 것이 습관이 되었다. 그는 에른스트가 조심스러워하는 데 안심

하고 있었던 것이다. 아아다에 관한 불안감도 넌지시 입에 올렸다. 그러나 그녀를 비난한 적은 없었다. 자기 자신을 힐책하고 있었다. 그녀를 잃게 되면 더 살아 가진 못할 것이라고 눈에 눈물이 글썽해지면서 말하는 것이었다.

그는 또 아아다에게도 에른스트에 관해서 이야기하기를 잊지 않았다. 그애의 머리가 좋고 얼굴 생김새가 예쁘다는 것 등이었다.

에른스트는 아아다를 소개해 달라고는 하지 않았다. 아는 사람이라곤 하나도 없다면서 우울한 듯이 방안에 틀어박힌 채 외출하려고도 하지 않았다. 크리스토프는 일요일이면 여전히 아아다와 어울려 야외로 산책을 나가곤 했으나, 아우가 집에 혼자 있는 것을 생각하면 어쩐지 신경이 쓰였다. 그렇다고 애인과 단 둘이 되지 않고는 쓰라린 마음을 달랠 길 없었다. 그러면서도 그는 자신의 이기주의를 자책했다. 에른스트에게 같이 가자고 권한 것은 그 때문이었다.

소개는 아아다의 방 어귀의 계단 위에서 행해졌다. 에른스트와 아아다는 정중히 인사를 나누었다. 아아다는 언제나 같이 어울려 다니는 미르하를 데리고 나왔다. 미르하는 에른스트를 보자 흠칫 놀라며 가볍게 소리를 질렀다. 에른스트는 미소를 띄우며 다가서서 미르하에게 키스했다. 미르하는 그것을 당연한 것처럼 받고 있었다.

「이것 봐라, 두 사람은 아는 사이였나?」

크리스토프는 놀라서 물었다. 미르하는 웃으면서 말했다.

「물론이죠.」

「언제부터?」

「훨씬 전부터죠!」

「그래, 당신도 알고 있었나? 왜 내게 일러 주지 않았지?」

크리스토프는 아아다를 향해 물었다.

「미르하의 좋은 사람을 내가 다 알고 있는 줄 아세요!」

아아다는 어깨를 으쓱하며 말했다. 미르하는 좋은 사람이라는 말을 탓하며 장난으로 성낸 시늉을 해 보였다. 크리스토프는 그 이상 아무것도 말할 수가 없었다. 우울해졌다. 에른스트도 미르하도 아아다도 어딘지 솔직하지 않은 것같이 생각됐다. 하기야 실제로 거짓말을 한다고 해서 그들을 꾸짖을 수도 없었다. 그러나 아아다에 대해서는 아무런 비밀도 없는 미르하가 이 사실만을 숨겨 왔다고는 믿을 수 없었고 따라서 에른스트와 아아다가 지금까지 서로 모르는 사이였다고는 도저히 믿을 수 없잖은가. 그는 두 사람을 관찰했다. 그들은 그저 평범한 몇 마디를 잠깐 나누었을 뿐이다. 그리고는 산책하는 동안 에른스트는 오직 미르하만을 상대하고 있었다. 아아다는 또 아아다대로 크리스토프에게밖엔 말을 건네지 않는다. 여느 때보다 훨씬 그에게 상냥스러웠다.

그 이후 에른스트는 언제나 그들과 같이 놀러 다녔다. 크리스토프는 그가 끼어들지 않기를 바랐으나 차마 그렇게 말할 수는 없었다. 아우를 멀리하려는 것은 그가 같이 어울리기에 부끄럽다는 것 외엔 이유가 없었다. 그는 아무런 의심도 품지 않고 있었던 것이다. 에른스트도 의심을 받을 만한 짓은 전혀 하지 않았다. 그는 미르하에게 열중하고 있는 모양이었다. 그러면서 아아다에 대해서는 예의바르고 조심스럽게, 어떻게 보면 지나치다고 할 만큼 예의를 표하기도 했다. 마치 형에 대한 존경의 일부분을 형의 애인에게도 표현하려는 것 같았다. 아아다는 이상스러워하는 기색도 없이, 여전히 신중한 태도를 유지하는 것이었다.

그들은 같이 어울려 긴 산책에 나섰다. 두 형제가 앞서고 아아다와 마르하가 웃고 소곤거리며 서너 걸음 뒤에 처졌다. 그들은 길 한복판에 멈춰서서는 오랫동안 재잘거리곤 했다. 크리스토프와 에른스트도 걸음을 멈추고 그녀들을 기다린다. 크리스토프는 나중엔 조바심에 못 이겨 하며 걸음을 떼어놓는다. 그러나 에른스트가 재잘거리는 두 계집애와 웃고 떠드는 소리를 듣고는 발끈 약이 올라서 단박에 뒤돌아본다. 그들이 대체 무슨 소리를 하는지 알고 싶었다. 그러나 그들이 뒤따라 왔을 때엔 이미 이야기는 끝나 버린 뒤였다.

「너희는 늘 무슨 꿍꿍이 속이냐?」

그의 물음에 그들은 농담을 곁들여 대답했다. 세 사람이 완전히 내통해 버린 뒤였던 것이다.

크리스토프와 아아다는 몹시 심하게 말다툼을 한 참이었다. 두 사람은 아침 나절부터 서로 화가 나 있었다.

이럴 경우면 아아다는 언제나 복수를 하려 든다. 보는 사람으로 하여금 참을 수 없게 하는 고약한 태도를 보이고 교만하고 불쾌한 표정을 짓게 마련인데, 이상스럽게도 오늘만은 그렇지 않았다. 그날 만큼은 한갓 크리스토프의 존재에 신경이 쓰이지 않는 체할 뿐, 다른 두 동행인과는 유쾌하게 떠들어 대며 신나 하고 있었다. 결국 이번 싸움에 대해서는 별로 성이 나 있지 않는 것 같았다.

크리스토프는 어떻게든 화해하고 싶어했다. 그의 마음은 전에 없이 불타고 있었다. 지금까지 두 사람의 연애가 가져다 준 은혜에 대한 감사와 어리석은 말다툼으로 헛되이 시간을 소비한 뒤의 후회와 까닭 없는 불안감, 즉 이 사랑도 이제는 끝이 다가오고 있는 것이 아닌가 하는 막막한 상념들이 그의 애정 위에 겹쳐 있었던 것이다. 그는 우울한 심정으로 아아다의 어여쁜 얼굴을 뚫어지게 바라보고 있었다. 아아다는 전연 그는 안중에도 없다는 듯이 다른 사람들과 웃어 대며 흥겨워했다. 그 얼굴은 숱한 그리운 추억을 그의 마음속에 불러 일으켜 주었다. 이 매혹적인 얼굴은 때로 지금처럼 넘칠 듯한 호의를 가득 담고 맑디맑은 미소를 띄울 때도 있었다. 그럴 때 크리스토프는 미심쩍어하게 마련이었다. 왜 두 사람 사이는 더 친밀하게 잘 진행되지 못하는 것일까, 왜 두 사람은 자신들의 행복을 일부러 망가뜨리는 것일까, 왜 그녀는 찬연한 시간을 잊으려고 하고, 자신이 지닌 정직을 등지려고 안간힘일까 하고. 그녀는 두 사람의 애정이 지닌 깨끗함을, 비록 머릿속에서나마 흐리게 하고 더럽힘으로써 그 어떤 이해할 수 없는 만족을 느끼고 있는 것일까? 그는 어떻게든 자신이 사랑하는 이를 믿으려 했다. 또 한번 환상을 그리려 시도했다. 자신에게 관대함이 결여되어 있는 것이라고 자책하며 후회하기도 하는 것이었다.

그는 아아다에게 다가가서 말을 건네려 했다. 그녀는 두세 마디 쌀쌀하게 답할 뿐이었다. 화해하고 싶어하는 기색이라곤 전혀 없었다. 크리스토프는 졸랐다. 잠깐이라도 좋으니 남들이 없는 곳에서 내 말 좀 들어 달라고 귓가에 대고 속삭였다. 그녀는 싫어하면서도 따라왔다. 잠시 걸어서 미르하와 에른스트에게 보이지 않는 곳에 이르자 그는 불쑥 그녀의 손을 잡고 용서를 빌었다. 숲속의 마른 잎 위에서 그녀 앞에 무릎을 꿇었다. 이렇게 싸운 채로는 더 살아 갈 수 없다, 산책도 아름다운 날도 즐길 수 없다, 그야말로 무엇하나 즐길 수 없다, 나는 어떻게든 그대의 사랑을 받아야 한다고 그는 하소연했다. 그렇다, 자신이 부당했던 일도 흔히 있었잖은가. 거칠게 굴었고, 불쾌하게 대한 적도 있었지. 제발이지 용서해 달라고 그는 아아다에게 애원하는 것이었다. 이렇게 된 것은 그의 애정 그 자체에도 원인이 있었던 것이다. 그는 그들의 사랑에 범속한 것이 끼어 있는 것을 못 참아했다. 그곳에 있는 것은 두 사람의 그리운 과거의 추억에 완전히 어울리는 것이어야 했다. 그는 그런 추억을 그녀로 하여금 상기하게 했다. 처음 만났을 때의 일을, 함께 지낸 때의 나날을 생각나게 했다. 언제나 한결같이 그녀를 사랑했고 앞으로 사랑하리라고 그는 호소했다. 제발 달아나지 말아 다오! 내게는 그대가 전부이다…….

아아다는 미소를 띄며 그의 말에 귀를 기울이고 있었다. 마음이 산란해져서 감동되다시피 했다. 그녀는 자애로운 눈빛이 되어 있었다. 우리는 서로 사랑하고 있는 거예요, 나는 이미 성내지 않고 있어요, 하고 말하는 눈빛이었다. 두 사람은 서로 몸을 꼭 맞대고 부둥켜 안은 채, 나뭇잎이 떨어진 숲속을 거닐었다. 그녀는 크리스토프를 사랑스러워했고, 그의 부드러운 말을 만족스럽게 여기고 있었다. 그러나 머릿속에 있는 장난스러운 변덕기를 버리지는 못하고 있었다. 그러면서도 그녀는 얼마동안 망설였다. 자신의 좋지 못한 생각을 그다지 중히 여기지 않게 되어 있었던 것이다. 그러나 그녀는 역시 계획했던 대로 해치우고 말았다. 왜 그랬을까? 누가 그것을 말할 수 있을까? 일단 하자고 스스로 결심했기 때문이었을까? 그런 것을 그 어느 누가 알 수 있으랴? 어쩌면 자신의 자유를 스스로 증명하기 위해서, 속이는 것이 더욱 자극적으로 생각되었기 때문인지도 몰랐다. 그녀는 이 때문에 그를 잃게 되리라고는 생각도 못했던 것이다. 잃기는 싫었다. 그녀는 지금보다도 더한층 확실하게 그를 잡을 수 있을 것으로 믿고 있었던 것이다.

일행은 숲속의 빈터에 이르렀다. 거기서 오솔길이 두 갈래로 나뉘어 있었다. 크리스토프는 한 쪽을 택하자 에른스트는 다른 쪽이 목적지인 언덕 꼭대기로 질러 갈 수 있다고 주장했다. 아아다도 같은 의견이었다. 크리스토프는 지난 날 자주 이곳을 걸어다녔으므로 길을 잘 알기 때문에 그들 생각은 잘못이라고 버티었다. 양쪽 다 자기네가 먼저 닿는다고 단언했으므로 시험해 보기로 했다. 아아다는 에른스트와 같이 떠났다. 미르하는 크리스토프의 뒤를 따랐다. 그녀는 크리스토프의 주장이 옳다는 것을 믿는 체하고 있었다. 그리고는 언제나 그렇죠, 하고 덧붙이는 것이었다. 크리스토프는 이 게임에 정색을 하며 덤벼들고 있었다. 이왕이면 지고 싶지 않아서 부리나케 성큼성큼 걸어갔다. 미르하에겐 너무나 빠른 걸음이었다. 그녀는 크리스토프보다 훨씬 천천히 걸었다. 그녀는 예의 그 핀잔 섞인 투로 침착하게 말했다.

「그렇게 빨리 걷지 마세요. 어쨌든 우리가 먼저 닿을 테니까요.」

「하긴 그렇군. 좀 지나치게 서둘렀어. 이건 비겁하지.」

그는 걸음을 멈추었다.

「하지만 나는 그들의 심보를 잘 알고 있지. 틀림없이 뛰어갈 걸. 우리보다 먼저 닿으려고 말이야.」

미르하는 크게 소리내어 깔깔거렸다.

「그런 일 없어요. 걱정할 것 없죠.」

그녀는 크리스토프의 팔에 매달려서 그에게 바싹 붙어서고 있었다. 크리스토프보다 조금 키가 작은 그녀는 걸으면서 영리해 보이면서도 어쩐지 응석을 부리는 듯한 눈으로 그를 쳐다보고 있었다. 그녀는 정말 귀엽고 매혹적이었다. 그녀처럼 변하기 잘하는 여성은 없었다. 평소에는 약간 창백하고 부은 듯한 얼굴이었다. 그러나 조금만 흥분하거나 어떤 즐거운 생각을 하거나 혹은 남을 기쁘게 하고 싶어하거나 하기만 하면, 홀연히 그 노파 같은 인상이 가시며 볼이 장미빛으로 물들고 눈두덩과 눈 밑의 주름살이 펴지고 눈이 빛나곤 했다. 얼굴 전체에 아아다의 표정에선 볼 수 없는 젊음과 생명과 재기로 가득 차는 것이었다. 크리스토프는 그런 변화에 놀라며 눈길을 피했다. 그녀와 단 둘이 되자, 어쩐지 좀 마음이 산란해졌다. 답답하고 거북했다. 그녀의 말에는 귀를 기울이지도 않고 대답도 하지 않았다. 하더라도 엉뚱한 대답만 했다. 그는 아아다 생각만 하고 있었다, 그녀만을 생각하고 싶었다. 좀전의 그 자애로운 눈초리 생각이 난다. 마음에 그리움이 가득 차고 있었다. 미르하는 맑은 하늘에 가느다란 가지를 뻗치고 있는 나무숲이 얼마나 아름다운가를, 크리스토프로 하여금 감탄하게 하려고 애쓴다. 그렇다, 모든 것이 아름다웠다. 구름은 말끔히 가신 뒤였다. 아아다는 그의 품으로 돌아온 것이다. 그는 두 사람 사이에 있는 얼음장을 깨는 데 성공한 것이다. 두 사람은 다시 서로 사랑하게 되었잖은가. 두 사람은 이미 한 몸이 아니고 무엇이겠는가. 그는 푹 한숨을 내쉬었다. 대기는 얼마나 가뿐한 것인가! 아아다는 그에게로 돌아온 것이다. 모든 것이 그로 하여금 그녀의 생각이 나게 한다. 공기는 습기를 머금고 있었다. 아아다는 혹시 춥지나 않을까? 아름다운 나무들은 마치 가루라도 뿌린 듯이 흰 서리로 덮여 있었다. 아아다에게 저것을 보여 주지 못하는 것이 유감스럽구나! 그러나 그는 문득 내기 생각이 났다. 걸음을 빨리 한다. 길을 잘못 들지 않도록 조심했다. 이윽고 목적지에 닿자 그는 신이 나서 말했다.

「우리가 먼저 왔어!」

그는 기쁜 듯이 모자를 흔들어 댔다. 미르하는 미소지으며 크리스토프를 눈여겨보고 있었다.

그들이 있는 곳은 숲속 한복판의 검고 험한 바위 위였다. 개암나무와 조그만 참나무 숲으로 덮인 비탈과 자주빛 안개가 낀 전나무의 가지와 푸른 기운이 도는 골짜기 사이를 마치 기다란 띠처럼 흐르는 라인 강이 굽어 보였다. 사람들의 목소리도 들리지 않는다. 산들바람도 한 점 없었다. 둔한 태양의 창백한 빛 아래, 추운 듯 햇빛을 쬐며 꼼짝도 하지 않는 고요한 겨울의 하루였다. 가끔 멀리 골짜기를 달리는 기차의 짧은 기적 소리가 아스라이 들려 온다. 크리스토프는 바위 곁에 우뚝 서서 그 경치를 바라보고 있었다. 그러한 크리스토프를 미르하는 유심히 바라보고 있었다.

그는 매우 흔쾌한 듯이 그녀를 돌아본다.

「보라구! 그들은 게으름뱅이야. 내가 말한 대로가 아니냔 말이야! 별수 없지! 기다려 줄 수밖에……」

그는 양지바른 곳에 누웠다.

「그래요, 기다리기로 합시다……」

미르하는 모자를 벗으며 대꾸했다.

그녀의 말투에는 어쩐지 빈정거림이 섞여 있는 것 같았다. 크리스토프는 몸을 일으키고 그녀의 얼굴을 응시했다. 그녀는 시치미를 딱 떼고 물었다.

「왜 그래요?」

「지금, 당신 뭐랬지?」

「기다리기로 하자고 했죠. 그렇게 서둘러 댈 필요는 없었지 뭐예요.」

「정말이야.」

두 사람은 울퉁불퉁한 바위 위에 누워서 기다렸다. 미르하는 나직한 음성으로 노래를 흥얼거렸다. 크리스토프는 간간이 그 노래를 따라했다. 그러다가 갑자기 노래를 멈추고 귀를 기울이곤 했다.

「그들이 오는 소리가 들리는 것 같은데.」

미르하는 여전히 노래를 불러 대고 있었다.

「잠깐만 그쳐.」

미르하는 노래를 그쳤다.

「아냐, 아무 소리도 아니군.」

그녀는 다시 노래를 부르기 시작한다. 크리스토프는 이제 더 참을 수 없었다.

「혹시 길을 잃은 게 아닐까.」

「길을 잃어요? 그럴 리 없어요. 에른스트는 어느 길이나 다 알고 있는 걸요.」

한 가닥 야릇한 생각이 크리스토프의 머리를 스친다.

「먼저 와서 우리가 오기 전에 가 버린 게 아닐까?」

미르하는 벌렁 누워서 하늘을 쳐다보고 있었으나, 노래 도중에 갑자기 웃음을 터뜨려 버렸다. 목구멍이 막히도록 웃어 대었다. 크리스토프는 그래도 자기 생각을 고집하고 있었다. 그들은 이미 정거장에 가 닿았을 것이라고 하면서 어서 내려가고 싶어하였다. 미르하는 그제야 겨우 몸을 움직였다.

「그러다가 정말 그들을 잃어버리게요! 정거장 소리는 전혀 없었어요. 여기서 만나기로 했잖아요.」

그는 다시 그녀 곁에 앉았다. 미르하는 그가 안달이 나서 기다리는 것을 재미있어 하고 있었다. 크리스토프는 자신을 유심히 살피고 있는 그녀의 조롱 어린 눈초리를 느끼고 있었다. 두 사람을 위해서 진심으로 걱정했다. 그는 두 사람을 추호도 의심하지 않고 있었던 것이다. 크리스토프는 다시 일어섰다. 숲으로 되돌아가서 두 사람을 찾아 보자, 두 사람의 이름을 불러 보자고 그는 말했다. 미르하는 나직하게 킬킬거렸다. 그리고는 호주머니에서 바늘과 가위와 실을 꺼내더니 태평스럽게 모자의 날개 깃 장식을 풀었다 붙였다 했다. 마치 온 종일이라도 이렇게 죽치고 앉아 있을 심산인 것 같았다. 그녀는 말문을 열었다.

「안 돼요, 안 돼, 바보 같으니라구. 오고 싶기만 하면 부르지 않아도 올 거라고 생각되진 않나요?」

그는 가슴을 찔린 듯한 느낌이었다. 그녀를 돌아보았다. 미르하는 그를 돌아보지도 않고 일에 몰두하고 있었다. 그는 그녀에게 다가갔다.

「미르하!」

「왜요?」

그녀는 일손을 멈추지 않고 되물었다. 크리스토프는 더욱 가까이에서 그녀의 얼굴을 보려고 그 자리에 꿇어 앉았다. 그는 되풀이했다.

「미르하!」

「왜 그러시냐구요?」

그녀는 일거리에서 눈을 들더니 미소지으며 그의 얼굴을 바라보았다.

그녀는 마치 정신 나간 것 같은 그의 얼굴을 흘긋보고는 깔보는 듯한 표정을 띠는 것이었다. 그는 목메인 소리로 물었다.

「미르하! 당신 생각을 들려 줘……」

그녀는 어깨를 으쓱하더니 미소지으며 다시 일손을 재촉했다. 크리스토프는 그녀의 손을 덥석 잡고 그녀가 꿰매고 있던 모자를 집어들었다.

「이런 건 집어치워, 집어치우라고. 그리고 자, 어서 들려 주오……」

그녀는 그의 얼굴을 똑바로 쳐다보았다. 그리고는 기다렸다. 크리스토프의 떨리는 입술을 보았다. 그는 어렴풋한 음성으로 말했다.

「당신은 에른스트와 아아다가?」

그녀는 미소를 머금었다.

「물론이죠!」

그는 성이 나서 후딱 일어섰다.

「아니다! 아냐! 그런 법이 어디 있어! 당신도 그렇게 생각하진 않는 거야! 거짓말이야! 거짓말이야!」

그녀는 그의 어깨에 손을 얹어 놓더니 몸을 배배꼬며 웃어 젖혔다.

「바보시군요! 정말 바보예요, 당신은!」

그는 그녀의 몸을 거칠게 뒤흔들었다.

「웃지 마! 왜 웃는 거야? 만약에 그게 참말이라면, 당신은 웃을 수 없지 않느냐 말이오. 당신은 에른스트를 사랑하고 있을 텐데…….」

미르하는 계속 웃어 대더니 크리스토프를 끌어당겨 키스를 했다. 그는 저도 모르게 키스를 돌려 주었다. 그러나 자신의 입술 위에 아우의 키스로 아직 따가운 그녀의 입술을 느꼈을 때 그는 소스라치며 몸을 뺐다. 그녀의 얼굴을 자신의 얼굴에서 떼어놓으며 물었다.

「그럼, 당신은 알고 있었던 거지? 짜 가지고 한 거지?」

그녀는 웃으며 그렇다고 했다.

크리스토프는 소리도 지르지 않았다. 노여움의 시늉도 없었다. 이미 숨도 쉴 수 없는 듯이 입을 벌릴 뿐 눈을 감고 두 손으로 가슴을 꼭 누른다. 심장이 터져 버릴 것만 같았다. 순간, 땅바닥에 푹 쓰러지며 두 손으로 머리를 싸안았다. 그리고는 어렸을 때처럼 혐오와 절망의 발작으로 바들바들 몸을 떠는 것이었다.

성질이 곱지 못한 미르하도 그가 가엾게 느껴졌다. 충동적으로 모성적인 연민의 정이 솟아올라 그에게 상체를 수그렸다. 부드러운 말을 건네려 했으나 크리스토프는 흠칫 몸을 떨며 그녀를 밀어젖혔다. 그러다가 갑자기 벌떡 일어났다. 그녀는 갑자기 무서움을 느꼈다. 크리스토프에겐 복수할 힘도 없었고, 복수하고 싶은 마음도 없었다. 뚫어지게 그녀를 응시했다. 그의 얼굴은 고통으로 경련을 일으키고 있었다. 고뇌로 짓이겨진 그는 말했다.

「화냥년 같으니! 네가 얼마나 몹쓸 짓을 했는지 모르고 있는 거야…….」

그녀는 크리스토프를 붙들려 했으나 그는 숲속으로 달아나고 있었다. 이런 창피스러운 짓, 이런 진창 같은 마음을 가진 무리들, 그들이 자신을 그곳으로 끌어들이려 했던 불륜의 공동 연애에 대한 혐오감에 치를 떨며 불쾌감으로 목메어 울고 있었다. 그녀가, 그들 모두가, 자기 자신이, 자신의 육체와 마음이 지겹게만 느껴졌다. 경멸의 폭풍이 그의 몸 속에서 사납게 휘몰아치고 있었다. 그 폭풍은 훨씬 전부터 마련되어 있던 것이었다. 저속한 사상, 비열한 타협, 그가 수개월 전부터 그 속에서 살아 온 공소(空疎)하고 독기로 가득 찼던 분위기 등에 대하여 이미 벌써 반동이 왔어야 했던 것이다. 그러나 사랑하고 싶은 욕구, 사랑하는 것에 관해서 맹목이 되고 싶은 갈구가 이 위기를 될 수 있는 대로 늦추어 온 것이었다. 그것이 이제 갑자기 폭발했다. 잘 된 일이었다. 대기의 크나큰 숨결이, 준엄한 순결의 큰 숨결이, 얼음장같이 차가운 북풍이 땅의 독기를 말끔히 쓸어 버려 주었다. 혐오감이 아아다에 대한 사랑을 단번에 때려 눕혀 준 것이었다.

아아다는 이러한 행위로 크리스토프에 대한 지배권을 더한층 공고히 하려 했으나 그것은 자신을 사랑하는 자에 대한 섣부른 몰이해를 증명하는 결과가 되었을 뿐이었다. 질투는 더러워진 마음을 붙들어 멈출 수는 있어도 크리스토프와 같이 젊고 자존심으로 가득 찬 맑은 성품에게는 오로지 방황케 할 뿐이었다. 그러나 그가 특히 용서할 수 없었던 것은, 이러한 배신 행위가 아아다에게 있어서는 정열 때문에 일어난 것이 아니라는 점이었다. 자칫하면 여성으로는 억제하기 어려운 변덕, 어리석고 비천하고 불가항력적인 그런 변덕에 있었던 것이다. 그렇다, 그는 이제 알게 된 것이었다. 그것은 그를 타락시키고 욕되게 하고, 그의 정신적 저항이나 신념을 깨뜨려 그녀 수준으로까지 끌어내려 자신의 발 밑에 무릎꿇게 하고 자신의 힘을 스스로 증명하고 싶다는 은밀한 욕망이었다. 이제 크리스토프는 온 몸이 쭈뼛해지는 느낌에 사로잡혀 생각한다. 숱한 사람들이 지니고 있는 이 더럽혀 주고 싶다는 욕구, 자신에게만이 아니라 남들에게도 있는 맑은 것을 더럽혀 주고 싶다는 이 욕구는 대체 무엇일까? 더러운 것 속을 뒹굴며 쾌락을 맛보고, 피부의 표면에 이미 깨끗한 곳이라곤 하나도 없어지게 되면 기뻐진다는 그런 돼지 같은 영혼은?

아아다는 크리스토프가 찾아오기를 이틀쯤 기다렸다. 그러다가 걱정이 되었다. 달콤하게 소곤거리는 글을 써보냈다. 그 편지에서는 지난번의 그 일에 대해서는 전혀 언급하지 않았다. 그 편지에 대한 회답은 없었다. 크리스토프는 표현할 수 없는 깊은 증오감으로 아아다를 미워하고 있었다. 그는 자신의 생활로부터 그녀를 지워 내고 있었다. 그에게 그녀는 이미 존재하지 않았던 것이다.

크리스토프는 아아다로부터 해방되어 있었다. 그러나 자기 자신으로부터는 해방되지 못했다. 자신을 속이며, 지난 날의 맑고 힘찬 조용한 생활로 되돌아가려고 애썼으나 허사였다.

사람이란 과거로 돌아갈 수 있는 것이 아니다. 가던 길은 계속 가야 한다. 뒤를 돌아보았자 헛일이다. 오직, 자신이 지나온 고장이나 묵어 온 집의 굴뚝에서 나는 아스라한 연기가 추억의 안개 속에서 지평선 너머로 스러져 가는 것이 보일 따름이다. 그러나 정열을 불태운 수개월만큼 우리를 우리의 옛 영혼으로부터 멀리하게 하는 것은 없다. 길이 갑자기 구부러지며 풍경이 일변한다. 자신이 뒤에 남긴 것에 마지막 이별을 고한 것 같은 생각이 든다.

크리스토프는 그것을 인정할 수가 없었다. 그는 과거를 향해 팔을 뻗쳤다. 깨끗이 체념해 버렸던 옛 영혼을 소생시키려고 사나이답게 안간힘을 썼다. 하지만 그 영혼은 이미 존재하지 않았던 것이다. 정열은 정열 그 자체보다도 그것이 축적하는 폐허 때문에 위험한 것이다. 크리스토프는 다시는 사랑하지 않으려 했으나 허사였다. 연애를 멸시하려 했지만 헛일이었다. 역시 그에게는 연애의 손톱자국이 남아 있었던 것이다. 그의 마음속에는 휑한 공동이 나 있어, 그것을 채워야만 했던 것이다. 한번 경험한 사람이면 누구나 불태워 버리게 마련인 애정과 쾌락의 무서운 욕구 대신, 그 반대되는 정열이라도 좋으니 다른 어떤 정열이 필요했던 것이다. 예컨대 경멸의 정열이라든가 오만스러운 순결의 정열이라든가 덕에 대한 신념의 정열이라든가. 그러나 이것만으로 그의 굶주림을 채우기엔 부족했다. 단지 어느 순간에 걸쳐 간신히 그것을 기만해 넘길 수 있을 뿐이다. 그의 생활은 격심한 반동의 연속이었다. 극단에서 극단으로 옮겨가는 비약의 시간이었다. 어떤 때는 비인간적인 금욕주의의 규칙에 억지로 생활을 따르게 하려 했다. 예를 들면 더이상 먹지 않고 물만 마시며 걷거나 고된 일을 하거나 밤샘을 하거나 하여 육체를 학대하여 일체의 쾌락을 스스로 금했다. 그러나 어떤 때는 자기 같은 사람에게 있어서는 힘이야말로 참다운 도덕이라고 믿곤 했다. 그러면서 쾌락을 추구한 것이었다. 하지만 어느 경우에 있어서나 그는 불행했다. 그는 이미 홀로 있을 수는 없었다. 또한 이미 혼자 있지 않곤 못 배기는 처지였던 것이다.

그를 구하는 오직 하나의 길은 참다운 우정을, 아마도 로자의 우정을 찾는 데 있었는지도 모른다. 그는 그 속으로 은신할 수 있었을 것이다. 그러나 두 집안은 완전히 사이가 갈라져 있었다. 두 사람은 다시 만날 수는 없었다. 단 한번, 크리스토프는 우연히 로자를 만난 적이 있었다. 그녀는 미사를 마치고 나오는 참이었다. 크리스토프는 그녀에게 접근하기를 주저했다. 로자 쪽에서는 그의 모습이 눈에 띄자 이쪽으로 다가오는 듯한 움직임을 보였다. 그러나 그가 계단을 내려가는 신자들의 파도를 헤치며 그녀쪽으로 가려하자 그녀는 눈길을 피했다. 그가 곁으로 다가서자 쌀쌀한 인삿말만 하고는 그냥 지나쳐 버렸다. 크리스토프는 소녀의 마음속에 엉켜 있는 차디찬 경멸을 느꼈다. 그녀가 아직까지 자신을 사랑하고 있고 그것을 고백하고 싶어하는 심정을 알아차릴 수가 없었다. 게다가 그녀는 자신의 그러한 사랑을 죄악으로 느끼며, 마음으로 탓하고 있었던 것이다. 크리스토프를 타락한 불량 청년으로 간주하며 지금까지보다도 훨씬 자신에게서 먼 사람으로 생각하고 있었다. 이리하여 두 사람은 영원히 서로를 잃고 만 것이었다. 그렇긴 하지만 이것은 그들 어느 쪽을 위해서나 다행스러운 일이었는지도 모른다. 그녀는 착한 여성이긴 했으나, 그를 이해할 수 있을 만한 생명력은 없었다. 크리스토프는 애정과 존경을 필요로 하고 있었으나 기쁨도 괴로움도 없는, 닫혀진 평범한 생활로서는 아마 숨조차 쉬지 못했으리라. 둘이 다 괴로워했으리라. 서로 상대방을 괴롭힘으로써 괴로워했으리라. 필경 두 사람을 갈라 놓은 불운은 강인하고 영속력 있는 사람들에게 항상 있는 일로, 하나의 행운이었던 것이다.

그러나 그 당시는 그것이 두 사람에게는 여간 큰 슬픔이며 불행이 아닐 수 없었다. 더구나 크리스토프에게 있어서는 더했다. 가장 많은 지성을 지닌 자로부터 지성을 빼앗고 가장 착한 자로부터 선량성을 빼앗아 버리는 것 같은, 저 완강하며 사리에 어두운 덕과 좁은 마음은 그를 조바심나게 하고 그에게 상처를 입혀 주었다. 이리하여 그는 반항적으로 자유 방탕한 생활로 뛰어들게 된 것이다.

그는 아이다와 더불어 근교의 선술집을 돌아다니다가 서너 명의 유쾌한 청년들인 보헤미안들과 사귈 수 있었다. 그들의 무심하고 자유로운 생활은 그에게 그다지 불쾌한 것이 아니었다. 그 중의 하나인 프리이데만은 그와 같은 음악가로 오르간을 연주하고 있었다. 나이는 서른쯤, 재주가 없진 않았고 전문적인 일에도 능통했다. 그러나 게으름뱅이여서 평범한 생활을 벗어나려고 노력하기보다는 차라리 굶어 죽거나 목말라 죽거나 하는 편이 낫다는 그런 사나이였다. 그는 악착스럽게 생활하는 사람들에 대해 악담을 하며 게으르게 사는 자신을 달래고 있었다. 또한 약간 재치있는 농담으로 남들을 웃겨 주고도 있었다. 그들 패거리의 여느 사람보다도 제멋대로인 그는, 제아무리 지위가 높은 사람도 마냥 깎아 내려서 기를 죽여 주곤 했다. 하기야 눈짓이나 암시로 슬쩍슬쩍 비방하는 것이었지만.

그는 또 음악계의 정설(定說) 같은 것은 무시하며, 당시의 대음악가들이 부당하게 획득하고 있는 명성에 대해서 음험한 공격을 퍼붓기도 했다. 여성도 그의 앞에서는 용서받지 못했다. 여자를 싫어하는 것으로 이름난 어느 승려의 옛말을 자기 말 속에 넣어 농담조로 즐겨 지절거리곤 했다. 크리스토프는 누구보다도 이 말이 지닌 신랄한 맛을 실감할 수 있었다.

『계집이란 영혼을 사멸케 하느니라.』

혼란된 생활 속에 있는 크리스토프는 프리이데만과 담소함으로써 울적한 마음을 잊을 수 있었다. 그러면서도 프리이데만을 비판하고 있었다. 저속한 빈정거림을 언제까지고 오래도록 즐기고만 있을 수는 없었다. 끊임없이 농담을 지껄이거나 늘 반대만 일삼는 지절거림은 끝내는 사람들을 조바심나게 하고 또한 무기력을 느끼게 하는 것이었다. 그러나 한편으로는 또한 속인의 자기 만족적인 어리석음으로 마음을 편안케 해 주는 것이기도 했던 것이다. 크리스토프는 마음 속으로는 이 벗을 깔보면서도 이미 그 없이는 지낼 수 없었다. 두 친구는 언제나 같이 어울려, 프리이데만 그룹의 더욱 형편없고 정체조차 모호한 낙오자들과 나란히 식탁에 둘러앉곤 했다. 며칠 밤을 계속 도박을 하거나 크게 떠들어 대거나 술을 퍼마시거나 했다. 크리스토프는 공허한 눈초리로 주위를 둘러본다. 그들이 눈에 설었다. 그는 고통으로 가슴이 죄어드는 가운데 생각하였다.

『나는 도대체 어디 와 있는 것일까 ? 이 녀석들은 어떤 놈들일까 ? 나는 이놈들과 무엇을 하려는 것일까 ?』

그들의 말소리나 웃음 소리를 들으면 그는 구역질을 느끼곤 했다. 그러나 그들과 헤어저 버릴 만한 힘이 없었다. 집으로 돌아가서 자신의 욕망이나 회한과 마주치기가 두려웠다. 그는 자기 몸을 파멸시켜 가고 있었던 것이다. 그 자신도 그것을 익히 알고는 있었다. 그는 언젠가는 자신도 그렇게 되고 말 타락한 모습을 프리이데만에게서 보았다. 그것은 잔인스러우리만큼 또렷했다. 그러다 보니 이런 위협으로 눈이 뜨여지기는커녕, 도리어 그것으로 완전히 짓눌려 버려진 극히 의기 소침한 상태를 그는 지나가고 있었던 것이다.

아마도 그는 자신을 파멸시킬 수만 있다면 파멸시켜 버렸을 것이다. 그러나 다행히도 그는 그런 종류의 사람들처럼, 여느 사람들이 갖지 못한 파괴에 대한 탄력성과 피난처를 지니고 있었던 것이다. 우선 첫째로 힘이 있었다. 지성적이며 의지보다도 강인한, 함부로 죽어 버리려 하지는 않는 삶의 본능이 있었던 것이다. 그는 또한 예술가의 불가사의한 힘을, 참된 창조적인 힘을 지니도록 혜택 받은 사람에게만 있는 격렬한 몰아성을 소유하고 있었다. 아무리 사랑하고 괴로워하고 자신의 정열에 자기의 전부를 바치고 있어도 그는 그러한 정열을 유심히 응시하고 있었다.

그러한 정열은 그의 내부에 있었다. 그러나 그것은 그가 아니었다. 무수히 많은 조그만 영혼이 그의 내부에서 미지의, 그러나 확실하며 고정되어 있는 한 점으로 남모르게 이끌리고 있었다. 그것은 마치 공간에서 하나의 신비로운 연못으로 빨려 당겨지고 있는 별의 세계와 똑같았다. 이러한 무의식적인 이중성의 지속은, 일상 생활이 잠들어 깊은 잠의 심연에서 존재의 다양스러운 얼굴이 떠올라오는 눈이 어질어질한 순간에 특히 곧잘 나타나게 마련이었다. 크리스토프는 한 해 전부터 꿈 때문에 괴롭힘을 당하고 있었다. 꿈 속에서 그는 절대적인 환영으로써 또렷이 느끼곤 했다. 자신이 동시에 숱한 다른 존재——더구나 너무나 흔히, 숱한 세계나 몇 세기로 격해진, 먼 다른 존재였던 사실을. 눈을 뜨고도 환각의 불안감은 남아 있었고 더구나 그 원인은 상기할 수가 없었다. 마치 고정 관념에서 나오는 피로 같은 것이어서 그것이 소멸되어 버린 뒤에도 그 흔적만은 남지만 그것이 어떤 것인지는 이미 알 수 없는 경우와 흡사했던 것이다. 그러나 그의 영혼이 나날의 그물 속에서 괴로운 듯이 허위적거리고 있을 때 또 하나의 주의 깊은 명랑한 영혼이, 그의 내부 세계에서 그 자신의 필사적인 노력을 지켜보고 있었다. 그 영혼의 모습은 그의 눈에 보이지 않았다. 그러나 그 영혼은 자신의 숨겨진 빛의 반사를 그에게 투사하고 있었다. 그 영혼은 탐욕적이었다. 이들 남성을, 이들 여성을, 이 대지를, 또 이들 정열이나 사상을——설사 그것이 남을 괴롭혀 주는 것이건, 범용한 것이건, 혹은 미천한 것이건간에——기꺼이 느끼며 관대히 관찰하며 이해하고 있었다. 그리하여 그것만으로도, 그러한 것에 자신이 지닌 빛을 조금이라도 전할 수가 있고 크리스토프를 허무에서 구해낼 수가 있었던 것이다. 이 영혼은 그에게 자신은 완전히 고독하지는 않다는 것을 느끼게 하는 것이었다. 모든 것이 되고 싶고, 모든 것을 알고 싶고 갈망하는 이 제2의 영혼은 파괴적인 정열에 대비하여 그의 방벽을 구축해 주는 것이었다.

이 영혼은 그가 물 위에 머리를 쳐들고 있도록 도와주긴 했으나 아직껏 그는 혼자 힘으로 거기서 빠져나올 수는 없었다. 좀처럼 자신을 제어하고 정신을 집중할 수 없었다. 아무 일도 할 수가 없었다. 마침내 그는 풍요롭게 다져질 정신적인 위기를 통과하고 있었던 것이다. 그의 미래의 전생애는 이미 거기에 싹트고 있었다. 그러나 이 마음속의 풍요는 아직은 당돌한 행위로밖엔 나타나 있지 않았다. 이런 넘치도록 가득한 힘의 직접적인 결과는 더없이 빈약한 생산력과 조금도 다를 바가 없는 것이었다. 크리스토프는 생명력 때문에 물에 빠져 허위적거리는 꼴이 되어 있었다. 그의 온갖 힘은 무서운 압력을 받고 너무나 빨리 그 전부가 동시에 커지고 말았다. 오직 의지만이 그다지 빨리 성장하지 못하고 있었다. 의지는 그들 괴물떼에 위협을 받고 있었다. 그의 인격은 흔들거리고 있었다. 마음속의 이 격변은 남의 눈엔 띄지 않았다. 크리스토프 자신에게도 바라거나 창조하거나 존재하거나 하는 힘이 결여되어 있는 것으로밖엔 보이지 않았다. 욕망, 본능, 사상 등이 마치 화산에서 유황 연기가 분출되듯이 속속 솟아났다. 그는 생각했다.

『이번엔 무엇이 나올까? 나는 대체 어떻게 되는 것일까? 언제까지나 이러는 것일까? 크리스토프는 영영 희망이 없는 것일까? 영원히 하찮은 인간에 지나지 않게 될까?』

그런데 여기에 유전적인 본능, 그보다 이전에 살고 간 조상의 악덕이 나타난 것이었다.

그는 술에 곤드레로 취해 버렸다.

그는 언제나 술냄새를 풍기고 너털거리며 집으로 돌아오곤 했다. 낙망하고 피곤에 지친 몰골이었다.

불쌍한 루이자는 그러한 아들을 바라보며 한숨짓기만 했다. 아무 말없이 그저 기도만 하는 것이었다.

그런 어느 날 밤, 시내 어귀의 술집에서 나왔을 때 그는 대여섯 걸음 앞의 한길을 터벅터벅 걷고 있는 고트프리트 외삼촌이 눈에 띄었다. 여전히 변함없이 등짐을 짊어진 기묘한 모습이있다. 지난 몇 딜째, 이 직은 사나이는 이 고징에 돌아오지 않았다. 그의 부재 기간은 점점 길어져 갔다. 크리스토프는 기쁨에 못 이겨 그를 불러 세웠다. 무거운 등짐 밑에 몸을 움츠린 고트프리트는 뒤돌아보았다. 크게 팔을 흔들어 손짓하는 크리스토프를 보자, 그는 차량 통행을 막는 한길 복판의 돌멩이 위에 걸터앉아서 그를 기다렸다. 크리스토프는 얼굴을 빛내며 한달음에 달려갔다. 지나치게 반가워하며 그는 외삼촌의 손을 쥐고 힘차게 흔들었다. 고트프리트는 오랫 동안 그의 얼굴을 응시하더니 한참만에 입을 열었다.

「안녕하슈, 멜키오르 씨.」

크리스토프는 외삼촌이 착각을 했나 보다는 생각이 들어 크게 소리내어 웃어젖혔다.

가엾게도 망녕이 드셨나 보다고 그는 생각한 것이다. 이미 기억력이 쇠퇴한 거라고.

아닌게아니라 고트프리트는 늙어빠진 몰골이 되어 있었다. 시들어 줄어들고 이지러져 있었다. 괴로운 듯이 단속적으로 잔기침을 콜록거렸다. 크리스토프는 계속 지껄여 대고 있었다. 고트프리트는 등짐을 다시 짊어지더니 말없이 걸음을 옮겨놓는다. 두 사람은 나란히 귀로에 올랐다. 크리스토프는 손짓을 하며 큰소리로 지껄여 대었고 고트프리트는 가벼운 기침을 하며 묵묵히 걷기만 한다. 크리스토프가 뭐라고 질문을 하자, 그는 다시 또 그를 멜키오르라고 불렀다. 이번

364

에는 크리스토프도 묻지 않을 수 없었다.

「보세요, 외삼촌! 왜 저를 멜키오르라고 부르시지요? 전 크리스토프예요. 잘 아시면서 그러시네요. 제 이름을 잊으셨나요?」

고트프리트는 여전히 걸음을 옮겨 놓으며 그를 향해 눈을 쳐들더니 그의 얼굴을 유심히 살펴보며 머리를 설레설레 저었다. 그리고는 쌀쌀하게 말하는 것이었다.

「아니지. 자네는 멜키오르일세. 분명히 본 기억이 있지.」

크리스토프는 흠칫 놀라서 걸음을 멈추었다. 고트프리트는 터벅터벅 걷기를 계속했다. 크리스토프는 항의도 하지 않고 그 뒤를 따라갔다. 취기도 싹 가신 뒤였다. 어느 한 요리집 문 앞을 지나갈 때 그는 가스등과 쓸쓸한 포석이 비추어져 있는 흐린 유리창으로 다가가서 얼굴을 비추어 보았다. 멜키오르의 얼굴이 거기 있었다. 크리스토프는 소스라칠 듯이 놀라며 뒤돌아섰다.

그는 스스로에게 물어 보기도 하고 영혼 속을 탐색하며 그 밤을 지새웠다. 비로소 알 수 있었다. 그렇다, 자신의 내부에 싹터 있는 본능과 악덕을 인지한 것이었다. 그는 오싹하지 않을 수 없었다. 죽은 아버지 곁에서 밤샘을 하며 그때 한 맹세가 생각났다. 그후의 자기 생활을 돌이켜 보았다. 맹세는 낱낱이 저버렸다. 지난 한 해 동안, 나는 과연 무엇을 했던가? 자신의 신을 위해, 자신의 예술을 위해, 자신의 영혼을 위해서 과연 무엇을 했단 말인가. 부질없이 잃어버려지지 않은 날, 함부로 허비해 버리지 않은 날, 더럽혀지지 않은 날이라곤 단 하루도 없었다. 하나의 작품이나 사고도 없고 영속된 하나의 노력도 없었다. 혼돈된 욕망이 서로를 파괴하고 있었다. 바람, 먼지, 허무……희구하던 것이 무슨 쓸모가 있었던가? 바라던 것은 무엇 하나도 없었다. 바라던 것과 반대되는 짓만을 해 왔다. 되고 싶지 않았던 것이 되고 말았다. 이것이 그의 지금까지 한 장의 계산서였던 것이다.

그는 전혀 잠을 못 이루었다. 아직 어둑어둑한 아침 여섯 시쯤 고트프리트가 떠날 채비를 하는 소리가 들려 왔다. 고트프리트는 더이상 묵을 생각은 없었던 것이다. 이 도시를 지나는 길에 언제나처럼 누이동생과 조카에게 키스를 해 주러 들른 것이었다. 그러나 다음 날엔 다시 또 떠난다는 것을 미리 그는 똑똑히 말해 놓고 있었던 것이다.

크리스토프는 아래층으로 내려갔다. 고트프리트는 밤새 고민 때문에 살이 빠지고 여윈 그의 창백한 얼굴을 눈여겨 보았다. 자애로운 미소를 건네며 그는 같이 좀 걸어 보지 않겠느냐고 했다. 두 사람은 날이 밝기 전에 집을 나섰다. 이미 아무런 말도 할 필요가 없었다. 서로 이해하고 있었던 것이다. 무덤 옆을 지날 때, 고트프리트는 말문을 열었다.

「가 보자꾸나.」

이 고장에 오면 그는 꼬박꼬박 장 미셸과 멜키오르를 찾아보았다. 크리스토프는 지난 한 해 동안 여기를 들러본 적이 없었다. 고트프리트는 멜키오르의 무덤 앞에 무릎을 꿇었다. 그리고는 말했다.

「두 분이 고이 잠드시도록, 그리고 우리를 괴롭히시지 않도록 우리 기도를 드리자.」

그에게는 언제나 불가사의한 미신과 뚜렷한 분별이 혼합되어 있었다. 그것은 때때로 크리스토프를 놀래 주었다. 그러나 이번만은 그 생각을 알고도 남음이 있었다. 묘지에서 나올 때까지, 두 사람은 그 이상 아무 말도 하지 않았다. 삐걱거리는 철문을 다시 닫고 함박눈이 흩날리는 묘지의 삼나무 밑 오솔길을 더듬는다. 담벼락을 따라 바야흐로 뉴을 뜨기 시작한 을씨년스러운 차가운 벌판을 걸어가다, 크리스토프는 왈칵 울음을 터뜨리고 말았다.

「아아 ! 외삼촌. 난 괴롭습니다 !」

사랑의 시련에 대해서는 고트프리트가 당혹할 것이라는 기묘한 염려 때문에 그는 차마 입에 담지 못하고 있었다. 그러나 자신의 치욕스러움과 범용한 점, 비겁한 점, 또한 맹세를 어긴 점 등을 그는 토로하고야 말았다.

「외삼촌, 어쩌면 좋지요 ? 난 희망을 가지고 싸웠어요. 하지만 한 해가 지나도 전과 같은 자리에 있는 거예요. 그뿐 아니예요 ! 뒷걸음질을 쳐 버렸어요. 난 아무 쓸모가 없는 놈이야, 아무 쓸데가 없단 말이야 ! 난 생활을 망쳐 버리고만 거예요. 맹세를 저 버렸어요…….」

두 사람은 시가지를 굽어보는 언덕 위로 올라갔다. 고트프리트는 인자하게 말을 건넸다.

「그런 것은 이번이 마지막은 아니란다. 사람은 누구나 제 희망대로 뜻을 이룰 수 있는 게 아니야. 인간은 희망을 품는다, 인간은 살아 간다, 그것은 전혀 별개의 것이야. 체념하거라, 알겠느냐. 소중한 것은 말이다, 그건 희망하거나 살아가는 데 싫증을 느끼지 않는다는 것이야. 그밖의 일은 우리에겐 관계 없는 일이지.」

크리스토프는 절망적으로 되풀이했다.

「난 맹세를 어긴 거예요 ! 」

시골집에서 첫 닭이 울고 있었다.

「들리느냐?」

「닭은 맹세를 어긴 누구를 위해서도 울어 주었단다. 닭은 매일 아침마다 우리들 하나하나를 위해서 울어 주지 않니.」

크리스토프는 비통한 어조로 대꾸했다.

「닭도 이미 나를 위해서는 울어 주지 않을 날이 올 거예요……내일이 없는 날이. 그때, 내 삶은 어떻게 될까요?」

「언제든 내일은 있단다.」

「하지만, 구해도 아무런 보람이 없으면 어떡하지요?」

「기도하려무나.」

「나는 이미 믿지 않는 걸요.」

고트프리트는 미소지었다.

「믿지 않는다면 살아 있을 수가 없을 게다. 누구나 다 믿고 있단다. 기구하려무나.」

「무엇을 기구하지요?」

고트프리트는 비로소 차가운 지평선에 얼굴을 내민 시뻘건 태양을 손가락질하며 말했다.

「해가 뜨는 데 대해서 믿음을 가져라. 한 해 뒤나 십 년 뒤의 일을 생각하는 게 아니다. 오늘 일을 생각해라. 너의 이치 따윈 버려라. 알겠느냐. 설사 도덕의 이치라 해도, 모두 쓸 만한 게 못된단다. 바보스러운 짓이지. 해로운 짓이야. 생활에 억지가 따라서는 안 된단다. 오늘에 살아라. 하루하루에 대해서 믿음을 갖는 거야. 하루하루를 사랑하고 존경하는 거야. 특히 그것을 시들어 버리게 해서는 안 된단다. 그것이 꽃 피우는 것을 훼방해서는 안 되는 거야. 오늘처럼 잿빛 하늘의 음산한 하루라도 사랑해야지. 걱정할 건 없다. 보려무나. 지금은 겨울이다. 모든 것이 잠자고 있지. 강한 땅은 눈을 뜨겠지. 강인한 땅처럼 참을성이 있어야 하는 거야. 믿는 마음을 가져라. 그리고 기다리는 거야. 네가 만약 강인하다면 모든 일이 잘 되어 주겠지. 설사 네가 강하지 못하여 약하고 성공하지 못하더라도 그것은 그것대로 또 행복해야 하는 거야. 물론, 그 이상은 할 수 없기 때문이지. 그런데, 왜 그 이상의 것을 바라지? 왜 자기에게 불가능한 것을 슬퍼하지? 자기가 할 수 있는 일을 해야 한단다……. 자기가 할 수 있는 최대한의 것을.」

「그렇다면 그건 너무 슬프군요.」

크리스토프는 낯을 찌푸리며 말했다. 고트프리트는 친밀하게 웃었다.

「그래도 어느 누구보다도 많은 것을 한단다. 너는 오만해, 영웅이 되고 싶어 하는 거야. 그러니까 어리석은 짓밖엔 못하지.……영웅이라! 나는 영웅이란 게 어떤 것인지 잘은 모른다. 하지만 알겠느냐, 난 이렇게 생각한단다. 영웅이란 자기가 할 수 있는 것을 하는 사람이라고 말이다. 다른 이들은 그걸 하지 않는단다.」

크리스토프는 한숨지었다.

「그렇다면 살아 있다는 것이 무슨 쓸모가 있지요? 살아 있는 보람이 없지 뭐예요. 글쎄 『원하는 것은 가능한 것이다!』라고 말한 이도 있거든요…….」

고트프리트는 다시 조용히 웃었다.

「그럴까?……하지만 그건 큰 거짓말쟁이란다. 그렇지 않으면 별 대단한 것을 바라지도 않는 사람들이지…….」

두 사람은 언덕 꼭대기에 이르러 있었다. 두 사람은 애정을 깃들여 포옹했다. 자그마한 행상인은 피곤한 걸음걸이로 떠나갔다. 크리스토프는 멀어져 가는 그 뒷모습을 바라보며 깊은 생각에 잠겨 있었다. 그는 외삼촌의 말을 자신에게 되풀이해 들려 주는 것이었다.

『자기가 할 수 있는 최대한의 것을.』

그는 미소지으며 생각했다.

『그렇다……그것만으로도 역시……대단한 일이지.』

그는 시내로 되돌아왔다. 굳어진 눈이 신발 밑에서 뽀드득뽀드득거린다. 매서운 겨울철 북풍이 언덕 위의 초라한 벌거숭이 나뭇가지들을 떨게 하고 있었다. 그 북풍은 또 그의 볼을 새빨갛게 하고 살갗을 뜨겁게 불태우고, 피를 채찍질하고 있었다. 아래쪽에서도 집들의 붉은 지붕이 반짝반짝 빛나는 차가운 태양 광선을 쬐며 웃고 있었다. 대기는 무섭게 차기만 했다. 꽁꽁 얼어붙은 대지는 가혹한 기쁨을 즐기고 있는 것 같았다. 크리스토프의 마음도 이 대지와 같았다. 그는 생각했다.『나도 눈을 뜰 테지.』

그의 눈에는 아직도 눈물이 괴어 있었다. 손등으로 눈물을 닦고 나서 그는 웃으면서 해를 쳐다보았으나 이미 해는 안개 속에 지고 없었다. 눈을 머금은 무거운 구름이 돌개바람에 쫓기어 시내의 하늘을 지나가고 있었다. 그는 그 구름들을 놀려 대는 웃음을 웃었다. 몸을 에일 듯이 차가운 바람이 불었다.

『불어라! 불어! 네가 하고 싶은 대로 해라!……나를 실어 가거라,……내가 어디로 갈지 난 알고 있어.』

제 4 장 반 항

1. 흐르는 모래

자유 ! 남에게서나 자신으로부터도 풀려난 자유 ! 일 년 내내 그를 묶었던 정열의 그물이 갑자기 툭 터져 버렸다. 어떻게 된 일일까 ? 그는 알 수가 없었다. 그물코가 그의 삶의 압력을 끝내 이겨내지 못했던 것이다. 그것은 괴팍한 성질의 인간이 숨이 콱콱 막히는 어제의 혼을 와락 움켜잡아서 찢는 위태로운 생장의 한 시기였다.

크리스토프는 자신의 몸에 무슨 일이 일어났는지도 잘 알지 못하고, 가슴이 부풀도록 숨을 들이마셨다. 고트프리트를 전송하고 돌아오자, 얼음 같은 싸늘한 북풍이 대문 밑으로 불어닥쳐 회오리쳤다. 사람들은 돌풍을 피해 목을 움츠렸다. 일터로 가는 계집애들은 약이 올라 스커트 밑으로 휘몰아치는 바람과 싸우고 있었다. 코와 뺨이 빨개져 화가 나서 걸음을 멈추고는 숨을 들이켰다. 그들은 온통 울상이었다. 크리스토프는 아주 즐거운 듯이 웃고 있었다. 그는 폭풍은 생각지도 않았다. 자신이 방금 거기서 뛰쳐나온 다른 폭풍을 생각하고 있었다. 그는 겨울 하늘을, 눈덮인 거리를, 바람과 싸우며 지나가는 사람들을 바라보았다. 자기 주위를 둘러보았다. 그는 이제 무엇에도 얽매여 있지 않았다. 그는 다만 혼자였다 ! 자기 혼자서, 자기 자신으로 있다는 것은 얼마나 즐거운 일인가 ! 자기를 결박한 사슬을, 추억의 괴로움을, 그립지만 미운 얼굴의 환영에서 벗어났다는 것은 얼마나 즐거운 일인가 ! 삶에 먹혀 버리지 않고 끝끝내 살아 나왔다는 것, 삶의 주인이 되었다는 것은 얼마나 즐거운 일인가 !

그는 온통 눈으로 하얗게 되어 돌아왔다. 강아지처럼 부산을 떨며 몸을 추스렸다. 복도를 쓸고 있는 어머니 곁으로 오자, 작은 어린애에게 말하듯 혀 짧게 상냥스런 외마디 소리를 지르며 어머니를 번쩍 안아올렸다. 늙은 루이자는 눈이 녹아 축축한 아들의 품 안에서 버둥거렸다. 그리고 어린애처럼 천진스런 웃음소리를 내면서 아들을 보고는, 『이 커다란 바보!』라고 말했다.

그는 층계를 몇 칸씩이나 깡충깡충 뛰어올라 자기 방으로 달음질쳐 갔다. 방 안은 작은 거울에 비친 자기 얼굴이 잘 보이지 않을 만큼 어두컴컴했다. 하지만 그의 마음은 기쁨으로 넘쳐 있었다. 그의 방은 거의 움직일 수 없을 만큼 좁고 천장도 낮았지만, 그에게는 하나의 왕국으로만 여겨졌다. 그는 문을 잠그고 진정으로 기쁜 듯이 웃었다. 가까스로 자신을 다시 찾게 된 것 같았다. 얼마나 오랫 동안 자신을 잃고 지냈던 것일까! 그는 재빨리 자기 생각 속으로 뛰어들었다. 그 생각은 멀리 금빛 눈부신 안개 속으로 녹아드는 커다란 호수처럼 여겨졌다. 열광의 하룻밤을 뜬 눈으로 지샌 뒤, 그는 물가에서 차가운 물에 발을 담그고, 몸을 아침 바람에 드러내고 있었다. 그는 물에 뛰어들었다. 어디로 가는지도 알 수 없었다. 그런건 아무래도 좋았다. 그저 방향도 없이 헤엄치고 있는 것이 즐거웠다. 그는 웃으며, 자기 영혼의 헤아릴 수 없는 웅성거림에 귀를 기울이며 잠자코 있었다. 영혼에는 숱한 생물이 꿈틀거렸지만 하나도 똑똑히 분긴되지 않았다. 머리가 어질어질했다. 눈이 부시도록 행복하다는 것밖에 느껴지지 않았다. 그는 이러한 미지의 힘을 느끼자 날아 오를 것만 같았다. 그리고 자기 힘을 시험해 본다는 일은 뒤로 미루고, 마음속에 열린 꽃잎에 자랑스런 기분으로 취해 황홀해 했다. 이 꽃은 몇 달이나 억눌렸다가 느닷없이 봄이 온 것처럼 활짝 피어났던 것이다.

어머니가 식사하러 오라고 부르고 있었다. 그는 내려갔다. 하루 종일 교외를 돌아다니다 온 것처럼 머리가 몽롱하다. 마음속의 기쁨이 겉으로까지 환히 비쳐 나왔으므로, 루이자는 어떻게 된 일이냐고 물었다. 그는 대꾸하지 않았다. 그리고 어머니의 몸을 껴안고, 억지로 테이블 둘레를 춤추듯 한 바퀴 빙 돌게 했다. 테이블 위에는 수프를 담은 접시에서 김이 모락모락 피어올랐다. 루이자는 숨이 차서 헐떡거리며 꼭 미치광이 같다고 말했다. 그리고는 손뼉을 치고 큰일났다며 그녀는 걱정스럽게 말했다.

「애는 아무래도 또 누굴 사랑하는 모양이구나!」

크리스토프는 큰소리로 소리내어 웃었다. 그리고 냅킨을 훌쩍 위로 집어던졌다.

「사랑이라뇨! 당치도 않습니다! 이제 그만 사랑엔 질려 버렸어요! 안심하십시오. 다시는 하지 않겠어요, 평생 않겠어요! 지긋지긋해!」

그는 큰 컵에 가득 찬 물을 단숨에 쭉 들이켰다.

루이자는 마음을 놓으며 그를 바라보다가, 머리를 젓고는 미소지었다.

「주정뱅이의 약속일 테지! 저녁까지나 갈까.」

「그것만으로도 어딘데요.」

그는 기분이 좋아서 대꾸했다.

「아무렴! 헌데 대체 무슨 일로 그렇게 기뻐하는 거냐?」

「정말로 기쁩니다. 단지 그뿐이에요!」

그는 테이블에 양쪽 팔꿈치를 괴고 어머니와 마주 보고 앉아서 이제부터 하려는 일을 죄다 털어놓고 얘기해 주려고 했다. 어머니는 정답게, 어디까지 믿어야 좋을지 모르는 기분으로 아들의 얘기를 듣고 있었다. 그리고는 수프가 식는다고 조용히 일깨웠다. 그는 어머니가 자기 얘기를 건성으로 듣고 있음을 알고 있었다. 하지만 그런 것은 개의치 않았다. 그는 자기 자신에게 얘기하고 있었던 것이다.

둘은 미소지으며 마주 보았다. 그녀는 지껄이고 있는 아들을 자랑스럽게 여겼으나 그의 말은 거의 귀담아듣지 않았을 뿐만 아니라 그의 음악의 계획에 대한 일을 문제도 삼지 않았다. 그녀는 생각했다. 『이애는 지금 행복하다. 그게 제일 중요한 일이야.』 그는 자기 얘기에 취하며, 다정한 어머니의 얼굴을 넌지시 바라보았다. 머리 둘레를 검은 숄로 푹 싸고 흰 머리에 다정스럽게 자기를 감싸고 있는 생기 있는 눈을 한, 사뭇 너그러운 듯 흐뭇해 하는 침착한 어머니의 얼굴을. 그는 어머니가 생각하는 것을 죄다 알 수 있었다. 그는 농담조로 말했다.

「어머니에겐 아무래도 상관이 없겠죠? 제가 말씀드리는 이런 얘기 따윈?」

어머니는 가볍게 반박했다.

「그럴 리야 없지, 그럴 리 없어!」

그는 어머니에게 키스했다.

「그렇습니다, 그래요! 하지만 뭐 변명은 않으셔도 좋습니다. 어머님 생각이 옳으니까. 다만 저를 사랑해 주세요. 전 누가 이해해 주지 않아도 좋습니다, 어머니도, 아무도. 지금 제게는 이제 아무도 필요가 없습니다. 아무것도 필요 없습니다. 전 제 자신 속에 무엇이나 다 갖고 있으니까요…….」

「거 보려무나. 또 다른 미치광이 귀신이 붙었지 않니! 하지만, 아무래도 그렇게 될 거라면 이번이 그래도 나은 셈이지.」

자기 상념의 호수 위에 누워 떠도는 대로 있는 즐거운 행복! 뱃바닥에 모로

누워 햇살을 온 몸에 받고, 물 위를 건너오는 싱그러운 미풍의 입맞춤에 얼굴을
내맡기고, 허공에 둥실 떠서 한가로이 졸아 본다. 길게 뻗은 몸으로 흔들리는
조각배 밑의 깊은 물이 느껴진다. 손은 축 늘어져 물에 잠겼다. 그는 일어나 앉
는다. 그리고 어렸을 때처럼 뱃전에 턱을 괴고 흘러가는 물을 눈여겨 바라본다.
반짝반짝 빛나는 이상한 생물이 번갯불처럼 재빨리 달아나는 것이 보인다. 또
다른 것이, 그리고 또 다른 것이. 그것들은 결코 같은 것이 아니다. 그는 자신
속에 펼쳐지는 환상을 보고 웃는다. 자기 상념을 웃음으로 대한다. 그것을 고정
시킬 필요는 없다. 선택한다? 어떻게 이런 헤아릴 수 없는 몽상 속에서 선택
한다는 것이냐? 아직 시간은 충분하다! 뒀다가 나중에 해도 된다! 마음 내킬
때 언제라도 그물을 던지기만 하면, 물 속에서 반짝이고 있는 저 괴물들을 밖으
로 끌어올릴 수 있다. 지금은 저것들을 그냥 지나가게 하자. 뒀다가 나중에 하
자…….
　조각배는 훈훈한 바람과 함께 느릿느릿한 흐름을 따라 하느작거린다. 따뜻
하다. 태양은 밝게 내려 쪼이고, 이곳은 온통 정적에 잠겼다.

　이윽고 그는 힘없이 그물을 던진다. 작은 물방울이 이는 수면 위에 몸을 수그
리고 그물이 사라져 보이지 않을 때까지 눈으로 쫓는다. 한참 멍청히 기다리다
느릿느릿 그물을 잡아당긴다. 잡아당김에 따라 점점 무거워진다. 끌어올리려는
순간, 손을 멈추고 숨을 몰아쉰다. 수확물이 들어 있다는 것은 알고 있다. 하지
만 어떤 수확물인지는 알지 못한다. 그는 기대하는 기쁨을 오래 끌도록 한다.
　그는 드디어 결심한다. 무지개빛 비늘을 한 고기가 물에서 나타난다. 그것들
은 굴 속의 뱀처럼 몸을 비틀고 있다. 그는 이것들을 진기한 듯 바라보고 손가락
끝으로 꿈틀거리게 하다가, 가장 아름다운 것을 손으로 들어 보고 싶어진다. 그
러나 물에서 나오자마자 비늘의 아름다운 광택은 사라져 버리고, 고기는 손가락
사이에서 축 늘어져 버린다. 그는 이를 물 속으로 놓아주고 또다시 다른 것을 찾
기 시작한다. 그는 자신 속에 꿈틀거리고 있는 몽상 중의 하나를 택하느니보다
는 이들 모두를 번갈아 바라보고 싶다. 그것들은 투명한 호수 속을 자유로이 헤
엄치던 때보다 훨씬 아름답게 여겨진다.
　그는 모든 종류의 것을 찾아냈다. 모두 제각기 괴기함을 겨루는 것들이었다.
요즘 몇 달 동안 관념은 멈춘 채 축적되어 있었다. 그래서 어떻게 해서든지 소비
하지 않으면 안 될 만한 풍요로 금방 터질 것처럼 되어 있었다. 하지만 모두가
뒤범벅이었다. 그의 사상은 창고, 유태인의 고물상 가게여서 진기한 가구, 값진

포목, 고철, 헌옷 등이 한 방에 쌓여 있었다. 어느 것이 제일 가치 있는 것인지 그는 분간할 수가 없었다. 어느 것이나 모두 한결같이 재미있었다. 그것은 서로 부딪쳐 울리는 화음이고, 사원의 종처럼 메아리치는 색채이고 꿀벌의 나래 소리와 같은 조화이고, 사랑을 하고 있는 입술과 같이 미소짓는 선율이었다. 그것은 또 풍경의 환상이고, 사람의 얼굴 모습이고, 정열이고, 영혼이고, 성격이고, 문학적 관념이며, 형이상학적 관념이었다. 또한 방대하여 도저히 실현 불가능할 것만 같은 엄청난 계획이고, 모든 것을 음악으로 묘사하여 많은 세계를 포용코자 하는 대하 소설 같은 것이다. 또 대부분은 한 목소리의 음이라든지, 길을 지나가는 한 인간이라든지, 빗소리라든지, 마음속의 리듬이라든지 하는, 아무것도 아닌 것에 의하여 갑자기 야기되는 막연한 섬광적인 감동이었다. 이러한 계획은 대부분 제목밖에는 존재하지 않았다. 대개는 단 하나나 둘의 악상으로 마무려지는 것이었지만 그것으로 충분했다. 아직 젊은 사람들처럼, 그도 창조하기 위해 꿈꾸고 있는 것을 실제로 창조해 버린 것처럼 여기고 있었다.

하지만 그는 싱싱한 생명력을 갖고 있었으므로 언제까지나 이런 부질없는 것에 만족해 있을 수는 없었다. 공상만의 소유에는 이내 질려 버렸다. 자기 몽상을 확실히 파악하고 싶었다. 무엇부터 시작하는 것이 좋을까? 그에게는 어느 몽상도 모두 똑같이 중요하게만 여겨졌다. 그는 이것들을 잘 살펴보고 거듭 되풀이해서 다시 파악해 보았다. 내동댕이쳐 버렸다가는 다시 집어들었다. 아니, 똑같은 것을 주워들고 있는 것은 아니었다. 그것은 벌써 같은 것이 아니었다. 그것은 두 번 다시 잡히지 않았다. 그것은 항상 변화했다. 바라보고 있는 동안에 손 안에서, 보는 눈 앞에서 변해 버렸다. 서두르지 않으면 안 되었다. 그런데 그는 그것이 안 됐다. 그는 자기 일이 느린 것에 어리둥절했다. 될 수 있다면 하루에 모두 해치워 버리고 싶었다. 그러나 사소한 일을 하는 데에도 무척 곤란을 느꼈다. 제일 곤란한 것은, 이제 막 시작한 참인데 그만 싫증이 나는 점이었다. 꿈은 그대로 지나가 버리고, 그 자신도 그대로 지나가 버렸다. 한 가지 일을 하고 있으면 다른 일을 못하는 것이 마음에 걸렸다. 하나의 아름다운 주제를 선택했을 뿐으로, 그만 그 주제에 흥미가 없어지는 것 같았다. 이리하여 그는 숱한 것을 가지고 있으면서도 아무런 소용이 없었다. 그의 상상은 손에 닿지 않는 한에 있어서만이 싱싱했다. 용하게 움켜잡은 것은 이미 죽어있었다. 그것은 탄탈로스(그리이스 신화의 한 인물)의 고통이었다. 과일은 그의 손이 닿는 데에 있었지만, 그것을 잡으면 단번에 돌이 되었다. 신선한 물은 그의 입술 바로 가까이에 있었지만, 그가 그 위로 몸을 굽히면 그것은 훌쩍 멀어져 갔다.

 그는 갈증을 달래기 위해 이미 손에 넣었던 샘물이나 자신이 예전에 지은 작품으로 목을 축이려 했다. 그러나 한 모금을 마시고 그는 욕지거리를 하며 토해 냈다. 어찌 된 일이냐! 이런 미적지근한 물이, 이런 김빠진 음악이 자기 음악이었던 것일까? 그는 자기 작품을 모두 다시 읽어 보았다. 읽어 보곤 흠칫했다. 무슨 소린지 알 수 없었다. 어째서 이런 것을 만들었는지도 알 수 없었다. 그는 얼굴을 붉혔다. 바보 같은 한 악절을 읽을 때면 방안에 누가 있지 않나 싶어 뒤를 돌아보고 부끄럽다는 생각에 어린애처럼 베개 속에 얼굴을 묻었다. 또 어떤 때는 너무도 어처구니 없고 우스꽝스러운 작품에 그것이 자기 작품이라는 것을 잊어버렸다. 정말 어처구니 없다고 외치며 배를 움켜쥐고 웃었다.

 그러나 무엇보다도 견딜 수 없는 것은, 사랑의 탄식이나 기쁨이라고 하는 정열적인 감정을 표현한 작품이었다. 그는 쇠파리에게라도 물린 것처럼 의자 위에서 펄쩍 뛰어올랐다. 테이블을 주먹으로 사납게 치고, 화가 북받쳐 어쩔 줄 몰라하며 자기 머리를 쥐어박았다. 험상궂게 자신을 욕하고 돼지다, 무서운 파렴치한이다, 둘도 없는 바보 녀석이다, 머저리 팔푼이다, 하고 말했다. 한참 동안 그는 그러한 험구를 계속하고 있었다. 나중에는 고함을 쳤기 때문에 새빨개진 얼굴로 거울 앞에 우뚝 섰다. 그리고는 자기 턱을 움켜쥐고 말했다.

 「봐라, 봐, 이 엉터리야. 너의 바보 같은 얼굴을! 거짓말 좀 그만해라, 못된 녀석 같으니라구! 자, 물이다, 물!」

 그는 세수 대야에 얼굴을 처박고 숨이 막힐 때까지 있었다. 그리고 상기된 얼굴로 눈을 부릅뜨고는 물개처럼 숨을 내쉬다가 물에서 얼굴을 들어 떨어지는 물을 닦지도 않고 후닥닥 테이블로 달려갔다. 그리고 울화가 치미는 작품을 손에 움켜쥐자, 정말 미쳐 버리기라도 한 것처럼 신음 소리를 내며 잡아 찢었다.

 「야, 이 형편없는 놈아! 맛을 보여 줄 테다! 자! 어떠냐! 어때!」

 이로써 그의 기분이 풀렸다.

 이러한 작품에서 특히 그를 부아나게 한 것은 거기 있는 거짓말이었다. 실제로 느낀 것은 아무것도 없었다. 있는 것이란 다만 암송한 어법과 국민 학생의 수사법이었다. 그는 장님이 색깔을 얘기하듯이 연애를 얘기했다. 판에 박은 흔해빠진 허튼 소리를 되뇌면서 주워 들은 것으로 이를 지껄이고 있었다. 또한 연애뿐만 아니라 모든 정열이 호들갑스런 웅변의 자료로 쓰이고 있었다. 그렇기는 해도 그는 진실하고자 항상 애썼던 것이다. 하지만 바라는 것만으로는 부족하다. 진실일 수 있지 않으면 안 된다. 인생에 대해 아무것도 알지 못할 때, 어떻게 진실일 수 있겠는가? 이러한 작품의 거짓말을 그에게 보여 준 것은, 그와 그의 과거 사이에 갑자기 도랑을 파놓은 것은 실로 이 육 개월 동안의 시련이었다. 지금의 그는 환상의 세계로부터 벗어나고 있었다. 이제 그는 자기 사상의 진위를 판단하기 위해 쓸 수 있는 현실의 눈금을 가지고 있었다.

정열 없이 마련된 과거의 작품에 혐오를 느낀 그는 버릇대로 극단적인 생각을 하여 앞으로는 열렬한 필요성에 의해 꼭 써야 될 것이 아니라면 일체 쓰지 않겠다고 결심했다. 또한 관념의 추구는 그만두고, 만일 창작열이 마치 벼락이 떨어지듯 불현듯이 솟아오르는 것이 아니라면 음악을 영영 버리고 말겠다고 다짐했다.

그가 이렇게 말한 것은 폭풍이 몰아닥치고 있는 것을 잘 알고 있었기 때문이다.

벼락은 자신이 갈구하는 곳에, 또 자신이 바라는 때에 떨어진다. 하지만 또 산꼭대기도 벼락을 끌어당긴다. 어떤 장소, 어떤 영혼은 폭풍의 소굴이다. 그것은 폭풍을 만들어 내거나 지평의 모든 지점으로부터 폭풍을 불러들이기도 한다. 그리고 일 년 중의 어느 달과 같이 생애의 어느 한 때는 무척 많은 전율로 포화 상태가 되어 있으므로, 그곳에서 벼락이 일어난다. 비록 뜻대로 되는 것은 아니라 할지라도 적어도 기회가 무르익었을 때에.

온 몸이 긴장한다. 며칠 사이에 폭풍이 준비된다. 이글거리는 솜구름이 흰 하늘을 뒤덮었다. 한 점 바람도 없다. 가라앉은 공기가 발효하여 부글부글 끓어오르는 것 같다. 대지는 축 늘어져 침묵하고 있다. 머리는 열에 들떠 윙윙거린다. 자연 전체가 축적된 힘의 폭발을 기다리고 있다. 쇠망치가 무겁게 쳐들리어 먹구름 모루 위로 별안간 내리쳐질 것을 대기하고 있다. 어둡고 뜨거운 커다란 신경(神經)이 여러 개 지나간다. 불 같은 바람이 인다. 신경이 나뭇잎처럼 흔들린다. 그리고 다시 침묵이 내려온다. 하늘은 벼락을 계속 준비하고 있다.

이러한 기대에는 하나의 즐거운 고통이 있다. 불안에 억눌리면서도, 사람들은 자기 혈관 속에 우주를 모두 태워 버리는 불이 흐르고 있음을 느낀다. 술통 속의 익어 가는 포도알처럼 도취한 영혼은 도가니 속에서 끓어 오른다. 삶과 죽음의 무수한 싹이 영혼을 괴롭힌다. 여기서 무엇이 태어나는 것일까? 영혼은 임산부처럼 자기 내부에 눈을 돌리고 잠자코 있다. 불안하게 태동에 귀를 기울이고 그리고 생각한다, 무엇이 내게서 태어날 것인가?

때로는 기대가 허물어져 버린다. 폭풍은 터지지 않고 흩어져 버린다. 사람들은 순간 제정신이 들지만 머리가 무겁고 긴장이 풀려 안절부절 못하고 지루해

한다. 그러나 그것은 시기가 연장된 데 지나지 않는다. 오래지 않아 그것은 폭발할 것이다. 만일 오늘이 아니라면 내일이다. 늦어지면 늦어질수록 그것은 더욱 격렬할 것이다…….

지금 그것이 왔다! 몸의 구석구석에서 구름이 솟아올랐다. 검푸른 두꺼운 덩어리를 이룬 구름은 번갯불의 열광적인 경련으로 찢어지면서도 눈이 어지럽도록 빨리 숨막히게 달려와 혼의 지평을 에워싸고, 숨죽인 하늘에서 돌연 양쪽 날개를 파닥거리고 빛을 지워 버린다. 광기 어린 시간! 성난 여러 가지 원소들은 정신의 균형과 사물의 존재를 확실하게 하는 갖가지 법칙에 의해 갇혔던 감옥으로부터 풀려나, 사나운 커다란 모양으로 의식의 어두운 밤을 지배한다. 사람들은 죽음의 고통을 느낀다. 사람들은 더 살고 싶은 생각이 없다. 이제는 최후의 날밖에, 해방을 가져다 주는 죽음밖에는 바라지 않는다.

그러자 돌연 번갯불이 번득인다!

크리스토프는 기쁨의 외마디 소리를 질렀다.

기쁨, 미칠 것만 같은 기쁨! 존재하고 있는 모든 것을, 앞으로 존재할 모든 것을 비추는 태양, 사물을 창조하는 아름다운 기쁨! 창조하는 일 이외에 다른 기쁨은 없다. 창조하는 사람들 이외에 살아 있는 사람은 없다. 나머지 사람들은 모두 땅 위에 떠돌고 있는, 생명과는 관계 없는 그림자이다. 삶의 모든 기쁨은 연애거나 재능이거나 행동이거나 모두가 오로지 창조의 기쁨이다. 단 하나의 화로에서 피어오르는 힘의 불꽃이다. 이 커다란 회로 둘레에 자리를 차지할 수 없는 사람들, 예컨대 야심가나 이기주의자나 창조력을 갖지 않는 애호가들도 그 빛 바랜 반사광으로 몸을 따뜻하게 하려고 한다.

육체 혹은 정신의 세계에서 창조한다는 것은, 육체의 감옥으로부터 탈출하는 일이며, 목숨의 회오리바람 안으로 뛰어드는 일이며, 『존재하는 자』가 되는 일이다. 창조란 죽음을 말살시키는 일이다.

다만 혼자 이 땅 위에 남아 있어, 자신의 메마른 육체와 삶의 불꽃이 영영 솟아오르지 않는 스스로의 어둠을 바라보고 있는 창조력이 없는 사람이야말로 참으로 불행하다! 봄날 꽃이 만발한 나무처럼, 생명과 사랑으로 무거워진 풍요한 자신을 느낄 수 없는 영혼이야말로 참으로 불행하다! 세상은 그러한 혼 위에 명예와 행복을 산더미처럼 쌓아올릴 수 있을 것이다. 하지만 그것은 굳어 버린 송장에 월계관을 씌워주는 것과 같다.

크리스토프가 번득이는 번개에 얻어맞았을 때, 하나의 방전(放電)이 그의 온 몸으로 퍼져 갔다. 그는 부르르 떨었다. 어둔 밤 바다 한가운데서 눈 앞에 육지가 나타난 듯한 느낌이었다. 또 군중 속을 걸어가다가 심오한 것을 가득 채운 두 눈동자에 돌연 부딪힌 듯한 느낌이었다. 이러한 현상은 번번이 그의 정신이 공허 속에서 버둥거리던 허탈 상태 뒤에 일어났다. 아니 그보다도 오히려 지껄이거나 산보를 하거나 다른 일을 생각하고 있는 순간에 더 잘 일어났다. 거리에서는 자기 기쁨을 너무 심하게 나타낼 수가 없었다. 그러나 집에 있을 때는 아무런 거리낌도 없었다. 그는 행복에 넘쳐 발을 구르며 승리의 나팔을 불었다. 어머니는 이 나팔을 잘 알고 있었다. 그리고 그것이 무엇을 의미하는 것인가를 이해하게 되었다. 어머니는 곧잘 크리스토프에게 말했다. 너는 마치 방금 달걀을 낳아 놓은 암탉 같다고.

그는 악상에 마음이 집중되어 있었다. 어떤 때 그것은 독립된 완전한 악구의 형식을 취했다. 하지만 그보다도 하나의 작품 전체를 포용하는 커다란 성운의 형식을 취하고 있는 경우가 많았다. 작품의 구조와 윤곽은 베일을 통해서 분간되었다. 그리고 이 베일은 조각처럼 선명하게 어둠에서 두드러져 나오는 휘황한 몇 개의 악구에 의해 군데군데 찢어져 있었다. 그것은 하나의 섬광에 지나지 않았다. 때로는 그러한 섬광이 줄줄 잇따라서 나오는 경우가 있었다. 그 섬광의 하나하나는 제각기 어둠의 다른 구석구석을 비추었다. 하지만 보통 때는 종잡을 수 없는 이 힘은, 일단 느닷없이 나타난 다음에는 뒤에 빛의 꼬리를 남겨둔 채 며칠 동안 신비로운 은신처로 사라져 자취를 감추었다.

이러한 영감의 기쁨은 참으로 강렬한 것이었으므로, 크리스토프는 그밖의 모든 것을 혐오했다. 경험 있는 예술가에겐 영감은 드물게 오는 것이며, 직관적인 작품을 마무리하는 것은 지성이라는 것을 잘 알고 있었다. 그러한 예술가는 자기의 의상(意想)을 압착기에 걸어, 거기 차서 넘치는 훌륭한 즙을 마지막 한 방울까지 짜낸다. 그리고 대부분의 경우, 여기에 맑은 물을 타기도 한다. 크리스토프는 아직 너무나 젊었고 게다가 지나치게 자신을 갖고 있었으므로 이런 방법을 경멸했다. 완전히 자발적인 것이 아니면 만들지 않겠다는, 실현 불가능한 꿈을 품고 있었다. 그가 일부러 맹목적이 되려고 한 것이 아니라면, 자기 계획이 어리석다는 것을 금방 알았을 것이다. 물론 그 무렵의 그는 내면의 충실을 꾀하고 있어서 허무가 스며들 만한 틈은 전혀 없었다. 모든 것이 그에게는 무진장한 창작력의 구실이 되었다. 눈에 부딪히는 모든 것, 비록 하나의 시선과 한 마디 말이라도 그의 영혼에는 꿈의 수확을 가져왔다. 그의 사상의 끝없는 창공에는 무수한 별이 운행하고 있었다. 하나 그러한 때라도 모든 것이 일시에 사라져 버리는 순간이 있었다. 그러나 이 어두운 밤이 그리 오래 계속되지는 않아 정신의 침묵이 길어지는 것을 괴로워하는 시간이 거의 없었다고는 할지라도 이 미지의 힘은 역시 두려웠다. 이 힘은 그를 찾아왔다가는 떠나고 또 왔다가는 사라져 갔다. 이번에는 얼마 동안일까? 과연 다시 찾아올 것인가? 그의 오만스런 마음은 그러한 생각을 물리쳤다. 그리고 말했다.

『저 힘은 나다. 저 힘이 존재하지 않게 된다면, 그때는 나도 존재하지 않게 될 것이다. 나는 자살해 버릴 것이다.』

온 몸의 떨림은 그치지 않았고 그것도 하나의 기쁨이었다.

그러나 샘이 마른다고 하는 위험은 당분간 없다 하더라도, 이러한 샘물로 작품 전체를 가꾸기에는 충분치 않다는 것을 크리스토프는 이미 이해하고 있었다. 그의 생각은 거의 언제나 무르익지 않은 그대로의 상태로 나타났다. 거기서 불순물을 제거하도록 노력하지 않으면 안 되었다. 그리고 또 이 생각은 늘 발작적으로 상호 아무런 연관도 없이 나타났다. 그래서 이것들을 서로 연결시키기 위해서는 사려깊은 지성과 냉정한 의지를 섞어서 이와 더불어 새로운 존재를 만들어 내지 않으면 안 되었다. 크리스토프는 예술가였으므로 그렇게 하고 있었다. 하지만 그렇게 하고 있다는 것을 스스로 인정하려 들지 않았다. 그는 자기 마음 속의 모델을 그대로 고스란히 표현하고 있을 따름이라고 억지로 생각하고 있었다. 실제는 그것을 이해될 수 있는 것으로 만들기 위해, 다소의 변경을 가하고 있었던 것인데도, 아니 그 이상의 것도 하고 있었다. 완전히 의미를 바꾸어 버리는 때도 있었다. 음악적 악상이 아무리 거세게 그를 후려쳐도, 그 의미를 말하지 못하는 경우도 가끔 있었다. 그 악상은 〈존재〉의 심오한 곳에서, 의식이 비롯하는 경계의 아득한 저 멀리로부터 솟구쳐 나온 것이다. 그는 보통 척도를 가지고는 잴 수 없는 아주 순수한 이 〈힘〉 가운데서 의식은, 자기를 움직이고 있는 어떠한 선입 관념도, 자신이 정의를 내리고 분류하고 있는 어떠한 인간적 감정도 인정할 수가 없었다. 기쁨이나 괴로움은 모두 함께 단 하나의 정열 속에 혼합되어 있었다. 이 정열은 이해하기 어려운 것이었다. 왜냐하면 지성을 추월한 것이었으니까. 그렇더라도 지성은 자기가 이해할 수 있거나 없거나에 관계 없이 그 힘에 하나의 이름을 붙여 주고 싶어했다. 그리고 인간이 끈질기게 두뇌의 밀실 속에 쌓아 올리는 논리적 조직의 하나에다 이를 결부시키고자 했다.

이리하여 크리스토프는 자기를 움직이고 있는 어두운 힘에는 뚜렷한 의미가 있으며, 이 의미는 자기 의지와 일치하는 것이라고 믿으려 했다. 깊은 무의식의 세계로부터 뿜어 나온 자유로운 본능은, 이성의 속박 아래서 자기와는 전혀 관계 없는 명쾌한 갖가지 관념과 어떻게든 결부되어 있었다. 그래서 이러한 작품은 크리스토프의 정신이 계획하던 큰 주제의 하나와 그 자신 알지 못하는 전혀 다른 의미를 지닌 야성적인 힘을 되는 대로 적당히 늘어놓은 데 지나지 않았다.

그는 자기 내부에서 서로 충돌하고 있는 모순된 여러 힘에 떠밀리면서, 또 잘 표현할 수는 없지만 자기 마음을 자랑스런 기쁨으로 꿰뚫고 있는 타오르는 힘찬 생명을 지리 멸렬한 작품 속에 닥치는 대로 집어던지며, 머리를 숙이고 손으로 탐색하면서 전진해 갔다.

자신의 새로운 힘을 자각한 그는 주위의 모든 것을, 존경하도록 가르쳐진 모든 것을, 두말없이 존경하고 있던 모든 것을 여기서 비로소 정면으로 직시했다. 그리고 곧 대담한 자유를 가지고 이를 판단했다. 베일은 찢어졌다. 그는 독일의 허위를 보았다.

모든 민족, 모든 예술은 제각기 위선을 갖고 있었다. 세계는 약간의 진실과 많은 허위로써 가꾸어지고 있었다. 인간의 정신은 약해서 순수한 진실에는 좀처럼 순응하지 못한다. 종교, 도덕, 정치, 시인들, 예술가들은 진실을 위선의 옷으로 싸서 인간 정신에 제공할 수밖에 없다. 이러한 허위는 각 민족의 정신에 순응한다. 그래서 이러한 허위는 각 민족에 따라 저마다 다른 형식을 취한다. 이러한 허위야말로 서로 다른 민족과의 이해를 곤란하게 하는 것이며, 상호의 경멸을 쉽게 만드는 것이다. 진실은 인간 누구에게나 똑같은 것이다. 하나 각 민족은 스스로의 허위를 갖고 있어, 그것을 스스로의 이상이라고 부르고 있다. 사람마다 태어나서 죽을 때까지 이것을 호흡하고 있다. 그에게는 이것이 생활의 한 조건으로 되어 있다. 오직 몇 사람의 천재만이 자기 사상의 자유로운 우주에서 고독을 맛보며, 몇 번이고 비장한 위기를 경험한 뒤에 거기서 탈출해 나올 수 있는 것이다.

아무것도 아닌 우연한 기회가 돌연 크리스토프에게 독일 예술의 허위를 가르쳐 주었다. 이제까지 그것을 눈치채지 못한 건 언제나 그것을 보지 않았기 때문이 아니었다. 너무나 지나치게 접근해 있었기 때문에 의심의 여지가 없었던 것이다. 이제는 산이 보인다. 그것은 산으로부터 멀어졌기 때문이다.

그는 시립 음악당(Städtische Tonhalle)의 연주회에 참석했었다. 연주회는 커피 테이블이 열 줄인가 열두 줄쯤 놓인 넓은 회장에서 열렸다. 안쪽에 무대가 있고, 거기 오케스트라가 있었다. 크리스토프의 주위에는 검은 색의 기다란 통상

예복에 혁대를 맨 장교들이 점잔을 빼고 말끔히 수염을 밀어낸 크고 불쾌한 얼굴을 꼿꼿이 세우고 있었다. 과장됨을 발휘하여 소란스럽게 수다를 떨고 웃어대는 귀부인들과, 이를 드러 내고 웃는 선량한 아가씨들이 있었다. 또 구레나룻과 안경 속에 얼굴이 파묻혀, 눈이 휘둥그런 큰 거미를 닮은 살찐 신사들도 있었다. 그들은 잔을 들 때마다 자리에서 일어나 건강을 축복하며 마셨다. 그들은 이러한 거동을 사뭇 공손한 경의를 가지고 했다. 그들의 얼굴과 목소리의 음조는 이 순간만은 달랐다. 미사에라도 참례한 것같이 성혈을 서로 바치고, 엄숙함과 우스꽝스러운 기분이 범벅이 된 태도로 성찬의 술잔을 기울이고 있었다. 음악은 사람들의 말소리와 접시 소리에 사라졌다. 그래도 모두들 애써 낮은 소리로 말하고, 소리가 나지 않도록 조심해서 먹고 있었다. 지휘자는 등이 굽은 키 큰 노인으로, 꼬리와 같은 흰 수염을 턱에 늘어뜨리고 약간 휘어진 기다란 코에 안경을 걸쳐 마치 언어학자와 같았다. 이러한 인물들은 모두 훨씬 전부터 크리스토프가 자주 보아 온 사람들이었다. 그런데 오늘 따라, 그들을 자칫 희극 중의 인물로 보려 했다. 정말 이런 날처럼, 인물의 기이한 점이 평소에는 눈에 띄지도 않다가 별로 이렇다 할 이유도 없이 갑작스레 뚜렷해지는 날이 있는 법이다.

 오케스트라의 프로그램에는 〈에그몬트〉 서곡, 발트투이펠의 왈츠, 〈탄호이저〉 중에서 『로마의 순례』, 니콜라이의 〈명랑한 아주머니들〉, 〈아탈리〉 중에서 『종교 행진곡』, 〈북극성〉에 의한 환상곡 등이 들어 있었다. 오케스트라는 베토벤의 서곡을 정확하게, 그리고 왈츠도 격렬한 기세로 연주했다. 〈탄호이저〉 중에서 『로마의 순례』가 연주될 동안에는 술병의 마개 뽑는 소리가 자주 들렸다. 크리스토프의 옆 테이블에 앉은 뚱뚱보 사내는 〈명랑한 아주머니들〉의 박자를 맞추며 춤추는 흉내를 냈다. 하늘색 로브〔長衣〕에 흰 띠를 매고 찌부러진 코에 금테 안경을 걸치고 팔뚝이 붉고 디룩디룩 살찐 큰 몸집의 노부인이, 힘찬 목청으로 슈만과 브람스의 가곡을 노래불렀다. 눈썹을 치켜올리고, 곁눈질을 하고, 눈을 깜박거리고, 머리를 좌우로 휘두르고, 동그란 얼굴에 호들갑스런 거짓 웃음을 짓고, 과장된 몸짓을 하고 있었다. 이 몸짓은 그녀 속에서 환히 드러나는 훌륭한 성실성이 없었더라면 자칫 약장사의 노래를 연상시켰을 것이다. 한 가정의 어머니인 이 부인이 사랑으로 들뜬 소녀의 역을 맡아 청춘과 정열을 노래하고 있었다. 그래서 슈만의 노래는 어딘지 젖먹이 방의 냄새를 띤 것 같았다. 청중들은 황홀해 했다. 그런데 남독일 남성 합창단이 나오자 청중들은 진지해졌다. 합창단은 감상에 젖은 여러 가지 합창곡을 속삭이듯 혹은 포효하듯이 노래했다. 그들은 마흔 명이면서도 네 명밖에 안되는 것처럼 노래했다. 흡사 그들의 합창은 본래의 합창 형식의 모든 특색을 송두리째 빼려고 애쓰고 있는 것처럼 보였다. 그것은 마치 큰 북을 두드리는 것처럼 갑자기 우뢰와 같은 고함을 지르면서, 간곡한 선율적 효과를, 애련하고 눈물 어린 섬세한 뉘앙스를, 숨이 넘어갈 듯한 피아니시모(조금 약하게)를 내고자 애쓰고 있는 것과 같았다. 충실과 균형을 잃고 있었다. 그것은 무미 건조한 양식이었다. 보텀(셰익스피어의 《한여름 밤의 꿈》에 나오는 직물 직공)의 말이 생각났다.

『내겐 사자 역을 시켜 주었으면 좋겠어. 새끼에게 먹이를 주는 어미 비둘기처럼 상냥스럽게 짖어 보이겠네. 아니 이건 꾀꼬리구나, 하고 믿어 버리도록 짖어 보이겠네.』

크리스토프는 처음부터 기가 차서 듣고 있었지만 이 기분은 점점더 심해졌다. 이러한 일들은 그에게는 한 가지도 새삼스러울 것이 없었다. 이러한 음악회, 이러한 오케스트라, 이러한 청중을 그는 잘 알고 있었다. 그런데 갑자기 모든 것이 거짓말인 것처럼 여겨진 것이다. 모든 것이, 그가 제일 좋아하는 저 〈에그몬트〉의 서곡까지도. 이 서곡의 난잡스러운 야함과 알맞은 흥분이 지금은 솔직함을 잃은 것같이 여겨져 그에게 불쾌한 기분을 갖게 했다. 물론 그가 들은 것은 베토벤이나 슈만이 아니라, 우스꽝스런 연주자이며 이를 되새기고 있는 청중이었다. 그들의 둔한 어리석음은, 답답한 안개처럼 그러한 작품 주위로 자욱하게 피어올랐다. 그것은 아무래도 좋았지만, 다시없이 아름다운 작품 중에도 크리스토프가 이제까지 느낀 일이 없는, 무언지 맘에 걸리는 것이 있었다. 대체 그것은 무엇일까? 가장 사랑하는 거장들을 논의하는 것이 모독으로 생각되어 그는 이를 차마 분석하지 못했다. 그러나 아무리 보지 않으려 해도 안 되었다. 환히 드러나 보이는 것이었다. 게다가 본의 아니게 그는 계속 보고 있었다. 피사의 벽화에 있는 〈수줍은 여자〉처럼, 손가락 틈새로 보고 있었다.

그는 벌거벗은 독일 예술을 보았다. 모든 사람이, 위대한 자도 어리석은 자도, 감동하고 우쭐대며 자기 혼을 드러내 보여 주고 있었다. 정서가 넘치고, 도덕적인 품위가 흘러나와 마음이 흐뭇하게 녹아 나오고 있었다. 수문은 놀랄 만한 독일적 감수성을 향해 열려 있었다. 이 감수성은 가장 강한 사람들의 정력을 희박하게 하고, 약한 사람들을 잿빛 물 밑으로 빠져들게 했다. 그것은 바로 홍수였다. 독일 사상은 그 밑바닥에 잠들어 있었다. 멘델스존이나 브람스나 슈만식의 사상이란, 또 그들에 이어 과장된 감상조의 가곡을 만들고 있는 군소 작가들의 사상이란 정말 어떠한 것들이었을까! 그것은 모두 모래로 이루어져 있었다. 바위 하나 없었다. 그것은 축축한, 일정한 형식이 없는 진흙이었다. 그것은 모두 너무도 어리석고 유치한 것이었으므로 크리스토프는 청중이 깜짝 놀라고 있을 것이 틀림없으리라고 생각했다. 그는 주위를 둘러 보았다. 그러나 그가 본 것은 지금 듣고 있는 음악의 아름다움과 거기서 맛볼 수 있을 것이 틀림없는 즐거움을 앞질러 믿고 있는 듯한 아주 태평스런 얼굴뿐이었다. 이러한 자들이 어떻게 자신의 힘으로 판단을 내릴 수 있었겠는가? 그들은 이러한 신성한 이름에 대해 존경하는 마음으로 가득 차 있었다. 그들이 존경하지 않는 것이 있을까? 그들은 자신들의 프로그램에 대해, 술잔에 대해, 자기 자신에 대해 경의를 품고 있었다. 많거나 적거나 무릇 자기에게 관계 있는 것이라면 그들은 마음속으로 『각하』의 존칭을 바치고 있는 것 같았다.

크리스토프는 청중과 음악을 번갈아 관찰하고 있었다. 음악은 청중을, 청중은 음악을 고스란히 그대로 반영하고 있었다. 크리스토프는 웃음이 나올 것만 같아 얼굴을 찡그렸다. 조용히 자신을 억누르고 있었다. 그러나 남독일인의 무리가 나와서 얼굴이 붉어질 것 같은 사랑하는 소녀의 〈고백〉을 점잖게 불러 댔을 때는 그만 더 이상 참을 수가 없었다. 그는 웃음을 터뜨렸다. 쉬잇, 하고 주의를 주는 소리가 일어났다. 사람들은 깜짝 놀라서 그의 얼굴을 보았다. 분개해 있는 그들의 고고한 얼굴을 보자 그는 유쾌해졌다. 그는 눈물이 나도록 계속 웃어젖혔다. 이번에야말로 모두들 정말로 화를 냈다. 사람들은 나가라고 외쳤다. 그는 일어나 어깨를 추켜올리며, 솟구쳐 오르는 폭소로 등을 흔들어 대며 나갔다. 이러한 퇴장 방식이 또 사람들의 분개를 샀다. 이렇게 해서 크리스토프와 이곳 도시 사람들 사이에 적의가 움트게 된 것이다.

이러한 경험을 한 다음 집에 돌아온 크리스토프는 『신성한』 음악가들의 작품을 다시 읽어 보자는 생각이 떠올랐다. 그가 가장 사랑하고 있는 거장의 어떤 사람들이 『거짓말을 하고 있다』는 것을 눈치채고 그는 깜짝 놀랐다. 그는 그럴 리 없다고 의심하려고 들고, 자신이 틀린 것이라고 애써 믿으려 했다. 하지만 어쩔 수가 없었다. 위대한 민족의 예술적인 보물을 만드는 범용과 거짓말이 얼마나 많은가에 그는 놀랐다. 감상할 만한 작품은 얼마나 적은 것인가!

그후부터 그는 자신에게 귀중한 다른 작품을 읽으려 할 때는 가슴이 울렁거렸다. 아! 마술에 홀린 듯한 기분이었다. 도처에서 같은 실망을 맛보았다! 어느 거장에 대해서는 가슴이 찢어지는 듯한 아픔을 느꼈다. 마치 가장 사랑하는 친구를 잃은 듯한 기분이었다. 이제까지 신뢰했던 친구가 수년 동안 자기를 기만해 온 일을 돌연 눈치챈 듯한 기분이었다. 그는 울었다. 밤에는 이제 잠이 안 왔다. 그는 끊임없이 괴로워했다. 그는 자신을 책망했다. 자기에게는 이제 사물을 판단할 힘이 없는 것이 아닐까? 완전히 바보가 된 것이 아닐까? 아니, 아니 태양의 빛나는 아름다움은 전보다도 더 잘 보이고, 인생의 거대한 풍요함은 전에 없이 잘 느껴졌다. 그의 마음은 결코 그를 기만하지는 않았다.

그후로도 오랫 동안 그는 자기에게 최상이었던 가장 순수한 사람들, 성자 중의 성자라고 할 사람들의 작품은 감상할 용기가 나지 않았다. 이제까지 그들에 대해 갖고 있던 신앙을 다칠까 염려했다. 하지만 결국 비록 아무리 괴로울지라도, 사물의 있는 그대로의 모습을 보고 싶다는 진실된 영혼의 본능에는 어떻게 항거할 수 있을 것인가? 그래서 그는 신성한 작품을 펼쳤다. 마지막으로 비장해 두었던 근위병까지도 끌어내 보았다. 첫 눈에 이것들도 또한 순결하지 않다는 것을 알았다. 그는 이미 계속해서 읽을 용기가 없었다. 가끔 읽는 것을 그만 두고 책을 덮었다. 그는 노아의 아들처럼 벌거숭이 아버지 위에 외투를 던져 주었다.

그뒤 그는 이러한 폐허 속에 맥이 풀려 있었다. 신성한 환상을 잃어버릴 정도면 차라리 자기 한 팔을 잃는 것이 나았다. 그의 마음은 슬픔에 잠기었다. 하지만 그의 속에는 왕성한 기운이 넘쳤으므로, 예술에 대한 신뢰는 흔들리지 않았다. 청년의 솔직한 자부심으로 자기 이전에는 아무도 살고 있지 않았던 것처럼 다시 생활을 시작했다. 그는 자신의 새로운 힘에 도취하며 이런 것을 느끼고 있었다. 정열과 예술이 이 힘에 준 표현 사이에는 거의 아무런 관계도 없다고. 이렇게 생각한 것은 정당한 이유가 없는 것도 아니었다. 하나 자신이 이를 표현할 때는 더 능란하고 더 진실에 맞게 할 수 있으리라고 생각한 것은 그의 잘못이었다. 그는 자기 정열에 젖어 있었으므로, 자기가 쓴 것 가운데서 그 정열을 찾아내는 것은 용이한 일이었다. 하지만 그 이외의 어떤 사람도 그가 정열을 표현하는 데 사용한 불완전한 어휘 모두를 인정할 수는 없었을 것이다. 그가 비난한 많은 예술가의 경우도 같은 것이었다. 그들은 깊은 감정을 갖고 있어 이를 표현했다. 그러나 그들의 언어의 비밀은 그들과 더불어 죽어 버린 것이다.

크리스토프는 심리학자는 아니었으므로 이러한 모든 이치에는 무관심이었다. 그에게 죽어 있는 것은 항상 죽어 있는 것이었다. 그는 청년에게 흔히 있는 자신감과 불공평함을, 과거에 대해 가졌던 자기 판단을 수정했다. 그는 가장 고귀한 혼도 벌거벗기고, 우스꽝스런 점을 용서하지 않았다. 멘델스존에게는 돈 많은 자의 우울, 품위 있는 환상, 분별이 깃든 허무가 있었다. 베버에게는 유리 세공과 번쩍거리는 쇠붙이가 있었으며 메마른 마음과 머리만의 감동이 있었다. 리스트는 연극의 아버지 역이며, 곡예사이고, 신고전파이며, 남사당이고, 진정한 품위와 가짜 품위가, 청아한 이상주의와 그렇지 않은 것이 반반씩 섞여 있었다. 슈베르트는 수 킬로미터의 투명하고 맛이 없는 물 속 밑바닥에 있는 것처럼 그 감수성 밑에 빠져 있었다. 그밖에 영웅 시대의 고인들, 거의 신적인 사람들, 예언자들, 교회의 장로들도 용서받지 못했다. 저 위대한 세바스찬, 자기 속에 과거와 미래를 간직해 두어 삼대에 걸친 생명을 갖고 있다고 하는 저 바흐조차도, 거짓말과 유행을 좇는 어리석음과 선생 같은 요설이 없다고는 할 수 없었다. 신을 본 이 사람도 크리스토프에게는 가끔 맛이 없고 그저 달콤하기만 한 종교, 제수이트 식, 로코코 식의 종교를 느끼게 했다. 그의 칸타타〔聲樂典〕가운데는 사랑과 신앙에 지쳐 빠진 가락이 있었다. 아양을 부리는 영혼과 그리스도와의 대화에 구역질이 났다. 그는 뺨이 복스럽게 통통하고, 다리도 통통한 천사들을 보는 듯한 생각이 들었다. 게다가 이 천재적인 교회 음악가는 밀폐된 방안에서 쓰고 있었던 것처럼 곰팡내가 났다. 아마도 그만큼 위대한 음악가는 아니었지만, 그러나 위인이었으므로 더 인간적이었던 다른 사람들, 이를테면 베토벤이나 헨델 속에 불고 있는 것과 같은 강한 의지가 그의 음악에는 없었다. 그리고 또 고전파 작곡가에게 불쾌감을 느낀 것은, 그들에게 자유가 결여된 일이었다. 그들의 작품에서는 거의 모든 것이 조립되어 있었다. 흔해 빠진 모든 음악적 수사법을 써서 감동이 과장되어 있는가 하면, 간단한 리듬이나 장식음이 기계적으로 반복되고 역전되고 모든 형식으로 배합되어 있었다. 이러한 대칭적이고 반복적인 구조, 예컨대 소나타나 심포니는 정리되고 교묘히 꾸며진 거창한 아름다움에는 거의 무감각이었던 크리스토프를 분노케 했다. 그런 것들은 음악가의 작품이라기보다는 차라리 석공의 작품인 것처럼 여겨졌다.

그렇다고 해서 낭만파 작곡가에 대해서는 엄격하지 않았다는 것은 아니다. 참으로 묘한 일이지만 누구보다도 가장 자유롭고 가장 도식적이지 않다고 자부하던 음악가일수록, 이를테면 슈만과 같이 우수한, 작은 작품 속에 자신의 생명을 한 방울씩 짜내어 주입한 음악가들은 그를 더욱 화나게 했다. 자기 소년 시절의 혼이나 거기서 벗어나고자 다짐한 모든 어리석음을 그들 속에서 찾아냈으므로, 그는 더욱 심한 노여움을 그들에게 터뜨렸다. 물론 천진스런 슈만이 거짓말을 하고 있다고 비난할 수는 없었다. 그는 거의 언제나 실제로 느낀 일밖엔 말하지 않았다. 하지만 바로 슈만의 예가 크리스토프에게 다음과 같은 것을 이해하게 한 것이다. 독일 예술의 최악의 허위는 예술가가 실제로 느끼지도 않은 감정을 표현하려 할 때 있는 것이 아니라 오히려 실제로 느낀 감정, 하지만 그것은 『진실하거나 정당하지 않은 감정』인데 그것을 표현하려 할 때에 있는 것이다, 라는 것을. 음악은 혼을 무자비하게 비춰내는 거울이다. 독일 음악가는 순진하고 진지하면 진지할수록, 더욱 독일 정신의 약점, 그 불확실한 기초, 그 유약한 감수성, 솔직성의 결여, 좀 음험한 이상주의, 자기 자신을 보고 자기 자신을 직시하는 것의 무능력을 보여주게 된다. 이 허위의 이상주의는 아주 위대한 예술가인 바그너에게 있어서조차 결점이 되어 있다. 그의 작품을 다시 읽으면서 크리스토프는 이를 부드득 갈았다. 〈로엔그린〉은 그만 버럭 소리를 지르고 싶어질 정도로 거짓 작품인 것처럼 여겨졌다. 이러한 값싼 기사도, 이러한 위선적인 신앙의 모습, 자기를 찬미하고 자기를 사랑하고 이기적이고 냉혹한 덕의 화신이라고 해야 할, 공포심도 인정도 없는 이러한 영웅을 그는 미워했다. 자기 자신의 모습을 숭배하고 그 모습의 신성을 위해서는 남을 희생시키기를 우습게 여기고 자만심이 강하고 조금도 빈틈이라고는 없는, 그리고 무자비한 이런 독일적 위선자형을 그는 너무나 잘 알고 있었다. 실제로 본 적이 있었다. 〈방황하는 네덜란드인〉은 짓누르는 듯한 감상에 음침하고 지루해서 그를 견딜 수 없게 했다. 〈4부곡〉(〈니벨룽겐의 반지〉)의 퇴폐적인 야만인들은 연애에 있어서 지긋지긋할 만큼 무미건조했다. 지그문트가 누이동생을 데리고 나갈 때는 살롱식의 연가를 테너로 노래했다. 〈제신의 황혼〉 속의 지그프리트와 브륜힐데는 독일적인 선량한 부부답게 서로 청중을 향해 부부애의 정열에 대해 지껄여 댔다. 이런 작품 속에는 모든 종류의 거짓말이 다 모여 있었다. 허위의 이상주의와 그리스도교 정신, 허위의 고딕 정신과 전설, 허위의 신성, 허위의 인간성 등이 모든 인습을 타파하겠다고 덤벼들었던 이 연극만큼 커다란 인습이 과시되어 있는 것은 없었다. 눈도 정신도 마음도, 잠시라도 이 속임수에 넘어갈 리가 없었다. 속기 위해서는 속기를 바라는 마음이 있지 않으면 안 되었다. 그런데 그들은 속기를 바라고 있었던 것이다. 독일은 이 늙어 빠지기도 하고 아이들 같기도 한 예술을, 사슬이 풀려난 야수와 신비적이고 감상적인 소녀의 예술을 상당히 즐기고 있었다.

그런데 크리스토프 자신도 별수 없었다. 이 음악을 듣자 다른 사람들과 같이, 아니 그들 이상으로 음의 급류와 이를 풀어 놔 준 인간의 악마적인 의지에 사로잡혔다. 그는 웃으며 어깨를 들썩이며 뺨도 달아 올랐다. 기마 군대가 자신 속을 통과해 가는 것을 느꼈다. 그리고 그러한 폭풍을 자신 속에 갖고 있는 사람들에게는 모든 것이 죄다 허용되어 있는 것이라고 생각했다. 이제는 몸이 떨리면서 그러지 않고는 펴 볼 수 없는 신성한 작품 속에 사랑하던 것의 숨결이 무엇으로부터도 더럽혀지지 않고 그대로 있어 옛날과 똑같은 거센 감동을 다시금 맛보게 되었을 때, 그는 얼마나 기쁨의 소리를 질렀던 것일까 ! 그것은 그가 난파 속에서 구출해낸 영광스런 잔존물이었다. 얼마나 행복한 일인가 ! 제 자신의 일부를 구해낸 것 같은 기분이었다. 그리고 사실 그것은 그 자신이었던 것이 아니었을까 ? 그가 핏대를 돋구어 반항한, 이들 위대한 독일인들은 그의 살과 피, 그의 가장 귀중한 존재가 아니었던가 ? 그가 그들에 대해 그렇듯 혹독했던 것은, 자기 자신에 대해 혹독했기 때문이다. 그 이상으로 그들을 사랑한 자가 있었을까 ? 그 이상으로 슈베르트의 온후함을, 하이든의 무구함을, 모차르트의 상냥스러움을, 베토벤의 영웅적인 위대한 마음을 느낀 자가 있었던 것일까 ? 베버의 삼림의 소슬 바람 속에, 또 요한 세바스찬의 대 사원──독일 평원 위에 잿빛 하늘을 배경으로 그 돌로만 된 산과, 음각의 뾰죽한 꼭대기를 가진 거대한 탑을 솟아오르게 한 저 대 사원의 커다란 그림자 속에 그 이상으로 경건한 마음으로 몸을 담은 자가 있었던가 ? 하지만 그는 그들의 거짓말에 고뇌했다. 그리고 잊을 수가 없었다. 그는 이 거짓말을 민족 탓으로 돌리고, 그들의 위대함은 그들 자신의 것으로 여겼다. 그러나 이것은 착각이었다. 위대함도 약점도 모두 민족에 속하는 것이다. 이 민족의 힘차고 또 혼돈된 사상은 음악과 시의 가장 큰 강이 되어 흐르고, 전유럽이 그 물을 마시러 와 있는 것이다. 그는 지금 자기 민족을 참으로 가혹하게 비난하고 있지만 그를 그렇게 하도록 만든 솔직한 순진성을, 그는 다른 어떤 민족 속에서 볼 수 있었던가 ?

크리스토프는 그런 것까지는 전혀 생각지 못했다. 어리광 부리는 아이의 투정처럼 어머니에게서 받은 무기를 어머니에게 돌려 대고 있는 것이었다. 훗날에 가서, 훨씬 훗날에 가서 어머니에게서 혜택받고 있는 모든 것이, 그리고 어머니가 자기 자신에게있어 얼마만큼이나 소중하다는 것을 깨달을 날이 반드시 올 것이다.

하지만 지금은 어린 시절의 우상에 대한 맹목적인 반동의 시기에 있었다. 외곬으로 골똘히 그들을 믿었던 일에 대해 자기 자신과 그들을 원망했다. 그리고 그것은 잘하는 일이었다. 과감히 부정하지 않으면 안 되는, 제 자신이 진실이라고 시인할 수 없는 것은 일체를 부정하지 않으면 안 되는, 그러한 연령의 한 시기가 인생에는 있다. 어린이는 교육에 의해, 또 주위에서 보고 듣고 함으로써, 인생의 본질적인 진실에 섞여 있는 참으로 많은 거짓말과 어리석음을 들이마시기 때문에, 건전한 인간이 되고자 원하는 청년이 우선 제일 먼저 해야 할 일은 모든 것을 토해내는 일이다.

크리스토프는 때마침 이런 강한 불쾌감의 위기를 통과하고 있었다. 본능에 촉구되어 몸에 가득 차 소화되지 않는 요소를 배설하는 중이었다.

맨 먼저 토해내고 싶었던 것은 곰팡내 나는 축축한 지하실에서 스며 나오듯 독일 정신에서 방울져 떨어지는 그 감상이었다. 빛이 아쉽다! 빛이 아쉽다! 거칠고 건조한 공기여, 늪 지대의 썩은 공기를, 거기서 독일적 〈심정〉의 습기가 발산하는 빗방울만큼이나 많은 저 숱한 가곡과 소곡의 고약한 냄새를 쓸어 가 다오. 그런 것은 무수히 있었다. 〈동경(Sehnsucht)〉, 〈향수(Heimweh)〉, 〈뛰는 마음(Aufschwung)〉, 〈물어보네(Frage)〉, 〈왜?(Warum?)〉, 〈달님에게(an den Mond)〉, 〈별님에게(an die Sterne)〉, 〈밤꾀꼬리에게(an die Nachtigall)〉 〈봄에 드리는 노래(an den Frühling)〉, 〈태양의 노래(an den Sonnenschein)〉, 〈봄의 노래(Frühlingslied)〉, 〈봄의 기쁨(Frühlingslut)〉, 〈봄인사(Frühlingsgruss)〉, 〈봄의 나그네길(Frühlingsfahrt)〉, 〈봄밤(Frühlingsnacht)〉, 〈봄편지(Frühlingsbotschaft)〉, 또 〈사랑의 소리(Stimme der Liebe)〉, 〈사랑의 말씀(Sprache der Liebe)〉, 〈사랑의 슬픔(Trauer der Liebe)〉, 〈사랑의 혼(Geist der Liebe)〉, 〈달랠 길 없는 그리운 마음(Fülle der Liebe)〉, 또 〈꽃의 노래(Blumenlied)〉, 〈꽃편지〉, 〈꽃인사(Blumengruss)〉, 또 〈마음의 상처(Herzeleid)〉, 〈내 마음 무거워(mein Herz ist shcwer)〉, 〈내 마음 산란해(mein Herz ist betrübt)〉, 〈눈물 어린 눈(mein Aug ist trüb)〉 하는 투의 것. 그리고 또 〈작은 장미꽃(Röselein)〉이니, 시냇물, 꿩, 비둘기, 제비 따위와의 천진난만한 그러나 어처구니 없는 대화. 그리고 또 다음과 같은 묘한 질문. 들장미에는 가시가 없는 것일까,라거나 제비는 옛남편과 둥지를 친 것일까, 아니면 이즈음에 약혼을 새로 한 것일까, 하는 것. 이러한 모든 김빠진 애정과 감동과 우수의 범람이었다. 얼마나 많은 아름답고 거룩한 감정이 기회 있을 때마다 까닭없이 혹사 되어 낡아져 가고 있는 것일까! 제일 나쁜 것은 그러한 것들이 소용없게 됐다는 것이었다. 그것은 자기 마음을 공공연하게 노출시키는 나쁜 습관이었다. 수선을 떨며 제 가슴을 열어젖혀 놓고자 하는, 인정은 있지만 어리석은 경향이었다. 할 말도 없는데 항상 입을 놀리고 있다! 이 수다는 언제까지라도 그치지 않는 것일까? 야아, 이봐! 입 좀 다물어, 늪의 개구리들아!

연애 표현의 경우, 크리스토프는 거짓말을 가장 뚜렷이 느꼈다. 왜냐하면 그것을 더한층 진실과 잘 비교할 수 있었기 때문이다. 판에 박은 눈물겹고도 고상한 연가는 남자의 소망에도 여자의 마음에도 전혀 반응되는 것이 없었다. 하지만 이런 것을 지은 사람들은 그 생애에서 적어도 한번은 사랑을 한 적이 있었을 것이다 ! 정말 그런 식으로 사랑을 했던 것일까 ? 아니, 아니, 그들은 거짓말을 했다. 언제나처럼 거짓말을 했다. 자기 자신에게 거짓말을 했다. 그들은 자기를 이상화하려고 했던 것이다. 이상화한다는 것 ! 그것도 이를테면 인생에 정면으로 마주서기를 두려워하는 일이다. 사물을 있는 그대로 볼 수가 없다는 것이다. 도처에 이러한 겁쟁이, 이러한 사나이다운 솔직성의 결핍이 있었다. 도처에서 애국심 속에, 음주 속에, 종교 속에서 이러한 차가운 감격과 연극적인 위험이 느껴졌다. 〈즉흥의 노래(Trinklieder)〉는 술이나 술잔에 대한 의인법적인 호소였다.『그대 고귀한 잔이여……(Du herrlich Glas……)』하는 투의 신앙은 영혼의 밑바닥에서 뜻하지 않은 조류와 같이 솟구쳐 올라오는 것일 터인데도, 하나의 제조품이기도 하고 상품이기도 하였다. 애국가는 양떼를 위해 만들어졌는지 양의 울음 소리 같은 가락을 가지고 있었다. 자, 고함을 쳐 보려무나……뭐야 ! 여전히 거짓말을 하고 있는 거냐.『이상화』라는 것을 계속하고 있는 거냐. 취했을 때도, 살인하고 있을 때도, 정신이 돌았을 때도 !

크리스토프는 마침내 이상주의를 미워하게 되었다. 이러한 거짓말보다도, 솔직한 난폭성이 더 좋게 보였다. 실제로 그는 누구보다도 이상주의자였다. 그리고 좋다고 여기는 저 난폭한 현실주의자들 이상으로, 기피해야 할 적은 없을 것이었다.

그는 자기 정열 때문에 눈이 어렸었다. 안개 때문에, 빈혈증에 걸린 허위 때문에,『태양이 없는 유령들인 여러 관념』때문에 몸이 얼었었다. 그는 심신의 온갖 힘을 다해서 태양을 갈망하고 있었다. 자기 둘레에 있는 위선에 대해 혹은 신이 위선이라고 부르고 있는 것에 대해서 자칫 젊은이에게 있기 쉬운 경멸을 품고 있었으므로, 민족의 실제적인 뛰어난 지혜가 그에겐 보이지 않았다. 이 민족은 스스로의 야만스런 본능을 억제하기 위해, 또는 이를 이용하기 위해 천천히 웅대한 이상주의를 수립하고 있었다. 민족의 혼을 개조하고 거기에 새로운 성질을 부여하는 것은 독단적인 이성도 아니거니와 도덕이나 종교의 제약도 아니다. 입법자도, 정치가도, 승려도, 철학자도 아니다. 그것은 몇 세기 동안의 불행과 시련의 사업이다. 그것은 살고자 하는 민족을 영구히 계속 단련시킨다.

그 동안에도 크리스토프는 작곡을 하고 있었다. 그리고 그의 작품은 그가 남을 비난했던 결점을 벗어나고 있지는 못했다. 왜냐하면 그에게 있어서 창조는 참을래야 참을 수 없는 욕구이며, 이 욕구는 그의 지성이 명령하는 규칙에는 복종하지 않았으니까. 인간은 이성으로 창조하는 것이 아니다. 필연성에 의해서 창조하는 것이다. 게다가 대부분의 감정에 따르기 마련인 거짓말이나 위선을 알게 되었다고 해서, 이에 다시는 빠져들지 않고 견딜 수 있는 것도 아니다. 그러기에는 오랜 기간의 뼈저린 노력이 필요한 것이다. 몇 세대에 걸쳐 계승되어 온 나태라고 하는 무거운 유산을 짊어지고 있는 현대 사회에 있어서는, 완전히 진실한 것만큼 어려운 일은 없다. 대체적으로 침묵하는 것이 가장 좋을 경우에도 쉴새없이 마음을 털어놓는 버릇에 익숙해 있는 사람들이나 여러 국민들은 그 침묵을 지키기가 어렵다.

이런 점에서 크리스토프의 마음은 다분히 독일적이었다. 그는 아직 침묵의 미덕을 몸에 지니지 못했다. 게다가 그런 미덕은 그의 나이에 어울리는 것도 아니었다. 그는 말하고 싶은 욕구를, 더욱이 떠들며 말하고 싶은 욕구를 아버지에게서 물려 받았다. 그는 이를 깨달았다. 그래서 그것에 대해 싸우고 있었다. 하지만 이 싸움은 그의 힘의 일부분을 마비시켰다. 그는 또 조부로부터 물려받은 유전과도 싸우고 있었다. 그것은 자신을 정확하게 표현하는 데 무척 곤란을 느끼는, 이것 또한 답답한 유전이었다. 그는 예술에 통달한 기교가의 아들이었다. 그는 명인의 예술에 대해 지나치게 마음이 끌리는 위험한 경향을 자기에게서 느꼈다. 그것은 육체적인 기쁨이다. 손재주와 경쾌함과 근육 활동의 기쁨이다. 저 혼자서 수천 청중을 정복하고 현혹시키고 복종시키는 기쁨이다. 이것은 젊은 사람에게는 조금도 무리랄 수는 없는 거의 천진 난만한 기쁨이다. 그렇다고는 할지라도 예술과 영혼을 위해서는 치명적이 될 수도 있는 위험한 것이다. 크리스토프는 이 쾌락을 잘 알고 있었다. 핏속에 그것을 갖고 있었다. 그는 이를 경멸하고 있었지만 역시 이에 지고 있었다.

이리하여 그는 민족의 본능과 자기 천분의 본능의 양쪽으로부터 당기어지고, 또 내부로 침식되어 도무지 쫓아내 버리지 못하는 기생충 같은 과거의 무거운 짐이 지워져 비틀거리며 걸어나갔다. 그리고 뜻밖에도 자기가 배척하던 것에 접근해 가고 있었다. 당시의 그의 작품은 모두 진실과 과장, 명쾌한 활력과 종잡을 수 없는 어리석음의 혼합이었다. 그의 개성이 그의 행동을 속박하고 있는 죽은 조부와 아버지의 개성의 껍질을 부술 수 있었던 것은 매우 드문 일에 지나지 않았다.

그는 고독했다. 그를 도와 뻘밭에서 끌어내 주는 지도자는 없었다. 거기서 나왔다고 여겼을 때, 실상은 더욱 깊이 빠져들고 있었다. 도무지 잘되지 않는 시작(試作)에 시간과 힘을 낭비하며 손으로 더듬어서 걸어나갔다. 어떤 경험이라도 해 보았다. 그리고 이러한 창작적 흥분의 혼란 중에 있어서는, 자기가 만드는 것 가운데 어느 것이 가장 가치 있는 것인지 알아낼 수 없었다. 터무니없는 계획이나, 철학적인 의도와 큰 규모를 가진 교향시 속에서 옴짝달싹 못하게 되었다. 그의 마음은 진지했으므로 그러한 것에 오래 매여 있지는 않았다. 그리고 일부분의 초안도 잡기 전에 싫증이 나서 집어치웠다. 혹은 또 가장 이해하기 어려운 시를 서곡 형식으로 음악화해 보려고 했다. 그러자 자기 분야가 아닌 세계에서 머뭇거리게 되었다. 자신이 각본을 써 보는 수도 있었으나 그는 아무것도 두려워하지 않았는데도 완전한 졸작이었다. 또 괴테나 클라이스트나 헵벨이나 셰익스피어의 대작품을 대할 때는 그는 이를 완전히 곡해했다. 지성이 결여된 것은 아니었다. 비판적 정신이 결여되어 있는 것이었다. 그는 남을 이해할 수가 없었다. 그는 너무나 자기 자신에 골똘해 있었다. 그는 도처에서 솔직하고 거창한 영혼을 가진 자기 자신의 모습을 찾아냈었다.

이러한 도저히 생명을 가질 수 없는 괴상한 작품 외에 일시적인 감동을 직접적으로 표현한 많은 작품을 썼다. 그것은 그의 작품 중에서 가장 영속적인 것으로 음악적 사상이라고나 해야 할 가곡이었다. 이런 경우에도 다른 경우와 같이 그는 당시의 습관에 심하게 반항했었다. 이미 음악에서 다루어진 유명한 시를 다시 집어들어 오만하게도 슈만이나 슈베르트와는 다른, 그리고 더욱 진실된 방법으로 다루려고 했다. 어떤 때는 괴테의 작중 인물인 〈빌헬름 마이스터〉 속의 미뇽이나 리라(竪琴) 타는 이에게 그들의 뚜렷하기도 하고 희미하기도 한 개성을 돌려주려고 했다. 또 어떤 때는 작자의 무기력과 공중(公衆)의 무취미가 은연중에 일치해서, 달짝지근한 감상성으로 휩싸여 있는 것이 보통인 연애 가곡에 덤벼들었다. 그리고는 그 포장을 걷어 내고는 거기에 야성적이고 육감적인 열성을 불어넣었다. 한 마디로 한다면 정열이나 인물을 그 자체를 위해서 살리고자 했던 것이다. 일요일 날 어딘가의 맥주집의 테이블에 몸을 기대어 안이한 감상을 찾고 있는 독일인 가족들을 위한 장난감으로 삼고 싶지 않았던 것이다.

하지만 그는 일반적으로 시인들은, 최고의 시인들조차도 너무나 문학의 냄새를 피운다고 생각했다. 그리고 가장 단순한 원문을 들춰내길 즐겨했다. 예컨대 오랜 가곡이라든지 전에 교훈서 속에서 읽은 일이 있는 성가 같은 것을. 하지만 그런 것이 갖고 있는 성가적인 성격은 보존하지 않도록 조심했다. 그는 이것을 대담하게도 비종교적인, 그리고 생기 있는 방법으로 다루었다. 혹은 또 속담이나 때로는 지나치다가 언뜻 귀에 들어온 말 한 마디나 서민들의 대화의 단편이나 어린이들의 감상까지도 다루었다. 그러한 것으로라면 그는 힘 안 들이고 일할 수 있었다. 그리고 자신으로서는 알지 못할 만큼 어떤 깊이에 도달해 있었다.

대체로 보아서 잘못된 것이 많았지만 잘되고 못되고는 둘째 문제로 하고 이러한 작품 전부에 생명이 넘쳐 있었다. 하지만 모두가 새로운 것일 수는 없었다. 그럴 형편이 안 되었다. 크리스토프는 성실한 나머지 평범해지는 경우가 많았다. 그는 자칫 이미 쓰이고 있는 형식을 답습하는 수가 있었다. 왜냐하면 그러한 형식은 그의 생각을 정확히 표현해 주기 때문이었다. 또 그는 그러한 방식으로 느끼고 있었지 다른 방법으로 느끼고 있지는 않았기 때문이다. 그는 결코 독창적이 되고자 하지는 않았다. 그런 것을 걱정해서 마음 조이는 일은 범용하기 때문이라고 그는 여겼다. 그는 자기가 느끼고 있는 것을 말하려고 애썼다. 그것이 이미 말해진 것이거나 말거나 개의치 않았다. 그것이 또한 독창적이 되는 최선의 방법이고, 장 크리스토프는 하나밖에 존재하지 않았으며, 또 한번밖에는 존재하지 않을 것이라고 오만스럽게 믿었었다. 청년 시절의 대범한 뻔뻔스러움으로써, 아직 아무것도 되어 있지 않다고 여겼었다. 이러한 내부 충실의 감정, 끝없이 생명은 있다고 하는 감정은 그를 넘칠 듯한, 그리고 어딘지 불투명한 행복 상태로 던져 넣었었다. 모든 순간의 환희, 그것은 기쁨을 필요로 하고 있지 않았다. 그것은 슬픔에도 순응할 수 있었다. 그 원천은 모든 행복과 덕의 모태인 그의 힘 속에 있었다. 살 일이다. 너무나 지나치게 살 만큼 살 일이다! 이러한 힘의 도취를, 이러한 삶의 환희를 비록 불행의 구렁텅이에 있을지라도 자신 속에 느끼지 못하는 자는 예술가가 아니다. 그것이 시금석이다. 참다운 위대성이란 기쁨에도 괴로움에도 기뻐할 수 있는 힘에 의해서 인정된다. 멘델스존이나 브람스와 같은, 보슬비나 시월 안개의 신들은 이러한 성스런 힘을 전연 알지 못했던 것이다.

크리스토프는 그 힘을 갖고 있었다. 그리고 사려가 부족한 천진난만으로 자신의 기쁨을 떠벌려 보였다. 그는 별반 그것을 나쁜 일이라고는 여기지 않았다. 다만 자기 기쁨을 남과 나누고 싶다고 생각하는 것이었다. 이러한 그의 기쁨은 그것을 갖고 있지 않은 대부분의 사람들에게는 불쾌한 것이라는 것을 그는 눈치채지 못했다. 게다가 그는 남이 좋아하거나 말거나 도무지 무관심이었다. 그는 자신을 갖고 있었다. 그리고 자기의 확신을 남에게 전해 주는 것을 퍽 당연한 일인 것처럼 여겼다. 그는 자신의 풍부한 재능과, 악보 제조업자들의 일반적인 빈약성을 비교하고 있었다. 그리고 자신의 우월성을 세상에 인정케 하는 일은 아주 용이하다고 생각했다. 그것은 자기를 보여 주기만 하면 되는 너무나 쉬운 일이었다.

그는 자기를 보여 주었다.

사람들은 그를 기다리고 있었다.

크리스토프는 자기 감정을 숨기거나 하지 않았다. 사물을 있는 그대로 보려고 들지 않는 독일적인 허위를 눈치채고 나서부터는, 작품이나 인물에 대한 세상의 존경 따위는 문제 삼지 않고 절대적이고, 끊임없는, 비타협적인 성실성을 보일 것을 철칙으로 했었다. 또 무엇을 하거나 극단적이었으므로 터무니없는 소리를 해서는 사람들을 분노케 했다. 그의 태도는 놀랄 만큼 솔직했다. 귀중한 발견을 하나의 가슴속에 숨겨 두고 싶어하지 않는 인간처럼, 독일 예술에 관해서 자기가 생각하는 바를 아무에게나 얘기하고서는 만족해 했다. 그리고 이것 때문에 상대가 자신을 나쁘게 여길는지도 알 수 없다는 생각은 해보지도 않았다. 신성시되어 있는 작품의 졸렬성을 알게 되자, 단번에 이 일로 머리가 꽉 차 버려 성급하게도 만나는 사람들에게마다 이것을 얘기했다. 상대가 음악가이건 아니건 상관 없었다. 그는 얼굴을 빛내며 기묘한 비판을 늘어놓았다. 처음에는 아무도 그것을 제대로 받아 주지 않았다. 종잡을 수 없는 말이라고 웃고 있었다. 한데 오래지 않아 사람들은 그가 싫증이 나도록 집요하게, 너무나 빈번히 이를 되풀이하는 것을 눈치챘다. 크리스토프가 자신의 기괴한 말을 믿고 있다는 것이 뚜렷해졌다. 그렇게 되자 그의 말은 유쾌하게 들리지 않게 되었다. 그는 위험 인물이 되었다. 그는 연주가 한창인 때에 소란스레 익살스런 말을 내뱉거나, 영광된 거장들에 대한 경멸을 늘어놓거나 했다.

소도시에서는 모든 것이 금방 퍼졌다. 크리스토프의 한 마디도 흘려듣지는 않았다. 사람들은 이미 지난 해의 소행으로 그에게 악감정을 갖고 있었다. 그가 아아다와 함께 보인 해괴한 짓을 사람들은 잊어버리지 않았다. 그 자신은 그런 일이 벌써 기억에도 없었다. 나날이 기억을 지워, 지금의 그는 과거의 그와는 멀리 떨어진 것이었다. 하지만 다른 사람들은 이를 기억하고 있었다. 이웃 사람의 모든 실책, 모든 결점, 이웃 사람에 관한 모든 음침하며 보기 흉하고 딱한 사건을 하나도 빠뜨리지 않도록 아주 소상하게 적어 두는 일을 자기의 사회적 의무로 알고 있는 사람들이 어느 소도시에나 있는 법이다. 크리스토프의 새로운 당돌한 행동이 낡은 행동과 가지런히 그의 이름의 장부에 기록되었다. 한편은 다른 쪽을 해명하는 것이 되었다. 도덕을 모욕당한 원한에 좋은 취미를 더럽힌 원한이 보태어졌다. 가장 관대한 사람들은 그를 이렇게 말했다.

「저 사람은 기행을 드러내 보이고 싶은 것이지.」

하지만 대부분의 사람들은 분명히 말했다.

「완전히 미친 놈이야!」

위험한 소문이 퍼지기 시작했다. 그것은 상류층 사람들 사이에서 나온 것이기에 효과는 확실했다. 크리스토프는 공무를 수행하기 위해 전처럼 대공의 저택에 나가고 있었는데 여기서도 그 악취미로 대공에게 직접 그가 존경하는 거장들에 대해 듣기 민망할 정도의 폭언을 했다는 것이다. 멘델스존의 〈아리아〉를 『얌전한 체 도사린 중들의 항상 판에 박은 문구』라고 하고, 슈만의 어떤 가곡을 계집애 같은 음악이라고 했다는 것이다. 더군다나 높은 신분의 사람들이 특히 이런 작품을 무척 좋다고 말한 직후에 그런 폭언을 토한 것이다! 대공은 차갑게 말해 그러한 무례에 일침을 놓았다.

「자네 하는 소리를 듣고 있자니, 가끔 자네가 그래도 정말 독일인일까 의심이 날 때가 있네.」

이러한 높은 데서 떨어진 복수의 말은, 제일 낮은 데까지 흘러가지 않고는 못배겼다. 크리스토프가 성공했기 때문에, 또는 보다 개인적인 이유로 크리스토프를 미워할 이유가 있다고 믿고 있었던 사람들은 모두 그는 순수한 독일인이 아니라는 것을 생각해내게 되었다. 그의 부친 쪽의 집안은 사람들이 생각해낸 것처럼 플랑드르 지방 출신이었다. 이 타국으로부터의 이주자가 국가적 영광을 중상하기 위해 흠잡는다는 것은 별로 놀랄 것이 못된다! 이러한 사실은 모든 것을 설명하는 것이었다. 그리고 독일식 자존심은 상대를 업신여김에 따라 더욱 자신을 존경할 이유를 거기서 찾아 내었다.

이러한 정신적인 복수에 대해 크리스토프는 한층 실질적인 재료를 스스로에게 제공했다. 바로 비평의 표적이 되려고 하는 때에 남을 비평한다는 것은 무모하기 이를 데 없는 짓이다. 더 교묘한 예술가였더라면 선배들에 대해 더 존경을 보였을 것이다. 하지만 크리스토프는 범용에 대한 경멸과 자기 자신의 힘을 믿는 행복을 숨길 이유는 조금도 없다고 생각했다. 이 행복감은 무절제하게 표현되었다. 크리스토프는 그즈음 자기 가슴속을 털어내놓고 싶은 욕망에 사로잡혔다. 자기 가슴에만 간직해 두기에는 너무나 커다란 기쁨이었다. 이 커다란 기쁨을 남과 나눌 수가 없었더라면 아마 가슴은 찢어져 버렸으리라. 그에게는 벗이 없었기 때문에 오케스트라의 동료로 제2악장인 지그문트 옥스를 자신의 얘기 상대로 삼았다. 이 선량하기는 하지만 교활한 데가 있는 베르텐베르크 지방 출신의 청년은 크리스토프에 대해 넘칠 듯한 존경을 표시했다. 크리스토프는 그를 의심하지는 않았다. 비록 상대가 자기에 대해 무관심한 인간일지라도, 혹은 적이라 할지라도 자기의 기쁨을 털어놓는 데는 거리낄 것이 있을 리 없었다. 그들은 오히려 이를 그에게 감사해야 할 것이 아니었을까? 그는 모두에게, 친구에게도 적에게도 행복을 안겨 주었던 것이다. 그들에게 새로운 행복을 받아들이게 하는 일보다 더 어려운 일이 없음을 그는 몰랐다. 그들은 오히려 낡은 성질의 불행 쪽을 바랄 것이다. 그들에게는 몇 세기 동안 내려오며 되씹혀 온 음식이 필요한 것이다. 하나 그들에게 있어 더욱 참을 수 없는 것은 그 행복이 남의 힘으로 얻어진 것이라고 생각하는 일이다. 그들은 달리 어떻게도 할 수 없을 때밖에는 그러한 모욕을 용서치 않는다. 그리고 훗날에 그 보상을 받기 위해 타협하는 것이다.

그래서 크리스토프가 털어놓는 얘기가 아무에게도 그다지 환영받지 못하는 데에는 많은 이유가 있었지만, 지그문트 옥스에 의해 환영받지 않는 데에는 또다른 이유가 있었다. 제1악장인 토비아스 파이퍼는 오래지 않아서 은퇴하기로 되어 있었다. 크리스토프는 나이는 젊었지만 그 뒤를 물려받을 가능성이 컸다. 옥스는 어쩔 수 없는 독일인이었기 때문에, 궁정이 지지하는 이상 크리스토프가 그 지위를 얻는 것은 당연하다고 인정했다. 하나 만일 궁정이 좀더 자기 힘을 알아 준다면 자기 쪽이 더 적임이라고 믿을 만큼 자신에 대해 자부심을 갖고 있었다. 그러므로 크리스토프가 아침에 극장으로 나오자, 애써 의젓한 얼굴을 지으면서도 그만 자기도 몰래 벙긋거리며 옥스에게 마음속을 털어놨을 때, 그는 야릇한 미소를 띄면서 그 말을 듣고 있었다.

「야아! 또 무슨 새로운 걸작이 마련됐습니까?」 하고 그는 자기 속을 드러내지 않고 말했다.

크리스토프는 그의 팔을 붙잡았다.

「아! 자네! 이번 것이 제일 걸작일세. 자네에게 들려 주고 싶네! 내 말이 거짓말이라면 난 악마에게 먹혀 버려도 좋아! 너무나 아름다운 거야! 이것을 듣는 불쌍한 인간에게는 신의 도움이 필요하네! 다 듣고 나면 죽고 싶은 욕망밖에는 남지 않으니까 말일세.」

엉큼한 옥스는 이런 말에 전혀 귀를 기울이지 않았다. 이말의 우스꽝스러움을 지적받았더라면 크리스토프 자신이 먼저 웃음을 터뜨렸겠지만, 옥스는 웃지도 않고 애들 같은 열성적인 우정을 갖고 농을 걸지도 않고, 짓궂은 감격을 보였다. 그는 다시 크리스토프를 추켜주어 그밖에도 여러 가지 터무니없는 것을 말하게 했다. 그리고 크리스토프와 헤어지자, 이를 더욱 괴상한 것으로 만들어 도처에서 외고 다녔다. 음악가들의 조그만 그룹에서도 이를 무던히 조소했다.

그리고 각자가 그 졸렬한 작품을 비판할 기회를 조바심하며 기다렸다. 그 작품은 세상에 나오기도 전에 벌써부터 비판을 받고 있었던 것이다.

드디어 작품이 나타났다.

크리스토프는 자기의 많은 작품 속에서 헵벨의 〈유디트〉를 위한 서곡을 택했다. 독일인의 무기력에 대한 반동에서 그는 그 야성적인 정력에 이끌렸던 것이다. 그렇지만 벌써 헵벨이 항상, 어떤 일을 해서라도 천재가 되겠다고 결심하고 있는 것이 사뭇 거슬려서 그 작품에 싫증이 나기 시작했었다. 그는 이것에 바젤 시 출신의 뵈클린의 그림 제목에서 빌린 〈삶의 꿈〉이라고 하는 과장된 제목과 〈삶은 짧은 잠이니라〉고 하는 부제가 붙은 하나의 교향곡을 덧붙였다. 또 일련의 그의 가곡과 약간의 고전 작품과 옥스의 〈축전 행진곡〉을 넣어 프로그램을 메웠다. 크리스토프는 옥스 작품의 범용함을 느끼고는 있었지만, 동료의 우의로써 이를 자기 음악회에 첨가했던 것이다.

연습 동안에는 별다른 문제는 없었다. 관현악단은 자신이 연주하는 작품을 전연 이해를 못하고, 단원은 저마다 이 새로운 음악의 기묘함에 놀라고 있었지만, 자기 의견을 뚜렷이 내세울 틈이 없었다. 더구나 청중이 무어라고 하기 전에 자기 판단을 정한다는 것은 그들로서는 할 수 없는 일이었다. 크리스토프의 벅찬 자신감은 단원들을 위압했다. 독일의 훌륭한 관현악단이 대개 그런 것처럼, 이 관현악단의 단원들도 순종하는 데 잘 훈련되어 있었다. 다만 여가수 때문에 시끄럽게 되었다. 그녀는 시립 음악당의 음악회에 속하는 명문 출신의 부인이었다. 그녀는 독일에 이름이 알려져 있었다. 가정 주부인 그녀는 드레스덴이나 바이로이트에서, 브륜힐데나 쿤트리의 역을 맡아 노래부르고 성량이 풍부하다는 것을 뚜렷이 보여 주었다. 그러나 그녀는 바그너파가 당연히 자랑 삼고 있는 기술, 즉 발음을 똑똑히 해서 자음을 멀리까지 들리게끔 노래부르고, 모음을 입을 크게 벌려 청중들 머리 위에 몽둥이를 휘두르듯 노래부르는 기술은 있지만 자연스럽게 노래부르는 기술은 배우고 있지 않았다. 그것은 당연한 일이었다. 그녀는 한 마디 한 마디에 구분을 짓고, 어느 말이나 강조했다. 음절이 납덩어리의 구두창을 달고 거닐며, 한 소절마다에 비극이 담겨 있었다. 크리스토프는 그녀에게 그 극적인 힘을 좀 억제해 달라고 일렀다. 처음에는 그녀도 기꺼이 노력했다. 하나, 타고난 퉁명스러움과 목소리를 높이 질러 보고 싶은 욕망에 지고 말았다. 크리스토프는 화가 치밀었다. 자기는 인간에게 말을 시키려는 것이지 용 파프너(북구 신화의 용)에게 메가폰으로 고함지르게 하려는 것은 아니라고, 이 존경할 만한 부인에게 주의를 주었다. 누구나 그렇듯 그녀는 이 무례한 말을 퍽 언짢게 들었다. 그녀는 자신은 다행스럽게도 노래부른다는 것은 어떠한 것임을 알고 있다, 자기는 거장 브람스의 면전에서 그의 가곡을 노래부르는 명예를 가진 적이 있다, 그리고 그 거장은 자기 노래를 듣고 결코 물리치지 않았다고.

「더욱 안 되겠는 걸! 더욱 안 되겠어요!」

그 말이 채 끝나기도 전에 크리스토프는 소리쳤다.

그녀는 이 수수께끼 같은 외마디 소리의 의미를 설명해 달라고 거만한 미소를 띄며 물었다. 그래서 그는 대꾸했다. 브람스는 일생 동안 자연미가 무엇인지도 모르고 지낸 사람이다, 그러니까 그의 칭찬은 가장 혹독한 비난이라고 생각해도 좋다, 그런데 자기는 방금 그녀가 본 것처럼 가끔 예의를 잃는 수는 있을지라도, 브람스만큼 불친절한 소리는 하지 않는다고.

이런 투로 논란이 계속됐다. 그리고 부인은 고집을 부리고 압도하는 듯한 비통한 표현으로 자기류로 노래를 불러 댔다. 이윽고 어느 날, 크리스토프는 잘 알았습니다, 하고 냉정히 말했다. 이것이 그녀의 천성이라고 한다면 그걸 어떻게 바꿀 수야 없는 일이다, 하지만 가곡이 가곡답게 불려질 수 없다면 전혀 노래부르지 않는 게 낫다, 가곡은 프로그램에서 빼 버리는 수밖에 없다고. 그것은 음악회 전날 일이었다. 사람들은 그러한 가곡들을 기대하고 있었다. 그녀 자신도 그의 음악이 갖고 있는 어떤 장점은 높이 평가했던 것이다. 크리스토프는 그녀를 모욕했다. 하지만 이튿날의 음악회가 반드시 청년의 명성을 결정하지 않으리라고는 볼 수 없었으므로, 그녀는 이 신진 음악가와 옥신각신하고 싶지 않았다. 그래서 그녀는 별안간 꺾여 들었다. 그리고 마지막 연습 동안 내내 온순하게 크리스토프가 시키는 대로 따랐다. 하지만 이튿날 음악회에서는 제멋대로 노래부르리라고 마음속으로 은밀히 결심하고 있었다.

마침내 그날이 되었다. 크리스토프는 조금도 의심을 두지 않았다. 자신의 음악으로 머리가 꽉 차 있었기 때문에 이를 비판할 수가 없었다. 자기 작품이 군데군데 남의 조소를 받을지도 모른다는 것은 알고 있었다. 하지만 그게 어떻다는 것이냐? 조소를 받을 위험을 무릅쓰지 않고서는 큰 작품을 쓸 수 없는 것이다. 일에 철저하기 위해서는 남의 생각이나, 예의나, 수치심이나, 사람의 마음을 질식시키는 사회적 허위 따위는 무시하지 않으면 안 된다. 만일 아무도 분노케 하지 않으려면 한평생 범용한 사람들에게 그들이 동화할 수 있는 범용한 진실만을 주는 것으로써 단념하지 않으면 안된다. 인생의 이편 쪽에만 머물러 있지 않으면 안 된다. 그러한 소심의 배려를 짓밟고 나서야 비로소 위대해진다. 크리스토프는 이를 밟고 넘어갔다. 사람들은 휘파람을 불고 비난할는지도 모른다. 사람들은 무관심하게 있을 수는 없을 것이라는 자신이 그에게는 있었다. 다소 위태로운 짓을 한 어느 부분을 듣고, 사람들이 어떠한 얼굴을 지을 것인가, 하고 재미있어 했다. 그는 신랄한 비평을 예기하고 있었다. 그것을 미리 생각하고 미소를 띄었다. 어쨌든간에 귀머거리가 아닌 다음에야, 거기 하나의 힘이 담겨 있다는 것을 부인하지는 못할 것이다. 그것이 사랑스런 힘이건 아니건 어떻다는 거냐? 사랑스런, 이라고 ! 문제는 힘이다 ! 그것만으로 충분하다. 힘이여, 라인 강처럼 모든 것을 실어 날라라 !

그는 첫번째 실망을 맛보았다. 대공이 나오지 않았다. 귀빈석에는 단지 몇 사람의 궁정 귀부인들뿐이었다. 크리스토프는 이에 화가 치밀었다. 그는 생각했다.『멍텅구리 대공 같으니라구, 내게 불만이구나. 내 작품을 어떻게 생각해야 좋을지 모르는 것이다. 위태로운 것에 근접하지 않겠다는 것이렷다.』그는 어깨를 으쓱하고 그러한 하찮은 일에는 무관심한 듯한 태도를 보였다. 하지만 다른 사람들은 이 일에 주의를 기울였다. 대공의 불참은 그에 대한 첫 교훈이며 미래에 대한 위협이었다.

청중도 군주와 똑같이 열심이 아니었다. 회장의 삼분의 일은 텅 비었다. 크리스토프는 어렸을 때의 자기 음악회가 만원이었던 것을 생각하고 쓸쓸한 기분이 되지 않을 수 없었다. 그가 더 경험을 쌓았더라면, 좋은 음악을 들려 주는 쪽이 너절한 음악을 들려 줄 때보다 청중이 적다는 것을 당연하다고 생각했을 것이다. 왜냐하면 청중의 대부분이 흥미를 갖는 것은 음악이 아니라 음악가이기 때문이다. 세간의 일반 사람들과 조금도 다름이 없는 음악가가, 사람들의 감상을 건드리고 시시한 호기심을 채워 주는 반바지 차림의 어린 음악가보다 인기가 없다는 것은 아주 명백한 일이다.

크리스토프는 실내가 들어차기를 기다렸으나 마침내 단념하고 시작할 결심을 했다. 그리고 〈소수라도 선량한 벗〉쪽이 낫다는 것을 자신에게 증명해 보여 주려고 애썼다. 하지만 그의 낙원은 오래 가지 않았다.

악곡은 침묵 속에 연주되어 갔다. 애정에 부풀어 금방 넘쳐나올 듯한 느낌이 드는 청중의 침묵도 있다. 하나 지금 이 침묵 속에는 아무것도 없었다. 그야말로 아무것도 없었다. 완전한 잠이었다. 하나하나의 악구가 무관심의 심연 속으로 가라앉아 버리는 것이 느껴졌다. 크리스토프는 청중에게 등을 돌리고 오케스트라의 지휘에 전념해 있었지만, 음악가라면 모두 태어나면서부터 갖고 있는 내심의 촉각으로 자기 연주가 주위 사람들의 가슴 밑바닥에 어떤 반향을 일으키고 있는지 알 수 있었다. 크리스토프는 등 뒤의 마룻바닥이나 윗좌석에서 피어오르는 권태의 안개에 몸이 얼어붙는 듯하면서도 지휘봉을 휘둘러 대어, 자기 자신은 흥분해 있었다.

드디어 서곡이 끝났다. 그리고 박수가 일어났다. 그것은 정중하고 차가운 박수로서 이내 조용해졌다. 크리스토프는 차라리 조롱이 퍼부어지는 쪽을 바랐을 것이다. 가령 휘파람 하나라도! 생명의 표시가, 적어도 자기 작품에 대한 반동의 표시가 바람직했다. 하나 아무것도 없었다. 그는 청중을 보았다. 청중은 서로 얼굴을 쳐다보고 있었다. 그들은 상대의 눈빛 속에 의견을 찾아보고 있었다. 한데 그것이 발견되지 않자, 다시금 무관심한 태도로 되돌아갔다.

다시 음악이 시작되었다. 이번엔 교향곡 차례였다. 크리스토프는 끝까지 계속하는 것이 고통스러웠다. 나중에는 청중의 무감각 속에 자신도 끌려들어가 자기가 무엇을 지휘하고 있는지도 모르게 되었다. 깊이를 알 수 없는 권태로 빠져들어가는 것 같은 기분을 뚜렷이 느꼈다. 어느 악절에서는 기대한 것과 같은 비끼는 속삭임조차도 없었다. 청중은 프로그램을 골똘히 읽고 있었다. 일제히 페이지를 뒤적이는 소리가 크리스토프의 귀에 들려 왔다. 그리고 다시금 조용해져서, 그것은 마지막 화음에 이르기까지 계속됐다. 그러자 전과 똑같은 정중한 박수 소리가 일어났는데 그것은 곡이 끝났다는 것을 청중들이 알았다는 것을 알렸다. 그래도 다른 박수가 그쳤을 적에, 세 번인가 네 번의 산발적인 박수가 일어났다. 하지만 아무런 반향도 불러일으키지 않았다. 그래서 부끄러운 듯이 곧 그쳐 버렸다. 그 때문에 한층더 공허하게 느껴졌다. 그리고 이것으로 청중은 자기들이 얼마나 지루했는지를 희미하게나마 깨달았다.

크리스토프는 관현악단의 한가운데에 앉아 있었다. 좌우를 돌아볼 용기도 없었다. 그는 울고 싶었다. 또 노여움에 떨고 있었다. 일어나서 여러 사람에게 고함을 질러 주고 싶었다.

『너희들은 불쾌하다! 아, 참으로 불쾌하다! 자아, 모두들 나가 다오.』

청중들은 주의를 기울여 여가수를 기다렸다. 그녀에게 박수 갈채를 보내는 데는 익숙했었다. 나침반도 없이 그들이 무작정 헤매어 다닌 이 신작의 대양 속에서는, 그녀는 확실한 유일의 것이며, 방황할 위험이 없는 이미 알고 있는 튼튼한 육지였다. 크리스토프는 그들의 생각을 짐작했다. 그리고 고소했다. 여가수도 자신이 청중에게 기대받고 있음을 알고 있었다. 크리스토프는 그녀가 나올 차례라는 것을 알리러 갔을 때 그녀가 여왕 같은 표정을 짓고 있는 것을 보았다. 둘은 적의를 품은 눈으로 서로 쳐다보았다. 크리스토프는 호주머니에 손을 넣은 채 그녀에게 팔을 내밀려고도 하지 않았다. 그녀를 혼자서 무대에 나가게 했다. 그녀는 분격해서 그의 앞을 지나갔다. 그는 사뭇 지루하다는 몸짓으로 그녀의 뒤를 따랐다. 그녀가 무대에 나타나자 장내는 그녀를 환영했다. 그것은 안도의 기분이었다. 사람들의 얼굴이 환해지고, 장내에 활기가 돌고, 모든 오페라글라스가 눈에 대어졌다. 그녀는 자기 힘에 자신을 갖고 물론 자기류로 〈가곡〉을 부르기 시작해서, 전날 크리스토프에게 받은 주의를 전면 무시했다. 반주하고 있던 크리스토프는 파랗게 질렸다. 그는 이 배반을 예상하고 있었다. 그녀가 틀린 방법으로 노래부르자, 단번에 피아노 위를 치며 노한 소리로 말했다.

「틀렸어!」

그녀는 아랑곳없이 계속했다. 그는 노기를 띤 나직한 목소리로 그녀의 등에 대고 중얼거렸다.

「틀렸어! 틀렸어! 그렇지 않아! 그렇지 않아!」

청중들에게는 들리지 않았지만 오케스트라 전원에게는 죄다 들리는, 이런 투덜거리는 잔소리에 맥이 풀린 오케스트라는 외고집이 되어 속도를 늘였다가 쉬었다가 하며 음을 길게 끌곤 했다. 그는 그런 일에는 상관치 않고 앞으로 걸어나갔다. 이윽고 그와 그녀 사이에는 한 소절의 간격이 생겼다. 청중은 그것을 눈치채지 못했다. 훨씬 전부터 크리스토프의 음악은, 마음이 녹아드는 것도 아니거니와 정확한 것도 아니라고 생각되어 있었다. 하지만 그렇게 생각지 않는 크리스토프는 미친 사람처럼 찌푸린 얼굴을 하고 있었다. 드디어 그는 폭발했다. 악구의 도중에서 피아노를 딱 그쳤다. 그는 버럭 소리를 질렀다.

「그만둬!」

그녀는 가락을 빼던 끝이라 반 소절쯤 계속 노래부르고 나서야 그쳤다. 그는 싸늘히 되뇌었다.

「그만둬!」

청중은 순간 멍청해졌다. 한참만에 그는 얼음처럼 차가운 말투로 말했다.

「다시 하자!」

그녀는 깜짝 놀라 그의 얼굴을 물끄러미 쳐다보았다. 손에 든 악보를 그의 얼굴에 던져 줄까 하고 생각했다. 뒤에 생각하니 이때 어째서 그렇게 안했는지, 자신도 알 수 없었다. 하지만 그녀는 크리스토프의 위엄 있는 태도에 압도되었던 것이다. 그녀는 처음부터 고쳐 불렀다. 일련의 〈가곡〉을 전부 하나의 음조도, 하나의 속도도 바꾸지 않고 불렀다. 왜냐하면 그가 조금도 용서치 않음을 알고 있었기 때문이다. 그리고 다시 모욕을 받을까 두려워하고 있었던 것이다.

그녀가 노래를 끝내자 청중은 열광해서 다시 불러들였다. 그들이 박수하고 있는 것은 〈가곡〉이 아니었다. 그녀가 다른 것을 불렀더라도 그들은 같은 모양으로 박수쳤을 것이다. 일생을 이 길에 바치고 늙은 이 유명한 여가수에게 박수를 보내고 있는 것이었다. 그들은 안심해서 칭찬해도 좋다는 것을 알고 있었다. 게다가 또 크리스토프에게서 받은 질책을 보상해 주고 싶은 생각도 있었다. 여가수가 틀렸었다는 것은 그들도 막연하게 알았다. 하지만 크리스토프가 그것을 사람들 보는 앞에 드러내 놓은 것은 무례하기 짝이 없는 처사라고 여기고 있었다. 청중은 앙콜을 요청했다. 하지만 크리스토프는 피아노의 뚜껑을 닫아 버렸다.

그녀는 이 새로운 무례를 눈치채지 못했다. 너무나 갈피를 못 잡고 있어 다시 노래부르리라고는 생각지도 않았다. 그녀는 급히 서둘러 무대를 떠나고 자기 분장실에 틀어박혀 버렸다. 그리고는 거기서 십오 분 가량, 심중에 쌓이고 쌓인 원한과 노여움을 토해냈다. 울화통이 터져서 쏟아지는 눈물, 노기가 서린 욕지거리, 크리스토프에 대한 저주……닫힌 문을 통해서 그녀의 미쳐 날뛰는 화난 울부짖음이 들려 오고 있었다. 방안에 들어갈 수 있었던 그녀의 벗들은 거기서 나오자 크리스토프가 무뢰한처럼 행동했다고 말했다. 이러한 소문은 단번에 청중석으로 퍼졌다. 그래서 크리스토프가 마지막 곡을 위해 지휘대에 올랐을 때 청중은 소란해졌다. 하지만 이번 곡은 그의 것이 아니었다. 그것은 옥스의 〈축전 행진곡〉이었다. 이 평범한 음악으로 조금은 너그러워진 청중은 크리스토프를 휘파람으로 야유하거나 하는 대담한 짓은 하지 않더라도, 그에 대한 반감을 표시할 수 있는 퍽 간단한 방법을 찾아냈다. 보란 듯이 요란한 박수를 옥스에게 보내고, 두세 번 그를 무대로 불러내었다. 그러자 그는 그럴 때마다 반드시 나타났다. 그리고 이것이 음악회의 마지막 끝이었다.

대공이나 궁정 사람들이——게다가 또 남의 말하기 좋아하고 심심해 못 견디는 이 시골의 소도시 사람들이——이날 일어난 일의 자초지종을 듣게 된 것은 물론이다. 여가수 편인 여러 신문은 사건에 대해서는 언급하지 않았다. 하지만 입을 모아 여가수의 기량을 칭찬하고, 그녀가 부른 〈가곡〉에 대해서는 다만 참고적으로 말하는 데 그쳤다. 크리스토프의 다른 작품에 대해서는 어느 신문도 겨우 몇 줄, 그것도 엇비슷한 말을 쓰고 있었다. 『대위법에는 통달해 있다. 표현은 복잡하다. 영감이 결여되어 있다. 멜로디가 없다. 두뇌로 만들어지고 마음으로 만들어지지 않았다. 성실성이 없다. 독창적이 되고자 하고 있다……』그리고 그 다음에, 이미 지하에 잠들어 있는 거장들, 그러니까 모차르트나 베토벤이나 뢰베나 슈베르트나 브람스 등의 〈독창적이 되겠다는 것 따위는 생각지도 않고 그러면서도 독창적인 사람들〉의 독창성, 즉 참다운 독창성에 대한 문구가 덧붙여져 있었다. 그리고 자연의 추이로서 대공 극장에서 콘라딘 크로이첼의 〈그라나다의 야영〉이 새로 재연된다는 것이 보도되어 있었다. 〈첫 날과 마찬가지로, 신선하고 화려한 그 절묘한 음악〉에 대해 기다랗게 늘어놓았다.

요컨대 크리스토프의 작품은 가장 호의 있는 비평가로부터도 완전히 이해되지 않았으며, 그를 사랑하지 않는 비평가로부터는 음험한 적의를 받았다. 마지막으로 자기편 비평가에게도 적의 비평가에게도 이끌리지 않는 대중 사이에 있어서도 묵살되었다. 대중은 자기 자신의 생각에 몰두하면 아무것도 생각하지 않는 것이다.

크리스토프는 맥이 풀렸다.

하지만 그의 실패는 별로 놀라운 것은 아니었다. 그의 작품이 환영받지 않은 이유는 하나가 아니라 세 가지였다. 작품은 아직 충분히 익어 있지 않았다. 작품은 그 당장에 이해되기에는 너무나 새로웠다. 또 사람들은 이 무례한 청년을 혼내주는 데 큰 기쁨을 느끼고 있었다. 하나 크리스토프는 자신의 실패가 당연하다는 것을 인정할 만큼 냉정한 마음을 갖고 있지 않았다. 참다운 예술가는 세상 사람들의 오랜 몰이해와 그들의 고칠 수 없는 어리석음을 경험함으로써 침착한 기분을 몸에 지니는 법인데 그에게는 이것이 결여되어 있었다. 자기에게는 그만한 가치가 있으니까 간단히 얻을 수 있다고 생각한 성공이나 청중에 대한 그의 솔직한 신뢰감은 무너졌다. 적을 가지는 것은 당연하다고 생각했을 것이다. 하지만 그가 놀란 것은 이제는 한 사람의 친구도 없다는 일이었다. 그가 믿었던 사람들도, 이제까지 그의 음악에 흥미를 가진 것처럼 보였던 사람들도, 이 음악회 이후로는 그에게 격려의 말 한 마디 던져 주지 않았다. 그는 그들의 심중을 알아내려고 애썼다. 그러나 그들은 애매한 말 뒤로 숨어 버렸다. 그는 더욱 버티었다. 그들의 진실한 생각을 알고자 했다. 그들 중에서도 성실한 마음을 갖고 있는 사람들은 그의 이전의 작품을, 초기의 졸렬한 작품을 들고 나왔다. 그후로 그는 여러 번 옛 작품의 이름으로 새 작품이 욕먹는 것을 듣지 않으면 안 되었다. 더욱이 그러한 사람들은 수 년 전에 그 작품이 새로웠을 때 이를 비난한 바로 그 사람들인 것이다. 그것이 세상의 상례라는 것이었다. 하지만 크리스토프는 그런 일에 가만히 있을 수 없었다. 그는 버럭 소리를 질렀다. 남이 사랑해 주지 않아도 좋아! 그는 이를 시인했다. 그것이 기껍기조차 했다.

그는 만인의 벗이 되고자 생각지는 않았다. 하지만 그를 사랑한다고 하면서도 그가 성장하는 것을 허용치 않고, 한평생 어린애로 있기를 강요하는 것은 너무나 심한 짓이다 ! 열두 살 때 좋았던 것이 스무 살 때는 이미 좋은 것은 아니다. 그는 언제까지나 한 군데에 머물러 있고 싶지는 않았다. 아직도 더 변하고 싶었다. 항상 변하고 싶었다. 생명의 흐름을 멈추려 하는 바보 같은 녀석들 ! 그의 소년 시절의 작품 속에 있는 흥미는 애들 같은 너절함이 아니라, 미래를 위해서 잠재해 있는 힘인 것이다. 그들은 이 미래를 죽이려고 하고 있다 ! 아니, 그들은 그가 어떤 인간이라는 것을 전연 이해하지 못했던 것이다. 결코 그를 사랑한 적이 없었던 것이다. 그의 속에 있는 범속한 것, 범용한 사람들과 공통적인 것밖에는 사랑하지 않았으므로, 실제로 그 자신인, 바로 이것은 사랑하지 않았던 것이다. 그들의 우정은 하나의 오해에 지나지 않았던 것이다.

혹은 그가 이 오해를 과장해서 생각했는지도 알 수 없다. 새로운 작품은 사랑할 수 없지만, 이십 년쯤 지나면 진심으로 이를 사랑하게 되는 고지식한 사람들에게는 이러한 오해는 흔히 일어나기 쉽다. 그들의 허약한 생각에 새로운 생명은 너무나 냄새가 강렬하다. 그 향기는 세월의 바람에 의해 증발해 버리지 않으면 안 된다. 예술 작품은 세월의 때를 입어야 비로소 그들이 알게 되는 것이다.

하지만 크리스토프는 현재의 자신은 이해되지 않고 과거의 자신만이 이해된다는 일을 인정할 수 없었다. 반대로 자기는 어떠한 경우에도 결코 이해되고 싶지 않다고 생각했다. 그리고 그는 분격했다. 우스꽝스럽게도 자신을 이해받으리라, 자신을 변명하자, 논쟁하자고 덤볐다. 그것은 헛된 노력이었다. 우선 첫째로 시대가 요구하는 것을 개조하지 않으면 안 되었을 것이다. 그러나 그는 아무것도 의심하지 않았다. 어떻든지 독일의 취미를 완전히 세척해 주리라고 결심했으나 그는 전연 그러한 일을 할 수 없었다. 타인과의 대화에서 간신히 말을 찾아내어 대음악가들이나 얘기하는 당사자에 대해, 자기 의견을 두서없이 난폭스럽게 토로해 본대야 아무도 납득시킬 수는 없었다. 적을 더 확실히 만들 따름이었다. 자기 생각을 천천히 준비하고, 그러고 나서 대중이 두말없이 그에게 귀를 기울이지 않을 수 없도록 했어야 할 것이었다.

그런데 마침 이때 악운이 트이느라고 그에게 이 수단이 제공되었다.

크리스토프는 오케스트라의 단원 친구들과 함께 극장의 구내 식당에 앉아 예술상의 의견을 늘어놓아 그들의 빈축을 샀다. 단원들은 모두가 하나같이 똑같은 의견은 아니었다. 하지만 함부로 지껄여 대는 그의 말버릇에는 모두들 기분이

상했다. 비올라를 켜는, 사람 좋은 크라우제 노인은 훌륭한 음악가이며 정말로 크리스토프를 사랑하고 있었으므로 화제를 돌리려고 생각했다. 일부러 계속 기침을 하거나 기회를 엿보아 신소리를 해서 웃기려고 했다. 하지만 크리스토프의 귀에는 들어가지 않았다. 그는 계속 지껄여 댔다. 크라우제는 그만 슬퍼져서 생각했다. 『어째서 저런 말을 지껄이고 싶은 것일까? 당치도 않은 소릴 하는 녀석이군! 저런 말을 생각하는 거야 상관 없지만 입밖에 내어 말하는 게 아니지!』

더욱 기묘한 일은 그도 역시 『저런 말』을 생각하고 있었던 것이다. 적어도 생각했던 일이 있는 것 같았다. 그리고 크리스토프의 말은 그의 가슴속에 있던 많은 의혹을 눈뜨게 했다. 하지만 그에게는 이를 인정할 만한 용기가 없었다. 반은 자기 몸을 위험에 드러내 놓지 않으면 안 된다고 하는 두려움 때문에, 반은 겸손과 자신이 없기 때문에.

호른을 부는 바이글은 아무것도 알려고 하지 않았다. 누구건 무엇이건, 좋건 나쁘건, 별이건 가스등이건 모든 것을 찬탄하고만 싶어했다. 모든 것은 동일한 평면 위에 있었다. 그의 찬탄에는 많고 적은 차가 없었다. 다만 찬탄하고, 찬탄하고, 찬탄할 따름이었다. 그것은 그에게는 삶의 욕구였다. 그 욕구를 제한하려고 하자 그는 고통을 느꼈다.

첼로를 켜는 쿠우는 더한층 고통을 느꼈다. 그는 진정으로 나쁜 음악을 사랑하고 있었다. 크리스토프가 익살을 퍼붓고 욕하고 있는 것은 모두 그에게는 다시없이 귀중한 것이었다. 그가 본능적으로 특히 즐기는 것은 가장 판에 박은 작품이었다. 그의 혼은 눈물겹고 화사한 정서의 저수지였다. 확실히 모든 사이비 대가에 대한 그의 감동적인 숭배 속에서 거짓은 없었다. 정말 대가를 찬탄하고 있다고 믿었을 때도 그는 자신을 기만하고 있었던 것이다. 자신은 전연 눈치채지 못하지만 자기들의 신 가운데 과거의 천재들의 숨결이 들린다고 믿고 있는 브람스 숭배자들이 있다. 그들은 브람스 속에 베토벤을 사랑하고 있었다. 그런데 쿠우는 그보다 더하다. 그는 베토벤 속에 브람스를 사랑하고 있었다.

하지만 크리스토프의 말을 듣고 제일 분격한 이는 바순을 부는 슈피츠였다. 상처를 받은 것은 그의 음악적 본능보다도 그의 타고난 노예 근성이었다. 슈피츠는 납작하게 엎드려 살아왔던 대로 배를 깔고 엎드린 채 죽고 싶어했다. 그것이 그의 자연스런 자세였던 것이다. 그는 모든 관료적인 것과 정평 있는 것, 출세한 자의 발 밑에서 빌빌기는 데 무상의 즐거움을 누리고 있었다. 그리고 굴종적인 일을 하는 것을 방해당하자 제 정신을 잃고 길길이 뛰어올랐다.

그래서 쿠우는 탄식하고, 바이글은 절망적인 몸짓을 하고, 크라우제는 종잡을 수 없는 말을 웅얼거리고, 슈피츠는 목청이 찢어져라 외쳐 댔다. 하지만 크리스토프는 태연스럽게 그 친구들보다도 커다란 목소리로 독일과 독일인에 대해 엄청난 말을 지껄이고 있었다.

옆의 식탁에서 젊은 사내 하나가 자지러지게 웃으면서 그의 얘기를 듣고 있었다. 검은 고수머리, 영리해 보이는 아름다운 눈, 꽤 커다란 코, 그 코는 끝 가까이에서 우로 갈까 좌로 갈까 망설이다가 그만 좌우 양쪽으로 퍼진 것 같았다. 그리고 두툼한 입술, 이지적이고 표정이 풍부한 얼굴. 그 얼굴은 크리스토프의 말을 뒤쫓고, 그의 입술을 물끄러미 엿보다가 그 한 마디 한 마디에 아주 재미있다는 듯이 동감을 표시하고 이마와 관자놀이와 눈꼬리에, 또는 코끝과 뺨에 잇따라 잔주름을 짓고, 가끔 경련의 발작이 일어난 것처럼 온 몸을 흔들고 얼굴을 찌푸리며 웃었다. 그는 얘기에 참견은 하지 않았지만 한 마디도 흘려듣지 않았다. 크리스토프가 의견을 말하는 중에 벽에 부딪혀 옴짝달싹 못하게 되고, 슈피츠가 성가시게 굴어 격분한 나머지 허둥대고 더듬거리다가 이윽고 상대를 때려눕힐 말을 찾아내는 것을 보자 그는 유달리 기뻐하는 기색을 보였다. 그리고 크리스토프가 정열에 휘말려 자기 사상 밖으로 뛰쳐나가 기이한 독설을 들먹거려 상대를 고함치게라도 하면 그는 한없이 기뻐했다.

이윽고 그들은 저마다 자기가 우월하다고 느끼거나 단정을 내리는 일에 그만 지쳐서 헤어졌다. 실내에 끝까지 남아 있던 크리스토프가 문을 나서려 했을 때 그때까지 그의 얘기를 재미있게 듣고 있던 청년이 다가왔다. 그는 여지껏 이 청년이 거기 있는 줄도 몰랐다. 청년은 정중히 모자를 벗고 미소를 지으며 자기 소개를 하겠다고 했다.

「프란츠 만하임입니다.」

그는 곁에서 대화를 듣고 있었던 실례를 사과하고, 상대들을 분쇄한 『통쾌함』(마에스트리아)을 축복했다. 그는 아까 일을 생각하며 아직도 웃고 있었다. 크리스토프는 반갑기는 하면서도 좀 수상쩍은 기분으로 상대의 얼굴을 보았다.

「진심으로 그렇게 말씀하시는 겁니까? 설마 저를 놀리시는 것은 아니시겠지요?」

상대는 신 앞에 맹세했다. 크리스토프의 얼굴은 밝아졌다.

「그렇다면 내 의견이 옳다고 생각하시는군요? 당신도 같은 의견이군요?」

「하여튼 제 말씀을 들어 보십시오. 실은 나는 음악가는 아닙니다. 음악에 관해서는 아무것도 모릅니다. 내 마음에 드는 유일한 음악은, 이렇게 말하는 것이 비위를 맞추기 위해서 하는 소리는 아닙니다만, 실상은 당신 음악입니다. 결국 이것은 저도 그다지 나쁜 취미를 갖고 있지는 않다는 것을 당신에게 보여 주는 것이 됩니다만.」

「글쎄요, 알 수 없는데요!」

크리스토프는 반신반의하면서도 기뻐하면서 말했다.

「그건 증거가 되지 않지요.」

「까다로우신 분이군요……좋습니다! 저도 당신과 똑같이 생각하기로 하죠. 그것은 증거가 되지 않는다고. 독일 음악가들에 대해 당신이 하신 말씀을 비판하는 것은 그만둡시다. 하지만 아무튼 일반적인 낡은 독일인인 저 로맨틱한 바보들에 대한 당신의 의견은 참으로 옳습니다. 그들이란 썩은 사상에다가 군소리를 뇌까려 대며, 이를 우리더러 찬탄하라고 하는 것이니까요. 『저 영원한 어제, 그것은 항상 존재했으며 또 영원히 존재할 것이다. 또 그것은 오늘의 율법이 되어 있으니까 내일의 율법도 될 것이다…….』따위로 말씀이죠.」

그는 실러의 유명한 시 몇 구절을 암송했다.

> ……항상 있고 돌아오는
> 영원한 어제……
> ……Das ewige Gestrige
> Das immer war und immer wiederken……

「우선 첫째가 그다.」

만하임은 암송 도중에 멈추고 말했다.

「누구 말씀이죠?」

「이것을 쓴 보수주의자입니다!」

크리스토프는 무슨 말인지 알 수 없었다. 하지만 만하임은 계속했다.

「먼저 내 생각을 말한다면, 오십 년마다 예술과 사상의 대청소를 해 달라는 것이죠. 그전에 존재하던 것은 아무것도 존재하지 않도록 하는 것입니다.」

「그건 좀 파격하군요.」

크리스토프는 미소지으며 말했다.

「아니죠, 결코 그렇지는 않습니다. 오십 년도 너무 긴 것입니다. 삼십 년으로 해야 되겠지요,……그렇더라도 역시 길다고 할 것입니다! ——이 정도가 위생에 좋습니다. 집안에 조부님들의 수집품을 남겨 두어서는 안 됩니다. 그들이 죽

거든 그것을 어디 딴 데로 정중히 운반해서 거기서 부패케 하는 것이지요. 그리
고 그들이 결코 다시 돌아오지 않도록 그 위에 돌을 얹어두는 것이지요. 상냥스
런 마음씨를 가진 사람들은 또 꽃도 놔 두겠지요. 물론 그것도 좋습니다. 내게
는 아무래도 좋은 일입니다. 내가 바라는 일이란, 조부님들이 좀 가만히 있어
달라는 것뿐입니다. 나도 그것을 가만히 두어 두겠습니다! 각자 자기 쪽에 서
면 되는 것입니다. 살아 있는 자는 살아 있는 자 쪽, 죽은 자는 죽은 자 쪽, 이런
식으로 말이죠.」

「살아 있는 자보다 더 살아 있는 죽은 자도 있죠.」

「아니죠, 그런 일은 결코 없습니다! 죽은 자보다 더 죽어 있는 산 자가 있다
고 하는 쪽이 맞겠지요.」

「글쎄요, 하여튼 낡았더라도 역시 젊은 기운이 감도는 것도 있습니다.」

「좋습니다. 그것이 아직 젊어 보인다면 우리 손으로 그걸 찾아내도록 하죠.
하지만 난 그런 것은 믿지를 않습니다. 한번 좋았던 것은 이제 절대로 두 번
좋다는 일은 없습니다. 오직 변화만이 좋은 것입니다. 맨 먼저 해야 할 일은 노
인을 쫓아내는 일입니다. 독일에는 노인이 너무 많이요. 노인 따윈 저승으로 가
버려야지!」

크리스토프는 이러한 당돌한 이론에 주의 깊게 귀를 기울였다. 그리고 그것에
대해 논쟁하는 데 퍽 힘을 들였다. 부분적으로는 공감을 느끼고 자기 생각의 몇
가지를 인정했다. 하지만 동시에 희화적이고 도가 지나친 말을 듣자 좀 답답증
을 느꼈다. 하지만 그는 다른 사람들이 자기와 마찬가지로 진지하다고 생각하고
있었으므로, 자기보다도 교양이 있어 보이고, 또 자기보다도 힘 안 들이고 애기
하는 상대는 아마도 자기 주의에서 논리적인 결과를 끌어냈으리라고 생각했다.
거만스런 크리스토프는 많은 사람들에게 자신을 너무 갖는다고 비난을 받았지
만 가끔 어처구니없이 고지식하리만큼 겸손에 빠지게 되어, 그 때문에 저보다
훌륭한 교육을 받은 사람들에게 속는 수가 있었다. 하기야 그건 그들이 자기 교
육을 내세우지 않고 번거로운 논쟁도 귀찮아하지 않고 해 줄 때 그런 것이지만,
만하임은 제 자신의 궤변을 재미있어 하여 나중에는 자신도 마음속으로 웃음을
터뜨릴 만큼 터무니없는 해괴한 말을 해댔으므로, 남들이 곧이 듣는 일은 없
었다. 그래서 지금 크리스토프가 허풍을 반박하려고 하고, 또는 이해하려고 애
쓰기조차 하는 것을 보자 매우 기뻐졌다. 그래서 크리스토프를 우습게 보면서도
자기를 중요시해 주는 것에 감사했다. 그는 크리스토프를 우스꽝스럽고 매력 있
는 사내라고 여겼다.

둘은 친구가 되어서 헤어졌다. 그로부터 세 시간 후, 연극 연습 때에 오케스트라의 좌석으로 통하는 작은 문으로 만하임의 벙긋거리는 얼굴이 나타나서 의미 있는 듯한 눈짓을 하는 것을 보고 그는 적잖게 놀랐다. 연습이 끝나자 크리스토프는 그에게로 갔다. 만하임은 다정스레 크리스토프의 팔을 잡았다.

「당신, 좀 틈이 있으십니까? 실은 내게 한 가지 생각이 떠올랐습니다. 어쩜, 당신은 부질없는 짓이라고 생각하는지 알 수 없지만……한번, 음악과 엉터리 음악가들에 대해서 당신이 생각하는 바를 써 주지 않겠어요? 나무 조각을 불거나 켜거나 하는 이외에는 능력이 없는 당신 동료들, 저 네 사람의 바보를 상대로 설교하느니보다는 대중을 향해 말을 하는 것이 더 낫지 않을까요?」

「낫지 않을 정도가 아닙니다! 쓰지 않다니요! 물론 쓰겠어요! 그런데 어디다가 쓴다는 말입니까? 당신은 정말 친절한 사람이군요.」

「실상은 이렇습니다. 난 당신에게 부탁할 일이 있어요……우리는, 나와 친구 몇 사람——아달베르트 폰 발트하우스, 라파엘 골텐링, 아돌프 마이, 루치엔 에렌펠트——이러한 친구들과 잡지를 하나 만들고 있습니다. 이 도시에서 단 하나의 지적인 잡지죠. 《디오니소스》라고 합니다. 혹시 당신도 알고 계십니까? 우리는 모두 당신을 존경하고 있습니다. 당신이 우리 그룹에 들어와 준다면 우리는 기쁘겠습니다. 당신이 음악 비평을 맡아 주시지 않겠어요?」

크리스토프는 이러한 명예에 어리둥절했다. 승낙하고 싶어서 참을 수 없었다. 다만 그럴 자격이 없음을 두려워했다. 그는 문장력이 없었다.

「염려 마세요. 아마 훌륭히 쓰실 겁니다. 게다가 당신이 비평가가 되면 당신은 모든 권리를 갖게 되는 것입니다. 대중의 눈치를 볼 필요 따위는 없지요. 대중만큼 어리석은 것은 없습니다. 예술가라는 것도 보잘 것 없는 것이지요. 휘파람으로 핀잔을 주어 버릴 수 있으니까요. 하지만 비평가는 『저 사람에게 휘파람을 불어라!』라는 권리를 갖고 있는 인간입니다. 관객은 모두 생각하는 수고를 비평가에게 일임하고 있습니다. 당신은 멋대로 생각하고 있으면 되는 것입니다. 적어도 무엇을 생각하고 있는 듯한 시늉을 하고 있으면 되는 거지요. 저 꽥꽥거리는 거위들에게 모이를 주기만 하면, 그것이 어떤 모이건 상관이 없는 거지요! 그것들은 무엇이건 주는 대로 받아 먹으니까요.」

크리스토프는 드디어 승낙하고 감사의 뜻을 표했다. 다만 한 가지 조건으로서 무슨 말을 해도 괜찮다는 권리를 부여해 달라고 말했다.

「물론입니다, 물론이고 말고요. 절대로 자유입니다! 우리는 한 사람 한 사람이 다 자유입니다.」

만하임은 그날 밤 극이 마친 뒤, 세 번째로 극장으로 와서 크리스토프를 불러 내고 아달베르트 폰 발트하우스와 다른 친구들에게 소개했다. 그들은 진심으로 그를 맞이했다.

이 지방의 오랜 귀족 가문 출신인 발트하우스를 제외하고는 모두 유태인이고 상당한 부자였다. 만하임은 은행가의 아들, 골텐링은 유명한 포도원 주인 아들, 마이는 야금 공장장의 아들, 그리고 에렌펠트는 대보석상의 아들이었다. 그들의 아버지는 근면하고 강인한 구시대 이스라엘 인의 민족성에 집착해서 거센 힘으로 재산을 축적하고, 더욱이 재산보다도 그 힘을 자랑하고 있었다. 자식들은 그들의 아버지들이 건설한 것을 파괴하기 위해서 태어난 것처럼 보였다. 그들은 가정적인 편견과 더 부지런하고 절약하는 개미와 같은 편집을 비웃고 있었다. 예술가를 자칭하고 재산을 경멸하며, 이를 내던지는 듯한 시늉을 했다. 하지만 실제로는 그들의 손에서 거의 아무것도 떨어지지 않았다. 그리고 아무리 바보짓을 하더라도 정신의 총명함과 실제적인 사려를 완전히 상실하는 일은 결코 없었다. 게다가 아버지들이 눈을 부라리며 고삐를 죄이 당기고 있었디. 그들 중에서 제일 낭비가인 만하임은 자기가 갖고 있는 것을 모두 정말로 아까운 줄 모르고 써 버렸을 것이다. 하지만 그는 아무것도 갖고 있지 않았다. 아버지의 인색을 큰소리로 욕하고는 있었지만, 마음속으로는 그러한 제 자신을 비웃고 아버지쪽이 옳다고 생각하고 있었다. 결국 자기 재산을 맘대로 할 수 있는 발트하우스만이 아낌없이 제 돈으로 이 잡지를 유지했던 것이다. 그는 시인이었다. 아르노홀츠나 월트 휘트먼을 본따 〈폴리미터(多韻律)〉의 시를 쓰고 있었다. 이는 매우긴 시구(詩句)와 매우 짧은 시구가 번갈아 있는 시로, 거기는 일점부(마침표), 이점부(풀이표), 삼점부(말없음표), 횡선부(말바꿈표), 휴지부(쉼표), 대문자, 이탤릭 문자, 방선이 붙은 말 따위가 두운법(頭韻法)이나 한 단어, 한 행, 또 한 구 전체의 반복이 똑같이 큰 역할을 맡고 있었다. 그는 또 거기에 모든 나라의 말과 음향을 삽입했다. 그는 세잔느가 그림에서 한 일을 운문에서 하는 것이라고 했다. 그 이유는 아무도 몰랐다. 사실 그는 무미 건조한 것을 유달리 잘 느끼는 퍽 시적인 혼을 갖고 있었다. 그는 감상적인 동시에 윤기가 없고, 소박한 동시에 사치스러웠다. 그의 고심 끝에 이루어진 시는 마구 지어진 작풍을 가장하고 있었다. 그는 상류 사회 사람들에게는 좋은 시인이었는지도 모른다. 하지만 잡지나 살롱에는 이러한 종류의 시인은 너무나 많다. 그런데 그는 고독하기를 바라고 있었다. 자기 계급의 편견을 초월한 귀인인 체 행동하려고 생각하고 있었다. 그런데도 그는 그러한 편견을 누구보다도 많이 갖고 있었다. 하지만 자신은 그것을 인정하지 않았다. 자기가 주관하는 잡지에 유태인만을 모아 반유태주의자인 가족들에게 말썽을 낳게 하고, 정신의 자유를 제 자신에게 증명해 보이는 데 기쁨을 느끼고 있었다. 동인에 대해서는 부드럽고 대등한 태도를 가장하고 있었다. 하지만 마음속으로는 아주 쌀쌀하기 이를 데 없는 경멸을 그들에게 품고 있었다. 그들이 자기 이름과 돈을 이용하는 데 기쁨을 느끼고 있다는 것을 그는 똑똑히 알고 있었다. 그리고 그들을 멋대로 하게 내버려두고, 그들을 경멸하는 즐거움을 맛보고 있었다.

그런데 그들 쪽에서는 그가 자기들을 멋대로 하게 내버려두는 것을 경멸하고 있었다. 그럼으로써 그가 제 자신의 이익을 얻고 있다는 것을 잘 알고 있었기 때문이다. 피장파장이었다. 발트하우스는 그들에게 자기 이름과 재산을 주고 그들은 그에게 그들의 재능과 실무적 능력과 독자를 주었다. 그들은 그보다 훨씬 영리했다. 하지만 더 많은 개성을 갖고 있는 것은 아니었다. 아마도 그들 쪽이 개성은 적었을는지도 모른다. 그러나 어딜 가나 항상 그러한 것처럼 이 소도시에서도 그들은——민족이 다르다는 것으로써 몇 세기 동안 고립되어 오고, 날카로운 관찰력이 있었기 때문에 ——가장 진보된 정신의 소유자이고, 벌레먹은 제도나 늙어 빠진 사상의 우스꽝스러움에 가장 민감한 정신의 소유자였다. 다만 그들의 성격은 그 지성만큼 자유롭지 못했기 때문에 그러한 제도나 사상을 조소하면서도, 이를 개혁하느니보다는 이용하는 쪽이 훨씬 많았다. 그들은 독립적인 신념을 공공연히 말하면서도 신사 아달베르트와 마찬가지로 지방의 시시한 유행 추종자들이며, 돈 많고 무위 도식하는 도련님들이고, 스포츠나 사랑을 하는 식으로 문학을 하고 있는 것이었다. 그들은 일도 양단(一刀兩斷)하는 태도를 보이며 좋아하고 있었으나 근본은 심지가 약한 인간이었다. 그래서 무해무득한 인간이나 자기들에게 해를 끼칠 성싶지 않다고 생각되는 인간에게밖에는 칼을 휘두르지 않았다. 언젠가 자기들이 거기로 되돌아가 이제껏 공격한 편견과 타협해서 세상과 어울려 생활하지 않으면 안 되리라고 알고 있는 사회와는 싸울 생각이 전연 없었다. 그리고 이제 마침내 쿠데타를 실행하자느니, 떠들썩하게 선전을 하자느니 하며, 오늘의 우상——그것은 막 흔들리기 시작했다——에 대해 흥청거리며 출정의 길에 오르고자 할 때는, 자기들의 배는 불태우지 않도록 조심하고 있었다. 위태할 때는 다시금 배 속으로 기어들어 오는 것이었다. 게다가 전쟁 결과가 어떻든간에 전쟁이 끝나기만 하면 다시 전쟁이 시작하기까지에는 긴 시간이 있었다. 적인 속물들은 발을 뻗고 잘 수가 있었다. 새로운 다윗 일당이 요구하고 있는 것은 자기들은 마음만 먹으면 언제나 무서워질 수 있다는 것을 적에게 믿게 하는 일이었다. 하지만 그들은 이를 바라지 않았다. 예술가들과 친히 교제하고, 배우들과 야식을 같이 하는 쪽을 바랐다.

크리스토프는 이런 환경 속에 있으면 답답했다. 그들은 특히 여자와 말 이야기를 했다. 그리고 그들은 버릇없이 형식적으로 얘기했다. 아달베르트는 명랑하고 자신도 지루하고 남도 지루하게 만드는 느릿한 목소리로 쑥스러우리만큼 정중한 태도로 의견을 말하고 있었다. 편집장인 아돌프 마이는 머리가 양 어깨 사이에 파묻힌 듯한, 살이 찌고 키가 작은 사내로 언제나 자기 의견을 주장하려고만 들었다. 그는 모든 일에 깨끗한 단정을 내리고 남의 대답 같은 것은 들은 척도 하지 않고, 상대의 의견이나 그 상대조차도 경멸하고 있는 듯이 보였다. 미술 비평가 골텐링은 얼굴 근육이 신경질적으로 경련하는 버릇이 있고, 커다란 안경 너머로 항상 눈이 깜박거리고──아마도 교제하고 있는 화가를 흉내낸 것이겠지만──머리를 길게 기르고, 잠자코 담배를 피우며 결코 끝까지 하는 적이 없는 말의 단편을 우물우물 입 속에서 말하고, 엄지 손가락으로 공간에 뭔지 막연한 짓을 그리는 시늉을 하는 짓이 버릇이었다. 에렌펠트는 작달막하고 대머리가 벗겨지고, 빙긋거리며, 다색 수염을 기르고, 피로한 듯한 품위 있는 얼굴에다, 코는 매부리코였다. 잡지에 유행과 세간의 잡문 기사를 썼다. 그는 고양이를 달래는 듯한 목소리로 굉장히 노골적인 말을 지껄이고 있었다. 기지는 있었지만 그것은 심술궂고 번번이 저속한 것이었다. 말할 나위도 없는 일이지만 부유한 청년들은 모두 무정부주의자들이었다. 모든 것을 소유하고 있을 때 사회를 부정하는 것은 최고의 사치라고 하는 것은 이렇게 함으로써 사회에 지고 있는 빚으로부터 자유로워질 수 있기 때문이다. 그것은 도둑이 통행인의 옷을 벗기고 나서『여기서 여태 무얼 하고 있는 거냐? 가 버려라! 너 따위에겐 이제 볼일이 없다.』하고 말하는 것과 같았다.

크리스토프는 이 패거리들 중에서도 만하임에게밖에는 공감을 느끼지 못했다. 그는 다섯 명 중에서 제일 기운이 좋았다. 자기가 하는 말이나 남이 하는 이야기는 무엇이나 재미있어 했다. 더듬으며 서둘러 대고, 입을 오물거리고, 냉소하고, 앞뒤가 맞지 않는 얘기를 하고, 이치를 따져 말할 줄도 모를 뿐아니라 자신이 무엇을 생각하는지도 분명히 알지 못했다. 하지만 그는 착한 청년으로 누구에게도 원한을 품지 않았고, 조금도 야심이란 걸 갖고 있지 않았다. 좀더 진실되게 말한다면 아주 솔직하지만도 않았다. 대체로 남의 기분을 북돋우는 모든 기교에 열중했다. 그러나 이것을 죄다 믿기에는 너무 현명했으며, 또 너무 야유하는 듯한 데가 있었다. 아무리 열중해 있을 때라도 냉정을 지킬 수 있었다. 그리고 자기 이론을 적용하는 데 결코 자신을 위험하게 하는 일은 없었다. 그에게는 하나의 기묘한 애완용 놀이가 필요했다. 현재는 친절이라는 놀이를 가지고 있었다. 물론 친절만으로는 흡족하지 않았다. 친절한 것처럼 보이기를 바라고 있었다. 친절을 입으로 말하고, 친절의 연극을 하고 있었다. 가족들의 윤기라고는 없는 꺼칠꺼칠한 활동력, 또 독일적 엄격주의, 속물 근성 등에 대한 반항심에서 그는 톨스토이주의자가 되고, 열반주의자가 되고, 복음주의자가 되고, 불교 신자가 되고──하기는 자기 자신도 잘 알 수는 없었지만──모든 것을 관대하게 보고 지나치게 남을 돕고 싶어하는, 생활하기에 편리한 도덕의 사도가 되었다. 이 도덕은 모든 죄악을 진심으로 용서하고, 더구나 관능의 죄를 사하고, 또 그런 것을 유난히 좋아한다는 것을 조금도 숨기지 않고 나아가 덕에 대해서는 훨씬 엄격했다. 요컨대 이것은 하나의 쾌락주의요, 서로 만족하는 자유사상 동맹에 지나지 않는 도덕이어서, 자기 머리 위에 성자의 후광을 쓰고 기뻐했다. 거기에는 조그만 위선이 있었다. 예민한 후각에 이는 그다지 좋은 냄새는 아니었다. 만일 누가 이를 곧이 곧대로 받는다면 정말 구토증을 일으킬지도 모르는 것이었다. 하지만 이 위선이 진지하게 받아들여지는 것을 바라지는 않았다. 그는 자기 혼자서 신이 나 있었다. 이 방자한 그리스도교주의는 기회만 있으면 뭔가 다른 애완물에게 자리를 내어 주고자 기다리고 있었다. 폭력이나 제국주의의 그것이라도, 웃는 사자들의 그것이라도. 만하임은 희극을 연출하고 있었다. 다른 이들처럼 유태인의 마음씨 좋은 할아버지가 되기 전에, 민족 특유의 재기를 충분히 발휘해서 자신이 갖고 있지 않은 모든 감정을 번갈아 가며 몸에 두르고 있었다. 그는 퍽 호감이 가는 사내이고 또 이를 데 없이 번거로운 사내였다.

크리스토프는 한동안 만하임의 애완물의 하나였다. 만하임은 크리스토프에게 홀딱 반했다. 어디서나 그의 이름을 외고 다녔다. 집안 사람들에게는 귀에 못이 박이도록 그를 칭찬했다. 그의 말에 따르자면 크리스토프는 천재이고, 기묘한 음악을 만들고 더구나 경탄할 만한 음악론을 얘기하고, 기지에 넘치고 게다가 귀여운 입과 훌륭한 이를 가진 호남이었다. 그리고 크리스토프는 자기에게 탄복하고 있다고 덧붙였다. 드디어 어느 날 밤, 그는 만찬에 크리스토프를 집으로 데려왔다. 크리스토프는 새로운 벗의 부친인 은행가 로타르 만하임과 프란츠의 누이동생 주디트와 마주 앉았다.
　그가 유태인 집안에 들어간 것은 이것이 처음이었다. 이 작은 도시에도 유태

인의 집은 꽤 많이 있었으며, 그 부와 단결력과 지력에 의해 중요한 위치를 차지
하고는 있었지만 그들은 다른 사회와는 약간 떨어져서 생활하고 있었다. 시민들
사이에는 항상 그들에 대한 끈질긴 편견과 소박하기는 하지만 부당하고 은밀한
적의가 있었다. 크리스토프의 집에서도 그러한 감정은 품고 있었다. 그의 조부
는 유태인을 싫어했다. 하지만 운명의 장난인지, 제자 가운데 가장 뛰어난 작곡
가와 연주자가 모두 유태인이었다. 선량한 조부는 보기가 딱했다. 그것은 가끔
이 두 사람의 훌륭한 음악가를 포옹하고 싶어지는 일이 있었기 때문이다. 그리
고 또 그들 유태인이 신을 십자가에 못박았다는 것을 생각하고 슬퍼했다. 그는
이 어울리기 어려운 것을 어떻게 조화시켜야 좋을지 몰랐다. 결국 그는 두 사람
을 포옹했다. 두 사람은 음악을 퍽 사랑했으니까 하느님도 두 사람을 용서해 주
시리라는 투로 그의 생각도 기울어진 것이다. 크리스토프의 아버지 멜키오르는
무신론적 자유 사상가답게 행동했으므로, 유태인에게 돈을 받는 것을 그다지 개
의치 않았다. 썩 괜찮은 일이라고 생각하기조차 했다. 하지만 그들의 일을 조소
하고 경멸했있다. 크리스토프의 어머니는 유태인 집에 요리사로 불러갈 때에
는, 뭔가 죄를 짓고 있는 듯한 생각이 들지 않는 것은 아니었다. 게다가 그녀를
부른 사람들은 그녀에게 매우 가혹했다. 하지만 그녀는 그들을 허물치 않았다.
그녀는 아무도 탓하지 않았다. 하느님에게서 벌받은, 이들 불행한 사람들을 가
엾게 여기며 가슴이 뿌듯했다. 그 집 딸이 지나가는 것을 보거나, 어린이들의
즐거운 웃음 소리를 듣거나 하면 그녀는 측은해 했다.

『저렇게 예쁜 처녀애들이 ! ……저렇게 귀여운 애기들이 ! 얼마나 가엾은 일
일까 ! ……』 하고 그녀는 생각했다.

크리스토프가 만하임네 만찬에 초대를 받았다고 말했을 때, 어머니는 그에게
아무 말도 하지 않았지만 어쩐지 그녀는 가슴이 죄는 듯했다. 그녀는 생각하는
것이었다. 사람들이 유태인에 대해서 말하는 험담을 전부 믿어서는 안 된다, 사
람들은 누구에 대해서나 험담하게 마련이다, 어디에나 좋은 사람은 있는 법이라
지만 유태인은 유태인대로 그리스도 교도는 그리스도 교도대로 저마다 자기 쪽
에 머물러 있는 것이 더 좋은 일이며 알맞은 일이라고.

크리스토프는 이러한 편견은 전연 갖고 있지 않았다. 자기 주위에 대한 부단
한 반항심에 의해 오히려 이 이민족에게 마음을 끌렸다. 하지만 이 민족에 대해
서는 거의 아는 게 없었다. 이제까지 얼마쯤 관계를 가진 것은 유태 민족의 가장
하층 계급인 소상인이었다. 라인 강과 대사원 사이의 골목에 웅성거리고 있는
이 하층민은, 모든 인간 속에 있는 가축떼의 본능처럼 일종의 작은 유태인 마을

을 계속 형성하고 있었다. 그는 가끔 이 구역을 어슬렁거리며 호기심에 차서 상당히 동정적인 눈으로 여러 가지 얼굴의 여성을 엿본 적이 있었다. 그녀들은 볼이 꺼지고 입술과 광대뼈가 불거져, 좀 천해 보이지만 다빈치 식의 미소를 띄웠고, 그 잡스런 말투와 거친 웃음 소리는 평온할 때의 얼굴의 조화를 유감스럽게도 망쳐 버렸다. 커다란 머리에 흐린 눈과, 동물적인 표정에 키가 작고 뚱뚱한 하층민의 찌꺼기 속에서도 가장 고상한 민족으로부터 퇴화한 이 후예 중에는, 이 악취를 풍기는 진흙의 늪 위에서 춤추는 도깨비불처럼 환히 빛나는 이상스런 인광이 보였다. 그것은 영묘한 눈초리며, 빛나는 지성이고, 진흙 구덩이에서 발하는 미묘한 전기여서, 크리스토프를 매혹시키고 불안케 했다. 거기에는 몸부림치는 아름다운 영혼이 흙구덩이 속에서 빠져나오려고 애를 쓰는 위대한 마음이 있는 것이라고 그는 생각했다. 그는 그들을 만나고 싶었다. 그리고 할 수 있다면 힘을 빌려 주고 싶었다. 그는 그들을 알지 못하면서도, 또 조금은 두려워하면서 그들을 사랑하고 있었다. 하지만 그들 중의 누구와도 아직 친교를 맺은 적은 없었다. 더구나 유태인 사회의 선택된 사람들에게 접근할 기회는 아직 한 번도 없었다.

그래서 만하임네의 만찬은 그에게 있어서는 신기한 매력, 금단의 과일 같은 매력조차 갖고 있었다. 그 과일은 그것을 그에게 내밀어 준 이브 때문에 한층 맛있는 것이 되었다. 이 집에 들어설 때부터 크리스토프는 주디트 만하임만을 보고 있었다. 그녀는 그가 이제까지 알아 온 여자들과는 다른 종류에 속해 있었다. 뼈대는 단단해 보이지만 약간 마른 편이고 키가 크고 날씬한 자태, 그다지 많지는 않지만 짙고 나지막하게 묶어 놓은 검은 머리에 윤곽이 뚜렷한 얼굴, 그 머리카락은 또 관자놀이와 훤칠한 금빛 이마를 가렸다. 약간 근시에 눈까풀은 두툼하고, 눈은 좀 튀어나온 듯했다. 코끝이 퍼진 커다란 코, 영리하게 야윈 뺨, 단단한 턱, 야드르한 얼굴빛. 이러한 그녀의 옆모습은 정력적이고 또렷해 아름다웠다. 하지만 정면으로 보면 그 표정은 애매하고 불확실하며 지저분했다. 두 눈도 두 뺨도 균형이 잡히지 않았다. 그녀 속에서는 힘찬 민족성이 느껴졌다. 그리고 이 민족의 무쇠틀 속에는 매우 아름답거나 혹은 퍽 저속한, 다양하고 잡다한 요소가 뒤범벅이 되어 던져져 있음을 느낄 수 있었다. 그녀의 아름다움은 특히 입과 눈에 있었다. 입은 주로 침묵을 지키고, 눈은 근시 때문에 한층 깊어 보였으며 푸른 기가 도는 눈언저리 때문에 더한층 그늘이 짙어 보였다.

지금 눈앞에 있는 여성의 참다운 정신을 그 물기어린 뜨거운 두 눈의 베일 너

머로 읽어내기 위해서는, 개인보다도 민족 특유의 그 눈에 더 익숙하지 않으면
안 되었을 것이다. 그가 지금 이글거리면서도 침울한 눈 속에서 발견한 것은 이
스라엘 백성의 영혼이었다. 이 눈은 자기도 모르는 사이에, 자신 속에 이스라엘
백성의 혼을 갖고 있었던 것이다. 그는 거기 헤매어 들었다. 그가 그 동방의
바다 위에 자기 진로를 찾아내게 된 것은 아주 훨씬 뒤의 일이었다. 이러한 눈동
자 속에서 번번이 길을 잃고 헤맨 후의 일이었다.

　그녀는 그를 물끄러미 바라보고 있었다. 그녀의 투시력을 흐려 놓은 것은 아
무것도 없었다. 크리스토프의 기독교적 영혼이 갖고 있는 것으로서 그녀 눈으로
부터 빠져 나와 달아날 수 있는 것은 아무것도 없을 것 같았다. 그는 이것을 느
끼고 있었다. 그는 이 매혹적인 여성의 눈초리 아래, 일종의 몰염치한 난폭성으
로써 자기 가슴속을 파고든 하나의 씩씩하며 뚜렷한 차가운 의지를 느꼈다. 이
난폭성에 악의는 없었다. 그녀는 그를 손아귀에 꽉 움켜쥐고 있었다. 누구나를
가리지 않고 마구 유혹하려고 드는 교태 어린 여자와 같은 그런 수법으로 하는
것은 아니었다. 교태로 치면 그녀는 누구보다도 교태가 많았다. 그러나 그녀는
자기 힘을 알고 있었다. 더구나 크리스토프와 같은 간단한 먹이일 때는 특히 그
랬었다. 그 이상으로 그녀가 흥미를 가졌던 것은 적을 안다는 일이었다. 모든
남성, 모든 미지의 사람은 그녀에게 적이었다. 필요에 따라서는 이와 동맹 조약
을 맺을 수도 있기는 했겠지만 인생은 영리한 자가 이기는 노름이었으므로 요컨
대 적의 손바닥을 읽어내고 제 손은 보이지 않는 일이었다. 이것에 성공하자 그
녀는 승리의 쾌감을 맛보았다. 거기서 이익을 끌어내느냐 마느냐는 것은 문제가
안 되었다. 즐겁기만 하면 좋았던 것이다. 그녀는 지성을 좋아했다. 어떤 학문
에도 성공할 만한 명석한 두뇌를 갖고 있었고, 또 은행가 로타르 만하임의 참다
운 후계자로서는 오빠 이상의 적임자이기는 하였지만 추상적인 지성을 좋아한
것은 아니었다. 살아 있는 지성을, 인간에게 적용할 수 있는 지성을 좋아했던
것이다. 그녀는 혼 속으로 들어가 그의 가치를 측량하는 것을 낙으로 삼았다.
그녀는 이에 화가 마치스(Matsys, 1460~1530)가 그린 유태 여자가 은화를 저울질
하는 것과 똑같은 세심한 주의를 기울였다. 그녀는 야릇한 점술로 금방 상대의
갑옷 틈새를 발견하거나, 영혼의 수수께끼를 푸는 열쇠로 결점이나 약점을 찾아
내어 비밀을 포착할 수 있었다. 이것이 적을 제압하는 그녀의 방식이었다. 하지
만 언제까지나 그 승리에 매여 있지는 않았다. 그리고 획득물을 어떻게 하는 것
도 아니었다. 일단 호기심과 자존심이 만족하게 되면 더이상 관심을 갖지 않
았다. 그리고 다른 대상으로 옮겨갔다. 이러한 모든 힘도 언제까지나 열매를 맺

지 못했다. 이렇듯이 생생한 혼 속에도 죽음이 깃들어 있었다. 주디트는 자기 속에 호기심과 권태의 정령을 갖고 있었던 것이다.

　이리하여 그녀는 크리스토프를 지켜 보고 있었는데 크리스토프 역시 그녀를 지켜 보고 있었다. 그녀는 거의 말을 하지 않았다. 입가에 희미한 미소를 띠우기만 하면 그것으로 충분했다. 크리스토프는 그것만으로도 황홀해졌다. 이 미소가 사라지자 얼굴 표정은 차가워지고 눈은 무관심해졌다. 그녀는 식사 접대로 마음을 돌려, 얼음장 같은 차가운 목소리로 심부름꾼에게 말을 걸었다. 아무것도 듣고 있지 않는 것 같았다. 그러고 나서 눈이 다시금 빛나기 시작했다. 그리고 적합한 몇 마디는 그녀가 모든 것을 빠뜨리지 않고 들어 이해하고 있음을 알려 주었다.

　그녀는 크리스토프에 대한 오빠의 판단을 냉정히 정정했다. 그녀는 오빠 프란츠가 허풍쟁이라는 것을 잘 알고 있었기 때문이다. 미남에다 고상하다고 오빠가 추켜 세웠던 당사자 크리스토프가 나타났을 때 그녀의 마음은 한껏 짓궂게 굴 기회를 놓치지 않았다. 프란츠는 명백한 사실을 거꾸로 보는 재능을 갖고 있는 것 같았다. 혹은 어쩌면 거꾸로 믿어 버리는 데에 기묘한 기쁨을 맛보고 있는지도 알 수 없었다. 하지만 크리스토프를 좀더 깊이 연구해 나가자 프란츠의 말이 거짓말만도 아니라는 것을 알게 되었다. 그리고 발견을 계속해 나감에 따라, 크리스토프 속에서 아직 불확실하며 균형도 잡히지 않았지만 강력하고 대담한 하나의 힘을 찾아냈다. 그 힘이 진기한 것임을 그녀는 누구보다도 잘 알 수 있었기에 기뻤다. 그녀는 크리스토프로 하여금 자기 생각을 말하게 하고, 자기 자신의 한계와 결점을 보이도록 하는 법을 터득하고 있었다. 그녀는 그에게 피아노를 치게 했다. 그녀는 음악은 좋아하지 않았다. 하지만 이해는 할 수 있었다. 그리고 그의 음악을 듣고 어떤 종류의 감동도 받지 않았지만 그의 음악이 독창적이라는 것은 인정했다. 정중하고 차가운 태도를 조금도 허물지 않고 적합한 두세 마디 감상을 말했는데, 이것은 그녀가 크리스토프에게 관심을 갖고 있음을 표시하는 것이었다.

　크리스토프는 이것을 눈치챘다. 그리고 우쭐한 기분이 되었다. 왜냐하면 이러한 판단이 얼마나 가치 있는 것인가, 또 그녀의 칭찬이 얼마나 희귀한 것인가 하는 것을 알았기 때문이다. 그는 그녀의 마음을 자기에게로 끌어당기고 싶다는 욕망을 숨기지 않았다. 그리고 그 방법이 너무나 천진스러웠으므로 주인 쪽 세 사람은 미소를 지었다. 그는 이제 주디트에게만, 그리고 주디트를 위해서만 애기했다. 다른 두 사람은 마치 거기 없는 것처럼 도무지 염두에 두지 않았다.

프란츠는 크리스토프가 지껄이는 것을 물끄러미 보고 있었다. 찬탄과 야유를 섞어, 입술과 눈으로 그의 말을 뒤쫓고 있었다. 그리고 아버지와 누이동생에게 조소를 머금은 눈짓을 보내며 금세라도 웃음을 터뜨릴 것 같았다. 하지만 누이동생은 냉정하게 오빠의 눈짓 따위는 눈에 띄지도 않는 체했다.

로타르 만하임——약간 등이 굽고, 뼈대가 단단한 덩치 큰 노인, 불쾌한 듯한 얼굴에다 잿빛의 짧은 머리카락, 수염과 눈썹은 새까맣고, 얼굴 표정은 둔중해 보이지만 정력적이고 남을 비웃는 듯한 데가 있으며 강한 생활력을 갖고 있는 것으로 보인다. 이 노인도 어딘지 장난기 있는 호의를 가지고 크리스토프를 관찰하고 있었다. 그리고 그도 또한 이 청년 속에는『무엇인가』가 있다는 것을 즉시 인정하고 있었다. 하지만 그는 음악에도 음악가에게도 흥미를 갖고 있지 않았다. 이것은 그의 분야가 아니었다. 그는 이 방면의 일은 아무것도 몰랐으며 또 그것을 숨기지도 않았다. 오히려 그것을 자랑하기조차 했다. 그와 같은 사람이 무지를 고백할 때는 그것을 뽐내고 싶어서인 것이다. 크리스토프도 은행가 선생 따위는 말상대가 되어 주지 않아도 별로 아쉬울 것이 없으며, 주디트 만하임 양과 얘기하는 것만으로 이 한밤은 충분하다는 것을 악의는 없지만 버릇없는 태도로써 똑똑히 표시했으므로, 로타르 노인은 재미있어 하며 난로 한 구석으로 물러가 있었다. 그리고 신문을 읽으며 야유조의 기분으로 크리스토프의 알쏭달쏭한 얘기며 괴상스런 음악을 멍청히 듣고 있었다. 저런 음악을 이해하고 재미있어 하는 사람이 있을까, 라고 생각하며 가끔 소리 내지 않고 웃고 있었다. 이미 대화를 따라가려는 수고는 하지 않았다. 새로 온 손님의 진가를 알아내는 것은 딸의 이해력에 맡기고, 자신은 나중에 그것을 듣기로 하고 있었다. 그녀는 아주 정직하게 그 의무를 다하고 있었다.

크리스토프가 돌아가자 로타르는 주디트에게 물었다.

「한데, 주디트 너는 그의 말을 잘 들었겠지. 그래, 어떻게 생각하니, 저 음악가를?」

그녀는 웃으며 조금 생각하다가 한 마디로 결론을 말했다.

「좀 돈 사람 같아요. 하지만 바보는 아니예요.」

「좋아. 내게도 그렇게 보이더라. 그런데, 성공할 것 같더냐?」

「네, 그러리라고 보아요. 똑똑한 사람이던데요.」

로타르는 약자 외에는 흥미를 갖지 않는 강자의 당당한 논리로 말했다.

「그럼 도와주지 않으면 안 되겠구나.」

크리스토프는 주디트 만하임에 찬탄을 하며 돌아왔다. 그렇지만 주디트가 생각하듯 마음을 빼앗기고 있지는 않았다. 둘 다——그녀는 날카로운 지성을 가졌고 크리스토프는 예지를 대신하는 본능을 가졌으면서——똑같이 상대를 잘못 보았었다. 크리스토프는 그녀 얼굴의 수수께끼와 지성적인 생활의 강한 힘에 매혹되었다. 하지만 그녀를 사랑하고 있지는 않았다. 그의 눈과 지성은 사로잡혔다. 하지만 마음은 사로잡히지 않았었다. 왜일까? 그것은 퍽 설명하기 어려운 일이다. 그녀 속에 무엇인지 수상쩍은 것, 불안한 것을 어렴풋이 보았기 때문이었을까? 그러나 그것이 다른 경우였다면 그에게는 사랑하는 하나의 이유가 되었을 것이다.

사랑은 괴로운 경지로 떨어지는 것을 느낄 때 더욱 강해지는 것이다. 크리스토프가 주디트를 사랑하지 않았다는 것은 어느 쪽의 잘못도 아니었다. 두 사람으로선 상당히 굴욕적인 이유였지만, 진짜 이유는 크리스토프가 전번 연애를 끝낸 지 아직 얼마 되지 않았다는 것이다. 경험이 그를 현명하게 한 것은 아니었다. 그러나 아아다를 열렬히 사랑하고 그 정열에 신념과 힘과 공상을 탕진해 버렸으므로 지금은 새로운 사랑을 위한 신념이나 꿈이 충분히 남아 있지 않았던 것이다. 다른 불꽃이 타오르기에 앞서 그의 마음속에 다른 장작더미가 다시 쌓이지 않으면 안 되었다. 그때까지는 우연히 전의 화재에서 남은 재가 순간적으로 불붙어올라 잠깐 환해졌다가, 연료가 없기 때문에 꺼져 버릴 수밖에 도리가 없는 것이다. 이것이 육 개월쯤 뒤였더라면 그는 맹목적으로 주디트를 사랑했을 것이다. 지금으로서는 그녀 속에 친구 이상의 것은 보고 있지 않았다. 약간 가슴이 불안한 것은 확실했다. 하지만 그는 이 불안을 쫓아내려고 애를 썼다. 이 불안은 그에게 아아다를 생각나게 했다. 그것은 매력이 없는 추억이었다. 주디트가 그를 이끌었던 것은 그녀만이 갖고 있는 독특한 점이었다. 어느 여자나 다 갖고 있는 것 같은 것은 아니었다. 그녀는 그가 만난 최초의 지적인 여자였다. 그녀는 머리에서 발끝까지 이지적이었다. 그녀의 아름다움 자체도——그 몸짓, 동작, 표정, 입술의 잔주름, 눈, 손, 고상하게 호리호리한 몸매——모두가 그녀의 지성의 반영이었다. 그런 지성이 없었다면 추하게 보였을는지도 모른다. 이 지성은 크리스토프를 즐겁게 했다. 그는 그녀를 실제 이상으로 대범하고 자유로운 여자로 알고 있었다. 그녀가 사람들을 현혹케 하는 것을 가지고 있다는 것을 아직 알지 못했다. 그는 주디트에게 심중을 털어놓고 자기의 생각을 그녀와 나누고 싶다는 욕망을 느꼈다. 그는 이제까지 한 사람도 자기 생각에 관심을 가져 주는 사람을 만나지 못했던 것이다. 여자 친구를 만났다는 것은 얼마나 기쁜 일인가 ! 누이가 없다는 것은 그의 소년 시절의 슬픔의 하나였다. 누이라면 사내 형제들보다도 훨씬 자기를 이해해 주었으리라고 생각되었다. 주디트를 만난 뒤에는 우애에 대한 허무한 희망이 다시금 살아나는 것을 느꼈다. 그는 연애에 대해서는 생각하고 있지 않았다. 사랑하고 있지는 않았으므로 연애는 우정에 비한다면 평범한 것으로 여겨졌다.

주디트는 오래지 않아 이 감정의 미묘한 차이를 눈치챘다. 그리하여 기분이 상했다. 그녀는 크리스토프 따윈 사랑하고 있지 않았다. 또 이 도시의 부호로서 상류 청년들의 연정을 받고 있었으므로 크리스토프가 자기를 사랑하고 있다 하더라도 그다지 기뻐하지도 않았을 것이다. 그런데, 그가 자기를 사랑하고 있지는 않다는 것을 알자 그녀는 실망했다. 그에게 이성적인 영향밖에는 주지 않았다는 것은 그녀로서는 좀 분한 일이었다. 몰이성적인 영향은 여자에게 있어서는 특별한 가치를 갖는 일이다 ! 그러나 그녀는 이성적인 영향조차도 미치지 못했다. 크리스토프는 자신의 머리로써 이것을 만들어 내고 있는 데 지나지 않았다. 주디트는 남을 지배하고 싶어하는 성질이었다. 자기가 알고 있는 청년들도 자기가 생각하는 대로 마냥 손쉽게 주물러 놓는 것이 버릇이 되어 있었다. 그녀는 그러한 청년들을 평범하다고 생각했으므로 그들을 지배한대도 별로 즐겁지 않았다. 크리스토프의 경우에는 많은 곤란이 있었기 때문에 그만큼 더 흥미가 있었다. 그가 가진 여러 가지 포부는 그녀에게는 아무래도 좋은 것이었다. 하지만 그의 새로운 생각을, 그 세련되지 않은 거친 힘을 지도하여 가치를 발휘케 하는 것——물론 그녀 자신의 방식을 따르게 함이지, 그녀가 이해하려고도 하지 않는 크리스토프의 방식은 따라서가 아니다——은 즐거운 일임에 틀림없었다. 그녀는 곧 이것은 싸움 없이는 안 될 일이라는 것을 깨달았다. 그녀는 크리스토프 속에서 편견과, 자기로서는 엉뚱하고 철없어 보이는 관념을 보았다. 그것은 이를테면 잡초였다. 그녀는 그것을 뽑아 버릴 수 있다고 자부하고 있었다. 하지만 한 오라기도 뽑아낼 수가 없었다. 크리스토프는 다루기 힘들었다. 그는 그녀에게 한 치라도 양보할 이유가 없었다.

그녀는 승부내기에 열중했다. 그리고 잠시 동안 그를 정복하려는 시도를 해보았다. 당시 크리스토프는 맑은 정신을 가지고는 있었지만 자칫하면 다시 사랑의 포로가 될 뻔했다. 인간은 자기의 자존심과 욕망에 아첨하는 자에게는 간단히 넘어가 버린다. 예술가는 보통 사람보다 강한 상상력을 갖고 있기 때문에 더한층 넘어가기 쉽다. 크리스토프를 위험한 사랑의 불장난으로 끌어들이는 것은 오로지 주디트의 마음에 달려 있었다. 그렇게 되었더라면 그는 또 한번 골탕을 먹

있을 것이다. 그런데 언제나 그랬듯, 그녀는 곧 싫증이 났다. 힘들여 이런 것을 정복해 봐야 별수 없는 것이라고 생각했다. 크리스토프는 벌써부터 그녀를 지루하게 만들고 있었다. 그녀는 이제 그를 이해하고 있지 않았다.

어느 한계를 넘자 이젠 그를 이해하지 못했다. 그 한계까지라면 모든 것을 알 수 있었다. 그 이상을 이해하는 데는, 그녀의 뛰어난 지성으로도 이미 부족함을 느꼈다. 마음이 필요했던 것이리라. 마음이 아니더라도 일시적인 마음의 환상을 주는 것이, 즉 사랑이 필요했을 것이다. 그녀는 인물이나 사물에 대한 크리스토프의 비평은 얼른 이해되었다. 그녀는 그것을 재미있어 하고 또 퍽 정곡을 찌른 것으로 보았다. 그녀도 크리스토프처럼 생각하지 않는 것은 아니었다. 그러나 그녀로서 알 수 없는 것은, 그러한 생각을 적용하는 것이 위험하거나 불편하거나 할 때에도 그러한 생각이 그의 실제 생활에 능히 영향을 갖는다는 사실이었다. 크리스토프가 모든 것에 대해 취하고 있는 반항적 태도는 어떠한 성과도 가져올 수 없는 것이었다. 아무려면, 세계를 개조하다니, 생각도 할 수 없는 일이었다. 지적인 인간은 남을 비판하고 마음속으로 이를 조소하며 얼마쯤은 경멸한다. 그런데 그는 남과 똑같이 행동한다. 다소 나은 행동을 한다는 데 지나지 않는다. 그것이 남을 제압하는 유일한 길이다. 사고는 하나의 세계이다. 행동은 또 다른 하나의 세계이다. 어째서 자기 사고에 희생될 필요가 있는 것일까? 바르게 생각한다, 물론 그것은 좋다! 하지만 바른 말을 한다 하더라도 무슨 소용이 있는가? 인간은 진실에 견디지 못할 만큼 바보인데 왜 그들에게 진실을 강요하는가? 그들의 약점을 받아들이고 그것에 굴종하고 있는 것처럼 해보이고, 경멸감 속에서 자신의 자유를 맛보는 일이야말로 은밀한 향락이 아닐까? 그것을 영리한 노예의 향락이라고 말하나? 멋대로 말하렴. 아무래도 노예가 되지 않으면 안 되는 것이라면, 제 자신의 의지로 노예가 되어 우스꽝스런 쓸데없는 충돌은 피하는 게 좋다. 최악의 노예 상태는 자기 사고의 노예가 되어 이에 모든 것을 바치는 일이다. 자기 자신에게 기만당해서는 안 된다. 크리스토프는 독일 예술과 독일 정신의 편견에 대해 강한 공격을 퍼부으려고 결심하고 있는 모양이지만, 만일 이것을 어디까지나 집요하게 계속한다면 모든 사람들과 보호자까지도 적으로 삼게 되는 일이 벌어지리라고 주디트는 환히 내다보고 있었다. 그는 필연적으로 패배의 구렁텅이에 빠질 것이다. 왜 그가 자기 자신에 대해서 조바심을 하고 자신을 파멸시키는 일을 하고 있는지 그녀로서는 이해할 수 없었다.

그를 이해하기 위해서는 그의 목적은 성공이 아니고 바로 그의 신념이다, 라는 것도 그녀에게 이해되지 않으면 안 되었을 것이다. 그는 예술을 믿고, 『자기』
예술을 믿고 자기를 믿고 있었다. 단지 모든 이해 관계뿐만 아니라 자기 생명
보다도 더욱 앞선 현실을 믿는 것처럼 그것을 믿고 있었던 것이다. 그가 그녀의
주의에 다소 신경을 쓰고 고지식하게 흥분해서 그런 소리를 하자, 그녀는 어깨
를 치켜올렸다. 그가 하는 말 따윈 진심이라고 보지 않았던 것이다. 그녀는 이
것을 오빠에게서 항상 들어 온 것과 같은 과장이라고만 생각했다. 그녀의 오빠
는 정기적으로 엄청나고도 숭고한 결심을 선언했지만 이를 실행에 옮겨 놓는 일
은 피했었다. 그런데 크리스토프가 그런 말을 정말로 곧이듣고 있는 것을 보자
그녀는 그를 미친 사람이라고 생각했다. 그리고 벌써 그에게 흥미를 갖지 않게
되었다.

그후부터 그녀는 자신을 좋게 보이려고 애쓰지는 않게 되었다. 있는 그대로의
자신을 보여 주었다. 그러자 그녀는 그가 처음에 본 그대로 지극히 전형적인 평
범한 독일 여자였다. 사람들은, 유태인은 어떠한 국가에도 속하지 않고 유럽의
구석구석에 이르기까지 굳게 결합한 하나의 민족을 형성하고 있어 자기들이 살
고 있는 곳의 국민의 영향은 절대로 받지 않는다 해서 비난하지만 그것은 잘못
이다. 사실, 그들만큼 자기가 통과하는 나라의 흔적을 쉽게 그들 몸에 지니는
민족은 없다. 그리고 프랑스의 유태인과 독일 유태인 사이에는 많은 공통된 성
격이 있다 하더라도 그 이상으로 많은 다른 성격이 있다. 그것은 그들의 새로운
조국에서 온 것이다. 그들은 새로운 조국의 정신적인 습관을 믿을 수 없을 만큼
재빨리 자기 것으로 한다. 실상 말하자면 정신보다도 습관을 자기 것으로 삼는
것이다. 그런데 습관은 각자에게 있어 제2의 천성이지만, 대부분의 사람에게는
이것이 유일한 천성이 되므로 그 결과 한 나라 토착민의 대다수는 유태인에게
깊은 합리적인 국민 정신이 없다고 비난한다. 그렇지만 그렇게 말하는 그들 자
신도 전혀 그러한 것은 갖고 있지 않으므로 비난하는 것은 퍽 부당한 일이다.

여성은 외적 영향에 대해 항상 보다 민감하고, 생활 조건에 적응하여 변화하
는 데 보다 신속하며 특히 유태 여성은 전유럽에 걸쳐 자기들이 살고 있는 나라
의 물질적 정신적 양식을 적절하게 수용하지만――그런데도 역시 그들 민족은
흐리터분하고 답답하고 그리고 어딘지 집념이 있어 보이는 취향을 잃지 않고 있
었다. 크리스토프는 그러한 데에 깜짝 놀랐다. 그는 만하임의 초대에서 주디트
의 아주머니들과 사촌 형제들과 친구들을 만났다. 코에 가까이 있는 날카로운
눈과, 입에 가까이 있는 코와, 딱딱한 표정과, 갈색 피부 밑에 붉은 피를 가진
이 얼굴들의 특징의 대부분은 독일 여자답지 않게 되어 있었지만, 그들 대부분

420

은 너무나 독일적이었다. 말하는 법도 옷 매무새까지 아주 똑같았다. 때로는 극단적으로 꼭같기까지 한 일도 있었다. 주디트는 누구보다도 뛰어났다. 그리고 다른 여자들과 비교해 볼 때 그녀 지성의 각별한 것이 그녀라는 인물의 뼈대를 이루는 것, 그것은 눈이었다. 그렇다고는 해도 역시 다른 여자들이 갖고 있는 대부분의 결점을 그녀도 갖고 있었다. 정신적인 면에 있어서는 다른 여자들보다도 훨씬 자유로웠지만, 사회 생활의 면에서는 보다 자유롭다고는 할 수 없었다. 적어도 거기서는 그녀의 실리적 관념이 자유로운 이성과 자리를 바꾸었다. 그녀는 세상을, 계급을, 편견을 믿고 있었다. 왜냐하면 결국 거기에 자신의 이익을 발견했기 때문이다. 독일 정신을 조소하더라도 헛된 일이었다. 그녀 역시 독일식의 것에 집착해 있었다. 그녀는 저명한 어느 예술가의 범용함을 총명하게도 감득했었다. 그런데도 역시 그를 존경했다. 왜냐하면 그가 유명했기 때문이다. 그리고 만일 그와 개인적으로 교제를 했더라면 그를 칭찬했을 것이다. 왜냐하면 이로써 허영심이 기쁨을 얻었을 테니까. 그녀는 브람스의 작품은 별로 좋아하지 않았다. 그리고 속으로는 이류 예술가가 아닐까 생각했다. 하지만 그의 영광이 그녀를 압도했다. 그리고 그에게서 몇 통의 편지를 받자, 그녀는 그가 분명히 가장 위대한 음악가로 생각되었다. 그녀는 크리스토프의 진정한 가치에 대해서, 또 데틀레프 폰 플라이셔 중위의 어리석음에 대해서 조금도 의심하지는 않았다. 하지만 크리스토프의 우정보다도 중위가 그녀의 엄청난 부에 아첨 부리는 쪽에 기분이 좋아지는 것이었다. 왜냐하면 이 장교는 바보이기는 했지만 그녀와는 다른 계급의 인간이었으니까. 독일의 유태인 여자에게는 이 계급에 들어가는 것이 다른 여자보다도 어려운 일이었다. 그녀는 그따위 터무니없는 봉건 사상에 기만당하지는 않았지만, 또 자기가 이 데틀레프 폰 플라이셔 중위와 결혼하면 자기야말로 중위에게 큰 명예를 부여해 주는 것임을 잘 알고는 있었지만, 그렇더라도 중위의 마음을 정복하려고 힘껏 노력했다. 그녀는 이 백치에게 상냥스런 추파를 던지기도 하고 그의 자만심에 아양을 떨거나 할 만큼 천한 행동도 하고 있었다. 오만스럽고 또 오만할 수 있는 많은 이유를 가진 이 유태인 여자, 은행가 만하임의 딸인 영리하고 콧대 높은 이 처녀는, 자기를 비하시키는 일에 애태우고 그리고 자기로서는 경멸하던 독일 소시민 계급의 아무하고나 똑같은 일을 하고 싶어했다.

경험은 짧았다. 크리스토프는 주디트에 대해 공상적인 꿈을 순식간에 만들었던 것과 거의 같은 속도로 그 꿈들을 잃었다. 그로 하여금 그 환상을 언제까지나 계속해서 품게 하는 노력을 주디트가 전혀 하지 않았다는 것은 그녀의 좋은 점이라고 인정하지 않으면 안 될 것이다. 이러한 성질의 여자가 상대를 비판하고 상대에게서 떠나 버리면 그날로부터 상대는 이미 그녀에게는 존재하지 않게 된다. 상대는 벌써 그녀의 안중에도 없고 집에서 기르는 개나 고양이 앞에서 벌거숭이가 되는 것과 마찬가지로 부끄럼없이 태연히 자기 혼을 드러내고도 개의치 않는다. 크리스토프는 주디트의 이기심을, 냉혹함을, 성격의 범용함을 보았다. 그에게는 철저하게 그녀의 포로가 될 시간이 없었다. 하지만 이것만으로도 벌써 그는 괴로움을 당하고 일종의 열병에 걸려 있었다. 그는 현실의 주디트를 사랑하지 않고 그렇게 있을 수 있는 그녀, 그렇게 있지 않으면 안 될 그녀를 사랑했다. 그녀의 아름다운 눈은 그를 괴롭도록 매혹했었다. 그는 그것을 잊을 수가 없었다. 이제는 그 안에 잠자고 있는 침울한 혼을 알고는 있었지만 그는 역시 그 눈을 자기가 보려는 그대로, 처음 보았을 때와 똑같이 보고 있었다. 이것은 사랑이 없는 사랑의 환각이었다. 이러한 환각은 예술가들이 완전히 자기 작품에 몰두해 있지 않을 때에 그들의 마음속에 자리를 차지할 때가 많다. 길을 가다 만나는 하나의 얼굴도 그들에게 이러한 환각을 주는 데는 충분하다. 그들은 그녀 자신도 알지 못하지만 그녀 속에 있으면서 마음에도 두지 않는 모든 아름다움을 찾아낸다. 그리고 그녀 자신이 이를 염두에도 두지 않는다는 것을 알게 되면 알게 될수록 그들은 이를 사랑한다. 그들은 이것을 아무에게도 그 가치가 알려지지 않고 바야흐로 죽으려 하고 있는 아름다운 것처럼 사랑한다.

크리스토프는 잘못 생각하고 있었다. 아마도 주디트 만하임은 있는 그대로의 그녀 이상의 것은 될 수 없었으리라. 하지만 크리스토프는 얼마 동안 그녀를 믿고 있었다. 그리고 매력은 계속되었다. 그는 그녀를 공정하게 판단할 수가 없었다. 그녀가 가지고 있는 장점은 모두 그녀에게만 있는 것처럼 보이고 그녀의 전체처럼 여겨졌다. 그녀가 가지고 있는 범속한 점은 모두 그녀가 유태인인 동시에 독일인이라는 이중의 민족성 탓으로 돌렸다. 아마도 그는 유태인의 민족성보다도 독일 민족성 쪽에 더 원한을 품었을 것이 틀림없다. 왜냐하면 그는 독일 민족성 쪽에 더 많은 괴로움을 겪어야 했으니까. 그는 아직 다른 국민을 몰랐으므로 그에게 있어서 독일 정신은 속죄양이었다. 그는 여기에다 세계의 모든 죄를 다 씌웠었다. 주디트 때문에 맛보게 된 환멸은 독일 정신을 공격하는 또 다른 하나의 이유가 되었다. 그는 주디트의 정신을 이지러뜨린 독일 정신을 용서하지 않았다.

이것이 그와 유태인과의 최초의 해후였다. 그는 처음에 다른 민족으로부터 찾아낼 수 있는 것이라고 기대했었다. 그러나 그 희망은 사라졌다. 이 민족은 세상에서 일컫는 것보다 훨씬 좌우되기 쉬운 민족이라고, 언제나 극단에서 극단으로 달리고 변하기 쉬운 거센 직감으로 그는 그렇게 여겨 버렸다. 이 민족은 민족 자체의 약점을 갖고 있는데다, 유랑하는 도중에 동화된 모든 약점까지 갖고 있었다. 크리스토프가 자기 예술의 지렛대를 둘 지점을 찾아낼 수 있는 곳은 아직 여기는 아니었다. 그는 오히려 이 민족과 더불어 사막의 모래에 삼켜질 뻔했던 것이다.

그는 이 위험을 깨달았으므로, 또 그 위험을 무릅쓸 만한 자신이 없었으므로 만하임 가에 가는 것을 뚝 그쳐 버렸다. 몇 차례나 초대받았으나 이유는 말하지 않고 사양했다. 이제까지는 지나치리만큼 열심이었으므로 이러한 갑작스런 변화는 사람들의 눈을 끌었다. 사람들은 이를 그의 『연인』 탓으로 돌렸고 그 집의 세 사람은 주디트의 아름다운 눈이 이와 관계가 있다는 것을 의심치 않았다. 이 일은 식탁에서 로타르와 프란츠가 놀려 대기에 좋았다. 주디트는 어깨를 으쓱하며 훌륭한 정복이지요, 하고 말했다. 그리고는 오빠를 보고, 알지도 못하면서 공연한 소리 하지 말라고 했다. 그렇게 말하면서도 그녀는 크리스토프가 찾아오도록 손을 썼다. 누구에게 물어 봐도 알 수 없는 음악상의 문제를 가르쳐 주었으면 좋겠다는 구실로 그에게 편지를 썼다. 그리고 편지 끝머리에 그가 통 와주지 않는데, 그를 만나면 기쁘리라는 것을 정다운 말로 썼다. 크리스토프는 답장에 물음에 대한 답을 쓰고 바쁘다는 핑계를 대고 모습을 나타내지 않았다. 그들은 가끔 극장에서 만났는데 그는 참을성있게 그 집안의 특별석으로 눈을 돌렸다. 그리고 그에게 더 할 수 없이 매혹적인 미소를 보내려고 잔뜩 대기하고 있는 주디트의 자태가 짐짓 눈에 띄지 않는 체하고 있었다. 그녀는 더이상 노력하지는 않았다. 그에게 집착은 없었으므로 이 못난 음악가가 자기에게 수고를 끼치게 하는 것은 퍽 옳지 못한 일이라고 생각했다. 오고 싶지 않다면 그렇다면 그런 대로 조금도 상관이 없었다……

그가 오지 않아도 상관 없었다. 실지로 그가 없더라도 만하임 가의 파티가 크게 허전한 것은 아니었다. 그런데도 주디트는 본의 아니게 크리스토프에게 원한을 품었다. 그가 밑에 있을 때는 그를 무시하는 것을 당연하다고 생각했었다. 그리고 그가 이것을 불쾌하게 여기는 얼굴을 해도 용서해 주었다. 하지만 이러한 불쾌감이 모든 관계를 끊어 버리게까지 된 데에는 어리석은 오만이 깃들어 있었으며, 연정이라기보다는 이기심의 탓으로만 그녀에게는 생각되었다. 주디트는 자기와 똑같은 결점이 타인에게 있을 경우에는 용서치 않았다.

하지만 그녀는 더한층 주의를 기울여 크리스토프가 하는 일이나 쓰는 것을 보고 있었다. 아주 그럴 듯하게 오빠에게 그의 얘기를 하게 했다. 크리스토프와 지낸 그날의 대화를 오빠에게서 듣고 싶어했다. 그리고 얘기 중간에 재치 있게 익살스런 감상을 덧붙였다. 그 감상은 단 하나의 우스꽝스런 점도 놓치지 않았으므로 크리스토프에 대한 프란츠의 감격은 자기도 모르는 새에 조금씩 식어 갔다.

처음에 잡지는 만사 제대로 잘 되어 나갔다. 크리스토프는 아직 동료들의 범용함을 보고 있지 않았다. 그들도 그가 동료이기 때문에 재능을 인정하고 있었다. 그를 발견해낸 만하임은 그가 쓴 것을 아직 아무것도 읽지 않았는데도, 크리스토프는 놀라운 비평가라느니, 여태까지는 자기 천직을 잘못 알고 있었는데 자신이, 이 만하임이 이것을 그에게 가르쳐 주었다느니, 하고 여기저기 외고 다녔다. 그들은 호기심을 돋구고 무슨 의미 있는 듯한 문구로 그의 논평을 예고했다. 그리고 그의 최초의 음악 평론은 무기력한 이 작은 도시에서는 집오리떼가 떠 있는 늪 속에 떨어진 하나의 돌멩이 같은 것이었다. 평론 제목은 〈음악의 과잉〉이라는 것이었다.

『음악이 너무 많다, 마실 것이 너무 많다, 먹을 것이 너무 많다 ! 사람들은 배도 고프지 않고 목도 마르지 않고 먹고 싶지도 않은데도 단지 탐식의 습관에서 먹고 마시고 듣는다. 그것은 쉬트라스부르크 거위의 식이법이다. 우리 민중은 탐식증에 걸려 있다. 주는 것은 무엇이나 상관없이 받아 먹는 것이다. 〈트리스탄〉이거나 〈제킹겐의 나팔수〉거나 베토벤이거나, 마스카니거나, 푸가거나, 속보 행진곡이거나, 아담, 바흐, 푸치니, 모차르트, 또는 마르쉬너——그들은 자기가 무엇을 먹고 있는지 알지 못한다. 오직 먹는다는 데에 의미가 있는 것이다. 그들은 벌써 거기에선 기쁨조차도 느끼지 않는다. 음악회에서의 그들을 보아라. 세상에서는 독일적 쾌활이라는 말을 일컫는다 ! 하지만 그들은 쾌활이란 어떤 것인지 모른다. 그들은 항상 쾌활하다 ! 그들의 쾌활은 그들의 슬픔과 마찬가지로 비처럼 내리고 있다. 그것은 분말과 같은 기쁨이다. 그것은 이완되어 있어 힘도 없다. 그들은 태평스럽게 웃으면서 몇 시간이나 소리, 소리, 소리에 넋을 잃고 꼼짝을 안한다. 그들은 아무것도 느끼지 않는다. 그것은 흡사 해면이다. 참다운 환희와 고뇌, 즉 힘은 술통의 맥주처럼 몇 시간이나 계속해서 주어지는 것이 아니다. 그것은 여러분의 목을 채우고, 여러분을 쓰러뜨린다. 그리고 다음에는 이제 먹고 싶은 것이 아무것도 없다. 이제는 그만 충분한 것이다 !

　음악이 너무 많다 ! 여러분은 자기를 죽이고 음악을 죽이고 있다. 여러분이
자기를 죽이는 것, 이것은 여러분의 자유이다. 하지만 음악을 죽이는 일, 이것
은 삼가 주었으면 좋겠다 ! 성스런 조화와 저열함을 같은 광주리에 집어 넣어
예컨대 여러분이 언제나 그러고 있는 것처럼 〈연대(聯隊) 아가씨〉에 의한 환상
곡과 색소폰 4중주곡 사이에 〈파르지팔〉의 전주곡을 삽입하거나, 혹은 케이크
워크(흑인 무도)의 일절과 레온카발로의 외설스런 곡을 베토벤의 아다지오 양쪽
에 놓거나 해서 이 세상에 있는 아름다운 것을 더럽히는 일은 용서할 수 없다.
여러분은 음악적 대국민이라고 자랑하고 있다. 여러분은 음악을 사랑한다고 자
부하고 있다. 하지만 어떤 음악을 사랑하고 있는가? 좋은 음악인가? 아니면
너절한 음악인가? 여러분은 양쪽에다 똑같이 박수를 보내고 있다. 자, 이젠 마
침내 선택하라 ! 정말로 무엇을 바라고 있는가? 여러분은 그것을 모른다. 알려
고도 하지 않는다. 여러분은 결심하는 것을, 위험을 무릅쓰는 일을 너무나 겁내
고 있다. 그런 조심 따위는 악마에게 주어 버려야 한다. 자기네들은 유파를 초
월해 있다는 것인가? 초월해 있다는 것은 그 밑에 깔려 있다는 것이다…….』
　그리고 크리스토프는 취리히의 강직한 시인 고트프리트 켈러 노인의 시를 인
용했다. 이 노인은 전투적인 성실성과 향토적인 강렬한 맛으로써 그에게는 그리
운 작가의 한 사람이었다.

　　　뽐내는 얼굴로 유파를 초월한다고 자부하는 자야말로 오히려,
　　　유파의 밑쪽 아득한 데에 머무르는 자이다.
　　　Wer über den Partein sich wae　hnt mit stolzen Mienen,
　　　Der steht zumeist vielmehr betraechtlich unter ihnen.

　『진실된 용기를 가지라 ! 추하게 보일 것을 두려워하지 않는 용기를 가지라 !
만일 여러분이 너절한 음악을 좋아한다면, 이를 솔직히 말하라. 있는 그대로의
자신을 보여 주라. 모든 애매한 것의 그릇된 허식을 영혼으로부터 떼어 내라.
그런 것은 깨끗이 씻어 버리라. 대체 언제부터 여러분은 자기 얼굴을 거울에 비
춰 보지 않았나? 내가 앞으로 이것을 여러분에게 보여 주겠다. 작곡가 여러분,
악단 단장 여러분, 가수 여러분, 그리고 친애하는 청중 여러분, 당신들은 있는
그대로의 자기 모습을 단 한 번만이라도 깨달아야 할 것이다.……여러분은 자기
가 좋아하는 류의 사람이 되라. 하지만 반드시 진실하여라 ! 비록 그 때문에 예

술가와 예술이 괴로움을 당하게 될지라도 진실되어라 ! 만일 예술과 진실이 함께 살 수가 없다면 예술 쪽이 죽는 것이 좋다 ! 진실, 그것이 생명이다. 허위, 그것은 죽음이다.』

　이러한 열기에 찬 과격하고 악취미적인 평론에 대해 비난의 아우성이 일어났다. 하지만 모두가 대상이 되어 있으면서도 아무도 뚜렷이 지목되어 있는 것은 아니므로, 누구도 자기 일이라고 보는 사람은 없었다. 스스로 진실의 가장 좋은 벗이라고 믿어 버리고, 혹은 그렇게 자신에게 말하고 있었다. 그래서 이 평론의 결론은 아무에게서도 공격받을 염려가 없었다. 사람들은 다만 전체의 흐름을 불유쾌하게 생각했다. 이 흐름은 별로 타당한 것이 아니다. 반쯤 공직에 있는 예술가에게 있어서는 특히 그렇다는 데 사람들의 의견은 일치했다. 몇몇 음악가는 움직이기 시작했다. 격렬한 반박을 했다. 그들은 크리스토프가 그것만으로 그만두지는 않을 것을 예견하고 있었다. 또 어떤 음악가들은 크리스토프의 용감한 행위를 칭찬해 두는 편이 현명한 일이라고 생각했다. 그렇더라도 역시 다음 논평이 불안했다.

　어떠한 책략도 결과는 같았다. 크리스토프는 시위를 떠난 화살이었다. 아무 것도 이것을 멈추게 할 수는 없었다. 그리고 그가 약속한 대로 모두가 표적이 되었다. 작곡가도 연주자도.

　맨 처음 얻어맞은 사람들은 지휘자들이었다. 크리스토프는 오케스트라의 지휘에 대한 일반적인 생각 따위는 전연 문제로 삼지 않았다. 자기 도시나 이웃 도시의 동료들의 이름을 밝히고, 혹은 이름을 밝히지 않을 때는 누구라도 환히 알 수 있도록 암시해 놓았다. 궁정 관현악단의 무기력한 지휘자 알로이즈 폰 베르너가 문제되고 있음은 누구나 다 알 수 있었다. 그는 숱한 명예로운 직함을 가진 조심성스런 노인으로, 만사를 두려워하여 상하 연주자들에게 주의 하나 주는 것도 겁내고 그들의 템포에 말없이 따라가고 프로그램 편성에서 대담한 일은 하나 하지 않고 이십 년 동안의 성공으로 신성시되었으며, 적어도 무엇인가 공식적으로 아카데믹한 위엄이 인정된 것이 아니면 연주하지 않았다. 크리스토프스는 비꼬아 그의 대담한 방식을 칭찬했다. 가아테와 드볼작과 차이코프스키를 발견한 것을 축복했다. 그가 지휘하는 오케스트라의 언제고 변함 없는 정확성, 메트로늄〔節度計〕적인 균형, 항상 절묘한 음영을 가진 연주법 같은 것에 황홀해졌다는 말을 했다. 이 다음 연주회에는 체르니의 〈속도 연습〉을 할 것을 제의했다. 그리고 너무 몸을 피로케 하지 말고, 흥분하지 말고, 소중한 건강을 잘 돌보라고 충고했다. 혹은 그는 베토벤의 〈에로이카〉를 연주했을 때의 지휘에 대해 분노의 아우성을 터뜨렸다.

『대포다! 대포다! 저치들을 마구 쏘아 다오! 그런데 여러분은 싸움이란 어떠한 것인가, 인간의 몽매와 야만에 대한 싸움이란 어떠한 것인가, 또 환희의 웃음 소리를 질러 그런 것들을 발 밑에 짓밟는 힘이란 어떠한 것인가, 전연 알지 못하는가? 어찌 여러분이 그것을 알 수 있으랴? 사실상 힘은 여러분과 싸우고 있는 것이다! 여러분은 자기 속에 있는 씩씩한 것의 전부를 베토벤의 〈에로이카〉를 하품하지 않고 듣고 연주하는 데에 소모하고 있다. 왜냐하면 이 곡은 여러분을 지루하게 만든다. 지루하다는 것을, 지루해서 못 견디겠다는 것을 고백하라! 여러분은 또 누군가 고귀한 분이 길을 지날 때 모자를 벗고 등을 구부리고 바람을 참아내며 서 있는 일에 허비하고 있다.』

그는, 과거의 위대한 예술가들을 『고전적인 사람들』이라고 해석하고 있는 국립 음악 학교의 거물들에 대해서는 아무리 익살을 부려도 부족한 심정이었다.

『고전! 이 말이 모든 것을 말해 준다. 자유로운 정열은 학교용으로 편리하게 정리되어 있다! 생명, 바람이 휙휙 불고 있는 이 광야는 운동장의, 네 개의 벽 속에 갇혔다! 떨리는 마음의 야성적이고 우쭐대는 리듬도 네 박자 시계 추의 똑딱거리는 리듬으로 요약되어 버려, 강한 템포에 의지하면서 겨드랑이에 지팡이를 짚는 것처럼 절룩거리며 느릿느릿 걸음마를 배우고 있다! 대양을 즐기기 위해서는 여러분은 이것을 금붕어와 함께 어항 속에 넣고 싶어할 것이다. 인생을 죽여 버린 다음이 아니고서는, 여러분은 인생을 이해하지 못한다.』

크리스토프는 그의 이른바 『박제 제조인』에 대해 가만히 있지 않았지만 『서커스의 곡예사』, 즉 동그라미를 그리는 두 팔이나 화장을 한 두 손을 감탄시키기 위해 순회하는 고명한 지휘자들에 대해서는 더 혹독했다. 그들은 위대한 작곡가들을 발판으로 삼아 기교를 부려 가장 유명한 작품을 그 작품으로 여겨지지 않게끔 연주해 보였고, 베토벤의 〈C단조 교향곡(제5교향곡)〉으로 테바퀴를 빠져나가는 공중 곡예를 하고 있었다. 크리스토프는 그들을 주착스런 할머니, 집시, 줄타는 광대라고 불렀다.

기교적인 연주자들도 그에게 푸짐한 재료를 제공했다. 그들의 요술사적인 흥행을 비판하지 않으면 안 되었을 때 그는 이를 꺼려했다. 그는 말하기를, 이러한 기계적인 연주는 기예 전문 학교의 분야에 속하는 것으로서 음부(音符)의 계속 시간이나 음부의 수나 소모된 정력 등을 기재한 도표만이 이러한 작업의 가치를 잴 수 있다는 것이다. 간혹, 어떤 유명한 피아니스트가 두 시간에 걸친 음악회에서 입가에 미소를 머금고 머리카락을 눈두덩 위에까지 늘어뜨리고서,

정말 놀라운 난해한 곡 중의 하나인 모차르트의 천진한 안단테를 친다는 곤란을 이겨낸 것을 그는 경멸한 적도 있었다. 물론 어려운 곡을 정복하는 기쁨을 그는 부정하지 않았다. 그것은 삶의 기쁨의 하나였다. 하지만 그것의 가장 물질적인 측면만 보고 예술상의 영웅주의를 거기에 국한해 버리는 것은 그에게는 해괴하고 또한 타락한 일로만 생각되었다. 그는 『피아노의 사자』나 『피아노의 표범』을 허용할 수는 없었다. 그는 또 독일에서 이름 있는 고지식하고 현학적인 연주가에 대해서도 별로 관대하지 않았다. 그들이 거장의 원작을 변경하지 않으려고 마음을 쓰는 것은 옳았지만 그들은 사상의 모든 비약을 골고루 암살해 버렸다. 그리고 한스 폰 빌로우처럼 정열적인 소나타를 연주할 때도 그들은 마치 문법의 강의라도 하고 있는 것 같았다.

다음은 가수 차례였다. 그들의 세련되지 않은 둔중함과 시골티 나는 과장에 대해서 크리스토프는 할 말이 가득 차 있었다. 단순히 저 가문 좋은 부인과의 갈등의 기억이 있었기 때문만이 아니었다. 그에게는 참으로 고되었던 숱한 공연에 대한 원한이 있었다. 거기서 귀와 눈의 어느 것이 더 고통을 받았는지 그는 알 수 없었다. 그에게는 추악한 무대 장치나 보기 싫은 의상이나 부조화한 색채에 대해 비교해서 비판할 표준을 찾을 수가 없었다. 그는 무엇보다도 틀에 박힌 형태나 몸짓이나 야비한 태도, 부자연스런 연기에 놀랐으며 배우로서 타인의 혼을 포착할 만한 힘이 없다는 것과 또 그들이 맡은 연기상의 음조가 대체적으로 같다는 이유에서 어처구니 없게도 무관심하게 하나의 역에서 다른 역으로 옮아가는 데에 놀랐다. 뚱뚱하게 살찐 명랑하고 호화스런 부인이 번갈아 가며 이졸데와 칼멘이 되어 무대에 자태를 나타냈다. 암조르타스가 휘가로를 연출하고 있었다. 하지만 크리스토프가 가장 민감하게 느낀 것은 노래가 졸렬하다는 것이었다. 특히 멜로디의 아름다움이 본질적 요소인 고전적 작품에 있어서의 노래의 졸렬함이었다.

이젠 독일에서는 이미 18세기 말의 완전한 음악을 노래부를 수 있는 자가 없었다. 이를 위해 노력하는 자가 없었다. 괴테의 문체와 똑같이 이탈리아의 빛을 몸에 받고 있는 것처럼 보이는 글룩과 베버와 더불어 이미 변화의 진동을 보이기 시작해서 화사해진 모차르트의 명쾌하고 청순한 양식, 〈크로키아토〉의 작자(마이어베어)의 현란한 왜곡에 의해 우스꽝스럽게 바뀌어진 저 양식은 바그너의 승리 때문에 멸망되었다. 날카로운 외마디 소리를 지르고는 나르는 발큐리에(전사자를 천당으로 인도하는 여신들)의 거친 날개 소리가 그리스의 하늘을 통과해 버렸다. 오오딘의 먹구름이 빛을 가렸다. 이제 와선 아무도 음악을 노래로 부르겠다는 사람이 없었다. 사람들은 시를 노래부르고 있었다. 세심한 것을 무시하고 추한 것이나 음의 착오조차도 너그러이 봐 주었다. 작품의 전체만이, 사상만이 중요하다는 구실 아래.

『사상! 이에 대해 얘기해 보자. 마치 여러분은 사상을 이해하고 있는 것 같은 얼굴을 하고 있다! 그러나 사상을 이해하고 있건 말건 제발 사상이 선택한 형식을 존중해 주기 바란다. 무엇보다도 먼저 음악은 음악이지 않으면 안 된다. 언제까지나 음악인 채로 그대로 있지 않으면 안 된다.』

그리고 또 크리스토프는 독일 예술가들이 표현이라는 것과 심원한 사상이라는 것에 대해 과대한 가치를 두려는 것을 우습게 생각했다. 표현? 사상? 그렇다, 그들은 이것을 도처에 똑같이 배열했다. 그들은 사상을 털 덧신 속에서도 미켈란젤로의 조각상 속에서와 마찬가지로 똑같이 찾아냈을 것이다. 그들은 상대가 누구이건, 무엇이건, 같은 정력으로 출연했다. 결국 그들의 대부분에게는 음악의 본질은, 크리스토프가 단언한 바로는, 음악적 소음이었다. 독일인은 노래부르는 기쁨을 강하게 느끼고 있지만 그것은 목소리의 체조에 의한 만족이었다. 요컨대 길게 그리고 박자에 맞추어 토해내는 일이었다. 그래서 크리스토프는 당당한 여가수에게 찬사 대신 건강 우량의 증서를 수여했다.

그는 예술가들을 비난하는 것만으로는 만족하지 않았다. 그는 무대에서 내려와 입을 딱 벌리고 연주를 듣고 있는 청중을 두들겨댔다. 청중은 어리둥절해서 웃어야 좋을지, 분노해야 좋을지 알 수 없었다. 그들은 이러한 부당한 소행에 화를 내고 고함을 쳐도 좋았던 것이다. 그들은 어떠한 예술상의 싸움에도 말려들지 않겠다고 조심하고 있었다. 모든 미묘하고 위험한 문제로부터는 멀어져 있었다. 그리고 틀릴 것을 염려해서 모두에게 박수를 보내고 있었다. 그런데 지금 크리스토프는 그들이 박수 치는 것을 비난하고 있다! 졸렬한 작품에 박수 치는 것을 비난한다는 것인가? 그것만으로도 벌써 쓸데없는 간섭이었다! 하지만 크리스토프는 더욱 극단적이었다. 그가 가장 비난한 것은 훌륭한 작품에 박수를 보내는 일이었다.

『어릿광대여! 여러분은 그만큼 감격을 가졌다고 남을 믿게 하려는 것인가? 한데 여러분은 정반대의 일을 증명하고 있는 것이다. 만일 박수를 치고 싶다면 박수를 필요로 하는 작품이나 악장에 박수를 쳐라. 모차르트가 말한 것처럼 『기다란 귀(순진한 귀)를 위해서』 마련된 떠들썩한 종결부에 박수를 쳐라. 거기서 맘껏 박수를 쳐라. 당나귀 울음 소리는 처음부터 이것을 계산에 넣고 있는 것이다. 그것은 음악회의 일부분인 것이다. 하지만 베토벤의 〈장엄 미사〉 뒤에는? 그것은 당치도 않은 짓이다! 이것은『최후의 심판』이다. 여러분은 방금, 광분하는 영광이 대양 위를 폭풍우처럼 지나가는 것을 보았다. 여러분은 웅장하고 황홀한 하나의 의지의 회오리바람이 움직임을 멈추어 먹구름에 매달리고, 두 주먹으로 심연가에 매달렸다가 다시 전속력으로 무한한 공간으로 돌진하는 것을 보았다. 돌풍이 외친다. 그 폭풍우가 한창일 때 갑작스런 전조가, 음의 광휘가 하늘의 어둠을 도려내어, 납빛 바다 위로 빛의 판자쪽처럼 떨어진다. 그것이 끝이다. 살육의 천사의 사나운 비상은 세 개의 번갯불에 날개를 못박혀 뚝 멈춘다. 주위에서는 아직 모든 것이 떨고 있다. 취한 눈은 앞이 캄캄하다. 심장이 거세게 뛰고 숨은 막히고 사지는 저려들고 있다. 그리고 마지막 음부의 떨림이 채 멈추지도 않았는데 어느새 벌써 유쾌해져 외치고 웃으며 비평하고, 박수를 치곤 한다! 하지만 여러분은 아무것도 보지 않은 것이다. 아무것도 듣지 않고 이해하지 않았던 것이다! 아무것도 아무것도! 그야말로 아무것도! 예술가의 고뇌도 여러분에게는 구경거리다. 베토벤의 격렬한 고뇌의 눈물이, 여러분은 멋있게 그려졌다고만 볼 따름이다. 여러분은 그리스도의 책형을『또 한번!』이라고 외칠는지도 모른다. 여러분의 심심풀이 호기심을 한 시간 즐겁게 하기 위해서는 반신(半神)이 한평생 고뇌 속에서 몸부림치는 것이다!』

이리하여 그는 괴테의 위대한 말을 잘 이해하지 못한 채 주석하고 있었다. 하지만 그는 아직 그 말이 갖는 거룩한 청정함에는 도달하지 못하고 있었다.

『민중은 숭고한 것을 가지고 논다. 그러나 만일 그 참다운 모습을 보았다면 그것을 물끄러미 계속 지켜볼 힘도 없어질 것이다.』

이쯤 해 두고 손을 떼었더라면 좋았다! 그런데, 내친 김에 청중의 머리 위를 넘어 포탄처럼 성당의 신전 안으로, 범속성이 침범하지 못할 피난처 속으로, 비평계로 뛰어들었다. 그는 동료를 폭격했다. 그들의 하나가, 현존 작곡가 중에서 가장 뛰어난 사람이고 신경향파의 가장 첨단적인 대표자 하쓸러에게 감히 공격을 하고 있었다. 하쓸러는 표제 교향곡의 작자이고 이 곡들은 사실 퍽 과장적인 것이었지만 천재력으로 넘쳐 있었다. 어렸을 적에 그에게 소개받은 일이 있는 크리스토프는 그때 받은 감동에 감사하여 그에 대해 은밀한 애정을 줄곧 품어 왔었다. 한 어리석은 비평가가 이러한 훌륭한 사람에게 질서와 원칙으로 되돌아가라고 충고하는 것을 보자 그는 무척 격분했다.

『질서라구! 질서라구! 여러분은 경찰의 질서밖에 모른다. 천재는 밟아서 굳어진 길은 걸어가지 않는다. 천재는 질서를 창조하고 자기 의지를 법칙으로까지 만든다.』

이러한 오만한 선언 뒤에 크리스토프는 이 운이 없는 비평가를 붙들고 그가 요즘 쓴 우둔한 논설을 전부 집어들어 마치 교사가 학생을 대하는 것처럼 일일이 정정했다.

전 비평계는 모욕을 느꼈다. 지금까시 비평계는 논쟁에서 멀어져 있었다. 비평가들은 일부러 그에게 혹독하게 얻어맞는 위험을 무릅쓰고 싶지는 않았다. 그들은 크리스토프를 잘 알고 있었다. 그의 능력도 알고 있었으며 그가 성급하다는 것도 알고 있었다. 기껏 몇몇 사람이 그처럼 천분을 타고난 작곡가가 제격에 어울리지도 않는 직업에 뛰어드는 것은 유감스럽다는 것을 매우 소극적으로 말한 데 지나지 않았다. 그들은 크리스토프에게도, 자기 자신은 비평받는 일없이 모든 것을 비평할 수 있다는 비평가의 특권을 존중했다. 하지만 크리스토프가 여러 비평가들을 연결하고 있는 묵계를 난폭하게 깬 것을 보고, 그들은 곧 그를 공적인 질서의 적으로 간주했다. 한낱 애송이가 국가의 영예를 짊어진 사람들에 대해 감히 존경을 잃은 태도로 나온 것은 그들에게는 한결같이 참을 수 없는 일인 것 같았다. 그들은 그에게 격렬한 전투를 벌였다. 그것은 긴 논문이나 연속된 논쟁의 형식을 취하지는 않았다. 자기보다 무장이 훌륭한 적을 맞아 이러한 진지에서 싸우는 위험은 무릅쓰지 않았다. 신문 기자란 상대의 이론 따윈 무시하고 또 그것을 읽지도 않고 논의한다는 특별한 재능을 갖고는 있지만, 그들은 오랜 경험에 의해 이런 것을 배웠다. 한 신문의 독자는 항상 그 신문과 같은 의견이어서 논쟁하는 모습을 보이기만 해도 독자의 신용을 약화시키는 것이 된다, 논쟁을 하지 말고 단언을 해야 된다, 더욱 좋은 것은 확실히 부정하는 일이다, 라고. 부정은 긍정의 두 배 힘을 가지고 있다, 그것은 인력의 법칙의 직접적인 결과이다. 그래서 사실 무근의 익살맞고 모욕적인 단문을 알맞은 면에 매일매일 끈질기게 되풀이해서 싣겠다는 방법을 채택하기로 했다. 그 단문은 언제나 이름을 지목하지는 않지만 분명히 그인줄 알 수 있도록 해서 뻔뻔스러운 크리스토프를 놀려 대고 있었다. 그의 말은 왜곡되어 허무 맹랑한 것으로 되어 있었다. 거기서 얘기된 그의 일화는 가끔 처음 부분은 정말이었지만, 나머지는 모두 허위로 날조된 것으로서 그가 시 전체와 나아가서는 궁정과 불화하도록 교묘히 머리를 쓴 것이었다. 또 그의 육체나, 용모나, 복장까지 공격하여 거기 하나의 만화가 그려졌는데, 계속 되풀이되어 실렸기 때문에 드디어는 그를 닮은 것처럼 여겨지게 되었다.

이러한 일은 모두 크리스토프의 친구들에게는 만일 그들의 잡지가 싸움의 불티만 받지 않는다면 아무래도 좋은 일이었으리라. 잡지가 받은 불티는 실은 오히려 경고적인 의미의 것이었다. 사람들은 잡지를 싸움에 끌어들이려고는 하지 않았다. 도리어 잡지를 크리스토프에게서 떼내 버리려고 노리고 있었다. 사람들은 잡지가 좋은 평을 잃어 가고 있는 데 놀라고 있다고 말하고, 만일 이에 주의하지 않으면 유감스럽지만 편집진의 다른 사람들도 크리스토프와 마찬가지로 비난하지 않을 수 없다고 말했다.

아돌프 마이와 만하임에 대한 꽤나 미적지근한 공격이 시작된 것만으로 벌집을 쑤셔 놓은 것처럼 되었다. 만하임은 그저 웃고 있었다. 이것은 아버지나 백부들이나 사촌들이나 많은 친척 등 자기가 하는 일을 감시하거나 분격할 권리가 있다고 믿고 있는 사람들을 노하게 할 것이 틀림없다고 생각했다. 하지만 아돌프 마이 쪽은 진지하게 생각하여 크리스토프가 잡지를 위험에 빠뜨렸다고 비난했다. 크리스토프는 그의 공격을 일축했다. 다른 사람들은 별로 피해가 없었으므로 언제나 자기들에게 으스대고 있는 마이가 자기들 대신 얻어맞은 것을 도리어 재미있어 했다. 발트하우스는 마음속으로 은근히 이것을 기뻐하고 있었다. 그리고 싸움을 할 때에는 머리가 터지는 사람이 나오는 것은 낭연하나고 말했다. 물론 자기의 머리는 제쳐두고 하는 소리였다. 자기 가정의 지위로 보나 연고 관계로 보나 자기는 얻어맞을 까닭이 없다고 생각하고 있었다. 같은 유태인들이 다소 거칠게 쥐어박히더라도 상관 없다고 생각했다. 에렌펠트와 골텐링은 아직은 해를 입지 않았으나 약간의 공격을 받더라도 당황할 사내들은 아니었다. 말대꾸쯤은 해 줄 수 있는 사내들이었다. 그들에게 그보다도 더 불쾌한 일은 크리스토프가 버티는 바람에 친구들, 특히 여자 친구들과의 사이가 잘 되어 나가지 않는다는 일이었다. 첫 논설이 나왔을 때만 해도 그들은 한바탕 웃어젖히고 참 재미있는 희극 같다고 생각했다. 유리창을 두들겨 부수는 듯한 크리스토프의 활력에 탄복했다. 그리고 그저 한 마디만 하면 그의 전투적인 열광을 완화시킬 수 있다, 적어도 자기들이 지명하는 남자나 여성에 대해서는 공격을 삼가도록 할 수 있다고 믿고 있었다. 그러나 이것은 당치도 않은 착각이었다. 크리스토프는 무슨 소리에도 귀를 기울이지 않았다. 어떠한 충고도 문제로 삼지 않았다. 그리고 미친 사람처럼 공격을 계속했다. 만일 이대로 내버려둔다면 그들은 이 지방에서 살지 못하게 되는지도 알 수 없었다. 벌써 그들의 귀여운 여자 친구들은 잡지사로 찾아와 눈물을 흘리고 화를 내고 투덜거렸다. 그들은 갖은 수단을 다해서 어떤 한 비평만이라도 크리스토프의 논조를 완화시키려고 했다. 하지만 크리스토프는 전연 말투를 바꾸지 않았다. 그들이 화를 내자 크리스토프도 그랬다. 하지만 논조는 전연 바꾸지 않았다. 발트하우스는 친구들의 흥분이 자기와는 전연 관계가 없었으므로 이를 재미있어 하고 그들을 노하게 하기 위해 크리스토프의 편을 들었다. 모든 것에 마구 부딪혀 퇴각할 길도 미래를 위한 은신처도 준비해 두지 않는, 그처럼 용감한 천둥벌거숭이를 아마도 발트하우스는 다른 사람들보다도 좋게 평가할 수 있었던 것이리라. 만하임은 어떠냐 하면 이 북새통을 꽤나 재미있어 했다. 이러한 미치광이 같은 사내를 소행이 단정한 사람들 속으로 데려온 것을 매우 유쾌한 것이라고 생각했다. 그리고 크리스토프가 주는 타격도 자신이 받는 타격도 마찬가지로 배를 움켜쥐고 웃고 있었다. 누이동생의 말대로, 크리스토프에게는 조금 미친 데가 있다는 것을 확실히 믿기 시작했지만 그 때문에 도리어 더욱 좋아졌다. 그는 우스꽝스런 인간이라고 여기지 않으면 호감을 가질 수가 없었다. 그래서 발트하우스와 더불어 다른 사람들에게 반대하고 크리스토프를 계속 지지했다.

만하임은, 자기에게는 실제적인 감각은 없는 것처럼 보이고 싶어했지만 실은 그것을 제대로 다 갖추었으므로, 친구의 주장과 이 지방의 가장 진보적인 음악파의 그것을 비끌어매는 쪽이 유리하다고 생각했다. 이것은 퍽 그럴 듯한 생각이었다.

독일 대부분의 도시처럼 이 시에도 바그너 협회가 있어, 보수파에 대항해서 사상을 대표하고 있었다. 물론 바그너를 옹호하는 것은 이젠 벌써 커다란 위험을 무릅쓰는 일은 아니었다. 그의 영광은 도처에서 인정되고 그의 작품은 독일의 모든 오페라 극장의 상연 목록에 실려 있었으니까. 그렇더라도 그의 승리는 자유롭게 인정된 것이 아니라 차라리 힘으로 강요된 것이었다. 많은 대중은 마음속에서는 변함없이 완강하게 보수적이었다. 이 시와 같이 근대적인 조류에서 약간 멀고 옛날의 영예를 자랑으로 삼고 있는 도시에서는 더구나 그러했다. 모든 새로운 것에 대한 감각의 나태는 다른 어디에서보다도 여기서는 아주 심했다. 이미 논의의 여지가 없는 바그너의 작품은 별도로 하고, 바그너적인 정신에 의해서 고취된 새로운 작품이 모두 냉대받음으로써 그것은 똑똑히 알 수 있었다. 그러므로 바그너 협회가 예술의 젊고 독창적인 힘을 옹호하는 데 열심이었더라면 협회는 유익한 임무를 다했다고 할 것이다. 때로는 실제로 이것을 이행했다. 그리고 브루크너와 후고볼프는 이러한 협회 중의 하나에서 최선의 동맹자를 발견했다. 하지만 번번이 스승의 이기주의가 제자들을 압박하고 있었다. 바이로이트가 단 한 사람의 영광에 쓰이는 수밖에 없었듯이 그의 방계라고도 할 만한 협회는, 모두 조그만 교회당이어서 거기서는 사람들이 영구히 유일신을 찬양하고 미사를 올리고 있었다. 신성한 교리를 문자 그대로 신봉하고 음악 시극 형이상학이라는 많은 얼굴을 가진 유일신에게 경건하게 예배 드리고 있는 충실한 제자들은, 기껏 예배당 측면의 방으로 들어가는 것이 허용될 뿐이었다.

이 시의 바그너 협회의 경우도 바로 그대로였다. 하지만 여러 가지 실제적인 활동을 하고 있었다. 쓸모 있어 보이는 재능 있는 청년들을 회원으로 포섭하려고 애를 쓰고 있었다. 그리고 훨씬 오래 전부터 크리스토프를 노리고 있었다. 소극적이기는 하지만 그에게 교섭을 해 본 적도 있었다. 하지만 크리스토프는 이를 거들떠보지도 않았다. 왜냐하면 어떠한 것과도 결합될 필요를 전연 느끼고 있지 않았으니까. 무슨 필요가 있어 독일인은 언제나, 저 혼자서는 노래부르는 것도, 산보하는 것도, 마시는 것도 할 수 없고 가축들처럼 무리를 짓고 있는 것인지 그에게는 이해가 되지 않았다. 그는 모든 모임을 싫어했다. 하지만 선택한다면, 바그너 협회 쪽에 마음이 내켰다. 적어도 훌륭한 음악회를 열고 있다는 구실이 있었다. 그리고 바그너파 예술관의 전부에 동감은 아니었지만 다른 어떠한 음악 단체보다도 이 협회에 접근해 있었다. 브람스나 그들 파에 대해 자기와 마찬가지로 부당하다는 태도를 보이는 부류들이라면 이해할 근거를 발견할 수 있을 것 같은 생각이 들었다. 그래서 소개하는 대로 맡겨 두었다. 만하임이 중개자였다. 그는 누구하고나 아는 사이였다. 음악가도 아닌데 바그너 협회의 회원이었다. 협회의 위원회는 크리스토프가 잡지에서 벌이고 있는 논전을 하나도 빠뜨리지 않고 보고 있었다. 그가 적의 진영을 두들겨팬 사실은 자기편으로 삼았더라면 크게 힘을 발휘해서 반드시 쓸모가 있었으리라는 것을 확실하게 증명해 주는 것으로 보였다. 그는 또 신성한 우상에도 불경스러운 공격을 얼마쯤 벌이고 있었다. 하지만 그 점에 관해서는 눈 감아 두는 것이 좋을 것 같았다. 그리고 이것은 그다지 격렬하지도 않은 최초의 공격 이후 더이상 발언할 여유를 주지 않고 급히 서둘러 그를 자기편으로 끌어들인 일과 관계가 없지는 않았을 것이다. 협회쪽에서는 이를 인정하려고 하지 않았지만. 협회는 곧 개최될 연주회에 그의 작품 몇을 상연케 해 달라고 정중히 말해 왔다. 크리스토프는 기분이 좋아서 승낙했다. 그는 바그너 협회로 나갔다. 그리고 만하임이 권하는 대로 협회에 가입했다.

바그너 협회는 당시 두 사람의 주재자가 있었다. 한 사람은 작곡가로, 또 한 사람은 지휘자로 유명해졌다. 둘 다 바그너에 대해 마호멧 교도와 같은 신앙을 품고 있었다. 전자는 요지아스 클링으로 《바그너 사전》을 편찬하고 있었다. 이는 전지 전능한 스승의 사상을 즉시 꺼내볼 수 있는 것이었다. 이것은 그의 일생의 대사업이었다. 프랑스 시골의 중산층 사람들이 〈오를레앙의 소녀〉의 노래를 암송하는 것처럼 그는 이 사전의 모든 항목을 암송할 수 있었을 것이다. 그는 또 〈바이로이트 일보〉에 바그너 및 아리안 정신에 대한 논설을 발표하고 있었다. 그에게 있어서 바그너는 순수한 아리안 종족의 전형이며, 독일 민족은 라틴, 특히 프랑스 셈 정신의 부패한 영향에 대항하는 침범할 수 없는 피난처라는 것은 물론이었다. 그는 불순한 고올 정신에 결정적인 패배를 선언하고 있었다. 그런데도 역시 매일 영원한 적에게 위협을 받고 있는 것처럼 격렬한 싸움을 계속했다. 그는 프랑스에 단 한 사람의 위인밖에 인정하지 않았는데 그것은 고비노 백작이었다. 클링은 퍽 작은 노인으로 매우 공손하고 계집애처럼 얼굴을 붉혔다. 바그너 협회의 또 한 사람의 중심적 인물인 에리히 라우버는 사십 세까지 어떤 화학 제품 공장의 지배인이었다. 그후 모든 것을 집어던지고 오케스트라의 지휘자가 되었다. 그것이 가능했던 것은 의지력 때문이기도 하고 또 대단한 부자였기 때문이기도 했다. 그는 바이로이트 종파의 광신자였다. 사람들의 소문으로는 뮌헨에서 바이로이트까지 순례자의 신발을 신고 도보로 갔다는 것이었다. 우스꽝스럽게도 이 사내는 많은 책을 읽고 여행도 많이 하고 여러 가지 일을 하며 곳곳에서 정력적인 개성을 보여 주었는데도 음악에 있어서는 남을 모방하는 실력이 뛰어났을 뿐이었다. 거기에서는 모든 독창적인 재능을 다 발휘했어도 남보다 약간만 어리석은 사람이 되었을 뿐이었다. 음악에 대해서는 전혀 자신이 없었으므로 자기 자신의 감정에 의지할 수밖에 없어 바이로이트에서 인가된 악단 단장이나 음악가들이 바그너에 대해 내리는 해석에 흡사 노예처럼 따르고 있었다. 반프리트 소궁전의 유치하고 조잡한 취미를 기쁘게 하는 무대 장치나 번쩍거리는 색채의 의상을 아주 사소한 점까지 재현하고 싶다고 생각하고 있었다. 미켈란젤로의 광신자로서 곰팡이까지 모사(模寫)하여, 신성한 그림 속에 넣을 만큼 신성시하는 사람들과 비슷한 부류였다.

크리스토프는 이러한 두 사람이 별로 좋아질 리가 없었다. 하지만 그들은 매우 상냥하고 상당히 교양도 있는 사교인이었다. 그리고 라우버와의 대화는 화제가 음악 이외의 것이라면 재미있었다. 게다가 그는 조금 미친 듯한 사내였다. 미치광이 같은 사내는 크리스토프에게는 그다지 불유쾌하지 않았다. 그것은 합리적인 인간의 견딜 수 없는 범속성으로부터 그의 기분을 전환시켜 주었다. 그는 또 이치에 맞지 않는 말을 하는 사람만큼 질색인 것은 없다는 것, 사람들이 부당하게도 『독창적』이라고 부르는 인간은 다른 사람들보다도 독창성이 적다는 것을 알지 못했다. 그러한 『독창적』이라고 일컬어지는 사람들은 사고가 시계의 움직임처럼 되어 있는 단순한 기인에 지나지 않는 것이다.

　요지아스 클링과 라우버는 크리스토프를 자기 편에 끌어들이고자 생각하여 처음에는 그에 대해 경의에 찬 태도를 취했다. 클링은 찬사로 넘치는 논문을 바치고, 라우버는 협회 연주회에서 자신이 지휘하는 그의 작품에 대해 일일이 그의 의견을 따르고자 애썼다. 크리스토프는 감격했다. 불행하게도 이러한 친절의 결과는 이것을 제시한 사람들의 무지에 의해 허탕이 되어 버렸다. 그는 자신이 칭찬을 받고 있다고 해서 칭찬을 해 주는 상대에게 과대한 꿈을 그려서 그것을 믿는 그런 재능은 갖고 있지 않았다. 그는 무뚝뚝했다. 현실의 자신과 반대의 것으로서 칭찬받고 싶지는 않았다. 그를 착각하고 있기 때문에 그의 친구가 된 사람들은 자칫 적으로 보기 쉬웠다. 그러므로 클링에게 바그너의 제자로 보이더라도, 또 음계 있는 음부 이외에는 아무런 공통점도 없는 자기 가곡의 악구와 바그너의 〈4부작〉의 악구 사이에 유사점이 발견되어도 조금도 감사하고 싶은 기분이 되지 않았다. 또 자기 작품의 하나가, 영원한 리하르트 바그너의 두 개의 큰 바위 사이에 바그너의 제자가 만든 무가치한 모조품과 가지런히 놓여 연주되는 것을 들어도 전혀 기쁘지 않았다.

　크리스토프는 오래지 않아 이 작은 예배당이 답답해졌다. 이것도 역시 하나의 음악 학교로 종래의 낡은 음악 학교와 마찬가지로 좁아 터졌고 또 예술계의 신참자였으니 만큼 한층 편협했다. 크리스토프는 예술이나 사상의 한 형식이 갖는 절대적인 가치에 대해 꿈을 잃기 시작했다. 이제까지는 위대한 관념은 어디에라도 자기 빛을 갖고 가는 것이라고 믿고 있었다. 하지만 지금은 관념은 변화해도 사람은 여전히 같다는 것을 깨달았다. 그리고 결국에 가서는 문제가 되는 것은 인간뿐이었다. 관념은 인간 나름이었다. 한 인간이 평범하고 천하게 태어났다면 어떠한 천성도 그 사람의 영혼을 통과하는 동안에 평범해져 버렸다. 그리고 쇠사슬을 끊는 영웅의 해방의 외침도 다음에는 사람들의 노예 계약이 되었다. 크리스토프는 자기 감정을 똑똑히 말하지 않고는 못 배겼다. 그는 예술상의 배물교(拜物敎)를 비웃었다. 벌써 어떤 종류의 우상도 고전도 필요 없다고 단언했다. 바그너 정신의 후계자라고 자칭할 권리가 있는 자는 항상 앞을 보지 결코 뒤를 돌아보지 않으며 똑바로 나가기 위해서는 바그너라도 발로 짓밟을 수 있는 자, 죽지 않으면 안 될 것은 죽게 하고 생명과의 열렬한 교환속에 자기를 유지할 용기가 있는 자라고 잘라 말했다. 클링의 어리석음은 크리스토프를 공격적으로 나오게 했다. 그는 바그너 속에 발견되는 결점이나 우스꽝스런 데를 지적했다. 바그너 심취자들은 이것은 크리스토프가 자기들의 신에 대해 기묘한 질투심을 품고 있기 때문이라고 생각하지 않을 수 없었다. 크리스토프 쪽에서는 바그너의 사후 그를 절찬하고 있는 자들은 그가 살아 있을 때에는 맨 먼저 그를 목 졸라 죽이려고 했는지도 모르는 자들이라고 굳게 믿고 있었다. 이 점에 대해 그는 그들을 오해하고 있었다. 클링이나 라우버와 같은 자들도 눈부신 때가 있었던 것이다. 이십 년쯤 전에는 그들도 선두에 나섰던 일도 있었다. 그러고 나서 대부분의 사람들처럼 거기 주저앉아 버렸던 것이다. 인간의 힘이란 참으로 약한 것이기 때문에 최초의 비탈길을 올라가면 숨이 차서 멈춰 서 버린다. 어디까지고 계속해 길을 걸을 만한 인간은 아주 소수이다.

크리스토프의 태도는 새로운 친구를 곧 멀어지게 했다. 그의 동정은 하나의 거래였다. 그러므로 그들을 그의 친구로 만들기 위해서는 그가 그들의 친구가 되지 않으면 안 되었다. 그런데 크리스토프가 완강히 자기를 양보하지 않는다는 것은 너무나 명백했다. 그는 결코 그들의 패거리 속에 끌려들어 가지 않았다. 사람들은 그를 냉대하기 시작했다. 그가 당파의 인장이 찍힌 제신이나 작은 제신에게 바칠 것을 거부한 찬사는 그에 대해서도 거부되었다. 사람들은 그의 작품을 대하는 데 있어 전처럼 열심이 아니었다. 그리고 어떤 사람들은 그의 이름이 너무나 자주 프로그램에 나오는 것을 항의하기 시작했다. 사람들은 그의 흠을 보고 바보로 취급하며 악평이 높아졌다. 클링과 라우버는 이런 상태를 내버려두었지만 내심으로는 이에 동의하고 있는 것 같았다. 하지만 사람들은 크리스토프와의 사이가 틀어지는 일은 피하고 있었다. 우선 라인 지방 사람들의 두뇌는 절충적인 해결을, 애매한 상태를 한없이 끌어 가는 해결을 기뻐했으며, 다음에는 어떻든간에 설득은 틀렸다고 치더라도 적어도 그를 피로케 함으로써 그를 자기들 마음대로 하고자 바라고 있었다.

크리스토프는 그들에게 그러한 여유를 주지 않았다. 그는 상대가 자기에게 반감을 품었을 때 그 반감을 그 사람 스스로가 시인하기를 바라지 않았으며, 자기와의 변함없는 우정을 지키기 위해 억지로 스스로의 감정을 기만하려 하고 있다는 것을 느꼈을 때 그는 자기들이 적이라는 것을 상대에게 뚜렷이 알려 주지 않고는 직성이 풀리지 않았다. 바그너 협회의 어느 만찬회에서 위선적인 적의의 벽에 부딪힌 뒤 그는 라우버에게 솔직하게 탈퇴서를 보냈다. 라우버로서는 무슨 일인지 잘 알 수가 없었다. 만하임이 크리스토프에게 달려가 모든 것을 원만히 수습하려고 노력했다. 처음 두세 마디를 듣자 크리스토프는 소리쳤다.

「싫어, 싫어, 절대로 싫다 ! 저 녀석들 얘기는 그만해 두게. 이제 저런 녀석들과는 만나고 싶지 않아.……저 녀석들은 몸서리가 쳐질 만큼 싫다. 녀석들 중 누구의 얼굴을 보는 것도 딱 질색이야.」

만하임은 배를 잡고 웃어 댔다. 그는 크리스토프의 흥분을 가라앉히는 일보다도 그것을 보고 즐기는 일을 생각하고 있었다.

「그 녀석들이 대단한 인간이 아니라는 것쯤은 나도 잘 알고 있네. 하지만 그것은 어제 오늘 시작한 일이 아니야. 무슨 일이라도 있었나?」

「달리 아무 일도 없었어. 내 쪽이 아주 싫증이 난 거야……그래, 웃으려무나, 바보로 생각하게. 물론 나는 미치광이다. 신중한 인간은 건전한 이성의 법칙에 따라 행동한다. 하지만 나는 다르다. 나는 충동이 일어나는 대로 행동하는 인간이다. 일정량의 전기가 내 속에 축적되면 어떻게 해서든지 그것은 폭발하지 않고는 못 배기는 것이다. 만일 이것 때문에 화상을 입는 자가 있다면 미안한 일이지? 나로서도 곤란한 일이야! 나는 사교계에서 생활하도록 되어 있지는 않아. 앞으로는 이제 자기는 자기로 있고 싶다고 생각하네.」

「하지만 설마 누구의 힘도 빌리지 않고 지내겠다는 것은 아니겠지? 자네 혼자서야 자네 음악을 연주할 수가 없지 않나. 자네에게는 가수나, 여가수가, 오케스트라나 지휘자가, 청중이, 박수가 필요해…….」

「싫다! 싫다! 정말 싫다!」

크리스토프는 계속 외치고 있었다. 하지만 나중 말에 그는 펄쩍 뛰었다.

「박수 부대라구! 자넨 부끄럽지도 않은가?」

「돈을 주고 산 박수 부대를 말하고 있는 게 아닐세. 실상은 이것이야말로 한 작품의 가치를 청중에게 알리기 위해 고안된 유일한 방법이기는 하지만 박수 부대가, 적당히 훈련받은 작은 그룹이 언제나 필요한 거야. 어느 작곡가나 자기의 것을 갖고 있네. 그러한 일을 위해서야말로 친구는 소용되는 거라네.」

「난 친구 따윈 바라지도 않아!」

「그럼 청중들은 자네 작품을 거절하는 휘파람을 불 걸세.」

「난 그렇게 되길 원해!」

만하임은 넋을 잃고 기뻐했다.

「그러한 기쁨도 오래는 계속되지 않을 걸세. 사람들은 그만 자네 작품을 연주하지 않게 되겠지.」

「그래도 괜찮네! 그럼 자네는 내가 유명한 인간이 되고 싶어한다고 생각을 했던 건가?……하기야 나는 그러한 목적을 향해 전력을 다했으니까……의미 없는 일이야!……어리석은 일이야! 너절한 일이야! 마치 제일 저속한 자존심의 만족이 영광의 대가인 모든 종류의 희생들, 권태, 고통, 치욕, 타락, 파렴치한 양보 따위의 보상이기라도 한 것처럼 말이지 ! 만일 지금도 그러한 근심 걱정에 내가 머리를 쓰고 있다면 악마에게 붙들려 가는 게 낫지 ! 이제 그따위 일은 없는 거야 ! 청중이라든가 음영이라든가 하는 것에는 이제 그만 아랑곳하고 싶지 않아. 유명하다니, 저속하고 너절한 일이다. 나는 하나의 개인이고 싶어. 자기를 위해 자기가 사랑하는 사람들을 위해 살고 싶어…….」

만하임은 비꼬는 투로 말했다.

「그거야 그렇지. 하지만 무엇인가 한 가지 직업을 몸에 지니지 않으면 안 되겠지. 왜 구두라도 만들지 않나 ?」

「아 ! 저 둘도 없는 인물인 작스(16세기 뉘른베르크의 시인)처럼 구두장이였더라면 ! 그랬더라면 내 생활은 즐겁게 되어 나갈 텐데 ! 일 주일의 엿새는 구두를 고치고 일요일에는 음악가. 오직 의좋은 사람들만으로, 또 극히 소수의 친구의 기쁨을 위해 음악을 하는 거야 ! 그야말로 생활이라는 것이다 !……어리석은 자들의 판단에 성가심을 받는다는 알량한 즐거움 때문에 자기 시간과 노력을 희생할 정도로 나는 바보일까 ? 많은 천치들에게 들려 주거나 비평을 받거나 아첨하는 말은 듣기보다는 비록 소수일지라도 훌륭한 사람들에게 사랑받고 이해받는 쪽이 훨씬 낫지 않겠나 ? 오만이나 명예심의 악마에게는 이제 다시는 붙들리지 않을 걸세 ! 나의 이 말은 신용해도 좋네 !」

「물론이지.」

하지만 그는 마음속으로는 이렇게 생각했다.

『한 시간도 안 되어 정반대 소리를 하게 될 거야.』

그는 조용히 결론을 말했다.

「하여튼 바그너 협회 쪽은 내가 잘 수습해 줄까 ?」

크리스토프는 두 팔을 번쩍 높이 쳐들었다.

「그런 말을 하니까 한 시간 전부터 숨을 헐떡이며 그건 안 된다고 외치고 있는 게 아닌가 ! 똑똑히 말해 두지만 난 이제 결코 그런 곳에는 발을 들여 놓지 않겠네 ! 바그너 협회 녀석들은, 저 협회 녀석들은 누구건 죄다 싫단 말일세. 함께 울기 위해 서로 몸을 기대고 모여 있지 않으면 안 되는 우리 속의 양들은 소름이 끼쳐. 저 양들에게 내 대신 말해 주게. 나는 늑대다, 이빨이 있다, 목장의 풀을 먹도록 태어나지는 않았다구 !」

「좋아, 좋아, 말해 주겠네.」

만하임은 그렇게 말하고서 이 아침에 일어난 일에 썩 기분이 흐뭇해지면서 떠나갔다. 그는 생각했다.

『놈은 정신이 돌았어, 묶어 두지 않으면 안 될 만큼 돌았어…….』

그는 곧 이 대화를 누이동생에게 얘기했지만 그녀는 어깨를 으쓱하며 말했다. 「정신이 돌았다구요? 남에게 그렇게 보이도록 하고 있는 거예요! 저 사람은 바보예요, 우스꽝스러울 만큼 오만하구요…….」

그러는 동안에도 크리스토프는 다른 발트하우스 잡지에서 격렬한 싸움을 계속하고 있었다. 싸움이 재미있어서가 아니었다. 실은 이제 그만 비평 일에는 물려 있었다. 그리고 이런 일은 팽개쳐 버리고 싶은 기분이 되어 있었다. 하지만 사람들이 그를 침묵시키려고 애썼으므로 그는 버티었다. 항복한 것처럼 보이고 싶지 않았던 것이다.

발트하우스는 불안을 느끼기 시작했다. 격전이 한창일 때도 자기가 무사할 동안에는 올림퍼스의 신과 같은 냉정으로 싸움을 바라보고 있었다. 하지만 이삼 주일 전부터 다른 몇몇 신문의 논조가 그도 무사할 수만은 없으리라는 낌새를 보이기 시작했다. 그 신문들은 발행인으로서의 그의 자존심을 공격하기 시작했다. 그것은 드물게 있는 심술궂은 논조였는데 만일 발트하우스가 더 눈이 밝았더라면 그 친구의 손톱자국을 인정할 수 있었을 것이다. 실제로 이 공격은 에렌펠트와 골텐링의 음흉한 공작에 의해서 시작된 것이었다. 크리스토프의 논전을 그만두게 하도록 발트하우스를 결심시키기 위해서는 이 방법밖에 없다고 그들은 생각했던 것이다. 그들의 예상은 들어맞았다. 발트하우스는 곧 크리스토프가 하는 방법이 곤란을 받기 시작했다는 말을 꺼냈다. 그리고 크리스토프를 지지하는 것을 중단했다. 그후부터 잡지 동인들은 모두 그를 침묵시킬 방법을 연구했다. 하지만 먹이를 한창 먹고 있는 개에게 재갈을 물리려고 해 보아라! 사람들이 그에게 말하는 것은 모두 그를 한층 자극할 따름이었다. 그는 그들을 비겁자라고 부르고 말하지 않으면 안 되는 모든 것을 말해 주겠다고 선언했다. 자기를 쫓아내는 것은 그들의 자유다! 그렇게 하면 시민들은 모두 그들도 다른 녀석들과 마찬가지로 겁쟁이라는 것을 알게 될 것이다. 하지만 자기는 자기 쪽에서 물러가는 짓은 하지 않을 것이다. 그들은 흠칫해서 서로 얼굴을 쳐다보았다. 그리고 만하임은 이런 미치광이를 데리고 와 대단한 엉터리를 짐지웠다는 것으로써 혹독히 비난당했다. 만하임은 여전히 웃으면서 크리스토프를 항복시켜 보겠다고 장담했다. 그리고 다음 논설부터 크리스토프는 조용해질 것이라고 단언했다. 그들은 이것을 믿지 않았다. 하지만 그가 부질없이 큰소리친 것이 아니라는 사실이 증명됐다. 크리스토프의 다음 논설은 예절바르다고는 할 수 없었으나 이젠 누구에 대해서도 무례한 말은 쓰여 있지 않았다. 만하임이 취한 수단은 퍽 간단했다. 사람들은 모두 나중에 이것을 듣고 왜 좀더 빨리 생각해내지 못했던 것일까 하고 놀랐다. 크리스토프는 자신이 잡지에 쓴 것을 결코 다시 읽지 않았다. 자기 논설의 교정 인쇄도 급히 서둘러 아무렇게나 쭉 훑어보는 것이 고작이었다. 아돌프 마이, 그는 이 일에 대해 여러 차례나 부드럽지만 가시 품은 말투로 그에게 주의한 적이 있었다. 하나의 오식도 잡지에 수치가 된다고 말했다. 하나 크리스토프는 비평을 예술이라고는 생각지 않았으므로 욕을 얻어먹은 상대는 그것으로 충분히 알 것이라고 대꾸했었다. 만하임은 이러한 사정을 이용했다. 크리스토프의 생각은 그럴 듯하다, 교정은 교정계의 일이라고 그는 말했다. 그리고 교정의 일로부터 크리스토프를 놓아 주겠다고 제의했다. 크리스토프는 감사한 나머지 거의 어리둥절해 버렸다. 하지만 모두들 입을 모아 잡지를 위해 시간이 절약되어 고맙다고 말했다. 그래서 크리스토프는 자기 교정은 만하임에게 맡기고 잘 고쳐 달라고 부탁했다. 만하임은 부탁대로 했다.

그에게는 하나의 놀이였다. 우선 첫째로 신중을 기해 어떤 말의 어세를 완화하거나 무례한 형용사를 군데군데 삭제하는 것밖에는 하지 않았다. 이것이 성공한 데 힘을 얻어 실험을 다시 해 나갔다. 문구나 뜻을 고치기 시작했다. 그는 이 작업에 묘기를 발휘했다. 대체적인 문구와 문체의 뜻을 살리면서 크리스토프가 말하고자 하던 것과는 아주 정반대의 말을 만드는 것이 이 기술의 전부였다. 만하임은 크리스토프의 논설을 왜곡하기 위해 자기 자신이 쓰는 것 이상으로 수고를 들였다. 이제까지의 그의 생애에서 이토록 고생한 적은 없었다. 하지만 그는 그 결과를 즐겼다. 크리스토프에게서 항상 조소를 받던 음악가들은 그가 점점 조용해지고 나중에는 칭찬까지 해 주게 된 것을 보고 놀랐다. 잡지 편집진들은 기뻐했다. 만하임은 고심 끝에 개작한 원고를 모두에게 읽어서 들려주었다. 모두들 소리 높여 웃었다. 에렌펠트와 골텐링이 만하임에게 말했다.

「조심하게나! 좀 지나친 것 같네.」

「염려할 것 없네.」

만하임은 그렇게 대답하고 계속해 나갔다.

크리스토프는 전연 눈치채지 못했다. 잡지사로 찾아와 조금도 의심없이 원고를 내어주었다. 때로는 만하임에게만 살짝 말하는 일도 있었다.

「이번에야말로 저 천민들에게 거리낌없이 죄다 말해 주었네. 좀 읽어 봐 주게나……..」

만하임은 의미를 되새기듯 천천히 읽었다.

「어때, 자넨 어떻게 생각하나 ?」

「이건 굉장한데 ! 자네 정말 여지없군.」

「녀석들은 뭐라고 할까 !」

「법석들을 부릴 걸세.」

하지만 전혀 법석 같은 것은 일어나지 않았다. 그러기는커녕 크리스토프 주위에서는 사람들의 얼굴이 밝아졌다. 그가 공격한 패들도 길에서 인사를 했다. 그는 얼굴을 찌푸리고 불만스런 표정으로 잡지사에 찾아왔다. 그리고 테이블 위에 명함 한 장을 내던지며 물었다.

「이건 대체 어찌된 일인가 ?」

그것은 그가 막 비판한 어떤 음악가의 명함으로 거기엔『무한한 감사를 드리며』라고 쓰여 있었다.

만하임은 웃으며 대답했다.

「비꼬아 말하는 것일 테지.」

크리스토프는 안도의 숨을 쉬었다.

「그런 걸 가지고 ! 나는 또 내 논설이 그를 기쁘게 한 것이 아닐까 하고 걱정을 했었네.」

에렌펠트도 거들었다.

「그자는 노해 있는 거야. 하지만 그런 모양을 보이고 싶지 않은 거야. 잘난 듯이 도사리고 있는 거지, 녀석은 농담으로 돌리고 있어.」

「농담으로 돌린다구 ? 돼지 같으니 !」

크리스토프는 또다시 화를 내며 말했다.

「그럼, 또 하나 그에게 써 주어야겠군. 최후에 웃는 자가 가장 잘 웃는 자라고 !」

발트하우스는 불안해져서 말했다.

「아니, 나는 그가 조소하고 있다고는 생각지 않아. 겸손한 마음으로 한 짓이야. 그는 선량한 크리스챤이야. 한쪽 빰을 얻어맞았으므로 또 한쪽 빰도 내민 것이지.」

「더 좋다 ! 쳇, 비겁한 놈 같으니라구 ! 바란다면 볼기도 쳐 주겠다 !」

발트하우스는 중재역을 맡으려고 했다. 하지만 다른 사람들은 웃고 있었다. 내버려두라고 만하임이 말하자 발트하우스가 갑자기 안심한 얼굴이 되어 말했다. 「오십보 백보다 !」

크리스토프는 돌아갔다. 이 패거리들은 미치광이들처럼 뛰어오르며 웃어 댔다. 조금 가라앉았을 때 발트하우스는 만하임에게 말했다.

「하지만 하마터면……하여튼 조심해 주게, 부탁일세. 자네 덕분에 우리들은 큰 봉변을 당할 뻔했어.」

「아닐세! 아직 그렇게는 되지 않을 걸……게다가 나는 그를 위해 친구를 만들어 주고 있네.」

2. 매 몰(埋沒)

크리스토프가 독일 예술을 혁신하기 위해서 여러 가지 경험을 하고 있을 때, 마침 프랑스의 배우 몇몇이 이 시를 지나가게 되었다. 몇몇이라기보다도 한 떼라고 하는 것이 적당할는지도 모른다. 왜냐하면 항상 그렇듯 어디서 주워모았는지도 알 수 없는 듯한 초라한 인간들과 연극을 시켜주기만 하면 아무리 혹독한 대우라도 만족할 것 같은 무명의 청년 배우의 집단이었으니까. 일행은 한 유명한 노배우에게 인솔되고 있었다. 그녀는 독일을 순회하다 이 작은 도시에 들러 이곳에서 세 차례의 공연을 하게 되어 있었다.

발트하우스의 잡지는 이에 대해 대대적으로 보도했다. 만하임과 그의 친구들은 파리의 문학 생활과 사교 생활에 정통해 있었다. 아니, 정통해 있다고 자부하고 있었다. 파리의 오락 신문에서 따온, 그럴 듯한 소문을 떠벌려 되풀이해서 실었다. 그들은 독일에서는 프랑스 정신을 대표하고 있었다. 그 때문에 크리스토프는 프랑스 정신을 더 잘 알아 보고 싶은 생각이 없어졌다. 만하임은 파리를 자꾸 격찬해서 그를 괴롭혔다. 만하임은 몇 번인가 파리에 간 적이 있었다. 파리에는 그의 친척이 있었다. 그는 유럽 각지에 친척을 가지고 있었다. 그리고 곳곳에서 그의 친척은 높은 지위를 얻고 있었다. 이 아브라함의 종족에게는 영국의 준남작, 벨기에의 상원 의원, 프랑스의 장관, 독일 제국 의회의 의원, 교황청의 백작이 있었다. 그리고 그들은 모두 잘 단결해서 자신들의 공동 조상을 존경하고는 있었지만 실제로는 모두 각각 영국인이고, 벨기에 인이고, 프랑스 인이고, 독일인이고, 교황당이었다. 왜냐하면 그들의 자존심은 자기가 선택한 나라야말로 최선의 국가라는 것을 믿어 의심치 않았으니까. 하지만 만하임만은 거꾸로 자기 나라가 아닌 다른 나라들 쪽이 좋다고 해서 재미있어 했다. 그는 자주 파리 얘기를 신이 나서 떠들었다. 하지만 파리 사람들은 반미치광이에다 난봉꾼이고 시끄러운 수다쟁이라 말하고 향락이나 혁명으로 시간을 보내며 결코 진지해지는 일이란 없는 인간이라고 했다. 그래서 크리스토프는 『보쉬 산맥 저편의 비잔틴적이고 퇴폐적인 공화국』에 거의 마음이 끌리지 않았다. 그는 파리라고 하면 정직하게도 최근 독일 예술 총서의 한 권으로 나온 어느 책 권두의, 소박한 판화가 보여 주는 것과 같은 파리를 조금 상상해 보았다. 그 전경에는 시의 지붕을 내려다보고 웅크리고 있는 노틀담 사원의 괴물이 보이고, 이런 문구가 적혀 있었다.

무서운 흡혈귀인 영원한 호사(豪奢)는
대도시를 굽어보며 저의 양식을 찾는다.

크리스토프는 선량한 독일인으로서 낭만적인 프랑스 인과 그들의 문학을 경멸하고 있었다. 그 문학에 대해서는 《독수리 새끼》(에드몽 로스탕의 작품)라거나 《염치없는 부인》(사르두의 작품)이라는 등, 두세 가지 야비한 어릿광대 극과 술집의 콧노래밖에는 알지 못했다. 아무리 생각해도 예술에 흥미를 갖고 있을 것 같지도 않은 사람들이 서로 다투어 법석을 떨고 예약표를 사는 이 소도시의 유행 심리를 보자 크리스토프는 이 시골을 돌아다니는 명예 배우에 대해 경멸적인 무관심을 짐짓 꾸미지 않을 수 없었다. 누가 그따위 연극 구경을 갈까 보냐고 잘라 말했다. 입장료가 그로서는 도저히 지불 못할 만큼 비쌌기 때문에 맹세를 지키는 일은 한층 쉬웠다.

프랑스 극단이 독일에 가져온 상연 목록 속에는 고전극이 여럿 들어 있었다. 하지만 대부분은 특별히 수출된 파리 제품이라는 너절한 것이었다. 왜냐하면 저속함처럼 만국 공통인 것은 없으니까. 유랑 극단 여배우의 첫 공연물인 〈라 토스카〉는 크리스토프도 잘 알고 있었다. 그는 전에 독일어로 번역된 것을 들은 적이 있었다. 그것은 라인 지방의 소극단이 프랑스 작품에 줄 수 있는 최상의 경쾌한 우아함으로 장식된 것이었다. 지금 크리스토프는 친구들이 극장에 구경 가는 것을 보며 조소하는 듯한 웃음을 띄우고 저따위 극을 두 번 보러 갈 필요가 없는 것은 고맙지 뭐냐고 생각하고 있었다. 하나 이튿날이 되자 그들이 전날 밤의 연극에 대해 신이 나서 떠들어 대는 것에 귀기울이지 않을 수 없었다. 모두들 얘기하고 있는 것을, 보기를 거부했기 때문에 반대 의견을 말할 권리조차 없어져 버린 것을 그는 분하게 여겼다.

444

예고되어 있는 다음 공연은 〈햄릿〉이었다. 크리스토프는 이제까지 셰익스피어의 작품을 볼 기회는 한번도 놓친 적이 없었다. 셰익스피어는 그에게 있어 베토벤과 마찬가지로 마르지 않는 생명의 원천이었다. 그가 지금 막 빠져나온 혼란된 불안과 회의의 시기에서 〈햄릿〉은 무척 반가운 것이었다. 이 마법의 거울로 자기 모습을 다시 한번 보는 것은 무서웠지만 그는 그 매력에 끌려들었다. 좌석권을 사러 가고 싶은 심정을 억지로 달래며 극장 간판 주위를 빙빙 돌고 있었다. 하지만 그는 고집쟁이였으므로 일단 친구들에게 선언한 후에는 전에 한 말을 취소하고 싶지 않았다. 그러므로 그날 집으로 돌아가는 도중에 우연히 만하임을 만나지 않았더라면 전날 밤처럼 자기 집에 틀어박혀 있었을 것이다.

만하임은 그의 팔을 잡아끌었다. 그리고 아버지의 누이동생뻘되는 늙어 빠진 할망구가, 대가족을 거느리고 느닷없이 찾아들었으므로 이를 접대하기 위해 집에 있지 않으면 안 된다는 것을 화난 얼굴로, 그러면서도 여전히 장난스런 말투를 잃지 않고 지껄였다. 그는 달아나려고 했다. 하지만 그의 아버지는 가정 안의 예절 문제와 조상에 대해 가지지 않으면 안 되는 예의의 문제가 나오면 농담을 허용치 않았다. 게다가 마침 지금 아버지에게서 돈을 끌어낼 계획이 있어 싸울 처지가 아니기 때문에, 아버지에게 양보하고 연극 구경을 단념하지 않으면 안 되었다. 크리스토프는 물었다.

「표가 있었나 보군?」

「물론이지! 이층 특별석이야. 게다가 이걸 아버지 친구인 그뤼네바움이란 명청이에게 갖다주지 않으면 안 되네. 지금 그리로 가는 도중일세. 녀석은 여편네와 저능아 딸을 데리고, 거기서 배를 내밀고 구경할 테지. 유쾌한 얘기야! 난 적어도, 무엇인가 무척 불쾌한 말을 그들에게 해 주겠다고 생각하는 걸세. 하기야 녀석들은 표만 받는다면 무슨 말을 듣건 마찬가질 테지만——이것이 지폐라면야 더 기뻐할 걸세.」

그는 크리스토프의 얼굴을 물끄러미 보면서 입을 벌린 채 문득 말을 멈췄다.

「오, 그렇지, 이건 좋은 생각이야…….」

그는 암탉이 병아리를 부를 때와 같은 목소리를 냈다.

「크리스토프, 자네가 연극 구경을 가지!」

「아니, 안 가.」

「그러지 말고 가게. 내가 부탁하는 걸세. 자넨 거절 못할 테지.」

크리스토프는 무슨 말인지 알아들을 수 없었다.

「하지만 표가 없는 걸.」

「그건 여기 있네!」

만하임은 신이 나서 억지로 그의 손에 표를 쥐어 주었다.

「자네 하는 일이란 엉망진창이군. 한데 아버지 분부는 어쩔 셈인가?」

만하임은 창자가 비틀거리도록 웃다가 눈물을 닦으며 결론을 말했다.

「펄쩍 뛰시겠지! 돈은 내일 아침 일어나자마자 아버지가 아직 아무것도 모르실 때 우려내야지.」

「이건 받을 수 없네.」

크리스토프는 그의 부친이 불쾌해 할 것을 생각하고 말했다.

「자넨 아무것도 알 필요가 없네. 또 아무것도 모르는 거야. 자네에겐 관계 없는 일이지.」

크리스토프는 표를 펴보았다.

「그런데 네 사람 좌석을 날더러 어떡하란 말인가?」

「아무렇게나 좋을 대로. 안에서 잠을 자도 되고, 춤을 추겠으면 추어도 되네. 여자를 데리고 가게. 몇 사람 있어야 될 걸. 필요하다면 빌려 주어도 좋아.」

크리스토프는 표를 만하임한테 내밀었다.

「아무래도 싫은 걸. 받아 주게.」

「어떤 일이 있어도 안 받겠네.」하고 만하임은 몇 걸음 물러나며 말했다.

「만일 싫다면 억지로 가라고는 내가 말할 수 없네. 하지만 표는 받지 않을 테니, 불에 태워 버리든가 혹은 착실한 인간처럼 그뤼네바움 댁으로 갖다주든가 자네 맘대로지. 그건 벌써 나와 관계 없는 일일세. 자, 그럼 난 가네!」

그는 표를 손에 든 크리스토프를 길 한복판에 내버려둔 채 달아났다.

크리스토프는 난처했다. 그뤼네바움 네로 표를 갖다주는 것이 당연한 것이라고 생각했다. 하지만 이러한 생각은 마음이 내키지 않았다. 결정을 못한 채 집으로 돌아왔다. 문득 생각이 나서 시계를 보니 극장에 가는 데는 옷 갈아 입을 시간밖에는 없었다. 표를 썩이는 것은 역시 바보스런 짓이었다. 그래서 어머니에게 함께 가자고 청했다. 하지만 루이자는 자리에 들어가 누워 있는 쪽이 낫다고 했다. 그는 나갔다. 마음속으로 어린애처럼 기뻤다. 다만 이 기쁨을 자기 혼자서만 맛보는 것이 유감스러웠다. 만하임의 아버지나 좌석을 가로채인 그뤼네바움 네의 사람들에게는 아무런 양심의 가책을 느끼지 않았다. 하지만 자기와 좌석을 함께 할 수 있었을는지도 모르는 사람들에게 대해서는 미안한 생각이 들었다. 자기처럼 젊은 사람에게는 퍽 즐거운 일일 텐데 하고 생각했다. 그러자 이 즐거움을 나눠 주지 못하는 일이 가슴아팠다. 그래서 머릿속으로 누가 없을

446

까 찾아 보았으나 표를 줄 만한 사람은 발견되지 않았다. 게다가 벌써 늦어 있었다. 서두르지 않으면 안 되었다.

극장에 들어갈 때 그는 닫혀 있는 창구 곁을 지나갔다. 매표소에는 벌써 한 장도 남아 있지 않다는 것이 게시되어 있었다. 실망해서 돌아가는 사람들 속에 그는 한 젊은 여자의 모습을 보았다. 그녀는 돌아갈 결심도 서지 않아 들어가는 사람들을 부러운 듯이 보고 있었다. 아주 수수한 검정 옷을 입고, 키는 그다지 크지 않고, 갸름한 얼굴에 가냘픈 몸매였다. 아름다운지 추한지는 눈에 들어오지 않았다. 그는 그녀 앞을 지나갔다. 그리고는 멈칫 뒤돌아보고 생각할 틈도 없이 불쑥 물었다.

「좌석이 없습니까, 아가씨?」

그녀는 낯을 붉히고 외국인 같은 말투로 말했다.

「네, 없어요.」

「윗좌석이 하나 있습니다만, 어떻게 쓸지 몰라 쩔쩔 매던 판입니다. 저와 함께 이용하시지 않으시겠습니까?」

그녀는 더욱 얼굴을 붉히고 고마워하며, 고맙지만 호의는 받을 수 없다고 말했다. 크리스토프는 거절을 당하자 어쩔 줄 몰라, 자기 쪽에서 실례를 사과하며 다시 말해 보았다. 그녀가 들어가고 싶어하는 것은 분명히 알 수 있었지만, 그는 설득시킬 수가 없었다. 그는 그만 얼떨떨해져 버렸다. 그래서 대뜸 결심했다.

「그럼, 이렇게 하면 만사 해결이겠군요. 이 표를 받아 주세요. 난 아무래도 좋습니다. 벌써 봤습니다.──그는 거짓말을 하고 기분이 좋았다──저보다도 당신이 더 즐거울 테지요. 자, 받아 주세요. 기꺼이 드리겠습니다.」

젊은 처녀는 이 제안과, 이 진심으로부터의 친절에 감동해서 눈물이 거의 눈가에까지 번져나왔다. 그리고 감사하지만 표를 그에게서 뺏고 싶지 않다고 중얼거렸다. 그는 미소지으며 말했다.

「그럼, 같이 들어가세요.」

그의 태도가 선량해 보이고 또 아주 솔직했으므로 그녀는 처음에 거절한 것이 부끄러워졌다.

「들어가겠어요……고맙습니다.」

둘은 안으로 들어갔다. 만하임의 이층 좌석은 정면이라 누구의 눈에나 띄기 쉬운 곳이었다. 그래서 몸을 숨길 수가 없었다. 둘이 들어왔다는 것이 사람들의 눈에 띄지 않을 수가 없었다. 크리스토프는 젊은 처녀를 앞자리에 앉히고 자기는 그녀가 마음을 쓰지 않도록 조금 뒤쪽에 앉았다. 그녀는 몸을 똑바로 세우고 딱딱하게 굳어 뒤를 돌아보지도 못하고 무척이나 겁을 집어먹고 있었다. 승낙하지 않았더라면 좋았을 걸, 하고 후회하고 있는 것 같았다. 그녀에게 마음을 가라앉힐 여유를 주기 위해, 그리고 또 무슨 말을 해야 좋을지도 몰랐으므로, 크리스토프는 다른 방향을 보는 체했다. 어느쪽을 보아도 곧 알 수 있는 것은, 자기가 호화 좌석의 번쩍거리는 관객들 한가운데 낯모르는 여자와 함께 앉아 있는 것이 이 작은 도시 사람들의 호기심을 부채질하고 있다는 사실이었다. 그는 좌우로 무서운 시선을 보냈다. 이쪽에서는 아무것도 개의치 않고 있는데 남이 집요하게 자기에게 흥미를 갖는 것에 그는 분격했다. 이 뻔뻔스런 호기심이 자기보다도 함께 온 여자에게 한층 실례되는 태도로 보내지고 있다는 사실을 그는 생각지 않았다. 그들이 무슨 말을 하건 무엇을 생각하건 자기는 전혀 무관심이라는 것을 보이기 위해, 그는 옆의 여자쪽으로 몸을 굽혀 말하기 시작했다. 그녀는 그가 말을 건네는 것에 무척 겁을 내고 뭐라고 대답하지 않으면 안 되게 되자 퍽 난처한 듯이 그는 보지도 못하고 가까스로 네 아니면 아니요라고밖에는 말하지 않아 그는 그녀가 수줍어하는 것이 딱해서 다시 구석 자리로 물러나 앉았다. 다행히도 이때 극이 시작되었다.

크리스토프는 포스터를 읽지 않았고 또 저 대여배우가 무슨 역할을 맡아 하는지 알려고도 하지 않았다. 그는 배우가 아니라 연극을 보러 극장에 가는 소박한 관객의 한 사람이었다. 저 유명한 여배우가 오필리어 역을 하는지, 여왕 역을 하는지 생각하지 않았다. 만일 생각했더라면 두 인물의 연령으로 보아 여왕 역을 하는 것으로 생각했을 것이다. 하지만 뜻밖에도 그녀는 햄릿 역을 맡아했던 것이다. 햄릿이 무대에 나왔을 때, 그리고 자동 인형 같은 목소리의 음향을 들었을 때 당장에는 그것을 믿을 수가 없었다.

「그런데, 누구일까? 대체 누구일까?」하고 그는 작은 소리로 중얼거렸다.

「설마 저 사람이 햄릿은 아니겠지……」

그러나 『역시 그 사람』이 햄릿임을 알았을 때, 그는 조소의 말이 튀어나왔다. 다행히도 같이 온 여자는 외국인이었기 때문에 그 말의 의미를 몰랐으나 근처 좌석에서는 잘 알 수 있었다. 곧 조용히 해라, 하는 화난 목소리가 날아왔던 것이다. 그는 자유로이 욕할 수 있도록 좌석 안쪽으로 물러갔다. 그의 노기는 좀처럼 가라앉지 않았다. 만일 그가 공평한 사람이었더라면 이 육십 세의 노 여배우에게 청년 복장을 시켜 무대로 내보내 아름답게 보이기조차——적어도 호의적인 눈에는——하는 분장의 우아로움과 놀라운 기교, 희한한 재주에 찬사를 바쳤을는지도 모른다. 하지만 그는 재주 부리는 것을 싫어하고 자연을 왜곡하는 모든 것을 미워했다. 여자는 여자이고, 남자는 남자이기를 그는 바랐다, 오늘날에는 반드시 그렇게 되어 있다고는 할 수 없지만. 베토벤의 레오노레의 어린애 같은, 약간 우스꽝스런 변장(여주인공이 남자로 변장해서 나타난다)에서도 벌써 그는 불쾌했다. 하지만 햄릿의 이것은 허무 맹랑한 짓으로 허용된 한도를 넘는 일이었다. 장대한 체구에 창백하고, 신경질적이고, 빈틈없고, 따지기 잘하는 환상에 사로잡힌 덴마크 인을 여자로 만들어 버리다니, 그건 여자도 아니다. 왜냐하면 남자 노릇을 하는 여자는 괴물일 수밖에 없으니까——무슨 이런 일이 다 있을까. 햄릿을 고자로 만들거나 괴상한 양성(兩性) 인물로 삼아 버리다니 뭐 이 따위 일이 있느냐. 이러한 해괴하고 어리석은 일이 단 하루도 휘파람도 불리지 않고 묵인되어 있다는 것은 시대가 무기력한 탓이며 비평계가 너절하기 때문이다! 여배우의 목소리는 크리스토프를 그만 울화통이 터지게 하였다. 그녀의 대사 외는 법은 음악적인 방법으로, 한 구마다 끊어 발음하였다. 라 샹멜레(1642~1698. 프랑스의 비극 여배우로 라신느 극에 뛰어났다) 이래로, 세계에서 가장 시적이 아닌 국민에게 항상 호평을 받은 듯한 저 단조로운 음송조(吟誦調)였다. 크리스토프는 아주 분개해서 네 발로 엎드려서 기고 싶을 정도였다. 그는 무대에 등을 돌려 대고 있었다. 그리고 벌 받고 서 있는 어린이처럼 좌석의 벽과 코를 맞대고 부어터진 찌푸린 얼굴을 했다. 퍽 다행스럽게도 같이 온 여자는 그의 쪽을 볼 엄두를 못 내고 있었다. 만일 그녀가 그렇게 하고 있는 그를 보았더라면 미치광이로 여겼을 것이다.

별안간 크리스토프의 찌푸린 얼굴이 풀렸다. 그는 조용히 꼼짝도 하지 않고 입을 다물었다. 음악적인 아름다운 목소리가, 장엄하고 상냥스러워 사뭇 여성다운 젊은 목소리가 들려온 것이었다. 크리스토프는 귀를 쫑긋거렸다. 그 목소리가 계속 얘기함에 따라 그는 마음이 이끌려 이러한 울음 소리를 가진 작은 새를 보려고 의자 위에서 뒤돌아보았다. 그것은 오필리어였다. 물론 셰익스피어의 오필리어다운 데는 전혀 없었다. 그것은 그리스의 젊은 조각상 같은, 예를 들면 엘렉트라라든지 카산드라와 같은 키가 크고 튼튼해 보이며 날씬하고 아름다운 여자였다. 그녀는 생명감에 넘쳐 있었다. 자기 역에서 빗나가지 않으려고 애를 쓰면서도 젊음의 힘이, 기쁨의 힘이, 온 몸의 동작에서, 웃고 있는 갈색 눈에서 환히 비쳐나왔다. 아름다운 육체의 매력은 정말 큰 것이어서, 조금 전에는 햄릿의 역에 대해 전혀 용서하지 않았던 크리스토프도 오필리어가 자기가 그리고 있던 모습과 거의 닮지 않았다는 것을 조금도 섭섭하게 여기지는 않았다. 그리고 눈앞에 보이는 오필리어 때문에 꿈에 그리던 오필리어를 희생시킨 데 대해서도 후회하지 않았다. 정열에 달리는 자의 무의식적인 맹신으로, 그는 이 육감적이고도 순결한 처녀의 가슴속에 타오르는 젊은 열정에 하나의 깊은 진실조차 찾아내었다. 그 매력을 완전한 것으로 만든 것은 맑고 훈훈하고 빌로도처럼 보드라운 목소리의 마력이었다. 한 마디 한 마디의 말이 아름다운 화음처럼 메아리쳤다. 음절 둘레에서는 사향초나 야생의 박하 냄새처럼 탄력 있는 리듬을 가진 남부의 즐거운 듯한 억양이 춤추고 있었다. 아를르 지방의 오필리어 공주라고나 할 불가사의한 환상이었다. 이 환상은 원래 고향의 금빛 태양과 강한 북서풍을 지니고 있었다.

크리스토프는 옆 자리의 여자 생각도 잊어버리고 좌석 앞으로 몸을 내밀어 그녀 옆에 앉아 있었다. 그리고 이름도 모르는 아름다운 여배우에게서 눈을 떼지 않았다. 하지만 무명의 여배우를 보러 온 것이 아닌 관객은 그녀에게는 전혀 주목하지 않았다. 그리고 여성인 햄릿이 얘기할 때밖에는 박수를 보내려 하지 않았다. 이를 본 크리스토프는 신음 소리를 내었다. 그리고 그들을 향해 바보라고 말했다, 열 걸음 정도 되는 곳까지는 들리는 나직한 목소리로.

휴식의 막이 내렸을 때 가까스로 그는 같은 자리의 여자를 생각해냈다. 여전히 겁을 먹고 있는 그녀의 모습을 보며 자신의 당돌한 행동으로 아마 놀랐을 것이 틀림없다고 생각하여 쓴웃음을 지었다. 바로 그가 생각한 그대로였다. 우연히도 몇 시간 그의 곁에 있게 된 이 여자는 거의 병적일 만큼 체면을 차렸다. 크리스토프의 초대를 굳이 받아들인 것은 비정상적인 흥분 상태에 있었기 때문이었다. 그리고 이것을 받아들이자마자, 어떻게 해서든지 빠져나가고 싶다, 구실을 찾아내고 싶다, 달아나고 싶다고 생각했다. 자신이 여러 사람의 호기심의 대상이 되어 있는 것을 눈치채자 더욱 견딜 수 없었다. 그리고 자기 뒤쪽에서——그녀에게는 뒤돌아볼 용기가 없었다——함께 온 사내의 나직한 저주와 신음 소리가 들려 오자 불쾌한 기분은 더욱 심해 갔다. 그가 어떠한 일을 저지를지도 알 수 없다는 생각이 들었다. 그가 자기 옆에 앉았을 때 그녀는 무서워 쭈뼛했다. 이 사람은 이 위에 더 어떤 엉뚱한 짓을 하려고 하는 것일까? 그녀는 그대로 땅속으로 파고들어가고 싶은 마음이었다. 그녀는 본능적으로 뒤로 물러났다. 그와 몸이 닿는 것이 무서웠다.

하지만 막간이 되어 친절히 말을 걸어오는 그의 목소리를 듣자 모든 근심이 사라져 버렸다.

「제가 옆에 있어 퍽 불쾌하시지요? 용서하세요.」

그녀는 그의 얼굴을 물끄러미 바라보았다. 아까 그녀로 하여금 함께 올 결심을 시킨 친절한 미소가 거기 있었다.

그는 말을 이었다.

「나는 자신이 생각하는 것을 숨기지 못합니다. 하지만 역시 저건 너무 하는군요! 저 여배우는, 저 나이 많은 여배우는…….」

그는 또다시 불쾌한 듯한 찌푸린 얼굴을 지었다. 그녀는 미소를 머금었다. 그리고 퍽 나직한 목소리로 말했다.

「하지만 미인이에요.」

그는 그녀의 억양에서 눈치챘다. 그래서 물었다.

「당신은 외국분이시군요?」

「네.」

그는 그녀의 검소한 옷을 물끄러미 보았다.

「선생님이시군요?」

그녀는 얼굴을 붉히며 그렇다고 말했다.

「네.」

「모국은 어디십니까?」

「프랑스예요.」

그는 놀란 몸짓을 했다.

「프랑스라구요? 그러리라고는 미처 생각지도 못했습니다.」

「왜요?」

「당신은 정말……진지한 분이니까!」

그의 입에서 나온 이상 결코 아첨의 말은 아니라고 그녀는 생각했다. 그녀는 얼떨떨해져서 말했다.

「프랑스에도 진지한 사람은 있어요.」

볼록한 이마, 쪽 곧은 작은 코, 우아한 모양의 턱, 밤색 머리카락으로 둘러진 야윈 뺨 등을 가진, 그녀의 정직해 보이는 작은 얼굴을 그는 물끄러미 보고 있었다. 하지만 그의 눈이 보고 있는 것은 그녀가 아니었다. 그는 저 아름다운 여배우를 생각하고 있었다. 그는 되뇌었다.

「당신이 프랑스 인이라니. 정말 기묘하군요! 정말이지, 당신은 저 오필리어와 같은 나라 사람인가요? 도무지 그렇다고는 여겨지지 않습니다만.」

잠시 잠자코 있다가 그는 말을 덧붙였다.

「저 여배우는 정말로 예쁘군요 ! 」

그 여배우와 이 옆자리 여성을 그런 식으로 비교하면 불친절한 것이 된다는 것을 그는 눈치채지 못하고 있었다. 그녀는 비교되고 있다는 것을 확실히 느꼈다. 하지만 자신도 그와 똑같이 생각하고 있었으므로 크리스토프를 원망하는 짓 따위는 하지 않았다. 그는 저 여배우에 관한 자세한 일을 그녀에게서 들으려고 했다. 하지만 그녀는 아무것도 알려주지 못했다. 그는 그녀가 연극에 대해서는 전혀 아는 것이 없음을 알았다.

「프랑스어로 말하는 것을 들으니까 즐거우시지요 ? 」

그가 농담조로 한 말은 신통히도 적중했다.

「물론입니다 ! 무척 즐거워요 ! 여기서는 질식해 버릴 것만 같은 걸요. 」

그는 이번에는 한층 주의해서 그녀를 보았다. 그녀의 가냘픈 두 손이 떨리고 숨이 가쁜 듯이 보였다. 하지만 곧 그녀는 자기 말 가운데 상대의 기분을 상하게 한 것이 있었을지도 모른다고 생각했다.

「어머, 용서하세요. 제가 당치도 않은 말을 했군요 ? 」

그는 너그럽게 웃었다.

「변명을 하실 것은 없습니다 ! 정말로 당신이 말씀하신 대로인 걸요. 프랑스인이 아니라도 여기서는 질식합니다. 」

그는 양쪽 어깨를 펴고 크게 숨을 들이마셨다.

하지만 그녀는 이렇듯 순순히 생각나는 대로 말해 버린 것이 부끄러웠다. 그래서 그만 입을 다물었다. 게다가 그녀는 이웃 좌석의 사람들이 그들의 대화를 가만히 엿듣고 있는 것을 눈치챘다. 그리고 그도 또한 이것을 눈치채고 분개했다. 그래서 둘은 얘기를 그만두었다. 그리고 그는 복도로 나와 휴식 시간이 끝나는 것을 기다렸다. 젊은 여자의 말이 귓전에 울리고 있었다. 하지만 그는 방심한 듯 멍청해 있었다. 오필리어의 모습이 그의 마음을 차지했던 것이다. 막이 계속 진행됨에 따라 그녀의 얼굴은 완전히 그를 사로잡아 버렸다. 그리고 아름다운 여배우가 마침내 미쳐 버려 사랑과 죽음의 우울한 노래를 부르는 장면이 되자, 그녀의 목소리는 참으로 비통한 음향을 낼 수 있었으므로 그의 마음은 온통 산란해져 버렸다. 곧 소리를 내어 울음을 터뜨릴 듯한 기분이 되었다. 마음이 약한 증거로 보일 듯한 이러한 일――왜냐하면 진정한 예술가가 운다는 것을 그로서는 시인할 수 없었다――에 화가 나고, 또 그러한 자기 모습을 남에게 보이고 싶지 않았기 때문에 그는 벌떡 일어나 좌석에서 나갔다. 복도와 휴게실에는 사람의 그림자 하나 없었다. 그는 흥분하여 극장의 계단을 내려갔다. 그리고 저도 모르게 밖으로 나갔다. 밤의 차가운 공기를 마시고 싶었다. 거의 사람의 왕래가 끊어진 어두운 길을 성큼성큼 걷고 싶었다. 운하가로 나가 둑의 흉벽에 팔꿈치를 짚고 고요한 물을 물끄러미 바라보았다. 물 위에는 가로등의 불빛이 어둠 속에 춤추고 있었다. 그의 마음도 이 물과 같이 어두웠고 또 떨고 있었다. 그가 거기서 볼 수 있었던 것은 표면에서 춤추고 있는 커다란 기쁨뿐이었다. 여기저기의 큰 시계가 시각을 알렸다. 그가 극장으로 되돌아가 연극의 막을 본다는 것은 불가능했을 것이다. 포틴브라스의 승리를 보려고 하는 것일까? 아니 그런 것에 마음이 끌리지는 않았다. 훌륭한 승리다! 하지만 저런 승리자를 누가 부러워할 것인가? 잔인하고 어리석은 생명의 모든 만행에 물려 버린 뒤에 누가 승리자가 되고 싶어할 것인가? 이 작품은 생명에 대한 무서운 고발이다. 하지만 작품 속에는 생명의 격렬성이 부글거리고 있었다. 슬픔도 기쁨이 되어 있다. 그리고 고뇌도 사람을 취하게 한다.

크리스토프는 벌써 저 낯모르는 처녀의 일 따위는 생각지 않고 집으로 돌아왔다. 좌석에 남겨 둔 채 그 이름조차 알지 못했다.

이튿날 아침 그는 삼류 호텔로 여배우를 만나러 갔다. 흥행주는 패거리들과 함께 그녀를 여기 묵게 했던 것이다. 저 늙은 여배우 쪽은 시내 일류 호텔에 묵고 있었지만. 크리스토프는 물건이 흩어진 작은 객실로 인도되었다. 먹다 남은 아침 식사가 머리핀과 찢어진 더러운 악보와 함께 열린 채로 있는 피아노 위에 흐트러져 있었다. 옆방에서는 오필리어가 그저 떠들썩하게 수선을 피우는 것이 재미있어 어린애처럼 목소리를 높여 노래하고 있었다. 방문객이 있다는 말을 듣자 잠깐 노래를 그치고, 벽 저쪽에 들리지는 않을까 하는 일 따윈 도무지 아랑곳하지 않는 명랑한 목소리로 물었다.

「무슨 일인데요, 그분 이름이 무엇?……크리스토프, 크리스토프……크리스토프라구? 묘한 이름이네!」

그녀는 에르의 음을 굉장히 강하게 울리면서 그의 이름을 되뇌었다.

「마치 욕하는 것 같은데요…….」

그녀는 욕을 한 마디 했다.

「젊은 분, 아니면 늙은 분? 조용해 보이는 사람? 좋아요, 지금 가겠어요.」

그러고 나서 또 그녀는 노래부르기 시작했다.

내 사랑만큼 상냥스런 것은 둘도 없네…….

그리고는 방안을 온통 무엇인지 찾아다니며 흐트러진 것 속에 섞여 들어간 핀을 보고 욕을 퍼부었다. 초조해져서 고함을 치고 사자처럼 날뛰었다. 크리스토프에게는 그 모양은 보이지 않았지만 벽 너머로 몸짓을 하나하나 상상해 보고 혼자서 웃었다. 한참만에 발소리가 가까워지는 것이 들리더니 문이 확 열렸다. 그리고 오필리어가 나타났다.

그녀는 단정한 몸차림이 아니었다. 화장옷을 몸에 칭칭 감고 넓은 소매에 팔을 드러내 보이고, 머리는 빗질도 하지 않았으며 동그란 털오라기가 눈과 뺨 위에 늘어뜨려져 있었다. 갈색의 아름다운 눈이 웃고, 입과 뺨과 귀여운 볼우물이 턱 한가운데서 웃고 있었다. 나직하고 노래부르는 듯한 아름다운 목소리로 이런 차림으로 나온 것을 사과했다. 하지만 조금도 사과할 필요가 없다는 것, 도리어 크게 감사를 받아도 좋다는 것을 알았다. 그녀는 그를 방문 기사를 얻으러 온 신문 기자로 알고 있었다. 그가 자기는 단지 자기 일로 온 것이며 그녀를 찬미하고 있기 때문에 왔노라고 말했을 때 그녀는 실망하기는커녕 무척 기뻐했다. 그녀는 인정많은 여자로 남들이 자기를 좋아하는 것을 퍽 만족해하며 또 이것을 숨기려고 하지도 않았다. 크리스토프의 방문과 열의는 그녀를 행복하게 했다. 그녀는 아직 아첨하는 말에 해독을 입고 있지는 않았다. 그녀는 동작이나 태도에 있어서 또 작은 허영심이나 남이 자기를 좋아할 때 느끼는 천진스런 기쁨에 있어서 조차도 참으로 자연스러웠기 때문에 크리스토프는 한 순간도 쑥스러움을 느끼지 않았다. 둘은 곧 친숙한 사이가 되었다. 그는 서투른 프랑스어로 말하고 그녀는 서투른 독일어로 얼마쯤 말했다. 한 시간 뒤에는 둘은 서로 아무런 숨기는 것 없이 얘기를 나누었다. 그녀는 그를 돌려보낸다느니 하는 일을 전연 생각지 않았다. 이 건강하고 명랑하고 총명하며 가슴속에 있는 일은 무엇이든지 털어내놓고 싶어하는 남국의 여자는, 어리석은 패거리에게 에워싸여 말이 통하지 않는 타국에서, 태어날 때부터 자기 속에 있는 기쁨의 배출구가 없었더라면 아마도 지루해서 못 견디고 말았을 것이다. 그러므로 그녀는 말상대를 얻는 것이 무척 기뻤다. 크리스토프로서도 인내심 없고 성실성 없는 도시 가운데서, 소시민적인 활기에 넘치는 이 남국의 자유로운 여자를 만난 것은 이루 말할 수 없는 행복이었다. 그는 아직 이들 남국인들의 성질 속에 있는 부자연성을 알지 못했다. 그들은 독일인과 달라 마음속에 있는 것은 죄다 남김없이 상대에게 보인다. 또 때로는 갖고 있지 않는 것까지도 보이는 수가 있다. 하지만 적어도 그녀는 나이가 젊고 발랄해서 자기가 생각하고 있는 것을 솔직하게 거리낌없이 말했다. 모든 것을 자유로이 신선한 눈으로 비판했다. 안개를 털어 버리는 그녀 고향의 북서

풍 같은 것이 그녀 속에서 얼마쯤 느껴졌다. 그녀는 풍부한 천분을 타고 났다. 교양도 없거니와 사물을 숙고하는 능력도 없었지만, 아름다운 것, 선한 것은 즉시 마음속에서 느끼고 솔직히 감동했다. 그리고는 곧 커다란 소리를 내어 웃었다. 분명 그녀는 애교스러웠으며 장난기 어린 곁눈질을 했다. 벌려진 화장옷 속으로 드러난 가슴이 보이는 것은 그녀에게는 불쾌한 일은 아니었다. 크리스토프의 넋을 사로잡고 싶은 기분도 있었을 것이다. 하지만 그것은 순수한 본능이었다. 거기에는 아무런 타산도 없었다. 그녀는 그것보다는 웃거나 유쾌하게 수다를 떨거나 허식 같은 것 없이 소탈한 좋은 친구가 되거나 흡사 명랑한 사내아이처럼 행동하거나 하는 것을 좋아했다. 연극 생활의 이면이나 그녀의 사소한 불행이며 동료들의 어리석은 시기심, 그녀를 두드러지지 않게 하려고 손을 쓰고 있는 제자벨――그녀는 대여배우를 그렇게 불렀다――의 중상 따위를 그에게 얘기했다. 그는 그녀에게 독일인에 관한 불평을 털어놓았다. 그녀는 손뼉을 치고 그에게 동감의 뜻을 표했다. 그녀는 원래 착한 여자였으므로 누구의 험담도 하고 싶지 않았다. 하지만 그래도 역시 험담을 하는 일은 있었다. 그리고 누군가를 놀려 댈 때에는 자신의 심술궂음을 자책하면서도 현실적이고 어릿광대 같은 남국인의 독특한 관찰의 재능을 발휘했다. 그녀는 이에 저항할 수가 없었다. 그리고 신랄한 풍자적인 초상을 만들어 냈다. 그녀는 하얀 이를 핏기 없는 입술 사이로 보이며 즐겁게 웃었다. 그리고 화장으로 혈색이 감추어진 창백한 얼굴에는 눈자위가 거무스레한 눈이 반짝였다.

둘은 갑자기 한 시간 이상이나 얘기하고 있었다는 사실에 생각이 미쳤다. 크리스토프는 코린느――이것이 그녀의 예명이었다――에게 시내를 안내할 테니까 오후에 부르러 오겠다고 말했다. 그녀는 그 착상을 기뻐했다. 둘은 점심 후에 만날 것을 약속했다.

약속한 시간에 그는 갔다. 코린느는 호텔의 작은 객실에 앉아 대본을 손에 들고 커다란 소리로 읽고 있었다. 그녀는 유쾌한 듯 생글거리는 눈으로 그를 맞이하고 자기가 읽던 구절을 끝까지 읽었다. 그리고 나서 자기 곁의 긴의자에 앉도록 손짓했다.

「앉으세요. 아무 말씀도 마시고. 대사를 복습하고 있는 거예요. 십오 분이면 끝나요.」

그녀는 손톱 끝으로 대본을 더듬으며 속이 타는 소녀처럼 급히 서둘러 되는 대로 적당히 읽고 있었다. 그는 암송하는 것을 도와주겠다고 말했다. 그녀는 그에게 대본을 내주었다. 그리고 일어나서 복습을 시작했다. 도중에서 말이 걸리

거나 다음 문구로 옮겨가기 전에 앞의 문구의 끝머리를 몇 번이고 되풀이하곤
했다. 암송하면서 머리를 흔들고 있었다. 머리에 꽂은 핀이 온 방안에 흩어
졌다. 한 마디의 말이 아무리 해도 머리에 들어가지 않을 땐 버릇 나쁜 어린애처
럼 발을 굴렀다. 우스꽝스런 모독의 말이나 아주 난폭한 말을 스스로에게 퍼부
었다. 크리스토프는 재능과 유치함이 그녀 속에서 얼버무려져 있는 데 놀랐다.
그녀는 적확한, 그리고 사람의 마음을 감동시키는 것을 잘 포착했다. 하지만 온
통 마음을 기울여 말하고 있는 듯이 보이는 긴 대사 한가운데 전연 의미 없는 말
을 할 때가 있었다. 작은 앵무새처럼 그 대사가 어떤 의미를 가지고 있는지 전혀
생각지 않고 그것을 암송했다. 그러자 그것은 엉뚱하고 우스꽝스런 것이 되
었다. 그녀는 이것을 도무지 깨닫지 못했다. 그러나 곧 이것을 알게 되자 그녀
는 배를 움켜쥐고 웃어 댔다. 이윽고는 그의 손에서 대본을 낚아채더니 방 한 구
석으로 던져 버리고는 말했다.
「자, 쉬는 시간이에요！ 종이 울렸어요！ 자, 산보하러 나가요！」
크리스토프는 그녀의 역이 좀 걱정되어 물어 보았다.
「잘 돼 나가겠어요？」
그녀는 자신 있게 말했다.
「물론이에요. 대사를 불러 주는 역은 무엇 때문에 있겠어요？」
그녀는 모자를 쓰러 자기 방으로 갔다. 크리스토프는 기다리는 동안 피아노
앞에 앉아 일련의 화음 몇 개를 가볍게 쳤다. 그러자 옆방에서 그녀가 외쳤다.
「어머！ 그게 뭐예요？ 더 쳐 주셔요！ 훌륭해요！」
그녀는 핀으로 머리에 모자를 꽂으며 달려왔다. 그는 계속 쳤다. 치고 나자
그녀는 더 계속해 달라고 말했다. 프랑스 여자는 〈트리스탄〉을 들을 때나 한 잔
의 초콜릿을 맛볼 때나 마찬가지로 수식이 많은 짧은 감탄사를 습관적으로 마구
뿌리는데 그녀도 그러한 감탄의 말을 흘리며 황홀해했다. 크리스토프는 웃고 있
었다. 그것은 독일인의 거추장스럽고 과장된 감탄사와는 달랐으므로 그의 기분
을 달래 주었던 것이다. 이것은 상반된 두 개의 과장이었다. 하나는 잡동사니더
미를 큰 산처럼 말하고 또 하나는 진짜 산을 잡동사니더미처럼 말하는 것이
었다. 후자나 전자나 똑같이 우스꽝스럽다. 하지만 그에게는 지금 후자 쪽이 좋
아 보였다. 왜냐하면 그것이 나오는 입이 사랑스러웠기 때문이었다. 코린느는
그가 치고 있는 것이 누구의 곡인지 알고 싶어했다. 그리고 그것이 그의 작품이
라는 것을 알자 그녀는 놀라 소리쳤다. 아침에 얘기를 나눌 때 그는 자기는 작곡
가라고 똑똑히 말했었다. 하지만 그녀는 이 말에 전연 마음을 쓰지 않았던 것

이다. 그녀는 그의 곁에 앉아 그가 작곡한 것을 전부 쳐 달라고 졸랐다. 산보는 이미 잊어버렸다. 이것은 그녀의 단순한 아첨의 말이 아니었다. 그녀는 진실로 음악을 사랑하고 있어 부족한 음악 교양을 보충할 만한 훌륭한 재질을 가지고 있었다. 처음에는 그녀가 말하는 것을 그대로 듣지 않고 자기 작품 중에서 가장 알기 쉬운 선율을 연주했다. 그런데 그가 특히 중요시하고 있는 한 페이지를 우연히 연주했을 때, 거기에 대해서 그녀에게 아무 말도 하지 않았는데도 그녀 역시 그 부분을 가장 좋아한다는 것을 알고 그는 유쾌한 놀라움을 느꼈다. 독일인들이 훌륭한 음악을 알아 내는 한 사람의 프랑스 인을 만났을 때의 솔직한 놀라움을 가지고 크리스토프는 코린느에게 말했다.

「이상하군. 참으로 좋은 취미다! 정말 생각지도 않은 일이야…….」

코린느는 그의 얼굴을 보고 놀리듯이 웃었다.

그는 그녀가 어디까지 따라오는가를 보려고 점점더 이해하기 어려운 곡을 골라 연주했다. 하지만 그녀는 아무리 대담한 표현에도 난처해하는 모습은 보이지 않았다. 그리하여 독일에서는 아무리 해도 애호를 받지 않아 자기로서도 그 가치를 의심해 버렸던 아주 새로운 형식의 선율을 쳤더니 놀랍게도 코린느는 한번 더 쳐 달라고 부탁하고, 그리곤 일어나서 기억을 더듬으며 거의 틀리지 않고 그 곡을 노래부르기 시작했다! 그는 그녀에게 다가가 기쁨으로 두 손을 꽉 쥐었다.

「정말 당신은 음악적이야!」

그녀는 웃어 댔다. 그리고 처음엔 시골 오페라 가수로서 출발했지만 순회 흥행주로부터 시극에 맞는 재능을 인정받아 그 방면으로 돌려졌다고 설명했다.

「그건 유감인데!」

「왜요? 시도 역시 음악이에요.」

그녀는 그의 가곡의 뜻을 설명해 달라고 말했다. 그는 독일어로 가르쳐 주었다. 그러자 그녀는 입과 눈의 주름살까지 흉내내며 따라 발음했다. 이것을 암기할 단계가 되자 엉뚱한 말을 자꾸 했다. 그러다가 아주 엉망이 되자 야성적인 목소리로 제멋대로 꾸며내어 둘 다 웃어 댔다. 그녀는 지치지도 않고 그에게 피아노를 치게 했다. 그도 지치지 않고 그녀를 위해 연주하고 그녀의 아름다운 목소리를 들었다. 그 목소리엔 소녀같이 좀 목구멍에 걸린 창법이기는 했지만 직업적인 기교는 없고 어딘지 부드러운, 사람의 가슴을 울리는 데가 있었다. 그녀는 생각하는 바를 솔직히 말했다. 자기가 어떤 사람인가, 어떤 사람을 왜 좋아하고 싫어하는가, 그 이유를 똑똑히 설명할 순 없었지만 그녀의 비판에는 확실

한 이유가 드러나 있었다. 이상하게도 가장 고전적이고 독일에서 가장 높이 평
가되고 있는 작품을 그녀는 제일 지루하게 여겼다. 그녀는 예의상 그런 작품에
약간 아첨하는 말은 했다. 하지만 정말은 마음에 들지 않는다는 것이 드러났다.
음악 애호가들이나 음악가들에게도 『전에 들었던』 음악이 불현듯 새롭게 느껴
지는 만족감, 옛 작품 속에서 전에 사랑했던 형식이나 양식을, 새 작품을 들을
때도 무의식중 재현케 하거나 사랑하게 하는 그런 만족감인데, 그녀는 음악적
교양이 부족했으므로 그런 만족은 몰랐다. 그녀는 또 선율의 감상에 대한 독일
적인 취미에도 공감을 갖지 않았다. 적어도 그녀의 감상성은 다르다. 그는 아직
그녀의 감상성이 갖고 있는 결함을 몰랐다. 독일에서 환영받는, 좀 활기가 없고
무미 건조한 곡은 그녀를 감격시키지 못했다. 그의 가곡 중 가장 평범한 것 ——
그것은 친구들이 이것이라면 조금 칭찬할 수 있다고 얘기했기 때문에 내 버리고
싶다고 생각했던 선율 —— 을 그녀는 결코 높이 평가하지 않았다. 그녀는 극적
인 본능에 의해 뚜렷한 정열을 솔직히 그려낸 선율 쪽을 좋아했다. 그것은 또한
그가 가장 중히 여기던 것이었다. 하지만 그녀는 크리스토프에게는 자연스럽게
여겨지는 거친 화음에 대해서 저항적인 충돌을 느끼고, 그 화음 속으로 뛰어들
지 않고 『정말 이래도 괜찮을까요?』하고 묻는 것이었다. 그가 괜찮다고 대답하
자 그녀는 과감하게 그 선율 속으로 뛰어들었다. 그러나 그녀의 입은 좀 삐죽거
렸다. 크리스토프는 결코 그것을 놓치지 않았다. 번번이 그녀는 이러한 소절을
빼고 싶어했다. 그러자 그는 이 소절을 피아노로 되풀이했다.
 「여기는 싫습니까?」
 그녀는 코를 찡그렸다.
 「여기는 가짜예요.」
 「그럴 리 없지. 가짜가 아닙니다. 무엇을 나타내고 있는지 잘 생각해 보아요.
정말 가짜가 아닙니다. 바로 여기서.」
 그렇게 말하고 그는 자기 심장을 가리켰다. 하지만 그녀는 머리를 저었다.
 「아마 그럴는지도 몰라요. 하지만 여기서는 가짜예요.」
 그렇게 하고서 그녀는 자기 귀를 잡아당겼다.
 그녀는 또 독일의 낭독법이 무턱대고 소리를 높이 지르는 데에도 불만을 표시
했다.
 「왜 그런 큰소리를 내죠? 혼자서 말을 하는데. 옆 집에 들릴까 염려라도 되
지 않나요? 마치……, 용서하세요! 화내지 마셔야 해요, 네?……배를 부르
고 있는 것 같아요.」

그는 화내지 않았다. 진정으로 웃고 있었다. 그리고 그것이 사실임을 인정했다. 이런 관찰은 그를 즐겁게 했다. 아직 그에게 이런 말을 해 준 사람은 없었다. 대개의 경우, 낭송조의 말이 자연스런 말을 비틀어 놓는 것은 확대경이 자연의 모양을 왜곡시키는 것과 비슷하다는 데에 둘의 의견이 일치했다. 코린느는 크리스토프에게 자기를 위해서 극음악을 작곡해 달라고 부탁했다. 이 극에서 그녀는 오케스트라의 반주에 맞추어 대사를 말하고 몇 군데를 노래로 부르겠다는 것이었다. 그는 이 착상에 흥분했다. 무대 위의 실연은 어려웠지만 코린느의 음악적 재능은 곤란을 극복할 수 있을 것 같았다. 둘은 이것저것 미리 계획을 세웠다.

마침내 외출하려고 했을 때는 벌써 다섯 시가 가까웠다. 이 계절에는 해저무는 것이 빨랐다. 이제 산보 같은 것은 할 수 없었다. 그날 밤 코린느는 극장에서 내일의 연습을 하지 않으면 안 되었다.

연습장에는 외부 사람은 아무도 들어갈 수 없었다. 그녀는 계획했던 산보를 하기 위해 이튿날 다시 부르러 오도록 그에게 약속시켰다.

이튿날도 자칫하면 같은 장면이 되풀이될 뻔했다. 그가 찾아갔을 때 코린느는 거울을 앞에 두고 발을 흔들어 대며 높은 의자에 앉아 가발을 시험해 보고 있는 중이었다. 거기엔 그녀의 의상 담당과 미용사가 있었다. 그녀는 미용사에게 머리를 조금더 위로 틀어 올리기 위해 여러 가지 주문을 하고 있었다. 그렇게 해서 거울 속을 들여다 보았을 때 자기 등 뒤에서 미소를 보내고 있는 크리스토프의 모습을 보았다. 그녀는 그에게 혀를 내밀어 보였다. 미용사는 가발을 가지고 나가 버렸다. 그래서 그녀는 명랑하게 수선을 떨며 크리스토프쪽으로 돌아 앉으며 말했다.

「안녕하세요!」

그리고 나서 키스해 달라는 듯이 뺨을 그에게로 내밀었다. 그는 이렇듯 친하게 굴리라고는 예기치 않았었다. 하지만 물론 주어진 기회를 이용했다. 그녀는 이러한 것은 대수로운 일로 여기지 않았다. 그녀에게 있어서 이것은 단순한 인사에 지나지 않았다.

「어머 기뻐요!」

「오늘 밤은 잘 되어 나갈 거예요, 가발 말이에요. 전 퍽 슬펐어요! 당신이 아침에 오셨더라면 맥이 풀려 버린 저를 보실 뻔했지요.」

크리스토프는 그 까닭을 물었다.

파리의 미용사가 짐 포장을 잘못하여 배역에 맞지 않는 가발을 넣었다는 것이었다.

「납작하기만 하고 털이 뻣뻣하게 축 늘어져 있는 거예요. 이것을 보았을 때 난 막달라 마리아처럼 울었어요. 그렇지요, 데지레 부인 ?」

「들어왔을 때 깜짝 놀랐어요. 얼굴에 혈색이라고는 없지 않겠어요. 마치 죽은 사람 같았어요.」

부인의 설명에 크리스토프는 웃었다. 코린느는 그것을 거울 속으로 보았다. 그녀는 분개해서 말했다.

「어머 웃으시네 ? 인정도 없이.」

그렇게 말하는 그녀도 웃고 있었다.

그는 전날 밤의 연습은 어땠느냐고 물었다.

모든 것은 잘 되어 갔다고 그녀는 대답했다. 다만 그녀는 다른 배우의 대사를 더 빼고 자기 대사는 빼지 않았으면 좋겠다고 말했다. 둘은 얘기할 것이 너무 많아 오후의 시간은 그 때문에 지나 버렸다. 그녀는 천천히 옷을 입었다. 자기의 몸차림에 대해 크리스토프의 의견을 듣고 재미있어 했다. 크리스토프는 그녀의 멋진 모습을 칭찬해 주었다. 그리고 프랑스어도 독일어도 아닌 애매한 말로 그녀만큼 luxurieux(〈세련되었다〉고 한다는 것이 〈음란한〉이란 말을 한 것이다)한 여성은 본 적이 없다고 솔직히 말했다. 그녀는 깜짝 놀라 처음엔 그의 얼굴을 빤히 들여다 보았지만 갑자기 큰소리로 웃기 시작했다.

「내가 뭐라고 말했던가요 ? 그렇게 말해선 안 되는 것이었나요 ?」

「괜찮아요, 괜찮아요 ! 정말 꼭 그대론 걸요.」

그녀는 우스워 죽겠다는 듯이 소리치며 웃었다.

한참만에야 가까스로 둘은 밖으로 나왔다. 그녀의 화려한 의상과 쉴새 없는 수다는 사람들의 주의를 끌었다. 그녀는 모든 것을, 놀려 대기 좋아하는 프랑스 여자의 눈으로 바라보고 그리고 그 인상을 숨기려고 하지 않았다. 유행품을 팔고 있는 가게의 진열장이나 그림엽서 가게 앞에서 그녀는 그만 웃음을 터뜨렸다. 그림엽서 가게에는 감상적인 장면, 우스꽝스럽고 외설스런 장면, 도시의 고급 매춘부, 황제 일가, 빨간 복장의 황제, 초록 복장의 황제, 게르마니아 호의 키를 잡고 하늘에 도전하고 있는 수병 모습의 황제, 그러한 그림엽서가 잡다하게 널려 있었다. 바그너의 완고한 얼굴이 장식화로 그려져 있는 한 벌의 식기 앞에서나 초로 만든 남자의 머리가 거드름을 피우고 있는 이발소 앞에서 그녀는 커다란 입을 벌리고 웃었다. 프러시아와 독일 연방과 벌거숭이 군신(軍神)을 거느린 긴 망토를 입고 끝이 뾰죽한 투구를 쓴 노황제의 애국 기념탑 앞에서도 버릇없는 웃음을 웃었다. 사람들의 얼굴 표정이나 걸음걸이나 얘기하는 데에 무엇인가 우스꽝스런 점이 있으면 지나가다 모두 지적했다. 자기들의 우스꽝스런 점을 찾고 있는 심술궂은 눈을 만나자 피해자들도 눈치채지 않을 수 없었다. 그녀는 원숭이와 같은 본능으로 가끔 아무 생각없이 사람들의 기쁜 듯한, 혹은 불만스런 듯한 찌푸린 얼굴을 입술과 코로 흉내내는 수가 있었다. 지나다가 얼핏 귓결에 들려 온 마디마디의 문구나 말의 음향이 우스꽝스럽게 느껴지면 뺨을 볼록하게 하고 자기도 발음해 보았다. 그는 그녀의 그런 버릇없음을 조금도 불쾌해하지 않고 진정으로 웃었다. 그 자신도 마찬가지로 체면을 돌보지 않고 행동했던 것이다. 그의 평판이 이제는 대수로울 것이 없었던 것은 다행이었다. 왜냐하면 평판이 아직 좋았더라면 이러한 산보 때문에 그것은 영구히 매장되어 버렸을 터이니까.

둘은 대사원을 구경했다. 코린느는 굽이 높은 구두를 신고 치맛자락이 긴 옷을 입고 있었지만 종루 꼭대기까지 올라가고 싶어했다. 치마깃은 층계에 끌려 드디어 모서리에 걸렸다. 그녀는 그런 일은 개의치 않고 꽉 잡아당겨 천 찢어지는 소리가 났다. 그녀는 용감히 자꾸 올라갔다. 조금만 더 갔으면 종을 칠 뻔했다. 탑 꼭대기에서 그녀는 빅톨 위고의 시를 커다란 소리로 암송했다. 그로서는 그 뜻을 전연 알 수 없었다. 그녀는 또 프랑스 민요 하나를 노래했다. 그것이 끝나자 이번에는 회교도 승려가 기도 시간을 알리는 흉내를 냈다. 저녁 어둠이 내리덮였다. 둘은 대사원 안으로 내려갔고, 벽의 높은 데서는 그림이 그려진 유리창이 괴상한 눈동자처럼 빛나고 있었다. 크리스토프는 얼핏 이층 좌석에서 함께 〈햄릿〉을 보던 그 여자가 옆의 예배당에 무릎을 꿇고 있는 것을 보았다. 그녀는 정성껏 기도를 올리고 있었으므로 그의 모습을 그녀는 볼 수 없었다. 그녀는 비통하고 긴장된 표정이었다. 그는 이에 가슴이 뭉클했다. 무엇인가 말을 해 주고 싶었다. 아니면 인사라도 해 주고 싶었다. 하지만 코린느가 다급히 그를 끌고 갔다. 독일의 습관에 따라 개막이 빨라져서 그녀는 곧장 준비를 하지 않으면 안 되었기 때문에 둘은 곧 헤어졌다. 그가 집으로 돌아오자 곧 초인종이 울리고 심부름꾼이 코린느의 편지를 가지고 왔다.

얼마나 고마운 일인지! 제자벨이 병이 났어요! 연극은 휴업! 우리 일단은 대갈채!……벗이여! 와 주셔요. 함께 가벼운 식사를 합시다!

당신의 코린느로부터

추신——악보를 많이 가져오세요 !

크리스토프는 얼른 납득이 가진 않았다. 뜻을 알게 되자 그도 코린느와 마찬가지로 행복한 기분이 되어 곧 호텔로 갔다. 단원들이 모두 식사에 모여 있는 것은 아닐까 걱정이었다. 하지만 누구의 모습도 보이지 않았다. 코린느조차도 없었다. 간신히 쑥 들어간 안쪽에서 그녀의 수선스럽고 명랑한 목소리가 들려왔다. 그는 가까스로 부엌에서 그녀를 찾아 낼 수 있었다. 그녀는 즉석 요리를 만들려고 생각했던 것이다. 그것은 주위를 온통 엄청나게 강한 냄새로 채우고 돌조차도 자극할 듯한 남구식 요리였다. 그녀는 몹시 비대한 호텔의 주인 아주머니와 사이가 좋았다. 두 사람은 독일어와 프랑스어나 니그로어가 섞인 듯한, 어느 나라 말이라고도 할 수 없는 대단스런 말로 알쏭달쏭한 애기를 지껄이고 있었다. 두 사람은 서로 자기 요리를 상대에게 맛을 보게 하며 큰소리로 웃어댔다. 크리스토프가 나타나자 수선은 더욱 심해졌다. 두 사람은 그를 내쫓으려고 했다. 하지만 그는 거절하고 이 굉장한 요리의 맛을 보았다. 그는 조금 얼굴을 찌푸렸다. 그러자 그녀는 그를 야만스런 튜톤 인이라고 말하고 그를 위해 수고를 하는 게 아니었다고 투덜댔다.

두 사람은 함께 작은 객실로 올라갔다. 거기에는 식탁이 준비가 되어 있었다. 식탁에는 그와 코린느의 식기밖에 없었다. 그는 단원들은 어디 있느냐고 묻지 않을 수 없었다. 코린느는 그따위 일은 아무래도 좋다는 듯한 몸짓을 했다.

「몰라요.」

「함께 식사하지 않습니까 ?」

「절대로 ! 극장에서 얼굴을 맞대는 것만으로도 충분해요 ! 아 ! 식사 때까지도 함께 있어야 되는 것이라면…….」

그것은 독일 관습과는 전혀 달랐으므로 놀랍기도 하고 기쁘기도 했다.

「당신네들은 사교적인 국민이라고 생각했습니다만 !」

「그럼 나는 사교적이 아니예요 ?」

「사교적이라는 것은 이를테면 사회 속에서 생활한다는 것입니다. 우리들 독일인은 얼굴을 마주보고 있지 않으면 안 됩니다. 남자도 여자도 어린이도 태어난 날부터 죽는 날까지 각자가 사회에 속해 있어요. 모든 것이 사회 속에서 이루어집니다. 사람들은 사회와 더불어 먹고 노래부르고 생각하지요. 사회가 재채기를 하면 사람들도 이와 더불어 재채기를 합니다. 사회와 더불어 마시는 게 아니라면 사람들은 한 잔의 맥주도 마시지 않습니다.」

「그것은 틀림없이 즐겁겠지요. 같은 컵으로 마시게 된다면 어떨까요?」

「그건 참으로 동포애적이겠지요.」

「그러한 동포애 따윈 싫어요! 마음에 드는 사람하고라면 동포가 되고 싶지만 그밖의 사람과는 딱 질색이에요, 싫어! 그런 건 사회가 아니라 개미집이에요!」

「저도 동감입니다. 그러니까 여기서 내가 어떤 심정으로 있는지 짐작해 주십시오!」

「그럼, 우리 나라로 오셔요!」

그것은 바로 그가 바라는 바였다. 그는 파리며 프랑스 인에 대해서 물었다. 그녀는 여러 가지로 가르쳐 주었다. 하지만 그것은 완전히 정확한 것은 아니었다. 남국 여자 특유의 허풍에다 상대를 현혹시키고자 하는 욕망이 들어 있었다. 그녀가 말하는 바로는 파리에서는 누구나 다 자유로웠다. 그리고 파리에서는 모두가 현명하기 때문에 각자 자기 자유를 이용하며 아무도 이를 남용하는 사람은 없었다. 각자 자기 하고 싶은 대로 하고, 제 마음대로 생각하고 믿고 사랑하고 지냈다. 아무도 이것을 트집 잡는 사람은 없었다. 거기서는 남의 신앙에 쓸데없는 말을 하거나 남의 양심을 은밀히 알아 보거나 남의 사상을 제 뜻대로 잡아끌고 돌아다니거나 하는 사람은 없었다. 정치가가 문학이나 미술에 관한 일에 부질없는 간섭을 하거나, 훈장이나 지위나 돈을 오직 자기 친구나 동료들에게만 뿌리는 일은 없다. 거기서는 문학가의 단체가 명성이나 성공을 좌우한다는 일도 없고, 신문 잡지 기자가 매수된다는 일도 없고, 문학가가 별로 노력도 않는데도 적당히 잘난 체한다는 이도 없었다. 비평계가 이름 없는 수재를 질식시키거나 이미 유명한 수재에 대해 한없는 아첨을 보낸다거나 하는 일도 없었다. 성공만 하면, 어떻게 해서든지 성공만 한다면 모든 수단을 정당화하는 것이 되고, 세상의 숭배를 받는다는 일도 없었다. 인정과 풍속은 온건하고 애정이 깊고 친절했다. 사람과 사람 사이에 거친 가시는 없었다. 욕설을 하는 소리는 들리지 않았다. 사람들은 서로 도왔다. 같이 있는 신의는 반드시 환영의 손을 뻗어 맞이하고 그의 발 밑에는 평탄한 길이 열렸다. 아름다운 것에 대한 순수한 애정이 이러한 기사적이고 공명 정대한 프랑스 인의 혼을 채웠다. 그들은 단 한 가지 우스꽝스런 점을 가지고 있었다. 그것은 그들의 이상주의로서, 그 때문에 세상에 널리 알려진 재치를 가지고서도 다른 국민에게 속는 일이 많았다.

크리스토프는 정신없이 듣고 있었다. 참으로 그것은 경탄할 만한 일이었다. 코린느 자신도 자기 말에 귀를 기울이며 크리스토프에게 얘기한 것을 죄다 잊고 있었다. 또 그도 마찬가지로 그런 일은 잊고 있었다.

하지만 코린느는 단순히 자기 조국을 독일인에게 사랑하게 하려고 애쓰고 있는 것만은 아니었다. 아울러 자기 자신도 사랑하게 하려고 했던 것이다. 연애 유희도 없이 하룻밤을 보낸다는 것은, 그녀에게는 무미 건조하고, 그리고 약간 우스꽝스런 일로 여겨졌을 것이 틀림없다. 그녀는 열심히 그에게 교태를 부렸다. 하지만 부질없는 일이었다. 그는 이것을 눈치채지 못했다. 크리스토프는 연애 유희가 무엇인지 몰랐다. 사랑하거나 사랑하지 않거나였다. 사랑하지 않을 때에는 연애 같은 것은 전혀 생각지 않았다. 그는 코린느에 대해 강한 우정을 느끼고 있었다. 그에게 있어서는 사뭇 신기하기만 한 이 남방적인 성격, 그녀의 애교, 밝은 기질, 솔직하고 자유로운 지성 따위의 매력을 그는 느끼고 있었다. 물론 거기에는 사랑할 만한 이유가 너무도 충분히 있었다. 하지만 마음의 바람은 자기가 원하는 데로 불게 마련이다. 그의 마음의 바람은, 그녀에게로는 불어가지 않았다. 그리고 사랑하는 마음도 없는데 사랑의 흉내를 낸다는 것은 그로서는 생각지도 못할 일이었다.

코린느는 그의 쌀쌀한 태도를 재미있어 했다. 그가 가져온 악보를 연주하고 있는 동안, 피아노 앞에 나란히 앉아 드러난 팔을 그의 목에 감고 악보를 보기 위해 피아노 위에 몸을 구부리고 자기 뺨을 그의 뺨에 거의 갖다 댄 것처럼 하고 있었다. 그는 그녀의 속눈썹이 가볍게 자기 얼굴에 닿는 것을 느끼고, 말려오는 입술 위에 엷게 퍼져서 돋아 있는 솜털을, 바로 눈앞에 보고 있었다. 그녀의 입술은 웃음을 지으며 기다리고 있었다, 그녀는 기다렸다. 크리스토프는 이 유혹을 알 수 없었다. 그는 코린느가 자기의 연주를 방해하고 있다고, 그저 그렇게만 생각하고 있었다. 기계적으로 그는 몸을 당기고, 의자를 밀어냈다. 잠시 후 그가 코린느에게 말을 건네려고 뒤돌아보자 그녀가 웃음을 참고 있는 것을 보았다. 뺨의 볼우물이 웃고 있었다. 그녀는 입술을 꽉 다물고 웃음이 터져나오지 않도록 열심히 참고 있는 것 같았다. 그는 놀라서 말했다.

「왜 그러십니까?」

그녀는 그의 얼굴을 보고는 갑자기 요란스런 웃음을 터뜨렸다.

그는 무슨 일인지 도무지 알 수가 없었다.

「왜 웃는 거죠? 무슨 이상스런 말을 했던가요?」

그가 끈질기게 물으면 물을수록 더욱 웃었다. 간신히 웃음이 가라앉으려 했다가도, 그의 어리둥절한 얼굴을 얼핏 보고 또다시 더한층 격렬하게 웃어 댔다. 그녀는 일어나서 방의 다른 구석에 있는 소파로 달려가 거기 쿠션에 얼굴을 묻고 실컷 웃었다. 그녀의 온 몸이 웃고 있었다. 그에게도 그 웃음이 옮아갔다. 그녀한테로 가 그녀의 등을 가볍게 두들겼다. 그녀는 마음껏 웃고 나자, 머리를 들고 눈물에 젖은 눈을 훔치며 그에게 두 손을 내밀고 말했다.

「당신이란 사람은 참으로 좋은 아이군요 !」

「다른 사람들보다는 나쁘지 않습니다.」

그녀는 그의 두 손을 잡은 채 치밀어오는 웃음에 가벼운 발작으로 몸을 떨고 있었다.

「진지하지 않죠, 프랑스 요자는 ?」

그녀는 프랑스 여자를 요자라고 발음했다.

「당신은 나를 놀려 대고 있는 거군요 ?」

그는 기분이 좋아 말했다. 그녀는 감동한 듯한 얼굴로 바라보고 힘주어 그의 두 손을 흔들었다. 그리고 말했다.

「우리들은 친구죠 ?」

「친구입니다 !」

「코린느가 없다 하더라도 그는 그녀 생각을 해 주실까요 ? 이 프랑스 여자가 진지하지 않다고 해서 나쁘게 생각하지나 않을까요 ?」

「그리고 그녀는, 이 야만스런 튜톤 인이 이렇듯 바보라고 해서 나쁘게 생각하지 않을까요 ?」

「그렇기 때문에 더욱 좋은 거예요. 그는 그녀를 만나러 파리로 오실까요 ?」

「틀림없습니다.……한데 그녀는 내게 편지를 주실는지요 ?」

「맹세해요……당신도 맹세한다고 말해요.」

「맹세합니다.」

「안 돼요, 그렇게 해선. 손을 내밀지 않으면.」

그녀는 호라티우스의 맹세(고대 로마의 삼형제. 18세기 프랑스 화가 다비드의 작품에 호라티우스의 맹세가 있다)를 흉내냈다. 또 그녀는 그것을 프랑스 어로 번역시켜, 자기가 파리에서 공연할 작정이라고 말했다. 그녀는 단원들과 더불어 다음 날 출발하기로 되어 있었다. 그는 다음 이틀 뒤에 프랑크푸르트에서 공연하는 그녀를 만나러 가기로 약속했다. 둘은 한참 동안 더 얘기를 나누었다. 그녀는 거의 반나체가 된 자기 사진을 크리스토프에게 주었다. 둘은 오빠와 동생처럼 키스를 나누고 쾌활하게 작별했다. 실제로 코린느는 크리스토프가 자기를 사랑하고는 있지만 결코 연정을 품고 있진 않다는 것을 알고 나서부터는, 그녀도 또한 연애 감정을 버리고 의좋은 친구들처럼 그를 사랑하기 시작했던 것이다.

　그래서 두 사람의 잠은 둘 다 산란하지 않았다. 이튿날 그는 그녀에게 작별 인사를 할 수 없었다. 연주회의 연습 때문에 붙들려 있었던 것이다. 하지만 그 다음 날 용하게 틈을 내어 프랑크푸르트로 가게 되었다. 기차로 두세 시간이었다. 코린느는 크리스토프의 약속을 정말로 믿지는 않았으나, 그는 달랐다. 그리고 개막 시간에 꼭 맞추어 찾아갔다. 막간에, 그녀가 의상 준비를 하고 있는 분장실로 가서 문을 노크했다. 그녀는 놀라운 기쁨에 외마디 소리를 지르고는 그의 목에 매달렸다. 그가 와 준 것을 마음 깊이 감사했다. 하지만 크리스토프에게 불행했던 일은, 이 시에는 그녀의 현재의 아름다움과 미래의 성공을 평가할 수 있는 돈많고 총명한 유태인들이 훨씬 많이 있어, 그녀는 그러한 사람들에게 에워싸여 있었다는 사실이었다. 분장실의 문은 끊임없이 노크를 받았다. 그리고 문은 반쯤 열린 채로여서, 눈초리가 날카롭고 우울해 보이는 표정을 한 사람들이 들어와서 무뚝뚝한 말투로 싱겁기 짝이 없는 아첨을 늘어놓았다. 물론 코린느는 그들에게 미태를 담은 애교를 뿌렸다. 그리고 그런 뒤에 일부러 꾸민 도발적인 태도를 바꾸지 않고 크리스토프에게 말을 걸었다. 그는 이것이 비위에 거슬렸다. 그리고 그가 보는 앞에서 부끄러움도 없이 유유히 화장을 하려고 덤벼든 일도 그에게는 불쾌했다. 팔과 가슴과 얼굴에 칠한 분장은 그에게 심한 혐오감을 주었다. 그는 연극이 끝나자 그녀를 만나지 않고 돌아가려고 했다. 하지만 극이 끝난 뒤에 초대받은 파티에 참석할 수 없다는 것을 사과할 겸 작별 인사를 하러 가자, 그녀가 무척 상냥스러운 슬픈 얼굴을 지었으므로 그의 결심은 무너졌다. 그녀는 기차 시간표를 가져오게 하여 아직 한 시간 남짓 자기와 함께 있을 수 있다, 있지 않으면 안 된다고 말했다. 그도 설득될 것을 바라고 있었다. 그리하여 파티에 참석했다. 사람들이 늘어놓고 있는 너절한 수다에 대한 권태와 코린느가 아무에게나 뿌리고 다닌 미태에 대한 불쾌감도 그는 겉으로는 별로 나타내지 않고 참았다. 이러한 일로 그녀를 원망할 수는 없었다. 그녀는 도덕심이라는 것을 가지고 있지 않았고 게으르고 관능적이고 쾌락을 좋아하며, 어린애 같은 미태를 푸짐하게 뿌리고 있었지만, 동시에 또 성실하고 선량하고 정직한 사람으로서, 그녀의 모든 결점도 참으로 자연스럽고 건강한 것이었으므로 사람들은 이것을 웃어 버리고 말 수밖에 없었다. 아니 이것을 사랑하지 않을 수는 거의 없었다. 크리스토프는 그녀의 정면에 앉아, 그녀가 수다를 떠는 동안 이탈리아적인 미소——선량함과 섬세함과 사뭇 탐욕스러운 듯한 둔중함이 감돌고 있는 저 이탈리아적인 미소를 띤 생기 있는 얼굴, 환히 반짝거리는 아름다운 눈, 조금 부풀어오른 듯한 턱언저리 같은 것을 바라보고 있었다. 그는 전에 없이 똑똑히 그녀의 얼굴을 보았다. 어떤 특징이 아아다를 생각나게 했다. 몸짓과 눈초리와 약간 경박한, 그리고 육감적인 태도가. 그것은 영원히 여성들이 지니고 있는 것이다. 하지만 그가 그녀 속에서 사랑하고 있었던 것은 남구적인 성질이었다. 아낌없이 주고, 객실에서의 아름다움이나 책 위의 이해력을 만드는 일에는 흥미를 갖지 않고, 정신도 육체도 태양을 향해 꽃피는 듯한 조화 있는 어린이를 만들어 내는 일을 즐기는 저 너그럽고 큰 모성이었다. 그가 돌아가려고 하자 그녀는 식탁에서 일어나 다른 사람들과 떨어진 장소에서 그에게 작별 인사를 했다. 둘은 또 한번 키스를 나누고 편지를 쓸 것과 언젠가 다시 만날 것을 새삼스럽게 또 약속했다.

그는 막차를 타고 귀로에 올랐다. 도중의 어느 역에서 반대 방향으로부터 온 열차가 기다리고 있었다. 바로 그의 정면에 머물러 있는 객차의 삼등칸에 그와 함께 〈햄릿〉을 본 그 젊은 프랑스 여자의 모습이 보였다. 그녀쪽에서도 크리스토프의 모습을 보았다. 그녀는 그를 기억하고 있었다. 둘은 깜짝 놀랐다. 둘은 말없이 인사를 나누었다. 그리고 그 이상 얼굴을 마주 볼 수도 없이 잠자코 있었다. 크리스토프는 그녀가 여행용의 작은 테 없는 모자를 쓰고 낡은 가방을 하나 자기 옆에 놓아 둔 것을 퍼뜩 알아보았다. 그러나 그녀가 이 나라를 떠나려고 하는 것이라고는 생각지 못했다. 며칠 동안 여행을 떠나는 것이라고 생각했다. 그녀에게 말을 걸어도 괜찮을지 어떨지 몰랐다. 그는 망설였다. 말하고자 하는 것을 머릿속으로 준비했다. 그리고 말을 걸기 위해 차의 창문을 열려고 했을 때 발차 기적이 울렸다. 그는 얘기할 것을 단념했다. 몇 초가 지나 기차가 움직이기 시작했다. 둘은 바로 정면으로 얼굴을 맞대었다. 제각기 양쪽 차 안에서 고독했으므로 그들은 차창에 얼굴을 붙이고 둘을 에워싸고 있는 어둠을 통해 서로 상대방의 눈을 물끄러미 들여다 보았다. 이중창이 둘을 가로막고 있었다. 밖으로 팔을 내밀었다면 그들의 손은 서로 닿을 수 있었으리라. 그렇듯 가까웠다. 또는 아주 멀었다고도 할 수 있었으리라. 기차는 육중하게 흔들렸다. 서로가 영원히 이별하게 되는 지금에 와서는 그녀도 시선을 떼지 않고 언제까지나 그를 보고 있었다. 둘은 정신없이 서로 쳐다보고 있었으므로 마지막 인사를 나눌 생각조차도 하지 못했다. 그녀는 천천히 멀어져 갔다. 그의 눈에도 그녀의 모습이 사라져 갔다. 그녀를 태운 기차는 밤의 어둠 속으로 빨려들어 갔다. 두 개의 방황하는 천체인 것처럼 둘은 일순간 옆을 지나 무한한 공간 속으로, 혹은 영원히 다시 만날 길 없이 멀어져 갔다. 그녀의 모습이 사라지자 그는 저 미지의 눈길에 의해 마음속에 패인 공허를 느꼈다. 웬지 알 수 없었다. 하지만 공허는 거기 있었다. 좌석 한 구석에 등을 기대고 눈을 반쯤 감고 졸음에 잠겨 있노라니 눈 위로 그녀의 눈길이 와 닿는 것처럼 느껴졌다. 그리고 이것을 한층 또렷이 느끼기 위해 다른 생각은 모두 침묵하고 있었다. 코린느의 얼굴이 유리창 저쪽에서 날개를 파닥거리는 곤충처럼 그의 마음의 바깥쪽에서 아른거리고 있었다. 하지만 그는 이것을 마음속에 들여놓지 않았다.

기차에서 내려 밤의 차가운 공기를 마시고 고요히 잠든 거리를 거닐자 졸음이 달아나 버리고 다시 코린느의 얼굴이 나타났다. 다정스런 태도와 교태가 생각나자 기쁨과 초조가 범벅이 된 기분으로 그 상냥스런 여배우의 추억에 미소를 던졌다.

『곤란한 프랑스 인이다 !』

그는 옆에 잠들어 있는 어머니가 잠을 깨지 않도록 살며시 옷을 벗으며 나직한 웃음 소리와 함께 중얼거렸다. 그러자 어느 날 밤 위층 좌석에서 들은 말이 얼핏 생각났다.

『그렇지 않은 사람도 있어요.』

처음 접촉했을 때부터 프랑스는 그에게 이중성의 수수께끼를 던졌다. 하지만 모든 독일인과 마찬가지로 그는 별로 이 수수께끼를 풀려고는 하지 않았다. 그리고 차 안에서 본 그 젊은 여자 일을 생각하며 이렇게 되풀이할 뿐이었다.

『그 여자는 도무지 프랑스 인 답지 않다.』

마치 어떤 것이 프랑스 인이고 어떤 것이 프랑스 인이 아니라는 것을 말할 권한이 한 사람의 독일인에게 있는 것처럼.

프랑스 인이건 아니건, 하여튼 그녀의 일이 마음에 걸렸다. 그 증거로는 밤중에 가슴이 죄어들 듯이 괴로워 눈이 뜨인 것이다. 그녀 곁 가까이 좌석 위에 놓여 있던 가방이 생각났다. 그러자 느닷없이 그녀는 그만 떠나 버린 것이라는 생각이 떠올랐다. 사실 이러한 생각은 최초의 순간에 떠올랐어야만 했다. 하지만 이것을 깊이 생각하지 않았었다. 그렇게 생각하자 아련한 슬픔이 느껴졌다. 그는 침대 속에서 어깨를 치켜올리며 중얼거렸다.

『그게 나한테 어떻다는 것이냐? 나와 상관 없는 일이다.』

그는 다시 잠이 들었다.

그가 이튿날 외출하여 처음 만난 사람은 만하임이었다. 만하임은 그를 블뤼허 (프러시아의 장군)라고 불러 대고 전프랑스를 정복할 결심을 했느냐고 물었다. 그는 살아 있는 뉴스의 신속한 제보자의 입을 통해 좌석의 사건이 만하임이 기대했던 이상의 성공을 거두었음을 알았다.

「자네는 대단한 놈이다. 자네에 비한다면 나 같은 건 비교도 되지 않아.」

「내가 무얼 어떻게 했다는 건가?」

「자네가 부러워 죽겠군. 그뤼네바움의 코앞에서 좌석을 가로채어, 대신 그자들의 프랑스 인 가정 교사를 초대하다니……아니, 이건 정말로 멋있어. 나 같은 건 도저히 생각지도 못할 일이었어!」

「그뤼네바움의 가정 교사였었나?」

크리스토프는 놀라서 물었다.

「그래, 모르는 척해 두는 게 좋아. 짐짓 얌전한 체하는 거야. 나도 그걸 권하지! 아버지는 화를 가라앉히지 않을 것이네. 그뤼네바움 치들은 펄펄 뛰고들 있고! 그자들은 꾸물거리지 않았어. 그들은 그 여자를 내쫓아 버렸거든.」

「뭐라고! 내쫓았다구!……나 때문에 내쫓았다는 거야!」

「자넨 그걸 몰랐었나? 그녀는 그걸 자네에게 말하지 않았었나?」

크리스토프는 어두운 기분이 되었다.

「뭐 그렇게 걱정할 것은 없다네. 대수로운 일은 아니야. 게다가 언젠가는 그뤼네바움 치들이 알게 될 테니까…….」

「무엇을? 무엇을 알게 된다는 거야?」

「물론 그녀가 자네 정부라는 걸 말이지!」

「난 그 여자를 알지도 못해. 누군지도 모른단 말이야.」

만하임은 싱글거렸다. 그 웃음은 이런 뜻을 나타내고 있었다.

『나는 자네가 생각하는 것만큼 바보는 아니라네.』

크리스토프는 화를 냈다. 자기가 말하는 것을 믿어 달라고 만하임에게 대들었다. 만하임은 말했다.

「그렇다면 더욱더 재미있는데.」

크리스토프는 흥분하여, 지금부터 그뤼네바움 사람들을 찾아가 사실을 얘기해 그 여자의 무고함을 입증해 주겠다고 말했다. 만하임은 그러지 못하도록 말렸다.

「여보게, 자네가 무슨 말을 한들 그자들은 도리어 점점더 그 반대를 믿을 따름이지. 게다가 행차 뒤의 나팔 소리야. 그 여자는 벌써 멀리 가 버렸다네.」

크리스토프는 몹시 슬픈 심정이 들어, 그 프랑스 여자의 행방을 찾으려고 애썼다. 편지를 내어 용서를 빌고 싶었다. 하지만 누구도 그녀에 대해서는 알지 못했다. 그뤼네바움 네로 물으러 갔다가 쫓겨 나왔다. 그들은 그녀가 어디로 갔는지 알지 못했다. 그리고 그것을 마음에 두고 있지도 않았다. 못할 짓을 했다는 생각에 크리스토프는 고통을 겪었다. 그것은 끊임없는 양심의 가책이었다. 또한 거기에는 신비로운 일이 결부되어 있었다. 그것은 사라져 버린 눈으로부터 고즈넉하게 그를 비추고 있는 매력이었다. 이 매력과 양심의 가책은, 나날의 생활과 새로운 사고의 물결에 가리어 스러지는 듯이 보였다. 하지만 마음의 깊은 밑바닥에 남몰래 언제까지나 남아 있었다. 크리스토프는 그녀를 자기의 희생자라고 생각하고 결코 그녀를 잊지는 않았다. 꼭 다시 한번 그녀를 만나려고 다짐했다. 해후할 기회가 거의 없다는 것을 잘 알고 있었다. 하지만 꼭 만나리라고 믿었다.

코린느는 아무리 그가 편지를 보내도 답장을 보내오지 않았다. 그런데 석 달이 지나 이젠 그가 아무런 기대도 갖지 않았을 무렵에, 마흔 단어의 전보가 왔다. 그녀는 그 속에서 즐거운 듯이 농담을 하며 그를 상냥스런 애칭으로 부르며 『우리는 변함없이 서로 사랑하고 있나요?』하고 묻고 있었다. 그후 일 년 가까이 또 소식이 끊어진 후 짧은 편지가 왔다. 그것은 귀부인처럼 보이려고 애쓴 듯한, 어린애같이 비비꼬인 커다란 글씨로 갈겨쓴 것이었다. 정답고 어릿광대 같은 몇 마디의 편지였다. 그리고 그뿐이었다. 그녀는 그를 잊어버린 것이 아니라 그의 일을 생각할 틈이 없는 것이었다.

크리스토프는 코린느의 매력에 아직 묶여 있었으며 또 둘이서 주고 받은 얘기에 대한 생각으로 머릿속이 꽉 차 있었으므로, 그녀가 몇 가지 곡을 노래부르며 연출하는 하나의 극, 일종의 시적인 멜로드라마〔樂劇〕음악을 만들려고 꿈꾸었다. 이런 종류의 예술은 독일에서도 환영받고, 모차르트에게 퍽 애호되고 베토벤, 베버, 멘델스존, 슈만 등 모든 고전적 거장들에 의해 실제로 만들어졌던 것이지만, 극과 음악의 결정적 양식을 실현했다고 자부하는 바그너 파의 승리 이래로는 완전히 돌아보지 않게 되었었다. 바그너 파의 대담한 현학자들은, 새로운 멜로드라마를 모두 물리친 것만으로는 만족하지 않고 옛날 멜로드라마에 화장을 하려고 애썼다. 오페라〔歌劇〕로부터 대화의 부분을 모두 샅샅이 지워 버리고, 모차르트와 베토벤과 베버의 작품을 오페라를 위해 자기류의 레시타티프〔郎誦調〕로 썼다. 이들 걸작 위에 자기들의 빈약한 졸작을 공손히 올려 놓아 거장들의 의도를 보충한 셈이었다.

코린느의 비평으로 바그너적인 낭송법은 숨이 답답하고 보기에 흉하다는 점에 대해 보다 민감해진 크리스토프는, 말과 노래를 극중에서 배합하여 함께 레시타티프 속에 묶어 버리는 것은 무의미한 일이며 자연에 반대되는 일은 아닐까 하고 생각했다. 그것은 마치 한 필의 말과 한 마리의 새를 하나의 수레에 비끌어 매려 하는 것과 같았다. 말과 노래는 제각기 독자적인 리듬을 가지고 있다. 예술가가 두 가지 중에 하나를 희생하여 자기가 즐기는 쪽에 승리를 얻도록 한다고 하면 이해가 간다. 하지만 둘을 타협시키려고 애쓰는 것은 둘 다 희생시키는 일이었다. 말이 벌써 말이 아니고 노래가 벌써 노래가 아니기를 바라는 일이었다. 노래의 광대하게 퍼진 흐름을 운하의 단조로운 둑 사이로 옹색하게 흘러들게 하고, 말의 아름다운 벌거숭이 리듬에 동작이나 걸음걸이를 방해하는 호사스러운 무거운 옷을 입히는 일이었다. 어째서 양쪽에다 자유로운 동작을 허용해 주지 않는 것일까? 예컨대 가벼운 발걸음으로 시냇물을 따라 거닐면서 꿈꾸는 한 소녀와도 같이. 물의 속삭임은 그녀의 꿈을 흔든다. 그녀는 스스로도 의식하지 않고 걸음걸이 리듬을 시냇물의 노래 소리에 맞춘다. 이렇게 되면 음악과 시는, 둘 다 자유로이 꿈을 서로 한데 엮어 나가며 나란히 걸어나갈 것이다. 확실히 이러한 협력에 있어서는 어떠한 음악도 훌륭하다고는 할 수 없었다. 멜로드라마의 반대자들은 여태까지 시도된 시험과 그 실연자들의 서투른 솜씨에 대해서는 공격할 만한 훌륭한 이유를 가지고 있었다. 크리스토프도 오랫 동안 그들과 마찬가지로 이에 대해 혐오감을 품고 있었다. 배우들은 악기의 반주에 따라 대사를 말하는 것인데 반주 따위는 문제 삼지도 않고, 자기 목소리를 그것에 맞추려고 하지도 않고, 반대로 자기 목소리만을 두드러지게 들려 주려고 애썼다. 그들의 졸렬함과 우매함은 음악적인 귀를 지닌 인간에겐 불쾌감을 갖게 하기에 충분한 것이었다. 하지만 그는 코린느의 조화적인 목소리를 듣고 나서는 한 새로운 예술의 아름다움을 보았던 것이다. 흐르는 듯한 이 맑게 트인 목소리는, 음악에 싸여서 움직였다. 그것은 물 속의 한 줄기 광선 같았으며 노래보다도 더욱 유동적이어서 차유로운 노래의 일종 같았다.

아마도 그의 생각은 틀린 것은 아니었을 것이다. 그는 아직 무경험자였기 때문에 이러한 종류의 예술을 대담하게 시도하려고 든다면 위험이 없을 수 없었다. 이러한 종류는 만일 정말로 예술적인 것으로 만들려 한다면 가장 곤란한 것이었다. 특히 이 예술은 시인과 음악가와 출연자와의 결합된 노력과 완벽한 조화라는 본질적인 조건을 요구했다. 크리스토프는 그런 일에는 개의치 않았다. 크리스토프는 자기만이 그 법칙을 예감하고 있는 이 미지의 예술 속으로 눈을 감고 마구 뛰어들어갔다.

그가 처음으로 착상한 것은 세익스피어의 어느 요정극이나 《파우스트》 제2부의 어느 한 막에 음악을 붙이는 일이었다. 하지만 어느 극장도 그러한 시도를 해 보겠다는 생각이 거의 없었다. 비용이 드는 데다가 또 어리석은 짓인 것처럼 생각되었다. 음악에 대한 크리스토프의 능력은 사람들이 벌써 뚜렷이 인정하고 있었다. 하지만 연극에 대해서까지 여러 가지 손을 뻗친다는 것은 사람들을 고소케 했다. 사람들은 그가 하는 말을 진정으로 받아들이지 않았다. 음악의 세계와 시의 세계는 서로 인연이 없고 오히려 은근한 적의를 품고 있는 대립국가와도 같았다.

크리스토프가 시의 나라에 발을 들여 놓기 위해서는 한 시인의 협력을 수락하지 않으면 안 되었다. 하지만 그 시인을 그 자신이 선택할 권리는 없었다. 그는 자기의 문학적 취미에 자신이 없었다. 문학에 대해서는 전혀 모른다고 사람들은 알고 있었다. 사실 또 주위 사람들이 칭찬하고 있는 시는 전혀 알 수 없었다. 언제나의 그 성실성과 참을성으로 그러한 시가 가지고 있는 아름다움을 느껴 보려고 매우 노력했다. 하지만 언제나 고생한 보람도 없이 지쳐 버리기만 하여 좀 부끄러워졌다. 그렇다, 그는 확실히 시인은 아니었다. 실토하자면 그는 옛날의 어떤 시인들을 열렬히 사랑했다. 그리고 그것으로써 그의 마음도 얼마쯤은 위로를 받았다. 하지만 그는 정당한 방법으로 사랑한 것은 아니었다. 위대한 시인은 그의 작품이 산문으로 번역되더라도, 아니 외국어의 산문으로 번역되더라도 여전히 위대한 것이며, 말은 그것이 표현하고 있는 혼에 의해서만 가치가 있는 것이다, 라는 기묘한 의견을 전에 발표한 일이 있었다. 그의 친구들은 그를 조소했다. 만하임은 그를 속물로 취급했다. 그는 변명하려고는 하지 않았다. 음악에 관해 의견을 말하는 문학가들의 우스꽝스러움을 매일 보고 있었으므로 시에 대한 자기의 무능력을 마음속으로는 다소 미심쩍어했지만 체념하고 있었다. 그리고 눈을 감고 이 점에 대해서는 자기보다도 정통해 있다고 여겨지는 사람들의 판단을 받아들이기로 했다. 그는 잡지의 친구들이 강요하는 대로 퇴폐파의 대시인 스테판 폰 헬무트를 훌륭하다고 해 주었다. 이 시인은 자기가 쓴 〈이피게니에〉를 그에게 가져왔다. 그 무렵 독일 시인들은 프랑스의 시인들도 그랬었지만 한창 이 그리스의 비극을 개작하고 있었다. 스테판 폰 헬무트의 작품은 입센, 호메로스, 오스카 와일드 등이 몇몇의 고고학적 개론의 지식을 섞어 혼합되어 있는 예의 기묘한 그리스——독일적 희곡의 하나였다. 아가멤논은 신경 쇠약 환자이고 아킬레스는 무능력자였다. 그들은 지루하게 자기 신세를 탄식했다. 그리고 물론 그들의 탄식은 아무것도 변화시키지 못했다. 이 극은 이피게니에의 역에 집중되어 있었다. 그것은 신경 쇠약에 걸린 히스테릭한, 그리고 현학적인 이피게니에로서, 영웅들에게 교훈을 주거나 정신없이 수다를 늘어놓거나 관중에게 니체적인 염세 사상을 털어놓거나 하고 이윽고 죽음에 도취하여 날카로운 웃음 소리를 내며 목을 매고 자살하는 것이었다.

그리스 식 의상을 두른 퇴폐한 동고트 인의 이러한 뽐내는 문학만큼 크리스토프의 정신에 어긋나는 것은 없었다. 그의 주위에서는 모두들 걸작이라고 말했다. 그는 겁쟁이였다. 그렇게 믿어 버리고 말았다. 하지만 실제로는 그의 머리는 음악에 관한 일로 꽉 차 있었으므로 대본보다도 자기 음악에 관한 일을 생각하고 있었던 것이다. 그에게 있어서 대본은 자기 정열의 물결을 거기 넘치게 하는 강 밑바닥이었다. 시적인 작품을 음악으로 번역하려는 사람이면 꼭 지키지 않으면 안 되는 자기 포기와 지적 몰개성의 상태로부터 그는 너무나 멀리 떠나 있었다. 그는 자기 일밖에 생각하고 있지 않았다. 작품에 대해서는 전연 생각하고 있지 않았다. 그는 작품을 따르려고 하지 않았다. 게다가 그는 환상을 그리고 있었다. 마치 소년 시절처럼 눈앞에 있는 작품과는 전혀 다른 작품을 머릿속으로 조작해내고 있었던 것이다.

공연 연습할 때가 되어 그는 비로소 현실의 작품에 생각이 미쳤다. 어느 날 한 장면을 듣고 있노라니 너무나 어처구니없게 여겨져, 이것은 배우들의 연기 때문에 그렇게 보이는 것이라고 생각했다. 그래서 그는 극작가 앞에서 배우들에게 그 말을 할 뿐만 아니라 작자에게도 말할 작정이었다. 그러나 작자는 배우들을 변호했다. 작자는 그의 말을 거스르며 뾰로통한 말투로, 자신이 무엇을 쓰고자 하는가는 자신이 잘 알고 있다고 생각한다고 말했다. 크리스토프는 끝까지 자기 주장을 굽히지 않고 헬무트가 아무것도 모르고 있다고 우겨 댔다. 하지만 모두들 웃고 있어 자기가 업신여김을 받고 있다는 것을 깨달았다. 결국 이러한 시를 쓴 것은 자기가 아니라는 것을 인정하고 그는 입을 다물어 버리고 말았다. 이때 비로소 그는 이 작품이 말도 안 될 만큼 내용이 없다는 것을 알았다. 그리고 실망했다. 어째서 이런 착각을 저질렀는지 스스로도 알 수가 없었다. 그는 자신에게 바보라고 욕설을 퍼붓고 머리를 쥐어 뜯었다.

『너로선 시란 전연 이해할 수 없는 것이다. 그것은 너의 분야가 아니다. 너는 네 음악에 전념하기만 하면 되는 거야!』하고 자신을 향해 지껄이며 마음을 가라앉히려고 했지만 되지 않았다. 이 작품의 졸렬함과 목구멍 간지러운 감상적 표현과 말과 동작, 차마 눈뜨고 볼 수 없는 허위적 태도가 너무나 부끄러워 오케스트라를 지휘하면서도 가끔 지휘봉을 휘두를 힘조차 없어졌다. 대사를 불러 주는 역이 있는 구멍 속으로 기어 들어가고 싶었다. 그는 너무나 솔직하고 또 너무나 교활함이 없는 사람이었으므로 자기가 생각하고 있는 것을 숨기지 못했다. 친구들도 배우들도 또 작자도 이것을 눈치챘다. 헬무트는 아랑곳하지 않는다는 듯한 미소를 띠며 그에게 말했다.

「아직 당신 마음에 들지 않았군요?」

크리스토프는 대담하게 대꾸했다.

「바른 대로 말해서 그렇습니다. 나로선 의미를 알 수가 없습니다.」

「그렇다면 당신은 이것을 읽지도 않고 작곡했습니까?」

「읽었습니다. 하지만 나는 착각을 했던 것입니다. 다르게 이해했던 것이죠.」

「그것은 유감입니다. 자신이 이해하신 것 그대로를 썼더라면 좋았을 텐데.」

「그래요! 만일 내가 쓸 수만 있다면!」

시인은 화가 나서 그 보복으로 음악을 깎아내렸다. 그의 음악이 방해가 되어 대사가 들리지 않는다고 투덜거렸다.

시인은 음악가를 이해하지 않고 음악가는 시인을 이해하지 않았지만, 배우들은 시인두 음악가도 이해하지 않았다. 그리고 이것이 조금도 마음에 걸리지 않았다. 그들은 다만 자기 배역 가운데 군데군데 판에 박은 효과를 내는 문구만을 찾고 있었다. 자기 연기를 곡의 음조나 음악적 리듬에 맞추는 일은 문제도 아니었다. 글이 나가는 방향과 음악이 나가는 방향은 서로 어긋났다. 마치 멋대로 빗나간 노래를 줄곧 부르고 있는 것 같았다. 크리스토프는 부드득 이를 갈고 죽어라고 음부를 외쳐 댔다. 하지만 그들은 그가 멋대로 외치도록 내버려두었다. 그가 자기들에게 무엇을 요구하고 있는가를 알지 못하고 아주 태평스럽게 계속했다.

연습이 이토록 진행되지 않았더라면, 그리고 재판 사태가 벌어질 걱정이 없었더라면 크리스토프는 모든 것을 포기했을지도 모른다. 실망해 버렸다는 것을 만하임에게 말하자 만하임은 그를 놀리며 물었다.

「왜 그러는 거야? 만사 다 잘 되어 나가고 있지 않아? 서로 이해를 못하고 있다구? 흠, 그게 어쨌다는 거야? 작자 이외에 작품을 알 수 있다는 일이 있었던가? 자신이 자기 작품을 알게만 되면 그것만으로도 행운이라는 것이지.」

크리스토프는 시가 너절하다는 것이 몹시 마음에 걸렸다. 이 시가 음악을 망쳐 놓을 것이라고 말했다. 만하임도 이 시에는 상식이 결여되어 있는 것과 헬무트가 멍텅구리라는 것을 쉽사리 인정했다. 그러나 그는 헬무트에 대해서는 아무 걱정도 하고 있지 않았다. 헬무트는 언제나 맛있는 음식을 잘 차려 대접하고 있었으며 아름다운 부인을 두고 있었다. 비평계를 위해 그 이상의 무엇이 필요할 것인가? 크리스토프는 어깨를 치키며 엉터리 같은 농담을 듣고 있을 겨를이 없다고 말했다.

「하지만 이것은 결코 농담이 아니라네. 세상 사람들은 융통성이 없는 녀석들 뿐이다! 그자들은 인생에서 무엇이 중요한지 전연 알고 있지 않아.」

그리고 만하임은 헬무트의 일로 골머리를 앓지 말고 자기 자신의 일을 생각하도록 충고했다. 좀더 자기 선전을 하라고 권했다. 크리스토프는 격분해서 거절했다. 그의 사생활에 대해 방문 기사를 취재하러 온 탐방 기자에게 그는 사납게 대꾸했다.

「그것은 자네와는 아무 관계도 없는 일이야!」

또 어느 잡지에 게재하겠다고 사진을 달라고 했을 때 그는 펄펄 뛰며 화를 내고, 다행히도 자기는 통행인에게 구경시키기 위한 카이저〔皇帝〕는 아니라고 고함쳤다. 그를 유력한 살롱과 관계를 맺어 주는 일도 불가능했다. 그는 초대에 응하지 않았다. 때로 도저히 승낙하지 않으면 안 되었을 때도 출석하는 것을 잊어버리거나, 혹은 일부러 여러 사람에게 불쾌감을 주려고 애쓰고 있는 것처럼 여겨지리만큼 기분 나쁜 차림새로 왔다.

하지만 무엇보다도 난처한 일은 공연 이틀 전에 그는 잡지 동료들과 싸움 소동을 벌이고 말았던 것이다.

당연히 일어날 것이 일어났다. 만하임은 여전히 크리스토프의 논설에 손질을 하고 있었다. 지금은 아무런 거리낌없이 비난하는 부분을 전부 삭제하고 찬사와 바꾸어 놓았다. 어느 날 크리스토프는 어떤 살롱에서 한 유명한 연주가와 만났다. 그는 생글거리기를 잘하는 피아니스트로 전에 그가 혹독히 깎아내린 적이 있는 사내였는데, 흰 이를 드러내어 웃으면서 그에게 사례를 하러 왔다. 그는 무뚝뚝하게, 사례를 받을 까닭이 없다고 말했다. 그래도 상대는 어리둥절해하면서도 한결 같은 감사의 말을 늘어놓았다. 크리스토프는 느닷없이 상대의 말을 가로막고 자기 논설에 만족했다는 것은 당신의 자유이지만 그건 결코 당신을 만족시키기 위해 쓴 것은 아니라고 말했다. 이렇게 말하고 그는 상대에게서 등을 돌려 버렸다. 명연주가는 그를 친절하지만 몹시 까다로운 사람이라고 생각하고 웃으며 사라졌다. 그때 크리스토프는 요즈음 최근에 그에게 짓밟힌 다른 음악가에게서도 감사의 명함을 받았다는 것을 생각해냈다. 그러자 별안간 하나의 의혹이 떠올랐다. 그는 밖으로 나가 신문 잡지를 파는 매점에서 그들 잡지의 최근호를 사고 자기 논설을 찾아내어 읽었다. 순간 자기는 미쳐 버린 게 아닌가 하고 생각했다. 이윽고 까닭을 알게 되었다. 그는 금방 미쳐 버릴 듯이 격해져서《디오니소스》의 편집부로 달려갔다.

발트하우스와 만하임이 그들과 친한 한 여배우와 얘기를 하고 있었다. 그들은 크리스토프에게 찾아온 까닭을 물을 필요도 없었다. 크리스토프는 잡지를 테이블 위에 던지고 숨을 쉴 새도 없이 그들을 악한이라느니 무뢰한이라느니 사기꾼이라느니 욕을 해대고 힘껏 의자를 마룻바닥에 동당이치며 무서운 기세로 그들을 책망했다. 만하임은 웃으려고 했다. 크리스토프는 그의 엉덩이를 걷어차려고 했다. 만하임은 몸을 피해 테이블 뒤로 달아났다. 하지만 발트하우스는 크리스토프에게 고자세로 나왔다. 점잖은 척 위엄을 갖추고 소란 속에서도 상대방에게 차근차근 일러 주는 태도로, 자기는 그런 투로 얘기하는 사람은 누구든 용납하지 않았다, 그리고 크리스토프도 머잖아 깨달을 것이다, 하면서 크리스토프에게 명함을 내밀었다. 크리스토프는 그 명함을 상대방의 얼굴을 향해 내던졌다.

「잘난 체하는군! 명함 따위는 보지 않아도 자네가 어떤 사람인지 다 알고 있다! 자네는 불한당이고 사기꾼이지……자네는 내가 자네와 결투라도 하리라고 생각하나? 자네 같은 사람은 그저 혼만 내주면 돼!」

그의 목소리는 길에서도 들렸다. 사람들은 멈춰서서 귀를 기울였다. 만하임은 창문을 닫았다. 손님인 여배우는 겁이 나서 도망치려고 했다. 하지만 크리스토프가 문을 가로막고 있었다. 발트하우스는 새파랗게 질려 숨이 막히고 만하임은 냉소를 띄우며 말을 더듬고 둘 다 무엇이라고 대꾸하려고 했다. 하지만 크리스토프는 그들의 입을 열게 하지 않았다. 그는 생각할 수 있는 모든 모욕적인 말을 두 사람에게 퍼부었다. 그리고 숨이 차고 욕설도 바닥이 나자 나갔다. 발트하우스와 만하임은 그가 가 버린 후에 간신히 입을 열 수 있었다. 만하임은 곧 침착을 되찾았다. 물이 오리의 날개 위로 굴러 떨어지듯이 욕설은 그의 위로 굴러떨어졌다. 하지만 발트하우스는 원한이 뼈에 사무쳤다. 그는 자존심을 짓밟혔던 것이다. 이 굴욕을 더욱 참을 수 없게 한 것은 목격자가 있었다는 사실이었다. 그는 용서할 수가 없었다. 그의 동료도 그의 의견에 동조했다. 그러나 잡지 동인 중에서 만하임만은 여전히 크리스토프를 미워하지 않았다. 그는 크리스토프 덕분에 충분히 즐거운 시간을 가질 수 있었다. 그 유쾌함을 생각하면 심한 욕설을 두세 마디 얻어먹었다는 정도로는 결코 비싼 대가를 지불한 것은 아니었다. 그것은 참으로 재미있는 일이었다. 가령 자신이 그 대상이 되어 있었다 하더라도 자신부터 맨 먼저 웃음을 터뜨렸을 것이다. 때문에 아무 일도 없었던

476

것처럼 크리스토프와 악수할 생각이었다. 하지만 크리스토프 쪽에서는 그렇지 못했다. 그는 그의 제안을 모조리 거절했다. 만하임은 이것을 조금도 안타깝게 생각하지 않았다. 원래가 크리스토프는 그에게 있어서 하나의 장난감으로 그는 이미 가능한 즐거움을 모두 다 끌어내었던 것이었다. 그는 이미 다른 인형에 열중하기 시작했다. 이내 두 사람의 관계는 끊어져 버렸다. 그래도 만하임은 자기 앞에서 크리스토프의 얘기가 나오자 자기들은 친구라고 말했다. 혹은 그렇게 믿고 있었는지도 알 수 없었다.

싸움 이틀 후가 〈이피게니에〉의 첫 날이었다. 완전한 실패였다. 발트하우스의 잡지는 시만 칭찬하고 음악은 묵살했다. 다른 신문은 무릎을 치며 기뻐했다. 사람들은 웃고 휘파람을 불었다. 이 극은 단 3회 공연만으로 끝났다. 하지만 비웃음은 그처럼 당장에는 그치지 않았다. 사람들은 크리스토프에게 욕설할 수 있는 기회를 찾아낸 것이 기뻐서 어쩔 줄 몰랐다. 그리고 〈이피게니에〉는 수주일에 걸쳐 끝없는 웃음거리가 되어 있었다. 크리스토프에게는 이제 방어할 무기가 없다는 것을 사람들은 알고 있었다. 사람들은 이 기회를 이용했다. 단 한 가지 그래도 아직 다소 그들을 삼가도록 한 것은 궁정에 있어서의 그의 지위였다. 이제까지 대공의 몇 차례의 주의에도 불구하고 그는 도무지 이를 고려하지 않아 두 사람의 관계는 퍽 냉정하게 되어 있었지만 그래도 그는 가끔 궁중으로 나갔었다. 그리고 일반 사람들의 눈으로 본다면 일종의 공식적인 은혜에 보호를 받고 있었다. 하지만 이 보호는 실질적인 것이 아니고 외견적인 것이었다.

그런데 이 최후의 지지마저도 그는 자기 자신의 손으로 망쳐 버렸다.

그는 비평가들의 공격에 괴로움을 겪었다. 그들은 단순히 그의 음악에 대해서뿐만 아니라 또 신예술의 형식에 대한 그의 견해에 대해서도 공격했다. 사람들은 그것을 이해하려고 노력하지는 않았다. 이해를 하기보다는 그 견해를 비뚤어진 것으로 만들어놓고 멋대로 비웃는 편이 더욱 쉬운 일이었다. 악의적인 비평에 대해 할 수 있는 최상의 대답은, 대꾸 따윈 집어치우고 창작을 계속하는 일이라는 걸 생각할 만큼 크리스토프는 아직 총명하지 못했다. 수개월 전부터 부당한 공격에 대해서 일일이 응수하지 않고는 배겨낼 수 없다는 나쁜 습관을 몸에 붙여 버렸다. 그는 적들을 사정없이 공격하는 논문을 썼다. 그는 이것을 두 신문사로 들고 갔지만 어느 신문사도 이를 발표할 수 없다는 것을 비꼬면서 정중한 사과로 원고를 돌려 보냈다. 크리스토프는 단념하지 않았다. 전에 기고를 부탁해 온 적이 있는 사회주의 신문을 생각해냈다. 그는 편집자 한 사람을 알고 있었다. 두 사람은 가끔 함께 논의한 적이 있었다. 권력과 군대와 압제적이고 인습적인 편견 등에 대해 자유로이 말하는 사람을 만나자 크리스토프는 기뻤다. 하지만 두 사람의 대화는 별로 깊이 들어갈 수는 없었다. 그것은 사회주의자의 얘기는 언제나 칼 마르크스에게로 되돌아가지만 칼 마르크스에 대해서는 크리스토프는 전혀 무관심했기 때문이다. 게다가 크리스토프는 이 자유인이 말하는, 그가 별로 좋아하지 않는 유물주의 이야기 속에 현학적인 준엄성과 사상의 전제주의와 힘에 대한 은밀한 숭배와 뒤집어 놓은 군국주의를 찾아냈다. 이것은 그가 매일 독일에서 듣고 있는 것과 그리 크게 다른 음향을 갖고 있지는 않았다.

하지만 다른 편집실의 문이 막히는 것을 보았을 때 그의 머리에 떠오른 것은 이 사내가 있는 신문이었다. 이러한 방법이 세상의 비난을 받으리라는 것은 그도 잘 생각해 보았다. 이 신문은 과격하고 증오적인 논조가 강해 언제나 발매금지 처분을 받고 있었다. 그러나 크리스토프는 이 신문을 읽지 않고 있었으므로 이 신문이 지니고 있는 견해의 대담성밖에 염두에 두지 않았다. 그것은 결코 그를 두렵게 하는 것은 아니었다. 그리고 그는 혐오할 만한 논조의 저열함 같은 것은 생각지도 않았다. 하지만 자기를 질식시키려고 다른 신문이 음험한 공동 전선을 펴고 있는 것을 보고 무척 격분했으므로 비록 사정을 더 잘 알고 있었다하더라도 아마 그런 것은 문제가 되지 않았을 것이다. 그리고 간단히 내쫓기지는 않았다는 것을 사람들에게 보여주고 싶었다. 그래서 논설을 사회주의 신문의 편집실로 들고 갔다. 그는 대단히 환영받았다. 이튿날 그 논문은 발표되었다. 그리고 신문은 과장된 문구로 젊고 재능이 있는 악장 동지 크라프트의 협력이 확보되었다는 것, 노동 계급의 요구에 대한 그의 열렬한 공감은 세상이 주지하는 사실이라는 것 등을 보도했다.

크리스토프는 그 주석도 자기 논설도 읽지 않았다. 이날은 일요일이었으므로 새벽녘부터 들로 산보를 나갔던 것이다. 무척 상쾌한 기분이었다. 해뜨는 것을 보면서 그는 외치고 웃고 노래부르고 뛰어오르고 춤을 추었다. 어느덧 잡지 일도, 쓰지 않으면 안 될 비평의 일도 모두 잊어버렸다! 때는 바야흐로 봄이었다. 모든 음악 중에서 가장 아름다운, 하늘과 대지의 음악이 다시금 돌아와 있었다. 답답하고 고약한 냄새나는 어두컴컴한 음악회장도 불유쾌한 이웃 좌석의 청중도 김빠진 연주가도 이젠 그만이다! 속삭이는 숲에서 영묘한 노랫소리가 솟아오르는 것이 들려 왔다. 그리고 대지의 생의 즐거움에 도취케 하는 아름다운 풍경이 들녘을 흐르고 있었다.

빛으로 충만된 음악으로 머릿속이 멍멍한 채 그가 산보에서 돌아오자 어머니가 그가 없는 사이에 궁정으로부터 온 편지를 내 주었다. 발송인의 이름이 씌어 있지 않은 그 편지는 크라프트 씨에게 오늘 오전중 궁정으로 나오도록 말하고 있었다. 오전은 벌써 지났었다. 이미 한 시 가까웠다. 크리스토프는 거기에 주의하지 않았다.

「이미 늦었는데 내일로…….」

하지만 어머니는 걱정이었다.

「안 돼요, 안 돼. 전하의 부르심은 연기할 수 있는 게 아니예요. 자, 곧 가야지. 아마 무슨 중대한 일이 있나 보다.」

크리스토프는 어깨를 치켜올렸다.

「중대한 일이라구요? 저 사람들에게 중대한 애기 같은 게 있을 게 뭡니까! 음악상의 한 의견이라도 들려 주겠다는 것이겠지요. 그것은 재미있는 일일 테지만……지그프리트 마이어(독일의 풍자 작자들이 황제에게 붙여 준 별명)와 경쟁하려는 듯한 오만으로 자기도 〈애기르에의 찬가〉라는 것을 보이고자 하지만 않는다면! 나는 체면을 지키고 있지만은 않습니다. 나는 이렇게 말해 주겠어요. 정치를 하시오. 정치에서는 대공은 대가입니다. 언제나 정당한 일을 하실 테지요. 하지만 예술에서는 조심하세요! 예술의 세계에서는 대공에게는 투구도, 깃털 장식도, 군복도, 돈도, 직함도, 조상도, 헌병도 없습니다.……자아! 조금 생각해 보세요. 그러한 것이 없이 과연 대공에게 무엇이 남을까요?」

선량한 루이자는 모두 곧이듣고 팔을 위로 쳐들었다.

「그런 말을 해서는 안 돼! 너 좀 어떻게 되었구나! 미쳤니!」

그는 어머니가 남의 애기를 그대로 받아들이는 것을 미끼로 어머니 마음을 애타게 하며 재미있어 했다. 하지만 농담의 정도가 지나쳤으므로 루이자도 나중에는 놀림받고 있다는 것을 깨달았다. 그녀는 그에게 등을 돌렸다.

「정말 바보로구나, 애는!」

그는 웃으며 어머니에게 키스했다. 그는 기분이 좋았다. 산보하는 동안에 아름다운 주제를 발견했다. 그것이 마치 물 속의 고기처럼 마음속에 뛰놀고 있는 것을 그는 느꼈다. 그는 식사가 끝나기 전에는 궁정으로 가려고 하지 않았다. 그는 아귀처럼 자꾸자꾸 먹었다. 식사가 끝나자 루이자는 그의 옷차림새를 봐줘야 했다. 크리스토프가 해진 옷과 먼지투성이의 구두 그대로의 복장으로 가겠다고 우겨 대어 그녀를 애먹였기 때문이었다. 하지만 그는 뜸부기처럼 휘파람을 불고 오케스트라의 모든 악기의 흉내를 내기도 하며 양복을 갈아 입고 구두를 닦았다. 이것이 끝나자 어머니는 일단 옷매무새를 조사하고 넥타이를 단정히 다시 매어 주었다. 그는 전에 없이 참을성이 있었다. 자기에게 만족해 있었던 것이다. 이것 또한 그렇게 흔한 일은 아니었다. 자신은 이제부터 아델라이데 공주를 납치하러 간다고 말하며 그는 출발했다. 대공의 영양 아델라이데는 퍽 아름다운 여성으로 독일의 어느 소군후(小君侯)에게 출가했었는데 마침 이때 양친 곁에서 몇 주일을 보내려고 와 있었던 것이다. 옛날 크리스토프가 아직 어렸을 무렵 그녀는 그에게 약간의 호의를 보여 준 적이 있었다. 그도 그녀가 제일 좋았었다. 루이자는 그가 공주를 사랑하고 있다고 말했었다. 그래서 그도 얘기를 재미있게 하기 위해 사랑하고 있는 듯한 시늉을 했었다.

　그는 서둘러 가려고는 하지 않았다. 상점 앞을 어슬렁거리기도 하고 한길에 멈춰서서 개를 쓸어 주기도 했다. 개도 그처럼 어슬렁거리다가 양지쪽에 드러누워 하품을 했다. 그는 궁정의 광장을 둘러싼 철책을 뛰어넘었다. 그것은 쉽사리 넘을 수 있었다. 광장은 쓸쓸하고 커다란 방형의 토지로 여러 집으로 에워싸이고 물이 마른 두 개의 분수와, 머리 가리마처럼 한 줄기 오솔길로 갈라진 좌우 대칭의 나무 그늘이 없는 두 개의 화단이 있었다. 모래를 깐 오솔길은 잘 골라져 있고 양쪽에는 분에 심은 오렌지나무가 가지런히 줄지어 있었다. 광장 중앙에는 네 구석에 『덕』을 상징하는 장식이 달려 있는 대리석 위에, 루이 필립식 복장을 한, 크리스토프가 그 이름을 모르는, 대공의 청동상이 있었다. 벤치에는 또 한 사람의 산보자가 신문지를 깔고 그 위에 잠들어 있었다. 궁정의 철책 앞에는 필요도 없을 것 같은 보초들이 앉아서 졸고 있었다. 해자(垓子) 너머에는 졸음이 오는 듯한 두 문의 대포가 잠들고 있는 도시쪽으로 입을 벌리고 하품을 하고 있었다. 크리스토프는 그러한 모든 것을 비웃었다.

　그는 궁정에 들어가서도 단정한 태도를 취하려고 하지 않았다. 기껏해야 작은 소리로 부르고 있던 노래를 멈췄을 뿐이었다. 마음속에서는 여러 가지 생각이 계속 춤추고 있었다. 그는 현관 테이블 위에 모자를 내던지고 어릴 때부터 알고 있는 수위 영감에게 다정한 투로 말을 걸었다. 이 사람 좋은 노인은 크리스토프가 조부와 함께 처음 궁정에 와서 하쓸러를 만난 그날밤에도 지금 지위에 있었다. 하지만 여느 때는 크리스토프의 퍽 버릇없는 농담에도 상냥스럽게 대꾸하던 이 노인이 오늘은 무뚝뚝한 태도를 보였다. 크리스토프는 별로 그것에 주의하지 않았다. 그리고 조금더 안으로 들어가 대합실에서 사법국 관리를 만났다. 무척 수다스런 사내로 여느 때는 그에게 퍽 친절히 굴었다. 그런데 이 사내가 얘기 나누는 것을 피해 슬그머니 가 버렸으므로 그는 깜짝 놀랐다. 하지만 그는 그러한 일에는 마음을 쓰지 않고 다시 안으로 들어가 대공에게 알현을 청했다.

　그는 방으로 들어갔다. 마침 만찬이 끝난 참이었다. 대공은 객실에 있었다. 그 사람들 가운데서 크리스토프는 공주의 모습을 보았다. 그녀도 담배를 피우고 있었다. 아무렇게나 안락의자에 등을 기대고 앉아 둘레를 에워싼 장교들과 커다란 소리로 얘기하고 있었다. 좌석은 와자지껄했다. 모두들 무척 명랑한 기분이었다. 크리스토프는 들어갈 때 대공의 굵직한 웃음 소리를 들었다. 그러나 크리스토프의 모습이 눈에 띄자 대공의 웃음 소리는 뚝 그쳤다. 대공은 나직한 소리를 지르며 똑바로 크리스토프에게로 왔다.

　「아! 자넨가! 이제야 겨우 나타나셨군? 여기서 또 나를 바보로 만들 셈인가? 자네는 악당이야!」

　크리스토프는 정통으로 이러한 포탄을 받자 흠칫 놀라서 잠시 동안 입이 얼어붙었다. 그는 자신이 지각한 일밖엔 생각나지 않았다. 그렇더라도 이러한 심한 봉변을 당할 까닭이 없었다. 그는 입 속으로 우물거리며 말했다.

　「전하, 제가 무엇인가 잘못된 일을 한 것일까요?」

　대공은 그의 말을 들은 척도 않고 흥분하여 계속했다.

　「닥쳐! 악당에게 모욕당할 내가 아니야.」

　파랗게 질린 크리스토프는 목구멍이 말라붙어 소리가 나오지 않았으므로 몸부림을 쳤다. 그는 한참 만에야 겨우 소리내어 외쳤다.

　「전하, 너무하십니다. ……제가 무슨 짓을 했는지 말씀하시지도 않고 저를 모욕하시는 것은 아무리 전하이시더라도 너무 하십니다.」

　대공은 비서관쪽으로 얼굴을 돌렸다.

　그러자 비서관은 호주머니에서 한 장의 신문을 꺼내어 대공에게 내밀었다. 대공은 무척 노하고 있었는데, 그것은 대공이 노하기 잘하는 기질이라는 것만으로는 설명될 수 없었다. 강한 술에 의한 취기의 탓도 있었다. 대공은 크리스토프 앞에 막아 섰다. 그리고, 망토를 손에 든 투우사처럼 펼쳐진 주름투성의 신문을 크리스토프의 얼굴 앞에 무작정 휘둘러 대며 소리쳤다.

　「이것이 자네의 오물이다! 자네는 이 속에 코를 쑤셔박혀도 할 말이 없을 터이다!」

　크리스토프는 그것이 문제의 사회주의 신문이라는 것을 알았다.

　「저는 별로 나쁜 짓을 했다고는 생각지 않습니다.」

　「뭐라구? 뭐라구! 아주 뻔뻔스런 놈이구나! 파렴치한 신문은 매일 나를 모욕하고 있어. 나를 향해 더러운 욕설을 해대고 있단 말이야!」

　「전하, 저는 이 신문을 한번도 읽은 적이 없습니다.」

「거짓말 말아.」

「전하께 거짓말쟁이라고 불리고 싶지는 않습니다. 정말 저는 읽은 적이 없습니다. 저는 다만 음악에 관계하고 있을 뿐입니다. 그리고 저에게는 제가 쓰고 싶은 데에 쓸 권리가 있습니다.」

「자네에게는 침묵할 권리밖에 없어. 나는 이제까지 자네들에게 너무 친절했다. 자네의 소행이나 자네 부친의 소행으로 보아 자네들을 추방할 이유는 충분히 있었지만 자네와 자네 일커에게 지나칠 만큼 은혜를 베풀어 준 것이다. 내게 적대하는 신문에 계속 쓰는 것을 엄금한다. 그리고 원칙으로 앞으로는 어떠한 일이 있더라도 내 허가없이 쓰는 것을 금지한다. 자네의 음악상의 논쟁은 이제 그만둬라. 나의 보호를 받고 있는 자가 취미와 애정을 지닌 사람들에게, 진정한 독일인에게 귀중한 일체의 것을 공격하는 데 시간을 보낸다는 것을 나는 용서할 수가 없다. 자네는 훌륭한 음악을 작곡하는 것이 좋아. 만일 그것이 안 되면 음계 연습에나 열을 내는 것이 좋아. 국가적인 영예를 짊어진 사람들에게 험담을 하거나 사람들의 마음을 혼란시키거나 해서 기뻐하는 음계의 베에벨(독일의 사회주의 지도자)을 나는 바라지 않아. 다행히도 우린 무엇이 좋은지 똑똑히 알고 있다. 이것을 알기 위해 자네에게서 가르침을 받을 필요는 없으니 자네는 피아노 앞에나 앉게. 그리고 우리의 일은 다치지 말아 주게!」

늠름한 대공은 크리스토프와 마주 앉아 모욕적인 눈길로 크리스토프의 얼굴을 물끄러미 보고 있었다. 창백해진 크리스토프는 어떻게 해서든지 입을 움직이려고 했다. 입술이 바르르 떨리고 있었다. 그는 더듬거리며 말했다.

「저는 전하의 노예가 아닙니다. 저는 제가 하고 싶은 말을 하고 쓰고 싶은 것을 씁니다…….」

숨이 막혔다. 부끄럽기도 하고 화도 나서 금방 눈물이 쏟아질 것 같았다. 두 발이 떨렸다. 팔꿈치를 갑자기 움직였으므로 곁의 가구 위에 있던 그릇이 뒤집어 엎어졌다. 그는 자기 태도가 우스꽝스럽다는 것을 의식했다. 과연 웃음 소리가 들려 왔다. 객실 안쪽으로는 비꼬임이 섞인 동정의 말을 옆 사람들과 나누며 일의 경과를 지켜보고 있는 공주의 모습이 안개 속처럼 희미하게 보였다. 그 이후엔 어떤 일이 일어났는지, 그는 그만 의식을 잃어버렸다. 대공이 아우성쳤다. 크리스토프도 자기가 무슨 말을 하고 있는지도 모르면서 한층 큰소리로 아우성쳤다. 대공의 비서관과 또 한 사람의 관리가 그에게로 와서 그의 입을 틀어막으려 했다. 그는 두 사람을 밀어 내고 기대고 있던 가구 위에서 기계적으로 재떨이를 움켜쥐고 소리지르며 이것을 휘둘렀다. 비서관이 이르는 말이 귀에 들렸다.

「자아, 그걸 놔요, 그걸 놔요 ! 」

그리고 자기가 외치고 있는 종잡을 수 없는 말과 재떨이로 테이블 모서리를 두들기고 있는 소리를 자기 귀로 듣고 있었다. 역정이 극에 달한 대공이 호통쳤다.

「나가라 ! 나가라 ! 나가라 ! 쫓아낼 테다.」

장교들이 대공 곁으로 와서 진정시키려고 했다. 대공은 뇌일혈의 발작이 일어날 만큼 흥분해서 두 눈을 부릅뜨고 이 불한당을 두들겨서 내쫓으라고 외치고 있었다. 크리스토프는 울컥했다. 조금만 더 했으면 대공 얼굴에 주먹을 먹일 뻔했다. 하지만 그는 모순된 혼란한 감정에 의해 압도되어 있었다. 예컨대 부끄러움, 노여움, 아직 조금씩 남아 있는 겁쟁이 마음, 독일적인 충의심, 전통적인 경의, 군주에 대한 굴종적인 습관 따위에 의해 뭔가 말하고 싶었지만 하지 못했다. 어떻게 하고 싶었지만 아무것도 못했다. 이젠 아무것도 보이지 않았다. 아무것도 들리지 않았다. 그는 떠밀려 밖으로 나왔다.

그는 무감각한 얼굴을 한 하인들 틈을 빠져나왔다. 그들은 문간에 와서 싸움의 소동을 빠짐없이 듣고 있었던 것이다. 대합실에서 밖으로 나오는 서른 걸음이 그에게는 한평생 걸리는 것처럼 여겨졌다. 걸어갈수록 복도가 길어졌다. 영원히 나갈 수 없을 것 같은 생각이 들었다. 온통 유리로 만든 문을 통해서 저편에 반짝이고 있는 바깥 광선은 그에게는 구원이었다. 그는 비틀거리며 계단을 내려갔다. 모자를 쓰고 있지 않다는 데에 생각이 미치지 않았다. 수위 영감이 일러 주어 모자를 가지러 갔다. 궁정을 나와 뜰을 가로질러 집까지 가는 데에 무척 힘이 들었다. 이가 딱딱 마주쳤다. 방문을 열었을 때 어머니는 그의 얼굴 표정과 그가 부들부들 떨고 있는 것을 보고 깜짝 놀랐다. 그는 어머니를 밀어 내고 무슨 말을 물어도 대꾸하지 않았다. 자기 방으로 올라가 틀어박혀 침대 위에 모로 누웠다. 심한 한기가 들어 옷을 벗을 수도 없었다. 숨이 가쁘고 손발은 지쳐 있었다. 아 ! 이젠 아무것도 보이지 않고 아무것도 느끼지 않고 이 비참한 육체를 지니고 이어 나갈 필요도 없으며, 이 더러운 인생과 싸울 필요도 없으며 죽어 버릴 수만 있다면 숨도 쉬지 않고 아무 일도 생각하지 않고 죽을 수만 있다면 ! 죽을 듯한 고통으로 간신히 옷을 벗어 마룻바닥에 던져 어질러 놓고 침대 속으로 뛰어들자 눈까지 이불을 뒤집어썼다. 방안의 잡음은 이제 들리지 않았다. 마루 위에서 떨고 있는 작은 쇠침대의 삐걱대는 소리밖에는 들리지 않았다.

루이자는 방문에 귀를 대고 듣고 있었다. 문을 노크했지만 헛일이었다. 살며시 불러 보았다. 하지만 아무 대꾸도 없었다. 고요한 안의 침묵을 불안스러이 엿들으며 가만히 기다렸다. 그리고 그곳을 떠났다. 낮에 한두 번 다시 와서 귀를 기울였다. 밤에도 또 자기 전에 와보았다. 낮도 지나가고 밤도 지나갔다. 집은 아주 조용했다. 크리스토프는 열이 나 떨고 있었다. 가끔 울었다. 그리고 밤중에 몸을 일으켜 벽을 향해 주먹을 휘둘렀다. 새벽 두 시쯤엔 미칠 듯한 발작이 일어나 흠뻑 땀에 젖고 반나체로 침대에서 나왔다. 대공을 죽이러 가고 싶었다. 그는 증오와 치욕으로 가슴이 찢어졌다. 몸도 마음도 불꽃에 타 버둥거리며 뒹굴었다. 이 폭풍도 밖에서는 전혀 들리지 않았다. 말 한 마디, 소리 하나 새어나가지 않았다. 그는 이를 악물고 모든 것을 자기 속에 가두어 두었다.

이튿날 아침, 그는 평소처럼 아래층으로 내려갔다. 그는 수척했다. 아무 말도 하지 않았다. 어머니는 아무것도 물을 수가 없었다. 그녀는 이미 이웃 사람들에게 들어서 알고 있었다. 온종일 그는 난로 모서리의 의자에 걸터앉아 노인처럼 등을 굽히고 열 때문에 오한을 느끼며 말없이 있었다. 그리고 혼자 있을 때는 소리를 죽여 울었다.

저녁에 사회주의 신문의 편집자가 그를 만나러 왔다. 물론 기자는 어제 일을 알고 자세한 애기를 들으러 온 것이다. 크리스토프는 이 방문을 받고 감동하여 자신을 궁지로 몰아넣은 사람들이 자기를 동정해서 사과하러 온 것이라고 고지식하게 생각했다. 그는 자존심을 지켜 아무것도 후회하지 않는 체하고 마음속에 있는 것을 모두 말해 버렸다. 자기와 똑같이 압박을 미워하고 있는 자에게 거리낌없이 얘기하는 것은 그에게 있어서는 하나의 위안이었다. 상대는 그를 치켜주고 이야기를 시켰다. 기자는 이 사건이 신문을 위해서는 가장 바라던 일이며 비방 기사를 쓰는 데는 둘도 없는 좋은 기회라고 생각했다. 크리스토프가 직접 쓰지는 않더라도 적어도 자료를 제공해 주리라고 기대했다. 왜냐하면 이러한 감정의 격발 뒤에는 궁정 음악가인 크리스토프가 논전자로서의 귀중한 재능과 그 이상으로 귀중한 궁정에 관한 세밀한 비밀 정보를 『주의』를 위해 소용되게 해 주리라고 기자는 확신하고 있었던 것이다. 이 기자는 섬세한 감정따위를 과대하게 자랑으로 삼는 그러한 사람은 아니었으므로 재주를 부리지 않고 본심을 털어놓았다. 그 말을 듣자 크리스토프는 펄쩍 뛰었다. 그는 아무것도 쓰지 않겠다고 잘라 말했다. 자기가 대공에게 공격을 시작하면 그것은 죄다 사적인 복수 행위로 보인다, 또 자유로이 된 지금은 전에 자유롭지 않았을 때 위험을 무릅쓰고서까지 자기 생각을 말했을 때보다도 한층 신중히 처신하지 않으면 안 된다는 것을 이유로 내세웠다. 기자는 크리스토프의 이러한 조심성을 전혀 이해하지 못했다. 그는 크리스토프를 약간 편협한 사내, 성직자 같은 사내라고 단정해 버렸다. 더구나 그가 겁을 내는 것이라고 생각했다. 그는 말했다.

「그럼 우리들에게 맡겨 주십시오. 우리가 쓰겠습니다. 당신은 아무 일도 안해도 좋습니다.」

크리스토프는 쓰지 말아 달라고 부탁했다. 하지만 그것을 강요할 방법은 없었다. 게다가 기자는 이 사건은 단순히 한 사람에게만 관계된 일이 아니다, 모욕은 신문에까지 미치고 있다, 신문에게는 복수할 권리가 있다고 말하기 시작했다. 이에 대해서는 그도 뭐라고 대답할 수가 없었다. 그가 할 수 있는 일은 상대에게 기자로서가 아니라 친구로 여겨 털어놓은 애기를 결코 남용하지 않도록 약속시키는 것이 전부였다. 상대는 선뜻 이것을 약속했다. 크리스토프는 그래도 안심이 되지 않았다. 경솔한 일을 저질렀다고 깨달았지만 엎지른 물이었다. 혼자 있게 되자 기자에게 말해 버린 일을 다시 생각해 보고 그만 부르르 몸을 떨었다. 한시라도 더 생각하고 있을 여유가 없었다. 당장에 기자에게 편지를 써서 털어놓은 일은 결코 누설하지 말아 달라고 간청했다. 불행하게도 그는 그의 애기의 일부분은 편지 속에서 또 한번 되풀이해 버렸다.

이튿날 아침 그가 가슴을 울렁거리며 급히 서둘러 그 신문을 펼치고 맨 먼저 읽은 것은 일면에 소상히 나와 있는 그의 기사였다. 전날 그가 말한 것은 전부 과장되어 거기 실려 있었다. 신문 기자의 머릿속을 통과하면 모든 것이 특별히 왜곡되는 것이지만 그의 이야기도 그랬다. 기사는 저열한 험담으로 대공과 궁정을 공격했다. 그가 애기한 상세한 일의 몇 가지는 크리스토프의 신변에 가까운 일이며 이것을 알고 있는 것은 오직 그 한 사람뿐이라는 것이 너무나 명백했기 때문에 기사 전체가 그의 손으로 이루어졌다고 여긴다 해도 하는 수 없었다. 이 새로운 타격은 크리스토프를 짓눌러 버렸다. 읽어 감에 따라 식은 땀이 얼굴에 배어나왔다. 다 읽자 머리가 멍해졌다. 그는 신문사로 호통을 치러 가려고 생각했다. 하지만 어머니는 그가 난폭한 짓을 할까 봐 말렸다. 그것도 무리는 아니었다. 그 자신도 이를 두려워하고 있었다. 만일 간다면 큰일 날 일을 저지를 것만 같았다. 그래서 집에 머물렀다. 그러나 다른 엉뚱한 일을 저질러 버렸다. 그는 신문 기자에게 분격한 편지를 내어 모욕적인 언사로 상대의 태도를 책망하고 기사를 취소할 것을 요구하고 신문사 사람들과 관계를 끊었다. 취소는 신문에 나지 않았다. 크리스토프는 다시금 편지를 내어 자기 편지를 공표하도록 재촉했다. 그러자 신문사에서는 기자와 만나 애기를 했던 밤에 쓴 최초의 편지, 도리어 기사의 정확성을 방증하는 듯한 그 편지의 사본을 보내왔다. 그리고 이것도 함께 공표해야 할 것인가 하고 물었다. 크리스토프는 그들의 올가미에 걸린 것을 깨달았다. 게다가 더욱 운수 사납게도 저 뻔뻔스런 신문 기자를 길에서 만났다. 그는 상대에 대해서 품고 있었던 모멸감을 입에 담지 않을 수 없었다. 이튿날 신문은 모욕적인 논조의 작은 기사를 발표하고 궁정의 머슴은 쫓겨나더라도 역시 머슴 근성을 버리지 못하는 것이라고 썼다. 최근의 사건이 암시되어 있었기에 크리스토프의 일이라는 것은 의심할 여지가 없었다.

이제 크리스토프를 지지하는 사람이 없다는 것이 모두에게 똑똑히 알려지자 별안간 생각지도 않았던 많은 적이 나타났다. 인신 공격에 의해, 혹은 사상과 취미를 공격받음으로써 직접 또는 간접으로 상처받은 사람들은 충분한 보복을 했다. 그가 무감각으로부터 눈을 뜨게 해 주려고 한 대중은 세론을 바꾸고 선남 선녀의 잠을 방해하려고 한 이 건방진 청년이 혼나는 것을 만족해서 바라보았다. 크리스토프는 물 속에 있었다. 각자는 전력을 다해서 그의 머리를 수면 아래로 쑤셔박곤 했다.

모두들 한꺼번에 덤벼들지는 않았다. 먼저 한 사람이 진지를 정찰하러 왔다. 크리스토프가 응전하지 않자 그는 다시 공격해 왔다. 그러자 다른 녀석들이 뒤를 따랐다. 그 다음에는 모두가 한 떼가 되어 왔다. 어떤 녀석들은 깨끗한 장소에 배설을 하기 좋아하는 강아지처럼 그저 장난기로 이 소란에 참견했다. 그것은 무능한 신문 기자의 유격대였다. 그들은 전혀 무지했으므로 승자에게 아첨하고 패자를 욕함으로써 무지를 감추려고 했다. 또 다른 녀석들은 자기들의 원칙이라고 하는 거창한 것을 들고 나와 사정없이 두들겨댔다. 그들이 통과한 뒤에는 아무것도 남지 않았다. 그것은 대단한 비평이었다. 살인적인 비평이었다.

다행히도 크리스토프는 신문을 읽지 않았다. 두세 친구가 이를 보고 있다가 너무 심한 기사가 나와 있으면 보내 주었다. 하지만 그는 이것을 펼치려고도 하지 않고 테이블에 쌓아 두었다. 그런데 이윽고 어느 날 한 기사의 둘레에 그어진 굵다란 붉은 선이 눈을 끌었다. 거기에는 그의 가곡은 야수의 울부짖는 소리를 닮았다, 그의 교향곡은 정신 병원에서 태어난 것이다, 그의 예술은 히스테릭하며, 그의 경련적인 화성은 마음이 메말라 있는 것과 사상이 없는 것을 기만하려는 것이다, 라고 씌어져 있었다. 그리고 이 유명한 비평가는 이렇게 끝을 맺었다.

『크라프트 씨는 전에 보도 기자로서 그의 문체 및 취미가 경탄할 만하다는 것을 몇 가지 실례로 보여 주고, 그것은 음악계에 크게 유쾌한 기분을 자극했던 것이다. 그런데 당시 씨에 대해 오히려 작곡에만 전념하도록 우정을 가지고 권고하는 자가 있었다. 하지만 씨의 최근의 음악 작품은 그런 호의적인 권고가 잘못되었음을 알려 주었다. 크라프트 씨는 단연코 보도 기사를 써야만 할 것이다.』

이것을 읽고 난 크리스토프는 오전 내내 손에 일이 잡히지 않고 적대적인 기사가 실린 다른 신문을 찾았지만 보이지 않자 그만 맥이 빠져 버렸다. 실은 루이자가 어질러져 있는 것은 무엇이나 정돈한다는 구실 아래 내다 버리는 버릇이 있어 이미 그것을 불태워 버렸던 것이다. 그는 처음에는 화를 냈지만 다음에는 잘됐다고 생각했다. 나머지 신문을 어머니에게 내어 주며 이것도 마찬가지로 태워 주었으면 좋았을 텐데, 하고 말했다.

이밖에도 더 치명적인 모욕들이 많았다. 프랑크푸르트의 유명한 음악 단체에 4중주곡의 원고를 보내 주었는데 전원 일치로, 더욱이 아무런 설명도 없이 되돌아왔다. 쾰른의 오케스트라가 연주할 듯했던 서곡은 몇 달이나 기다리게 한 뒤 연주 불능의 것이라고 해서 반송되었다. 가장 쓰라렸던 것은 시 관현악단이 그에게 준 시련이었다. 이 악단의 악장 H·오이프라트는 상당히 훌륭한 음악가였다. 하지만 많은 지휘자들과 마찬가지로 탐구적인 정신은 전연 가지고 있지 않았다. 그는 이 악단 특유의 게으름병에 걸려 있었다. 그의 몸은 엄청나게 건강했지만, 이 나태라는 것은 유명한 작품이라면 한없이 되풀이하고 정말 새로운 작품은 불처럼 피하는 일이었다. 그는 결코 지치는 일 없이 베토벤과 모차르트와 슈만의 기념 음악회를 개최하고 있었다. 이러한 작품에 있어서는 그는 귀에 익은 가락에 몸을 맡겨 두기만 하면 되었다. 이와는 반대로 당대의 음악은 그에게는 참을 수 없는 음악이었다. 차마 그것을 입밖에 낼 수는 없어 재능 있는 젊은 사람들을 환영한다고 말하면서도 실제로는 오십 년 전 옛 거장의 작품을 모사한 것을 가지고 가면 그는 이것을 환영했다. 그리고 그것을 청중 앞에 자랑하듯 연주하는 일조차 있었다. 이것은 그가 노리는 효과의 질서를 문란케 하지도 않고 또 청중이 이에 의해 감동하는 것이 버릇이 되어 있는 질서도 파괴하지 않았다. 이와는 반대로 이 훌륭한 질서를 문란케 하여 그에게 새로운 피로를 가져올 염려가 있는 것에 대해서는 그는 경멸과 증오를 품고 있었다. 이 개혁자가 유명해질 기회가 전혀 없을 때는 경멸하는 마음이 강했다. 만일 그 개혁자가 성공할 염려가 있을 때에는 증오하는 마음이 강해졌다. 물론 그것은 개혁자가 완전히 성공해 버리기까지의 얘기지만, 크리스토프는 아직 성공했다고는 할 수 없었다. 도저히 그렇게 말할 형편이 못되었다. 그러므로 오이프라트 씨가 뭔가 그

의 작품을 연주하고 싶어한다는 말을 간접적으로 들었을 때는 놀라지 않을 수
없었다. 악장은 브람스나 또는 그가 논설에서 공격한 다른 음악가들의 친구였으
니만큼 그러한 것을 기대할 만한 근거는 적었던 것이다. 하지만 그는 사람이 좋
았기에 자기의 관대함은 적도 가질 수 있다고 생각했다. 자기가 낙심해 있는 것
을 보고 치사스런 원한 따위는 초월해 있다는 것을 보이고 싶어한다고 그는 상
상했다. 그는 감동했다. 그리하여 진정어린 짧은 편지를 첨부해서 하나의 교향
시를 오이프라트에게 보냈다. 오이프라트에게서는 비서가 대필한, 냉담하지만
정중한 답장이 왔다. 보내 준 것은 확실히 받았다고 말하고, 악단 규칙에 따라
교향곡은 오케스트라 전원에게 배포되어 공개 연주를 한다고 결정되기까지 전
원이 시연을 해 보지 않으면 안 된다고 씌어 있었다. 규칙은 규칙이었다. 그런
데 사실 이것은 한낱 형식이어서 번거로운 신인 음악가들의 신통치 않은 작품을
거절하기 위한 수단이었으나, 크리스토프는 따를 수밖에 없었다.

　이삼 주일 후에 크리스토프는 자기 작품이 시연된다는 통지를 받았다. 원칙으
로는 비공개로 연주되어 당사자인 작곡가조차도 입회하지 못하게 되어 있었다.
하지만 작곡가가 출석하는 것은 일반적으로 묵인되어 있었다. 단지 모습을 표면
에 드러내지 않게 되어 있었다. 모두들 작곡가를 알고 있었다. 하지만 전혀 모
르는 체했다. 그런데 그날이 되자 한 친구가 크리스토프를 맞이하러 왔다. 그리
고 그를 회장으로 안내했다. 크리스토프는 한 좌석의 안쪽에 자리를 잡았다. 이
러한 비공개 시연인데도 아래층 좌석이 거의 만원인 것을 보고 그는 놀랐다. 음
악 애호가와 한량과 비평가들의 무리가 왁자지껄 웅성거렸다. 오케스트라는 그
들이 있다는 사실을 모르는 것으로 되어 있었다.

　먼저 브람스의 〈랩소디〉가 연주되었다. 괴테의 〈겨울 하르츠의 여행〉의 단편
을 다룬 알토의 독창과 남성 합창과 오케스트라를 위한 것이었다. 이 작품의 거
추장스런 감상을 싫어하던 크리스토프는, 아마도 이는 브람스 파들이 생각해낸
일로 자신이 무례한 비난을 퍼붓던 곡을 억지로 들려 주어 정중히 복수할 작정
이구나, 하고 생각했다. 그렇게 생각하자 웃음이 치솟았다. 그리고 〈광시곡〉 뒤
에 그가 상대해서 싸운 유명한 음악가들의 작품이 다시 두 곡 연주되자 그는 한
층 유쾌한 기분이 되었다. 그들의 의도는 의심할 여지가 없는 것으로 보였다.
그는 찌푸린 얼굴을 숨길 수는 없었지만 결국 이것은 재미있는 싸움이 된다고
생각했다. 그리고 음악을 듣는 대신 광대극을 즐기고 있었다. 브람스와 그 동류
를 향해 열광해 있는 청중의 박수에 익살스런 박수를 섞어 즐거워하기조차
했다. 드디어 크리스토프의 교향곡이 연주될 차례가 되었다. 오케스트라와 관

객석쪽에서 자기에게로 몇 개의 시선이 집중되어 왔으므로 자기의 출석이 모두에게 알려져 있음을 알았다. 그는 몸을 숨기듯이 했다. 가슴이 죄어드는 듯한 심정으로 기다렸다. 악장의 지휘봉이 높이 들리어 음악의 대하가 침묵에 넘쳐 이제 막 둑을 터져나오려고 하는 순간에 모든 작곡가가 느끼는 그 답답함이었다. 그는 자기 작품을 오케스트라의 연주로 들은 적은 없었다. 자기가 꿈꾸었던 생물이 어떤 모양으로 사는 것일까? 그들은 어떤 소리를 내는 걸까? 그 소리가 자기 속에서 신음하고 있는 것을 느꼈다. 그리고 음의 심연에 쭈그리고 앉아 거기서 나오는 것을 몸을 떨며 기다리고 있었다.

나온 것은 무어라 말할 수도 없는, 형태도 갖추지 않은 애매한 것이었다. 화음은 건물의 박공을 지탱하는 단단한 원주가 되기는커녕 흡사 폐허의 건축처럼 잇따라 자꾸만 무너져갔다. 횟가루 이외에는 아무것도 인정되지 않았다. 크리스토프는 자기 작품이 연주되고 있다고 믿기까지 무척이나 망설였다. 그는 자기 사상의 윤곽과 리듬을 애써 찾았다. 하지만 그것은 벌써 분간할 수 없었다. 사상은 벽을 붙들고 걸어 가는 주정뱅이처럼 무언지 알 수 없는 소리를 지껄이며 비틀거리며 나아갔다. 그는 그러한 상태에 있는 자기 자신을 남에게 보이고 있는 것 같아 부끄러워 견딜 수가 없었다. 자기가 작곡한 것은 그런 것이 아니라는 것을 알고는 있지만 어리석은 연주자에 의해 자기 사상이 잘못 연주되었을 때 사람들은 순간 의심하고 이러한 일에 대해 과연 자기는 책임을 지지 않으면 안 되는가고 놀라며 생각한다. 하지만 청중 쪽은 결코 의아해 하지 않는다. 늘 듣는 통역자를, 가수를, 오케스트라를 마치 늘 읽고 있는 신문을 믿는 것처럼 믿고 있다. 그들이 틀릴 리가 없다. 그들이 바보 같은 소리를 한다면 그것은 작곡가가 바보이기 때문이라고 믿고 있었다. 이런 경우에는 그렇게 믿는 것이 즐겁기 때문에 청중은 한층 믿어 의심치 않았다. 크리스토프는 악장이 엉터리 연주에 생각이 미쳐 오케스트라를 중단시키고 처음부터 다시 하도록 할 것이 틀림없다고 억지로 믿으려 했다. 악기의 가락은 벌써 뒤죽박죽이 되어 있었다. 호른은 시작이 늦어 한 소절 처져 있었다. 그래도 오 분 가량 그대로 계속 불다가 불기를 그치고 악기 소제를 했다. 오보에의 어떤 특징은 완전히 사라져 버렸다. 아무리 숙련된 귀라 할지라도 악상의 줄거리를 찾아내는 것은 물론, 악상이 있다고 상상하는 일조차도 불가능했다. 악기 편성의 재치 있는 착상도, 해학적인 기지도 꼴사나운 연주 때문에 해괴한 것이 되었다. 그것은 울고 싶을 만큼 어처구니 없는 것이 되었다. 음악을 모르는 백치거나 어릿광대의 작품이 되어 버렸다. 크리스토프는 머리카락을 쥐어 뜯었다. 그는 연주를 중지시키려 했다.

하지만 함께 있는 친구가 말렸다. 악장은 틀림없이 스스로 연주의 잘못을 깨닫고 모든 것을 수정하리라, 게다가 크리스토프는 모습을 나타내서는 안 되게 되어 있으며 만일 무슨 트집이라도 잡게 된다면 최악의 결과를 가져오게 될 것이라고 타일렀다. 그리고는 억지로 크리스토프를 좌석 안쪽으로 들어가게 했다. 크리스토프는 친구가 시키는 대로 했다. 하지만 주먹으로 자기 머리를 쥐어박고 있었다. 그리고 해괴한 연주를 할 때마다 분노와 고통으로 신음 소리를 질렀다.

「비열한 놈들이다! 비열한 놈들이다…….」

그는 부르짖었다. 고함 소리를 내지 않으려고 자기 손을 물고 있었다.

이번에는 웅성거리기 시작한 청중들의 소란이 바르게 연주되지 않은 음악과 함께 그의 귀에 들려 왔다. 그것은 처음에는 희미한 속삭임에 지나지 않았다. 하지만 이번에는 벌써 의심할 여지가 없었다. 그들은 웃고 있었다. 오케스트라의 연주자들이 신호를 한 것이다. 그 중 어떤 자들은 웃음을 감추지 않았다. 그리하여 청중들은 이것은 웃어야 할 작품이라고 하는 확신을 가지고 몸을 비비꼬며 웃기 시작했다. 회장은 유쾌한 기분이 되었다. 콘트라베이스가 사뭇 어릿광대처럼 매우 율동적인 하나의 모티브를 과장해서 되풀이했으므로 더한층 유쾌한 기분이 되었다. 다만 악장만은 태연히 이 소란 속에서 계속 박자를 맞추고 있었다.

겨우 연주가 끝났다. 이번에는 청중이 무엇인가 말할 차례였다. 청중은 왈칵 웃어 댔다. 그것은 소란의 폭발로서 수 분 동안 계속되었다. 어떤 자는 휘파람을 불고 어떤 자는 익살맞은 박수를 쳤다. 가장 재치 빠른 자들은 앙콜을 외쳤다. 하나의 저음이 무대 앞까지 들려 와 어릿광대 모티브를 흉내내기 시작했다. 다른 어릿광대들도 이에 지지 않으려고 저희들도 흉내내기 시작했다. 누군가 『작곡가 나오라!』고 외쳤다. 이러한 재치 빠른 자들은 벌써 오랫 동안 이런 재미있는 일에 부딪힐 기회가 없었던 것이다.

소란이 조금 가라앉았을 때 자못 침착한 악장이 얼굴을 약간 청중쪽으로 돌려, 하지만 청중 모습은 눈에 안 들어오는 체하며——청중은 여전히 없는 것으로 되어 있었다——오케스트라를 향해 한 마디 말하고 싶다고 신호를 했다. 누군가 쉬이! 하고 외쳤다. 모두들 입을 다물었다. 그는 또 잠시 기다렸다. 그러고 나서 지껄이기 시작했다. 그것은 또렷하고 냉랭한 날카로운 목소리였다.

「여러분, 대담 무쌍하게도 스승 브람스에 대해서 비열한 글을 쓴 사람을 여러분에게 보이고 싶은 생각이 없었더라면 물론 나는 『이러한 것』을 끝까지 연주시키지는 않았을 것입니다.」

그는 이렇게 말했다. 그리고 지휘대에서 뛰어내려 흥분해서 기쁨으로 부글거리는 회장을 걸어나갔다. 사람들은 그를 다시 불러들이려 했다. 환호성은 아직도 몇 분 동안 계속 됐다. 하지만 그는 그대로 모습을 나타내지 않았다. 오케스트라도 자리를 떴다. 청중들도 떠나기로 결심했다. 연주회는 끝났다.

그것은 참으로 유쾌한 하루였다.

크리스토프는 이미 밖에 나와 있었다. 저 비열한 악장이 지휘대를 떠나는 것을 보자마자 그는 좌석을 뛰쳐나왔다. 악장을 붙들고 따귀를 갈겨 주려고 이층 계단을 뛰어 내렸다. 그를 데리고 온 친구가 뒤를 쫓아와 말리려고 했다. 하지만 크리스토프는 친구를 밀쳐내 자칫 계단 밑까지 구르게 할 뻔했다. 이 사내도 그에게 올가미를 씌운 공모자라고 여겨지는 구석이 있었다. 오이프라트에게나 크리스토프에게나 다행스러웠던 것은 무대로 통하는 문이 닫혀 있었던 것이다. 격분한 그가 아무리 주먹으로 두들겨도 그것은 열리지 않았다. 그 사이 청중들이 회장에서 나오기 시작했다. 크리스토프는 거기 있을 수 없게 되었다. 그래서 달아난 것이다.

그는 뭐라고 말할 수 없는 기분이었다. 미친 사람처럼 팔을 휘두르며 눈을 번득이고 큰소리로 중얼거리며 마구 걸어갔다. 그는 미칠 듯한 분노의 외침이 솟구쳐오르는 것을 억눌렀다. 길에는 거의 사람의 왕래가 없었다. 음악회장은 작년에 시에서 조금 떨어진 벌판에 세워진 것이었다. 크리스토프는 본능적으로 교외쪽으로 발을 옮겨 군데군데 바라크가 있고 판자로 뼈대만 세워져 있는 공지를 가로질러 갔다. 그는 살의를 느끼고 있었다. 이러한 모욕을 준 사내를 죽이고 싶었다. 아 ! 하지만 그 사내를 죽인들 비웃는 소리가 아직도 귀에 쟁쟁한 저 모든 자들의 적의가 조금이라도 달라질 것인가? 그들은 너무나 여럿이고 그로서는 어떻게 손을 쓸 수가 없었다. 그들은 모두 일치해서 다른 일에는 저마다 의견이 다른데도 그를 모욕하고 짓누르려고 했다. 이것은 단순히 몰이해라고 하는 정도의 것이 아니었다. 거기에는 증오가 있었다. 하지만 대체 그들에게 무엇을 했다는 것일까? 그는 자기 속에 아름다운 것을, 남을 기분좋게 하는 것을, 남의 마음을 상쾌하게 하는 것을 지니고 있어 이것을 이야기함으로써 다른 사람을 기쁘게 하려고 했던 것이다. 이것으로써 그들도 자기와 마찬가지로 행복해지리라고 믿고 있었다. 비록 그것이 그들의 마음에 들지 않았다 할지라도, 적어도 그들은 그의 뜻에 대해서만은 감사해야 할 것이 아닌가. 적어도 어디가 틀렸다는 것쯤은 친절히 가르쳐 주어도 좋을 것이었다. 한데 그러기는커녕 그의 사상을 극단으로 왜곡하여 그것을 모욕하고 짓밟고 일소에 붙이고 짓궂은 기쁨을 맛보다니 어떻게 된 일일까? 그는 흥분한 나머지 그들의 증오를 더욱 과장해서 생각했다. 저 평범한 녀석들은 진지한 증오 따위는 가질 수 없는데도 마치 가질 수 있는 것처럼 생각했다. 그는 숨죽여 울었다. 『대체 내가 그들에게 무엇을 했다는 건가?』 어린 시절, 인간의 악의를 처음 의식했을 때처럼 숨이 막히고 절망감에 빠졌다.

그는 발 밑을 보자 물레방아의 시냇가에 와 있음을 알았다. 그것은 수년 전에 그의 아버지가 익사한 장소였다. 그러자 자신도 물에 빠져 죽자는 생각이 떠올랐다. 조금도 지체하지 않고 뛰어들려고 했다.

하지만 맑고도 고요한 물에 매혹되어 둑에 엉거주춤 허리를 굽혔을 때 참으로 작은 한 마리의 새가 옆의 나뭇가지에서 울기 시작했다. 기쁨에 도취된 지저귐이었다. 그는 잠자코 귀를 기울였다. 물이 속삭이고 있었다. 바람에 상냥하게 쓰다듬어져 물결치고 있는 꽃이 핀 보리 이삭의 흔들림이 들렸다. 포플라가 잎을 흔들어 댔다. 길가의 담장 저편 뜰에는 여기서는 보이지 않지만 벌통이 있어 향기로운 음악으로 공기를 가득 채웠다. 시냇물 건너쪽에는 눈 가장자리에 아름다운 마노 눈빛을 가진 암소 한 마리가 꿈을 꾸고 있었다. 한 금발의 소녀가 담장 모서리에 걸터앉아 날개돋힌 작은 천사처럼 줄무늬로 짠 가벼운 광주리를 등에 지고 드러난 발을 흔들거리며 뜻도 없는 노래를 작은 소리로 부르며 역시 꿈을 꾸고 있었다. 저 멀리 목장에서는 흰 개 한 마리가 커다란 원을 그리며 뛰놀고 있었다…….

크리스토프는 나무에 기대어 봄날의 대지에 귀를 기울이고 또 두루 살펴 보았다. 그는 이러한 살아 있는 것들의 고요함과 기쁨에 넋을 빼앗겼다. 그는 잊었었다, 잊고 있었다. 별안간 그는 뺨을 비벼 댔던 아름다운 나무를 두 팔로 끌어 안았다. 그는 대지에 몸을 던지고 풀 속에 얼굴을 묻었다. 그는 신경질적으로 웃고 있었다. 행복한 나머지 웃고 있었다. 생명의 모든 아름다운 우아한 매력이 그를 휘덮고 몸에 스며들었다.

『어찌하여 너희는 이토록 아름다운가? 그리고 그들 인간들은 어찌하여 저토록 추한가?』

그런 것은 아무래도 좋다! 그는 생명을 사랑하고 사랑했다. 앞으로도 항상 생명을 사랑하리라는 것을, 어느 누구도 자기로부터 생명을 빼앗지는 못하리라는 것을 느꼈다. 그는 황홀히 대지를 안았다. 생명을 안았다.

『나는 너를 소유하고 있다! 너는 내 것이다. 그자들은 너를 내게서 뺏을 수는 없는 것이다. 그자들은 무엇이든지 하고 싶은 대로 하면 된다 ! 나를 괴롭히려무나 ! 괴로워하는 것도 또한 사는 것이다 !』

크리스토프는 다시금 기운을 내어 일을 시작했다. 그는 이제 다시는 문학가와 미사 여구를 늘어놓는 인간과 내용 없는 수다쟁이들과 신문 잡지 기자와 비평가와 예술을 밥으로 삼거나 예술을 팔아 거래하는 자들과는 관계를 맺고 싶지 않았다. 또 음악가의 편견과 질투와 싸워 시간을 헛되이 보내는 일은 더구나 하고 싶지 않았다. 그들은 그를 필요로 하지 않는다는 것인가? 좋다 ! 자기로서도 그들을 필요로 하지는 않는다. 그에게는 해야 할 일거리가 있었다. 그는 그것을 할 것이다. 궁정은 그에게 자유를 베풀어 주었다. 그는 이것에 감사했다. 그는 사람들의 적의를 감사하고 있었다. 덕분에 침착하게 조용히 일을 할 수 있게 된 것이다.

루이자는 진심으로 그의 태도에 찬성했다. 그녀에게는 야심이 없었다. 그녀는 크라프트 집안 사람은 아니었다. 크리스토프의 아버지와도 조부와도 닮지 않았다. 아들이 명예를 얻거나 유명해지거나 하는 것은 전연 바라고 있지 않았다. 물론 아들이 부자가 되고 유명해지면 기뻤을 것이다. 하지만 그러한 이익이 불쾌한 대가를 치러야만 얻어지는 것이라면 그런 것은 문제시하지 않는 편이 훨씬 낫다고 생각했다. 궁정과의 불화에 대해서는 사건 자체보다도 그의 비탄 쪽이 훨씬 마음에 걸렸다. 그리고 차라리 그가 잡지나 신문사 사람들과 절교한 것을 기뻐했다. 그녀는 악덕 신문에 대해서는 시골 사람다운 불신감을 품고 있었다. 그러한 것에 관계하는 것은 시간을 허비하거나 적을 불러들이는 일밖에 되지 않는다고 생각했다. 그녀는 가끔 크리스토프가 협력했던 그 잡지의 젊은 패들이 크리스토프와 떠들고 있는 것을 들은 적이 있었다. 그리고 그들이 심술궂은 데에 두려움을 품었던 것이다. 그들은 모든 것에 욕설을 퍼붓고 차마 듣고 있을 수 없는 심한 말들을 했다. 그리고 하면 할수록 만족해 했었다. 그녀는 그들을 좋아하지 않았다. 어쩌면 그들은 퍽 영리하고 아는 게 많았을는지도 모른다. 그러나 선량한 인간은 아니었다. 그녀는 아들이 그들을 만나지 않는 것을 기뻐했다. 그녀는 그의 의견에 찬성이었다. 어떻게 저런 녀석들이 그에게 필요할 것인가 ! 크리스토프도 같은 생각이었다.

『녀석들은 실컷 내게 대해 하고 싶은 대로 쓰거나 생각하거나 하는 게 좋아. 녀석들은 내가 내 자신인 것을 방해할 수는 없다. 녀석들의 예술, 녀석들의 사상이 대체 나와 무슨 관계가 있다는 건가? 그따위 것을 나는 부정하고 있는 거다 !』

　세상을 부정한다는 것은 정말 굉장한 일이다. 하지만 세상은 청년의 호언 장담에 의해 그리 간단히 부정되는 것은 아니다. 크리스토프는 진지하게 덤벼들었다. 그러나 자신에 대해 환상을 품고 있어 자기를 잘 알지 못했다. 그는 수도자는 아니었다. 세상을 버릴 기질의 사내는 아니었다. 더욱이 아직 그런 나이가 아니었다. 처음 한 동안은 그다지 괴로워하지 않았다. 작곡에 골몰했다. 그리고 이 작업이 계속되는 한 아무런 부족도 느끼지 않았다. 하지만 하나의 작품이 완성되어 새로운 작품에 마음을 빼앗기기까지의 침체기에 들어가면 주위를 둘러보고 자기가 홀로 버림받고 있다는 데에 오싹해졌다. 왜 작곡하는 것일까 하고 그는 스스로에게 물었다. 작곡하고 있는 동안에는 그런 의문은 일어나지 않는다. 작곡하지 않으면 안 된다. 그것은 두말할 여지가 없는 일이다. 그리고는 태어난 작품과 얼굴을 마주 댄다. 작품을 태내에서 내보낸 강한 본능은 벌써 침묵하고 있다. 그것이 어떻게 태어났는지 이젠 알 수 없다. 거기엔 자기 자신의 모습도 거의 인정되지 않는다. 그 작품이 낯설고 인연 없는 것처럼 여겨져 이런 것은 잊어버리고 싶게 된다. 하지만 그것이 발표되거나 연주되지 않고, 그 작품이 자체의 생명을 세상 안에서 갖지 않는 한은 작곡자가 그 작품을 잊어버린다는 것은 불가능하다. 그렇게 되기까지는 작품은 어머니에게 매여 있는 젖먹이이며 살아 있는 육체에 붙어 있는 생물이다. 이것이 살기 위해서는 떼어 놓지 않으면 안 된다. 크리스토프가 작곡을 하면 할수록 그에게서 태어나 죽을 수도 살 수도 없는 이러한 작품들의 압박이 그의 속에서 커져 갔다. 누가 이러한 압박으로부터 그를 구해 줄 것인가? 막연한 압력이 그의 사상에서 태어난 아들을 동요시켰다. 그들은 필사적으로 그로부터 떠나고 싶어했다. 바람에 의해 온 세계로 운반되는 번식력이 강한 종자처럼 다른 영혼 속으로 퍼져 나가고 싶어했다. 크리스토프는 아무런 열매도 맺지 않는 이러한 상태에 그대로 갇혀 있는 것일까? 만일 그렇게 된다면 그는 미치광이처럼 날뛰기 시작할 것이다.

　모든 출구가——연극도 음악회도——그에 대해서는 닫혀 있었고, 게다가 그는 한번 거절당한 악장이나 지배인에게 새삼스럽게 다시 부탁을 하는 것 같은 비열한 일은 결코 할 수 없었으므로 작곡한 것을 출판하는 외에 달리 방법이 없었다. 하지만 작품을 연주해 주는 오케스트라를 찾아내기보다는 이를 출판해 주는 곳을 찾아내는 쪽이 쉽다는 따위로 자만할 수는 없었다. 몹시 서투르게 두세 군데 부딪쳐 보았지만 그로서는 벌써 그것만으로도 충분했다. 여기에다 또 거절당하거나 상인들과 논의하거나 그들의 보호자 같은 태도를 참아내기보다는 차라리 자비 출판을 하는 쪽이 낫다고 생각했다. 그러나 이것은 미친 노릇이었다. 궁정의 급료와 음악회의 수입에서 모은 얼마 안 되는 저금이 있었다. 하지만, 이러한 돈이 들어오는 길도 지금은 막혔고 다른 길을 찾기까지는 오랜 시간이 걸릴는지도 몰랐다. 그러므로 그가 직면해 있는 곤란한 시기를 헤쳐나가기 위해서는 이 얼마 안 되는 저금을 소중히 절약해서 써야 했다. 그런데 그렇게 하지 않았을 뿐더러 이 저금으로는 출판 비용이 부족했으므로 대담하게 빚까지 져버렸다. 루이자는 아무 말도 꺼내지 못했다. 그녀는 그가 하는 일은 대중이 없다고 생각했다. 그리고 책 표지에 자기 이름이 인쇄되는 것을 보기 위해 돈을 쓴다는 것이 도무지 이해가 가지 않았다. 하지만 이것이 그를 끈기있게 만들고 그를 자기 곁에 붙들어 두는 하나의 방법이었으므로 그가 만족해 하는 것을 보고 그녀는 무척 기뻤다.

크리스토프는 독자에게 제공하는 데 있어, 누구나가 다 알고 있는 위험성이 없는 작품이 아니라 매우 개성적이고, 그리고 원래부터 자기가 소중히 다루던 작품을 택했다. 그것은 피아노를 위한 곡이었지만 거기에는 몇 개의 가곡이 끼어 있었다. 이러한 가곡은 어떤 것은 아주 짧고 대중적인 것이며 어떤 것은 넓게 전개된 거의 극적인 것이었다. 전체가 혹은 즐겁고 혹은 슬픈 일련의 인상을 이루어내 이러한 인상은 자연스럽게 서로 맥락을 이루고, 어떤 대목은 피아노만으로 어떤 대목은 노래만으로 또 어떤 대목은 반주 달린 노래가 번갈아 표현하고 있었다. 크리스토프는 말했다.

「왜냐하면 내가 꿈꿀 때, 나는 반드시 자기가 느끼고 있는 것을 음악의 형식으로 표현할 수가 없다. 표현을 못하기 때문에 괴로워 하면서도 행복감을 맛보는 수가 있다. 하지만 이것을 표현하지 않고는 도저히 견딜 수 없는 순간이 온다. 그러면 나는 자연스럽게 노래를 부르기 시작한다. 때로 그것은 막연한 말이거나 줄거리가 없는 악구에 지나지 않는다. 그러나 또 때로는 완전한 시가 되는 일도 있다. 그런 다음 나는 또다시 꿈꾸기 시작한다. 이리하여 하루는 흘러간다. 진실로 나는 하루를 표현하고자 했던 것이다. 왜 노래만 모으거나 전주곡만 모으려 하는 것일까? 그만큼 부자연스럽고 부조화한 것은 없다. 혼의 자유로운 움직임을 표현하도록 애쓰지 않으려는가!」

그래서 그는 이것을 조곡 〈하루〉라고 이름지었다. 작품의 각 부분에는 마음속의 꿈의 맥락을 간단히 표시하는 부제가 달려 있었다. 크리스토프는 거기에 신비적인 헌사와 머릿글자와 날짜를 썼다. 이것은 그만이 아는 것으로서 과거의 시간과 혹은 그리운 사람의 얼굴, 예컨대 방실거리는 코린느, 피로에 지친 자비네, 이름도 모르는 프랑스 소녀 등의 얼굴 모습을 생각나게 하는 것이었다.

이 작품 외에도 가곡 중에서 삼십 편쯤 골랐다. 자기에게는 가장 마음에 드는, 따라서 공중에게는 가장 환영받지 않는 것들 중에서 선택한 것이다. 그는 가장 선율적인 선율을 택하는 것을 피해 가장 독특한 것을 택했다. 누구나 알고 있듯이 세상 사람들은 언제나『독특한』것을 무척 두려워 한다. 그들에게는 성격이 없는 것이 훨씬더 어울린다.

이러한 가곡은 17세기의 오랜 실레지아 시인들의 시구에 곡을 붙인 것이었다. 크리스토프는 그들의 시를 어느 보급판으로 읽고 그 성실함을 사랑했다. 특히 그 중 두 사람은 그에게는 한 형제처럼 정답게 여겨졌다. 그들은 천분을 많이 타고난 시인이었지만 둘 다 삼십 세로 죽었다. 하나는 파울 플레밍이라고 하는 매혹적인 시인으로 코카서스와 이스파한을 마음내키는 대로 여행하고, 야만스런 전쟁과 인생의 비애와 자기 시대의 부패 속에 살면서도 사랑을 버리지 않고 맑고 슈수한 영혼을 이어간 사람이었다. 또 하나 요한 크리스찬 귄터 쪽은 자유 분방한 천재로 만사를 되어 가는 대로 내맡긴 생활을 하면서 대향연과 절망에 스스로를 불태워 버렸다. 크리스토프가 작곡한 귄터의 시는 그를 쳐부수는 적(敵)인 신에 대한 도전과 복수적 야유의 시로서 얻어 맞고 쓰러지면서도 하늘을 향해 벼락을 되받아 던지는 티탄(그리스 신화에 나오는 거인족. 신들과의 전쟁에서 패함)들의 거센 저주였었다. 플레밍의 작품으로는 아네모네와 바질레네에 부치는 향기롭고 상냥스런 사랑의 노래, 맑게 트인 밝은 마음을 가진 사람들이 추는 별들의 윤무 같은 춤, 또 크리스토프가 아침 기도처럼 암송하는 〈나에게 부침〉이라는 씩씩하고 조용한 소네트 등을 택했다.

믿음이 깊은 파울 게르하르트의 온화한 낙천주의도 또한 크리스토프를 매혹시켰다. 그것은 그에게는 슬픔으로부터 벗어났을 때의 휴식과 같은 것이었다. 신의 품에 안겨 있는 자연의 이러한 맑은 환상을 그는 사랑했다. 싱그러운 목장, 모래밭 위를 노래부르며 흐르는 시냇가의 튤립과 백수선화 가운데를 황새가 유유히 발을 옮기고 있다. 커다란 날개를 한 제비와 비둘기 무리가 날고 있는 맑은 대기, 빗줄기 틈을 통해 비쳐드는 환한 광선, 먹구름 틈새에 웃고 있는 반짝이는 하늘, 어스름녘의 장엄한 고요, 숲과 가축의 무리와 시가와 들판의 휴식, 이러한 것을 그는 사랑했다. 지금까지도 신교도 사이에서 불리워지고 있는 이러한 많은 찬송가에 그는 대담하게도 자기 음악을 붙였다. 그리고 이러한 것에 찬송가적 성격을 남기지 않도록 했다. 그는 이러한 찬송가적인 성격은 질색이었다. 그래서 이러한 것에 자유롭고 활기찬 표현을 주었다. 늙은 게르하르트도 자신의 〈여행하는 그리스도 교도의 노래〉의 어떤 소절에서 지금 느껴지는 것과 같은 악마적인 자존심과 혹은 또 자신의 〈여름의 노래〉의 고요한 흐름을 분류처럼 넘쳐나게 하는 이교적인 기쁨을 안다면 부들부들 몸을 떨었을 것이다.

 악보는 출판되었다. 물론 이것은 상식에 어긋난 출판이었다. 크리스토프가 자비 출판으로 가곡을 인쇄시키고 판매를 위탁한 출판사는 단지 그의 이웃이라고 하는 것으로 선택한 데 지나지 않았다. 이 출판사에는 이러한 큰 일을 할 만한 준비가 되어 있지 않았다. 작업은 오래 끌어 몇 달이나 걸렸다. 오식이 많아 교정에 돈이 들었다. 이러한 일에 크리스토프는 전연 경험이 없었으므로 보통보다 삼분의 일이나 더 돈을 썼다. 비용은 예상보다도 훨씬더 들었다. 그러고 나서 이것을 일단락 짓자 크리스토프는 그 많은 악보를 안고 어떻게 해야 좋을지 알 수 없었다. 출판사에는 고객이 없었다. 이것을 소화시키러 돌아다니지도 않았다. 그 무관심은 참으로 크리스토프의 태도와 비슷한 데가 있었다. 출판사 측에서 크리스토프에게 광고문을 몇 줄 써달라고 하자 크리스토프는『광고 같은 것은 하고 싶지 않다. 음악이 훌륭하면 그것이 저절로 광고가 될 것이다.』라고 대답했다. 출판사는 크리스토프의 뜻을 존중했다. 악보를 가게 안쪽에 거두어 넣었다. 그것은 훌륭히 보존되었다. 육 개월 동안에 단 한 권도 팔리지 않았던 것이다.

 세상 사람들이 그를 찾아서 접근해 올 때까지, 크리스토프는 얼마 안되는 저축에 낸 구멍을 틀어막는 방책을 찾지 않으면 안 되었다. 더욱이 까다로운 말썽을 부리고 있을 수는 없었다. 생활과 더불어 한편으로는 빚도 갚아 나가지 않으면 안 되었던 것이다. 빚이 예상보다 많았을 뿐만 아니라 기대했던 저축이 어림했던 금액보다도 적음을 알았다. 알지 못하는 사이에 돈을 써버린 것인지 아니면 계산이 틀렸던 것일까? 그는 정확한 덧셈을 하지 못했지만 이유는 그다지 대단한 문제가 아니었다. 그러나 돈이 모자란다는 것은 어쩔 수 없는 사실이었다. 루이자는 아들을 도와주기 위해 뼈를 깎는 고생으로 돈을 만들지 않으면 안 되었다. 그는 그 때문에 심한 양심의 가책을 느꼈다. 그리고 무슨 일을 해서라도 되도록 빨리 빚을 정리하려고 했다. 부탁을 했다가 거절을 당하면 매우 괴로운 일이라는 것을 알면서도 그는 개인 교수의 자리를 찾아 보았다. 그의 신망은 온통 땅에 떨어져 있었다. 몇 사람의 제자를 발견하는 것도 대단히 힘들었다. 때문에 어떤 학교에 교사 자리가 있다는 말을 듣자 두 말 않고 맡았다.

그것은 반종교적인 학교였다. 교장은 빈틈없는 사람으로 음악가는 아니었지만 크리스토프의 지금 상태라면 아주 싼 액수로 이용할 수 있다고 보았다. 그는 친절하기는 했지만 지불에는 인색했다. 크리스토프가 큰맘먹고 부끄러워하며 불평을 말하자 교장은 친절한 듯 미소를 띠면서 크리스토프에게는 이제 공식 직함이 없으니 이 이상을 요구하는 것은 무리라고 타일렀다.

우울한 일이었다. 문제는 학생들에게 음악을 가르치는 것보다 그들 부모와 학생들에게 자기들도 음악을 알고 있다는 환상을 품게 하는 일이었다. 큰 일은 일반 사람들이 참석하는 의식이 있을 때 그들이 잘 노래부르도록 훈련시키는 일이었다. 그런 방법은 문제가 아니었다. 크리스토프는 싫증이 났다. 일을 하면서도 유익한 일을 한다고 생각하는 위안조차 지닐 수 없었다. 그의 양심은 그런 일을 하는 것이 무슨 위선적 행위이기라도 한 것처럼 그를 책망했다. 그는 학생들에게 더 확실한 교육을 시켜 진정한 음악을 그들에게 알리고 사랑하도록 하려고 했다. 하지만 학생들은 그런 데에는 전혀 무관심했다. 크리스토프는 자기 말을 경청시킬 수가 없었다. 그에게는 위엄이 부족되어 있었다. 그리고 실제로 그는 아이들을 가르치도록 되어 있는 인간은 아니었다. 그는 그들의 어설픈 서투름에 동정하지 않았다. 밑도 끝도 없이 그들에게 음악 이론을 설명하려고 했다. 피아노를 가르칠 때에는 베토벤의 교향곡을 가지고 학생과 둘이서 연주했다. 물론 그런 것이 잘 되어 나갈 리 없었다. 그는 부아가 치밀어 학생을 피아노에서 몰아내고 나머지는 자기 혼자서 언제까지나 치고 있었다. 학교 아닌 개인 교수의 경우라도 그건 가당치도 않은 일이었다. 그에게는 조금도 인내심이 없었다. 예컨대 귀족적인 고상한 태도를 자랑하는 귀여운 소녀를 보고 마치 숙수쟁이 여자 같은 모양으로 피아노를 친다고 말했을 뿐만 아니라 소녀의 어머니에게, 이처럼 재능이 없는 아이를 더 가르쳐야 한다고 생각하니 실망이 되어 죽을 지경이라고 편지를 보내기도 했다. 만사가 이런 투였으므로 일은 잘 되어 나가지 않았다. 적은 수의 제자도 가 버렸다. 한 사람의 제자를 두 달 이상 붙들어 둘 수는 없었다. 어머니는 그를 잘 달랬다. 적어도 근무하는 학교하고만은 싸우지 않겠다고 약속시켰다. 이 직장을 잃기라도 한다면 그에게는 이제 생활의 방도가 막연해지기 때문이었다. 그래서 그도 싫은 것을 억지로 참았다. 그는 모범적으로 시간을 정확히 지켰다. 하지만 미련한 학생이 같은 곳을 열 번이나 틀렸을 때라든가, 혹은 다음 음악회를 위해 자기 반 학생들에게 재미도 없는 합창을 가르치지 않으면 안 되었을 때라든가 할 때는 아무리 애써도 자기 본심을 끝끝내 숨기고 있을 수는 없었다. 곡목을 선택하는 일조차 그에게 맡겨지지 않았다. 그의 취미는 신뢰를 받고 있지 않았던 것이다 ! 사람들은 그가 이러한 일에 그다지 열심이 아니라고 여겼을는지도 모른다. 그래도 그는 잠자코 입을 다문 채 찌푸린 얼굴을 하고 참을성있게 가르쳤다. 마음속의 분노는 가끔 테이블을 주먹으로 치는——이것은 학생들을 깜짝 놀라게 했다——일로 풀 따름이었다. 하지만 때로는 도저히 못 견디게 될 때가 있었다. 그는 더는 참을 수가 없었다. 곡의 도중에 학생들의 노래를 중지시켰다.

「아 ! 됐어 ! 그만둬 ! 그럴 것 없이 바그너를 들려 주겠다.」

이것은 학생들에게 있어서는 대단히 좋은 기회였다. 그들은 크리스토프의 등뒤에서 카드 놀이를 하고 있었다. 이런 때에는 언제나 교장에게 고자질하는 학생이 있었다. 그리하여 크리스토프는 그가 학교에 고용되어 있는 것은 학생들에게 음악을 사랑하도록 하기 위한 것이 아니라 그들에게 노래를 부르게 하기 위함이라는 것을 새삼 다시 설명들었다. 그는 이러한 질책을 부들부들 떨며 듣고 있었다. 하지만 달게 받아들였다. 싸우고 헤어지기는 싫었다. 수년 전, 전도가 눈부시고 확실한 것으로 예상되었을 무렵에는 실상 아무 일도 하고 있지 않았지만 지금 이렇게 겨우 무언가 훌륭한 일을 할 수 있게 되자마자 벌써 이런 치욕을 받게 되리라고는 도저히 상상하지 못했다. 교사라고 하는 직무 때문에 여러 가지로 자존심이 상하게 되어 고민하는 일도 있었지만, 동료를 마지못해 방문하지 않으면 안 되는 일도 괴로운 일의 하나였다. 그는 닥치는 대로 두 사람의 동료를 방문해 보았다. 그것은 무척 지루하여 더 계속할 용기가 없었다. 특히 방문을 받은 두 사람은 별달리 감사히 여기지도 않았다. 그런데 다른 교사들은 개인적으로 모욕을 받은 것으로 생각했다. 모두들 크리스토프를 지위로나 지능으로나 자기보다 아래라고 여겼다. 그리고 그에 대해 보호자 같은 태도로 나왔다. 그들은 그들 자신이나 크리스토프에 대해서도 자신 만만한 태도를 가졌으므로 그도 마침내 스스로 그들과 같은 생각을 가지게 되었다. 그들 곁에 있으면 자기가 바보인 것처럼 느껴졌다. 그들에게 뭔가를 얘기하려 해도 화제가 없었다. 그들은 자기 직무로 머리가 꽉 차 그밖의 일은 아무것도 보지 않았다. 그들은 인간이 아니었다. 차라리 그들이 책이었더라면 좋았을 것을 ! 하지만 그들은 책 속의 조그만 주석에 불과했다.

크리스토프는 애써 그들과 함께 있지 않으려고 달아났다. 하지만 때로는 아무리 해도 동석하지 않을 수가 없었다. 교장은 한 달에 한번 오후에 그들의 방문을 받고 있었다. 그리고 모두 와 주기를 바랐다. 크리스토프는 첫 날 초대 때 불참해도 알지 못하리라 생각하고 말도 없이 빠졌다. 그런데 이튿날 벌써 가시 돋친 빈정거림을 들었다. 두 번째는 어머니의 충고를 따라 가기로 결심했다. 장례식에라도 가는 것처럼 억지로 갔다. 그가 근무하는 학교의 교사와 다른 학교의 교사가 부인과 딸들을 데리고 모여 들었다. 그들은 비좁은 객실에서 계급별로 무리를 이루었는데 그에게는 전연 주의를 하지 않았다. 그의 바로 옆에 있는 패들은 아동 교육과 요리 얘기를 하고 있었다. 교사의 부인들은 요리법을 터득하여 아는 체하고 저마다 자기 주장을 굽히지 않고 떠들어 댔다. 남자들도 이러한 문제에 역시 흥미를 느끼고 있어 거의 지지 않을 만큼 잘 알고 있었다. 그들은 부인의 살림 솜씨를 자랑하고 부인 쪽은 남편의 지식을 자랑했다. 크리스토프는 창가의 벽에 등을 기대고 서서 어떤 태도를 취해야 좋을지 몰라 웃는 것처럼 해보기도 하고 또는 시선을 한 군데에 못박고 표정을 굳혀 침울한 얼굴을 하기도 했는데 지루해서 죽을 것만 같았다. 그에게서 몇 걸음 떨어진 곳에 한 젊은 여자가 창가에 앉아 있었지만 누구도 얘기를 걸지 않고 있어 서로 얼굴을 보지는 않았다. 한참만에 두 사람이 이젠 도무지 참을 수 없이 되어 하품을 하려고 얼굴을 돌렸을 때 비로소 상대방을 보았다. 마침 이때 두 사람의 눈이 마주쳤다. 둘은 서로 통하는 눈짓을 주고 받았다. 그는 그녀쪽으로 한 걸음 다가갔다. 나직한 목소리로 그녀에게 말했다.

「즐거우십니까?」

그는 방쪽으로 등을 돌리고 창을 보며 혀를 내밀었다. 그녀는 피식 웃었다. 그리고 갑자기 생기가 돌아 크리스토프에게 자기 곁에 앉도록 손짓했다. 그녀는 학교에서 박물학을 가르치는 라인하르트 교수의 부인이었다. 부부는 이 시에 최근에 왔기에 아직 친구가 없었다. 그녀는 도저히 미인이라고는 할 수 없었다. 코가 뭉툭하고 치아가 고르지 않으며 얼굴엔 윤기가 거의 없었다. 하지만 눈만은 싱싱하고 제법 영리해 보이며 또 미소는 어린이처럼 티가 없었다. 그녀는 수다스러웠다. 그도 밝게 대답했다. 그녀는 유쾌하리만큼 솔직하고 어리광스런 기질을 가지고 있었다. 둘은 주위 사람들은 상관하지 않고 큰소리로 자기들의 생각을 웃으며 주고 받았다. 사람들은 둘을 고독에서 끌어 내어 주는 것이 바로 친절이었을 그때는 그들의 존재를 염두에도 두지 않았다. 그런데도 이제와서는 불만스런 시선을 던지기 시작했다. 이렇듯 수선을 피우는 것은 악취미라는 것이었다! 그러나 두 사람에게는 남들이 자기들을 어떻게 생각하거나 예사였다. 둘은 보복을 했던 것이다.

나중에 라인하르트 부인은 남편을 크리스토프에게 소개했다. 그는 상당한 추남이었다. 얼굴은 창백하고 수염이 없으며 곰보에다 약간 음울해 보였다. 하지만 제법 호인인 듯한 생김새였다. 목구멍 속에서 소리를 내고 음절 사이에 뜸을 두어 짐짓 의젓한 체 어설프게 더듬거리는 말씨였다.

그들은 수 개월 전에 결혼했다. 이 못생긴 두 사람은 서로 열렬히 사랑했다. 이리하여 수많은 사람들이 모여 있는 가운데서도 애정이 담뿍 담긴 얼굴로 쳐다보고 얘기를 나누며 손을 잡곤 했다. 그것은 우스꽝스럽기도 하고 또 감동적인 장면이기도 했다. 하나가 바라는 일은 상대도 바랐다. 그들은 모임이 끝나 돌아가는 길에 꼭 좀 자기들의 집에 들러 밤참을 하고 가달라고 청했다. 크리스토프는 처음엔 농담을 하며 사양했다. 이런 밤은 집에 돌아가는 것이 제일이라고 했다. 십 리나 걸은 뒤처럼 몹시 지쳐 버렸다고 말했다. 하지만 라인하르트 부인은 그러니까 더욱 이대로는 안 된다, 이런 침울한 기분으로 하룻밤을 보내는 것은 몸에 해롭다고 우겼다. 크리스토프는 지고 말았다. 고독 속에 있었던 그는 그다지 훌륭한 사람들은 아니지만 단순하고 마음이 상냥한 친절한 사람들을 만나자 기뻤다.

라인하르트 부부의 아담한 방안은 그들과 마찬가지로 아늑했다. 그것은 약간 수다스런 정다운 마음이었으며 여러 가지 이름을 가진 상냥스런 마음이었다. 가구와 집기와 접시가 말했다. 『친애하는 손님』을 맞이하는 기쁨을 끝없이 되풀이하고 안부를 묻고 간곡하고 도덕적인 충고를 주었다. 무척 딱딱한 안락의자 위에는 작은 쿠션이 깔려 있었는데 그것은 다정스럽게도 이렇게 속삭였다.

『안 되면 십오 분만이라도!』

크리스토프에게 내어준 커피잔이 더 마시도록 자꾸 권했다.

『조금 더 드세요!』

접시는 원래의 맛있는 요리에 도덕의 맛을 가미했다. 한 접시는 말했다.

『두루 모든 일을 잘 생각하세요. 그렇지 않으면 아무것도 좋은 일은 일어나지 않아요.』

또 한 접시는 이렇게 말했다.

『애정과 감사에는 사람들이 기뻐합니다. 배은 망덕은 모두들 싫어합니다.』

크리스토프는 전혀 담배를 피우지 않았지만 난로 위에 재떨이도 자기를 소개하지 않고는 못 배겼다.

『불이 담긴 담배의 작은 휴게소입니다.』

그는 손을 씻으려 했다. 그러자 세면대 위의 비누가 말했다.

『우리의 친애하는 손님을 위해.』

그러자 짐짓 의젓한 체하는 수건이 아무것도 할 말은 없지만 역시 뭔가 말하지 않으면 안 된다고 여기고 있는 예의바른 사람처럼『아침을 즐기기 위해 일찍 일어나지 않으면 안 된다』하는 뜻의 매우 사려 깊기는 하지만 이 경우에 그다지 적절하다고는 할 수 없는 감상을 말했다.

『일찍 일어난 새가 첫 벌레를 먹는다.』

크리스토프는 방안 네 구석에서 들려 오는 온갖 목소리를 듣는 것이 두려워 의자에 앉은 몸을 이제 어느쪽으로도 돌릴 수 없게 되었다. 그는 그들을 향해 말해 주고 싶었다.

「조용히 해다오, 작은 괴물아 ! 너희들의 말소리가 전혀 안 들리지 않느냐.」

그러나 갑자기 웃음이 치밀어 그는 너털웃음을 웃었다. 주인 부부에게는 아까 학교의 모임 일이 생각난 것이라고 애써 변명했다. 게다가 그는 우스꽝스런 일에 대해서는 별로 민감한 편이 아니었다. 곧 그는 그러한 사물이나 사람들의 친절에 젖었다. 그들에 대해서 어떻게 너그럽게 보지 않을 수 있으랴 ! 그들은 정말 좋은 사람들이다 ! 그들은 언짢은 기분을 일으키게 하는 모임의 인간은 아니었다. 세련된 취미는 부족된다 하더라도 총명은 부족되지 않았다.

그들은 방금 도착한 이 방에서 약간 당황해했다. 지방 소도시 사람들의 신경 과민적인 감정은 그들의 패거리에 가입하는 명예를 관례에 따라 간청하지 않으면 한패가 되는 것을 결코 허용하지 않았다. 라인하르트 부부는 옛 주민에 대한 새 주민의 의무로서 규정된 시골의 규약을 그다지 문제로 삼지 않았다. 어찌 할 수 없는 경우에는 라인하르트 쪽은 기계적으로 이를 따랐을 것이다. 하지만 그러한 강제적인 고역에 잔뜩 싫증이 난 부인 쪽은 그런 것에 따르기가 싫어서 이것을 날마다 내일로 미루었다. 방문할 사람의 명단 중에서 제일 지루하지 않을 듯한 집을 택해 우선 일을 끝냈다. 그밖의 방문은 무기한으로 연기하는 형편이었다. 이 후자의 범주에 들어간 명사들은 이러한 예의를 모르는 자의 태도에 몹시 분격했다. 안겔리카 라인하르트 —— 남편은 그녀를 릴리하고 불렀다 —— 의 태도는 약간 자유 분방했다. 그녀는 아무래도 공식적인 형태대로 할 수가 없었다. 학교의 윗사람들에 대해서도 외람된 질문을 했다. 그들은 새빨개져서 화를 냈다. 그녀는 필요하다면 그들의 말에 반대하는 것도 두려워하지 않았다. 그녀는 수다쟁이였다. 그리고 머리에 떠오르는 것은 무엇이든지 말해 버려야 했다. 때로는 무척 어리석은 말을 입밖에 내어 사람들은 그녀가 안 보는 데서 비웃는 일도 있었다. 또 직접 상대방을 노하게 하는 말을 하기 때문에 적을 만드는 일도 있었다. 그러한 말이 입밖에 튀어나왔을 때 그녀는 무척 후회했다. 다시 주워 담고 싶었다. 하지만 그것은 엎지른 물이었다. 그지없이 상냥하고 정중한 남편은 이 점에 대해 눈치를 살피며 충고한다. 그러면 그녀는 남편에게 키스하고 자기는 바보다, 당신의 말은 지당하다고 말한다. 하지만 그 혀에 침도 마르기 전에 또 하기 시작한다. 더구나 결코 말해서는 안 될 때와 장소에서 즉시 말하기 시작하는 것이었다. 만일 그것을 말해 버리지 않는다면 그녀는 죽어 버렸을지도 알 수 없었다. 그녀는 크리스토프와 의기 투합하도록 되어 있었다.

여러 가지 해서는 안 될 묘한 말들, 그러기 때문에 그녀가 해 버리게 되는 말들이지만 그 중에서도 독일에서 하는 일과 불란서에서 하는 일의 비교를 말끝마다 때와 장소를 가리지 않고 했다. 그녀는 독일인이었고 그녀 이상으로 독일적인 인간은 없었다. 하지만 알자스에서 자라 알자스의 프랑스 인과 교제했으므로 라틴 문명의 매력에 이끌렸다. 독일에 병합된 이 지방에서는 라틴 문명 따위는 전혀 느낄 것 같지도 않은 많은 독일인까지도 그 매력에 항거하지 못했다. 실제로는 안겔리카는 북방의 독일인과 결혼해서 순수한 독일적 환경에 들어오고 나서부터 일종의 반항심으로 이 매력을 한층 강하게 느끼게 되었는지도 모른다.

크리스토프와 처음 만난 밤부터 그녀는 자기 주장을 고집했다. 그녀는 프랑스 인의 자유롭고 애교 있는 대화를 추켜올렸다. 크리스토프도 맞장구를 쳤다. 그에게 있어서는 프랑스는 코린느였다. 반짝반짝 빛나는 아름다운 눈, 웃음을 머금은 야드르한 입, 솔직하고 자유스런 태도, 맑게 트인 음성, 그는 프랑스에 대해 더 알고 싶어 견딜 수가 없었다.

릴리 라인하르트는 크리스토프와 놀라울 정도로 뜻이 잘 맞았기 때문에 손뼉을 치고 기뻐했다.

「유감이에요. 저의 친구인 프랑스 아가씨가 없어져 버린 것은. 함께 있을 수 없게 된 거예요. 다른 곳으로 가 버렸지요.」

코린느의 얼굴은 곧 사라져 버렸다. 흡사 불꽃이 사라지고 돌연 어두운 하늘에 별의 상냥하고 깊이 있는 눈망울이 나타나듯 다른 얼굴이, 다른 눈이 나타났다. 크리스토프는 흠칫 놀라 물었다.

「누굽니까? 가정교사를 하던 아가씨 아닙니까?」

「어머나! 당신도 알고 계신가요?」

두 사람은 그녀의 자태를 설명했다. 그러자 두 개의 초상은 꼭 들어맞았다.

「당신도 알고 계셨군요? 제발 그 여자에 대해서 아시는 것을 전부 얘기해 주시지 않겠어요?」

라인하르트 부인은 우선 자기들은 친구로서 서로 모든 것을 털어놓는 사이였다고 하는 데서부터 얘기를 시작했다. 하지만 자세한 얘기로 들어가자 그 모든 것이라는 것은 결국 아무것도 아닌 일이었다. 둘은 방문한 집에서 우연히 만났다. 라인하르트 부인 쪽에서 젊은 아가씨에게 교제를 청했다. 그리고 예의 친절한 말투로 놀러 와 달라고 초대했다. 젊은 아가씨는 두세 번 찾아와 얘기를 나누었다. 호기심이 많은 릴리는 이 프랑스 아가씨의 생활에 대해 얼마쯤 알 수가 있었지만 그것은 좀처럼 용이한 일이 아니었다. 아가씨는 매우 체면을 차렸던 것이다. 조금씩 얘기를 끌어내지 않으면 안 되었다.

라인하르트 부인은 가까스로 그녀가 앙트와네트 자넹이라는 이름이고, 재산은 없고 가족으로서는 파리에 남아 있는 동생이 있을 뿐으로 헌신적으로 이 동생의 뒤를 돌본다는 것을 알았다. 그녀는 항상 동생 얘기를 했다. 이 얘기를 할 때만은 그녀도 다소 심중을 털어놓았다. 그리고 릴리 라인하르트가 그녀의 신뢰를 얻을 수 있었던 것은, 양친도 친구도 없이 중학 기숙사에 들어가 단지 홀로 파리에 남아 있는 이 소년에게 인자한 깊은 동정을 나타냈기 때문이었다. 앙트와네트가 외국에서 취직할 것을 생각한 것도 동생의 교육비를 충당키 위해서였다. 하지만 이 두 사람의 딱한 남매는 따로 떨어져 생활하기가 힘들었다. 매일 서로 편지를 썼다. 그리고 기다리고 있는 편지가 조금 늦어지기만 해도 병적인 불안에 사로잡혔다. 앙트와네트는 늘 동생의 일을 걱정했다. 동생 쪽은 고독의 쓸쓸함을 누나에게 숨길 만한 기력이 없었다. 그의 탄식의 하나하나는 앙트와네트의 마음속에서 가슴을 쥐어뜯는 것처럼 거세게 메아리쳤다. 그녀는 동생이 괴로워한다고 생각하여 마음 아파하고 병이 났는데도 말하지 않고 있는 것은 아닌가고 자꾸 상상했다. 친절한 라인하르트 부인은 그러한 근거 없는 근심에 대해 몇 번이나 상냥하게 그녀를 꾸중해 주지 않으면 안 되었다. 그리고 잠시 동안은 그녀를 안심시켜 줄 수 있었다. 앙트와네트의 가정과 신분과 마음속으로 생각하고 있는 일에 대해서는 부인은 아무것도 알 수 없었다. 조금만 이 점을 건드리면 아가씨는 곧 무엇을 겁내는 듯 우울하게 입을 다물었다. 그녀에게는 교양이 있었다. 조숙한 경험을 갖고 있는 것 같았다. 천진 난만하기도 했으나 온갖 환멸을 맛본 듯하기도 하고 신앙심이 깊었으나 꿈 같은 것은 품고 있지 않은 듯했다. 친절심도 없거니와 너그럽지도 않은 이 지방의 가정에 들어가 그녀는 행복하지 않았다. 어찌하여 이 고장을 떠났는지 라인하르트 부인은 똑똑히 알지 못했다. 품행이 좋지 않았기 때문이라고 하는 소문이었다. 안겔리카는 절대로 이것을 믿지 않았다. 그것은 어리석고 심술스런 이 도시 사람들이 능히 할 만한 가증한 중상이라고 확신했다. 별의별 소문이 다 떠돌았다. 하지만 그러한 소문

따위는 아무래도 좋지 않은가. 크리스토프는 힘없이 말했다.

「맞습니다.」

「마침내 그 여자는 가 버렸어요.」

「그래 갈 때 당신에게 뭐라고 말하던가요?」

「아! 그럴 기회가 없었어요. 공교롭게도 나는 이틀 동안 쾰른에 가 있었어요! 돌아와 보니……왜 그리 늦어요!……」

부인은 말을 중단하고 차에 넣을 레몬을 이제야 겨우 가져온 하녀를 꾸짖었다.

그리고 진정한 독일인이 일상 생활의 행위에서도 보이는 저 몸에 밴 엄격한 태도로 격언적인 말을 덧붙였다.

「인생 만사가 다 그렇지만요!……」

이것은 늦어진 레몬을 말하는 것인지 중단된 애기 속에서 말하던 것을 가리키는 말인지 잘 알 수 없었다. 부인은 말을 이었다.

「돌아와 보니 간단한 편지를 두고 갔어요. 내가 해 준 일에 대한 사례와 파리에 돌아간다는 것이 씌어 있었어요. 주소는 씌어 있지 않았습니다.」

「그래서 그후 소식이 없는 겁니까?」

「네, 전연.」

크리스토프는 저 우울한 얼굴이 어둠 속으로 사라지는 것을 다시금 눈앞에 선명히 떠올렸다. 마지막으로 열차의 유리창 너머로 이쪽을 물끄러미 바라보던 그때 그대로의 눈이 순간적으로 언뜻 떠올랐다가 사라졌다.

프랑스의 수수께끼가 다시금 화제에 올랐다. 크리스토프는 부인이 잘 알고 있다고 자부하는 이 나라의 일을 끝없이 캐물었다. 그리고 라인하르트 부인은 한번도 프랑스에는 가본 적이 없는데도 모든 것을 가르쳐 주었다. 라인하르트 쪽은 훌륭한 애국자로서 부인 이상으로는 잘 알지 못하는 프랑스에 대해 많은 편견을 품고 있었으므로 릴리의 열광하는 꼴이 너무 지나치면 때로 이의를 제기했다. 하지만 부인은 더한층 고집을 부려 자기 말을 우겨 댔다. 그리고 크리스토프는 아무것도 모르면서도 부인을 신뢰하고 맞장구를 쳤다. 그에게 있어 릴리 라인하르트의 추억보다도 더한층 귀중했던 것은 부인의 책이었다. 부인은 프랑스 서적의 작은 문고*를 만들고 있었다. 그것은 닥치는 대로 사모은 학교 교과서와 소설과 희곡이었다. 프랑스에 대해 알고 싶다고 생각은 하면서도 아무것도 모르는 크리스토프에게 라인하르트가 친절하게도 마음대로 골라서 읽어도 좋다고 말해 주었을 때 그러한 책은 보물처럼 여겨졌다.

그는 우선 선집과 옛 교과서류부터 읽기 시작했다. 그 책들은 릴리 라인하르트와 그녀의 남편이 학생 시절에 사용하던 것이었다. 미지의 프랑스 문학 속으로 발을 들여 놓기 위해서는 아무래도 그것부터 시작하지 않으면 안 된다고 라인하르트는 말했다. 크리스토프는 프랑스 문학에 대해 자기보다 잘 알고 있는 사람들을 진심으로 존경했으므로 하라는 대로 했다. 그리고 그날 밤부터 읽기 시작했다. 그는 우선 자기가 가지고 있는 지식의 대강을 알아 보았다.

그는 다음과 같은 프랑스의 작가를 알고 있었다. 테오도르―앙리 바로, 프랑스와 페티 드라크르와, 프레데릭 보드리, 에밀 들레로, 샤를르―오귀스트―데지레 필롱, 사무엘 데콩바, 프로스페르 보르. 그리고 다음과 같은 사람들의 시를 읽었다. 조제프 레이르 사제, 피에르 라 샹보디, 니베르느와 공, 앙드레 방 아셀트, 앙드리외, 콜레 부인, 살므―딕 공작 부인, 콩스탕스―마리, 앙리에트 올라르, 가브리엘―장―바티스트―에르네스트―빌프리드 라구베, 이폴리트 비올르, 쟝 레볼, 쟝 라시느, 쟝 드 베랑제, 프레데릭 베샤르, 구스타브 나도, 에두아르 플루비에, 외젠느 마뉘엘, 위고, 밀르브와, 셰느돌레, 잠므 라쿠르 들라트르, 펠릭스 샤반느, 프랑스와 코페, 프란시스―에두아르 조아셍, 루이 벨몽테. 크리스토프는 이러한 시의 대홍수 속에 말려들어가 가라앉아 버리고 나서 이번에는 산문 쪽으로 옮겨갔다. 그는 거기서 다음과 같은 사람들을 발견했다. 구스타브 드 몰리나리, 플레쉬에, 페르디낭―에두아르 비송, 메리메, 말트―브렁, 볼테르, 라메―플뢰리, 뒤마 페르, 쟝 자크 루소, 메지에르, 미라보, 마자드, 클라르시, 코르탕베르, 프레데릭 2세, 보게. 가장 빈번히 인용되는 프랑스의 역사가는 막시밀리앙―상송―프레데릭 쉴이었다. 크리스토프는 이 선집 속에서 신 독일 제국의 선언문을 보았다. 그리고 프레데릭―콩스탕 드 루즈몽이 독일인의 초상을 묘사한 문장을 읽고 다음과 같은 사실을 알았다. 『독일인은 영혼의 세계 속에서 살도록 태어났다. 그들은 프랑스 인들처럼 경박하고 소란스런 명랑성은 가지고 있지 않다. 그들은 풍부한 혼을 가지고 있다. 그들의 애정은 상냥스럽고도 깊다. 일을 해도 피로를 모르며, 일을 꾀하면 끝까지 실천한다. 그들 만큼 도전적인, 그리고 또 그들 만큼 장수하는 국민은 없다. 독일은 퍽 많은 작가를 가지고 있다. 또 미술의 천재도 갖고 있다. 프랑스 인이고 영국인이고 스페인 인인 것을 명예로 여기는 데 반해 독일인은 그의 공평 무사한 애정 속에 전인류를 포용한다. 결국 독일은 유럽 중앙에 위치해 있음으로써 인류의 심장임과 동시에 인류 최고의 이성이기도 한 것같이 여겨진다.』

크리스토프는 지치고 또 놀라서 책을 덮고 생각했다.

『프랑스 인은 사람 좋은 도련님이군. 하지만 알찬 데가 없구나.』

그는 다른 책을 손에 들었다. 상급 학교용이었다. 뮈세가 세 페이지를 차지하고 빅톨 뒤뤼가 서른 페이지를 차지했다. 라마르틴느가 일곱 페이지, 티에르가 마흔 페이지 가까이를 차지하고 있었다. 〈르 시드〉는 거의 전부가 실려 있었다(동 디에그의 독백과 로드리그의 독백은 너무 길기 때문에 생략). 랑프레이는 나폴레옹 1세에 대해 프러시아를 선동하고 있었다. 그래서 그에게는 페이지의 제한이 없었다. 그 페이지 수는 그 한 사람으로써 18세기의 고전적인 대작가 전부의 페이지보다도 많았다. 1870년의 프랑스의 패배에 관한 많은 이야기는 졸라의 《와해》에서 취한 것이었다. 몽테뉴도 라 로쉬푸코도 라 브뤼에르도 디드로도 스탕달도 발작도 플로베르도 이 책에는 나와 있지 않았다. 그 대신 또 한 권의 책에는 나와 있지 않았던 파스칼이 진기한 사람으로서 나와 있었다. 그리고 크리스토프는 여기서 이 광신가가 『파리 근교의 여학교인 포르 르와얄의 신부의 한 사람』이었다는 것도 알았다.

크리스토프는 자칫 모든 것을 집어던질 뻔했다. 머리가 어질어질하고 이젠 아무것도 알 수 없었다. 『이래서는 언제까지고 끝장이 나지 않겠다』고 그는 생각했다. 의견을 정리할 수는 없었다. 대체 어디를 읽어야 좋을지도 모른 채 몇 시간이나 닥치는 대로 책장을 넘기고 있었다. 그는 프랑스어를 잘 읽을 수는 없었다. 어느 한 절을 무척 노력해서 읽어 보면 그것은 거의 항상 무의미하고 부질없는 것이었다.

그러는 동안에 이러한 혼돈 속에서 몇 줄기 광명이 비쳐 나왔다. 그것은 칼날의 번득임이고 강하고 날카로운 말씀이며 씩씩한 웃음이었다. 이 최초의 독서에서 천천히 하나의 인상이 떠올랐다. 이것은 아마도 편집의 기획이 경향적이었기 때문이었을 것이다. 독일 편집자는 이 선집 속에서 프랑스 인의 솔직성에 의해

＊ 장 크리스토프가 그의 친구 라인하르트의 장서 가운데서 빌려다 읽은 프랑스 문학 선집은——

　1. *Choix de lectures francaises à l'usage des écoles secondaires,* par Hubert H.Wingerath, docteur en philosophie, directeur de l'Ecole réale Saint-Jean à Strasbourg——Deuxième partie: classes moyennes——7° édition, 1902. Dumont-Schauberg.

　2. ——L.Herrig et G.F.Burguy: *La France littéraire,* remaniée par F.Tendering, directeur du Real-Gymnasium des Johanneums, Hambourg——1904. Brunswick.

프랑스 인의 결점과 독일인의 우수성을 판별할 수 있는 것만은 특히 선택했다. 하지만 편집자 자신이 생각지도 못했던 일을, 크리스토프와 같은 독립적인 정신을 가진 자의 눈에는 자기들의 모든 것을 비판하고 적을 칭찬하는 그들 프랑스 인들의 놀라운 자유스러움이 이 때문에 똑똑히 보인다는 것이었다. 미슐레는 프레데릭 2세를, 랑프레이는 트라팔가 해전의 영국인들을, 샤라는 1813년의 프러시아를 찬양했다. 나폴레옹의 어떠한 적도 나폴레옹의 일을 이렇듯 혹독하게 얘기하는 자는 없었다. 가장 존경받는 자일지라도 그들의 비판적인 정신을 벗어날 수는 없었다. 루이 14세 시대에 있어서조차도 가발을 쓴 시인들은 솔직히 사물을 얘기했었다. 몰리에르는 아무것도 용서치 않았다. 라 퐁텐느는 모든 것을 조소했다. 브왈로는 귀족을 욕보였다. 볼테르는 전쟁을 욕하고 종교를 때려눕히고 조국을 우롱했다. 모랄리스트, 풍자 시인, 풍자적 논설가, 희극 작가 등이 명랑하고 혹은 침울한 대담성을 겨루고 있었다. 일반적으로 존경심이라는 것이 결여되어 있었다. 이 때문에 독일의 고지식한 편집자들은 가끔 난처했다. 같은 부대 속에 요리사도 인부도 병사도 함께 넣어 버린 파스칼을 통과시키려 했을 때 그들은 자기 양심을 안심시켜야 할 필요를 느꼈다. 그래서 주석을 달아, 파스칼이 만일 근대의 훌륭한 군대를 알고 있었다면 그런 식으로는 얘기하지 않았을 것이라고 항의했다. 그들은 또 레싱이 라 퐁텐느의 우화를 고쳐 써 즈네브 태생 루소의 의견에 따라 까마귀 선생의 치즈를 독이 들어 있는 고깃덩이로 바꾸어 비열한 여우가 이를 먹고 죽는 것으로 하고 『저주받은 아첨자들이여, 너희들이 손에 넣을 수 있는 것은 독뿐이다 !』하고 격언 같은 결구를 붙였다.

그들 편집자들은 벌거벗은 진실 앞에 나오자 눈을 깜빡거렸다. 크리스토프는 재미있어 했다. 그는 빛을 사랑했다. 하지만 그도 또한 몇몇 군데는 좀 어리둥절했다. 이렇듯 무질서한 정신에는 익숙하지 않았다. 아무리 자유로워도 역시 규율에 젖은 독일인의 눈으로 본다면, 이러한 독립적 정신은 무질서한 것으로 보였다. 게다가 그는 프랑스 인의 익살에 갈팡질팡했다. 그는 어떤 것은 너무나 진지하게 받아들였다. 또 어떤 것은 사정 없는 부정인데도 그런 것은 아무래도 좋았다 ! 놀라고 불쾌감을 느끼면서도 그는 조금씩 끌려들어갔다. 그는 자기 인상을 분류하는 것을 그만두었다. 한 감정에서 다른 감정으로 옮겨갔다. 그는 살아 있는 인간이었으니까. 프랑스의 애기, 예컨대 샹포르, 세귀르, 뒤마 페르, 메리메 등의 것과 그밖에 잡다한 얘기는 그의 기분을 상쾌하게 했다. 그리고 때로 어떤 페이지에서는 여러 혁명의 독한, 사람을 도취케 하는 냄새가 돌풍처럼 피어올랐다.

새벽녘 가까이 옆방에서 잠들었던 루이자가 눈을 뜨자 크리스토프의 방문 틈바구니에서 불빛이 새어 나오는 것이 보였다. 그녀는 벽을 똑똑 두드려 병이 난 게 아니냐고 물었다. 바닥 위에서 의자가 삐걱거렸다. 문이 열렸다. 셔츠 차림의 크리스토프가 초 한 자루와 책 한 권을 손에 들고 엄숙하고도 어리광스런 몸짓을 하며 모습을 나타냈다. 루이자는 깜짝 놀랐다. 혹 돌아버린 것은 아닌가 하여 침대에서 몸을 일으켰다. 크리스토프는 웃기 시작했다. 그리고 초를 휘두르면서 몰리에르 극의 어떤 장면을 낭독했다. 어느 문구 도중에서 그는 픽하고 웃음을 터뜨렸다. 그리고는 주저앉아 숨을 돌이켰다. 촛불은 그의 손에서 흔들리고 있었다. 루이자는 안심이 되어 상냥하게 꾸짖었다.

「어떻게 된 일이냐, 대체? 자아, 가서 자라!……마치 바보가 되어 버린 것 같지 않니.」

하지만 그는 더욱 수선을 떨기 시작했다.

「이걸 들어 주시지 않아서야!」

그렇게 말하고 머리맡에 주저앉아 처음부터 그 장면을 고쳐 읽어 주었다. 코린느의 자태가 눈앞에 보이는 것 같았다. 그녀의 짐짓 거창한 대사의 음조가 들리는 듯했다. 루이자는 거절했다.

「자아, 이제 그만 가 보라니까! 감기 들겠어. 귀찮아요. 좀 자게 해 줘요!」

그는 상관 없이 읽어 나갔다. 소리를 높이고 양팔을 휘둘러 대고 목구멍이 막히도록 웃었다. 그리고 신나지 않느냐고 어머니에게 물었다. 루이자는 등을 돌려 이불 속으로 파고들고 귀를 막으며 말했다.

「자아, 좀 가만히 내버려다구!」

하지만 그녀는 아들의 웃음 소리를 들으며 자기도 나직한 소리로 웃고 있었다. 겨우 그녀는 투덜거리기를 그쳤다. 그리고 한 막을 다 읽은 크리스토프가 재미있었는지를 물어 봐도 대답이 없기에 들여다보았더니 그녀는 잠들어 있었다. 그는 미소를 짓고 어머니 머리카락에 살짝 입을 대고 소리가 나지 않도록 살며시 제 방으로 돌아갔다.

그는 라인하르트한테 가서 책을 빌렸다. 모든 책을 닥치는 대로 자꾸만 빌려 읽었다. 크리스토프는 무엇이나 자기 것으로 소화시켰다. 그는 코린느와 저 미지의 아가씨의 나라를 사랑하고 싶었으며, 자기의 열정을 모두 쏟아 버리고 싶었으므로 이러한 책을 이용했다. 이류의 작품에 있어서조차도 어떤 페이지, 어떤 말은 획 지나가는 자유로운 바람처럼 여겨졌다. 그는 이것을 과장해서 생각했다. 라인하르트 부인에게 얘기할 때에는 특히 그랬다. 그러면 부인은 으레 다시 이것을 치켜올렸다. 부인은 전혀 아무것도 알지 못했지만 프랑스 문화와 독일 문화를 대조시켜 가며 재미있어 하고 전자를 칭찬하기 위해 후자를 깎아내려 남편을 화나게 하거나 이 도시에서 있었던 불쾌한 일의 분풀이를 했다.

라인하르트는 분격하고 있었다. 그는 자기 전문외의 것에 대해서는 학교에서 배운 관념의 테두리 밖으로 전혀 나가지 못했다. 그에게 있어서 프랑스 인은 재주가 있고 실제적인 일에 재능이 있으며 애교가 있고 화술의 명수였지만, 경박하고 골을 잘 내며 거만을 떨고 진지해지거나 확실한 감정을 갖거나 성실해지는 일도 없고——음악도 시도 없는(브왈로의 《시학》과 베랑제와 프랑스와 코페만은 예외) 국민이고——비분 강개와 호들갑스런 몸짓의 과장된 표현과 호색 문학을 즐기는 국민이었다. 라인하르트는 라틴 인종의 부도덕을 공격하는 데 적당한 말을 몰랐다. 그래서 할 수 없이 언제나 『경조 부박(輕佻浮薄)』이라는 말을 되풀이해서 썼다. 이것은 그가 말할 경우나 그와 같은 나라 사람이 말할 경우에도 마찬가지로 특별히 불친절한 의미를 가지고 있었다. 그리고 그의 얘기의 끝은 바드시 고상한 독일 국민을 찬양하는 판에 박은 문구로 맺어졌다. 도덕적 국민(이 점에 있어서는 독일 국민은 다른 어떠한 국민과도 뚜렷이 구별된다고 헤르더는 말했다), 충실한 국민(treues volk——이 treu에는 성실한, 충실한, 충성스런, 똑바른이라고 하는 모든 의미가 들어 있다), 피히테가 말한 것처럼 둘도 없이 뛰어난 국민, 모든 정의와 진리의 상징인 독일의 힘, 독일 사상, 독일 혼——민족 그 자체와 마찬가지로 이 세계에서 순수한 모양으로 보존되어 있는 독특한 단 하나의 말인 독일어——독일 부인, 독일 술, 그리고 독일 노래……〈독일, 세계의 어떠한 것보다도 훌륭한 독일 !〉

크리스토프는 반대했다. 라인하르트 부인은 입을 크게 벌리고 웃었다. 셋이서 큰소리로 토론했다. 모두 다 서로를 잘 이해했다. 그들은 자기들 세 사람은 선량한 독일인이라는 것을 알고 있었다.

크리스토프는 이 새로운 친구들을 자주 방문해서 수다를 떨고 식사도 초대받고 산보를 하곤 했다. 릴리 라인하르트는 그를 귀여워해서 영양가 높은 밤참을 대접했다. 그녀는 대식가인 자신을 만족시키는 구실이 생긴 것을 기뻐했다. 그녀는 기분상의 일에 대해서도, 또 요리에 대해서도 여러 가지로 세밀히 마음을 썼다. 크리스토프의 생일에는 과일 파이를 만들어 그 위에다 초를 여러 자루 세우고 복판에는 그리스 풍 복장을 한 작은 사탕 인형을 놓았다. 이 인형은 이피게니에를 나타낸 셈이었는데 손에 꽃다발을 들고 있었다. 크리스토프는 자신이 독일인이라는 것을 달갑게 여기지는 않았지만 그 자체가 독일인이었으므로 그다지 썩 세련되어 있지는 않더라도 점잖은 애정을 표시하고 있는 이러한 방식에 감동되었다.

훌륭한 라인하르트 부부는 자기들의 적극적인 우정을 실제로 표시하기 위해 가장 교묘한 방법들을 찾아냈다. 라인하르트는 거의 악보를 읽지 못하는데도 아내의 권고로 크리스토프의 《가곡집》을 이십 부 가량 샀다. 발행처에서 이 책이 밖으로 나간 것은 이것이 처음이었다. 라인하르트는 이것을 독일 여기저기에 있는 대학 관계 친구들에게 보냈다. 자신이 지은 교과서 일과 관계 있는 라이프치히와 베를린 서점에도 몇 부 두게 했다. 그러나 크리스토프가 전혀 모르는 이러한 눈물겹고 서투른 착상은 적어도 한동안은 아무런 효과도 없었다. 각처에 보내어진 《가곡집》은 그렇게 빨리는 문제가 될 것 같지도 않았다. 아무도 이것에 대해 말하는 사람이 없었다. 그래서 이러한 냉담을 슬퍼한 라인하르트 부부는 자기들이 힘쓴 것을 크리스토프에게 말하지 않기를 잘했다고 생각했다. 그가 이것을 알았더라면 위로보다도 고통을 받게 되었을 것이기 때문이다. 하지만 실제로 인생에 있어서 종종 볼 수 있는 것처럼 무슨 일이건 헛되이 되지는 않는 법이다. 어떤 노력이건 결코 허사가 되지는 않는다. 사람들은 얼마 동안은 이것을 잊어버리고 있다. 그렇지만 어느 날 목적이 이루어졌음을 깨닫는다. 크리스토프의 《가곡집》은 시골에 묻혀 있는 몇 사람의 충직한 사람들의 마음에 조금씩 접근해 갔다. 단지 그들은 이것을 그에게 알리기에는 너무나 수줍었거나 지쳐 있었다.

단 한 사람 그에게 편지를 준 사람이 있었다. 라인하르트가 책을 보낸 지 이삼 개월 후 크리스토프는 한 통의 편지를 받았다. 그것은 감동과 열의가 담긴, 격식을 차린 고풍스런 문체의 편지로 튀링겐이라고 하는 작은 도시에서 온 것이었다. 그리고 〈대학 음악회장, 교수 페터 슐츠 박사〉라고 서명되어 있었다.

크리스토프는 그 편지를 호주머니에 찔러넣은 채 이틀 동안이나 잊고 있었는데 이것을 라인하르트의 집에서 펴보고는 무척 기뻐했다. 라인하르트 부부에게는 더한층 커다란 기쁨이었다. 세 사람은 함께 편지를 읽었다. 라인하르트는 아내와 서로 의미 있는 눈짓을 건네었지만 크리스토프는 눈치채지 못했다. 크리스토프는 마음이 활짝 개인 듯했다. 그렇지만 갑자기 얼굴이 흐려지더니 중간에서 읽기를 그쳐 버렸으므로 라인하르트는 쳐다보았다.

「아니 왜 읽지 않는 거야?」 하고 그는 물었다. 그들은 이미 서로 말을 놓고 있었다.

크리스토프는 울화가 치미는 듯 편지를 테이블 위에 집어던졌다.

「이건 너무한데 !」

「대체 어떻게 된 거죠 ?」

「좀 읽어 봐 !」

그는 테이블에 등을 돌리고 방 한 구석으로 가 투덜댔다.

라인하르트는 아내와 함께 읽었다. 그리고 최고의 찬사밖에는 발견할 수 없었다.

「모르겠는 걸.」하고 그는 놀란 얼굴을 지었다.

크리스토프는 편지를 다시 손에 들고 그의 눈앞으로 들이 대며 버럭 소리쳤다.

「모르겠어 ? 이걸 모르겠다는 말이야 ?…… 자네 눈에 백태가 끼었나 ? 이자도 또한 브람스 파의 한 사람이라는 것을 모르겠나 ?」

이런 말을 듣고 겨우 라인하르트는 이 대학 음악회장이 편지 속의 한 줄에 그의 《가곡집》을 브람스의 가곡에 비교하고 있다는 데에 생각이 미쳤다. 크리스토프는 한탄했다.

「한 사람의 친구를, 간신히 한 사람의 친구를 찾아냈는데 ! 찾아냈다고 생각한 순간에 그만 잃어버린 거야 !」

그는 브람스와 비교됐다는 일에 숨통이 막히도록 분해했다. 그를 그대로 내버려 두었더라면 당장이라도 실례되는 편지를 썼을는지도 알 수 없었다. 또는 잘 생각해 보아 편지를 보내지 않는 쪽이 퍽 현명하고 아량 있는 짓이라고 생각했을는지도 몰랐다. 라인하르트 부부는 그의 불만을 재미있어 하면서도 어리석은 짓을 말라고 타일렀다. 부부는 그에게 고맙다는 편지를 쓰게 했다. 하지만 얼굴을 찡그리며 쓴 냉담하고 딱딱한 것이었다. 그래도 페터 슐츠의 열광은 동요하지 않았다. 그후에도 애정이 철철 넘치는 편지를 몇 통이나 보냈다. 크리스토프는 편지를 쓰는 것에 익숙지 않았다. 그래서 그 편지를 통해 느껴지는 성실한 말씨로 해서 이 미지의 벗에 대해 다소 마음이 풀어지기는 했지만 서신 교환은 끝나 버렸다. 슐츠도 마침내 침묵했다. 크리스토프는 이미 생각지도 않았다.

이제는 그는 매일같이 라인하르트 부부를 만났다. 어떤 날은 하루에 두 번씩 만나는 때도 흔히 있었다. 세 사람은 거의 매일 밤을 함께 지냈다. 온종일 자기 혼자서 무슨 생각을 하고 있노라면 그는 얘기하고 싶은 욕구를 느꼈다. 머릿속에 있는 일을 비록 상대가 이해해 주지 못하더라도 말해 버리고 싶었다. 이유불

문하고 웃고 기분을 발산시켜 마음의 긴장을 풀어놓고 싶었다.

그는 두 사람에게 음악을 들려 주었다. 달리 감사의 뜻을 나타낼 길이 없었으므로 그는 피아노를 마주하고 앉아 몇 시간이고 들려 주었다. 라인하르트 부인은 전혀 음악을 몰랐다. 하품을 하지 않으려고 무던히 애썼다. 하지만 크리스토프에 대한 동정으로 그가 치는 것에 흥미를 느끼고 있는 듯한 시늉을 했다. 라인하르트도 아내 이상으로 음악을 알고 있다고는 할 수 없었지만 어떤 작품에는 감동을 받았다. 그럴 때에는 마음이 격렬히 동요를 일으켜 눈물이 핑 돌기까지 했다. 자기로서도 머리가 좀 어떻게 되었나 보다고 생각될 정도였다. 그렇지 않을 때는 아무렇지도 않았다. 그에게는 그저 단순히 음향이었다. 게다가 일반적으로 말해서 작품 속에서 제일 시시한 데——전연 무의미한 부분——밖에는 감동하지 않았다. 부부가 다 크리스토프를 이해하고 있다고 믿었다. 그리고 크리스토프도 이해받고 있다고 믿고 싶어했다. 하지만 가끔 둘을 놀려 주어야겠다고 하는 짓궂은 욕망이 일어나는 수가 있었다. 그래서 그들을 속이고 아무런 의미도 없는 너절한 잡곡을 들려 주었다. 그리고 이것을 자기 작품이라고 믿도록 했다. 그런 다음 그들이 이것을 격찬하면 자기가 꾸민 장난이라고 고백했다. 그래서 그들은 그를 경계하게 되었다. 이후에는 크리스토프가 뭔가 의미 있는 듯이 연주하면 또다시 올가미를 씌우려 드는구나 하고 생각했다. 그래서 부부는 이것에 트집을 잡았다. 크리스토프는 상관 않고 말을 시키고 맞장구를 치고 이 곡은 전혀 무가치한 것임을 인정했다. 그러고 나서 갑자기 커다란 입을 벌리고 웃었다.

「지독한 사람들인데! 말씀인즉 옳은 소리야! 이건 내 작품이니까 말이지!」

둘을 속여 넘기면 그는 왕이라도 된 것처럼 좋아했다. 라인하르트 부인은 좀 약이 올라 그의 곁으로 가서 살짝 때려주었다. 하지만 그가 너무나 기분 좋게 웃고 있었으므로 부부도 한데 어울려 웃었다. 그들은 정확한 의견을 말할 자신은 없었다. 그리고 어떻게 말해야 좋을지 전혀 알 수 없었으므로 릴리 라인하르트는 모두 다 깎아내리기로 하고 남편 쪽은 모두를 칭찬하기로 정했다. 그렇게 하면 두 사람 중 어느 한쪽이 언제나 크리스토프와 같은 의견이 될 것은 확실했다.

그들이 크리스토프에게 이끌린 것은 그가 음악가라기보다도 좀 머리가 돈 듯한, 그리고 애정 깊고 활기 찬, 사뭇 선량한 청년이라는 점이다. 어떤 이에 대한 험담을 듣게 되면 오히려 그에게 호의를 가지고 싶어진다. 그들도 그와 마찬가지로 이 작은 도시의 위세에 억눌려 있었던 것이다. 그들도 그처럼 솔직했다.

스스로의 생각으로 사물을 판단했다. 그리고 크리스토프를 도무지 처세술에 능하지 않은, 솔직함의 희생물이 되어 있는 커다란 어린애로 보았다.

크리스토프는 이 새로운 친구에게 지나친 큰 기대는 품고 있지 않았다. 자기 본질의 제일 깊은 곳은 이해되지 않고 또 영원히 이해되지 않으리라고 생각하면 좀 우울해졌다. 하지만 그는 우정에 버림받고 더욱이 그것이 무척 아쉬웠으므로 그들이 조금이라도 자기를 사랑해 주려고 하는 데에는 무한한 감사를 품고 있었다. 올 한 해 동안의 경험으로 그는 많이 변화되었다. 무뚝뚝하게 굴어도 좋다는 권리가 자기에게는 없다는 것을 깨닫게 되었다. 이 년 전만 하더라도 이토록 참을성 많지는 않았던 것이다. 충직하고 따분한 오일러 집안 사람들에 대해서 자기가 취한 까다로운 태도를 생각해내고 면구스러운 양심의 가책을 느꼈다. 아！ 얼마나 분별 있는 인간이 된 것일까！ 그는 한숨을 쉬었다. 은밀한 소리가 그에게 소곤거렸다.

「틀림없이 그렇기는 하다. 한데 언제까지 갈 것 같은가？」

이 말을 듣고 그는 미소지었다. 그의 마음은 위안을 받았다.

한 사람의 친구를 얻을 수만 있었다면, 자기를 이해해 주고 자기와 혼을 나누는 단 한 사람의 친구라도 얻을 수 있었다면 그는 무엇이고 다 주었을 것이다. 하지만 아직 애송이였다고는 하나 세상 경험을 충분히 쌓은 크리스토프는 자기의 염원은 인생에서 가장 실현키 어려운 일이며 이제까지의 참다운 예술가의 대부분보다도 더 행복해지겠다는 따위의 희망은 도저히 품을 수 없다는 것을 잘 알고 있었다. 그들 중 어떤 사람들의 전기를 그는 읽어서 알게 되었다. 라인하르트의 장서 중에서 빌어온 몇 권의 책이 17세기의 독일 음악가들이 헤쳐 온 무서운 고난의 길과 그러한 위대한 영혼들 중 가장 위대한 영혼인 용감한 쉬츠가 보여 준 유연한 태도가 그에게 가르쳐 주었던 것이다. 불탄 도시, 페스트에 멸망한 시골 마을, 전유럽 군대에게 침입되어 짓밟히고 그리고 불행에 나가 떨어져 피폐하고 타락해서, 싸울 기력도 없어지고 만사 무관심이 되어 오직 한결같이 안일만을 바라고 있는 어두운 조국, 그러한 것들의 한가운데를 쉬츠는 굴하지 않고 자기의 길을 걸어나갔던 것이다. 크리스토프는 생각했다.

『이러한 실례를 앞에 두고는 누구에게 짜증을 부릴 권리가 있는 것일까？ 그들에게 청중은 없었다. 그들에게 미래는 없었다. 그들은 오직 자신들과 신을 위해 작곡한 것이다. 오늘 작곡한 것은 자칫하면 다음 날에는 없어져 버릴는지도 알 수 없었다. 그렇더라도 역시 그들은 작곡을 계속했다. 그리고 결코 슬퍼하지 않았다. 아무것도 그들의 참을성 많은 순박성을 상실케 하지는 못했다. 그들은 자기들의 노래에도 만족해 했다. 그리고 그들이 인생에 요구하는 것은 단지 살아 가는 일, 간신히 먹고 살 수 있을 정도의 것을 얻는 일, 자기 사상을 예술 속에 부어넣는 일, 예술가는 아니더라도 꾸밈없고 진실한 마음을 가진 두세 명의 좋은 친구나 그들을 다 이해할 수는 없어도 그들을 솔직히 사랑해 주는 사람을 찾아내는 일이었다. 어떻게 이 이상의 요구를 할 수 있으랴? 사람은 최소한의 행복밖에는 요구할 수 없다. 그 이상의 것을 찾을 권리는 아무에게도 없다. 나머지 행복은 스스로가 자신에게 주는 것이지 남에게 이를 달라고 요구할 수는 없는 것이다.』

이러한 생각은 그의 마음을 활짝 개이게 했다. 그렇기 때문에 충직한 벗 라인하르트 부부가 더욱 좋아졌다. 이 마지막 애정조차도 사람들이 뺏으러 오리라고는 그는 꿈에도 생각지 못했다.

그는 소도시 사람들의 심술이라는 것을 생각지 않았다. 그들의 원한은 정말 끈질기다. 아무런 목적도 없기 때문에 한층 집요하다. 자기가 바라는 바를 알고 있는 정당한 원한은 그것이 이뤄지면 진정되고 만다. 하지만 심심풀이로 나쁜짓을 하는 놈은 결코 싸움을 그만두지 않는다. 왜냐하면 그들은 언제나 지루하기 때문이다. 크리스토프는 그들의 심심풀이에 제공된 사냥감이었다. 물론 그는 나가떨어져 있었다. 하지만 결코 항복한 것 같은 꼴을 보이지 않을 만큼의 두둑한 배짱은 가지고 있었다. 그는 이제 누구도 불안하게 만들지 않았다. 하지만 누구의 일도 개의치 않았다. 그는 아무것도 요구하고 있지 않았다. 사람들은 그를 어떻게 할 수도 없었다. 그는 새로운 친구와 더불어 행복했다. 그리고 남이 자기 일을 어떻게 말하거나 생각하거나 예사였다. 그것은 사람들에게는 참을 수 없는 일이었다. 라인하르트 부인이 더한층 그들의 비위를 긁어 댔다. 전 시민에 대항해서 공공연히 크리스토프에게 우정을 표시하고 있는 것은 그녀의 평상시 태도와 마찬가지로 세론에 대한 도전처럼 보였다. 선량한 릴리 라인하르트는 무엇에 대해서도, 또 누구에 대해서도 도전하고 있는 것은 아니었다. 남의 마음을 상하게 하려는 마음은 꿈에도 가져 본 적이 없었다. 그녀는 다만 남의 의견 따위는 구하지 않고 자신이 좋다고 생각하는 바를 그대로 따랐다. 그런데 이것이 가장 나쁜 도전인 것이다.

사람들은 그들의 행복을 은밀히 엿보고 있었으나 그들은 경계하고 있지 않았다. 함께 외출할 때나 혹은 집에서 테라스에 팔꿈치를 짚고 떠들거나 웃고 있을 때는 신중함이란 없었다. 그래서 한 사람은 우쭐해하고 한 사람은 경솔하다는 험담의 재료가 될 만한 친숙한 태도를 스스럼없이 보이고 있었다.

어느 날 아침 크리스토프는 익명의 편지를 받았다. 거기에는 그를 라인하르트 부인의 정부라고 모욕적인 말로 비난하고 있었다. 그는 너무나 터무니없는 말에 깜짝 놀랐다. 그녀에 대해서 조금이라도 딴 생각을 품은 적은 없었다. 그는 너무나도 단정했다. 간통에 대해서는 청교도적인 혐오를 품고 있었다. 불결하게 공유한다는 것은 생각하기도 싫은 일이었으며 친구의 아내를 빼앗는다는 것을 악으로 생각했다. 게다가 릴리 라인하르트는 그가 그러한 죄를 함께 저지르고 싶어질 만한 여성과는 처음부터 거리가 멀었다. 딱하게도 이 여자는 결코 아름답지 않았다. 정열을 느낀다거나 그렇지 않다거나 하는 변명조차도 필요 없었던 것이다.

그는 부끄러워서 거북살스런 기분을 느끼며 친구의 집을 찾아갔다. 그리고 그들도 불쾌한 모습을 하고 있는 것을 보았다. 저마다 같은 편지를 받았던 것이다. 하지만 서로 이 말을 꺼내지 못하고 있었다. 그리고 셋이 다 서로를 살피고 자신을 관찰하면서 이제는 꼼짝하지 않고 얘기도 못하고 바보 같은 짓들만 하고 있었다. 릴리 라인하르트의 날 때부터의 태평스런 성격이 순간 다시금 머리를 쳐들어 잠깐 동안 웃어 대거나 당치도 않은 소리를 해대거나 했지만 느닷없이 남편의 눈이나 크리스토프의 눈과 마주치면 당황하지 않을 수 없게 되었다. 편지의 일이 머리에 떠올랐다. 그녀는 가슴이 울렁거렸다. 크리스토프도 라인하르트도 울렁거렸다. 그리고 각자가 저마다 생각하는 것이었다.

『두 사람은 모르는 것일까?』

하지만 그들은 아무 소리도 하지 않았다. 그리고 종전대로 해 나가려고 애를 썼다.

그런데 익명의 편지는 그후에도 자꾸 와서 더욱 모욕적이고 야비해졌다. 그 때문에 그들은 안절부절 못하고 참을 수 없이 부끄러워졌다. 그들은 편지를 받으면 서로 숨겼다. 읽지 않고 태워 버릴 용기도 없었다. 그들은 떨리는 손으로 뜯어 보았다. 편지를 펴들 때는 머리가 멍해지는 것만 같았다. 그리고 그럴 것이 틀림없다고 두려워하던 내용, 같은 문제에 얼마쯤 새로운 변화를 준 내용 ──그것은 남에게 해를 끼치는 데 몰두하고 있는 정신이 생각해낸 교묘하고 비열한 내용이었다──을 읽고는 그들은 소리 죽여 울었다. 끈질기고도 지겹게 눌러붙는 이 가증스런 놈은 대체 누구일까, 그들은 온 몸의 맥이 빠질 정도로 머릿속에서 그놈을 찾고 있었다.

어느 날 라인하르트 부인은 도무지 견디지 못해 자신이 받고 있는 박해에 대해 남편에게 털어 놓았다. 크리스토프에게 말하는 게 좋았을까? 그들은 차마 말을 꺼내지 못하고 있었다. 하지만 그에게 신중한 행동을 취하게 하려면 주의해 주지 않으면 안 되었다. 라인하르트 부인이 얼굴을 붉히며 조금 얘기를 비치자 라인하르트도 똑같은 편지를 받았다는 것을 알고 부인은 깜짝 놀랐다. 악의가 이렇게 완강하다는 것을 알고 그들은 아연해졌다. 라인하르트는 시 전체가 이 비밀의 공모자임을 믿어 의심치 않았다. 세 사람은 서로 힘을 모아 돕기는커녕 맥이 탁 풀렸다. 이렇게 해야 좋을지를 몰랐다. 크리스토프는 그놈을 때려 눕히겠다고 말했다. 한데 상대가 누구라는 것인가? 게다가 그런 짓을 한다면 중상 모략은 잘 됐다고 점점더 기세를 부릴 것이다. 경찰에 이 편지 사건을 알릴 것인가? 그것은 편지의 사연을 세상에 공표하는 것과 같은 것이다. 모르는 체하고 있을까? 지금 와서는 그럴 수도 없었다. 세 사람의 우정 관계도 지금은 흔들렸다. 라인하르트는 아내와 크리스토프 사이의 결백함을 절대로 믿고 있었지만 역시 불쾌했다. 본의 아니게 두 사람 사이를 의심하기도 했다. 그는 그러한 의심이 부끄러울 만큼 터무니없는 바보짓이라는 것을 알고 있었다. 그래서 애써 크리스토프와 아내를 단 둘이 있게 했다. 그러나 괴로웠다. 그리고 아내로서는 그 속을 환히 들여다볼 수 있었다.

그녀의 경우는 더 낭패스럽게 되었다. 크리스토프가 그녀에게 정을 두리라고는 생각지도 않은 것처럼 그녀도 그와 연애 유희를 하려는 따위는 미처 생각해 본 적도 없었다. 그런데 이러한 중상 모략 때문에 혹 어쩌면 크리스토프는 자기를 사랑하고 있는 것은 아닐까, 하는 생각을 점점 품게 되었다. 그리고 자기가 그런 생각을 하고 있다는 기색을 크리스토프에게 보이지는 않았지만 경계하는 태도를 취하는 쪽이 낫겠다고 생각하게 되었다. 그렇지만 그녀는 똑똑히 알 수 있는 태도로 거부하지 않고 서투르고 조심스러운 태도로 거부했다. 크리스토프는 처음에는 무슨 영문인지를 몰랐다. 그러다 간신히 그 뜻을 알게 되자 그는 버럭 화가 났다. 울고 싶도록 어이 없는 일이었다! 자기가 이 친절하기는 하지만 추하고 평범한 시민 계급의 부인에게 사랑을 품다니, 그리고 그녀가 이것을 믿고 있다니, 그리고 이것을 변명하여 그녀와 그녀 남편에게 『자, 안심하시오! 아무런 위험도 없습니다.』고 할 수 없다니!

아니 그는 이 훌륭한 두 사람을 모욕할 수는 없었다. 게다가 그는 그녀가 사랑받기를 거부하는 것은 그녀가 은근히 자기를 사랑하기 시작했기 때문이라고 생각했다. 저 익명의 편지는 부인 마음에 어리석은 로마네스크한 생각을 불어넣을 수 있을 만큼 훌륭한 효과를 거둔 것이다.

　그들의 입장은 무척 까다로운, 그리고 또 황당 무계한 것이 되었으므로 벌써 현상태로 끌어 나갈 수도 없게 되었다. 릴리 라인하르트는 입으로는 큰소리쳤지만 강한 성격의 소유자는 아니었으므로 시 전체의 음험한 적의에 부딪히자 그만 정신을 못 차렸다. 라인하르트 부부는 다시 만나지 않을 셈으로 떳떳치 못한 구실을 생각해냈다.

　『라인하르트 부인은 병이 났다. 라인하르트는 일이 바쁘고, 두 사람은 며칠 동안 집을 비울 것이다.』라는 구실로.

　이것은 서투른 거짓말이었다. 우연이 언제나 이것을 폭로하고 짓궂은 기쁨을 맛보았다.

　『딱한 친구여, 헤어지자. 우리에겐 힘이 없는 것이다.』

　라인하르트 부부는 울었다. 하지만 헤어지고 나자 그들은 후 하고 안도의 숨을 쉬었다.

　도시는 승리의 개가를 올릴 수 있었다. 이번에야말로 크리스토프는 완전히 외투리가 되었다. 시는 그에게 최후의 얼마 안 되는 공기까지도 빼앗아 버렸다. 비록 아무리 얼마 안 되는 적은 것일지라도 그것 없이는 어떠한 마음도 살아 나갈 수 없는 애정까지도.

〈계속〉

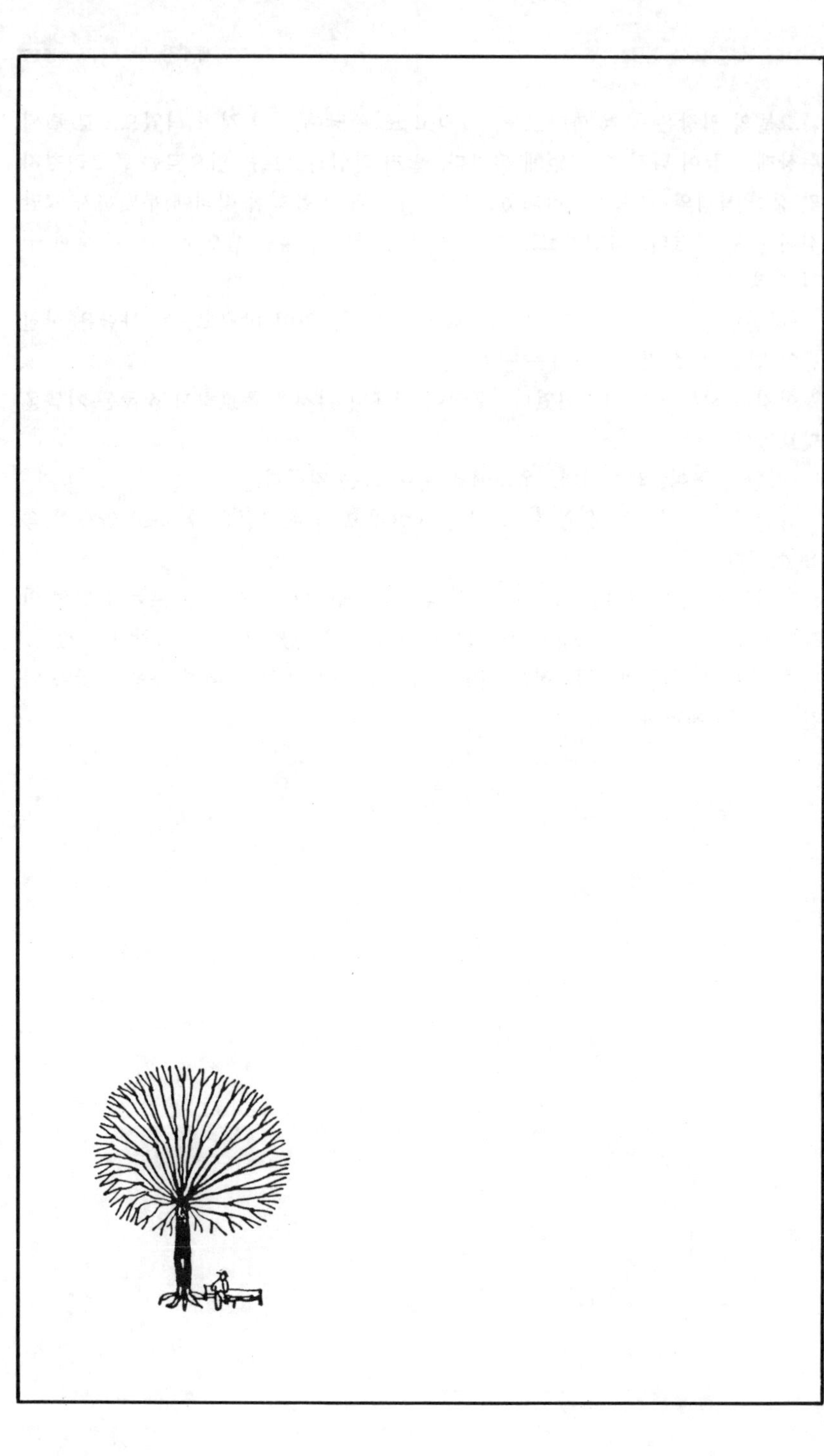

장 크리스토프 I

■ 저 자 / 로 망 롤 랑
■ 역 자 / 김 민 영
■ 발행자 / 남 용
■ 발행소 / 一信書籍出版社

주소 : 121-110 마포구 신수동 177-3
등록 : 1969. 9. 12. No. 10-70
전화 : 영업부 : 703-3001~6
　　　편집부 : 703-3007~8
　　　FAX　 : 703-3009
© ILSIN PUBLISHING Co. 1990.　04-①

값 12,000원